安净树

王匀 著

文汇出版社

前　言

　　这是一部探讨普通人如何获得平安而又干净的人生的作品，由于讨论的主题比较宽泛，因此将它归纳成百余个小议题，形成全书一百一十七章的布局架构。

　　这百余个章节篇幅大小相似，各章既独立成文，又前后呼应，犹如环环相扣、紧密相连的拼块群，共同围绕文章主题拼接成一幅完整的树型结构拼图，我把它称为安净树图（见图）。

　　这本书是以一个人追求人生平安为开始，最终归结于干净目的地的历程。安净树就是平安、干净的树，它以树的形状说明平安、干净以及与其他人生大议题之间的逻辑关系。安净树由右上、右下、左上、左下、中间五个部分组成。中间部分是全书的主题：人生怎样平安度过（第一章），以及如何留下干净（最后一章即第一百一十七章）。其中平安是出发点，是树干，干净是目的，是树根；树干和树根同处于树的中心位置。

　　安净树有四根树枝，分别代表了人生的四个努力方向。每根树枝都有三到四根分叉，总计十四根。每根分叉的枝头都长着几片树叶、开着几朵花。

　　人生要想过得平安，需要同时朝着四个方向尽力，那就是：依靠自己、保持健康、顺应自然、与万物和谐相处。

　　第一个方向是依靠自己，即万事求诸自己。这也是安净树的第一根树枝：求己。求己在安净树上分出三根分叉，代表通往求己的三条途径：实现自强、树立信仰以及端正精神面貌。

　　自强在安净树上有三片树叶，代表实现自强的三条小径：读书、思考和历练。这三片树叶旁各有两朵花，代表着收获。自强通过读书掌握知识、觉悟人生；自强也需要通过思考来明辨是非、获取智慧；自强更需通过人生的

1 平安

51 自然

54完美 — 53矛盾

56公正
57正义 — 55中庸
58均衡

52相对

60诚实
61正直 — 59本色

63审时
64适度 — 62把握

67美德 — 66无为
69君子 — 68原则 — 65道德
71伦理 — 70规则

74知止 — 73敬畏
76惜福 — 75感恩 — 72自由
78认真 — 77责任

80厚道
81放下 — 79宽容

83信心
84等待 — 82希望

87放债
88忍耐 — 86因果

85运气

90差别 — 89选择

2 求己

4 读书 — 5知识
6觉悟

3自强 — 7 思考 — 8是非
9智慧

10历练 — 11成熟
12眼光

14境界 — 15目标
16意义

13信仰 — 17勇气 — 18归正

19尊严 — 20幸福

21文化 — 22传承

24气节 — 25品格

23精气神 — 26控制 — 27能力

28平淡 — 29微笑

91 相处

94沟通
95妥协 — 93 缘分

97平静 — 96 欣赏 — 92平等
99双赢 — 98 分享

102善良 — 101教养
104低调 — 103不争 — 100尊重

107仁慈 — 106同情
109理解 — 108信任 — 105礼让
111人性 — 110止暴

114倾听 — 113慎言
116自控 — 115知耻 — 112反省

30 健康

32接受 — 33比较

34承受 — 35品味

31平和 — 36享受 — 37良知

38幽默 — 39简单

41爱 — 42无悔

40奉献 — 43守信 — 44有余

46劳作 — 47勤勉

45快乐 — 48知足 — 49欲望
50节俭

117 干净

历练使自己茁壮成熟、眼光变得深邃。

信仰在安净树上有四片树叶，代表树立信仰的四条小径：境界、勇气、尊严、文化。走过这四条小径后又会有不同的收获。信仰是明确人生目标、通晓人生意义的一种境界；信仰又是一种回归正道的巨大勇气；信仰还是一种通过尊严得到的持久幸福；信仰更是一种获得传承的民族文化。

人的精神面貌也就是人的精气神，精气神在安净树上有三片树叶，代表充沛精气神的三条小径：气节、控制和平淡。走过这三条小径，也都会有相应的收获。精气神是体现高贵品格的凛然气节；精气神也是展现控制人生轨迹的一种能力；精气神还是以平淡的心态直面世界的那份微笑。

这部分内容在安净树的右上部分，这里的各章节想要说明：自己的人生全靠自己努力，要想不付出努力是成就不了人生的，只有挺直了身子，精神饱满地奔向理想才行。自强的人生才会平安、干净。

第二个方向是保持健康的身心。这也是安净树的第二根树枝：健康。健康又分成三根分叉，分别代表通往健康的三条途径：保持心平气和、乐于奉献、快乐生活。

心平气和有四片树叶，代表保持心平气和的四条小径：接受、承受、享受和幽默。每条小径走过都有收获。心平气和是能够接受事实的气度、准确比较不同事物的严谨；心平气和也是承受人生苦难的坚毅、品味世态炎凉的超脱；心平气和还能在享受人生的同时保持心底的良知；心平气和更是身处红尘的幽默心态、从容应对纷繁事务的简单直白。

奉献仅有两片树叶，代表通向乐于奉献的两条小径：爱、守信。两条小径走过也有收获。乐于奉献是以一己之力去爱世间万物，凡是爱过便无悔；乐于奉献是守信践约、处事留有余地不触及极端。

快乐有两片树叶，代表通向快乐生活的两条小径：劳作、知足。通往快乐的途径永远是劳作与勤勉；快乐的持久是通过知足心态减少欲望与秉持节俭来保持的。

这部分内容在树图的右下部分，这里的各章节主要说明健康就是人生保障，失去了健康就再也难言美好人生，能保持心平气和，奉献自己的才智，每天都快乐的人生，才有望收获平安、干净。

第三个方向是遵从自然规律。安净树的第三根树枝就是自然。自然又分出四根分叉，分别代表遵循自然规律的四条途径，应当懂得：事物是相对的，生活是道德的，人生是自由的，自然是幸运的。

相对有四片树叶，通往弄懂事物是相对的所需的四条小径：矛盾、中庸、本色和把握。事物都是相对的证明矛盾着的事物才完美；也表明中庸处事方式最公正、正义，能均衡各方权益；还说明本色人生必须诚实做人、一生正直；更警示人生短暂，平衡难得，理应牢牢把握住，方能用心审时度势、适度增减。

道德有三片树叶，代表通向道德人生的三条小径：无为、原则以及规则。讲道德的人生不会胡作非为，有利万物才是美德；讲道德的人生原则是做仁人君子；讲道德的人生中规中矩，恪守人伦常理。

自由有五片树叶，代表通往自由的五条小径：敬畏、感恩、责任、宽容和希望。自由生活的人要有所敬畏，知道适可而止；懂得感恩，珍惜福分；勇于承担责任，认真履行使命；更能既往不咎宽容过失，厚道待人，放下仇怨；怀抱希望，充满信心，愿意等待。

运气有两片树叶，代表获得运气的两条小径：因果和选择。事物成败总是因果关联，忍耐自然的变化必幸运；懂得选择有差别才是运气。

这部分内容在树图的左上部分，这里的各章节详尽表明了人生应当要自然度过的多重缘由：自然的世界总是合理的，自然的人生都是道德的，自然的心灵多是自由的，自然的岁月才算幸运的。只有自然度过的人生才有资格拥抱平安、干净。

第四个方向是与万物相处。安净树的第四根树枝就是相处。相处分出了四根分叉，代表了与万物相处的四条途径：平等相待，尊重一切，礼让一切，反省自身。

平等有三片树叶，代表实现平等相待的三条小径：缘分、欣赏和分享。懂得珍惜缘分，以善意沟通、谦虚妥协营造和而不同；具备欣赏能力，平静认可事物存在的合理性；需有分享的诚意，让人感觉到双赢的温暖。

尊重有两片树叶，代表尊重别人的两条小径：教养和不争。需要积攒厚重的教养，方可具备纯洁的善良之心；不与人相争，才能以低调作为人生的通行证。

礼让有三片树叶，代表通往礼让的三条小径：同情、信任和止暴。同情心可对别人做出仁慈让步；信任就能理解人，愉快礼让；礼让能制止纷争，展现人性的美。

反省两叶为通往自我反省的两条小径：慎言和知耻。谨言慎行乐于倾听易受益；知己不足方能自控己身。

这部分内容在树图的左下部分，这里的各章节主要陈述了与万物和谐相处的做法，人如果能平等对待万事万物，对任何人一视同仁，做人礼让别人，做事反省自己，便能与所有人贤愚同处、美丑共存，人生就常驻平安、干净的美景之中。

安净树的本意是：优雅阳光的生命每天快乐，岁月平平安安；纯洁自由的心灵善待万物，人生干干净净。

目　录

第一章　平安

平安重于一切，
平安就是一切。
能给一切平安，
一切还你平安。

天地万物之间第一珍贵的事物就是人的生命。生命对于每个人而言，仅仅只有一次，一旦失去，再精彩、再辉煌的人生也将归零，再不可能继续拥有和享受，也再没有机会奋发图强、从头来一遍。

千百年来，前人用这仅有的一次生命创造出无数劳绩，将这颗蓝色而又璀璨星球装饰成茫茫宇宙中独一无二的宜居乐土，让现实世界成为真正意义上的人间天堂，在彰显生命美丽的同时，也使后人感受到生命的美好。生命的价值高于一切，无与伦比。

人生最要紧的事是平安，平安就是平稳而安全，没有事故和隐患。平安的人生就是身体健康、衣食无忧、婚姻美满、家庭和睦；平安的人生也是学习进步、工作顺利、事业安稳、无灾少难；平安的人生更是一种悠然安详的心境、知足常乐的超然。平安是人生美满的基础。

生命如此珍贵，因此，对于怎样才能平安地度过自己的人生，是每个人值得用毕生精力去探索求解的难题，同时，这也是世人必须彻查洞悉、娴熟运用的一门大学问。其实关于这门学问，数千年来人们已经进行了无数次的各类尝试和验证，这些实例都留在历史的长河里，先哲们也早在两千多年前就已将这门学问研究得十分透彻，后人只需俯拾即是。

平平安安对于人生有着非常重大的意义。平安是人生利益的极大化。日子过得平安的夫妻是幸福的，对于分居两地聚少离多或是家暴冷战同床异梦的夫妻来说，婚姻美满必定是稀缺品。平安的邻里关系一定是和睦的，要是寸土必争、睚眦必报，怎么还可能有长居久安？岁月安静美好的家庭大都是和谐的，在旁人眼里那祥和安宁的庭院之中必定生活着积善之家；和顺发展的事业终会兴旺发达，买卖公平童叟无欺的生意鲜有败绩。平平安安的人生看不见贪婪，听不到抱怨，必健康、定长寿。

人的一生能服从大自然的安排，适应时令、适应年龄，劳逸结合，张弛有度，与世无争而无忧无虑地度过百年，这样的人生才是幸福美满的人生。

生物学普遍认为，人类自然寿命应该达到百年以上。然而回望人类的历史，百岁寿星极为罕见，即便在当今的某些发达国家，人类的平均寿命也才刚刚跨过八十岁线，绝大多数人并没有能够享尽天赋的自然年龄，这对于人类乃至整个自然界来说，实属可惜、可叹。

人类丢失了一小半的自然寿命，其缘由无非来自内外两个方面。外部是由环境因素造成的，譬如天灾人祸，这种因素人们大都无法自行掌控，能成功趋避从而减少对自身伤害的，已经属于侥幸；内部缘由则是人们的无知和贪婪造成的，无知使人违反自然规律，以拔苗助长的方式透支生命；贪婪使人如飞蛾扑火般舍命追名逐利。

人们如能醒悟到平安是福，平安的生活是一种真实的幸福，就能从容面对人间万象，坦然地拥抱万事万物，平静地享用每刻时光。只有到了这种境界，方能感悟到生命实在是场赏心悦目的盛宴。

有些人以为注重安全会让人谨小慎微，甚至裹足不前，其实这种担心完全没有必要。首先，所谓安全的路，一定是大众所走的路，选择走这样的路，毫无疑问危险是极小的。其次，安全是人生最大的利益，要是为了一些似是而非的小事情、一点鸡毛蒜皮的身外之物舍本逐末，冲冠一怒舍命相搏，这样的人生危如累卵，不值一提。因此，能够让自身远离无辜的伤害，始终处于安全之地的任何做法，都是人生的大智慧、大能耐。

人生有了怨恨，内心肯定不会安宁。心中抱怨一来就会感到不平，心情不平就会失衡，内心失衡的人行为一定会有诸多的不合情理，其后果是身旁愤恨丛生。这样的人生想必片刻安宁也已不可得。

普通人一生全部的努力追求，不过就是像一颗普通的行星沿着自然一开始就规定好的目标，从容而安详地走完属于自己的路程。

　　平安的人生幸福满满，追求起来却也困难重重，因此，平安是人间善意的祝福，是人们心中一生的虔诚祈祷，是世人梦寐以求的福分。

　　自强而健康的人，容易自然地与万物相处。平安度过的人生，一路走来明明白白，一路走过干干净净。

第二章　求己

人生想要平安度过，第一个努力的方向就是求己，求己也就是万事先求诸自己。

正人君子凡事求助的方向是自己，无赖小人遇到闹心的事就往别人身上推。两边的人品高下立判，两种处世方式结果完全不同。小人不管自身出现什么问题，一贯的做法总是拿着自己造的尺，按照自己的标准去衡量，结果无非是埋怨别人做得不对，要求别人改进。然后呢？问题并没有得到解决，仍然还在那儿摆着，与他人的积怨倒是越来越深。君子不管身边出现什么不测状况，总是先从自己身上找原因，要是发现自己做错，自行立马纠正，迅速将损失降到最低；如果发现原因不在自己身上，也一定会扪心自问能做些什么来改善这糟糕的状况，会毫不犹豫承揽责任，静下心来寻找矛盾的症结处，劳心费力地动手拆解，随着矛盾逐步缓解，不仅自己能力得到提升，自身价值也得到充分显现。

求己就是自己的事情自己做。人生想要平安，那完全是自己的事情，自己的事情只有求自己去做才是正道。我们虽然在幼年时依靠父母的养育得以成长，成立家庭后依靠婚姻伴侣获得幸福，生活中依靠朋友间的互助维持稳定，事业依靠同事的配合取得成功，同时，在成年人的内心大家都十分清楚，在这个世界上自己的幸福无论怎样去想、怎样去看，靠别人、靠祖宗、靠天、靠地终究都是不踏实的。世界上人再多也不足以成为自己的依赖，想要生存下去，想要获得幸福，归根结底都还得自己动手，真正稳妥的靠得住的只有自己的努力。在我们的人生中，小到想要做件称心如意的事，大到平平安安地度过自己的一生，都只能自己独立去完成。

有时候，有人出手相助真是件幸运无比的事情，然而静心一想，受人帮助并不是我们生活的常态。人生无论贫困或通达、成败或灾福，除了自己以外，没有人时刻与你在一起，只有自己才自始至终真实地存在于自己的人生中，因此，自己的人生自己负责，自己的人生若不求自己，将一事无成。

求己就是学着长大。当一个人还有人可以依赖的时候，就应当告诫自己，趁现在还有地方请教，还有机会可以纠错，赶紧学着自己动手去做，一旦依赖失去，自己也能从容应对。隋朝统一中原建国的第二年，北方强国突厥的大可汗沙钵略率领大军南下隋朝边境抢掠，守军元帅见强敌当前竟不敢应战。总管达奚长儒奉朝廷命令率两千精锐骑兵出击，在甘肃庆阳陷入敌军重围，隋军不敢出寨前往营救。绝境中的达奚长儒率部同数十倍的敌军血战三昼夜，且战且走，拼死抵抗，兵器用完以拳头厮杀，队伍几次被打散再重新聚拢，最终突厥伤亡过万，无奈撤围大哭而去。此战达奚长儒身受五处重伤，其中两处为贯通伤，归营士兵不足三百。战后达奚长儒镇守陕西夏州，突厥闻风丧胆，不敢前来侵扰。当一个人身处险境，遇到别人许诺援手施救的时候，应当提醒自己，对这些许诺大可不必去当真。试想，自己处于千钧一发的急难关头，谁能对自己真正地负责，谁能够倾尽全力保证自己迈过沟坎？答案一定是：自己。

求己就是成就自己。人的能力有限，要想做成一件事情有时真是千难万难，即便侥幸做成了也难以保证以后不会变质，人生能够成就的而且可以保证质量的最大事物就是做好自己，人生的失败莫过于破罐破摔而没有底线地自甘下流。每个人生命的价值是靠自己去赋予的，在别人心中的形象是靠自己去塑造的，人只能由自己创造真正的自己。人一旦自立，就要精神抖擞地站得笔挺，倾尽全力奋发图强，依靠自己的实力让人生的每一步都走得踏实、平安。

求己就是自知自靠。就算一些人坚信命运不能改变，但是大家在过马路时都会不约而同地向左右看一下，确认安全后才会迈步，这足以说明所有人都明白紧要关头还是只有自己靠得住的道理。同时，大家也听说过做人不必羡慕别人地位高贵，更不应该去寻求什么依附，甚至不用哀叹自己的处境卑下。其中的原因是每个人都有不同的个性魅力，没有一个人会在所有方面都比任何人差。人一旦认识到自己独有的特点，并假以时日淬炼发展成为过人的长处，就会发现自己已经成为生活中顶天立地的强者，同时会惊奇地发现自己身上原有的平庸已经不知去向。

求己就是证明自己。每个人的生存环境不一样，成长的道路更不尽相同，对事物的看法千差万别，因此人一生中被别人误解、受到不公正的对待在所难免。想要让诽谤消失、误会解除，往往只能以自己的耐心与能力、用时间用自己的成绩来证明给人看。在受人非议的泥淖里祈求、哀嚎、卖惨都不管用，而求己是唯一能够走出困境的关键。

求己的核心是自信。苏格拉底说，"最优秀的人就是你自己"。这是何等的自信！释迦牟尼最后的遗教就是让弟子们以自己为灯，照亮自己的人生旅途。万事万物的道理就是人的良心，从这一点去理解，世间所有的道德定律都在自己体内，都在自己心里，一个人只要良知犹存，则大可不必远涉千山万水去找寻，只要静下心来，咫尺瞬间就会通情达理，就能够明白包容万物的是自己的心，感恩万物的也是自己的心，什么事可以去做或者不可以去做，都应该由自己的心去判断确定，这就是以自己为灯，照亮自己脚下的路，这就是以自己为依靠，这就是建立在自信基础之上的求己。

求己是一种积极的人生态度。当一个人明白了万事只能求己的道理后，就不会去苦等别人的援助，就不会再去想依靠别人，而是积极主动地投入自己的人生，这种积极的人生态度正是求己的意义所在。曾经有位先哲带着信徒和随从长途跋涉于沙漠中，晚上露营，身心疲惫的信徒对随从说，我可不想拴骆驼了，让神去管吧。先哲听到忙说不能那样，应该先拴上骆驼再交给神安排。这个故事说明，一个人要是没有积极的人生态度，那么就是神仙也帮不了他。任何一项工作最重要的那一部分就是开头，只有开跑之后才有可能到达目标，光想象而不开跑，或者想也懒得去想，动也懒得去动，那最终只剩下两手空空。人生需要主动，生活给了我们恩赐还要自己去领受，生活没有给予我们生存的必需品就要自己去求取，旖旎的景物不会自行来到眼前，只能我们自己走过去欣赏，等待天使的降临远不如自己做个天使来得实在，天生有张标致的脸而笑容却还是要由自己来展现……求己就是自觉行动的人生。

要养成凡事求己的习惯，环境的影响很重要，其中父母的影响尤为重要。父母不应成为孩子的依靠，而是要帮助孩子尽早养成自己的事情自己主动去做的习惯，遇到问题试着自己设法去求解的积极态度，这样的孩子才能一生平安。

相传当年苏东坡主政杭州，公余有闲喜欢随处游玩。一次，他来到灵隐寺，方丈陪着他四处信步观赏，在大殿中苏东坡突然问方丈，我们凡人进寺拜神求佛都是想求财求官或求子等等，现在见观音也是双手合十，想知道菩萨在求谁？方丈回答，观音菩萨是要告诉我们"求人不如求己"。是啊，方丈说的是至理名言，求人不如求己是我们人生平安的通行证，面对万事万物，哀哀祈求不如挺直了脊梁，金刚怒目强令别人止步，不如由衷祝愿他人前程顺遂。一个人能够万事先求己，那么一生平安则如探囊取物一样容易。

要真正在求己方面发挥强大作用，还应当实现自强、信仰、振作精神这三个目标。

第三章　自强

在求己这方面第一个要实现的目标是自我强大，求己的底气来自自强，一个人只有自身强大了才能自己的事情自己来做主，自己的事情自己去处理。

自强就是自我激励发愤图强，不断加强自身的能力，不断提升自身的实力，并使自己的胸襟不断扩展，让自己的心灵越来越强大，这样才有可能适应瞬息万变的生存环境，平平安安地度过每一天。

自强的意义何在？自强的人生与自暴自弃、自轻自贱的人生是截然不同的。生活中弱者往往很难拥有话语权，也很难被人平等对待。而生活中的强者却是左右逢源、呼风唤雨，一路走来风光无限；强者的标准配置是大方、富裕，到处都受尊敬，时时获得仰视。达尔文进化论认为自然界物竞天择、适者生存，生物在与其他物种的竞争中优胜劣汰，凡是竞争失败的或不能适应严酷的自然环境的生物就被淘汰出局。同样的情况在人类社会中也屡屡上演。

自强的出发点是自保。人的价值由自己来创造决定，蜂鸣狗吠与虎啸狮吼对周遭产生的影响是天差地别的。要想日子过得平安，就必须使自己强大。自身强大的本意不是为了去与他人争抢而求活，自身强大是让别人不敢前来抢夺，从而得到安生。

人生不容易，想改变窘境无可厚非，存有点私心也在所难免，但是，这样做的结果往往损人利己，最终不受人待见。摆脱窘境改善生活品质，要是采取提升自己能力的方式无疑是受人尊崇的，自强对他人有益而无害，因此容易让人接受。自私容易，爱惜自己却很难，自强是，爱己及人的好事就应该主动去做，尤其自己还是一只初出茅庐的菜鸟，那就更应该努力自强。

自强应该主动。人生初期犹如白纸一张，不仅要啥没啥两手空空，还眼高手低心傲气短，进没有实力可以凭借，退无寸土可以据守，这时唯有争取主动，才能主导自己的生活品质逐步提高；绝不能如守株待兔般平庸懒惰，让生活推着自己跟跄前行。时间可以改变一切，如果这种改变是应该而又是必须发生的，那还等什么，趁着风吹来得及时赶快升帆起锚吧。竭尽全力去做自己应该做的事，这样的生活有趣而又有用，积极主动的人生旅程一定是舒心欢乐的。拉丁谚语说："如果不起风，那就划桨吧。"知道自己这张白纸早晚总归会留下些墨痕的，不如赶紧练好书法、学习绘画、打些腹稿，兴许日后这张纸还真能成为一件不错的艺术品呢。

自强先要自立。每个人都知道第一桶金对人生非常重要，没有第一桶金的人就没有立锥之地，所谓吃别人的饭是酸苦味的，登别人的梯子是难以上下自如的。天下的事情要是踮着脚向上去摘取是很难得到的，而俯身将东西施与需要的人却是十分容易。自立是一个人的根据地，凭借这点立足之地逢到环境有利则可以顺势伸展，遇到时节严酷则能全身而退，自立是人生成功的第一步。自强自立的核心是靠自己努力来争取自身强大。有些天生就有过人优势的人，极易造成自大心理，不愿再做努力，不想有所成就，只想混混日子，最终成为无用之人，这真是赢在起跑线却输在起跑后。奥尼尔是个巨人，少年时已比同龄人高出两个头，在伙伴眼中他犹如天神般的存在，在众星捧月般的氛围中他渐渐变得桀骜不驯，顽劣异常，直到有一天养父教育他："既然大家都要抬起头才能和你说话，请给他们一个仰视你的理由。"奥尼尔终于懂得一个人真正能够让别人敬仰的不是先天的优势而是后天掌握的过人技能，此后奥尼尔发奋努力，通过刻苦训练成为世界篮球巨星。钻石不经过琢磨只是块不起眼的坏石，钻石的价值很大部分是精雕细刻的劳动所创造的，毫无疑问每个人都是一块坏石，只有自立自强的人才能成为一颗璀璨的钻石。

自强的核心内容是自我成长。自我成长不是要竭力去和别人相争，期盼战胜别人，而是要全力超越过去的自己，找寻进步的空间，把握机遇提升自己的综合素质。知道自己的不足加以弥补与充实这是自我成长，发现外部世界的缺陷努力使之改进也是自我成长；战胜昨天的自己使自己变得强大，让这个世界前进一丝半毫同样使自己变得强大。公元399年，东晋六十五岁高龄的名僧法显深感当时佛经靠心口传播没有文本而残谬极多的缺憾，从长安出发经西域过葱岭往天竺各国寻求戒律经典。公元409年，他孤身一人携大批佛经佛像从加尔各答乘商船经斯里兰卡回国，途中遭风暴，行李被船主抛入大海，对佛经他却死活不放手，三个月后船才漂到爪哇岛。公元412年，年近八旬的法显搭船北归，不料再遇风暴，船主以为他不吉祥竟要将其抛下大海，幸被同船人救下，才到达山东崂山。回国后法显译出百万字经文，写成传世之作《佛国记》。一个年逾六旬的老人历经十多年千辛万苦，艰难跋涉数万里、九死一生取回真经，拯救了中国佛学的同时也成就了自己。人追求自我成长，当然年富力强要比暮年时相对容易些，同时也请看看法显，只要心还没有衰老，志还没有消亡，就能继续自我成长、自我实现、自我强大。

自强的目的是图强。在恶劣的环境下，如羔羊般软弱的人，必定会招引虎狼般的凶徒前来撕咬；身无长技家无三斤铜的懦者有时甚至真不如一棵草；计较钱的人往往是没钱的，恋栈的人往往是没实权的，遭蹂躏的必定是羸弱的那一方。人要活得像个人，就必须谋求自身的强大，人只要不自暴自弃，肯努力去追求，最终都会实现自身的强大。古罗马奴隶爱比克泰德经自身努力获得自由，最终成为集希腊哲学思想之大成者，就是图强成功的真实案例。人在谋求自身强大的过程中需要充分的自信，坚信通过努力自己一定会变成强者。

自强的内在动力是发奋努力。生活不断改进、不断地趋于美好，这才是人生的正常状态。当一个人意识到自己地位卑微，对自己的现状不满意，就会产生出向往美好生活的志向。积贫积弱的人只有痛下决心振作起来谋求自强这一条路可以走得通，自暴自弃只能一如既往地一直贫困潦倒下去。贫穷本身并不可怕也没有什么好羞愧的，每个人初到这个世界都毫无例外地两手空空，可怕的是误以为自己的贫穷是命中注定无法改变而不思进取，应当感到羞愧的是身处太平盛世身边日新月异旁人都勤劳致富安居乐业唯独自己却是一事无成家徒四壁。一个自尊自爱的人一定会发奋努力自强，绝不至于让自己沦落到不受人待见的地步，自尊自爱的人同样会得到他人的尊重，原因是大家都敬重依靠发奋努力让自身强大的人。

自强的心路历程是百折不挠。人生之路有多长，自强之路就有多长。自强之路没有顶点，在攀登之路上，越往上脚步就应当越慢，此时既不要停下脚步，也不用在乎偶尔被人超越。自强之路崎岖而漫长，跌倒受伤在所难免，彷徨迷失司空见惯，这就少不了毅力、耐心和勇气。总之走在自强之路上应该百折不挠，不要怕跌倒只要路还在，不要怕绝境只要阳光还在，不要怕天黑只要梦还在，什么都不用怕只要我自己还在，那么走上去，人生的每个既定目标都肯定能够达到。

公元前 260 年，秦赵两军在长平大战，赵军主将赵括无能战死，秦军将走投无路而投降的四十万赵军屠杀殆尽，然后趁势围攻赵国都城邯郸。平原君往楚国求救，说动楚王派春申君带兵救赵。平原君返回赵国后，形势危如累卵，邯郸眼看就要支撑不住，平原君将全部家财分给门客，组成三千人敢死队出城冲退秦军三十里。当时和赵国联姻的魏国也出兵救赵，却怕秦军强大而停在半路上；魏公子信陵君恳求魏王进军遭到拒绝后，只能带领自己的门客乘百辆战车去和秦军拼命，出城时经看守城门的侯嬴提醒，用计盗取兵符，才得以率领整编后的魏军与楚赵联手击溃了秦军。平原君、信陵君和春申君虽然实力在如狼似虎的秦军面前并不强大，但为了国家的存亡，他们齐心协力谋求强大，终于战胜强敌。

弱邦不幸让恶邻觊觎，那真是无尽的烦恼，如若不从必将遭受灭顶之灾，一旦大军兵临城下就只剩下任其宰割的份。第二次鸦片战争中，广州巡抚叶名琛面对五千英法强盗，只能"不战、不和、不守，不死、不降、不走"，被时人讥为"六不"总督。广州城陷，叶名琛被俘，他在被押往印度加尔各答的船上以"海上苏武"自居，最终绝食自尽。每次观史至此，都是抚卷长叹，哀其不幸，怒其不争。

世界还是一个势利场，仍然盛行弱肉强食的丛林法则。一个人要想获得他人的尊敬只有自己争气，想要获得享受阳光空气的权利也只能自己争取，如果要平平安安地度过自己的人生，就要尽早实现自强的目标。

达到自强的目标有三条途径：读书、思考和历练。

第四章　读书

要达到自强的目标有三条途径，第一条就是读书。书是人类智慧的结晶，读书是从容地将现成的知识信手拈来，免去人们许多艰辛的探寻。好读书的人必能成器，书会悄无声息地改变一个人，将其塑造成一个阳光充沛的人、有担当的人、自食其力的人、对自己满意的人。

读书是将前人留下的文字通过口读、听讲、阅览等形式加以辨识、分析、领悟来获取知识的过程。读书是一个人迈向自强目标三条途径中最重要的一条。

爱读书的人与不读书的人相比，人生际遇全然不同。书是世人向上攀登的阶梯，爱读书的人凭借书本上的知识，一步一步地去实现自己的理想；不读书的人，只有虚度余生。读书的好处显而易见，读书的人通晓人生，自知而不夸，自立而不卑，自珍而不俗，行事彰显书籍的魅力，谈吐展现书卷的文雅，退隐凸显书香的乐趣。而不读书就会渐渐被时代淘汰，被飞速而去的时代列车所抛下，望尘莫及又无可奈何。读书对于人的作用犹如雕刻对于大理石的作用，一个人天生的智力无论高低，不愿意读书就一定不会有学问，更不会有所成就。读书可以开启人的心智，使人心明眼亮、通情达理，能够帮助人从庸俗的泥潭中脱身出来蜕变为一个纯粹的人。千百年来，不论是大户还是寒门，都会竭尽所能让儿孙接受良好的教育，因为从古至今大家都知道：一个人只有从小先把书读好，长大才会有出息。

读书对于人生不可或缺。古罗马哲学家西塞罗说过："没有书籍的房子，就像没有灵魂的躯体。"可见读书对于人生何等重要。书是少年成长的营养餐，是暮年愉悦的安神曲，要是没有书籍，少年怎能自立自强？要是没有书籍，老年怎样挨过这静谧无助的余生？幼年时读书的人，成年后必定有所作为；成年时继续读书的人，精气神就不会衰老；老年坚持读书的人，他的思想不会死去。书籍是漫长人生中的万能工具，书籍是人们战胜艰难险阻、追求理想幸福、勤劳致富、安贫乐道的神器魔杖。

读书的方法有两个，一个是明确目的，另一个是端正态度。一个人在读书之前先要清楚地知道自己现在缺少什么，今后准备到哪里去，去了之后要做些什么，这些都想明白了，读书的目的就清晰地树立起来了。而正确的读书目的不外乎两种，一种为了生存，另一种为了境界升华、心灵安宁。人生初期先要解决生存问题，这时候的读书主要在学校完成，读到毕业后找份称心的工作，拿取一份满意的收入，然后结婚生子，这种读书的目的就是让一个人活得像个人样，达到这个目的，遇上太平盛世的话也能够平安度过此生。温饱问题解决之后，人还需要解决心灵的问题，这时候读书是为了完善品德、提高修养，使良心得到安慰，最终找到心灵的归宿。这种读书的目的就是让人成为明白人，成为真正意义上的人。这是真正的读书。达到这个目的，不管人生际遇如何，都能平平安安地度过自己的一生。生活中有些人看见学者满腹经纶受人敬仰，十分羡慕，于是东施效颦也读起书来，这种读书的目的不是为了启迪智慧，自我完善，而是为了炫耀卖弄，哗众取宠，结果是半瓶醋晃荡，落得贻笑大方。

读书的目的一经明确，就会很容易区分出哪些书必须读，哪些书不必读，哪些书不能读。凡是创造财富、与人为善的书必须读；凡是空洞无物、冗长乏味的书都不必读；凡是投机取巧、寡廉鲜耻的书决不能读。一个人读什么样的书就会成为什么样的人，读谬误的书会从无知变成堕落，读错了书比不读书更危险。读书还要适合自己的年龄，读了不适合自己的书会使幼儿失去童趣，使年轻人远离欢乐，使老年人得不到安闲。总之，读了不适合自己的书，人生难以享受平安岁月。

还有一个读书的方法是端正读书的态度。正确的读书态度是虚心、用心和恒心。读书的态度首要的是虚心好学。就像清空后的容器可以存放物品一样，知道自己无知、明白自身不足的人必定喜好读书，骄傲自满的人是不愿向别人请教的，正如居里夫人所说：好奇心是学者的第一美德。读书正是这样，谁愿意读，谁就能够获得知识。自觉读书的人获得的学问最大，受困境所迫去读书的人获得的知识只局限于用来救急的这一点点，身陷窘境仍不愿意读书的人只能一筹莫展地继续在泥潭中陷下去了。

读书的关键态度是用心。读书应该像老僧面壁一样地心无旁骛、专心致志。读一本扛鼎之作就像和当今最杰出的人物促膝交谈，读一部传世名著就像当面聆听史上人类翘楚的教诲，怎能够有一丝一毫的轻慢？唯有全神贯注，眼看、手记、心思、口诵，全力以赴，加倍珍惜人生这一次难得的相遇。唐朝画家阎立本曾慕名到荆州观赏梁朝张僧繇的画，初看觉得张僧繇空有虚名，第二天他再去看时承认张僧繇还算近代绘画高手。第三天他又去细看，才开始领悟画作的精妙处，于是他一连十多天不忍离去，白天坐在画下欣赏，晚上和衣躺在画下揣摩，直到将精华烂熟于心。一个人但凡能有这样用心专一的读书态度，再怎样深奥的书都会读懂，再怎样无知的人也会变得博学。

读书贵在持之以恒。读书不在于一曝十寒地熬夜突击赶工，不在于临渴掘井般的冲动，而在于长年累月的刻苦钻研，坚持点点滴滴的积累。读书犹如种植果树，要经过几度寒暑的辛勤劳作，才有可能盼到开花结果的那一天。下决心读书犹如起跑时的发令枪声，而读书才是艰难而漫长的马拉松。下决心当然很重要，否则就不会有开始的那一刻，同时更应该明白真正意义上的长跑是那一步接一步不间断的积累，只有这份执着的坚持才是跑到目的地的唯一保证。如果跑到半路上不愿再坚持跑下去了，那么前面的成绩就全部作废，之前的所有努力都将付诸东流；读书同样如此，没有读懂、读完整便放弃，那么前面所有的付出和希望全都顷刻之间无疾而终。试想一下，织到一半的渔网能否捕到鱼，就知道读到一半的书哪里会有什么实际的使用价值。

学无止境。人生中的读书，一旦开启就不应该有停止的那一天。有人认为现存的书根本读不完，何况还有大量新出版的书籍，用自己有限的宝贵时间去追看无限的书籍，这样是否值得，是否快乐？确实如此，却也不尽如此，我们读书正是为了快乐，真正好读书的人，一旦停止读书就很难得有快乐。人生应该是个不间断的读书过程，其中只有初期的十多年是在学校里读的，其余人生的大半部分时间所读的书是在校外完成的。一个人从学校毕业之后，会在工作中遇到许许多多的难题，在生活中遭遇重重困惑，要解开这些难题，翻越这些关隘，以前在学校读过的那些书是不够用的，这时大家都会选择读一些专业书，用以解燃眉之急。在人的一生中沟沟坎坎是层出不穷的，而翻越这些沟坎的辅助器械与配套方法都记载在相应的书中，问题不绝，读书不止。尽管如此，这样应对问题终究还是一种事后补救的方式，是临时抱佛脚的被动方式，生活中突发事情的出现是容不得人停下来手忙脚乱地翻阅书籍去寻找答案的，对于常识性学问还需要我们不断地靠读书去掌握，只有掌握得尽量多，遇上急事才能从从容容得心应手地去应对。用渔网捕到一条鱼，用的只是一个网眼，其他众多的网眼是保证捕到这条鱼的备份网眼，而所有人都知道，用一只网眼的渔网是难抓到鱼的。正因为书到用时方恨少，所以人在闲暇时也要手不释卷地储备知识，弥补自己无知的漏洞。

人不读书，就像没有做成饭的米粒不具有食用的价值，如果一不留神被装盘子，误端上饭桌，也只有被人讥笑的份。读书使顽童长成生活中的强者，如同野外自生花草让园丁栽培成盆景一样，需要从稚嫩时就养成读书的习惯。读书有苦有乐，自觉去读就会苦少乐多，苦尽甘来。读书使人充实，读历史使人睿智，读自然科学使人绵密，读伦理道德使人端庄，读艺术使人纯粹。读书使人告别无知，读书使人心存敬畏，读书使人心怀感恩，读书使人自信阳光。读书造就健全人格，成为自强之人。

读书最大的收益是获得知识。

第五章　知识

　　好读书的人一定会有收获，而最大的收获就是得到了知识。有足够多知识储备的人今后不管走到哪里，都一定会遇见知音，拥有共同的语言，彼此信赖，追求共同的乐趣，因此，我们相信这个地方完全可能就是其幸福的天堂。

　　人类在大自然面前显得极其脆弱渺小，只要自然环境出现极其微小的变化，对于人类的生存都将是非常致命的影响。但是，天地万物对此一无所知，而人类却清楚地认识到天体运行、四季交替变化的规律，明白天地间万物成长与消亡的法则，尊重自然界对于人类的优势，敬畏人类认知的盲区。这一切都得益于人类掌握了知识。正因为人类拥有了知识，人才比万物高贵。

　　知识是人类对万事万物的认知。人类是世界文明发展的主导者，因此人类的知识符合文明发展的方向。知识具有实用性，能使劳动创造新的价值，知识使人得到力量。知识具有真实性，可以被验证，被人们普遍认同。

　　知识的意义不仅在于让一个人懂得一些什么，知道应该怎么去做，更在于拥有这些知识的人的人生会悄悄地发生改变，将会越变越幸福。知识如同阳光，照亮了整个世界，让天下所有人都能看清自己脚下的路，而不会迷失方向；同时知识也如同阳光般温暖着人们，让人再苦再难也能够充满信心地走向明天。知识是人生的宽度，知识决定人生的意义。对于同样长度的生命而言，知识增加就意味着生命宽度的增加，生命越宽广则人生越丰富，人生意义也就越大，而没有宽度的人生则毫无意义。大致来说，知识使人正直、理性，有知识的人不会冷酷无情；知识使人真诚、守信，有知识的人不会胡作非为；知识使人信仰坚定，有知识的人不会迷信盲从；知识使人敬重劳作，有知识的人不会暴殄天物。知识不存在的地方，愚昧左右着一切；知识不存在的地方，不知文明为何物；知识不存在的地方，没有欢声与笑脸；知识不存在的地方，一定是不适宜人类居住的不毛之地。

很多知识是实用的。真正的知识能够使人平安幸福地度过一生。人生的基本任务是平平安安地生活，知识是实现这一任务的手段，因此人生必备的知识应该按照生活的需求来确定。知识是一种谋生的手段，知识使人掌握专业技术，成为自食其力的人；知识同时也是引领与帮助人认识自我、提升自我的工具，更是一件谋求生活快乐、心灵安宁的法宝。知识在于造就完全的人格，成为纯粹善良的人。善良的学者，他的品德辅佐他的学问让别人增益，从而使他愈加善良；居心不良的人利用其技能祸害别人，因而使其变得加倍可恶。知识无限，人生有限，人生初期学习的时间更是极其有限，而成长中所必备的知识又非常急需，为此必须慎重选择适合自己人生规划的具有实用价值的知识加以学习吸收。专业知识作为一种谋生的手段，可以助人发家致富，但却无法让人成为全面和谐发展的人。一个人没有专业知识，就不能熟练掌握谋生技能，将无法自立于世；一个人没有历史知识，不明白古今变迁、世代沿革，不知道传承祖先的文化就等同于无根浮萍；一个人没有基本常识，是非不分，善恶不辨，既没有同情心，也没有羞耻心，这样的人怎么能与人和睦相处，怎么可能平安度日？一个人与其以华丽的装饰来打扮自己，还不如以知识学问来充实自己来得稳妥及平安。

知识就是力量。一个人处世做事，仅仅凭借自身的经验、依靠猛冲莽撞是行不通的，即便侥幸过关，身旁必定是一片侧目。人只有通过追求知识来充填自己的学问促进自己的才干，才能达到提升境界、纵观整体、协调全局，将事情引向和谐发展之途的预期，而做到这一切正是依靠知识所赐予的力量。在这个世界上，人类要是没有知识的话，纵然只求生存，恐怕也难以如愿；人类能够成为万物之王，渐渐具备了能与自然界比肩的力量，正是由知识所赋予和造就的。人类认识了火，用火烹饪食物改善饮食，用火冶炼金属制作工具；人类学会建造屋舍，用屋宇抵挡风雨、避免猛兽侵害，用棚舍饲养畜禽、存放杂物。知识使人类摆脱愚昧，告别野蛮。人类掌握缝纫技艺，用衣裤御寒保暖、维护健康，用服饰遮掩隐私、避免害羞尴尬；人类发明造纸印刷，用笔墨记载历史、传播艺术，用书画沟通心灵、交流学问、传承文化。知识使人类拥抱文明，品尝到甜美的伦理道德之果。人类利用机械，利用电力和绿色能源得以解除畜力，用舟车飞机旅行运货轻轻松松一日千万里，用机器设备制作生活用品价廉物美、经济实惠。知识使人类生活有序、舒适。人类建立了互联网，用电脑作辅助工具共享信息，用人工智能使生活日新月异；人类破解基因密码，探明生命的构造与性能，挑选预防和治疗疑难杂症的方法。知识使人类加速与自然界的融合。没有什么力量能够比知识还要强大，人类五千年来积攒起来的所有知识就是人类的全部实力。

没有知识的热情就如同行走在没有星月的夜路上，仅仅依靠摸索蹒跚而行，最终能够去往何处，心中与眼前同样都是一团漆黑。知识可以祛除我们心灵中的黑暗，知识是把万能钥匙，我们要赶在绝望吞噬我们之前，抢先一步打开幸福之门。知识是人生之中重要阶段的终极利器、最好的心灵伴侣、最需要的营养食品，如同生活中的阳光、空气和水一样不可或缺，我们必须在生活的热情被调动起来之前，预先建立起对知识的渴求，储备足够丰富的知识，才能稳稳地迈步人生路。

没有什么知识是出现在经验之前的，任何知识都开始于经验，经验丰富就熟能生巧，理解了事情的前因后果就能举一反三、洞若观火，明晰了事物与其他事物的关联就会融会贯通、料事如神，从对事物的感觉开始到真正理解了这项事物为止，这些知识就成了我们自己的学问。

知识来源于学习与自身经验的结合。即便是能人，也只能靠学习才能事业有成；即使是聪慧的人也只能向别人请教才会获得学问。在知识的学习中，努力读书和向比自己高明的人请教都还比较容易，要做到放下身段不耻下问却十分不容易，而真正有大学问的人，正是具备了这种品质，才能在自己学术领域中不遗漏任何的犄角旮旯。画家陈逸飞的画作受到广泛关注，有位音乐人士发表文章指出他作品中所表现的乐器演奏者的指法错误明显，说明画者缺乏演奏常识，陈逸飞随即向媒体道歉，向那位音乐人士深表谢意。每个人都有知识的盲区，别人在他春风得意的时候提出指正，是煞风景的，这时大多数人未必能够沉得住气，这也就是多数人的学问只能是普通水平的原因，仅有极少数虚怀若谷的长者方能百尺竿头更进一步。

没有知识的人是无知的，有知识的人懂的东西越多，眼界越宽阔，就越觉得自己还有很多的东西没有弄明白，这就是所谓知识越多疑惑也越多。十七世纪的法国哲学家笛卡儿说过："我的努力求学没有得到别的好处，只不过是愈来愈发觉自己的无知。"当一个人自认为博学时，就不会再去渴望探求知识，而知识却在人们的认识中不断发展与完善，用不了多久，那个"博学"的人就会变得无知起来。

知识是人类与大自然共处千万年中收到的珍贵而不朽的礼物，知识是人类与自然共处所必需的全部力量。有知识的人善于观察、乐于思考、珍视自己的人生、依赖理性引导生活。学问是青年的荣誉，老年的慰藉；学问使人丰富、高贵。有学问的人可以成为自立自强的人，有学问的人可能成为受人敬重的人。

无知的人就好像身无分文的人一样，会到处碰壁寸步难行。无知的人什么都不懂，什么都不会，所以什么都不怕，什么都敢去做。这样的人既无知又无畏，胆大妄为，却无半丝的敬畏，因此前路不堪设想。

求知是为了更好地生活，不是为了炫耀。有知识的人知道炫耀只会招来嫉妒、刁难甚至诬陷，是有百害而无一益的，因此，有知识的人绝不会去卖弄自己的学问。

一个人的知识和学问在一生中主导着自己的思想与言行，知识教会人去爱这个世界，知识让人拥有智慧，知识使人信仰坚定，知识叫人对未来充满信心。学富五车的人眼中没有凶光，口中不出恶言，心中不存歹意，无论遇见什么，脸上唯有微笑盈盈荡漾开来。

生活的全部意义在于探索自己未知的东西，不断地积累知识。愚昧从未给人带来过幸福，幸福的根源在于知识。知识可鉴别真理与谬误，区分崇高与渺小；知识能够同情美好亲近善良，知识能够帮人平安度过此生。

读书不仅获得知识，并且能使人觉悟。

第六章　觉悟

　　读书不仅能使人得到知识，更重要的是可以觉悟人生。知识是前人留下的宝藏，谁得到了就是谁的学问，同时还应该再进一步，要是谁发现了自己的学问能够改善自己的生活，并且这样去做了，这就是觉悟。觉悟是读书获得知识的全部意义。要是读书仅仅只是为了满足于得到学问，那是十分无聊的，必须发现学问在自己生活中的作用，这就是觉悟。觉悟才是读书的根本。

　　觉悟就是探求事物的内在规律，达到醍醐灌顶豁然开朗的醒悟状态。觉悟也是从迷惑到明白，从模糊到清晰的认识过程。觉悟是尝遍苦辣辛酸、看尽世态炎凉，等到挣脱出生活的泥潭之后，终于懂得人的一生只能够求己，便义无反顾地去攀登幸福高原的那份勇气；觉悟是历经熬夜加班、尝试极限拼搏，一旦摆脱掉切肤的伤痛之后，突然明白健康对于人生的意义，于是将非分之念换成心平气和的那种心态；觉悟是走过极端偏激、曾经颓废彷徨，好不容易冲破四面楚歌之后，幡然醒悟自然度过人生的珍贵，渐渐养成身居闹市能超然物外的自由境界。觉悟是在无尽争吵谩骂、不停互相撕扯，剩下伤痕血泪无限悔恨之后，豁然开朗知道相处是人生快乐之源，尝试将玉石俱焚化为互惠互利的人性智慧。觉悟就是经过之后，看透彻了，听明白了，想通透了，心气平复了。

　　觉悟是人生价值的体现。一个人的价值，就在于是否明白事理，是否觉醒。没有觉悟的人生，其价值接近于零，如果为非作歹一意孤行，变本加厉鱼肉一方，其人生价值甚至是负数。

　　觉悟是人类智慧贤良和愚蠢邪恶的分水岭，人生若能够觉悟就不会再有任何遗憾。觉悟的人生自立自强、精神抖擞，觉悟的人生自由快乐，与人为善；懂得生命真谛的人凭借自己的思想造福后人，让自己短暂的生命无限地延展。

觉悟是人生的大福分。觉悟的人遇事礼让，将方便捧给别人，留出空间便于施展，往往事半功倍；觉悟的人凡碰到鸡毛蒜皮的小事情一定会置之度外，不卷入争端、不临绝境，总是能够全身而返；觉悟的人永远不会去干损人利己的事情，能看顾好旁人的利益，反而受人尊重。觉悟的人生与懵懂糊涂的人生相比较，行走得愈加平顺悠然。

觉悟的人能够精辟透彻地领悟到事物的道理，从各种利益的缠斗中找到人性化的拆解手法，以四两拨千斤的巧劲将无法言表的复杂矛盾化于无形。觉悟能将激烈引向平静，将羁绊换成自由，将纷乱变成规整。公元756年安史之乱，唐玄宗仓皇出走。太子在宁夏即位成为肃宗，将李泌召来议事。肃宗憎恨李林甫当年反对他当太子，几次说起收复京城后一定要挖了李林甫的坟，李泌劝道，如今天下还没安定就和死人计较显得不够宽宏大量，那些受叛乱裹挟的人谁还敢去改邪归正。肃宗听后便作罢。京城收复后李泌要走，肃宗说自己不会做过河拆桥的事，让他放心。李泌指出肃宗曾经为了自己大儿子今后能安稳做皇帝不惜除掉自己小儿子的事，肃宗当即认错，李泌仍去衡山隐居。768年代宗即位，派人到衡山征李泌进京议事，让他做宰相，但李泌却坚决不肯。785年，河南有个兵马使达奚抱晖害死上司要求得到这职位，皇帝德宗不准，派兵前去镇压。李泌经德宗同意，孤身一人前去和达奚抱晖说明利害让他连夜举家逃走，大军见没叛乱就回去了。这个故事说明，人一旦觉悟就会产生巨大的价值。觉悟的李泌不贪恋权力，在钩心斗角的朝堂上得以保全自身，又能使皇帝明白事理放下私怨以社会安定为重，还能让犯错的人猛然惊醒悬崖勒马。要知道从安史之乱开始的藩镇割据延续一百六十多年，无止境的社会动乱将盛唐的国力损耗殆尽，直至唐朝衰亡，这其中数十起的割据事件，仅有达奚抱晖害主谋位的这次是平息于萌芽状态的，这么严重的事件居然没对国家造成什么破坏，这正是觉悟所体现出来的价值。

人总是在走过了一个地方之后，才会意识到自己已经和这个地方擦肩而过了；人们常常在经历过一件事之后，才会醒悟到自己的应对是有差错的。人必定亲历苦难，才知道苦难是什么滋味，才会醒悟到去同情、关怀别人的苦难。不管经历什么事情，只要静下心来耐心观察、细心分析，就会明白这件事情的原委，做出妥善因应。

觉悟是自我觉醒，即便是来自老师的教导也必须要由自己来领悟，何况在生活中，不可能有专业的心理导师随时随地在身边指导我们。真正的觉悟是无师自通，是开启自己的智慧之窍，是水到渠成、自然而然地使思维登峰造极。真正的觉悟一定是自我的觉醒，是自觉自愿的自我改善，如果是拔苗助长般的外来强压，只会引起心理叛逆，造成人性的扭曲变形，制造出人格的残次品。

觉醒的人只有一件事情要去做，那就是找到自我，顺着自己良心的指向一直前行，不用去管路旁的诱惑、责难或讥讽，也不必担心会走错路。觉醒过来是极大的幸福，觉醒是思维的突破，所谓茅塞顿开，冲破禁锢发现前所未有的美景，这种快乐是原有的感觉和想象所无法企及的。

公元282年西晋武帝时，劝谏官刘毅为人耿直，太子违规，他敢指控太子的老师，吓得贪官纷纷辞职而去。一次武帝到郊外祭祀，空闲中问刘毅自己可比前朝哪个皇帝。刘毅不假思索地说，可比东汉时的桓、灵二帝。武帝很不高兴地反驳道，自己德行虽不如上古时代的君王，但还是兢兢业业治国，不久前还统一了天下，将自己比作对汉朝灭亡负有主要责任的桓、灵两人也实在太过分了。刘毅却毫不退让地说，桓、灵卖官得来的钱归入国库，而你卖官的钱进自己口袋（实际是大臣在卖官），就这点来看你还不如桓、灵。在场大臣闻言变色，武帝虽然十分难堪，却大度地说，桓、灵不会听到这样的直言，而我有这样敢于规劝的大臣还是胜过他俩。武帝统一天下建立晋朝，大行仁政，治理贪腐，使国家得到休养生息，得到百姓爱戴，但后来却逐渐放松对豪强外戚的管束，经刘毅提醒才猛然醒悟，因此晚年没犯大错。这故事告诉人们，一个人一旦觉悟，就不会再重蹈覆辙。

觉悟是一个从迷惑到达明白的认识过程。而认识的过程就在于不断发现问题，提出疑问以寻求突破，要是仅仅满足于一知半解，那就只能懵懂下去，永远与觉悟无缘。一个人被人欺骗是对方可耻，要是再次受骗那是自己可耻，原因是被骗之后还不接受教训，浪费了一次宝贵的觉醒机会。

觉悟也是自知之明。糊涂的人不一定没有学问，而是弄不明白自己。这种人所思、所学、所感兴趣的事都是身外之物，统统与自己无关。粗粗一看好像他什么都懂，简直是无所不知；但是细细推敲全是虚言浮语，完全是无所存在。没有觉悟的人看不清楚自己的内心，只看见眼前的利害，看不见内心所刻画的事理，只看见身旁万物的流转，看不见万物之美对内心的滋养，只看见流光溢彩的世界，看不见内心对资源过度损耗的惋惜。

觉悟的人明白，人生的真谛是自食其力又有益于他人，糊涂的人仅知道无利不起早，做任何事情都是利字当头。圣雄甘地曾经列举过人类社会的七宗罪：从政无原则、积财不辛劳、享乐无良知、有学识没品德、经商没道德、搞科研缺人性、信神灵不奉献。这足以说明没有觉悟的人根本不懂自己到底需要什么，不清楚自己在干什么，也不会知道这样做的结果和自己的初衷竟然南辕北辙。

觉悟就是善良，觉悟的人生从爱开始，爱生命，爱万事万物，这也是人性的出发点和归宿。觉悟就是平等，在觉悟的人眼中没有绝对的高贵，也没有绝对的卑微，身处大海自己就是大海，身处沙漠自己就是沙漠，尊重万物，融入万物，与万物和谐相处，心中透亮没有虚荣。觉悟就是积极乐观的人生态度。觉悟的人明白天下为公的道理，天下万物属人间所有，不应让私人独占。因此，觉悟的人遇难事有担当，遇争端不计较，隐恶扬善，礼让宽容。觉悟的人以宽容之心向后看，以希望之心向前看，以同情之心向下看，以感恩之心向上看，以敬畏之心向两边看。觉悟的人以如此自由的心情在人世间翱翔，所见无不春意盎然，所闻不外鸟语花香，所遇全都是飞天及天使。

觉悟就是简单，生活的复杂程度是难以想象的，同时，只要我们自己简单了，生活也就简单了。人必须依靠呼吸而活着，呼吸在生活中的含义在于，人生觉悟了就简单了，气顺了，生活就平安了。

实现自强首要途径是，通过读书，获得知识，觉悟人生。

第七章　思考

　　实现自强目标的第一条途径是读书，第二条途径是思考。在读书的过程中遇到不明白的地方就要停下来思考明白；在追求自强的过程中遇到想不通的事就要到书上去寻找答案。两条途径相辅相成，交替行进，也就是循序渐进的学习方法。读书的根本，不在于记住书上的那点知识，而在于书上的知识所萌生出来的那些自主思考；所读的书越广博，引起的思考就越远；书的品质越高，所引发的思考就越深；思考得越远越深，读书的效果也越显著。读书的智慧不在于知道得多，而在于思考后得到的真知灼见。

　　思考是运用自身的聪明才智，对书本上的内容，通过各种联想进行推理、演算、分析、整理，直至领悟其真实含义的过程。思考应该伴随读书的全过程，思考的结果是理解，是学问，是自己的思想。思考的意义是理解事物，提高生活能力，过更好的生活。

　　读者所见到书中罗列的知识素材，还必须经过自己的思考，才能从这些知识中提炼出真理，才能将这些素材锻造成自己的思想。人们听到的往往只是一种别人的看法，并不是全部的事实；人们所看到的往往只是一个视角的影像，也不是全部的真相；书中记载的往往是前人的观感，并不一定与现在的事物完全吻合。要弄清事实真相，应该倾听各时间段、各角度亲历者的观点及描述，然后认真思考，经过分析去伪存真，经过整理去粗取精，才能逐渐还原事实真相。偏听偏信则暗，兼听思考则明。至于前人的观点今天是否还管用，那就应先思考一番，弄明白历史沿革，才会榫卯合缝准确解答，要是不顾时代变迁一味地强搬硬套，那就免不了会登上刻舟求剑的那条旧船。

　　展现出一个人力量的悟性、智慧、信念、毅力等特性，都来自思考的结果。不善于思考的人蹉跎了岁月，也不知道浪费的时间在哪里；看见了书上的知识不去思考如何运用，也不知道智慧在哪里；见多识广好像学问渊博却不会思考分析，也不知道常识民俗在哪里；高谈阔论信口雌黄不作思考整理，也不知道言必有据有的放矢在哪里。

一个爱好读书的人，学会思考比学会生活更重要。学会思考、勤于思考、善于思考的读者，行为处事一定知情达理，一定是个会生活的天才。会生活的天才胜过别人的地方就在于擅长思考，生活中最好的助手正是开动脑筋自己思考，而不是其他。

思考从疑问开始。思考的动力来自困惑，当一个人在读书或生活中，接收到多层次、多渠道的信息，一下子交织缠绕成一团乱麻，理不出头绪时就需要静下心来思考，以便看出端倪、疏通脉络，拿到通往出口的钥匙。同样，我们为了将事情做得更好，为了生活得更好，需要经常多问一下自己，事情为什么会是现在这个样子，这就是生活中的智慧之所在，有了问题，才会思考答案。生活中每当我们解决了一个问题，生活之舟就会校准一下罗盘，重新对准目的地，再修正一次舵，回归正确的航线。

在南岳衡山有处景点，叫"磨镜台"，含着一个唐朝的典故：老和尚以石块磨不成镜子做比喻，教育小和尚光念经是成不了佛的。凡人为何成不了佛的问题，思考一番就会有答案。凡人要成佛，先要知道自己和佛之间相隔多少距离，如果能够消除这个距离即已成佛。想清楚了以后就知道光念佛是成不了佛的，同时也明白了自己究竟能不能消除这段距离达到佛的境界。遇事能够提出问题，事情就已经解决了一半。

思考的主要内容是想象，很多时候思考能力要依靠想象力。读书应该善于思考，想象力比知识更重要，人的价值不仅体现在积攒了多少知识，更取决于对知识孜孜以求的探索精神，这种精神正是善于思考的精神。想象能让人的思绪像鸟儿一样自由翱翔、浮想联翩，思索能引人入胜，让人沉醉于美景中，当严肃的求证之路已经走到山穷水尽时，还能张开想象的翅膀飞越绝境，俯瞰世外桃源，让疲惫的心灵伸个懒腰，舒展一下，这时想象就成为心灵的眼睛，兴许看到山的那一边还真的是有条路。想象是人所特有的翅膀，可以带着我们来到双脚所走不到的地方，翱翔于宇宙的任何一个角落。没有想象特质的人缺少了智慧无法变通，拘泥于陈规陋习难有作为。大自然的安排是合理且周密的，通常情况下我们遇到的问题，只要能勤于想象，都是会有解的，有时候即便走进死胡同弄到束手无策的地步，大约也还是由于自己放弃想象的缘故所导致的。

有些时候思考特别难，原因是值得思考的事情别人都已经仔仔细细认认真真地思考过了，而且在书上都已经明明白白地记着，我们再去思考一遍，如果幸运的话发现有瑕疵或遗漏，就算是极大收获了，要是一无所获这还真让人沮丧。有价值的思考是不受束缚，超越现存的认识，另辟蹊径，涉足人迹罕至的地方，敢于去思考不可思考的问题，这样思考的结果极有可能产生出新的思想。

收集、整理是整个思考过程的枢纽，想象的内容需要及时收集，想象结束就是整理的开始。人的思考过程应该像蜜蜂收集花蜜酿造成香甜的蜂蜜那样，既收集又整理，才能形成思想。思想家摄取世间万象的点点滴滴，经过斟酌梳理，陈说出来即是人间真谛。思考素材的收集整理必须有明确的目标。联想可以天马行空毫无羁绊，同时也必须明确方向，那些绕过来又绕过去的胡思乱想，只能浪费时间。当收集的素材有个明确的目标，那么最后陈述的结论一定也是开宗明义，让人一目了然的；当整理的内容循着一个固定的目标，有的放矢地实施，那么最后呈现出来的结论必然也是井然有序合情合理，足以让人信服认可的。整理思绪、梳理思路就是为了去伪存真、明辨是非。有人调查了数千名护士后，发现平时喝酒的人心脏发病率明显低于不喝酒的人，而且喝酒次数越多发病率还越低，于是认定饮酒有益女性心脏健康。后来才发现有误，原因是职业女性往往因心脏健康才敢放心喝酒，另外，爱好运动的年轻女性喜欢多喝酒。因此，正确的结论是，身体健康、爱好运动的女性比体弱多病、孤僻少动的女性原本饮酒就要多得多。娇艳的蘑菇是否含毒，清苦的野草能否祛火，其中的精妙在于怎样去分辨。这故事说明不能精准地整理思路就会混淆是非，得出错误结论。

思考是一个人离快乐最近的一种活动。思考不需要消耗什么物质资源，只需要一些独处的时间，而在悟道的刹那间，内心的快乐真是不可名状，更何况，思考形成的思想有可能产生出巨大的财富，这还不足以使人幸福快乐吗？完美的思考一定会让人明白点什么。只阅读而不思考的人犹如一个活动的书橱，看起来很有知识，却不知道这些知识怎么用，这样的人往往知道的越多反而越迷糊。

思考是行动，当一个人开始思考的时候，说明这个人已经处于积极努力之中。思考是人生无法替代而又不可能逃避的辛勤劳作，思考是人的生命中最有价值最有意义的时间占用。既然无法逃避，并且还是有价值的好事情，那就让我们开始思考吧，思考之后不会后悔。

读书得来的知识是工具，遮盖了我们身体的缺陷，延伸了我们手脚的活动范围，增加了我们手脚的力量，扩展了我们感受到的世界。思考形成的思想成为我们自己身体的一部分，使人可以自由自在随心所欲地在世间行走、畅游与翱翔，享受一切美好的景色、气味与滋味，纵使以后本人不在了，思想还是完整地属于他个人的。

思考最直接的受益是明辨是非。

第八章　是非

　　书是人类知识同谬误的合成体，阅读时思考的作用是将知识与谬误加以甄别区分，以便今后能够隐恶扬善，平安度日。从不思考的阅读不能辨别是非，会把个好端端的读者给毁掉，是非不分的人很容易上当受骗，照本宣科做错了事还自以为成功，甚至无从反省，一条道走到黑。可见，是非不分、真假不辨的人是多么危险。

　　是非就是对与错。世间万事万物都有个道理，符合这个道理的就是"是"，违背这个道理的就是"非"。对于每个人来说，是非之心就是自己的良心。一件事到底是对还是错，该不该去做，应该由自己的良心来决定。人只有经过思考，询问过自己良心之后，才能最终明辨是非。

　　人生中明辨是非十分重要。人们读书思考的目的不仅在于得到那把打开智慧之门的钥匙，更重要的是清晰地看到正确和错误之间的那条分界线，以确保自己在今后的人生旅行中不越雷池半步。要是不幸将身体迷失在物欲中，性情随波逐流于世俗，到时发现舍命追到手的东西并不是原先想要的，这才明白自己本末倒置，追悔莫及。

　　现实世界中善恶不分、是非混淆的现象委实不少，比如将信息看作知识，把知识当成智慧，拿冷漠错成涵养，把品牌当作品位，拿投机比作创意，将无耻说成勇气，诸如此类的看法实在危害不浅，糊涂之极可悲可叹。

　　现实生活中还有些所谓的专家和精英，利用自己的学识充当一些利益集团的枪手，他们罗列数据寻找理由，编织圈套设置陷阱，让那些善于关注局部而忽略整体的人迷失思维判断能力，稀里糊涂上当受骗、蒙受损失。

　　人类的天性本来就是厌烦丑恶、奉行善良，黑白不分的人只是还在沉醉中，明辨善恶的人才是觉醒的悟者。正确的认识被人们广泛认同，成为思想得到传承，最终成为属于人类的精神财富；荒谬的看法让人吃尽苦头，沦为废物，最后贴上标签归于时代的有害垃圾。善意理应得到真心的拥抱，歹徒终将坠落于自掘的陷坑。正义会受欢迎得到支持帮助，邪恶定遭唾弃陷入孤立。公元1420年，唐赛儿率白莲教在山东起义，全歼前来围攻的军队，各地民众纷纷响应。明朝皇帝朱棣派京城精兵去镇压，起义失败，唐赛儿突围而去。不久朱棣得到情报说唐赛儿藏身于尼姑庵中，于是下令将全国所有的尼姑和女道士数万名悉数逮捕，全部押解到京审查，然而，到了也没找到唐赛儿踪迹。十多年前，朱棣以皇帝叔叔的身份，借口发动战争，夺取了侄儿的皇位，天下人都认为朱棣不公不义，这次白莲教起义得到各地民众响应，起义失败后又保护义军领袖，不让朱棣迫害唐赛儿，公道自在人心，这就是明辨是非的意义之所在。

一个人视力模糊就会黑白不辨，一个人心灵糊涂就会善恶不分。一个人内心肮脏，就会在完美的人体上挑剔出脏东西，就会在优美的环境中干出肮脏的恶行。没有肮脏的内心，就不会有恶行。为一己私利牺牲别人的幸福，这是恶行；用歪理为恶行撑腰打气，也是恶行；道貌岸然，口蜜腹剑，根本就是恶行；颠倒黑白，陷害贤良，更是恶行；作恶之人，招摇过市，不以为耻，反以为荣，这就是恶贯满盈。

为事理牺牲自己幸福的人是善行，走独木桥见迎面来人，后退礼让是善行；遇别人临渊战栗不前，伸手相扶也是善行；逢邻居遭灾颗粒无收，奉上一杯种子同样是善行；路边数人争执不下，从旁拆解劝开还是善行。何为善行，凡事站在道义一边，肯退让、愿出手相助的就是善行。

溯源恶行就知道，远古时代生存环境极其严酷，只有最强壮的人才有可能活下去，这就是丛林法则赢者通吃。这种不管先来后到、不顾是非曲直的做法之所以通行，就因败者已被消灭，胜者不会受到谴责。而人类练就的这种血腥本领渐渐地被人性劈成两半，一半是被良心所唾弃的恶行，另外的一半是受到良心呵护的善行，用以制衡恶行。

是非是一对矛盾体，同时存在于任何事物中，并且相互对立、相互成就、相互转换，你中有我，我中有你。是的，歪理重复百遍不会变成真理，真理不受待见也不会变成歪理。一个人在分清是非的同时必须心平气和，不能走极端。

想要自立自强过安定生活的人，必须勇于探索真理、明辨是非；凡事信奉公正、正义，不屈从专家权威的看法；约束自己的心智，追求善良正直，不让贪欲引诱着去过放荡不羁的生活。辨明是非善恶很难，原因是恶行显露在明处，而善行蕴藏在内里；辨明是非善恶之后要弃恶从善更难，原因是有时候蕴藏着的善行需要千辛万苦才能找得到，然而恶行却时常在一边守候着，一有可能就不期而至。而最难的是善与恶搅作一块难分伯仲时，选择仗义执言挺身而出，还是沉默观望明哲保身，这时唯有请出良心来做最后的裁定。东汉末年，公元 169 年，把持朝政的宦官集团，因名士张俭屡次揭露他们的恶行而凶相毕露，诬告张俭谋反。昏暗的朝廷下达逮捕令，张俭闻讯后在沿途各地百姓及地方官的保护下成功逃往塞外。事后，为此案沿途遭受牵连而被毁家灭门的竟有十多户，而最具代表性的是孔融一家的"抢罪争死"。当张俭逃到孔家时，孔融的哥哥正出门在外，于是孔融帮了张俭。事发后，孔融全家被抓，孔融说是自己帮了张俭，是我的罪；他哥哥说自己是张俭的朋友，张俭来找的是我，弟弟才十六岁不懂事，全是我罪过；孔融的母亲说家中我年龄最大，我应该获罪；最终孔融哥哥被处死。

有学问而黑白不分的人，比没有学问而无知的人更加愚蠢，他们圆滑世故，善恶莫辨，会在不知不觉中心驰神往地一路滑向深渊。区分善恶的分界线由人的良心来规划，良心遗失的人，在没有是非分界线的人生路上胡窜乱闯，最终的结局一定是在路边的深沟内。

思考的直接受益是明辨是非，间接受益是获得智慧。

第九章　智慧

　　思考不仅能辨明是非，还能收获智慧。书籍是打开智慧之门的钥匙，只有积极的思考才能掌握这把钥匙。把知识运用到生活中需要智慧，在生活中能够带给人欢乐的是智慧，并不是知识。觉悟是被动的，是经过之后才懂的；智慧是主动的，是在出发之前就已经胸有成竹。日子是往前过，不是往后过，因此智慧比觉悟更积极、更现实。

　　公元564年，北周四川境内，有姓任和姓杜的两家都丢失了牛，不久找回了一头，两家都认定这牛正是自家走失的，由于实在争执不下，只能请求官断。但是，州和郡里的官员都无法判定，于是，大家请出断案高手营山的太守于仲文来破案。于仲文让两家各自将牛群赶来，那头牛一见，就跑进任家牛群，杜家当场认错免罚。于仲文断案用的就是智慧。智慧就是聪明才智，这种聪明才智体现在对万事万物具有深刻完整的认知能力，尤其是对事物产生的原因具有领悟能力。智慧也是一种高级创造能力，在日常生活中，智慧体现为更好的处理问题的能力。智慧更是一种才华，这种才华与真理相伴相随，以理性的方式冲破陈腐观念的束缚，把与别人相同的聪明用到与众不同的地方。智慧最显著的特征就是在平凡生活中发现奇妙之处。

　　一个人有没有智慧，结果完全不同。智慧如阳光照亮黑暗般驱散愚昧，如明镜毫发毕现般洞悉万象，如大海容纳百川般包容万物，有智慧的人生幸福平安。智慧就是力量。没有智慧的人只能用蛮力，而靠蛮力是极难做成什么事的。有智慧的人用的是巧劲，顺势而为四两拨千斤，旁人看不出着力点上有过受力的痕迹，也看不见人在使力，他却早已立于不败之地。当一个人养成习惯，用智慧来行事处世，那么这必定是个无坚不摧、无险不涉、无高不攀的强者。智慧可依据过往经历推知未来的可能性，根据已显露出的端倪推断事物隐藏的部分。智慧对于人的心灵犹如健康对于身体一样，不可或缺；容貌对于一个人并非至关紧要，而头脑中要是没有智慧的话却常常是致命的缺失。智慧能区分可以与怎样的人交往，因此智慧不会让人错过知音；智慧能分辨可以与什么样的人畅谈，所以智慧不会使人讲错话。智慧不一定让人富有权势与钱财，却一定会让人快乐地活在当下，因为智慧使人真切感受到"花开不是为了花落，而是为了灿烂"是人生的真谛。

智慧必须包含在美德之内。现实生活中，美德如果没有智慧将步履维艰，难以实行；要是智慧脱离了美德的范围，就会蜕变为小聪明、小阴谋，沦为恶作剧之流。智慧与美德唯有相辅相成，方能珠联璧合相得益彰。五代十国时期庄王李存勖在公元923年称帝建立后唐。李存勖极具音乐天分，能欣赏还会自行作曲，常与戏曲演员一起排演，自称"李天下"。一次李存勖在中牟县打猎，把农田践踏得一片狼藉，县令赶来拦在李存勖马前恳切劝阻，李存勖将县令一顿痛骂驱离，之后还余怒未消要杀县令解气，于是戏曲演员敬新磨领着众人将县令捉回，当着李存勖面数落他：你一个做官的怎么不知道皇上喜好打猎呢，还竟敢放纵百姓种田交税，为什么不让百姓饿着肚子把田地空在那儿等皇上来飞马驰骋，你应当获死罪。李存勖在旁边听着忍俊不禁，最终县令得救。戏曲演员敬新磨异常生动形象地诠释了智慧的含义，智慧就是如此这般举重若轻地将事情引导向正确轨道。

智慧不是钱财所能买到的，也不是权威的标准配置，智慧是依靠自己的德行长期积攒起来的。普通人的智慧来自记忆，而更重要的是来自思考。智慧首先来自书籍，书籍对于智慧，相当于翅膀对于飞鸟，智慧正是凭借着书籍这个翅膀而传播至四海之内的。读书学习的人通过记忆获得了智慧。智慧更重要的是来自思考。智慧与真理相伴，都蕴藏于事物深处，很难轻易被发现，需要当事者耐心观察、细心辨识、反复推敲才能获得。智慧很少能够由老师来传授而获得，大多数情况下，智慧只能通过亲力亲为去发现和获得，请人包办不得。对于不够聪明的人来说，不幸的遭遇也能促使其获得智慧，当一个人告别了惨痛的经历，开始思考之前的失误时，他的智慧就出现了。当一个自高自大而屡屡碰壁的人，开始学着尊重别人、尊重事实、尊重真理的时候，就是这个人聪明睿智的开端，从此智慧就是他身体的一部分了。

智慧人生的全部内涵就是以宽容面对过去，以从容把握现在，以希望面对未来。聪明的人同样也是个诚实的人，想成为有智慧的人，先要学会理智地看待事物，须弄清楚天上不会掉馅饼的道理。有智慧的人总是踏踏实实做人，凡事自立自强，平等待人行事公正，从不投机取巧占人便宜，为此智慧的人生少波折少磨难，多平顺多安全。

智慧产生谦虚。智慧的人以自己的学问看到世界的美好与世人的善良。苛刻的人看什么事物都是千疮百孔一无是处，高傲的人看任何人都觉得愚昧可笑异常笨拙，愚昧的人信口雌黄毫无诚信，既伤别人又害自己；有智慧的人却认为每个人都值得自己尊重，每个人身上都有自己可以学习的东西，因此有智慧的人每天都在成长，每天都学到新东西。智慧看淡得失。有智慧的人懂得平衡的道理，遇事不会走极端，仔细掌控火候，小心拿捏分寸，讲究合作追求共赢，使事物呈现出本身的美。有智慧的人个性柔韧，春风得意时谨慎低调，感恩怀德；受挫阻滞时卧薪尝胆，不屈不挠，宽也从容，窄也淡定，漫漫人生路，不疾不徐，不矜不盈。智慧产生谨慎。有智慧的人具有把握尺度的能力，知道怎样驾驭勇敢，知道如何启动克制，知道怎么保持乐观，知道始终秉承公正；有智慧的人事先思虑周详，行事遵循规则，言语大方得体，理解同事曲衷，事情过后宽容别人的差错，检视自己的过失，吸取教训。

自然造就的很多事物都为曲线，这是因事物在运行中总会受到周围其他事物的干扰和影响而改变方向；人的本性是一旦明确了目标就会直奔主题，在前行过程中受外部影响偏离方向时，人的智慧将及时测准目标修正方向，保持直行。自然造就曲线，人类创造直线。世上所有精美绝伦的直线大都为人类创造，正是这条直线证明了人类所有的智慧就是"简单"两个字。简单节省宝贵资源，简单就是美，简单就是轻松愉快。智者所拥有的珍品就是愉悦的心情，庸人孜孜以求的奢侈品则是智者眼中的废品和凶器，避之唯恐不及。幸福的人不是拥有值钱东西的人，而是能充分享受人生际遇的人。花开则艳，花谢留香，快乐来自简单，简单成就智慧。

智慧是将学习中所得到的经验经过思考加工后酿造而成的，没有经验就没有智慧。同时，智慧不使用就不会有新的经验，智慧便止步不前，不再提升；相对于发展的世界来说，不再提升的智慧实质上已经开始枯萎了。人在不断地适应自然界的生存之道中得到经验掌握智慧，进而再学会改进自然界，提高万物生存质量的同时提高自身的智慧。从这个意义上来说，人只要愿意改进自己来适应自然界，愿意改进自然界以造福于万物，那么，人的智慧是没有极限的。

人要是在童年时受美食诱惑，少年时受情色诱惑，壮年时受野心诱惑，暮年还要受贪婪诱惑，这样的人生真是老得太快懂得太迟，一辈子从没时间去追寻一点智慧，这样的人生太可惜。人到了一定年纪自然会明白一个道理，无论什么事情，走到后来这个结果一定是必然的，不管自己喜不喜欢这个结果，总之，一直以来自己就是奔这个方向去做的，怨不了别人。而愚者正是一边在重复做着相同的事，却暗地里祈祷出现不同的结果。一个人没点智慧真是太可怜了，不管什么年龄、什么时间、什么地点，只要去思考获取智慧都不算晚，都还来得及，都对人生有益。有了智慧的人就有了快乐，智慧越宽广，生命中的快乐就排得越满。一个人有了智慧，做事情就正确；一个人做蠢事，原因正是缺少了智慧。智慧是成熟而不油滑世故，谦虚而不谄媚取悦，破败中的忍耐和坚持，成功时的感恩和分享。智慧之心是人生的福地，包含了人间所有的美。

唐朝时江州刺史李渤与智常禅师为友，两人间的一次对话堪称经典。李渤说，佛经中有"山中埋藏着种子，种子包含着大山"的说法，一颗种子怎能装进一座山，怕是随便说说的吧。禅师反问他，听说你读过万卷书，现在放在哪里？李渤说全装在头脑中。禅师说你的头才这么大，怎么可能装进这么多书，大概也是随便说说的吧。一千多年前没有数字影像学概念，聪明的人却已经懂得如此深奥的道理；今天一小块芯片足可以装入整座图书馆的信息量，当然不难理解同样的道理：智慧存在于人的思想中，在人的大脑中几乎不占什么地方，却足以容纳下整个世界。

人生要实现自强的目标，第二条途径就是通过思考，辨明是非，获得智慧。

第十章　历练

实现自强目标的第三条途径，就是历练。读万卷书固然重要，但书上学来的知识是前人从生活经验中得到的，因此总感觉有些不够贴切，要想运用这些知识让自己成为强者，就必须自己去走一走，看一看，尝一尝，才能真正明白个中精髓，使之成为自己的学问，自己的智慧。

历练就是一个人的人生经历和生活磨练。一个人的经历不是天生所拥有的，经历是一个人生命中所走过的那些路，到过的那些地方，见过的那些景物；经历也是一个人亲历过的那些事情，相处过的那些人，记忆中的那些痛苦和欢乐，在这些经历中，人的情操得到了陶冶，心智得到了淬炼，于是，人渐渐成长起来，走向自立自强。正是一个人所经历过的一切历练造就了这个人。

一个人有没有经过历练是完全不一样的。没有经历过的人是没有感觉的，地图上看到的世界和经过旅行看到的大不相同，地图展现给人的是一个平面，而真实的世界是立体的，有着深厚的自然、社会、人文信息，两者之间最主要的不同在于地图是相对静止的，而世界在不停地运动，在向前发展。没有走出过故乡的人就不会感受到世界有多大，没有登临过险峰的人就不会感受到天空有多高，没有下探过天坑地缝的人不会感受到大地有多厚，没有经历过九死一生的人不会感受到生命的可贵，可见，一个人的所有看法都来自本人的亲身体验。人生有东西可以和别人交换，也有东西绝不能出卖，有追求也有舍弃，有梦想灿烂时光，也有静观四季万象，只有诸般经历都历练过的人才能得以健康成长。

历练的意义就在于改变一个人。体育锻炼的经历能够改变人的体魄，苦难失意的经历能培育人的同情心。一个人的年龄只是一个标记，没有什么实质上的意义，真正的意义在于这个人这些年是怎么度过的，这些年来这个人得到了些什么东西、取得了一些什么成绩并不很重要，真正重要的是这些年的经历让这个人改变了些什么，是否人格趋于完美，是否品德趋于高尚，这些改变才是历练的意义所在，这种改变对于一个人的自立自强至关重要。

历练对于人的一生十分重要，一个人的亲身经历就是这个人的整个人生。只有自己曾经去过的地方，才会留有印象，才能在以后的回忆中随时故地重游。不同的人生经历造就了不同的人，而人生经历的差别正是人与人之间心灵上的差异，也是不同的人生在品质上的差距。一个阅历丰富的老者，其人生经历对于旁人来说几乎等同于一部百科全书，在需要的时候可以方便地请益。历练对于一个年轻人尤其重要。一个没有经历过失败的人，甚至搞不清成功在哪个方向；人总是先学会了哭，然后才开始学习笑；人没有经历过苦难就不了解什么是悲哀，也就无从品尝到真正的快乐。一个没有什么历练的懵懂少年大都眼高手低，看什么都容易得很，然而只要开始动手去做，总会引来一片斥责声，导致犹豫不决，裹足不前，年轻人大都如此，然后就渐渐长大了。

人生必须面对遭遇的一切。既然相逢，就总要看个清楚，弄个明白；事到临头，不大胆尝试一下滋味便急着躲开，岂不可惜。挪威有个谚语："风平浪静时，谁都能掌舵。"生活中风平浪静是世人的愿望，同样风高浪急也是机遇，没有经过这种历练就没有过人的能力，就难以实现自强的目标。世上没有两片相同的树叶，人生没有两天相同的际遇，从这个意义上来说，人生每时每刻都在接受挑战，都在进行尝试，尝试越多经验越多，经验越多眼光越准，眼光越准则生活越美好。掌握人生技能实属不易，学校并不开设这门课程，也寻觅不到专业指导老师，各种各样的忠告倒是铺天盖地，只可惜都难以对症下药，人生的技能只能由自己在生活中去感受领悟。主动接受生活磨练的人，有空闲多看几页书，出游多走几步路，观赏多提几个问题，人生就比别人更丰富多彩一些，其原因在于别人看到了世界的这一面，而他还看到了世界的另一面。要是出于胆怯，害怕受到损伤，不敢直面艰辛，不愿接受磨练，不仅会失去成长的机会，反而会滑入狭隘、固执的沟壑中；如果雏鹰爱惜羽毛，不愿扇动翅膀学习飞翔，不仅翅膀成为摆设，还将面临挨饿的绝境。

　　一个人对于生活中的种种磨练需要有不屈不挠的承受能力，需要有极大的忍耐力，因为生活不会瞬间将所有的好东西都交给我们。不愿意接受生活磨练的人，人生对他来说是一种惩罚；勇敢面对生活磨练的人，人生对他来说就是一种褒奖。不经过凛冽的严寒不会迎来梅花的清香，缺少疾风暴雨锤炼的花草，生命力总是很弱的，刻意躲避生活磨练的人同样也不可能有旺盛的生命力。锃光瓦亮的器物一定是经过反复打磨后才制成，高效少害的药剂一定是经过再三仔细的熬炼后才能调配成，引人入胜的作品一定是经过字斟句酌地来回推敲。凡经痛苦磨练而得到的经验使人无比珍惜，得来的学问使人印象深刻，生活中的磨练让人的生命力既坚硬而又韧劲十足，要是这种磨练是主动去接受的，那么，磨练中就注入了欢乐的试剂，即便人的生活不慎跌落地缝暗河，照样也探索前行，照样还是前程似锦，欢快是生命中的润滑剂，能使苦难的岁月举重若轻，攻坚克难。

　　历练也是一种尝试。尝试后就知道真相，尝试后才知道艰难，尝试后更知道自己的不足。尝试就是用现实来制约想象，验证想象，开发想象。尝试能够认识自己。一个人究竟有些什么天赋才华，往往是在经过尝试之后，才能确定自己适合去做什么行当。尝试能够做出合适的选择。有些事情众说纷纭毁誉参半，譬如酒，说酒会乱性误事的人滴酒不沾，说不饮酒枉为做人的常常是喝得半醉半仙，对于没有这种经历的人不妨尝试一下，然后依据亲身感受找准自己的定位。尝试能够给人以借鉴。尝试能够验证学到知识的真假以及某项知识是否能为己所用，尤其是尝试过错误的人生对人对己都能起到行为举止方面的标识作用。尝试能够探索未知世界的奥妙。一段人生经验能够告诉人们事物的一个方面，却不能告诉人们这个事物还有其他另外的许多方面。

　　人生历练的过程就是一个人走向成功的历程。人生历练都是从犯错误开始，错误使人收获经验与教训，经验与教训能够让人做出正确的判断，正确的判断也就是实现成功目标的可行性规划。能够承受生活历练的磨难而挺立不倒的人，在挫折中止血疗伤，在失意中展望未来，在苦恼中感悟人生，在沉浮中适应生存，最终成为生活的强者。完美的人生历练，可以将一个人从生活中的热心观众，进化为生活中的合格演员，最后还可能升格成为出色的编导。完美的人生需要仔细地选择历练的环境，在仁慈厚道的团队中所作所为都是善举，近墨者黑近朱者赤，随着时间的推移，善良就成为团队中每个成员身体的一部分。

　　日子要一天天地经过，生活要一步一步地前行，不管过到哪一天，不管走到哪一处，经过的地方、看见的东西很重要，正是这些东西让自己学会了些常识，懂得了些道理，只要掌握了自强的本领，一路走来再怎样艰辛也值得，也就没有浪费自己的年华。人生一路前行，见到的景物终究会过去，得到的东西终究会失去，只有经历自始至终属于自己。珍惜自己的经历，这是真正的心路历程；感恩自己的历练，正是这些痛苦的历练造就了比昨天完美的自己。采石坑沿上，有一块长条形的石料，听说旁边的一块巨石要运到石雕厂去制成雕像，内心非常不平衡，就对巨石说，我和你一块儿从下边那坑里开采出来，为什么你将成为耸立在广场中心受人敬仰的偶像，而我却只能是块铺路石遭路人的踩踏，命运是如此的不公平。巨石答道，因为你只需要经过寥寥几下斧凿，而我却要经受千刻万磨。

　　历练终将使人成熟。

第十一章　成熟

历练终将使人成熟。没有经历过生活磨难的人既伶俐而又尖锐，没有经过历练的人生天真烂漫，经历过生活磨难的人会逐渐变得沉稳而柔软，会成长得又快又健壮。在挫折中遭受损伤的部位，痊愈之后，往往会比原来长得更结实，经过历练的人最终将走向成熟，而只有成熟的人生才突显珍贵。人生价值不在于获得过多少次的成功，而在于是否真正成熟。

成熟就是长大成人，也就是人成长到完善的程度。简单地说，人的成熟就是会学习、会做人、会做事、会相处，一句话，就是会生活。如果在生活中被风俗及习惯打磨得世故而油滑，这不是成熟，而是早衰或是长歪了，长成了残次品；成熟是理智的、自然的，真正的成熟是自我洞察，人格完美，正义仁厚，客观公正，自强礼让，进退适度，诚实守信，奉献分享，自律自控，自由乐观。

人逐渐成熟的意义就在于不断地改变自己，在生活的矛盾和彷徨中持续否定自己的稚嫩和无知，陆续积累经验，慢慢认识人生、渐渐懂得生活，完成人生的蜕变，这就是成长。一个人的稚嫩与成熟有着极大区别，稚嫩的人遇事容易轻信，成熟的人对没有遇见过的事首先持谨慎怀疑态度，随后经多角度去观察、了解，渐渐就能准确地认识这事物。稚嫩的人动辄自傲自满，成熟的人知道自己不足时就勇于进取，知道自己富余时就内心知足、与别人分享；稚嫩而又无知的人往往自命不凡，成熟而有智慧的人愈加虚怀若谷。成熟与稚嫩的主要不同在于：一个有自知之明，另一个却自以为是。

每一个成熟的人都有鲜明的个性特点。就连万物也都有其鲜明的特性，譬如梅花寒冬盛开，菊花秋日竞妍，正因每件具体事物的鲜明特性有别于其他事物，人们才能在纷繁复杂的世间万物中辨认区分出此一种事物，在触景生情时产生出共鸣。

人的鲜明个性就是人格独立。个性独立的人，不攀附，无媚态，凡事靠自己，有追求时也是指望着自己去实现；个性独立的人，有人喜欢会欣然接受，没人迎接也不会感到寂寞，不会以取悦别人来博得名利，堂堂正正做人，坦坦荡荡活着，鲜明的个性正是一个人成熟的标志。成熟的人不会去追求名声显赫，只会要求自己有所成就，努力造就自己；个性独立的人做事情专心致志，心无旁骛，勇往直前，不受他人摆布；个性鲜明的人做事情可能有快有慢，却不会轻言放弃，往往是越挫越勇。

人的个性不同，人生的收获也不尽相同，一个成熟的男子志在四方总想要走出家门去打拼出一片天地，一个成熟的女子努力工作同时想要组建家庭相夫教子，不同的个性塑造了不同的社会角色，使人间五彩缤纷，相得益彰。

成熟的人是最了解自己的人。了解自己首先是了解自己真正需求的是什么，成熟的人知道自己需要健康的身体和幸福的生活，因此一个成熟的人懂得先要把自己的事情办好，谋求和维护自身的权益，以实现自立自强作为正当的处世美德，刻不容缓地去完成好。成熟的人不会使自己穷困潦倒。

成熟的人知道自己的长处，知道自己的实力和处境，会用昨天的成绩来激励自己取得新的成就，绝不会以炫耀自己的成绩来使自己处于难堪的境地。成熟的人知道自己会做些什么，也知道自己能够做些什么，于是安贫乐道，低调做人，敏事慎言。

成熟的人知道自己的短处，清楚自己的责任，知道掩盖错误是极其愚蠢的行为。大凡一个人做错了事情，总是瞒得过初一却瞒不过十五的，与其被别人揭开后局面无法收拾，还不如自己趁早公开承认错误，主动纠正，反而有可能成为一段佳话。

公元 1022 年，北宋仁宗十一岁当上皇帝，因其年小，由太后刘娥主政十一年。刘娥深知自己处境不利能力不足，因此政出宫闱号令严明，恩威加于天下，不搞大工程，内外赏赐有节制，自己衣着粗绸，不做奢华事情，善待仁宗生母，深受国人称赞，不仅完成了政权的平稳交接，还为北宋进入繁荣时期打下基础。历史评价她，有武则天的才能，却没有武则天的蛮横。刘娥的经历告诉我们，成熟的人一定有自知之明，而有自知之明的人做事情不动声色，张弛有度，收放自如，精准妥帖，简明迅捷。

　　成熟的人一定是理智的人，而理智的人一定更加成熟。理智就是清醒而又符合实际情况的周密思考。理智对于一个成熟的人来说十分重要。成熟的人清醒地认识到，天上不会掉馅饼，必须要有一分耕耘才能换来一分收获，即使前路漫漫，艰辛无比，也要依靠自己的力量来挣脱困境。成熟的人明白随意冒犯别人或轻易挑起争端毫无意义且十分危险，因此成熟的人也是从容而冷静的人，是能够随时随地保持平和心情的谦谦君子。成熟的人也是自律的人，他们早已养成良好的习惯，能够有效地管控自己，不管在人前还是人后，都不会去做损人利己的事情，更不会为了一点细枝末节的小事情去做损坏全局的傻事。

　　成熟的人不一定博学，但绝不会无知。无知的人多骄傲自大，成熟的人多谦虚低调。无知的人最丑陋的地方，是做了坏事不认为有错，却还要千方百计欲盖弥彰，费尽心机抵死不认账；成熟的人最美丽动人的地方，就是做了好事认为是自己分内之事，因此丝毫不张扬，也从不流露出一点夸耀的意思。不成熟的人是没有经过多少生活历练的人，没有经历过苦难，不知道什么是痛苦的人，是天真同时也是任性的人。不成熟的人外表看来天真无邪、活力充沛，同时又没有生活经验，对外部世界是没有多少感知的。譬如不成熟的人会将礼貌的应付当作是承诺，更有甚者凭空打着如意算盘，草率地相信不熟悉的人，一旦事与愿违，蒙受损失，便受不了挫折，抱怨此人虚伪，抱怨生活不公。这样的人除了让人看笑话，余下的只剩可悲可叹了。公元1126年，北宋与金国交恶，由于金强宋弱，金军一路南下围攻宋都开封。宋军组织有效抵抗，战场一度成胶着状态。宋钦宗提议谈和罢战，于是两国互遣使者往来。宋钦宗见金国使者是契丹人，马上就想到金国在去年灭了辽国的事，而辽国正是契丹人的祖国，便一厢情愿地认定凡是契丹人就一定痛恨金国人，竟轻率地让这个金国使者契丹人萧仲恭带密件回去，交给在金国朝廷掌握军权的契丹人耶律余睹，约他们作为内应。不料金使回去就把没有启封的密件交给金太宗。此举造成两国之间彻底决裂，金国倾尽全力猛攻，北宋胡乱抵挡了半年就灭亡了。

　　成熟的人对人生有着透彻而积极的领悟。成熟的人知道实现自己的理想必须依靠自己，只要是与自己有关的事情，不管事大事小都毫不犹豫地承担起来，奔波忙碌、辛勤劳作，直达目标；成熟的人也知道人生的意义在于快乐，一旦丰衣足食便惬意满足，悠然自在，只与人分享，不与人相争。成熟的人知道一颗善良的心是一个人立身处世的根本，所以成熟的人也是温柔的人，面对世间万物，都能怀着一颗包容的心去看待周围的一切事物，很多事情因此也都能轻轻放下，尤其在与别人出现利益冲突的时候，更能随时随地做好松手准备，因此成熟的人以宽厚的眼神望出去的世界缥缈而美艳，日子往往过得舒坦、自然。成熟的人具备积极的人生态度，平静地面对生活中的风雨坎坷，从不抱怨怀恨，在顺境中能保持清醒，放弃追逐名利，在逆境中能守住信念随遇而安，在困境中能百折不挠奋发图强。受到夸奖不会狂妄失态，遭到指摘不会万念俱灰，遇到议论不会随意附和，听到流言不会传播扩散。成熟的人受到尊重，得到信任。成熟的人知道快乐的生活是简单的生活，日常生活中除了必需品，不会去置办任何奢侈品，如果自己寻求添置的东西会损害别人的权益，那就注定不会去做。

一个人的成熟需要经历漫长的历练过程，从温室花朵长成昆仑山小草，从苛刻待人转变到宽宏容人，从毫无生活经验成长到深谙事理的仁者，这样的历练是经年累月的打磨过程，普通人一旦成熟往往已是青春不在。当一个人认识到一颗钻石比一颗彩色玻璃球贵重的时候，这个人已经长大了；如果有一天这个人意识到欣赏一颗彩色玻璃球与一颗钻石同样快乐的时候，这个人就真正成熟了。时间永远不会停留，人终究会成熟，只是有些人成熟得快，有些人成熟得慢，早成熟的人懂得快，有些人懂得太迟，老得太快，一直要等到年老体衰时节才开始成熟。

历练使人成熟，还能提升人的眼光。

第十二章　眼光

懵懂少年有了知识再经过历练就会逐渐成熟起来，人生的历练还能够使人眼光深邃，看得很远很远。如果能看到目力不及的地方，对许多即将到来的事情就可以提前做些准备，从容迎接明天的来临。有知识的人在人生的旅途中，还可以运用知识的眼睛看清远方的道路。

一个人的眼光就是这个人观察事物的能力，就是这个人对万事万物的一些独到见解。有眼光的人看问题能够见一叶落而知天下秋，通过个别细微迹象，看到整个局势的趋向，这就是见微知著、触类旁通的能力。同时，一片树叶也可以在春天凋落，因此能够不受这片落叶的蒙蔽，做出准确判断，这正是有眼光的人具有的本事。有眼光的人对事物看法有着独到造诣，往往能够经由一个从未有人观察过的角度去了解事物，因此，论据常常是从未有人涉及的，结论每每与众不同，却愈加接近事物的原形。

有眼光的人与目光短浅的人完全不相同。眼光如同灯光，随同知识与思绪相伴遨游，所到之处驱散黑暗，因此，有眼光的人始终生活在光明的区域中。而目光短浅的人生活在半明半暗之中，在黑暗时束手无策、满腹抱怨憎恨一切；处于明亮的空间时，又担心这种状态还能维持多久，内心焦虑没有欢乐。眼光是一个人的翅膀，有眼光的人能够随心所欲地飞翔在世间的每个角落。而目光短浅的人，心被囚禁在一个狭窄的空间内，从未享受过自由的感觉，即使命运将其带到一个海阔天空的场所，也会因看不到边际而无所适从，不知所措。一个人有怎样的眼光，就有怎样的生活，而目光短浅的人很少有机会获得幸福。

一个人做事情目光短浅，则看不清楚日后可能出现的险情，就不可能去采取任何防范措施，甚至隐患已经开始显现却仍心存侥幸，懒得下决心去消除，一旦灾难降临，便只落入无可奈何、仰天哀叹的窘境。

人生经历对人的眼光起着决定性的作用，历练愈深刻，眼光愈长远。社会上的各行各业都有其独特的意义与价值。有眼光的人一定是在幼年时期就见识过各类极品，因此在其一生中明白自己斤两，知道自己可以追求什么，清楚自己距离目标还有多远；正因为有这番历练，长大成熟后才有自己的见解，看到俗物时通晓其和圣物的差别；欣赏优秀艺术作品时，能领略这件神品的风骨，清楚这件神品在其行业内的地位。所有人类日常使用的物品都会氧化和磨损，最终变得不堪使用而被废弃。一个人使用过同一种类不同价格的物品之后，会对物品的实用性与耐用性有自己的认识，这种认识直接与其生活品质相关，因此，一个人在幼年时期就要使用优质的日用品，只有这样，长大后，才会有敏锐而深邃的眼光，能够在资源不变的情况下，享有更高品质的生活。

眼睛能看清的地方靠眼力，眼睛看不到的地方靠眼光，眼光在很多时候是种感觉。每当晨曦微露，人们便知随即将日出东方；二月时节有人见竹园地翘，就知春笋行将破土而出。眼光靠的是敏锐的感觉，如同登高可看远，却不一定看得清，想要看得既远又清楚，那就得凭借好奇的目光与独特的视角，才能去感觉到那目力不及之处的事物。世间有许许多多的美，蕴藏在目力难以企及的地方，只有具备好奇而又敏锐感觉的眼光，才能将其发掘出来。目光迟钝的人常常看错东西，却不去检讨自己眼光的问题，反而责怪受到欺骗。敏锐的眼光，可以看到眼睛暂时还看不见的东西，造福当下的人。公元1403年，明成祖看到边境急报，得知宁夏城被围，忙问阁臣杨荣应怎么来应对。杨荣认为宁夏城造得十分坚固，守军也足够强大，急报一路送来需要十天时间，现在看来已经没事了。果然，当天半夜宁夏解围的加急战报送来了。这种感觉就是眼光。

有眼光的人主要是向前看。世界在发展，人类在进步，希望只能在未来，绝不可能在过去。生活中不管遇到什么坎，有眼光的人会踊跃向前，不会轻易退缩，因为他知道什么都会过去，这个坎也会过去，因此何妨一试；职业生涯中不管遇到什么令人郁闷的烦心事，有眼光的人都会一再忍耐、坚持，原因是他看到不远处美好的事物正在联袂而至。

眼光要用心灵才能看得清楚，这是眼光的价值所在。生活中，猛然发现被人挡路，能侧身绕过是最好结果，实在不行就停下等一等也不错，硬将人挤到一边，甚至把人推下水，这种鼠目寸光的恶意行为十分危险。生活中，与人交往时锱铢必较、争长论短的做法令人生厌，要是变本加厉去做损人利己的勾当，那么必定是聪明反被聪明误。有位善于登高作业的技师，见邻居爬树修剪枯枝，就在一旁静静观望。邻居完工开始下树，技师还是默然观看。等到邻居将要踩到靠在树干上的梯子时，技师才上去扶住梯子，低声提醒他注意脚下安全。旁边人看不懂，责怪道，人家在树枝上时你不去指点，下来一大半时才去帮他，不感到有点虚伪吗？技师说，普通人到高处会很紧张，自己定会小心戒备，下面的人这时去提醒他，必然让他分心；而下到相对安全的地方时，容易松懈大意，需要及时提醒。这故事指明，透过心灵的眼光去做事，就会拿捏分寸，把准时机，得到满意的效果。

　　眼光应由智慧做向导。智慧如光明，愚昧如黑暗，人在黑暗中只能摸索而行，而在光明中眼光才能看得更远更清。正因看得够清楚，人们才知道什么该看，什么不该看，这就是有眼光的人才会懂得的视而不见的智慧。正因看得够清楚，人们才明白走马观花难以发现事情的真相原貌，这就是有眼光的人才会懂得的眼见不一定为实的智慧。正因看得够清楚，人们才觉察到所谓的天才有时候也会干傻事，这就是有眼光的人才会懂得的思维必须冲破牢笼的智慧。生活中形成的一些黑暗角落，人们可以凭借智慧之光使自己的眼光到达那儿。尤其是一个人内心的黑暗角落，要是没有智慧之光，自己怎能正视那个角落里堆积的懦弱、贪婪、虚伪和孤独等不愿看也不敢看的东西？

　　有眼光的人一定充满信心，要是一个人对未来完全失去信心，不要说眼光了，就连看一下也懒得抬眼。夜行不慎跌倒的人，如果能明白这是生活中的偶然，就会重新爬起来，当他站稳脚跟，眼光必定是朝着东方，因为那儿有黎明，太阳会从那儿升起，那儿有生命的希望，看到这些，就不受眼前的挫折和阻碍所干扰，会满怀期盼和渴望迈步向前。

　　有眼光的人不受蒙蔽。有眼光的人知道在自己面前奉承、取悦的人，也会在背后诋毁自己，去讨别人欢心。没有眼光的人，宁愿相信自己的猜测是真实的，也懒得走过去证实一下真的东西。这种人与他讨论什么都是对牛弹琴，他既听不进任何劝告，也不会有任何见识，往往要等到事情过去之后，真相摆在他面前时，才能清楚自己到底经历了些什么。

人的眼光首先要向内看，接着也要向外看。向内看就是认识自己，知道自己的能力与不足；向外看就是认识世界，从而明白自己应该怎样去生活。一个人有了这样的眼光，就能稳稳地挺立于世间，将自己打造成真正的强者。

从第四章到第十二章的这九章，就是一个人达到自强所要走过的路程、所要温习的功课、所要掌握的技能，经历过这些磨练的人就是自强的人。

第十三章　信仰

在求己这方面，第二个要实现的目标是要有信仰。求己的动力来自信仰，一个人有了信仰之后才明白自己要去哪里，才知道自己要去做什么事情。

信仰就是一个人觉悟之后对某种思想、主张、宗教的信奉以及敬仰，将其作为自己生活中的榜样与行为的准则。尽管人类早已进入文明社会，然而原始人类所具有的诸多野蛮陋习还远未根除，在当下仍随处可见。人间是天堂和地狱的万花筒，残忍与仁慈、贪婪与慷慨、怨恨与宽容、傲慢与礼让往往产生于一个人的一念之间，由此而产生的结果却南辕北辙、势同水火。信仰就是人们面对如此窘境，为求得平安而请来的守护神，为使自己心灵安宁而依靠的精神寄托。信仰是一个人心灵的加油站、检测所、栖息地，精神的最终归宿。

信仰对于人生的意义非同寻常。信仰是一个人心灵上的标杆，如果没有这个标杆，人的心灵就失去了指针，于是就会黑白难辨、是非混淆，到了这步田地，要怀疑一件事情十分容易，变成是人之常情；而要信任一件事情却难上加难，变得是不通人情。信仰使人品行端正，信仰赋予一个人生命的意义。作为一个人总要有信仰，什么都不信的人，就什么都瞧不上，不可能去追求什么，也不会有什么人生收获，更不会有什么生活乐趣。一个人要是没有知识、没有觉悟的指引，就如同在黑暗的旷野中摸索前行，一个人要是没有信仰就如同闭着眼睛，什么也不想看，哪儿也懒得去。因此，信仰对于人生的价值比知识、觉悟还要略胜一筹。要是一个人精神没有归宿，心灵就没有敬畏，行为也就没有约束，这样的人生没有丝毫平安可言，带给别人的也只有祸害与灾难。一个人的力量源自他的信仰，信仰越坚定，就越能同情与自己信仰不同的人所遭受的苦难，会义无反顾地伸出援手，助其一同去追求幸福的生活；如果没有信仰，人便会失去生活下去的动力，如一叶浮萍般在世上漫无目标地流浪，这样的人生稀里糊涂、鲜有未来。人生旅途苦乐相伴，有觉悟的人能够领悟到平安的人生就是生活的真谛，有信仰的人能够凭借其庇佑而获得心灵的慰藉，有力量有信心去追求平安的人生。

信仰是一种人生追求。一个人信仰什么事物就会将其奉为神圣，崇敬有加，模仿追求，终身相随。信仰本质上不是学问，而是一种行为，正是这种行为才使自己的学问有效，正是这种行为才使自己的信仰有意义。有信仰的生活会让人怀着真挚的感情去追求理想，对于信仰而言理性并不重要，重要的是在感情的激励下去身体力行；在追求理想的路上，已经走了多远也不重要，重要的是永不放弃；对于一个旅行家而言，一路走来，经过了多少曲折、遇到多少险境都不重要，重要的是认清继续前行的方向。古希腊哲学家德谟克里特曾经说过："坚定不移的智慧是最宝贵的东西，胜过其余的一切。"人生追求不同，结果不同，如果朝秦暮楚，就不可能到达自己想去的地方。一个人要有信仰，先要学会认可自己，人生的追求是自己心灵与自己信仰之间的事情，把自己最宝贵的东西交给追求自己的理想是最划算的事情，只要信仰还在，就不用劳神费力地去管那道路两边诱惑的色彩与讥讽的杂音，也不必去问别人该怎么走，只需从容迈步即可。人们在万分无助时的祈祷，并不是在要求什么，而只是一种心灵的渴望，信仰就是心灵与自己守护神之间的永久约定。有了这个约定，即使无望，也不会停下追求的脚步，有信仰的人明白：放弃冬天的痛苦积攒，就会错失春天的期望、夏天的灿烂、秋天的丰收。

信仰从本质上来讲就是一种奉献。如果没有奉献之泉的浇灌，信仰之花将会枯萎。信仰如同前人建立的一座座高楼大厦，后来的人被它的宏伟景象所吸引，就进去观摩，又被它精妙的内饰所折服，于是就决定幸福地栖身于此。要是这些居民因为实在太喜爱这一建筑，都争先恐后地来抽砖揭瓦，用于私自收藏，那么用不了多久，大厦便会倾覆；如果这些居民出于喜爱这建筑的原因而纷纷添砖加瓦，做出点自己的奉献，那么，大厦就一定愈加金碧辉煌，气势恢宏。有信仰的人确信，良知绝不是闹着玩的儿戏，一个人必须依靠自己的努力去追求幸福的生活，而绝不会去用伤天害理的手段来满足自己个人私欲。信仰也是一种通过虔诚的心灵来进行自我约束、自我净化的行为。有信仰的人知道，一个人所多余的钱财，只能去置办些无用的东西，而滋养心灵的东西，不是钱能够买到的。一个人将自己富余的钱财拿去给需要的人分享，换来的是快乐，买到的是一份平安生活的保险。公元1644年清军入关，昆山人顾炎武参加武装抗清失败，其母被清兵砍成重伤，临终前告诫他，身为明朝的百姓不要为清朝做事，于是顾炎武弃家逃往陕西。他勤奋读书，写成巨著《日知录》，提出"国家兴亡，匹夫有责"的著名论点。翰林院负责人屡次致书聘请他参加修史，都被他坚决拒绝；有人出巨资求他写家庭传记，也被他拒绝，他的人品文品成为当时知识分子的楷模。顾炎武的一生说明一个人的信仰正是其高贵心灵的奉献。

信仰是一个人心灵的庇护所，每当风和日丽时心灵便可以出去享受阳光和美景，当意料之外的暴雨雷电来袭时则可以避入其间，此时心灵躲进庇护所的人就会心存感恩，在失意的痛苦之中获得心灵的安宁，如果心灵没有信仰这个庇护所，就会被雨水淋湿浇透。没有信仰的人，什么都拥有之后，心里仍是空荡荡的，这种人必须要等到有了信仰之后才会逐渐地以分享来使心灵趋于平衡，从而获得安全感；同样，什么都没有的人，更加需要有信仰，以便获得生活的希望和勇气。因此一个人不管是贫穷还是富有，不管是高贵还是卑微，都不能丧失这个心灵的庇护所，当一个人失去信仰就等于失去了生活下去的希望和勇气，这样的人等于已经失去了一切。

一位聪明过人的老者在教育孙辈怎样做人时说：在我们所有人的内心深处，一直有位天使在和一个恶魔打架，天使代表爱、智慧、快乐、信心、奉献、礼让、尊重、同情、欣赏、勤勉、美德、宽容、诚实和分享；恶魔代表恨、愚昧、悲伤、绝望、索取、蛮横、歧视、憎恶、嫉妒、懒惰、恶习、刻薄、欺骗和独霸。孩子们听得似懂非懂，天真地问道，那么最后谁获胜呢？老人毫不迟疑地答道：你想谁胜，谁就获胜。这就是信仰。当你相信自己从来没有看见过的天使时，信仰就会安排你遇见天使。当你喜爱天使的时候，你自己就已经是天使了；当你喜欢恶魔的时候，哦请容我先缓一缓，难道世上还真有喜欢恶魔的人？相信这样的人不存在。虽然人们的信仰各不相同，但人们有理由相信，所有人所奉献的都是同样虔诚的心灵，所有人所祈祷的其实都是同一位神，所有人所追求的都是成为一个真正意义上的人。信仰是种纯洁的力量，是生命中遭受苦难的产物，一个人凭着信仰的力量，完全可以消化生活中的苦难，平平安安地走过自己的人生。

一个人要达到有信仰的人生目标，需要经过四条途径：境界、勇气、尊严和文化。

第十四章 境界

要达到有信仰的目标有四条途径，第一条就是提高自己的境界。一个人要站得高看得远才会信仰坚定，要是没点境界，受到点压力就灰心丧气，遇到点不顺心就放弃信仰，这样的人生哪还会平平安安？一个人经过事情就会明白，这是觉悟；想到了别人想不到的地方，这是智慧；看到了人家看不到的地方，这是眼光；而当站到了普通人站不到的高度，这才是境界。

境界就是将自己置身于局外，站到一个没有任何遮挡的高度，一览无余地看清楚整个局面，又因自身与局内事物没有任何利益上的瓜葛，因此看问题公正、全面，对事物的理解准确、透彻。

人生境界不同，际遇就不同。只有攀上山巅，才能够看到山那边的景色；人生的许多绚丽景色，如果不站在群山之巅，不屏蔽掉世俗偏见，不放下利益纠葛，是永远也无法欣赏到的。生活稳定依靠的是常识，向前发展依靠的是智慧；有常识没智慧是故步自封的平庸，有智慧而没常识是匪夷所思的幻想；只有境界才是站在常识平台上运用智慧的力量去推动生活得到提升。境界使人逐渐提升高度，知道了以前从未见闻过的事物，就会消除生活中的误解，放弃不切实际的幻想，让人生重回正轨。

晚清时期的容闳留学美国，此后学成归国，提出"西学东渐"的思想，为主政者所采纳。公元 1864 年他携公款赴美，采购了一百多种机器回国，建成中国第一座完整的机器厂，就是上海江南机器制造总局。1871 年容闳促成每年三十名学童官费赴美留学事宜，为国家培养了包括詹天佑在内的一批科技先驱。容闳有幸留学美国，学到了先进的科技思想，看到积贫积弱的中国所处的危险境地，以一己之力来缩小自己祖国与西方列强之间的差距，这就是人生境界的意义。没有境界的人往往是甘居下流的愚昧之人，这种人身处阴暗中，不愿意感受到阳光的存在，也就没有什么境界可言，自己得过且过，苟且偷安，更不会去管脚下的土地是否还坚实；没有境界的人也是俗不可耐的人，终日蜷缩于钱眼中，只盯着脚下的三尺方圆之土，一见有利可图，就不顾一切抢上前去，上下其手，明争暗夺。这种人明日是否仍然安好，恐怕连自己也不得而知。

一个人境界的核心就是这个人看问题所站的位置，这个位置要足够高、足够远才行。站在远处才能看清山峰的轮廓与四周，站在桥上才能看清河流的深浅及走向；置身局外才能明辨事情的是非和曲直，跳出五行之外方能看懂世道风向趋势。一般人容易遭受蒙蔽是因为站的位置偏低，看不到事情的全貌；譬如无知的人认为夜晚没有阳光，殊不知阳光一直还在，只不过这个时候正在大地的背面。同样看景色，所站位置不同，所看角度不同，心情不同，看到的结果就完全不同。当一个人想乘坐公交车代步时，总是希望车站越多越好，这样就可以方便自己上车；当他已经坐在公交车上时，却又希望车站越少越好，这样就可以尽快赶到目的地。境界相对高的人心情总是快乐的，当一个人站在高耸陡峭的海岸观看浪涛时心情是愉悦的，当一个人登上知识的高峰俯身回看走来的路蜿蜒曲折，心情更是愉快。

人生的最高境界，就是站在造物者的位置来看待这个世界。普天下的人都是父母所生，父母和子女有着近乎完全相同的基因，父母眼中的子女是世上最完美的人，父母愿意为子女的幸福竭尽所能，付出自己的一切，这就是爱。一个人如果能够站在造物者的视角来看这个世界，将世上所有的一草一木都视如己出，必将会以无比慈爱的心情来看顾这颗独一无二星球上的所有一切，宽容所有的不完美，因为这原是自己所打造的；包容所有的奇思妙想，因为这是自己遐想的延伸；欣赏所有的自由自在，因为这就是自己建造的伊甸园的模样；喜欢所有的无忧无虑，因为这正是自己创造万物的本意，因而绝不会去扰动万物悠然自得的生活。这样的人生想必平安而无悔。

一个人想要有快乐的心情，就要达到无欲的境界；想要有完美的品德，就要达到无为的境界；想要自由自在地生活，就要达到无我的境界。1919年巴黎凡尔赛会议期间，法国总理克莱蒙梭会见波兰总理帕德列夫斯基时，问他是不是波兰著名钢琴家的堂弟，帕德列夫斯基说自己就是那个著名钢琴家。

克莱蒙梭惊讶地说，您居然堕落成了总理。站在一般人的角度来看，高官厚禄是人生的顶级追求，为此而痴迷其间觉得受益无穷；在有境界的人看来，成为艺术家才是实现自我、享受人生的意义所在，其他职业都稍逊一筹。

境界依靠磨练得以提升，这点正如骨科治疗中的牵引疗法，在拉伸完成之后，粗看与拉伸之前没什么两样，其实骨头内部构造已经焕然一新；人生也是这样，曾经到过、经历过，人还是原来这个人，境界却已经脱胎换骨。儿童对重大事情浑然不觉，是因为他们没有经历过，没有经历过就没有境界，没有境界行事就危险；成人对鸡毛蒜皮无动于衷，是因为他们经历过太多，且只有经历，却没有提升境界，境界依旧，再遇此事就索然无味，毫无乐趣。磨难过后，境界依然，其人生恰同如嚼蜡。

人经历过的事情可以分为两类。一类是在自己能力范围以内可以做到的事情，遇到这类事情，就是再苦再难，也要咬牙坚持做，绝不能轻易放弃，这时不放弃就是境界，做下去就会成功，可以让生活过得愈加美满；另一类是在自己能力范围之外而无法改变的事情，碰上这类事情，哪怕是肝胆俱裂，也只能打落牙齿和血吞，必须坚决放弃，这时平静地接受就是境界，接受无法改变的事实，就能使损失降到最低，让生活快速回归安宁。一个人经历过一次磨难，境界就高一层，眼界就阔一圈，就能看清走出迷宫的路径；另外当别人遭遇同样的磨难时，可以更妥善地加以宽慰。

一个人有了境界就能理解别人，包容别人。树立在巴西首都长达三十六年的球王贝利铜像在 2007 年被偷锯了双臂，警方抓到肇事流浪汉交给法院审理，贝利赶去向法官求情，说我们中间竟有人为不挨饿而去锯雕像，这是我们丰衣足食的人没有帮助他们所造成的苦果，这个人毁了我的雕像是对我的惩罚，我乐意接受这不体面的惩罚而原谅他。一个人无缘无故遭到伤害，心情总是令人沮丧的；同时，冷静下来仔细想一想就会明白凡事必有缘故，找到由头，就会理解肇事方的心情，才能以直报怨，谋求同乐。一个人生活在天堂还是地狱，全在于自己的人生态度，全在于自己一念之间的选择，境界高的人生，不论顺境还是逆境，都能坦然接受微笑面对，以爱消融敌对情绪。

境界高的人，就能够明确人生目标。

第十五章　目标

　　人生重要的不是身在何处，而是身要往何处。人生之旅不应该像流浪汉那样只是四处游荡，自己都搞不清楚究竟要到哪儿去。有时候人们心心念念向往着一个地方，然而，历尽艰辛赶到之后，才真切地感受到这儿并不是自己真正想来的地方。境界高的人能够看清楚自己的人生目标，明白自己要去哪儿，这条道怎么走。人生一定要过得有意义，不能只顾解决今天的生存，而不顾明天到来的生活。人活着总要有个奔头，总要设法找个地方将自己安顿妥当，让周围的人感到自己的存在和这个地方融为一体，成为这个所在的一处风景。这个地方就是自己的人生目标，这个目标就决定了人生的意义。

　　人生的目标就是一个人想要达到的境界或目的。一个人的人生目标在于努力去获得幸福的生活。人生无论贫富贵贱，活着就一定要有个方向，方向不明确，生活只能在漫无目标的彷徨中虚度。人生目标是一个人生活的主宰，没有人生目标，生活就失去主宰，粗粗一看哪儿都是目标，细细看来却哪儿都没有目标。一个人的理想也是一种思考，用于寻找生活中的目标，生活中的目标就是这个人心心念念向往的神山，就是这个人为之奋斗的方向，就是这个人的希望与明天，就是这个人自我价值的实现。

　　人们做任何事情都需要有个目的，目的不明确，做事就没有章法，也会乱套，直至最终无法收场。因为没有目的，便不知道做得对不对，不知道要做下去还是应该停下来。生活中目标定得高不可攀这是贪婪，而生活中没目标那是愚蠢。没有方向的人生尽是折腾，没有目标的人生仅剩下流浪。

　　生活中有没有目标，生活品质完全不同。目标如同人生的指南针，生活中的幸福快乐全靠它的指引，没目标的人生灰暗庸俗，疲于奔命，徘徊一世；有目标的人生绚丽充盈，得心应手，雀跃一生。人只要没有失去目标，就不会失去自己。一个人的目标决定这个人的行动，目标崇高，行动就会成就大事；目标深远，行动才能透彻改造人。人生应该是由一个又一个目标串联起来的组合，完成一个目标就登上一个人生高地，然后确立下一个目标，继续往前走。一个人生活中的目标就是这个人生活的意义，也是这个人曾经生活过的极佳证明。人生去努力的目标也决定这个人今后会成为一个怎样的人，随着人生目标逐个实现，人也终将逐渐趋向完美。

生活中没有目标就如同夜行没有北斗星指路一样，极有可能在稀里糊涂的醉生梦死中滑入深渊。当年洪秀全金田起义，率军一路北上势如破竹攻破南京。然而，建立太平天国后洪秀全失去目标，一味追求享乐，不思进取，军政大事全部交别人去统理，导致太平军内部矛盾激化，演变为相互残杀，义军元气大损。前后不到十年，太平天国就告夭折。洪秀全的兴亡说明：人生一旦失去目标，将没有方向；没有方向，也就迷失了人生。

人生最终的目标就是生活的本身，也就是平平安安地度过属于自己的一生。为了使自己能避开所有的致命隐患，少年时的目标就是自立自强，接下来的目标是树立信仰等系列，通过这些目标的逐个实现，便能自然、平安、幸福地度过自己的一生。生活的动力在于有个目标可以去追求，生活的快乐在于经过自己的努力使目标越来越清晰。人要是没有幸福可以去追寻，就不会有真正的快乐。生活的目标一经确定，哪怕千辛万苦，也将不遗余力地去追求，那么任何方向的来风都是前行的顺风，任何崎岖坎坷都是上行的阶梯，一旦目标实现，就会倍感幸福，过上自己心中向往的美满生活。

目标的选择与确定必须符合每一个人自身的实际能力，切忌好高骛远，也不要奢望去复制别人的成功之路。所有的人生都不尽相同，只有走在自己的人生之路上才最为妥帖。同样，每个人都是普普通通的人，都是广袤大地上的一棵小草，千万不要把自己想象成一棵参天大树，其实小草也能绿茵大地，小草也能开花点缀庭院。一个自食其力、有德行、有良知的人，就是一个顶天立地的人。不切实际的目标与没有目标一样，都可以在不知不觉中将人摧毁，眼高手低将人累倒拖垮，抛弃追求让人自甘堕落。适度降低生活目标才能活出高品质。一个人的日常时间应该分作四份，一份学习，一份工作，一份休息，一份娱乐，这样的时间分配符合道德，符合人性，符合生活的真谛。

在追求目标的过程中，需要时不时地校对一下方向，尤其是在困顿、渺茫、无助的时候，必须提醒自己设法看清有没有偏离原定的坐标。目标如果是少年的梦想，在追梦的过程中会遭受自然力量的影响或人为的摧残，导致身心疲惫，在迷茫中悄无声息地误入歧途；目标如果是成就自我，在通往成功的条条大道上必定人头攒动摩肩接踵，而在通往平安的隐约小路上肯定鲜为人知无人问津，不经过仔细甄别和校对，怎么可能轻易就找到自己要去的地方。有个屠夫和一个和尚是好朋友，两人约定每天早晨先睡醒的人要叫另一个人起床去开工，时间一长两人发现不对劲，屠夫每天的工作是杀戮夺命，却叫醒别人去吃斋念佛，和尚每天的功课是诵经持戒，却做的第一件事是催促别人去干龌龊勾当，这样下去，自己越是认真努力，离原定的目标只会渐行渐远。

生活中有些东西会随着岁月的流逝而遭淘汰，在确立目标的时候看似是如日中天的一件事物，结果却完全有可能不幸地沦为将被淘汰的东西，就像拍照普及后画肖像画的画师，只能另觅其他技能谋生；数字影像技术普及之后，胶片显影技术哪怕再精妙绝伦也终究被残忍舍弃。目标的努力方向需要不时校对，目标本身的价值也需要及时评估，目标的范围更需要定时做出界定，能够把握住这些因素，那么向着既定目标去努力，一切都会变得游刃有余，否则所付出的努力与期望的目标极有可能是南辕北辙。

心中有个渴望得到的目标，生活就是负重前行，因此不可急于求成，只要目标还在，即使小步不停慢慢地走，也比漫无目标犹豫彷徨要走得快、走得持久，而且更能够顺利地得到预期的收获。成功到达目标的秘诀就是绝不放弃努力，绝不改变既定的方向，不管之前努力了多久，不管离目标还有多近，一旦舍弃追求，目标就将永远不会属于自己。公元1043年，为缓解北宋内忧外患的困境，仁宗多次催促范仲淹和富弼启动改革，新政实行半年后初见成效，却遭到利益集团激烈反对，守旧官僚攻击范仲淹结党揽权，污蔑富弼要废掉仁宗，而仁宗见财政已经大致平衡了，社会矛盾也没有激化，不改革好像日子也可以慢慢混下去，就对守旧派的胡作非为听之任之，于是改革派急流勇退，新政就此夭折。但是社会的深层问题并没有得到解决，而且还愈演愈烈，导致二十五年后神宗请出王安石，花费更大代价，再次进行更深层更广泛的变法。可见在向目标努力的进程中，遇到阻碍就放弃，不仅空耗精力目标达不到，而且还对自身造成极大的伤害。

过去只能借鉴，现在全靠把握，未来才是目的。生命的目的就是享受生命，只有极目远方，永不停下脚步，才有可能找到生命中的快乐。所有取得成就的人，都要有所机遇，如果等不到机遇，就赶紧给自己选定一个目标，这样的人生才不会后悔。生活中的努力要是没有目标，生活就像没有罗盘的一片孤帆，只有无尽的哀怨与苦楚相伴相随，最终到不了自己心仪的港口。随便找个心仪的目标非常容易，但能和自己能力匹配的却又十分困难，要能够不迷失方向就更难。人生有个为之努力的目标，并且永不放弃追求，这样的人不管到哪儿都会受人尊重。

人生哪里会有什么坐享其成，只有依靠自己去追求。人生有目标就是对自我的肯定，是对自己能力的信任，而没有目标的人生是对生命的挥霍，更是对人性的糟蹋。

境界能够使人找准人生目标，更能使人生有意义。

第十六章　意义

　　人生要有信仰，首先要具备一定的境界，有境界的人站得高、看得透彻，不仅能够使自己的人生有目标，还能使自己的人生富有意义。生活的目标也是人生的财富，正是有了这笔享用不尽的财富，人们才有可能按照自己希望的那样去周密考虑、谨慎调整自己的人生。经过刻意安排的生活必将使原本鲜少意义的人生变得意义非凡。

　　人生的意义就是人生价值的体现，就是一个人活着的作用。要是一个人通过自身努力过上了丰衣足食的生活，那么享受到生活的快乐就是这个人的人生意义；一个家族因为内部的某人而得以兴旺，这个人就是其家族守护神般的存在；一个人对国家做出重大贡献，这人就是国家的功臣；一个人创造的东西使人类受益，而人们受惠的总价值，就是这人的人生意义。面对极其难得的人生，面对永恒，人生不应去思虑生命的空幻，也不必对生命的无常感到绝望，而是要去细细掂量生命的价值，活着就应当谋求生活的意义，把生存的价值看得比生命本身还要重。人们所处的时空位置不尽相同，每个人的人生不同，各自的人生目标不同，每个生命的意义也不相同，同一个生命不同的时间生存的意义也不相同，特殊的时刻有特殊的生存意义。人生的意义在于生命所创造的价值。

　　一个人对待自己生命的态度，体现了他存在的意义。人生的意义不在于为了生存蝇营狗苟地活在琐事当中，而在于铭记自己的使命和信仰；不在于活得有多长久，而在于充分利用自己的时间，活得有所作为；生命的意义不在于活着时声势浩大、气势磅礴，而在于死后也能长久地存在于世人的念想中；人生在世要是没有信仰，没有目标，就不会有所作为，生命便没有价值，没有意义，这是对宝贵生命的浪费，真是白白来世上走这么一趟，可惜至极。

一个人来到这个世界，遭受了种种苦难，如果他能将自己的感受告诉别人，那么由于他及时地提醒别人避免再去受此种苦楚，这就是他生命存在过的意义。一个人一生穷奢极侈、挥霍无度，除了消耗资源，从未创造出任何财富，那么他的人生如同空中飘过的肥皂泡，只有一点虚幻的斑斓，破灭后却无声无息找不到一丝痕迹，如此生命毫无作用，如此人生毫无意义。

公元 717 年，唐玄宗派人到嵩山，将隐居的一行和尚强征入朝，询问治国之道。一行知无不言，言无不尽，深受玄宗的信赖。五年后，玄宗长女出嫁，准备按照当年太平公主出嫁时的礼仪隆重举行婚礼。一行直言劝告，认为高宗仅太平公主一个女儿，大办婚礼可以理解，但这却导致太平公主骄奢跋扈，最后不得善终，不应该引以为例，玄宗当即收回成命。作为古代杰出的天文学家、密宗领袖，一行和尚在世界上首次推算出子午线纬度一度之长，修订夏历，使之合乎农民一年四季的农作。但即便只是使玄宗不在女儿婚事上重蹈覆辙这一事，就已经是他存在的意义了。

人生意义的核心是人性，唯有人性才使人生真正有意义，人类只有告别野蛮、拥抱文明才能区别于万物，人类只有从低级文明进入高级文明才能比万物高贵，人类只有站在文明之巅时才能成为实至名归的人。生命中有了爱，四周就风和日丽；生命中有了正义，四周就祥和融洽；生命中有了公平，四周就和谐均衡；生命中有了智慧，四周就和睦纯粹；生命中有了诚实，四周就是非分明；生命中有了谦让，四周就秩序井然。

人类生命的作用在于促使文明的进步。生命就算卑微到仅仅只是根火柴，但只要擦亮了，也可让自己和周围的人共同驱散眼前的黑暗，驱逐心中的恐惧与绝望，使心灵倍感温暖。人类生命的作用在于平等待人。生命理应同情别人，面对地位低下、生活不如自己的人，要把别人当作人看待；生命更应尊重自己，面对地位高贵、生活优于自己的人，要把自己当作人看待。人类生命的作用在于同野蛮渐行渐远。生命应当抛弃恶斗，当自己已经遥遥领先对手时，应当饶了别人；生命应当放下执着，当别人一骑绝尘时，应当饶了自己。人生有种种不同活法，不同的人生意义完全不同，怎样选择才符合人性，全凭自己的良心。

人生意义也就是人生的价值。生命不等同于生存，不能仅满足于活着，而是要创造财富，生命只有奉献才有价值，而生命的奉献是判定人生价值的标准，也是衡量人生价值的尺度。生命奉献给人类的益处、奉献给别人的快乐就是生命的价值，就是人生的意义。生命的奉献，受惠者越多，价值越大；而生命最大的价值是让整个人类都能受惠。

做事情也有做事情的价值，万事万物都有自己存在的价值。一棵果树的价值就是这树所结出的全部果实，诗歌的价值是让人心灵滋润，历史的价值是让人记忆永存，任何事物都有其本身的意义。南北朝时期，公元563年，北周联合突厥大举进攻北齐，接连攻下二十多座城，在晋阳的齐武成帝高湛怯战欲逃，河间王高孝琬拦在马前苦劝，并推荐高睿统率全军组织与强敌抗衡。高睿不负所望，击退联军。能够力挽狂澜，拯救国家于危难中，这就是高孝琬的价值。生活中有价值的东西，不是花好月圆，不是风和日丽，而是生活中的苦涩酸楚；生活中的欢乐和享受不是让人进取的东西，反而往往是挫折和耻辱才是让人奋发努力的源头。生活中的磨难有时候能够毁灭一个人，而没有被磨难毁灭的人会演变为强者，生活中只有喧闹没有经过磨难的人很难成为强者，这就是磨难对于强者的意义。苦难中的感受能够让人逐渐懂得生活的真谛是心平气和，苦难可以造就出通情达理的完人。南非的曼德拉年轻时领导反种族隔离运动被白人当局定罪，服刑二十七年，受尽折磨。出狱后他支持调解协商，推翻了黑暗的种族主义统治，1994年他当选总统，邀请当年的三位狱警参加就职仪式，他认为自己年轻时性急气躁，在漫长的监狱生活中三人帮助自己学会了控制情绪。正是这数十年非人的磨难生涯使曼德拉能够放下个人恩怨，实现种族和解，成为给祖国带来和平与平等的完美人物。

人的生命只有一次，要是活得浑浑噩噩，生命便没有任何价值，这等同于生命从没有真正开始过，这才是人应该畏惧的地方。人不必为自己生命的长短去过度担忧，而真正应当操心的是怎样让自己的生命展现出应有的价值。

人的生活方式都由自己选择，不同的选择人生意义截然不同。选择奉献担当的人生无比珍贵可信，如同蜡烛一样从头燃烧到底，一直给人光明与温暖。选择贪得无厌的人生则毫无价值可言。

南北朝时期，梁武帝晚年一味信佛，不理朝政，厌恶建言，导致贪官横行。公元 545 年郡守鱼弘任满解职后，公然对人说，自己离职的时候郡中已经"四尽"：水塘中鱼虾被捕捉尽，山林中獐鹿被猎杀尽，田地中谷麦被勒索尽，村落中百姓逃光死尽。如此厚颜无耻地炫耀自己奇特的"政绩"真是让人大开眼界。每当读史至此，心情无比惆怅，对于自己人生的意义不得不重新作一次深思，人来到世上走一趟，总应该留下点印记，而这个物件应当有能够与山河同在的价值，大小不论，但绝不能是负值。

人要达到有信仰的目标，首要途径是通过提升境界，找准自己的人生目标，并使自己的人生具有意义。

第十七章　勇气

　　人生要达到有信仰的目标，第一条途径是提高境界，第二条途径是要具备足够的勇气。人有了境界，虽然清楚地看到自己的人生目标，但没有勇气去追求，那么到头来还是春梦一场。看清自己的人生目标并不是生活的根本目的，有勇气去攀缘跋涉最终达到这个目标才是生命中信仰的本意，在人生之路上没有留下脚印的人，是难以指望会有什么幸福美好的明天的。

　　勇气是一个人所具有的敢于作为敢于担当、无所畏惧一往无前的气魄，这种气魄是要做自己生命的主宰，而拒绝去当生命的奴隶。勇气不是与生俱来的，而是一个人在漫漫的成长过程中逐渐形成的，是在与艰难困苦的抗争搏斗中锻造磨练出来的品格。勇气是人生极其重要的一项本事，只有具备了勇气，才有可能无所畏惧地去进修其他技能，以便能够在生活中勇往直前，高歌猛进。在其中，战胜自身的懦弱无疑是最重要的，一个人具备了这种品质后，那么当他的生命之舟顺流向前时，是绝不会在乎旁人的嘲笑与讥讽的。

　　人有没有勇气去面对未来，其结果往往大相径庭。在实现理想的道路上，每次只要敢于跨出一步，自己就靠近理想一步，自然信心大增所向披靡，完全有资格憧憬一个全新的理想世界；要是有了梦想，却胆怯畏惧、踟蹰不前，日复一日，梦想慢慢凋零，生活在焦虑等待中逐渐沉陷，漂浮在上面的只剩下些懊悔。一个人在未来的人生道路上究竟会遇到什么样的危险，这是事先无法预见的，但总不能因此而让日子停止不前，走过去，到时即使遇见麻烦事也可设法解决，就算无法解决还可以想办法绕过去，真到了绕不过去的地步还可以退回来，连退回来的可能性也不存在时，可以选择稍事休息，然后再仔细寻找，自然会有出路，只要勇气还在，便是天无绝人之路，有许多关键时刻，谁敢，就赢。因此，不管本人愿不愿意，明天一定会来到，那就鼓足勇气挺直腰板，昂首阔步往前走。

公元814年唐朝淮西节度使吴少阳死，其子吴元济隐匿不报，割据地方，纵兵四处抢掠，威胁洛阳。宪宗让周边藩镇兵前去讨伐，各路兵马见吴元济军力强盛，于是有的观望，有的向朝廷求情，有的甚至参与叛乱，导致淮西平叛数年无果。最终，上任不到一年的随唐邓三州节度使李愬于817年十月，率数千西线官军，在暴风雪之夜，冒着旌旗被撕裂、人马被冻死的恶劣天气，出其不意，长途迂回穿插，奔袭七十多里，突入蔡州城，活捉吴元济，一举平定淮西。这正是勇敢的人用英雄气概将自己打造成了英雄。

勇气的核心价值就是敢于承担责任，完成自己分内的事情。不管环境如何变化多端，把握自己的人生信仰坚定不移，认定生活的目标方向不变，分内的事不计得失，不辞辛劳，负重前行绝不气馁。勇气不是无所畏忌，而是因为肩上责任的缘故，纵然内心恐惧，仍然会义无反顾、勇往直前。

1914年，第一次世界大战时，日本对德国宣战，在青岛的德国侨民逃往济南，两万日军乘坐火车沿胶济线越过中立区进入济南城郊，北洋政府的山东官府见大军压境竟逃避一空，将内政外交事务全部推到外交交涉员罗昌一个人身上。罗昌挺身而出，乘着手摇车赶去阻止，蛮横的日军毫不理会，声称要将阻拦军车的人压为齑粉，罗昌见此状况只身站在铁轨中间，对日军说，除非从我身上碾过，否则休想前进一步。日军被震慑住，下令就地扎营，停止前进。这个故事见证了勇气的价值。

勇气决定人生，运气往往属于勇敢的人，抑郁沉闷之中只要肯跨出第一步，心情就会拨云见日般豁然开朗，命运也会随之而峰回路转、柳暗花明。幸运令人向往，勇气令人主动；勇敢通往幸福，卑怯连接苦恼。遭遇劫难的人没有资格陷入颓废，因为只要一旦颓废之后勇气也就随之消失，没了勇气，还能指望什么来挣脱这灭顶之灾？具备了勇气可以抵挡命运的重击，令厄运疲惫而瓦解；没有勇气的弱者无力抵御命运的浪涛，只能借口没有机会来加以搪塞逃避，但往往结果是什么打击也躲不过去。

公元848年，敦煌人张义潮乘吐蕃内乱之机，率领各族人民起义，组成归义军，经过数年征战，驱逐了盘踞在河西地区长达百年的吐蕃势力，相继收复哈密、张掖、酒泉、兰州等十一个州，并派人携带版图户籍送归朝廷。唐宣宗当即任命张义潮为凉州节度使，河西地区全部回归唐朝。唐朝的军队已经有一百多年没有到过河西，正是张义潮这种无所畏惧的英勇气概使河西十一州回归祖国怀抱，正是这振臂一呼成就了一位民族英雄。

勇气来源于对自己信仰的坚持，对人生目标不屈不挠的追求。生命的高贵之处不在于事事得心应手，时时左右逢源，而是在于蒙受挫折后的重新振作，在于遭受惨败后从头来过的勇气。真正的强者可以放弃财产、地位这些身外的东西，却绝不会放弃勇气。人生道路既有美景也有迷津，有缓步上升，也有骤然跌落，有勇气坚持按自己信仰指引前行的人才能最终到达自己心驰神往的地方。

公元 999 年，辽国大军攻入宋朝国境，视边境要冲弹丸之地的遂城为囊中之物，日夜强攻志在必得，宋朝边境各城守军都拥兵自保，不敢出救。正在遂城巡查的杨延昭动员城内百姓，配合三千守军顽强抵抗强敌猛攻，并趁天寒用水浇城墙，使遂城变成一座冰城，辽军上不了城无奈撤走，宋军乘势出击，大获全胜。如此坚忍不拔的勇气成就了名垂史册的"铁遂城"。

想要秉持自己的信仰，实现自己的人生目标，自然地度过一生，没有点勇气是根本做不到的。人生一定会遇到许多的诱惑，没有勇气就无法抵御；人生也会遭遇很多风险，没有勇气就不敢去跨越；人生更有无数的不可能挡在面前，没有勇气就绝不敢去试一试。

人生中不管碰到什么艰难险阻，当自己下决心动身的时候，其中最难翻越的沟坎已经被抛在身后，前面的路则必定平顺许多。人生路上感到害怕的难事，往往还能设法补救，当不期而至的灾难发生时，躲是躲不过去的，就只能依靠勇气去面对。人生之路要是没有勇气去踏一踏，闯一闯，那么，还能去指望谁？

自己的人生必须独自去面对，路再长也要独自去跋山涉水，苦难再深也要独自去品尝，损伤再惨痛也要独自去疗愈，只要希望不灭，就有足够的勇气使信仰不坠，到达理想之境。公元 783 年，淮西李希烈叛乱，唐德宗派年逾七旬的朝廷重臣颜真卿前去安抚。颜真卿刚见到李希烈，就被一千多手执兵器的凶徒围住谩骂和恐吓。李希烈见颜真卿昂然挺立，脸色不变，脚跟不移，毫无畏惧，就将他扣下。随后唐军数度进剿不成，两年后颜真卿反对李希烈称帝而遇害，唐军将士听说之后全都痛哭。颜真卿的英勇气概深受后人敬仰，颜真卿的书法被尊为颜体，成为楷书的筋骨，为后人效法仰慕至今。

　　有勇气的人，必然能够回归人生正途。

第十八章　归正

钟表走着走着，会产生时间上的偏差，需要及时加以校准，不然就会看错时间；刀具用着用着，刃口会慢慢变钝，需要时常进行磨砺，否则就要多费些气力；银器摆放着不使用，表面会逐渐发黑，需要经常予以擦拭，这样仍可焕然如新；人在日常生活中，言行会出现差错，需要无时无刻不严肃审视，尽快纠正，回归正途，如此方能安享生活的美好。有意义的人生，在于不断懂得些事理，不断遇见些赏心悦目的事物，不断地传承一点文明的印记；每当学问进了一步，阅历扩了一圈，思想深了一层，便是回归人生正途又近了一分。

人的一生不可避免会犯错，如果能够及时纠错，重新找准人生目标，这就是归正。做事情不考虑收益或损益，只关心这件事是对还是错，忘却私利坚守善良只做好事，这也是归正；做人不顾及成功还是失败，只看自己是否顺应社会发展的趋势，忘却权势坚守道义只做正事，这也是归正；做学问不为换得锦衣玉食，只为后人梳理经纬，指点些迷津，忘却浮名修洁品行只做善事，这也是归正。按照自己理想中的理性生活方式，改进身边的点点滴滴，从而提升文明进化的程度，让环境更适应万物的存在，这同样是归正。

人生难免会迷路，然而有没有回归正途，其结果完全不同。当一个人身处重重迷津之中，总渴望能够重新站在人生的正道上，然而不是每个人都能马上如愿，有时是因鬼迷心窍不知道要去归正，有时是受人挟持身不由己无法归正，同时，说到底，人心总是向善的，最终当理智战胜了愚昧，勇气战胜了怯懦的时候，生活中的这一章节将会以冲开迷障、回归正途的方式来告一段落。归正前后判若两人，归正中的困难越大，则归正的意义也就越大。

归正的价值犹如一座桥梁，使人由野蛮进化过渡到文明。归正的人重新找回了信仰，就会比昨天更加智慧、更加宽容，更加显现出无比珍贵的人性。归正也是将自己开挖的水井导入溪流江河，归入海洋；要是短暂的生命不与人类历史长河汇合，就会瞬间干涸；生命只有合流才能焕发出喷薄绚丽的生命之美。久处花店的工作人员感觉不到店内众多鲜花特别的芳香，同样，一个人迈步人生的正道上，周围的同行者都是虔诚的有信仰的忠厚长者，时间一长耳濡目染，此人也就毫无疑问地被同化成一个正直善良的人。归正的人有足够的智慧去厘清是非、针砭时弊，能够宽容别人的过失，宽容无法改变的过去；更可贵的是能够利用自己的学问，推动周边的事情变得更好一点。

人的归正也是成长的必然结果。人活着终归要像个人，而且应该越来越像人，这是人向往光明、向上成长、走向成熟的自然动机。人类的历史是一部逐渐脱离野蛮向着文明进化的历史，人也因此变得越来越有人性，越来越有人味。人会效法自然界，向日月学习有序和谐，向大地学习包容慈爱，与万物相存相依、共生共荣，帮助万物生生不息。归正就是人的天性选定的终点，是不假思索的选择，是良知的回应，也是心灵的向往，是人生中自己的每一步所决定着的最终归宿，是逃不脱、躲不开的最后结局。刚开始归正时，总有被割舍的痛苦；归正后才有惬意的满足，成就自我的荣耀感。归正的过程掺杂着痛苦，同时也伴随着欢乐；正如学练骑自行车的过程，当我们东倒西歪地骑上车时难免会遭受到被甩下地的痛苦，当我们潇洒自如地穿行于大街小巷时肯定是如沐春风般的欢乐。

归正的本质就是回归人的本性，回归自己应有的样子，让自己做回本来的自己，或者效仿自己敬仰的人，学着去做个好人。人要是沉湎于俗事俗物中迷失了自我，随波逐流而无法自拔时，不如离开喧闹的都市，到郊野去走走，进山林河谷去看看，或许能在村落中自耕自足的山民身上感受到那种自由自在生活中所保有的朴素本性，从而会在不经意间遇见那个迷失的自己。所有人身上都有个太阳，那就是良心，哪怕是误入迷途很远的人，只要自己的太阳还在发光发热，就会良心发现，就会去想着要做回自己原来的样子，按自己的本性回归自己的生活。

回归正途的人方能一生平安。人生初期都有美丽的梦想，在追梦的进程中，逐渐认清楚自己能力与现实之间的差距，于是就想找回真正属于自己的生活。这时的出路就在脚下，即是重走来路，去赎回过往的岁月，也就是需要走完全程才能回归正途，找到满足。回望过去，才能理解今天的生活，要过好今天的生活，必须往前看。人生的意义不在于去见证苦难，而是在于经历了苦难之后，懂得了平安的珍贵，才配安安静静地享有平安。经历过苦难之后回归正途的人会无怨无悔地去同情、帮助正在遭受苦难的人，在与人相处时会以诚相待，小心翼翼地呵护彼此之间来之不易的友情，一个人能够在不伤害别人的同时又有利于别人，那么这个人的生活一定平安顺遂。

北宋仁宗时期，供皇宫内使用的物品都从各地摊派进贡，统一聚集在京城储存，由此官民矛盾逐渐加剧。包拯负责管理国家财政后很快建立市场，将强征储运的旧制改成由市场采购，实行公私之间的公平买卖，此后官府不能再恣意妄为、横征暴敛，百姓不再受此恶法的侵扰。可见为政之道如能回归正途，也能营造一方平安。

理想的人生是做个正直的人，享受人的生活。在追求理想的历程中，发生差错、导致失败、出现方向的偏差是在所难免的，因此必须时常提醒自己，是否需要及时地校准目标回归正途，而万万不可为了混口饭吃，为了虚荣而疏漏了正事。即便在网络化时代，即便双手在键盘上急速敲打的时候，也应该时刻瞄着那个"退出"键，因为那个键通向正常的生活，通向自然的人生。

人生有了信仰，就必然会有勇气回归正途。

第十九章　尊严

人生要达到有信仰的目标，第三条途径即保有做人的尊严。一个人不论富贵还是卑微，自身的喜好与厌恶、清白与污浊、坚毅与懦弱，都应该看得十分清晰明了，自己追求的方向必须由自己来决定，人生之路必须由自己来走。一个人要是不能够有尊严地活着，就不可能堂堂正正地做人，只会任人摆布、遭人践踏，这样的人生麻烦不断，吉凶难料。

人的尊严就是一个人不容他人侵犯的地位或身份，人最基本的尊严就是作为一个人所享有的自由与平等的权利，一个人的全部尊严都在于自己的思想之中。尊严容不得虚假，维护真实的一切是尊严的出发点和归宿。有不为五斗米折腰的尊严才有个人自由的空间，有不吃嗟来之食的尊严才有捍卫平等的权利，有不对别人垂涎三尺的尊严才能对贪婪不屑一顾，有不齿坊间飞流长短的尊严才有资格享受人生。人需要尊严的目的就是为了竭尽所能，在任何环境中，都能按照自己的理想，来成就自己的人生。

尊严，对于一个人来说是无比贵重的东西。一个不卑不亢而又自食其力的送外卖小哥要比一个毫无尊严的高级白领高贵得多，原因正是前者活得有尊严而后者除了猥琐只剩下贱。人的生命中，头等重要的东西就是尊严，没有任何东西值得拿自己的尊严来作交换。人身上最脆弱最经不起碰伤的地方就是尊严，尊严一旦受伤，伤口必然是痛彻心扉，伤痕必然刻骨铭心。因此对于一个人来说，不是这个人守护了自己的尊严，而是自己的尊严守护了这个人。一个人能够不遗余力地捍卫自己的尊严，就一定活得幸福快乐。

南宋末年，元军大举南下，宋朝江山风雨飘摇，许多城市开门投降，也有的城市顽强抵抗造成元军损失惨重，于是元军便集中兵力将抵抗的城市攻破，将城内的军民全部杀光，以此来震慑敢于抵抗的南宋军民。公元1275

年，长沙的地方官李芾仓卒间招募了三千人守城，不顾元朝丞相阿里海牙屠城的威胁，拼死抵抗三个月，力尽城陷时，李芾率诸将与众家属集体自杀，百姓闻知此事，多举家自尽，一时间城无虚井，林无空树，阿里海牙入城见到如此惨烈场面，立即下令禁止屠城，同时开仓赈饥抚民，全城百姓终得保全。一个人能够拼命去捍卫自己的尊严，最终甚至连敌人都会尊重他。

一个人想要有尊严地生活，首先必须自重。只有自重的人，才有资格得到别人的尊重，才有可能获得有尊严的生活。人自重则凛然不可侵犯，人自重则显示宽厚稳重，人自重则永远不会失去尊严。自重是尊重自己的人格，身处腐败的社会环境中，能够坚持操守不去同流合污寻求富贵；自重是谨言慎行，生活中不随意挑衅、冒犯别人，也绝不随波逐流，任由他人评头论足，只按照自己选定好的路去走；自重就是自珍自爱，粗茶淡饭、布衣陋室不会感到有什么不满足或有什么可耻的地方，丰衣足食也不会感到有什么可夸耀的地方。自重就是不去管别人做得有多烂，只看管好自己，千万别错了丝毫；自重就是被大家都说自己不行的时候，应当振作而起，站得笔直，有所作为，以证实自己完全可以。

一个人想要有尊严地生活，还需要自律。自律就是管控住自己，让自己做一个全天候的诚实人，即便是在没人看见的时候，也不会去做卑劣的事情，甚至是偶尔不经意间去想象一下时，也会及时刹车制止。自律的人对自己的能力充满信心，因此，不会去计较别人的眼光，也不会去对别人说长论短，他所关注的只是对自己负责，只需要做得让自己满意即可。

自律的人善于控制自己的情绪，不会用粗暴的方式去处理异议，他们深知即使是简单的争执也会伤害别人的尊严，而人的尊严是极其脆弱的东西，一旦碰伤，旁人还不容易察觉到，因此，出现矛盾时，自律的人总是抢先一步做出妥协，化解争端。

一个人要想有尊严地生活，最重要的是要有足够强大的自我，正所谓"春花不红不如草，少年不美不如老"，尊严的所有内容就是自强。没有自强，尊严便空空如也。尊敬不靠别人施与，尊严依靠自强赢得，一个自立自强的人，自然而然地会得到周围人的敬重。遭受挫折、面对穷困时，内心强大的人会有足够的勇气走出逆境，保全尊严；而此时内心孱弱的人则会去乞求别人的怜悯与施舍，让自己颜面扫地，尊严荡然无存。

尊严很多时候是要靠礼貌来加以维系，这就是"你敬我一尺，我敬你一丈"的道理。凡事甘愿自己先吃点亏，来成全别人美事的人，往往比老是想着要占人便宜的人活得更有尊严。做人语言粗鲁，行为不加检点，待人傲慢，这就意味着这个人已经放弃了自己的尊严。企图以轻慢别人来建立自己尊严的人，结果往往事与愿违；犹如一个整天惹是生非、麻烦不断的市井无赖，只有被人唾弃的份，尊严哪会与之沾边？拿人东西，就欠下人情，感觉自己处境卑下；给人好处，对方就会刻意礼让、敬重自己。礼貌不是人云亦云、毫无原则地曲意逢迎，而是采取和而不同的方式，彼此相互尊重、和谐共处。

一个年轻人漂洋过海去报考巴黎音乐学院，没能如愿，流落街头拉琴乞讨。一个无赖故意将钱扔在琴盒外，年轻人弯腰拾起地上的钱递给那人，口称先生这是您的钱。无赖再次把钱扔在地上，并说这是给你的钱必须收下。年轻人对无赖深鞠一躬说，感谢资助，刚才您掉钱我为您捡起，现在我掉了钱，麻烦您也为我捡起。无赖最终捡起钱放入琴盒。这个年轻人就是挪威音乐家比尔·撒丁，他的代表作是《挺起你的胸膛》。比尔·撒丁的故事告诫人们：无原则地讨好别人只会让别人无视和侵犯你的尊严，而不去触犯别人的尊严，别人也不会随意践踏你的尊严，待人以礼，待人以诚，别人也一定会还给你尊严。

人的尊严不在于别人的认可与推崇，而在于自身的德行与才能是否名副其实，当之无愧。自尊心也是一个人生活下去的动力之源。从今往后的生活是否会幸福快乐，很大程度上取决于这个人对明天的希望，而活得有尊严的人必然会对明天充满信心，会自始至终精神饱满地循着自己的信仰，追寻属于自己的幸福生活。

生活中有尊严的人，一定能够幸福快乐。

第二十章　幸福

　　一个人得到尊严并不是人生的最终目的，尊严的价值在于帮助自己坚守信仰，去构筑属于自己的生活，进而享受到生活的幸福。

　　幸福是一个人自我价值得到充分实现后产生的喜悦满足之情，同时这种心情能够得以持续保持。幸福是种心理感受，是自己的主张与客观实际完全契合，自己的理想得以圆满实现，即自己所说出、所听到、所看见、所感受到的一切都与自己所期盼的心愿和谐融为一体时的惬意心境。一个人对于现状的满意程度是以道德这把尺子作为衡量的标准，要是对自己的现状十分满意，那么这个现状一定符合道德标准，因此，生活中符合道德标准的现状就是幸福。然而，生活中真正完美的东西只存在于梦想之中，现实中的事物总有缺陷，凡事只盯着疤痕看，那么除了不满就只有遗憾，因此人们普遍认识到对于一件已经成形的事物、对于一项已经完工的项目要尽量欣赏它的美，感恩它带给我们的舒适和便利，宽容它的简陋之处，忽略它的不那么尽善尽美，如此这般，与其相处则是一件赏心悦目的美事，会使人满足，让人享受到幸福的甜蜜。

　　凡是人们努力追求的东西，都是有用处的，而这个用处始终和幸福相连。因此可以说任何人做任何事情的出发点都是为了寻找幸福，人们努力的目标都聚焦为获得幸福。幸福的好处在于一个人只要愿意，不管在什么情况下都可通过努力来获取，努力中苦乐相伴，一旦获得成功，便可享受人生、获得幸福，这也是人生价值的最大化。幸福有个特点：一个人不管是富贵还是贫贱，只要自己认为是幸福的，那么这个人毫无疑问就是幸福的；如果一个人自以为不幸福，那么即便幸福近在咫尺，也依然可望而不可即；总之，当大家都感到自己幸福时，天下就太平了。

幸福为善良的人所享有才般配。善良的人口中没有恶言，眼内不见凶光，脸上从无怒色，与人和睦相处，才配和幸福长相厮守；否则整天与人算计和人争执的人，心中除了苦就唯有恨，哪里还会有幸福的容身之处？善良的人在生活中善于发挥自己本性的优势，因此更容易获得幸福。善良的人帮助别人得到快乐，自己也收获了成就感，自己的价值得到别人的认同，就会更加快乐、满足。要是一个人的快活无益于改善他人的困境，这样的快活无疑是畸形或不健康的，这种快活与幸福毫不相干。同时具备成功和美德的人，更加能够拥有幸福。善良作为一种生存方式，不在于迫切地拿到些什么东西，而在于从容地奉献些别人急需的东西。有人可以去爱、能够被人需要，这就是幸福，需要自己的人越多，获得的幸福也越多。

幸福就是善良的本意。公元 823 年，唐朝翰林学士、宰相的主要人选李德裕在朝廷的内斗中被排挤出京，此后八年李德裕主政浙西，充分展现出他善良的本性和卓越的治理能力，他带头实行节俭，省下财物全部供养军队，尽管将士们的待遇并不丰裕，却没人有怨言；他革除陈规陋习，使民风大变；他提倡教育，使地方政通人和；他肃清盗贼，使百姓安居乐业、丰衣足食。李德裕是唐朝的杰出人物，因为本性善良，疏于争斗，在朝廷内斗中被牺牲掉，到地方后一如既往施展才能，以自己的善良惠及百姓，让百姓享受到幸福的同时，他也实现了自己的人生价值，因此，他的人生是幸福的。

一个人要享受到幸福就要知足，好胜心过强的人并不会幸福，这类人达到目标后，往往立即投入到下个目标的拼搏之中，以致对实现这个目标所获得的果实都来不及看一眼，由于没有享用的快乐，便与幸福擦肩而过。这正如进入苞米地的猴子，一路上掰一个扔一个，直到走出苞米地，除了手上那一个，其余的都不知去向。享受幸福的人大都活得恬静淡然，从不与人计较长短、比较得失，只是专心欣赏自己的收获，品味其中的甘甜。

幸福是人们生活的希望，也需要靠自己努力才能长久维持。要想维持幸福的人，就需要有信仰，而有信仰的人始终都走在人生正道之上。有信仰的人循规蹈矩绝不会胡作非为，有信仰的人纯真善良造福一隅之内，有信仰的人忧伤不容易近身，快乐却不可能离去。想要维持幸福的人，就需要善待身边的人，无微不至地去关怀体贴他们，知冷知热地为他们排忧解难，让他们感受到生活的温馨与快乐，而主人翁恰恰处于这种和谐欢愉的核心，如何能够不幸福？想要维持幸福的人，就需要积攒积极的情绪，感恩就是积极情绪的总和，感恩身边人对自己的爱，感恩所有人对自己的付出，感恩自己所拥有的一切，感恩万事万物为自己带来的欢快，感恩的人始终生活在天堂人间，不幸福也难。想要维持幸福的人，就需要换种心情看待自己的生活，幸福有时候不需要满世界去寻找，只要静下心来，悄悄地回眸一看，也许就能看到幸福竟然就在身边，只是自己无心去发现罢了。

幸福是由一颗平常心所孕育出来的自然情绪。幸福是种感觉，如果不打起精神，便感受不到幸福的滋味。生活中不管是处在顺境还是逆境，都需要有一颗淡泊宁静的心，能够细细地品咂五味、静静地辨识五音、慢慢地观赏五色，过这样的日子，才是真正体验到生活中的幸福。幸福是由一颗自由自在的心所牵引的无拘无束的情绪。如果一个人能够不为他人随意摆弄而自然成长，能够不受他人任意操控而自由生活，能够不按照别人意志的选择而随心所欲地自行支配自己的生命，那么幸福就属于这个人所有。幸福的人，就是早晨想出门去上班，傍晚想下班回家的那个人。幸福的人，就是阖家安宁，清净恬淡，柴米油盐，吃得入味，睡得香甜的那个人。享受幸福的人，就是旁人有美事伴着一起欢喜雀跃，别人遇难事陪着一同叹息抹泪的那个人。享受幸福的人，就是每遇利字当头都能谦让，碰到争端总显得有些笨拙的那个人。享福的人，知道幸福不可能十全十美，每当精疲力竭的时候，也就知足了。享福的人，只安静地享受自己的幸福，绝不鲁莽地去追求比别人幸福。一个人如果能够静下心来仔细回顾自己所走过的路、所体验过的生活，就会惊奇地发觉其实自己一直活在幸福的拥抱中。

美好的东西总有不尽如人意的地方存在，无可奈何的事物中也会有些不起眼的角落留藏着令人赏心悦目的东西，正如一朵美丽的鲜花突然之间被无情地碾碎时，淡淡的花香却依然使人陶醉。人生不幸福的原因往往是由于不恰当地去和别人比较，将自己的短处去比别人的长处，比较下来只看见别人的幸福与自己的失意，从而忽略自身的幸福，整天活在嫉妒、痛苦之中，无法自拔。人生获得幸福的诀窍就是珍视自己拥有的东西，忽视自己没有的东西。

人生有尊严来坚守自己的信仰，生活就会充满幸福。

第二十一章　文化

　　信仰是人生归宿，有一定境界的人才能聚焦到这一点；信仰是人生栖息地，具备勇气的人才能找到这块圣地，否则即使侥幸被人领到这个地方，也住不长久，早晚会被其他人拽走或赶跑；信仰是人生庇护所，对于寡廉鲜耻而不需要尊严的人，根本不可能会躲入其中避难。同时应当看到，归宿、栖息地和庇护所这些都是人们精神生活的场所，这些场所都依赖文化的灌溉才得以欣欣向荣。一个人光依靠境界、勇气和尊严这三条途径还不足以树立自己的信仰，还需要有文化这第四条途径。有了文化的信仰才有完美的外表，充实的内涵，诗意的气质，为人敬仰。

　　文化是人们在日常的生活中为了生存和相处而进行的精神活动所产生的珍贵成果，这些成果涵盖艺术、科研和教育等各个方面，因此文化与人们的生存活动、相处活动密切关联、互相影响，成为知识和现实世界结合的结晶与升华。每个时代的文明进程不同，每个民族的文明进程也不尽相同，时代有时代的文化，民族有民族的文化，人类所有不同的文化相映成趣，构成色彩斑斓、博大精深的人类文明。文化随着人类文明的不断发展和完善，代代相传，成为风俗习惯，成为人们生活中不言而喻的规则，成为人们行为的自然准则，文化就是人类的精神基因。包容、厚道、勤奋是中华文化所蕴含的深层含义。

　　文化对于人的影响深刻而长远。一个人在什么样的文化中成长，他成熟后也是什么样，他的信仰完全可能也就是这样。一个人生活在自己民族的文化中，从渐渐忘却自己开始，到最终找到自己为止。文化虽然不能当饭吃，却是人类的精神食粮，人类正是凭借着文化才得以从动物界中脱颖而出，成为人类。文化是由多年历史积淀、浓缩而形成的精华，是一种无法拆卸，无法搬运，买不来、偷不去的独特资源。一个地方历史久远，文化积淀深厚，这个地方就必定兴旺。如果其他历史短、经历少的地方实在喜爱这种文化，也只能加以借鉴或模仿，而且还不可能在短期内完全消化和吸收。

文化是生命的记忆，文化是文明的见证，文化是生活的导师，文化是人性的传承，文化是幸福的延续。文化的作用就是给人类带来光明，文化的目的就是促进人类文明的发展。

文化也是风俗习惯，是一个地方的人们普遍认同的在法律之外的法律。习俗的最高境界就是节日，这是人们纪念前人留下的文化遗产，庆贺今天的丰收，期待下一个精神节点的欢乐时刻，也是文化中精神价值的最高体现。习俗的权威宽泛无边，大多数时候甚至超越法律，要是一个人的言行有违当地的习俗，轻者受众人指责，重者甚至还要被驱逐，因此一般人对习俗都敬畏有加，绝不敢轻慢懈怠。

生活环境决定着人们的风俗习惯。不可小觑习俗，人们大多愿意相信已经习惯了的东西，宁肯忍耐风俗中不合时宜的东西，也不肯轻易相信新发现的东西。要是一种习俗成为社会发展的阻力，于情于理都应该被丢弃，然而，真要移风易俗谈何容易。公元 1564 年法国实行公历，一月一日为新年开始，改变了过去以四月一日为新年的旧历法，但守旧的人拒绝更新，固执地在四月一日这天互赠礼物，庆贺新年，为此，一些聪明而调皮的人在这天给他们送假礼，邀请他们参加虚假的庆祝活动，加以愚弄，经过几年之后，四月一日这天变成众人开玩笑取乐的"愚人节"，也就再也没人在这天过年了。

文化必须有力量，没有力量的文化没什么生命力，过不了多久就会灭绝。一个独立自在、离群索居、善于观察、勤于思考的人所形成的思想，迟早会成为文化的一部分。有生命的文化力量恒久，有许多先贤早已不在人间，可他们的思想融在文化中，成为世人的精神基因，推动着文明的进程。当人们刚开始接触一种文化的时候，往往感觉不到它的力量，一旦深入了解之后，便会感觉到它那强大的吸引力，就会被牢牢吸住无法分离。人能够从艺术作品中参透出纯洁、秩序、均衡这三种含义，便能获得非凡的鉴赏能力，这种力量就能抚平常人难以忍受的苦难。

人群四散分离就毫无作为，聚拢在一起才有力量，有价值；而使人们心心相连的东西就是文化，文化的向心力使人们相聚在一起，形成自己的群体，形成自己的民族，形成自己的社会，形成自己的国家。

对一个人来说，有文化也就意味着需要有修养。文化作为人的精神基因，植根于人的心灵中，约束人的理智、培养人的智力朝着正当方向发展，随着人心智的茁壮成长，必将收获丰硕的修养之果，当品尝到修养之果的甘甜时，人身上那些蛮横无理的东西就会随风飘散。当一种文化中包含着文明的教养，相对应的这种社会将是和谐安宁的。

生命力旺盛的文化，内里一定充盈着人性的善良。人的良心初看起来是出自人的天性，实则来源于文化，当人类进入了文明逐步脱离野蛮时良心就开始主导人性，文明程度越高则野蛮占比就越少，良心也就越有力量。人类的善良体现在反省和包容，体现在约束自己，体现在为别人着想，这种善良是历经苦难之后的觉悟，真正有生命力的文化是以同情为始，为理解而生，以赞美和肯定而一以贯之，其中并没有什么憎恶与蔑视的容身之处。有个餐厅规定，用方桌用餐比圆桌少收一块钱，因方桌可拼为大桌，容纳更多的顾客，因此鼓励用方桌聚餐，同时也满足有人对私密空间的需求，设有小圆桌，满足各种需求，餐厅就能顾客盈门。善良是所有人都想得到的东西，以善良为使者就能通行无阻。

一个人生活于本民族的文化中，没有什么别样的感觉，当这个人移民到其他文化不同的国家时，就会感觉水土不服。清朝末年，在西方列强的霸凌之下，中国积贫积弱，一些志士仁人认为西方文化优于中华文化，希望通过学习西方文化来救国。事实上文化没有优劣之分，俗话说"公说公有理，婆说婆有理"，各人自有一爿天。凡一种文化，只要没有灭绝，那就一定还有力量，还能向前推进发展，还有生命力。要是认为别人的文化有可取之处，那么可以向人学习，取其长补己短；要是自废武功，抛弃根本，去模仿别人，就将邯郸学步，迷失自我。文化必将使人相亲、相近，各种不同的文化之间能够彼此尊重，互相学习，相互包容。显然那种"你过你的年，人过人的年；你敬你的神，人敬人的神"的相处模式，也是一种大同。

一个人有了文化之后，一定还要记得传承。

第二十二章　传承

文化是薪火相传的火炬，拿在手里的人，可以照亮自己人生的道路，温暖自己孤独的岁月，然后交给后来的人，让他们拿着继续自己的人生之路。如果没有前人将火种保存下来，后来的人可能将生活在黑暗之中，如果没有前人将其燃烧得光彩夺目，后来的人就不可能过得如此快乐幸福。文化不经过流传很快就会干涸湮灭，唯有得到传承才能焕发出勃勃生机。文字刻在石头上，会泯灭于岁月之中；文化镌刻在心灵中，会随着生命的繁衍而生生不息。公元 988 年宋太宗建造崇文院，作为国家藏书馆，将之前被宋朝灭掉的后蜀、南唐等国的藏书，随同宋朝自身的藏书共八万多卷悉数移入其中，使极其珍贵的文化遗产没有湮灭在战乱年代，得以保留传承下来。

传承就是对长期流传下来的传统文化的传授和继承。传承首先是依靠老师的传授和学生的继承来实现，这正是传承的主要手段；其次是从书中所记载的知识中学习获取，这是重要的辅助手段；另外还有从地方文学艺术作品的观摩中，从家庭日常生活的耳濡目染中，从人与人交往过程的积累中，总之在生活的潜移默化中，慢慢吸收、聚集点点滴滴的文化。传承的灵魂就是必须要有自己的东西，如果不参照前人的文化，那么自己的思想就是无源之水、无本之木；要是完全复制前人的文化，那么就没有自己的风格，也没有时代特性，更没有自己品尝过的感受。传承是把前人种植的文化之树，培育得枝繁叶茂、花艳果硕；传承是驾驶前人打造的文化之舟，避开暗礁险滩，顺势驶往幸福的彼岸。

有没有文化的传承，其结果大相径庭。当动乱年代结束后，随着和平的来临，民族的火种要是没有熄灭，侥幸得到传承，文化就会流传下去；如果民族的火种不幸随着灰烬一同燃烧殆尽，文化就此消亡，由此造成的损失不可估量。对于个体的人来说，文化的生命是无限的漫长。人如同一支火炬，存在的意义就是被文化的火种所点燃，用文化的光明去照亮人生的道路，温暖孤独的心灵，进而去点燃周围的火炬，让大家都生活在温暖和光明的拥抱之中。点燃别的火炬不会让自己烧得更快，却能让光更亮、热更强，关键是火种得到了传承。传承的妙处在于，只要还有人活着，文化就一定活着，并且永远活着；传承就是用人类繁衍的本能来抵消无限的时间对文化的销蚀。

　　能够经常被人复述的故事，一定是个喜闻乐见的好故事；能够劝导人们弃恶扬善的文艺作品，一定是个广为流传的好作品。真实的东西无法抗拒，哪怕无知的人不愿相信，嫉妒的人坚决反对，但美好的东西总会传承下去。文化中隐藏着一切智慧，时时提醒人们，历史往往会重复上演，告诉人们在性命攸关的时候怎样从容应对。文化不会削弱一个人，只会使人强大；文化不会给人带来危险，只会使人平安。

　　传承的前提是学习，传承正是由继承而开始。历史是前人的经历，书籍是前人留下的精神财富，这些都是千年百代辛勤劳作的收获，作为后人，必须心怀感恩，虔诚地去领受，既能使自己终身受益，又可以忠实地转交给下一代。一个人不了解前人的经历，不学习和掌握前人的精神遗产，则等同于文盲。一个无知的人怎么可能去传授连自己也没有的东西给别人？记忆是智慧之源，文化是信仰之源。只有将诸子百家、三教九流的精髓都梳理清楚之后，才能明白中华文化的博大精深；当一个人在文化中看到了儒家待人的忠诚，墨家视物的兼爱，法家执法的严明，兵家临危的权变，道家处世的超脱等，自然也就知道自己应当选择什么来信仰了。就算是智能超群的人也必须要向前辈学点东西，仅凭自己短暂的一生和极其有限的生活经历去同整个民族所积累的文化相比较，简直是沧海一粟，唯有搭上前人打造的文化专列，才能看到时代的风景，应对当代的一切难题。

　　传承是离不开奉献的。植物的生长从种子开始，而且种子必须先奉献出自己，植物这才开始萌芽；文化的传承是一个传授与继承的过程，老师将文化的种子奉献给学生，学生的心灵长出嫩芽，继承才得以实现。文化的价值不在于年代有多么久远，也不在于数量是多么稀少，而在于品质是否足够卓越。优秀的传统文化堪比珍宝，可见老师的奉献在文化的传承中是何等的无私与伟大，为此能够当个合格的老师是无比高尚的。

灌输并非是传承文化的高招，身体力行的示范才是高明的做法。学生对谎话和虚伪的做法异常敏感，会随时随地检视老师在课外的言行是否与讲授的内容高度吻合，要是不一致，哪怕只是微小的差别，学生也会洞察秋毫，效仿有加，同时失去对老师的信赖，这样的后果，恐怕传承只能是镜花水月，竹篮打水一场空。为此要求做老师的必须谨言慎行，这样才能得到学生的尊重及依赖，以老师为楷模，实现对文化的继承。

传承的根本目的是为了延续生命，文化的传承就是文化生命的延续。传承也就是将前人的精神寄托于后人的记忆之中，精神的生命从而便得到延续；前人的生命铭刻于后人的记忆中，其珍贵程度甚至超越天赋的生命本身。尊崇习俗、欢度节日、纪念活动、追思先辈，都是不同形式的传承，都是经过深思熟虑之后的慎重选择，都是为了仿效前人精神，传承民族文化，延续前辈生命的善举。一个人继承了前人的文化，切实感受到了光明与温暖，就应当承担起将这份珍贵礼物转交给后人的责任，而绝不能让其随随便便地砸在自己的手中。人生最大的乐趣就是在有生之年，以自己的亲身经历去开导后人，将自己的毕生所学完整地传授给后人，这样的人生才会感觉到更光明、更温暖、更幸福；要是不愿意承担延续文化生命的责任，一旦造成无可挽回的损失，则必将悔恨余生。

传承的全部含义就在于发扬光大。谁能够将传统文化发扬光大，谁就拥有了明天，谁放弃了传统文化，谁就将回到昨夜的黑暗之中。在历史的长河中，一眼望去，漂浮在上面的大多是些荒谬的腐朽之物，文化的真谛则像闪光的金子，蕴藏在河流所沉积的淤泥深处，难以被人发现，而真正有传承价值的正是这些瑰宝。当这些瑰宝能够在世间得到发扬光大之后，人们便可以在任何地方，轻易地建造起属于自己的幸福家园。

发扬光大不仅要继承传统文化的精髓，更重要的是将传统的东西做适当改进，打上当今时代印记，使之能适应潮流发展的需要，能被时人所认同与接受，这就是创新。创新是推陈出新，吐故纳新，是给传统文化注入生命的活力。如果继承传统仅仅是因循守旧，照搬照抄前人的东西，那就永远不会有自己的风骨，学生也不幸地永远无法超越自己的老师，最终还不免陷入画虎不成反类犬，一代不如一代的尴尬境地。公元 1407 年，明成祖命姚广孝组织人员编修的《永乐大典》，前后经过数千人、历经六年时间终于编纂完成，其中收录编辑先秦以来的各种书籍七千多种，共二万多卷，近四亿字，内容涵盖了数千年来中华民族积攒起来的各类知识，被公认为当时世界上最大的百科全书，成为中华文化的重要符号。

生活的泥土中有前人播下的文化种子，在这片土地上栖息的人们义不容辞的任务是将其培育成熟，在品尝甘甜果实的同时将进化的种子再次撒入泥土中，传给后人去培植与享用。

从第十四章到第二十二章的这九章，就是一个人拥有自己的信仰所要走过的路程、所要温习的功课、所要掌握的技能，经历过这些的人，就是有信仰的人。

第二十三章　精气神

在求己这方面，第三个要实现的目标是为人要精气神充沛。一个人内心的痛苦或欢乐都会操纵着这个人的精神面貌，通常，与人初次照面，一眼就可知晓其目前的生活基调是信心满满还是绝望无助。当一个身体强健的人，跌跌撞撞地在人生的道路上踉跄而行时，那么这个人的精神状态一定出现了问题；当一个四肢健全的人长期游手好闲无所事事时，这个人对于人生的态度一定出现了问题，说到底，这些就是精气神出了问题。人生的希望在于理想，能够依赖自己去实现理想的人必须能力足够强、信仰足够强、精气神足够强。

精气神是一个人内在的精神力量，也就是一个人生命的活力。能够成为一个健康而快乐的生命，其中的精气神是很重要的关键。中医学认为：精是构成人体的有形物质，主要为液体，呈现出的是有形状态；气是构成人体的无形物质，主要为气体，呈现出的是无形状态，在心神专注时能够感觉到气的存在与运动；神是精和气的活力，用以调节人的心理活动，用来调节以新陈代谢、吐故纳新为主的自控系统，使人体中的精和气能够自行组织、自行稳定，让生命接近健康境界。中医学认为：精气神三者相互助长，人的生命起源是精，维持生命的动力是气，而生命力的体现就是神；精丰润气就充盈，气充盈神就旺盛，精受损气就虚弱，气虚弱神就衰没。

对外而言，精气神也是一个人的精神面貌，是一个人外在的精神状况，这种状况是由这个人对待事物的基本认知所反映出来的积极或消极的态度。积极的人生态度就是强大的精神力量：坦荡做人需要正气，自立自强需要志气，移山填海需要力气，登峰造极需要争气；追求爱情需要勇气，维护友情需要义气，维系亲情需要和气，施与同情需要暖气；祛病消灾需要淘气，礼让谦卑需要底气，潇洒人生需要朝气，完美结局需要运气。所有这些都呈现出生命的神气，也是精气神和谐融洽所汇聚成的合力，展现出生命的力量之美。

生命的活力凭借的是精神，一个人的精神决定着这个人的生活质量。积极的精神状态让人德艺双进，幸福满满；精气神和谐充盈的人，就是生活中的强者。人生不如意事常八九，生活中的失意也是司空见惯，然而请切记：枯朽的树木必倒伏，气馁之心如死灰，因此，千万不要垂头丧气。一个人就算失去一切，只要精气神还行，那么，自己仍然会有明天，并且未来的希望也还攥在自己手中。精气神也是一种心灵的状况，是萌发的嫩芽、更新的血液、蓬勃的朝气、情感的活力、想象的翅膀、沉稳的意志，精气神就是生命的力量。

维系人生命的仅仅只是一口气，而为人所依靠的就是意志，同时，正气是人身上最高贵的气质，神正人就正，邪不可侵，一个人精气神饱满，骨子里就不会受伤，生活中所遭遇的任何艰难困苦都会给其让路。公元1659年，南明残余的浙东武装张煌言配合福建的郑成功起兵反清，张煌言攻克安徽南部后，郑成功溯江而上围攻南京失败退回福建，张煌言孤军无援，被清军打散。1664年，隐居在天台的张煌言遭清军捕杀抛尸杭州郊外，黄宗羲的学生万斯大将其安葬在南屏山，又立碑请老师撰写墓志。万斯大不满清朝统治，终身不参加科考，以研究经学、解释经义为生，成为浙东学派的代表人物。

一个人的精气神出自天赋自然，同时还需要后天的维护保养，使精气神的存在与融洽能够更好地顺应自然。一个人的精神面貌吸引人的地方，无非是娴静安详中的自然美，以及神采飞扬、仪态万方时的优雅舒展。一个人体内的精如果被困阻，身体将缺失营养，造成垃圾堆积；气要是被滞塞，身体会出现酸痛，导致活动受限；神一旦不司职，做任何事情都会出错，生活中每时每刻都险象环生，这样的人生该赶紧暂停大修。

人的精神面貌本应像阳光一样积极有力，像四季更替般诚信有序，万不可被身外的暴戾之气带偏了方向，搞乱了节奏，如同鸟雀的飞翔不会改变阳光的方向，风云的变幻不会打乱四季的节奏一样。诚信就成长，不义就衰败；希望就进取，绝望就退缩。精神面貌积极的人，能够欣然接受身边自然发生的一切。他明白,面对误会、偏见、诬陷,所有的解释都显得多余,凡事必有原因,既来之则安之是不损元气的妙着。顺应自然的人明白,万事万物原就是完美的,如同人们家乡的一条河流,其流向、流量、流速都很正常、稳定,并不需要人们时不时地去做些改变,而居住在河边的每个人所要做的只是提高自身的修为,不要向河里丢垃圾,以使其更清澈流畅。

一个人精气神的和谐与融洽,重在一个"养"字。精气神和谐统一的人能够以良知为重,放下别人绝不愿意放弃的恩恩怨怨,以成全大局,成就自身;精气神融洽合一的人蓄养自己的精血,收纳自己的力气,节省自己的心神,远离是非的漩涡。读史可以养正气,敬畏可以养骨气,勤勉可以养志气,豁达可以养神气;磨难可以养胆气,欣赏可以养心气,抚慰可以养肝气,温顺可以养胃气;担当可以养勇气,知耻可以养义气,谦让可以养和气,自然可以养元气。身体得病可以保养,然而精神万不可萎靡不振,信心一旦失落,也会将小病熬成痼疾;人生失意多常见,只要将心情收拾得干净整洁,面带微笑迎上前去,疙瘩自会化解。1647年,思想家王夫之受人推荐到南明桂王政权任职,却在派系争斗中深受排挤,痛感其国事糜烂,毅然回家乡筑土屋钻研学术,提出"理在气中",认为气就是万物,而万物的道理就在万物之中。王夫之的经历说明:只有当一个人沉静下来才能明白事理,而事理正如看不见、摸不着的气一样,渗透在万物之中。

一个人的精神面貌能够准确地反映出这个人的内在品质,展现出其智慧的宽度,真诚的深度,毅力的硬度,专注的程度。嘴巴说出的语言是人的想法,脸上表情说出的语言是人的本性,脸比嘴巴所表达的意思更加丰富多彩。人需要保有精神的自由与心智的独立,这样才能在修身养性、管理身体方面做自己的主宰,以静心养神,避免不必要的劳心费神以及伤身毁性。

内心充满绚丽阳光的人,不受恶意攻击的伤害,因为在他的世界里没有阴影,任何俗物私利都可以轻轻放下,任何时候都可以从头再来,任何地方都可以安居乐业。公元1633年,明朝南京的礼部尚书董其昌不满宦官专政、党祸牵连而辞职回乡,他以书画著名,善于鉴赏,认为书法妙在能合,神在能离,作有《高逸图》等一批书画传世。

精气神融洽合一的人,具有强大的精神力量,健康而积极的精神状态就是自己生命的主宰。精神健康的人不会受世风的影响，体魄强健的人不会受辛劳的影响，精气神和谐的人不会受困苦的影响，生命力旺盛的人不会受风寒的影响。这样的人也一定是个仪容整洁而仪表堂堂的人。一个人外表干净得体，说明此人有很强的自控能力，使人相信这是个值得信赖的人，可以让别人放心而轻松地与其合作。有时候人的健康状况出了问题，可能只是精神状况出了问题，尤其是当一个人沉湎于迷信而无法自拔时，那种萎靡颓废、进退失据的模样，与饮食不振、浑身乏力的亚健康状况如出一辙。

法国作家司汤达有句名言："做一个杰出的人，光有一个合乎逻辑的头脑是不够的，还要有一种强烈的气质。"这种气质就是人的精气神。正是依靠这种气质，才使一个人能够挺直身板，做一个堂堂正正的人。公元 1841 年鸦片战争中，清军在广东一败涂地，英军劫掠队窜到广州城郊三元里一带抢劫，侮辱农妇。当地菜农奋起反抗，当场打死几个英兵，附近百余乡村闻讯，自发组成数千人的武装力量，与英军激战，最终迫使英军狼狈溃逃。当年的三元里菜农让人们见识了精气神的力量。

精气神是一个人自己身体的主人。水一旦停止流动很快就会失去纯洁，气一旦被阻滞立即就会枯竭失散，心灰意冷、精神崩溃体内各系统马上就会紊乱。人的精气神一旦失衡，身体就会慢慢变得衰弱；精气神和谐充盈，身体就能永葆青春。即使到了暮年，新陈代谢减缓变弱，只要精气神依旧能够相应地保持住，坚固清纯、协调和洽、宁静敦厚，那么身体的免疫系统仍将正常行使职能，人的身体依然能够保持自理的能力。

精气神的合力终究要比其他任何自身力量来得强大，凭借着这种力量，一个人才能真正依靠自己来摆脱厄运的纠缠，回归平安的人生。人生的本质就是痛苦多、欢乐少，正因如此，一个人的精神面貌在生命中应该始终稳居主宰地位而绝不能缺席。人在痛苦中、失意时，只能完全依赖自己的精气神，昂然立于天地之间，鼓足劲头，凭借一腔正气去实现自己的人生理想。

一个人要达到具有精气神和谐统一的人生目标，需要经过三条途径：气节、控制和平淡。

第二十四章　气节

　　一个人要达到精气神充沛的境界，首先要正气满满，所谓正本清源，气正之后，体内才能纯净如初。人的价值不光体现在生活的舞台上，主要还在于这个人所扮演的角色之中，而一个人真正的价值完全取决于这个角色所展现出的精神面貌，堂堂正正做人则高山仰止，猥琐鄙陋则人所不齿，归根结底衡量一个人的价值标准就是这个人的骨气和信誉。月有满虚，天有阴晴，事有因果，物有生死；然而事物的本质是不变的，之所以发现有所改变，那也是心随境变，是人自己的感觉在变。正由于人的善变，才导致鲜有人生之路走得笔直的人；正由于人的善变，才发现所有人都钦佩能够站得笔挺过日子的人，这就是气节的珍贵之处。唯有一身正气的人，才有能力珍藏信仰，才有可能紧握梦想，进而在生活中有目标、有希望、有事做、有歌唱，有自己平安幸福的日子。

　　气节就是一个人的志气和操守，是一个人在任何处境中，都能稳稳守住自己道德底线的品质。气节也是做人是否合格的基本标准，是检验灵魂中人性含量的试金石，更是一个人精气神的筋骨。气节就是将保护自己的灵魂看得比保护自己的身体更重要。一个有气节的人，诚实守信，敬畏规则，尚义排利，将气节看得比生命还重要。人的精神必须植根于自己所理解、所接受的文化氛围之中，才能惬意满足；气节正是一种竭尽全力的抗争，用来维护自己已经适应的文化、已经习惯的生活方式。公元 1279 年崖山海战后，南宋灭亡，元朝一统天下，福建连江的画家郑之因将自己的名字改为郑思肖，而肖是宋朝国姓"赵"的组成部分，表示自己不忘故国。此后，他画的兰花都是连根带叶飘浮在半空，别人不懂欣赏，问是什么缘故，他说国土沦亡，根没有地方着落。

人身上有没有气节，对自己人生之路和对别人的影响都迥然相异。有气节而没钱财的人是富有的，因坚持操守而受穷的人，别人都愿帮助他；有气节而没地位的人是高贵的，因保持节操而受困的人，旁人愈加敬重他。在人群中，看法相似的人，就相互认同；看法相左的人，就相互抵制。如果有人态度暧昧，模棱两可，结果肯定要被双方拒斥。失节的人，信誉扫地，导致无人相助，无人搭理，最终遭弃。

很多时候，一个人并不清楚自己有没有气节，然而，当面对财富、地位等是非选择题时就能一下子明白自己的品质倾向。外表美的人，看着总那么舒服，使人总想多看一眼；内在美的人，能感染人的精神，让人心灵持久感动。公元前 538 年，齐庄公与权臣崔杼的妻子私通，被崔杼骗到家中杀死。齐国的史官在史册上记下"崔杼杀死自己的国君"，被崔杼看见后，逼着去掉这句话，史官不愿顺从而被杀。史官的弟弟继任后继续这样写，也被杀害，一直到史官最小的弟弟上任后仍然坚持这样写，崔杼一看，要是再杀下去史官家要绝户，齐国也就没史官了，于是只得作罢，让这句对自己不利的真话留在齐国的史册上。齐国史官的气节让后人看到了真实的齐国史，这就是气节的意义。

在命运的颠沛之中，在人生的危难之际，一个人身上的气节就能让别人看到他的傲骨。倒下之后自行爬起来的人是个命硬的人，受难之后意志更坚毅的人才配享有一览众山小的幸福。人不能有傲气，傲气会伤到别人；同时人却不能缺少傲骨，傲骨会救自己于水火。正如俄国作家屠格涅夫所说的，"人的个性应该像岩石般坚固，因为自己所有的东西都建筑在它上面"。人没有了傲骨，坚守信仰的勇气就泄漏了；人没有了傲骨，淡泊处世的潇洒就不见了；人没有了傲骨，自由自在的生活就散架了；人没有了傲骨，唯余卑躬屈膝的仗马寒蝉。

明朝初年，朱棣发动"靖难之役"，起兵反削藩，临南下前有人提醒他，在朝廷的大臣中有个学士叫方孝孺的是绝不会屈服的，但不能加害，杀了方孝孺，天下就没读书的种子了。公元 1402 年，朱棣攻陷南京，叫方孝孺写即位诏书，遭拒后威胁诛其九族，方孝孺回道诛十族也不写，结果除九族外连朋友学生一起遇害，成为历史上绝无仅有的株连十族的惨案。学富五车、才高八斗的方孝孺以自己的身家性命来告诉世人：骨气是比生命更重要的东西，一个人没了骨气，便一钱也不值。

有气节的人，同样也是正直的人。正直的人有自己的主见，不会太在意别人的看法，更不会刻意地看别人的脸色行事；不会无所适从，更不会人云亦云，而这些正是有气节之人的主要特征。人的信仰无法拿出来与别人探讨，因为人的良心只负责约束自己的心灵，而那些属于个人的是非选择题只能由自己来独自面对，一旦将自己的良心放在别人的天平上去称，就会因颜面而失衡，就会难免媚俗，而陷于道听途说。正直的人顺着自己信仰的指引，尽力做好分内的事情，环境符合自己的志向就安心地定居在此，要是不幸身处是非混乱的地方就赶紧离开。

气节的核心内涵就是诚信。人活着诚信很重要，生活中竭力保持自我，尽力对准方向，极力维护信誉。诚信是做人的根本。一个内心浅陋无知、外表躁动多变的人，必定一无所成；诚信做事是心神专注，集中精力做重要的事情，忽视和放弃次要的事情，什么都要做好的人，肯定一事无成。一个人专心致志于自定的目标时，所有的付出都是欢乐的回报，即便失败是命运最终的安排时，也会接受自己最初的选择，坦然迎接失败，这是一种对自己尽责的精神，也是一种令人肃然起敬的美德。

公元前100年，汉武帝派苏武率团出使匈奴。苏武受匈奴内乱的牵连，却宁死不降，被扣留在贝加尔湖畔牧羊。武帝死后，继位的昭帝与匈奴恢复和亲，经过艰苦的谈判，苏武于公元前81年重回长安，当年出使随行百人，归来仅九人，白发苍苍的苏武手中仍拿着已经没有一根毛的使节。使节就是信物，苏武牧羊也成为气节的代名词。

气节操守就是坚守道德的底线，无论头上的风云如何变幻，心中都早已做好了承受打击的准备，坚定地走脚下的路途，永远不被雨雪雷电所吓阻。如果对一件事物有兴趣，那就认真地去钻研，好好地去做，养成习惯，成为自己生活中的一部分；要是对一件事物极其厌恶，那就远远保持距离，千万别去沾边，以免影响自己正常的生活。当自己在人群中处于多数的一方时，包容他人最为重要；当自己在人群中处于少数的一方时，奋勇向前最为重要；当自己孤身一人时，气节操守便是贴身的铠甲，成为心灵的最后一道保护膜。

心灵随着境遇而变化的人，是意志薄弱的人，这种人朝秦暮楚，做事难以做到头；境遇围绕着心灵而幻化的人，是操守严谨的人，这种人在顺境中热爱自己的信仰，在逆境中更爱自己的信仰，境遇的顺逆变换丝毫不能动摇其初衷，凡矢志不渝的人事业有成也应该是拜气节所造就。

气节就是人的理性不会绕弯，人的良心不会折叠，人的心灵不会屈服，这是一种永远无法抹去的印记。人的心灵喜欢上一样东西，奉为信仰，这件东西就成了自己身体的一部分，精气神似乎也与之连在一起，其灿烂自己就欢乐，其枯萎自己就悲哀，如果一旦被迫与这件东西分离，心灵的痛楚将永远无法消散，生命之火也将随之成为灰烬。

真正有气节的人，一定品格高尚。

第二十五章　品格

有气节的人做事有分寸，做人有底线。人的内在品质以其不经意间的言行举止、喜怒哀乐向别人展现自己；同样，起居中的一举一动、一颦一笑无不在向他人泄露自己的品质特征。一个有品格的人一定有坚强的意志来控制着自己的操守，那种高远的境界、宽广的胸襟，仁爱、担当、克制、礼让的品质才是做人的榜样。在一个人身上，美丽的容貌固然有一定的吸引力，然而真正倾倒众生的是其高尚的品质。

品格是一个人的内在品质，也就是一个人的基本素质。人的品格包括：个人修养方面的道德素质、个人学问和个人能力方面的智力素质、个人身心健康方面的身体素质三个部分。人的品格决定着自己的为人处世。

品格是一个人重要的特殊财富，不必借助其他技巧就能直接发挥作用，显示出自身的强大力量。人的言行举止如果没有高尚品格的管制，难免滑向粗俗、流于浅薄。一个人的所作所为，就是个人品格的真实写照。一个人的恶习往往可以推诿给风俗、时尚的原因，造成品格的优劣却只能由自己来负责，品质是区分人与人之间优劣的主要评判尺度，一个人真正能够胜于他人的地方只能是自己的品位，一个人真正能够引人注目的地方正是其人品。人的名誉建立在自己的品格之上，没有优良的品格，就难以获得挚友、觅得知音。

良好的品格比任何技能都更受人嘉许。北宋的程颐参加科考未被录取，他安于贫贱恪守节操，长期在家乡讲学，著书立说，名重天下。1086 年，经数位朝廷重臣推荐，程颐被召入京，负责教年幼的哲宗皇帝读书，他每次开讲时都表情庄严地先说教一番，为此小皇帝很怕他。有人提醒程颐，态度应该谦恭点。他回答，正因为我是一介布衣来做皇帝的老师，因此不敢不自重。

人的品格之中，德行往往是最重要的，德行主要在于行为。有德行的人往往是自立自强并有信仰的人，能够独善其身，有自知之明，不会夸大自己的成绩，不会嫉恨别人超越自己，更不会在意别人苛责自己。有德行的人善待万物，谦恭和顺，从容不迫，处事公正，做事尽责，提问有的放矢，解答入情入理，讲话有始有终，礼貌倾听得益。

知识有助于提升一个人的品格。追寻真理、求得真理、服膺真理、倚靠真理、实行真理，这些是品格中最高的德行。明朝科学家徐光启不愿与魏忠贤同流合污，被诬陷革职，回乡屯耕，写成农业巨著《农政全书》。公元1628年魏忠贤垮台，不久徐光启复职，但他仅负责督修历法。徐光启毕生致力于科研，勤奋著述，编译介绍大量欧洲科学技术，他翻译的《几何原本》（部分）对中国数学领域的研究教学有重大深远的影响。

品格高尚的人，大都为人敦厚。敦厚的人不追求别人当面夸奖自己，只求背后没人诋毁自己；不追求得到利益，只求不损害别人。敦厚的人不会被批评责难弄得灰头土脸，也不会被赞誉认同逗得欣喜若狂，只是埋头做好自己分内的事情，并不去炫耀自己的成绩，更不会去争抢属于别人的功劳。敦厚的人对生活始终保持积极态度，善待所有的人。敦厚的人知道，人需要智慧更需要善良；人需要人工智能，更需要人性的关爱；没有这些基本的品格，人就不会比万物更有价值；而一个人要是没有这些敦厚的品格，就会众叛亲离，成为孤家寡人。

一个人想要提升自己的品格，摆脱窘困，谋求幸福，还应该以勤奋作为自己的座右铭，与勤奋永久为伴。勤奋是一个人拥有的无价之宝，以自己的勤奋换来的平安生活才是最可靠的幸福。

衡量一个人品格高下的标准，就是看其是否具有始终如一的原则性，品格真正能让别人长久动心的价值就在于人的操守。评判一个人的品格，要看其顺境中有没有一颗同情心，愿不愿意对人施以援手，能做些什么好的事情；还要看其在逆境中有没有一颗进取心，愿不愿意重新再来过，会不会去做些什么坏的事情；更要看其在困境中有没有一颗平常心，愿不愿意去等待充电；而最能鉴定人品格的是在完全无人知觉的情况下，看其所作所为。人的品格正是在生活的浪涛中磨炼、在风雨中冲洗才能逐步培养和形成的。对人谦虚礼貌是品格的展现，做事通情达理是品格的上限，做人遵纪守法是品格的底线，人的品格不用包装也不必矫饰，只需要多加检点、切勿随便、诚实守信、一以贯之便可以了。

公元 1679 年，清政府开始编修明朝历史，总裁官员以七品官的待遇聘请著名史学家万斯同担任主编修官。万斯同酷爱明朝的历史，但是自己早年在南明的鲁王政权做过官，因此不愿入仕为官，仅以布衣身份参加编修工作。他既没有办公室也不领工资，却成为《明史》真正的主修官。由于他历史知识丰富，注重史实，以明朝遗民身份自居，用修故国史事来报答故国的风格，赢得京师学者的倾服，只要是他开设的课堂进行讲学，必定是座无虚席，听讲的人都以漏听他的一句话而感到遗憾。

人们都向往美好的东西，都渴望亲近善良的心灵；因此，在和谐社会中所自然形成的品格总是美好的，高尚的品格总是善良的；凡是意志坚定、为人正直、襟怀坦荡、鞠躬尽瘁的人，都是品格杰出的人物。凡品格优秀，志趣就高尚；见识渊博，容貌就慈祥；心情宁静，气质就娴雅；人生平安，心灵就纯粹。

甲午战争后，日本内阁大臣伊藤博文来中国游访，在武昌时见到了张之洞，张之洞的幕僚辜鸿铭送给他一本自译的《论语》英译本。伊藤博文知道辜鸿铭精通西方学术，同时却又是个保守派，就调侃道，这种孔子的学说两千年前是能够行得通，现在已是二十世纪，早已没有什么用了。辜鸿铭认真地告诉他，孔子教的是做人最基本的道理，永远不会过时，这就好比是数学，两千年前是三三得九，如今二十世纪，依然是三三得九，并不会三三得八。伊藤博文闻言张口结舌，无言以对。学贯中西的辜鸿铭一语中的，最基本的为人之道是亘古不变的。

人生端正了精气神，就会呈现出品格高贵的气节。

第二十六章　控制

一个人要达到精气神充沛的境界，除了要正气充盈、正本清源外，还要懂得节制，也就是充分利用自己拥有的资源，才能实现自己的人生目标，平安地度过一生。

控制就是操纵某项事物的自由度，不使其任意活动，以免超越设定的范围。在追求理想的过程中，人总是调动一切可以调动的资源，全力以赴向着目标进发，这种尽量不使自己偏离正轨的做法就是控制。

人不需要担忧自己的财产不够富足，地位不显尊贵，能力不很强大，而要忧虑自己有没有用心去经营管理、安排妥当属于自己的那份资源。一些超出能力之外的资源，往往就像闯入心灵的一匹野马，如果不将这匹野马安上笼头加以控制，心灵就会反过来被它奴役。

人应该着意于控制自己，而万不可随便去控制别人；想为子孙的富贵作安排的人，十有八九会因此而害了子孙；想要驾驭别人生活之舟的人，往往到头来自己却不知所终；人的学问应该成为自己身体的一部分，完全融入自己日常的生活之中，有效管控自己的人生。人要是不控制住自己，则将一事无成。想做一件事，缘由就在身边，只需抓紧时间去做即成；不愿做这事，总会上天入地去寻依据，千方百计推脱耍赖，旁人看着干着急也拿他没有办法。有没有控制住自己言行，直接决定人生的走向；人生不主动加以限制自身的自由，前途便不堪设想。

要实现持久的自我控制，应该理性地放缓节奏，就比如负重远行，出发时步子选择缓慢点；又如同引吭高歌，开唱时调门适度低沉些。凡事开头难，出成果更难，难就难在控制二字。做任何事情，布局之前应当谨小慎微，实行途中需要处处着力，成功以后切忌狂妄自大；唯有自如操纵生命的方向盘，人生才能平安度过。

控制自身的最高境界就是竭力勒住自己心中的恶魔，不要让其去攻击自己心灵中的天使。所谓道高一尺魔高一丈，外面的花花世界会把恶魔不断地养大喂壮，为此钳制恶魔的力量必须随时增强，绝不能让其失控，窜出来伤人害己。如同一根火柴，要是不加以严格管束，恣意妄为地去点燃周围的易燃物品，那么，火灾的爆发将只是一瞬间的事情。当一个人在嘲弄别人的举动中获取满足的快意时，心灵中的天使只能躲在角落里无助地抽泣。不要让欲望左右自己的心灵，而应该让心灵抑制自己的欲望。人的欲望一开始总是能由自己掌控住，往往膨胀起来后就不再受节制，到这时自己反而还要被欲望驱使，百般地顺从欲望的要挟去干些蠢事、傻事，人生至此岂不可怜？

控制与被控制是相对的，而且有时还会相互转换。人们对别人的感觉和认同往往受制于旁人对自己的评价。有的人拥有财富，同时也被这些财富所控制，沦为它们的奴隶。正如有的人掌握知识，同时也被这些知识所束缚，丧失了自己的思考能力，成为所谓的"书呆子"。

身处宿命、使命和命运的激流之中，人们往往身不由己，难以控制自己的人生走向。宿命就像生命中的债务，欠债总要还，因此无法改变；使命是心灵与信仰的约定，由本人的良心来加以看护；命运可以选择，也可以因选择而改变，同时命运的抉择应由使命来掌控。控制自己的人生走向主要就在于看守住自己的使命。一个努力去完成使命的人，或许往往命运多舛，但他的生命是成功的，他的内心是幸福的，别人也最终会醒悟到他对自己命运的选择是无比正确的，同时也见证一段完美的人生。

想要让人接受自己，首先就必须尊重别人；想要让人服从自己，就必须服从理性。要是喜爱一个人到了想要控制对方的地步，那么对方感受到的除了恐惧，就只剩下怨恨了。

控制必须掌握一个适当的度，这个度既是力度，也是宽度。在力度方面，控制太松等于没有什么控制；要是控制过度，快乐不见得增多，累赘却肯定不会少。在宽度方面，比如说到自信，控制的要点在于，既不能向傲慢方向滋长，也不能向自卑方向蔓延；再譬如说到享受，控制的要点在于，既不可放纵欲望挥霍无度，也不可抑制需求过度苛刻。对于掌控的力度，需要理性观察，耐心适应，只有心平气和的时候，才能找到那个最恰当的量，可以让所有的资源都充分发挥出自身的作用。控制住事物的根本，不要让细枝末节牵绊住。

控制的方法在于潜移默化地施以润物细无声般的影响力。凡遇事，有谁会甘愿被别人控制？又有多少人会去排斥别人来帮助自己梳理疏通事理？站在别人的立场上与人交流沟通，对方会感到相见恨晚；运用对方的逻辑来探讨问题，会被引为通情达理的知己。赞同与表扬远比训斥和指责更能有力地左右一个人的行为。越是严厉禁止的事情，越会被人津津乐道；越是严密封锁的区域，越是让人心驰神往。许多崇高的思想，正是因为成功地影响了一大批人，才能让人接受，最终成为一些人的信仰，被终生追随。

控制自己的情绪，人生可以获得快乐；控制自己的言行，人生能够平安幸福；控制自己的欲望，人生必定绚丽辉煌；然而，试图去控制别人，却只能让自己沦落尴尬境地，同时也使被控者情绪失落而心生怨恨。一个人能够控制住自己，便能凝聚起超凡的能力。

第二十七章　能力

　　一个人能够控制住自己，便能掌控住属于自己的全部资源，还能加以合理利用，充分发挥其作用，最终展现出自己真正的实力。人生遭遇到逼仄处境时，唯一能够信赖的就是自己的勇气，唯一能够依赖的就是自己的实力。人生的价值是由自己的实力决定的，人的意志力也是由自己的实力来支撑的。因此人生控制自己仅仅是手段，真正的目的是要凝聚自身的能力，保证自己以积极的精神面貌度过平安的人生。

　　能力就是一个人的本事，即这个人做事情的综合素质。能力体现在掌握知识技能的悟性方面，体现在做事所具备的水平方面，更体现在对自然探索认知的水平方面。人的能力有弱也有强，能力越强，做事情的效率就越高。

　　人有没有能力，其人生的成就完全不同，有能力的人就有力量征服一切，没有能力的人只会自暴自弃、苟且偷生。有能力的人记得过去发生的事情，清楚事情正在显现的状况，还能及时预防将要出现的问题。有能力的人了解事情的起因，洞悉正在发生的事情，明了事情发展的最终结果。有能力的人能够让问题逐渐溶解化为无形，可以使事情按照设定的目标精确打造完成；没有能力的人除了胡思乱想，只会让一切变得乱七八糟。有能力的人知道何时、何地、如何使用自己的能力，展现出力量；没有能力的人对此一无所知，却能毫无征兆地突然制造出一大堆麻烦。有能力的人受了冤屈，背了黑锅，仍然是个有能力的人，而且还极有可能比原先更强大；没能力的人受了委屈，负了压力，便呼天抢地，惶惶不可终日，毫不掩饰自己的柔弱。

　　人的能力不是天赋形成的，而是来自学问和实践两个方面。学问是钻研科技请教良师而得来的知识，同时也来自己在实践中对事物的观察和思考分析。当一个人能够对某项事物做出基本判断的时候，说明他对这件事已经有了清晰的理解，有了完成此项事物的具体想法，从而具备了完成这项事物的技能。当一个人有了能力，就能去完成以前做不到的事情。

知识和勤劳是组成一个人能力的两种重要力量。生活中，处理事情能力的大小，往往取决于这个人掌握知识的程度，以及能否准确用到这些知识。能力之中有了知识，就会振衣提领、举重若轻、事半功倍。知识的运用在一个人的能力中是主要的力量，而勤劳只是辅助力量，知识决定能在什么地方用力，用多大的力，让事情朝什么方向推进，要是没有知识的指引，勤劳只怕是很难有机会产生预期的效力。

公元 1668 年，清朝康熙年间，不学无术、排挤科学的市侩杨光先虽然把持观察天象、颁布历法的钦天监，但他制定的历法与计算的节气不能应验，于是被来华传教的比利时人南怀仁换下。南怀仁制定的历法精准而深受康熙信任，不仅为传播西方科学做出重要贡献，还影响康熙为被杨光先诬陷的自己老师汤若望的冤案平反，而杨光先最终被夺官回乡。

人的能力还必须与实干相结合，人的学问只有在实干中才能形成做事的技能，学问只有同实干完美配合才能展现解决问题的力量。知识没有经过实干就不能成为真正的技能，如同一个普通人有了画笔不等于就是画家是同样的道理。人的能力靠勤劳的实干而获得，也在勤劳的实干中才有意义，没有勤劳的实干能力便毫无作为，如同弓要是闲着不张开，只是挂在墙上，那就永远无法展示其力量。能力可以在实干中将旧的换新，将乱的理清；能力可以在生活中尊重歧见不起纷争，控制争端不让走极端，局面失控时可以全身而退。

能力绝不应该一成不变，有了能力还需要不断提高。对自己的实力不知足，是任何真正有实力的人的基本特征，因为他们明白，只有不断提升自己的能力，才能得心应手地应对不断升级的难题，因此真正有实力的人在生活中都会将下一步目标确立在自己的能力之上一点，让自己尽快跨越现有能力的高度。实干的人，能力一定会在实干中提高。比如喜欢文学的人，会随着阅读量的不断积累而充实自己的学问，会随着与人广泛的交流而让自己的思维敏捷，会随着经年累月的写作而精准表达自己的思想。实干中学会的技能，在实干中发挥作用。

能力再强的人也不可能每句话都说得恰如其分，每件事情都处理得恰到好处，每时每刻的一言一行都精准无误，这就是能力的局限。人依靠能力让别人认识自己，没有能力的人难有一席之地，人有一技之长足以安身立命；同时能者多劳，多才多艺的人反而因此过度操劳，难有片刻安静与享乐，这就是能力需要节制的地方。

　　一个人的能力在自身掌控范围之内，除此之外的方方面面对于这个人来说都是外行，都不应该轻易发表高论，因为一旦认真探讨起来，必定会露馅，必定贻笑大方。有自知之明的人，就会懂得藏拙守愚的道理。人需要勇气，更需要理智，当一个人目空一切时，恐怕难以逃脱碎成一地笑话的宿命。

　　人生控制住自己，就能充分发挥自身能力，以积极自信的精神面貌度过一生。

第二十八章　平淡

一个人要达到精气神充沛的境界，首先要正气满满，其次要懂得节制，此外还要学会去过一种平淡的生活，这样才能源远流长地以积极的精神面貌，平安度过自己漫长的一生。无能的弱者常常自命不凡，真正有智慧的强者却常常隐藏在人群里，过着寻常而又惬意的生活。在通常情况下人们总是试图表现出本人并不具备的品质，结果往往事与愿违，得不偿失，为此人总是活得很累，不仅仅脸上写满了累，心累更甚。可见平淡的生活才是安稳的人生，才是获得积极精神面貌的重要途径。

平淡是种活法，生活平淡的人品格敦厚，性格恬静。平淡生活的人与世无争，学习别人的长处，赞美他人的优点，回避人家的失误，躲避恶行的伤害；平淡生活的人行事低调，满足于自己的处境，遵守社会公序良俗，言行少粉饰不喧闹，自食其力，衣食无忧。

好的婚姻是由一对彼此信赖的配偶在一起过着柴米油盐的生活，一起洗洗涮涮，一起计算收支，一起别扭拌嘴，一起打算明天的日子，如此清悠淡香的日子才叫美满婚姻。这种不计较公平不公平，将夫妻之间的得与失看作两人与共的平淡岁月，却是婚姻的最高境界。

平淡与喧闹是两种完全不同的生活，平淡与颓废更是完全不同的活法。一个人不能活得太热闹，要是太过热闹，其生命之火花会燃烧得更为迅捷、更加短促，因此，喧闹的人，往往总是在过度的喧嚣声中，不知不觉地毁了自己的健康。一个人的生活节奏不能过快，过犹不及。润物细无声，精美的艺术品都是在心平气和的状态下精雕细磨完成的；大刀阔斧仅适宜开采坯料，生活的刀斧过重，其结果除了废品，剩下的只是满地狼藉。狼吞虎咽，不仅有损健康，更使人惋惜的是最终都不知道吃下去的究竟是些什么东西；细嚼慢咽，有利消化吸收，更重要的是真正品味到食物的独特滋味，享受到完整的人生。

我们都知道，特大暴雨不会持久，严寒酷热都会适时转圜，大自然的这般安排，万物才能成长和延续，也只有风调雨顺的时节，万物才能茂盛兴旺。同样，大悲大喜的情绪波动，人的免疫系统必然混乱失序，不堪抵御风湿寒暑的侵袭，而衰弱的身体怎么可能在世间找到幸福？平淡的生活是对自身处境的知足，如果有不满意，也不会选择颓废，会通过谋求自强来加以改变。要是遭遇不公的对待，也不会向隅而泣，会及时调整心情，寻到鸟语花香的所在来歇息。

平淡的生活容易让人接受，平淡的人生让人轻松理解。平淡的生活少有波折，平顺舒坦，人们大多愿意接受。安于过平淡生活的人，通常能够静得下心，安得住神，做什么事都容易取得成就；凡岁月平淡而过的人，不会好为人师惹人讨厌，也不会曲意逢迎站队增加他人烦恼，更不会不懂装懂，去对旁人横加指责，因此，平淡可以让周围的人产生互信，让他人有安全感，让大家相处轻松而和谐。一个选择平淡生活的人，悠然惬意，如沐春风，如处天堂，其他生态中的人无法望其项背。

敦厚的为人处世方式是过平淡生活的基础。敦厚就是平凡而不庸俗，一如既往规规矩矩做人，该干什么就干什么，不做标新立异之举，不搞浮华虚伪排场，不求八面玲珑，有条不紊，不紧不慢，从容自然，平淡度日。敦厚为人就是善待他人，这是既善良又人性的相处之道，也是敦厚为人的根本原因之所在，同时，人们都乐于和平凡善良的人打交道，这种相处使人心安理得，让人舒适满意。

每一个人处世行事，都自有一套作为。千万不要见到别人的做法不同，就试图去纠正，除非别人向自己求教，否则就应当免开尊口，但凡需要出声，除了赞同别人，就是见人有高明的地方向其提出请教，这就是敦厚的做法，如若不然，平淡的生活将会骤然离去。

理想的人生并不一定是成功辉煌、绚烂夺目、尽善尽美，而是奋发过、追求过、热爱过，然后收获一种平静从容、与世无争的悠然岁月。人是万物之灵，同时，面对自然界人类仍然极其渺小，当人自作聪明、自认为万能时，人的贪婪可能使人走向愿望的反面。对自己的生命持一种无忧无虑的轻闲姿态，人就可以消除自身这些鲁莽的冲动。

平淡生活的本质就是淡泊名利、清静简约。清闲是人生很难得到的一笔财富，有了清闲，才会有积极的精神面貌；有了清闲，才能思绪清晰、脚跟不移；有了清闲，才有品味人生享受幸福的可能；拥有了清闲的生活，才拥有最便捷的欢乐，欢乐便是人生真正的财富。人生的真谛就在清闲之中。十一世纪，北宋画家李公麟创造性地发展了"白描"画法，这种画作不设色彩，仅以墨笔勾勒线条来表现事物，线条健拔，却有粗细浓淡，构图稳健而灵动，画面简洁而精练，富有变化。此种画法在宋代大为流行。这种白描的画作展现给人们的正是一幅淡泊的生活场景，精练而简洁的勾勒线条正如淡泊生活中的清风明月、清茶幽香般纯粹而实用。

平淡的生活贵在持久。唯有明白自己的能力极限，才能舍弃那非分之念；唯有见识了世间百态万象，才能倾心于清闲岁月；唯有捺下狂躁焦虑的心情，才能适应平淡的日子；唯有虔诚信仰持久的定力，才能品得平淡的真味。简单的道理一目了然就可看懂，欢愉片刻之后，很快又会心猿意马；易行的善事轻而易举就能做到，受人称道过后，很难继续心无旁骛；想要有定力去过平淡岁月，除了感受平淡的好处，还要看懂喧闹的害处，这样就能选择平易近人的相处之道和问心无愧的市场守则。

常识告诉人们，世间能代表人类智慧、为人类遮风挡雨、为人类的知识开疆拓土的总是极少数；普通人的岁月中并不常见大是大非，日子往往只在细微平凡中流逝。平淡生活告诉人们，不应该贪图高位，因为脑袋一旦戴上官帽，身体就不会再有自由自在的时刻；也不要追逐财富，如果走到才不配德的地步，衣食住行都将会成为玩火的游戏。

成功并不能造就一个人，失败也不会毁灭一个人，矗立在名利漩涡之外看人世，一定是神清气爽，心平气和。人只有在清闲自在中，才活得最像个人。古希腊犬儒派哲学家第欧根尼晚年生活在科林斯，他赤脚、住酒桶，见小孩用手盛水喝，就舍弃汤盆说，这小孩教会我不要保留多余的东西。马其顿国王亚历山大大帝请他到雅典来，他却表示如果你真想见我，可以到科林斯来。后来亚历山大亲自来到第欧根尼住的木桶旁，问他需要什么，他回答，我只求您站过一边，不要挡住我的阳光。

生活在平淡中的人，才会微笑面对明天。

第二十九章　微笑

　　人身上有了满满正气，又能自行节制，终可过上一种平淡的生活，于是人就会精神饱满，隔离烦恼，日子过得轻松愉快，用笑脸展示自己的身心，用笑容与周围人相处，用笑颜迎接明天。人的生存状态最终是要由自己的心情来确定，要是坐立不安、心乱如麻，那么这个人的生活就是纸醉金迷、醉生梦死；要是切齿痛恨、怒发冲冠，那么这个人的存在就是傲世轻物、目空一切；要是心满意足、自鸣得意，那么这个人的日子过得养尊处优、高高在上；要是心平气和、通情达理，那么这个人便岁月静好、安分随时、笑容可掬。可见笑容的主人，其生存状态最为令人满意。

　　微笑是种含蓄的笑容，不张扬，不狂妄，是向别人表达自己内心满足、幸福、愉悦之情的一种方式；也是表示对他人尊重、欢迎、认同的一种态度；更是人与人之间相互沟通、增进互信的有效手段。微笑是一种不分文化、民族或宗教，让每个人都最容易理解、最容易接受的通用语言；微笑更是人们交往中的基本礼仪，无论是熟悉的还是陌生的，是至亲还是冤家，是长者还是晚辈，是客户还是同事，只要四目相视，第一反应过来的应该就是微笑。微笑是一个幸福而有教养的人一生必须常备在身的万能神器。

　　微笑对于人生有着诸多神奇的作用。没有一块坚冰不会被阳光融化，没有一个孤僻的心灵不会被微笑感化。微笑可以让初次见面的陌生人，瞬间变成推心置腹、无话不谈的老熟人；微笑可以缓解疲劳，快速恢复体力与精力，可以提高自身免疫力，使身体日趋强壮；微笑可以使人倍感温暖，让人相信善良可以融化各种光怪陆离的奇谈怪论，微笑可以让人平心静气，不因自己正确而趾高气扬，不因受人歧视而感到苦恼；微笑是消除误会的独门绝技，剑拔弩张的气氛，遇到微笑便会释然飘散；微笑可以展现震慑力，使冒犯、侵害、欺凌等恶行不敢恣意妄为轻易越过红线；微笑着追求，为了幸福；拥有幸福，微笑着感恩；为了奉献，微笑着放弃；潇洒人生，一笑而过。

微笑的背后是自信，要是没有自信作为倚靠的筋骨，所有的微笑只能是强颜欢笑、苦涩的笑、疲惫的笑。一个人既然生而为人，应该充满自信，人类没有天敌，处于万物之首的地位，作为一个人怎么能够不自信？天下所有的人都和自己是平等的，面对和自己一样的人，还有什么不自信的？一个真正强大的人，是在困境之中依然保持微笑的普通人，而普通人一旦拥有了自信，就变成实至名归的强者。对于喜爱的事情，就会任劳任怨地去做，对于有把握的事情，就一定信心满满地去做，任何事情只要任劳任怨、信心满满地去做，就必定成功。

微笑最具魅力的地方，就是可以轻而易举地沟通人们彼此的心灵。微笑是营造一见如故、相见恨晚这种亲热场景的序幕。微笑象征着人性，微笑传递着快乐，微笑播种着友爱，微笑收获到亲近，微笑是两个素昧平生的人相互之间最短的距离。当一个人面带微笑注视着另一个陌生人的时候，对方会毫不犹豫地认定这个人对其怀有好感，会立即被这个人深深地吸引住。生活中微笑远比蛮横有力量，处事时微笑比粗暴更有希望取得成功。微笑能够融化仇恨，能使不同的心灵产生共鸣，微笑可以建设共同的乐园；强暴只能制造仇恨，引起相互之间的猜忌与反感，强暴最终会摧毁各自的家园。

当一个人受到来自同事、伙伴或搭档的不公平对待，并且已经到了无法忍受的地步，而想要表达自己的不满，达到缓解矛盾的目的时，微笑着停下合作无疑是最优先的选项。

微笑的核心意涵是善良，善良本身就是天使的微笑。如果微笑是善良的真实展现，那么微笑也就成为天使的笑容。微笑的力量到底有多强大，没有人能够评估出来；微笑成就善举的数量有多少，也无法大致匡算一下，然而每个人却都清楚微笑的能量与功劳。珍贵的东西不一定美好，美好的东西却总是珍贵的。正因如此，每个人都珍惜美好的东西，每个人都渴望得到善良微笑的眷顾。生活中面带微笑的善举，才是纯粹的善举，使人受益、令人难忘，因此，想要拥有善良，就必须先从学会微笑开始。

善良的人不仅善待别人，同时也善待自己，善良面对的是所有的人；微笑不仅对别人负责，同样也是对自己负责，微笑受益的是所有的人；对别人的微笑展现在脸上，对自己的微笑展现在心里，善良的微笑晶莹剔透通体发光，微笑的光芒所到之处，悲哀便会烟消云散，冷淡也会销声匿迹。曾经有一位刚刚崭露头角、羽翼未丰的音乐人士，来到一座城市举办钢琴演奏会，由于人地生疏，入场听众三三两两，到开场时还有一大半座位空着。只见琴师微笑着来到台前对听众说，没来之前听说你们这儿非常富裕，今天看到各位每个人都买了两三个座位的票，才知道大家的日子真的过得很开心。全场听众四顾而笑，现场气氛热烈，演奏大获成功。善良的微笑足以击破沉闷，融化冷漠，摆脱尴尬。

微笑处处透露出人类的智慧。微笑可以保持容颜的永恒之美艳，微笑可以保持优雅的气质不褪色；微笑可以包容别人的失误与差错，微笑可以同情他人的苦衷与无奈；微笑可以快速从困境中挣脱出来，微笑可以保持清静无为过后无悔。微笑中的智慧在于，不需要什么投入，就可以创造出价值，收获丰硕成果；微笑中的智慧还在于，不管世道怎样不停旋转，命运怎样不断变脸，自己的笑容却无需改变；微笑中的智慧更在于，学会什么都很难，做好什么都不易，而微笑却只要呼吸自然就可以轻易做到。

生活中不如意的事常八九，如果能够微笑着去面对，这些不如意也就稀松平常，要想活得开心而潇洒，不妨一笑了之；既然过去的一切无法改变，那么回眸微笑着看过去，那些岁月中竟然也有享受，要想活得无怨又无悔，不妨一笑置之。当年，柏拉图的好友出于对柏拉图的尊崇，送给他一把精致的椅子，有个来客得知椅子的来历后，竟然醋意大发，一边说让我来踩烂柏拉图的虚荣心，一边跳上椅子狂踩。柏拉图等那人下来后，一边用布将椅子擦干净，一边微笑着对那人说，你帮我踩掉了虚荣，我来帮你擦去妒忌。人生的很多尴尬，看淡了也就想开了，只要能让笑容荡漾开来，那么所有的心结都会解开，所有的麻烦都将化为乌有。

从第二十四章到第二十九章，这六章是一个人保持精气神充沛所要走过的路程、所要温习的功课、所要掌握的技能，拥有了这些品质的人，必是精神饱满的人。

从第三章到第二十九章，共计二十七章就是求己的全部内容，了解这些后，便知道人生该怎样来求诸自己。

第三十章　健康

　　人生想要平安度过，第二个努力方向就是健康。健康是人生的基础，没有了健康，人生便失去根本，正所谓皮之不存，毛将焉附？健康是人生的起跑线，没有健康人生如何开始？唯有健康才是人生，失去健康人生还怎么继续？只有健康才能平安，没有了健康的人，就没有可能平安度过自己的人生。一个人只有首先照顾好自己，让身体始终处于健康状态，才有资格去迎接人生的每一天。

　　健康是什么？传统的观念认为无病即健康，现在的人们普遍认识到一个人的健康应该是整体的健康，也就是一个人在生理上、心理上都处于良好状态才是真正意义上的健康。就健康而言，人的体力、智力、心理、道德各个方面都是同样重要，同样不能失衡，缺一不可。健康更多的时候体现在一种心态的平衡上，因而，健康应该是情绪稳定、运动适量、饮食合理、作息有节。人健康的状态可以归结为：精力充沛，能从容应对快速的工作节奏，自行缓解日常生活中的各种压力；处事乐观，勇于积极进取，乐于承担责任，凡事感恩别人合作，宽容伙伴失误；善于应变，调节身心适应环境各种变化，顺应四季更替可以抵挡疾病侵袭；自我完善，心理健全有充分抗挫折能力，拆解各类健康问题人生充满自信。健康也就是人生各种能力的平衡，既要有唐僧一样坚定执着的信仰，也要有像悟空那样面对困难的勇气，还要学会八戒这般享受人生的乐趣，更要有沙僧那种平庸温润的善良。

　　健康对于人生有着非凡的重要意义。生命是一首歌，不在于长而在于动听；生命是一朵花，不在于久而在于绚丽；而生命的质量恰是由健康来保障的，没有了健康的身体，就很难再有生命的质量，也只有曾经失去过健康的病人才懂得健康对人生的意义。健康是人的基本需求，人对健康的需求胜于对财富的需求，健康的穷人远比失去健康的富人要生活得快乐。健康是人生第一桶金，人的幸福快乐只有建立在身体健康和精神安宁的基础之上才是牢固的；人生是从健康的身体开始，慢慢成长发展壮大，渐渐品尝幸福欢愉；健康的人不仅可以有充足的体力和精力来满足自己的物质需要，还可以提高自己的艺术修养，通过提升品位来满足自己的精神需要。

人的身体生存于自然界，还应从属于自然界。人要是能够适应日夜交替四季更换，便能延缓岁月的磨蚀；要是能够迎接极端考验严酷磨炼，便可提升自身免疫力；能够抵挡病患侵袭消解缠绕，可获不断的自我净化；能够躲避无情伤害致命锤击，还须放弃无谓的争斗。大凡一个人的身体适应了自然、顺应了自然，健康便属于这个人。人与人之间因基因的差别，年龄、环境的不同，反映在体能上会出现一些差异，完全不用随意比较，更不必耿耿于怀。能够经常保持坦荡的胸襟，超然面对自然发生的一切变幻，平静接受外界袭来的任何侵扰，就能拥有平安的岁月。

人的健康从自律开始，到放纵时便告截止，数十年自律而保持的健康，可以毁于朝夕之间的放纵。人想要健康就要约束自己的行为：饮食在于合理搭配，不在于甘肥味美；起居在于规律有序，不在于舒适安逸；工作在于劳逸有度，不在于名声显赫；生命在于动静相宜，不在于任性胡为。能够约束自身行为，在一个符合自己身体特性范围之内活动的人，肯定有个健康的身体。人想要平安就要管控自己的思想，人能够平安度日的秘诀不仅在于经常保持思考的状态，更在于思考的境界。人既要考虑自己同时又不能只考虑自己，既要考虑未来同时又不能只考虑未来。能够管控自己思想，在一个符合自己人生环境范围之内思考的人，肯定岁岁平安，日月绵绵。

健康的身体往往出自一颗善良的心。健康的眼睛，看到的全是别人身上的优点和善举；健康的嘴唇，说出的全是与人为善的金玉良言；健康的身体，享用美味佳肴时总会与别人分享；健康的腿脚出行总靠路边，让出另一边给他人行走。正是人的善良才最终造就了人的健康。

健康与善良为伴，与贫富贵贱不相关。善良而贫穷的人，有着健康的快乐，那是贫困中的健康人；邪恶而富有的人，只有伤痛的烦恼，那是高贵中的病患者。健康的身体喂养出善良的心灵，善良的心灵结出健康的硕果。修身养性，在清静无为中，心灵慢慢趋于纯粹，善良必然使身体拥有健康；放浪形骸于花天酒地里，精神逐渐滑向虚无，罪恶心让人变得虚弱不堪。每个人都应该追求在自己健康的身体里面有个健康的心灵。

健康的法则是：作息规律、饮食均衡、动静相宜、进退自若。作息如果没规律，身体将难以适应昼夜更替、季节变换的自然环境，引起体内生物钟紊乱；暴食而慵懒少动，体内便物质堆积，物流壅塞，内脏负担过重，新陈代谢受阻，免疫力减弱；节食而过量运动，造成营养供不应求，器官过度损耗，体能下降，伤病缠身、出现早衰；生活中患得患失，必定整日忧心忡忡，食无味、卧无眠，目无光，身体各项机能逐渐衰退。漠视自身健康的人，就是漠视自己的生命；以自身的健康去换取身外之物的人，简直是在与自己的生命搞恶作剧，如此轻率对待自己的健康，人生如何还能平安。

健康就是中庸平衡，顺应自然，从容悠然。很多人对于健康的法则并不在意，当意识到健康正在慢慢离自己而去的时候，往往已是后悔莫及。此时再想恢复原先的体魄，已是难上加难；若能趁早觉醒，终身注意保持健康，不仅自己的生命可以大大延长，而且生存的质量还更将大大提高。唯有健康才能让人真切感受到时光的美好，唯有健康才能实现终生平安的人生目标。

人生要想收获健康，还应当经过平和、奉献、快乐这三条途径。

第三十一章　平和

　　人生想要有健康的身体来相伴，首要的途径就是要经常保持愉悦的心情。人生之路多的是磨难，然而，埋怨不会消除磨难，害怕痛苦，痛苦会更加纠缠不清；愤怒对于磨难也无济于事，并且还会熄灭智慧之光，使人丧失理智，误入绝境；面对磨难，心灵如果没有安身的栖息地，就只有无奈的彷徨与流浪。与其如此，不如微笑面对磨难，用泰然处之做盾牌，来抵挡恶意的伤害，在和煦阳光般的心境之中，痛苦定会钝化，稀释溶解。

　　人生中的许多烦恼都是自己寻来的，只要不去招惹，烦恼是近不了身的。烦恼的原因往往是不恰当地与人作比较的结果，每个人都有令人羡慕的地方，当一个人在惊羡别人幸福的同时，没准此刻对方正在倾慕你的幸福呢。为此，一个本来应该很幸福的人，有时候看上去却很烦恼；而一个麻烦不断的人，有时候看起来还挺快乐。因此，不管是贫贱还是富贵，想要拥有健康，就不必去与他人比较，只需开心过着自己的日子便可。

　　所谓心平气和，就是不管周围环境如何变幻莫测，自己内心总是保持相对平静的状态；无论人生处于何种顺逆状况，都以温和的态度来应对。心平气和是一种处世不急躁、不动怒的境界，这种境界尤其在身处乱世时最为可贵；心平气和也是一种处事沉着理智、冷静开明的情怀，这种情怀在遇到闹心的事情时最为恰当。

　　心平的人没有贪念，没有非分之想，人生一往无前，很少有险阻；和气的人没有嫉妒，没有明争暗斗，生活中多悠闲，健康又平安。心平气和的人心存敬畏，容貌端庄，通情达理，得也安然，失也坦然。性情平缓的人多属大才，神气平和的人多有大智；急躁的人很少能够容忍别人，偏激的人不会顾及他人感受。平衡的物体比较稳定，对称的东西才算美丽；简单的话语直白明了，有序的进展容易接受。人生路上的许多弯路，心平气和的人可以走得笔直；有许多险路，心平气和的人能够走得悠闲舒畅。心平气和的人，是近乎完美的人。

心平气和对于人生的意义非同寻常。天地和谐则五谷丰登，夫妻和合则家道昌盛；悠闲的岁月让人眼明心亮，平静的心境使人延年益寿。经历过苦难才会感恩别人的同情相助，才能与各色人等和睦相容；蒙受过屈辱才会满足于他人的平等相待，才能与自己的心魔平和相处。唯有心平气和，才会以理智去催生出智慧，消弭痼疾；唯有心平气和，才能有耐心等到命运转圜，幸福降临。

心平气和是一种极高的人生境界。当一个人始终怀念喜爱昨天的自己，当下又属意珍爱自己的今天，同时还热切期待自己的明天，这个人便已经心平气和地站在了人生的最高处。心平气和的人，每当遇到大事，都能平静面对，绝不会手忙脚乱，总会举重若轻地用心去应对；偶尔遭遇挫折，也能平静接受，失意很快会翻篇，对未来的希望却永不会消失；每次听到流言，总能一笑置之，蜚语无从判定真伪，转过头去任其随风飘散；每逢诱惑当头，都能一笑而过，这东西不属于自己，生命头等重要的是安宁。心平气和的人懂得平淡做人是生活的真谛，因此在喧闹的场合宁愿让自己显得有些许的愚钝，也不会去装模作样地粉饰装扮垫高自己，更不会损人利己地为一些蝇头小利而钻营奔忙，从而避免陷入迷失自己的尴尬。

保持心平气和的状态，其重心就在于一个平字。所谓的平，就是知足，一个人自我感觉满足了，看什么都顺眼；自我感觉满意了，心境自然就平衡，气氛自然就和睦。知足的人多平静，他们往往总是谦卑恭听，众目睽睽之下轻易不动情，独处时更能宁静度日，让自己的心灵慢慢沉静下来，在静谧的氛围中与万物共处，在寂静的时空中感受自然的勃勃生机，静静地让思绪飞向远方。知足的人多平和，生命如同山涧溪水，经过无数障碍挫折，渐渐降低高度减轻音量，慢慢放缓速度增加宽度，从容不迫地汇入海洋。人在品尝过五味、辨识过五色、区分过五音之后，在恬静中把握住取舍的尺度，在安稳中察觉出祸福的前兆，便可神色自若地放飞自我。

东晋十六国时期，公元 383 年，发生淝水之战。面对强敌压境，事关国家生死，东晋执政的丞相谢安，派遣侄子谢玄率领八万北府兵沿淮河西上迎击强敌，一举击垮了前秦国君苻坚亲自率领南下的八十万大军。当捷报送到京城时，谢安正与人下棋。他不动声色地粗看一眼后，便将急件放在一边继续下棋。棋局终了，对手问他刚才是什么急件，谢安表示没什么，只是孩子们已经将敌人打败了。当年的淝水之战，是历史上非常著名的以少胜多的战例，拥有绝对优势的前秦被击败。从谢安得知获胜后还能保持如此镇定平和的状态来看，这场战役的胜利绝非出于偶然。

心平气和的价值在于忍让。一般人都有个共同的弱点，那就是看别人做事情总不入自己的法眼，老感觉自己要比别人高明许多，逢人不免说三道四、指手画脚，令人生厌。而心平气和的人恰恰是克服了这个弱点，在与人发生争端时能够礼让对方，这种容人的雅量恰是一个人最受人敬重的地方。心胸豁达的人，不被细枝末节的琐事搅乱自己的心情。在人与人的相处中，忍让是种智慧，遭遇不公，不用愤怒，不需发泄，所有的顶撞无助于矛盾的解决，反而只会升高冲突；如果能够缓一下，退一步，给双方一个缓冲的余地，问题有时自然会随风而散。遇事心平气和做个有弹性的人，面对沟坎，放低身段，积攒力量，瞅准时机，一跃而过，痛快淋漓。

心平气和的底线是人的良知。生活之中，不经过良知的评判，再小的琐事也会被看成大事，要是从良知的准线上看过去，所有争长论短的事情都是小事情，所有讨价还价的交易都不值得耗费心智。人生要是毫无底线地斤斤计较，从而赌上自己的快乐，押上生命的安宁，实在是太不值得。人在生活中就如同圆规，良知的这个点应被牢牢地固定在原地，而身体的这个点不管怎样移动都在良知的严格控制之下，这样的人生才圆满；相反要是心游弋不停，身体如梦游般乱走，这样的人生走到头，除了满是窟窿眼，找不到一条完整的轨迹。

有个人得了重病，向心理咨询师哭诉命运不公，抱怨自己时运不济。咨询师对他说，生命中没有任何人，在任何时候适合发生任何不幸，而不幸的降临，就如同下雨，雨滴落在坏人身上，同样也会淋湿好人，事实上淋在好人身上的雨要比滴在坏人身上的多得多，原因是坏人会抢夺好人手上的伞，而好人绝不会去干这种赖事。也正因如此，倒霉的往往是好人，好人虽身心疲惫，却也身正心安。这人听后顿时释然，重新回归心平气和状态。

保持心平气和的状态，需经四条途径：接受、承受、享受和幽默。

第三十二章　接受

民间有句谚语：野花不种年年有，烦恼无根日日生。生活就像朵玫瑰，粗看起来娇艳亮丽，暗中却布满尖刺，即便小心翼翼，也难免被扎伤刺痛。往往想要的结果没有得到，得到的却是不想要的东西，真让人情何以堪。

瑞典也有谚语：无论你转身多少次，你的屁股还是在你后面。这是告诉人们，非议总是难免的，无论一个人如何认真、怎样努力，然而，揭短的指摘，恶意的责难，闹心的曲解，却自始至终如影随形，无法摆脱，这让人生如何心平气和？

人生中，当眼前的一扇门突然关闭时，往往另一扇门正在悄然打开。但人们往往只是沮丧地紧盯着那扇已关闭的门，而顾不上扭头看一下已经为他敞开的那扇门。海伦·凯勒说过："面对光明，阴影就在我们身后。"这是一位终身没有见过光明的智者，用来告诉世人应该怎样直面厄运的至理名言。当一个人来到这个世界时，世界就已经是这个模样。要想心平气和地生活，就要接受这个不那么完美的世界。接受了这个世界，苦难不会消失，悲剧却可以消失，可以避免。

接受就是人们对事物或对他人的认可与采纳，这是人的一种认同行为，也是人的一种因喜爱而接纳外部事物的心理行为。

对外界事物的接受与否对一个人的生活尤其是对一个人的健康意义重大。任何人去做任何事情，一开始都是信心满满，把握十足，然而所有人都知道，无论怎样去拼命推进，不成功的可能性始终存在，因此能够接受失败是种境界，接受最坏的结果，便没有什么可害怕的了，同时早做准备，给自己的人生保留些余地，这是接受失败的意义。人们从事任何工作都非常辛苦，因此才有"干一行恨一行"的说法，同时我们的付出得到了回报，工作让我们过上富足的生活，如果我们喜爱自己的工作，工作就是乐趣，工作场所就是伊甸园。这就是接受自己工作的意义。兴头中别人提醒一句，虽然扫兴却中肯，就像疼痛在提醒我们身体出现状况了，马上介入就能及时止损，这就是接受逆耳忠言的意义。对于生活的安排，要是横挑鼻子竖挑眼，改来改去，反复地折腾，常弄到勉强满意时，这件事情也已经结束了，这就是不接受现实的代价。

人生要想止痛，逃避、挣扎、抱怨都没有用，只有接受它，与它共处。

接受的价值在于包容。人生没有剧本，下一秒的剧情是什么，没有人知道，那种意料之外的场景，那种猝不及防的体验，那种不期而至的造访，那种超乎想象的结局，这便是生活，这也是人生的乐趣，并没有什么好抱怨的，包容接受才是完美的选择。能够包容一切的人，也因此拥有了一切。理解别人做事的艰辛，凡事有人捧场有人助威，事情容易成功；宽容已经完成的事项，遇上生米成饭木已成舟，放手就是放生；容忍别人的坏脾气，忍耐他人的坏毛病，是一种完善的相处之道。

接受现实就是尊重现实，这体现一种人的智慧，更体现一个人强大的内心。现实中存在的东西总有它一定的道理，而有道理的东西人们也总会尽量让它存在下去。这个世界看上去并不完美，挑剔点的话，还有些荒谬，然而，没得挑选，大家都没别的地方可去，理智的抉择就是会意一笑，欣然接受，和睦相处，其乐融融。

如果一个人面对现实，却偏不愿接受，以致失去理智，非要我行我素，一条道走到黑，最终心情不见得会舒畅。

接受也是一种学习和成长的过程。对于一件自己原本不懂的事情，因感兴趣而关注，就能接受它，慢慢了解，读懂之后，人的学问便因之而渊博了一分。接受是理想与现实碰撞的一种软着陆，形成的伤害最小，取得的效果最佳；应该使理想符合现实，而不是试图让现实去向理想妥协或折中；要是理想撞见现实，一百个不满意，硬不接受，那就只能活在梦想之中，永远也长不大。倘若我们从养成习惯开始去做，那么接受一样东西就会变得非常容易，同时，只要养成习惯，便什么都能接受；接受了养成习惯的东西，就会成为我们生活中的重要组成部分，成为我们手脚的延伸，让我们更能干，更有力量。

能够接受现实还需要有自信。要是一个人内心空虚，自卑颓废，这便很难敢于去接受什么事物。人的心就像一棵树，自信是树根，把树干固定在原地，智慧就是树枝，伸向四方，而手中捧着无数的树叶就是善良。人们看到的树总是静静地挺直了身子，站在那里，随时准备好去接受命运安排的一切，不管是阳光雨露还是风雪雷电，不卑不亢，成为装点天地美色中的一景。

要使人生过得舒坦愉快，就必须具备应对逆境的态度，这种态度就是理解并且接受面临的窘境，首先是对于自己，不应抱怨自己，要接受真实的自己，才能有自知之明；其次是对于他人，要想寻求帮助，就要心怀感恩，将抱怨换成请求；最后是对于命运，抱怨根本没用，因为命运听不到抱怨，只要接受现实，怀抱希望，坦然走进每一天，就一定能够逢凶化吉，转危为安。

人们在生活中相互接受是一种境界。当每个人都认同其他人按照自己喜爱的模样去生活，每个人都接受有人比自己更美好，也接受有人与自己差不多，更愿意接受有人比自己丑陋得多，所有这些参差不齐的人和谐共处的形式，应该就是一种大同的模样。

可能有人会说，难道人生就不能有抗拒一下的时候吗？是的，要是为了健康起见，唯有接受才稳妥。

一个人能够欣然接受命运最终安排的一切，就不会随意地去和他人做比较。

第三十三章　比较

能够欣然接受命运安排的人，始终从容安稳、专心致志地走在属于自己的路上，不会轻易地去和别人作攀比。要知道，和别人做比较虽是有必要的，但无谓的攀比往往是一种危险的游戏。理智的人明白，普通人身上都有个致命的弱点：总是过高估计别人手里东西的价值。为此，理智的人不会随便与别人攀比；一个本来很幸福的人，和别人随便攀比，突然间就感觉好像不那么幸福了，自己有的东西别人一样也不少，可别人有的东西自己倒还缺着好几样，如此这般，心态就渐渐失衡，原本心平气和的人慢慢变得坐立不安、焦躁难耐，随着时间的推移，逐渐身心疲惫，真的感觉不到幸福的存在了。

所谓比较就是将几件同一种类的事物，放在一起进行高下对比，为最终判别这几件事物的优劣提供清晰可靠的依据。对于想去和别人作比较的人，必须先要准备好三样东西：知识、勇气及良知。知识用来分辨差距，勇气用来接受差距，良知用来缩小差距。

和别人比较本身没有什么错，关键是看用什么样的心态去比较。要是用嫉妒、傲慢的偏见心态去比较的话，比不上人家就会自卑，比过别人则会自大，如果不幸去和俗物相比较，还会越比越下流；若是用平和的心态去比较的话，向生活不如自己的人去比应该会感到幸福，向生活超越自己的人去比应该会催人奋进，如若去和有德行的人比，还会越比越向善。总而言之，以失衡的心态去和别人相比较，结果可能会迷失自我，心情会越比越糟糕；以平和的心态去和别人相比较，会觉得自己过得还不错，会越比越感恩，越比越幸福。

毫无节制地去和别人计较得失，造成了人们生活中许多不必要的痛苦。

一个人的生活是这个人自己的事，完全不必要去与别人较量，真正需要正视的对手，就是昨天的那个自己。当我们超越了昨天的自己，我们就会过得比昨天幸福，这才是人生真正的成功。

有些东西外行的人很难了解其内在的品质，这时只需要拿同类的东西来做个比较，马上就能弄明白，这就是人们常说的"不怕不识货，就怕货比货"的道理，这就是比较的常识作用。照镜子就是通过比较找出自己脸上需要拾掇的地方，观赏艺术作品就是通过比较找出自己心灵上需要修补的地方，这是比较的修复作用。历史如同老者通过述说自己的经历，为后来的人提供生活上的参考，这便是比较的现实作用。

普通人的生活中，最急需的东西是智慧，最有用的东西是知识。在需要比较的时候，智慧可以使人知道为什么要去做这个比较，知识可以让人知道怎样来做比较。学问是做比较的工具，骗子不需要学问，愚钝的人羡慕学问，理智的人运用学问，真金需要在烈火之中加以识别，任何事物只有运用学问才能加以识别，而历史知识就是这样一门可以用做比较的大学问。

对事物做比较需要有一定的人生境界，同时还需要具备包容一切的勇气。在现实世界里，没有两片相同的树叶，事物之间的差别是永恒存在的，也是不可能完全消除的。明白了这个道理，就能在做出比较之后，保持平和的心态，接受事物独特的个性，不会去干削足适履、因噎废食的傻事情了。

一个人的价值在与别人比较之后，就能清晰地呈现出来。人在这种比较中学会了包容别人，进而学会调整自己的价值取向，在接受现实的同时，也在不断地提高自己的境界，提高自己的素养。

和别人做比较，最大的误区就是心态失衡。任何一个人不可能是最优秀、最幸运的那个人，要是搞不清楚这一点，就很难有什么幸福。即使原本很幸福的一个人，要是发现居然有人比自己还要幸福，心态便会失衡，会感到无比失落，就不会再感到幸福了。这就是人们生活中常见的"幸福不难得到，难的是比别人更幸福"这种迷茫现象。人们生活中的许多痛苦是由于期望与现实之间的差距太大而形成的；许多的焦虑是因为生活得比周围人差那么一点而产生的。生活中令人筋疲力尽的东西，不是做什么难办的事情时付出的心血，而是事先担心办不到、事后担心守不住这种患得患失的心态，才是真正损害人身体健康的致病因素。

一个人能够欣然接受命运为他安排的一切，就能坦然接受和他人的比较，心平气和地度过每一天。

第三十四章　承受

　　愉快接受命运安排的一切是保持心平气和状态的首要途径，这是一种积极的人生态度。同时生活中时有不期而至的变故突然降临，这便是用来考验人的耐受力，这种冲击往往是强加于人的，人只能被动忍受，无法躲避，而能够经受住轮番的冲击波所依赖的就是人的承受力，这是一个人保持心平气和状态的第二条途径。

　　什么才是承受？当自己的生活被突然降临的灾难所打破时，承受就是能够扛住这份重压使生活重归平静；当非议如影随形无法摆脱时，承受就是不抱怨不争辩，该干啥还干啥，让那些话无声无息地飘走，不在记忆里留下痕迹；当生活的重担压在肩上，承受就是将这些重量化为自己的责任和追求幸福的动力；当有了闲暇的时光后，承受就是利用空余的时间学习充实自己的学问，享受人生难得的清闲，避免涉足无耻的勾当。所有这些就是承受。

　　当年清华大学的教授们组织逻辑学研讨，有人提起当代美国逻辑学家哥德尔新研究的一些成果，著名逻辑学家金岳霖听得带劲，当即表示要去买本哥德尔新出的书来看看，他的学生沈有鼎，后来也是清华的教授却在一旁泼冷水，竟然说道，你不用去买，老实讲买来你也看不懂。金岳霖听后迟疑了一下，坦然表示，那就算了，始终神色自若。这就是承受，普通人难以做得到。

　　一个人的承受能力显示这个人的生命力，承受生活磨难的压力越大，人的生命力越旺盛。对于一个承受力很强的人来说，在常见的轻微伤害面前都会显得无动于衷，毫不在意，甚至认为这是命运在对自己进行的一些日常演训，是正常安排的生活日程。没有什么承受能力的人，每逢事情不合自己的心意时，横竖就是抱怨，此外就没有什么招了，结果往往是心情越来越糟糕，事情也越来越闹心。一个人的承受能力也体现出这个人生命的价值。能够承受住意外灾难的人，凭借沉稳的忍耐力，就不会被失意所拖累；能够承受住幸运降临的人，依赖平淡的耐受力，就不会被惬意所迷惑。生活不可抱怨，只有不放弃，才有力量来忍受，唯因忍受，人生便有了价值。

　　人生无常，生活就是欢乐和痛苦组成的万花筒，幸运和厄运如走马灯般令人目不暇接，人的心灵唯有扎根于惊涛拍岸的坚实土地之上，翱翔于湛蓝的天空之间，才能有信心、有力量来承受幸运的惠顾，抑或是厄运的光顾。曾经有对生活在小镇上的情侣，临近结婚时小伙遇车祸致腿残，因自卑而与姑娘解除婚约，不久姑娘罹患喉疾，去大城市三甲医院做手术，病愈后不能说话，小伙得知姑娘的惨状后，同病相怜，与她结了婚。婚后丈夫才知，妻子术后并没有失声，只是为了丈夫的自尊而坚持不说话，丈夫万分内疚地问妻子为什么要这样做，妻子只说了三个字"我愿意"。这对恋人婚前突遭横祸，幸福的生活被击碎，姑娘却以常人难以企及的力量筑起爱巢，重圆幸福，使生活恢复宁静，这就是承受的意义。

　　西方现代哲学开创者、德国哲学家尼采有句名言："那些没有消灭你的东西，会使你变得更强壮。"苦难是人格完善的催化剂，人在忍受苦难的同时，苦涩的泪水会转化为智慧及善良，如此靠着智慧便可摆脱痛苦的纠缠，甚至凭着善良使自己成为天使；苦难是人生的危机也是生机，苦难是人生最重量级的对手，人只要没有被这轮苦难压垮，就一定会更强、更善、更美。生活中很多时候正是因为有了苦难才显得充实，生活中从未尝过苦味的人不知道幸福的甜蜜，苦难是一种人生的磨炼。生活中所谓的痛快，便是"没有痛苦的痛，怎么会有快乐的快"。人生学会了承受苦难，才有资格去享受快乐。

　　承受依靠的是勇气，没有勇往直前的底气，人很难承受挫败的伤害。生活中遭遇的灾难总是在人们猝不及防的时候发生，人本能的反应是撒腿就跑，然而人生的许多灾难无法幸免，也根本逃不脱，这个时候只有勇气才能承受住所有的重压，只有勇敢地面对遭遇到的一切，才有可能从人生的陷坑中一点一点慢慢地爬出来。生活中受点磨难就灰心丧气的人，只能节节败退，从无翻盘的指望；遇到问题寻找答案，怨天尤人解决不了问题。人要在世上生存，就必须具备承受一切灾祸摧残的本事。许多人承受着无奈的心情走在人生的暗河中，看不到出路在哪儿，只是顺着流势挪动脚步，其中的一些人曾经灿烂过，同时也明白过去拥有的名利建筑物已经崩塌，自己现在承受的一切，只是为了证明自己的人生并不是虚幻的，是自己一步一步走出来的。

生活其实就是一种承受，日子过得称心舒畅的人，一定早就学会了承受。这种人，无故受辱，如果能够忍耐，就保持沉默；有人奉承，想要过得安宁，就付诸一笑；撞见丑态，要是可以容忍，便视若无睹；见识高雅，即便无法效仿，也倾心包容。会承受的人心情一定平和，没有学会承受的人，岁月难觅安好。

命运的每一步安排都精准奇妙，付出必然有回报，欠债难逃被追索，生命的棋局中不会留下一步没有走的废棋，所谓的天意到头来其实都是由自己的所作所为造成，到天堂或者到地狱的路都是自己用脚走过来的，甚至天堂或者地狱也都是自己一手打造成的，因此，命运安排的一切也只能由自己独自来承受。

安然承受苦难的人，就能充分品尝人生真味。

第三十五章　品味

承受是达到心平气和的第二条途径，能够承受生活变故的人，就有机会见识到寻常时候无法遇见的美景。这个世界是属于有心人的世界，只有在苦难的人生中能够承受痛苦的人，才能平和地静静饱览、细细领悟这个无与伦比的美丽世界。

品味就是品尝味道。品一杯茶，需要细致地去感受茶的味道；品味人生需要心平气和，用心去领悟，才能知晓生活的滋味，才能领悟人生的真谛。

人生旅程在旁人看来大约只有起点与终点，而自身见闻的是沿途的景色和相遇的一切，如同驱车飞驶在城际高速公路上，那就用心感受那一日千里的舒畅滋味；要是走在曲折不平的乡间小道上，也要细细领略一路上见到的桃红柳绿、听到的莺啼燕语。没有品味的人生，仅仅生活了一天，然后复制粘贴了千万次而已；一旦真正欣赏到时光的五色，品味到生活的五味，才能明白岁月实际上并没有什么好坏之分，那就是自己的人生，必须去充分品尝每一刻光阴，这样的生命才是丰富而无悔的。这样的人生也使人们能够相互理解，相互包容。

品味生活就是感受人生。人之所以高贵，就在于人的理性，即便生活在苦海之中，还是能从身边万物中品味出人间的味道，并将自己的感受添加到人类的文明之中。积极的审美情趣就是一种与众不同的敏锐感觉，可以使人全方位地去感受；精准到位的鉴赏能力是体验人生快乐的源泉，让人从平凡中体验全过程的美。做一个有心人，就可以从一棵小草上忙碌的昆虫那儿得到快乐的共鸣，也能够在花瓣上一粒晶莹剔透的露珠里见到蓝天碧空，有心人恰是那个快乐多到数不清的人。

品味是人生走向成熟的开始，要想改变自己稚嫩的心灵，就要提高欣赏和鉴别的能力。人生当不当演员无关紧要，要紧的是会看演出，看懂剧情的路数，看明白故事情节给人的启示。如果人生感受的少，而思考的多，那么思想极有可能成为无源之水无本之木，只有五官真切感受到了生活中的万物，人才能理解生活的真谛。理性的审美情趣使人生多平安少劫难，理性看待恶邻，就会注意自己的言行；理性对待损友，就会检点自己的品德；理性观赏遗址，就会发现其中保留的那些完美角落，真实地去感受人生，一定会产生人与人之间的相互信任，进而形成互利互惠的和谐氛围。

也有一些人不愿去品味生活，他们心情烦闷，做什么事情都提不起精神，食美味不香，看美景无趣，居不宁，出无乐，对周围的一切失去新奇的感觉，甚至到了对什么都没有感觉的地步，这种人同时也无感于生命存在的意义。此外，焦躁的心情容易将品味带入误区。心情焦躁的人遇事只求一知半解，每每习惯于浅尝辄止，他们总是在不停地转移焦点，老想着能够快点寻找到新的乐趣，这种人通常是忙乱到了丧失欣赏功能的境地。

生活中的人们大多只管忙于自身的事务，不去关注旁人的痛痒，不想过问别人的甘苦，不会牵挂他人的需求，这种冷漠的态度，造成人情淡薄，人心隔阂，彼此猜忌，互相倾轧，这也是人们对于品味人生的一大误区。

正确的品味方法就是提高个人的文化艺术修养和品格修养。拥有了文化艺术修养的人，便拥有了一双清澈明亮的眼睛，可以入木三分地将物品观赏到纤毫毕现；品格修养完备的人，就具有了一颗温柔而善良的心，知道哪些是应该关注的地方或哪些是不能窥视的角落。有艺术修养的人，宁愿多用自己的眼睛去观察景物，也不愿意仅仅通过镜头来浏览景色，他们相信用自己的眼睛可以更加直观地看到真实的世界，看到自己愿意去观看的角度。当出现审美疲劳时，换一个时间，换一个空间，换一个角度，就会换一种心情，重新神清气爽地去体验全新的感受。品格完备的人是用自己的心去品味人生。当人们用标准的官方语言来相互交流时，双方都容易明白对方的意思，并且在头脑中留下记忆；如果相互之间能够用乡音俚语来沟通，双方顷刻就会形成互为相知的密友关系，这段记忆也将一辈子铭刻在彼此的心里面。

不用心去品味的人生，这样的生活只是悲剧，感受到的唯有痛楚。比如想得到一样东西，追求的时候是痛苦的，得到了又不可能和预想的完全相同，因此仍然感到痛苦，得到的东西最终还会失去，留下的依旧是痛苦，这就是抱憾终生的悲观主义；用心去品味的人，其感受经过思考整理之后，就能分辨出生活原来是一出既符合逻辑又合乎情理的欢乐喜剧，这种人付出代价得到想要的东西，认为是公平的，也是值当的，从此心满意足，即使最终失去，也认为这是缘分已尽，然而记忆永存，时常想起仍感甜蜜，这就是人生无悔的乐观主义。

审美中体验的趣味比纸醉金迷中获得的要多，品味生活中的点点滴滴要比满足欲望之后得到的幸福更多，用心仔细品味过后，善恶的分辨其实很简单，使人有亲近感的就是善，令人心生嫌弃的必是恶，生活中蘸着泪水的品尝最容易懂得人生真味。

人间万象隔着一层薄雾远远望去，如同仙境般美妙而又神秘，一旦身临其境，就会感到不过如此，也没见什么奇特之处，时间久了还会萌生出厌烦的感觉。真实的生活是平凡而又奇妙的，只是那奇妙的部分需要用心去慢慢品味，才能感受到其中琳琅满目丰富宝藏的趣味，正是这些趣味使人的生活变得有趣，让人的心灵逐渐净化，令苦难生涯中的人能够心平气和地享受属于自己的岁月。

能够承受生活中一切磨难的人，就有机会去品味生活中的趣味，进而领略到人生的真谛。

第三十六章　享受

人生想要达到心平气和的境界，除了必须接受相逢的一切境遇，承受所有的变故，还需要学会去享受自己所拥有的一切权利，这也正是达到心平气和境界的第三条途径。真正喜爱旅行的人，在意的是感受行程中的见闻，他们并不在乎着急赶路，因为一旦抵达目的地，就意味着旅行结束了，体验旅途趣味的时间也就消耗殆尽。现在的人们，往往承受着极大的压力，为了生活而忙碌不停，一件事接着一件事地紧赶慢赶，有时候连起码的饮食起居时间都无法保证，休闲的时光更是成了奢侈品。当人们为了生活而疲于奔命时，真正的生活早已起身离去。而那些真正懂得生活的人，会将每天的时间分成工作、学习、休闲、休息四部分，尤其重视休闲的时光，轻易不去挪为他用。他们不会整天想着还没到来的日子，他们在意的是把握住当下的时光，入味地品尝岁月的种种乐趣。

享受就是使用命运给予自己的一切东西，同时去感触这些东西对自己的影响；享受也是通过自己的身心，在与万事万物的相处中，产生出的一种舒适愉悦的体验、幸福美好的感受；享受更是生活上得到满足，心里的愿望得以实现，这种满足既是物质上的，也是精神上的。

享受生活使人生具有意义。对于一个人来说，能够充满兴趣地活在世上，这就是自己生命的意义。人努力工作的目的就是为了让自己的身体润泽，心灵歌唱，生命起舞，品尝到自己努力成果时的乐趣，便成就了自己人生的价值。人来到世上，要是迫于生存的压力，内心充塞着名目繁多的利益算计，根本就没心情欣赏世间的景色，对日月星辰蓝天白云不感兴趣，对青山绿水碧海黄沙无动于衷，以致错过对生活的享受，这是对美好生命的亵渎与糟蹋。人既不能生活在过去，也不能生活在未来，人只能活在当下，要是能够把握住当下的时光，充分享受到生活的乐趣，这种人毫无疑问是最幸福的人。

当一个人在享受生活的时刻，这个人才真正实现了做人的权利。只有自立自强的人才有资格玩游戏，能够玩游戏才算是个完整的人，玩游戏是人得到温饱之后，享受人生的一种境界。人在玩游戏中可以显示出自己的品格。当然，只有品格高尚的人才适合玩游戏，这样的人玩游戏才有乐趣，有趣味，同时不会涉足于不正经的事情，这样的人越多，人间天堂的建造速度也越快。

人生的品质不取决于生命的长短，而取决于生命中享受到多少刻骨铭心的欢乐，一个平安、健康、快乐的人生值得所有的人都去庆贺。人们追求名利，得到的成功和财富要是用来好好生活，享受它们带来的乐趣，那倒也是值当的。可惜有些人只是为了虚荣而去追求，即使得到了，心心念念的也只是如何保住这些不让别人夺去，可是不管怎样，这些东西最终都会离去。这样的人生，忙碌一世，最终才发现，自己竟然一无所有，一无所获。失去才会珍惜，错过才会领悟，当一个过来人终于明白，用钱买不到领略悠闲生活的乐趣，享受悠闲的生活根本不需要钱的时候，就弄懂了人生的意义，就会明了怎样把控当下的际遇，去享受自己的生活，不使人生留下遗憾，同时援助他人一起享受人生，让家庭、社区、工作场所都能成为人生的乐园。

多年前的人们生活都很艰难，有个渔夫不幸失业，一家子仅以鱼杂碎果腹。一天，渔夫夫妇带五岁的小女儿上街，小女孩非常喜欢柜台里一款美丽的发卡，央求母亲给她五分钱去买，却被母亲拒绝了，她父亲在一旁劝道，花几分钱就可以让女儿买到快乐是值得的，小女孩终于如愿以偿。这女孩长大后对于当年天天吃鱼杂碎的滋味早已忘却，而得到发卡的欢乐却始终记忆犹新。

人们在生活中常常会遇到选择奔忙还是选择享受这样的难题，而解开这道难题需要用到智慧。勤奋劳作在一个人的生活中必须占有首要位置，只有当人们收获到劳动成果之后，才有可能去享受它；同时勤奋劳作的目的就是为了享受劳动成果，要是得到的果实不去享用，那么这果实要来何用？还有人因为太过吝啬，舍不得享用，导致果实过期变质，也是一件可惜的事。能不能够享受到自己的人生，取决于自己的智慧。

幸福就是理智地去享受自己所拥有的财富、地位和闲暇时间。理智的人不会企盼别人一定要读懂自己，也不会非要等到玩伴来临才开始游戏，学会自娱自乐的人才是真正懂得享受的聪明人。

法兰西民族是很懂得享受生活的民族。要是一个人在赶往机场的路上，接到朋友的短信，邀请自己一起去享受一杯难得的上好香槟酒，几乎所有的人都会婉言谢绝，而法国人就有可能会欣然接受。他们认为错过航班还会有下一班，而同样的香槟酒此生完全有可能仅此一次，错过实在太可惜。这就是智慧做出的选择。

在宴席上喝一口品牌的纯净水感到自己有身价，在家里面喝一杯夏天的凉开水觉得清爽又自在，在旅途中喝一捧山涧的清泉水甘甜直沁入心田，同样的水，不同的境遇，不同的心情，享受到的滋味也不相同。人生的意义不在于历经过、得到过，而在于是否享受过自己的生活，进而是否从中获得了快乐。从这点来看，人生如同去钓鱼，真正懂得钓鱼的人，并不在意自己钓到了多少鱼，他所在意的是去钓快乐，这更像醉翁亭中的欧阳修，"醉翁之意不在酒，在乎山水之间也"。

拥有财富地位的人，却难以享受到悠闲的生活，只有当一个人具备宽松舒适的心情之后，才能享受到悠闲自在的生活，功名利禄在手的人往往缺少的就是一份闲暇的心情，恰恰是刚刚翻越了温饱线的人，容易产生满足而宽松的心情，才会有闲暇去享受阳光明媚的时光，去看看田野草场的景色，去林间散步，听听晨鸟秋虫的鸣叫。德国音乐天才贝多芬四岁学琴，初时技艺不精，他宁愿弹自作的曲子，却不肯改进技巧，老师说他绝不是当作曲家的料，然而正是陶醉在自己的音乐天地中，享受天籁之音的快乐，当他在青年时患病致聋后，依旧徜徉于自己内心的音乐世界中，创作出了大量经典乐曲，将自己感受到的旋律与世人分享，被音乐界尊为"乐圣"。

人生中有许多关于享受的误区，陷入其中时，一不小心就与享受失之交臂。有些人一生奢求过多，拿自己的健康去换东西，得到了东西随手放过一边，等到年老体衰健康渐渐失去，想起品尝时，要么这些东西早已不知去向，要么自己对这些东西已经没有了兴趣或食欲，人生至此，后悔莫及。有些人不明白更替交换的自然规律，不知道变通和选择的道理，不懂得换一个角度去看问题，换一种心情处理问题，赏花赏到谢，还不愿转身离去，以致错过他处正在怒放的花朵，也是人生一件憾事。

那种认为将时间花在去获得人生乐趣之上的做法，是浪费时间的想法，是欠妥当的，而这恰恰是人生赚到的最大价值。那种认为将时间花在享受上会使人变得懒惰和平庸的想法，也是不全面的，一个人长期生活在安居乐业的状态之下，不仅符合人性，而且还能提升人的品格，使人能够心平气和地与周围的人和睦相处。

人生的旅途中遇险肯定难以避免，尽管如此所有人都祈祷平安；生命的长河中孤独总是如影随形，不管怎样，人心多想抱团取暖。同时，再不幸的命运也会有春风拂面的时节，再贫瘠的戈壁也会长出小花小草。即使努力再三终究毫无收获，也完全没必要终日为此烦恼，如能明白人生的享受与名利富贵无关，与际遇坎坷无涉，只要心灵在歌唱，生命在起舞，那么，岁月依旧如鎏金般美好。

人生之中真正的享受其实与金钱关系不大，没有钱的人照样可以欣赏到风景。看到一块池塘，有人会想到租下来用于养殖鱼虾赚钱，或是转包他人用来谋利，也有人会在那里享用凉风习习的惬意，或是倾听那蛙鼓虫鸣的绝妙伴唱。用钱买不到天空，然而当我们抬头仰望、心无旁骛、屏息凝视时，那碧蓝的苍穹、缥缈变幻的白云、嬉戏飞翔的鸟雀、霞光彩虹、雨雪雷电，那深邃的星空、闪烁遥远的繁星、璀璨明亮的银河，斗转星移、流星飞逝，这一切的美好，大自然早已准备妥当，等着被人们领受享用。

当然，真切享受人生的同时，需要保持住心底的良知。

第三十七章　良知

　　懂得享受人生十分重要，可以达到心平气和的境界，有利于维护人的身心健康，同时还应该明白，享受人生是自己个人的事情，绝不能妨碍别人，更不能危害别人，一旦损害了别人的权益，那么，不仅难有心安理得的享受，甚至连自己的生活安宁也将不保。如同雨天驾车出行，遇到路边行人，是减速慢行，不让积水溅起，还是呼啸而过，不管身后骂声一片，这个是需要事先考虑周全的问题。在生活中的每个时段，应该不应该去选择享受以及怎样来享受，这是一个经常会遇到的难题，而解题的路径就是顺着理性的指示入手，最终判定答案正确与否的标准就是良知的天平。

　　所谓良知，就是人的天性顺应自然的规律而赋予自己个人的智慧和道德理念，并且不断接纳和包容世间万事万物的道理。良知的智慧知道最起码的善恶和明辨最根本的是非，良知的道德理念具有最基本的羞耻感和敬畏感。良知就是当一个人知道了善与恶的区别之后会向善弃恶，明白了做人的道理之后，会对自身的差错失误行为感到羞愧，领会了规则的含义之后，就不会去越过雷池半步。良知包含认识与行为两个方面，要是认识了以后却不去做，那么，还是没有良知。

　　良知就是天理良心。旁门歪道，不懂最好，不期而遇，远远避开是上策，千万不要与之纠缠，一旦染指，恐怕难以全身而退。1853年英国和俄国爆发克里米亚战争，战事激烈，僵持不下，英国政府病急乱投医，竟然派员上门询问杰出的物理学家、化学家法拉第，能否制造出用于实战的毒气，科学家坚定地答道：技术上可以，但本人绝不参与。这就是科学家的良知，这就是人类的良知。

　　良知对人的意义显而易见。良知是自己生活的领航员，良知是举棋不定时的最佳仲裁官，良知是心猿意马时的首选定神丸，没有良知掌管的人生，不管是聪明的还是不聪明的，都很难平安地活下去。

生活中的是非对错，不一定非要去听专家的观点，也不需要经过特别复杂的算计，完全可以请良知来做出辨别。良知具有根据道德准则迅捷做出精准判定的能力。同时，也只有良知才具有钳制自己非分之想的能力。良知告诉人们，尽管金钱是贵重之物，然而在纯洁的善心面前却显得黯然失色，因此人的高贵品质与贫富不相关，只和良知相依相伴。百兽按照弱肉强食的丛林法则生存，以猎食为快；人类将大同作为追求，以同万物和谐共处为乐。由此可见文明是人类取得的最高成就，而其中起决定作用的正是人类的良知。良知是人类真正的价值所在。

在人的内心世界里有个天生的指挥家，这就是人自己的良知，人的心灵务必遵从良知的指挥，人的整个身心才能随良知而起舞，逐渐把自己塑造打磨成自己心仪的模样。良知就是人的本性，人只需按自己的本性去做，那么随便怎么来，结果都会是正确的。良知是人的天性使然，同时也依赖在后天的生活实践中得到巩固和充实。人们正是凭借着良知中天赋的美，才能在自己的人生中满世界去找寻带着相仿美的东西，如果没有这种天赋的美，那么在见到美的东西时就不会产生那种似曾相识的亲切感觉，也就无从寻找到美好的东西来相伴终生。

明代著名的思想家王守仁晚年辞官回乡讲学。一天，有个小偷在行窃时被人发现，众人将其捉到学堂。王守仁对他讲了一番关于人都应该有良知的道理，哪知这个无赖听后却大笑，反问王守仁，那么我的良知在哪里，能不能告诉我？当时正是大暑天，酷热难耐，王守仁让他脱去上衣，那个无赖爽快脱掉扔在地上。王守仁又说还太热，为何不把裤子也脱掉，那无赖看看四周，竟然犹豫着说，这好像不太好吧。正在这时王守仁向无赖大喝一声：这就是你的良知！人的一生中，必须时刻小心呵护良知的火种，使其自始至终不断地燃烧，千万不可让火苗随便熄灭掉，一旦良知的火苗黯淡无光，生命也将黯然失色。

人在万物之中显得无比强大，同时又显露出十分渺小，原因是，真正归属于每个人的权利，仅仅只有自己的良知所管控的那一小部分，除去良知能掌控的那部分能力以外，人剩下的大都是暴力和无用功。凡以自己的聪明才智来辅佐良知之人的是正直善良的人，而放任自己的灵敏与机巧去摆布良知之人的都一定会丧尽天良。生活中要是遇到一件聪明才智告诉我们快点去做的事情，而良知却认为不可去做，就必须立刻悬崖勒马，不去做此事。人身上没有什么东西比良知珍贵，良知是人生存在过的意义，良知是生命的活力；天地之间找不到比良知更珍贵的东西，良知是白天的阳光，良知是黑夜的北极星。人可以没有天使般的品德，没有牛马般的奉献，却万不可没有良知，没有良知的人生绝无可能平安幸福。

对于未知的世界，良知告诉我们需要时刻怀有一颗敬畏的心；当我们面对不懂的东西时，保持沉默就是良知的表现；当我们出现违规或违章时，怯懦和发怵等于就是良知。当我们面临所有的鸡零狗碎时，迟钝一点，简单一点，健忘一点，同样表明我们心灵深处始终都居住着良知。

人在生活的实践中，总是不断总结成功的经验和失败的教训，按照人性的尺度持续修正自己的言行，那把人性的尺子就是良知。良知是心灵的观察哨，时刻警戒四周，不让自己的人生之路走偏；良知是心灵的前照灯，随时照亮脚下，保障前途的目标不会迷失。良知使人具有羞耻心，知道做了错事，迟早要受到清算，因此有良知的人犯错少而纠错快。

每个人都有不同于别人的生活方式，他人的活法往往不一定适合自己，同时真正适合自己的生活方式必须由良知所主宰。良知是世上最美好、最善良的东西，人有了良知就是万物中最美最善的那一类，人类的良知也成为万事万物的道理，指引人类走向大同，走向更高的文明。

人揣着良知才是真正的荣耀，良知使人以理立于天地间，而不是以蛮力横行于世间。凭良知将自己周围变得适宜居住才是真正爱乡土，用良知将山河描绘得更加美好才是真正爱祖国，任何作为只要被良知否决就应当毫不犹豫地放弃。世界上的东西若按重要程度排序，良知毫无疑问应当稳居第一位。

1998 年，两位登山爱好者伍德夫妇成功登上珠峰，下坡时遇上不带氧气尝试登山的阿森迪夫遇险而向他俩求救。此前与阿森迪夫结伴登山的丈夫已经不幸坠亡，她自己因伤被困了一夜，此时已经奄奄一息。然而伍德夫妇为求自保竟弃她而去，最终这位世界著名的女登山家无助地被冻死在山上。

2007 年，伍德夫妇实在不堪忍受九年来自己良知的审视，再次冒险登上珠峰，找到阿森迪夫的遗体，然后将她安葬。

唯有具备良知的人，才能与世间一切美好的东西所般配，才具有享受一切美好东西的福分。

第三十八章　幽默

　　人生在世，从不与人开开玩笑，也不准别人来取笑自己，人际关系刻板呆滞，显得那么可笑，这样的人生阴暗又凄凉，百病难拒，何来健康。一洼死水，要么干涸，要么腐臭；暮气沉沉的人生不仅没有创造出价值，反而倒是在毁坏价值。

　　一个人真正想要达到心平气和的境界，除了接受遭遇的顺逆，承受无情的变故，享受拥有的权利这三条途径外，在进退两难之际需要拨开迷雾，这时候开个玩笑是种智慧；在失误尴尬之时需要用自嘲来拆解，调侃一下自己是摆脱困境的绝好台阶；在烦闷抑郁的空间需要打破沉闷，适时来上个笑话可以让众人脸上重现阳光，幽默就是到达心平气和的第四条途径。

　　幽默是个形容词，表示事物因为有趣或可笑而显得意味深长的特质。人的幽默感与人的智慧相关，有智慧的人比较理智和自信，理智同时又自信的人通常应变能力强，善于运用幽默打开困局，幽默的人总是以温文尔雅的姿态、心平气和的神态出现在人们面前，因此幽默的人在生活中人缘都比较好，在别人心目中的形象普遍都是正面的，很容易得到他人的好感和信赖，别人也都愿意与之交往。在工作中取得成就的人，并不一定是最勤奋的人，而肯定是一个善于理解别人而又幽默的人。

　　事物往往会在不经意之间出现具有荒唐性的发展趋势，幽默就是以出人意料的方式，含蓄地揭示出这种荒谬性，使人在会心一笑的同时回归理性。当年法国的路易十四写了首体裁新颖但技巧却十分低劣的诗，竟然得意忘形，叫来诗人观看，还煞有介事地让诗人发表高见。诗人连连惊叹道，国王真是神通广大，竟然连歪诗也作得这么地道。这个故事向人们传神地解释了什么才是幽默。

幽默是人生的润滑剂，可以使艰涩的日子过得轻松自如，可缓解复杂人际关系中的冲突，可消除紧张工作所带来的焦虑，让人在苦难的生活中萌生出希望，在失败的废墟上重新开始建造，帮助人们始终保持着心平气和、精神饱满的状态。人生缺少幽默，当痛苦前来纠缠时，只能承受，无法摆脱；人生缺少幽默，痛苦会增加许多，欢乐会流失不少。幸福快乐的人生应该是有趣的，这种人做梦时有趣，清醒时也同样有趣；干活时有趣，休闲时也同样有趣；学习时有趣，传授时也同样有趣。这样的人生可遇却难求，唯有真正有心的人才学得会、养得成如此具有诙谐幽默感的好习惯。

幽默的人，本性善良，为人豁达，想法睿智，遇事乐观，言语机敏，一团和气，往往是人群中最受追捧、最受欢迎、凝聚力最强的那一位。

幽默的核心是智慧，幽默正是以智慧来打开僵局，消除困局。幽默常以奇特的夸张手法，将一些不合适的东西放在原来设定的，应该放合适东西的地方，于是意想不到的可笑场景就呈现在众人面前，经过对照，人们很容易就会愉快地杜绝愚昧奔向明智。上乘的幽默是基于正确的人生观、高尚的道德观念，能够使人从欢快的气氛中领悟到脚下的那几条路分别通往何处，在会心的一笑中做出恰当的选择。幽默同样也是理智的，幽默知道辨明谬误与真理是一件严肃的事情，所以开玩笑也是认真拿捏好尺度，绝不至于沦落到变成搞恶作剧的地步，幽默成败的分水岭恰在这一点上，要是不小心将玩笑开过了头，就将"聪明反被聪明误"，沦为别人茶余饭后的谈资。

1941年，日本偷袭珍珠港后，美国也加入第二次世界大战的厮杀中，忙乱之中美国新兵训练时，不慎将一发炮弹打到华尔街，把一幢豪华办公楼炸掉了一个角，这下造成了极大的恐慌。第二天防空总部的将军应邀到曼哈顿参加经济学家协会的听证会，向那些大老板们做出解释。演讲时，将军上来一开口，便说自己以前是个穷小子，打小当兵就对有钱的人没有好感，几十年来一直就想冲着华尔街的财迷们开上一炮，昨天我就这么干了。这种滑稽的表情，诙谐的语言，顿时引得哄堂大笑。将军不等笑声停止马上说，现在咱们言归正传吧。一个天大的难题顿时化为乌有，这就是幽默中的智慧。

两千多年前，古希腊伟大的哲学家德谟克里特曾经有句名言："心灵应该习惯于从自身中吸取快乐。"而自嘲式的幽默正是通过自我调侃来打破僵局，化解焦虑和尴尬，从而回归心平气和的状态。幽默的魅力在于自我解嘲，在公众场合，但凡一个人一不小心矛头向外，或者拳头向外，抑或是指头向外，都会被视为挑衅，都会引来回击，而自嘲这种身段十分柔软的作为，通常是老少咸宜的高招，尤其是在诸事不利急需化解的情形之下，拿自己来开涮一番，不失为应对的良策。

懂幽默的人心底里宽厚很多而刻薄极少。幽默的人明白，凡埋头苦干的人不容易被人察觉以及认可，反而是沉迷于夸夸其谈、热衷于争吵强辩的人却往往让人熟知，因此幽默的人同情多于讥讽。幽默的人明白，当失败无法避免时，那个一直坚持到最后的人，是值得别人尊重的，是不能被称作失败者的，因此幽默的人只是适时地在悲剧的情节中掺和进一点滑稽的笑料，在悲壮的气氛中调和进一些热闹的元素。幽默的人明白，人都需要别人的夸奖和认同，哪怕本身并不美的人也想别人夸他漂亮，哪怕无知的人也渴望有人赞他博学，因此幽默的人不会去拿别人的缺陷来开玩笑。缺陷是人生的遗憾，是无法愈合的伤口，千万不能去撒盐。

懂幽默的人知道，开玩笑是有底线的。正所谓玩人丧德，如果借开玩笑为由行侮辱别人、贬损别人的勾当，是极其不道德的行为。懂幽默的人知道，曾经在一起欢笑过的人，彼此之间不会轻易伤害对方。幽默的本意是让人敞开心怀，舒展一下疲倦的心灵，以便能够建立起彼此之间的互信，铺平友谊往来的大道，一旦偏离这个目标就不再是幽默，而只是寻人开心的恶作剧。

幽默是一种为人处世的技巧，用来调节紧张气氛，活跃现场氛围、让彼此之间的相处逐渐变得轻松愉快些。人们之所以普遍喜欢幽默，根源即在于自己生活中的主基调往往是焦虑，岁月中的情绪总是被悲哀所把持着，几乎所有人都向往的轻松快乐的时刻，却实在是太少了。幽默就是用滑稽有趣的方式将焦虑换成了轻松，将悲哀换成了微笑，将枯燥换成了灵动，将肤浅换成了深刻。人们喜欢幽默是因为在幽默的主持之下，焦虑和悲哀皆无法持久，都会在盈盈的笑意中无意识地融化成轻松的快乐。

人在失意无望时容易撒谎，人在无计可施时只能沉默，人在身心舒畅时流露善良，人在精力充沛时显得有趣。幽默的人是自信的人，一个人能够以既轻松又幽默的方式，与周围的人交流沟通，表明这个人在目前场合中占有优势的地位。同样一个在公众场合处于优势地位的人，如果不能运用幽默风趣的语言与人交谈，这种优势将很快会失去，人们将在索然无味的搭讪中四散退场。因此，没有幽默的人生，茕茕孑立实在太孤单、太痛苦了，有了幽默，人生才会滋润、有趣。

懂幽默的人，自强、自珍、自尊、自爱，心平气和快乐一生，平安一生。

懂幽默的人开朗乐观，凡事因应时势，机智应对，以乐示人，授人以乐，绝不怨天尤人，更不会矫揉造作；幽默的人得意顺心时淡然处之，不受万物的牵累，更不会恣意妄为，玩人丧德；幽默的人失意闹心时坦然处之，不受万象的扰动，更不会城门鱼殃，迁怒无辜。会幽默的人传播欢乐，消解忧愁。

懂得幽默的人生简单而充实。

第三十九章　简单

懂幽默的人知道，讲笑话必须简短，要是时间过长，等到该笑的时候，听的人可能已经忘记了笑的初衷是什么，甚至有时会忘记了还应该去笑一下。如今的世界日趋复杂，生活节奏也越来越快，好像不加点戏这日子就过得太单调，不火急火燎地往前赶就会被淘汰出局，其实每个人手里都拿着计算器，自己的口袋里也不见得有什么值得去算的东西。要知道，精华都是浓缩而形成，道理都是由简短的词语所组成，讲话适宜于用直截了当的方式，一旦空虚冗长必受人厌弃，生活也是如此，开门见山，一览群峰，心情有多舒畅。

所谓简单就是不故弄玄虚，不去惹是生非，考虑问题直奔主题，做事情直截了当，为人恪守本分。生活的复杂程度，远远超出我们所有人的想象；同时，只要自己的想法简单了，自己的世界也就立马变得简单。

简单的意义非同凡响，尤其是在瞬息万变的年代，单纯已经属于十分稀缺珍贵的东西。一首流传的音乐作品，其基调肯定简单；一盘上乘的美味佳肴，其风味必定简单；一部传世的鸿篇巨著，基本的思想一定简单；一尊价值连城的雕塑，表达的理念注定简单；一个德高望重的人物，人际关系必然十分简单。一切出众的东西都是纯粹的，正是这种简单到极致的美，才能令众生倾倒。

任何事情一旦趋于复杂化就难理清头绪，当一个人面对着盘根错节缠绕成一团乱麻时，就会懂得简单的可贵之处，简单使人轻松。容器里放置的东西过多，则存物的空间就少；时间都被细枝末节的小事情占用了，生活的主旋律就无法奏响；头脑中充满了无用的鸡毛蒜皮，那些珍贵的东西便无法容身。放弃一些奢侈华丽的东西，正是人生获得健康幸福的有力保障，简单就能有序，简单就能高效，简单就能平安。

曾经有这样一个销售部门，员工普遍有着在工作时间化妆的嗜好，老总屡次接到客户投诉终于忍无可忍，怒不可遏地直奔销售部，一通咆哮，当众将部门经理训斥得灰头土脸。老总走后，经理缓过神来，慢条斯理地对部下说，别听他的，是个人哪有没有缺点的，长得有点缺陷，还不让人化妆，真是岂有此理。众人先是一阵欢呼，接下来归于沉默，不过，此后再也没有人当众化妆了。原因就在于，化妆意味着承认自己长得不标致。请看，这么棘手的难题，一句话就处理完毕，并且永绝后患，这就是简单的魅力。

简单往往是会不会成功的要害，能不能做成一件事情，往往就在于能不能直截了当去思考，在于能不能干净利落地去完成。然而简单并不容易，正所谓只有先解决复杂，才能简单，要把复杂的东西变为简单，其过程却足够复杂，这需要在纷繁复杂中厘清思路，找出头绪。要做到简单，靠的就是智慧，更多的时候简单本身即是智慧。

面对难题，首先应当在常识里寻找答案，越浅显的道理运用起来越得心应手，在未知的世界里没有自己可用的工具，那是个误区，不必进去浪费时间和精力，这就是简单；其次，是要学会接受，事物难免有不足的地方，能够包容残缺的部分，就能节省下遮掩粉饰的时间，这也是简单；再次，是要学会放弃，成见造成误会，偏见造成伤害，要是能够自己放弃偏执的毛病，就能省下辩论和争吵的工夫，显然这也是简单；最后，还要学会放慢，做事情太过于迅猛就会引发冲撞，不假思索地草率从事会失去拐弯避让的时机，要是处事能够缓慢些、安静点，就能省去重建和修改的时光，这更是一种简单。

自然界的主色调是简单而乏味的，别致的色彩并不常见，唯有如此，万物才能悠然地生存；生活中的主旋律是单调又无聊的，新奇的韵律极少出现，只有这样，生命方可适应且随缘。自然的规律揭示，万物的感受是有阈值的，超过了临界点，就会出现大偏差、大问题。比如过于繁杂的色彩，会让人看花眼睛；噪声四下一起鸣响，会使人耳朵失聪；懂得获取与舍弃的道理，选择简单的生活方式，才能拥有持久的安定。

生活中许多实用的东西都是非常之简单，比如筷子、勺子、轮子、锤子、剪刀等，这些东西一经发明，就再也想不出更好的改进方案，就永久地定型了。还有许多创意产品或新颖的学说刚开始总是简单明了，容易被人接受，为此创造出极大价值，于是便不断变换花样，希望能够锦上添花，而往往却是节外生枝，徒有虚表，致使性价比倒挂，最终难逃昙花一现的结局。

法国博物学家居维叶，认为自然界中的生物为了生存，其身体的各部分之间必然相互适应。在一天深夜，他的几个学生搞恶作剧，扮成怪兽的模样，闯入他的卧室，看上去要吃掉他。居维叶被惊醒后，睁眼一看，说道：所有长角长蹄子的都是食草动物，你们不可能吃我。说完，翻个身又睡着了。简单也正是自然的选择，自然打造东西都省时省力，所造就的东西让人一目了然。

人性大都喜欢简单。一个人逢开心即欢笑，遇伤心便哭泣，何等自然，何等简单。话多口易干，单纯的想法对人无害，安分守己的简单给人带来快乐；事多腿便酸，方便的做法让人养性，直截了当的简单使人身心健康；通常成熟而稳重的人大都是纯粹的人，大凡睿智且开明的人大都是简单的人，同样可以看到，越是强大的人越倾向于平凡，因为人们的内心深处都向往着简单。

一个人的心要是简单了，自己所处的世界也随之而简单了。真心做事，仅踏实两字即已足够，忽视细枝末节，一切从简，是在积攒人生的时间。有一个能力远大于欲望的人，在一个必需品远多于奢侈品的家，那么这样的人家，天堂不仅在头上，同时也存在自己的脚下。

每个人都关心自己需求的东西，得到了就快乐，失去了就悲哀。要是一个人需求的东西不光少并且又容易得到，那么这个人很容易就能获得了快乐，很容易就能得到满足，也必定因此拥有比别人更多的幸福。生命最基本的需要是水、空气和阳光，正是这些东西构成了人体的精、气、神，这些东西都不需要用钱去买，在世上取之不尽、用之不竭；同时人在生活中最需要的是笑容，这笑容也不用钱买，只要愿意向别人奉献出灿烂的微笑，别人就肯定会还以甜美的笑容。

轻率与简单是两回事，轻率只是随便开始又草草收场，一切无所谓，简单是聚焦主题，学会凝神，赢得时间；敷衍和简单完全不同，敷衍只是不负责任地随意搪塞，不考虑后果，简单是减少欲望，懂得舍弃，换得平安。

当年莱特兄弟发明了飞机，在庆功会上，主持人让兄弟两人发表获奖感言，哥哥让弟弟说，弟弟只说了句：据我所知，鸟类中会说话的只有鹦鹉，而鹦鹉是飞不高的。这就告诉人们成功很简单，只要专注去做即可，如果只说不做，就只能一事无成。

心灵无需固定居所，太多流浪则随处肮脏，唯以简单赢得宁静便是归宿；做人没有标准答案，过于较真便满地烦恼，只要方法简单就能获得轻松。生命很简单，只要有健康；快乐很简单，只要多幽默；生活很简单，只要能平安；人生很简单，只要求干净。

第四十章　奉献

心平气和的人与周围和谐相处，这样的气场是身体健康的基础。同时一个人想要身体非常健康，那就需要付出。对于身体，首先要明白为何必须要健康，有了健康能派什么用场；健康能让人做个合格的人，自己的事情可以自己来打理，不用去给人添麻烦；更要紧的是在别人需要时能够伸手去帮一把，健康是利人利己的好事情，其中利人这点更重要，凡利人之后，自己就有成就感，身心便舒畅，神清气爽，身体倍棒。

在一个小山村里，有位年老的铁匠，他经常帮助村民们修理损坏的农具，却从来不收取任何费用。常有人见他修得十分完美，请他无论如何收两钱，每逢此时铁匠总是说，我只有这门手艺，其他生活中的所有一切都感谢大家的帮助，难道你就不能让一个老头时不时地舒展一下他的灵魂？人的身体疲倦了需要休息一下，以便恢复体力；心灵感恩了需要及时付出，才能持续保持健康。

不求回报，只求有利于他人，恭敬而庄严地付出，这就是奉献。奉献是一个人生活的最高境界。奉献就是不求回报，如同前人栽树后人乘凉，种果树的人不是为了自己享受果实，而是为了自己的快乐与健康，因为随着嫩芽的萌出，生活中便涌现出无尽的欢乐。奉献就是专门利人，要是富有，奉献就用善举来利人；要是贫穷，奉献就用美德来利人；而一无所有的人，仍可以奉献微笑、善意和真诚来给人提供方便。奉献就是爱的自然流淌，因此奉献就是心甘情愿捧出自己的所有，就像艺术家将歌曲创作出来后，认为它已经不再属于自己，于是将它奉送给了喜爱的人；科学家发现了某个科学原理后，这便成为全人类的财富。

二战时期，科尔贝神父被关入奥斯维辛集中营。囚徒们早上出工，晚上收工，少一个就要在回来的囚徒中处死一人。有一天回来清点人数少了三个，德军就要处决一些人。其中一人说有自己有妻儿六人，自己死就等于死了七人，请求免死，德军不准。囚徒吻着十字架，哭了。沉默片刻，神父对德军说，让我替他死。于是德军杀害了神父。1981年，科尔贝神父被教皇追封为烈士。或许神父所救的囚徒并没有幸存下来，而且神父与囚徒并不是同族，不是所谓的"自家人"，付出自己的生命去拯救一个必死的人，值得吗？问过良心，认为值得，就去做了，这就是奉献。所有为他人奉献出自己一切的人，都值得后人铭记、敬仰以及感恩。

人类生活过的真实意义就是奉献，迄今为止人类所创建的一切都是源自前人与世人的奉献；一个人的生命只有在为人类的繁荣、幸福和文明作奉献的时候才最具意义。奉献自己，勇于面对人生、担当苦难的人必有建树，必定受人肯定；默默奉献的人，如同树根一般，别人感觉不到他的存在，然而人们看到那棵树的所有辉煌，实际上都来自树根的奉献；彻底的奉献，就是将自己仅有的一盏灯，尽力举得高一点，好让远处那些不幸的人也能够看见一些光明。

一个人想要过平静的日子，就应该奉献出自己的时间和精力，为周围的人着想，使其能够先行一步安心地居住下来。那些不通时宜而奉献本身财富的人，最终凝聚起了众人之心；那些不知权变去奉献自身才智的人，往往能赢得他人的尊敬；那些不知疲倦地奉献自己时间的人，慢慢塑造出人生的尊严；那些有所奉献的人从不掩饰自己的渺小，而别人看到的却是他捧出的东西，想到的也都只是他的伟大。

奉献是做人的美德，一个人的欢乐和幸福有很大一部分是来自对别人的奉献，奉献自己的人不受世俗观念的左右，只要自己良知允许，只要确信有利于他人，就会将自己拥有的东西双手奉送。无论处于何时何地，无论事大事小，能够为公益而做出奉献的人，即是一个有德行的人。当一个人超越自身的需要，惠及他人，这才是美德的意义所在。

在人生的舞台上，有道德的人总是倾全力扮演好自己的角色，为此他们总是适时地奉献出自己的热情与才智，所谓有一分热，发一分光，不管出力多少，尽力就好；只管耕耘，不问收获。

真正的爱首先就意味着付出，奉献的核心内涵就是仁爱。为别人承担义务，这是仁爱之人心中最神圣的想法，也是赢得人心的根本所在。奉献意味着为别人着想，为别人服务，把自己的力量用在别人身上，为别人做出慷慨的牺牲。奉献就是将别人的快乐看作自己的快乐，将别人的幸福看作自己的幸福，因而甘愿承受摘花的刺痛，也要把玫瑰献给他人；真诚的付出往往会被误解，但因为真诚出自仁爱，所以依旧会无怨无悔地奉献。

奉献的价值在于付出的人获得心理健康，受益的人获得了平安幸福，因此粗看好像奉献是件自损利益的事，仔细再看实际上奉献是桩双赢互惠的美事。以色列有个谚语：把钱施舍给穷人，就等于是把钱借给了上帝。当一个人的世界里只有自己的时候，那么不用去指望别人会来伸手相助，所有的结扣都自己去解，所有的烦恼都自己去扛；如果一个人的心中还能够想着别人，就会时不时地对他人做出点奉献，受惠的人同样也会来牵挂你，并且在不知不觉中给你提供方便；由此可见，当一个人把钱花在了更需要的人身上时，更幸福的那个人往往正是自己。

真正的奉献就应该是忍辱负重、心甘情愿的，是一种倾尽全力的付出。每个顶级的专业技术人员，都不会满足于现有的技术标准，一定会殚精竭虑想着能够研发出更加完美的技术；每个成熟的人，一旦自立自强，便不会甘愿去做个隐士，一定会不可避免地去寻找事业的突破口，以便让自己的人生有所作为；人们所崇拜的英雄，往往就是那个尽心竭力做了自己力所能及事情的人。所有的这一切需要的只是奉献，是竭尽所能的奉献。

一个美德在身的人，乐于付出，却不自夸有恩于人；资助别人，同时精心呵护其尊严；授人以渔，扶助他人自主平衡地发展，如此这般地真诚奉献，受惠的人一定会爱戴他，而这样的人怎么会不幸福、身心不健康呢？

相传，在公元 1040 年，考文垂城邦的伯爵为发动战争，向市民加征重税，致使百姓苦不堪言，伯爵夫人戈黛娃挺身相劝，苦求减免，伯爵为之震怒，竟扬言只要夫人裸体走遍全城即可免去重税。第二天美丽的戈黛娃毅然裸身骑战马绕行经过城中每条街道，全城居民关窗闭户，更无一人窥视。事后伯爵如约宣布免税让万民受惠。至今考文垂博物馆的镇馆之宝，就是后人描绘此事的油画。尽管这只是一个美丽的传说，但同样体现了人们对真正的奉献的渴望，那就是：见义勇为，不惜牺牲，不图回报，不改初衷。

人的奉献可以使自己越来越精神，越来越健康。

第四十一章　爱

奉献的根本原因是喜爱。凡是人们喜爱的东西，总是越看越顺眼，越看越纯洁，总想亲近之，进而为其做点什么；而人们为之厌恶的东西，总是避之唯恐不及，碰都不愿意触碰一下。一个人与自己心仪的人或事物在一起的时候，如果产生心灵共鸣，整个人会神采飞扬、仪态万方，力量倍增，并且愿意为之奉献一切，这就是爱。

数百年前，在隆冬时节，有一小队骑兵正在依次过河，有个老人站在一旁静静观望，等最后一个骑手经过时老人才请求他带自己过河，那骑手不假思索便应允了。到对岸道别时，骑手好奇地问老人，前面过去那么多人，你为何不请他们帮助？老人回答说，我见他们个个都满脸狰狞，眼中根本没有爱，求也没用。这个故事足以说明，付出一定要有爱，没爱是不愿意付出的，没爱的人，别人也不会去奢望得到他的帮助。

爱是一种对人或事物最深的感情，如果能够将人间万象归结到一件事物上，那么爱就相当于是这件事物的造物者。爱是一种出自人性的原始的仁慈，爱是良知应得的回报，爱是对善行由衷的感恩，爱就是人性的价值。爱是一种极其慷慨的行为，没有动机，不求回报，爱不是将自己多余的东西拿出来施舍给别人，而是将自己最称心、最称手的东西倾其所有奉献给需要的人；爱是一种设身处地的感受，切身体验，感同身受；爱不是将自己置身事外以看热闹的心态观赏，而是为别人的苦难、世间的乱象洒下同情之泪，捧出怜悯之心。爱不是多愁善感，爱是雪中送炭，没有爱，人会悲痛伤神；爱不仅是安分守己，爱是海纳百川，没有爱，人会迷茫无助。

爱作为人的原始动力，是世间最大的力量，爱造就了人间一切辉煌，爱是人类最高价值的体现。爱就是我们这个星球上的空气，渗透到每一个角落，建造出人间万象，构成了广袤苍穹，保护着天地之间的万物。世界如果没有了爱，一切都将回归于尘土。没有爱就没有人间，没有爱的世界对于万物已经没有任何意义。黎巴嫩哲理诗人纪伯伦有句诗："当你付出爱时，不要说神在我心中，而应说我在神心中。"当一个人心中充满了爱的时候，这个人的作用已经等同于神的力量。

爱就是人生的意义，一个人忘记了爱，就等于是错过了人生，其生命将变得毫无意义。爱过就会奉献，在接受奉献的地方就会留下爱的印记，这就相当于给生命保了险，即便有一天生命没了，只要爱的烙印还在，生命便依旧安然活在其中。

爱是人类最美好的形象，也是人类最强大的能力，更是人类最珍贵的财富，爱就是人性的全部意义。人类心中的爱，就是天地之间的第二个太阳，有爱光临的地方晶莹剔透、纤毫毕现，有爱惠临的地方温暖宜人、花繁叶茂，有爱降临的地方自由自在、平等相待，有爱常驻的地方和而不同、至善至美。

爱越纯真则越委婉。因为真正的爱是害怕伤到对方的自尊，甚至是害怕对方不肯领情，不接受自己的付出。也正因如此，爱往往显得小心翼翼，有时还显得有些自卑，甚至低声下气地选择伤害自己。由此人们可以确信，夫妻间的拌嘴，先妥协的一方，总是输给对方的那一个，恰恰是更爱对方的那一位。

在爱的同时也需要富有智慧，只想着要去爱那是不够的，还需要学会如何去爱。爱像花朵不仅美丽而且芬芳，要是经过智慧酿制成蜜，那就香甜无比。真正的爱在经过了智慧的过滤之后，传递出去的正是甜蜜的幸福。

爱的出发点在于有许许多多的人在以前或现在正在为我们付出，出于感恩自己也应该回报他人；爱需要付出很大代价，然而，要是不愿去爱别人的时候，自己所承受的代价则更大。爱的智慧意味着爱别人中包含着爱自己，在为别人解决问题的同时，往往也解决了自己的问题。爱的本意在于建设，要是没有爱，就不会有所建树；爱的施行在于智慧，如果没智慧，就无法解决爱的问题。

爱自始至终与幸福同在。人们在盼望之中产生了爱，在同情之中生长着爱，在信仰之中收获到爱，在欢乐之中感恩被爱。只要有爱存在的地方，哪怕是再琐碎、再细小的事情也能变为甜蜜温馨的佳话。爱但凡有结果，就一定会是幸福的，因为爱亲手建造了一切美好的东西，施爱的一方内心为此自豪而又满足；被爱的一方同样也是幸福的，因为享受着爱的拥抱及温存所带来的所有快乐。

爱就是幸福家庭的太阳和欢腾曲，有爱的家庭温暖明朗而又充满欢乐的气氛，有爱的家庭阴霾和悲哀进不了门；有爱的家庭相互之间视为无可替代的唯一存在，有爱的家庭为相互之间的幸福而高兴，有爱的家庭为相互之间的幸福甘愿奉献各自的所有。对于一个幸福的家庭来说，成员之间相互的爱就是全家唯一的真正宝藏。

真正的爱如同太阳一样，总是给人以光明，给人以温暖，并且永远也不可能加害于人。爱从本质上来讲就是一种给予，无条件的给予。要是给予中受了伤害，也仍然会给予爱；即使对方有缺陷、不完美，也不会停止给予爱；甚至与自己不同轨、不共调，但还是会一如既往地给予爱。爱与仇恨毫不沾边，要是不爱了，顶多就是漠不关心罢了，正如太阳被乌云遮挡住以后，人们不再感觉到光和热，却也依然毫发无损。

爱就是将梦中的天堂，按照自己心中描摹成的图稿，进而变成现实的一种行为，因此，有了爱就拥有了所有的美。如果每个人都确信，一旦确定了自己想要去施爱，爱就会悄悄地从心田萌出；一旦急需被爱的时候，爱就一定会在前面不远处静静地等着自己，那么爱将无处不在，爱将无所不能。爱能够超越生命的长度，将恩泽惠及后人；爱能够延展心灵的宽度，让旁人效仿传递。

有个地方，渔民捕鱼归来，便在海滩上就地卖鱼，却频频遭受海鸥的抢掠，渔民大多不堪其扰，于是驱赶甚至射杀它们。有个特立独行的渔民不仅不感到厌恶，还心生怜悯，常以鱼杂碎喂海鸥，时间一久，海鸥与他十分亲近，栖息在他的摊位边上，成为一抹独特的奇景，他的摊位也声名远播，生意异常红火。

相传当年特洛伊古城出土一面铜镜，上有反书铭文："我最亲爱的人，当所有人认为你向左时，我知道你一直向右。"这段话也许是对爱的精准表述吧。因为镜子里面看到的影像和现实是左右相反的。这句话提示世人：真正的爱是站在对方的角度看问题，甚至是站在对方的内心看这个世界，如此方能读懂其需要，才有资格施与其爱。

活过、爱过的人生，永远不会后悔。

第四十二章　无悔

爱的最高境界就是按照自己的意愿，走好自己的人生。这样的人极其珍惜自己的时间，按照自己良知的指引，追随着自己的信仰，自信而又从容地走在自己的人生旅途上。这样的人生一往无前，一路播撒希望，遇见奇花异草便很开心，看到青山绿水也异常快乐，一路走下去，永不停息，不在乎能不能走到尽头，只在乎心中不留下缺憾。这样的人会细心把握好原本属于自己的时间，直到确信将自己的时间都花在了该花的地方；这样的人生成败不足以挂念，得失尽可以置之度外；然而这样的人生没有丝毫遗憾，也从不会领受到懊悔的苦涩滋味，这样的人生就是无悔的人生。

所谓真正无悔的人生应该是，假定人生重新再来过一次，愿意原原本本重复已经经历过的生活。这就表明对自己现在的人生十分满意，没有丝毫的遗憾。所谓幸福的人生就是将自己每天应该做的事情认真去完成好，一个人对每一个昨天都没有遗憾就是对自己最大的负责，最好的交代。相反，对于之前想做而没做的事，或做错而无法弥补的事自怨自艾，难以释怀，这便是后悔的人生。

有没有后悔的人生其最终结果可谓泾渭分明。无悔的人容光焕发神采飞扬，一路走来无牵无挂，一路走去轻松自在，无悔的人生幸福美满，羡煞众生；抱憾的人神情恍惚没精打采，每日起居寝食不安，每刻内疚自暴自弃，抱憾的人生郁闷无望，愁楚无助。

无悔作为一种为人处世的工具，有着奇特的作用。每当遇上急难之事，需要立即处置，而此类事情又属于突发的偶然事件，平时思虑从未到过，没有预案，现在也容不得细细斟酌、慢慢掂量，必须立马做出抉择，这时无悔正是绝好的衡量标准，只要叩问一下自己的内心，这事现在不做日后会不会后悔，立刻就什么都明白透亮了。如果现在不做以后肯定会后悔的话，那还等什么，赶紧动手干，这就对了；要是做了这件事以后肯定会后悔的话，那就控制住自己，千万不要去触碰，赶紧住手，必无差错。

实现无悔的本质在于把持住自己的人生，凡人生把持得越稳固也就越趋向于无悔。首先是要把持住当下，这就是把现在应做的事情做好，不留下任何缺憾，这是对未来最稳妥的交代；不愿付出，错失眼前的机会，这就把不堪回首的遗憾留给了明天；今天能够像夏天的花朵那样绚烂绽放，明天就能像秋天的硕果般丰满香甜；今天什么都不想去做，明天只怕连回忆都是空白。

其次是要把持住方向。在人生的路上，眼前的路总是有无数条，其中只有一条是属于自己应该走的路，一定要看清楚，认正确，走错一步，就是失之毫厘谬以千里；穷时不图强，困时便后悔；富时不节俭，贫时便后悔；平时不学习，用时便后悔；人生不审慎，失足千古恨。

再次是要把持住意志，将所有该做的事情一气呵成做到底。人生之路极其漫长，紧要处不能随便轻言放弃，做什么事都要善始善终坚持到底，尤其是当越做得多的时候，投入就会越多，放弃也就越可惜；凡事做到底，不管结果如何都是成功，一以贯之、有始有终的人就不会有什么失败，更不会有什么后悔。

无悔的人生也是包容的人生。生活之路并未铺满亮丽的红地毯，而是布满了荆棘、迷障，甚至还有无法逾越的深沟高垒。当我们一路前行时，荆棘可以披斩，迷障也会散去，唯有遇上深沟高垒无法翻越时，必须接受现实，设法另辟蹊径。未来会发生什么，自己无从选择，但却可以选择怎样去面对，可以选择硬扛，也可以选择顺势拐个弯。对于已经发生并且无法改变的事情，采取宽容的方式来承受；对于自己能力无法战胜的困难，轻轻放过一边，绕道而行，也是宽容的做法。要是硬撞或硬扛，即便侥幸挤过，然而身体的伤害将不可避免；此刻唯有包容一切的胸襟，才能全身而过，并且不留任何遗憾。

公元1176年，南宋负责监督的官员，检举四川军事参谋陆游在军中纪律涣散、喝酒吟诗，指控的罪名是"燕饮颓放"，因此而被免职的陆游见到这个罪名很别致（燕通宴），于是自称"放翁"，以示不屑。南宋的孝宗自从1162

年登上皇位后锐意抗金以收复中原，但之后的战事并不顺利，北伐又遭到太上皇赵构的断然否定，孝宗渐渐心灰意冷转攻为守。在此情势之下陆游一腔热血报国无门，转而将全部精力投入诗词创作之中，留下无数千古佳作。无悔的人生，照样能够活出精彩。

想要不后悔，说难确实很难，说简单其实也简单，只要自己做得对，也就没有什么可后悔的。凭自己的兴趣去做，按自己的良知止步收手，就是最幸福快乐的活法。

想要不后悔真的很简单：放弃多余的东西，就可以走得又快又远；丢弃烦琐的东西，就可以活得轻松快乐。总之，认真做事不会后悔，混吃等死肯定后悔；做文明向善的事不会后悔，干偷鸡摸狗的事肯定后悔；诚实守信不会后悔，朝三暮四肯定后悔；宠辱不惊不会后悔，患得患失肯定后悔。

有个土财主到庙里进香，与一个僧人聊得十分投机，原来两人都想去海南朝圣。土财主回家后就开始置办行装，到第二年准备齐全，来庙里和僧人辞行，却惊奇地发现僧人已经从海南朝圣回来了。僧人告诉他，自从决定要去朝圣后，就整天心绪不宁，于是带上一只钵就上路了，每当走一程，心就安定一分。确实，人生无常，全凭自己把握，要是有梦想不去行动，一朝梦醒，后悔莫及。

公元 1636 年，先前已经游历过江南、齐鲁大地和鄂湘豫的明朝旅行家徐霞客，再次从江阴出发西游，经过洞庭、衡山、峨眉、岷山到达松潘，渡过大渡河，沿金沙江到丽江，登上鸡足山，出玉门关到昆仑山，再辗转返回，在他去世以后，留下的六十万字游览日记被编撰成《徐霞客游记》。人生想要无悔，其实很简单，不用贪多，只要将自己喜欢的事情做好、做极致，这样的一生就值了。

无悔的人生一定是理智型的，并且还应该具有前瞻性的特征，这样的人生在跨出每一步的同时，就已经想清楚了自己最终要去的地方，因此每走一步都稳健踏实，走过后就不悔，同时每走一步就靠近目标一点，所以内心对未来总是越来越充满信心。

不后悔今天的生存状况，正是因为从前做出了正确的决定，这个决定自从开始实施之后，因屡屡尝到了甜头，才能让自己依靠着希望的支撑，有信心循着目标走到今天。好的决定就有好的结果，对过往能够无怨无悔的人，就对自己的能力充满信心，对未来也必将抱着殷切的希望。希望就是人生的翅膀，人不用翅膀去飞翔，却只在泥土上匍匐而行，怎么可能指望日后不后悔呢？

后悔与希望是生命中的两极，可谓此消彼长。生命中要是悔恨多些，希望就显得渺茫；要是铸成大错，追悔莫及时，希望也就荡然无存，生命于是日渐枯萎；要是生命中略有些遗憾，则可重新收拾心情，找回希望，继续前行；如果生命中不幸失足，然后又赶紧爬起来，瞅准机会将那个让自己摔倒的坑填平，将心灵修复如初，后悔便消失得无影无踪，眼前仍然一片光明，前景无限美好。

无悔的人生极其珍贵，无悔的人生完美无缺。

第四十三章　守信

自然界有个惯性定律：在没有外力的作用下，物体会保持本来的运动状态。如果不是这样的话，那世界岂不乱套？使人放心的是，自然界绝不会失信。这从一个侧面表明，诚实守信在社会生活中，同样是一种再正常不过的自然现象，比如一桩买卖，约定的钱款不到账，商定的货物不入库，双方之间的互信一旦荡然无存，还怎么可能合作下去？

守信就是保持住诚实和信用，遵守约定与承诺。守信可以获得别人的信任，不守信就失信于所有人。无瑕的名誉，是人生真正的无形资产；诚实的品行是公认的普通人最神圣的美德；能够始终如一坚守信仰，度尽劫难纹丝不动的人是难能可贵的；守信是人生重要的法宝，一个人凭借这个利器，方能披荆斩棘平安度日。

守信对于人生的意义十分重要。打个比方，人的信誉如同泥土，人的生命如同芳草，没有泥土则寸草不生，失信的生命也同样无法生存；泥土要是随处可见，环境则绿草如茵，诚信要是随时展现，人的生命就能朝气蓬勃，人生这才算成就完满。

诚信是人们生活中不可或缺的重要品德。一个人在生活中养成了守信的习惯，并且不管顺逆成败都能持之以恒，如此，便能收获命运的丰厚馈赠。信誉好的人，会被一致公认为是个靠得住的人，会得到别人的充分信任，周围的人都会乐于同他交往，而他的行事作为也会得到大家的支持和推崇。这就是为什么守信的人日子过得更为顺畅、做事情更容易成功的主要原因。

诚信也是一个人的财富，需要细心积累。没有诚信的人很难在社会上立足生存，诚信不足的人，失败将如影随形，诚信好的人更接近于无忧无虑的生活状态。在西藏阿里地区有个传统的习惯，不管在野外的什么地方，一件东西放在那儿，上面要是压了块石头，这就表示这东西是别人暂时存放在这儿的，经过的人谁也不会去碰它。当地是地广人稀的牧区，牧民生活的流动性很强，居无定所，经常在各个草场和临时居民点之间迁徙转移，在赶路时身上东西带多了会不方便，带少了也不行，有时便将一些暂时不用的东西放在路边，等过两天回来时再取用。可见如此淳朴的民风，养成如此诚实守信的民俗。这就是诚信的好处。

失信的人自以为手段高明，可以蒙混过关，浑水摸鱼，自鸣得意，然而被搅浑的水终究会变为澄清，不当得利的行为必将遭到唾弃。失信最终能得到什么呢？首先，信任与失信绝不沾边；其次，失败与追责肯定免不了；最后，只怕再也不会有人来搭理。失信的人，信誉破产，到头来不仅没人信他，甚至连他自己都不敢去相信任何一个人，到那时只剩下两手空空，除了骂名其他一无所有。

诚信作为做人的品质，在需要的时候，往往就像运载火箭的质量一样，不是满分就是零分。火箭升空就是成功，坠毁即为失败；做人守信就得到任命，为人失信则将被舍弃。守信很难做到，更难持之以恒；失信却一不小心就沾上了，而且一旦沾上就洗刷不净，也许再也无法挽回。有目共睹的是，一个人只要违背了一次诺言，以后什么样的承诺都变得毫无价值，到后来连自己都没脸再去发什么誓了。做人守信就意味着成功，为人失信本身就预示着自己的人生已经失败。

守信是一个人德行的最好品牌，旁人可以从是否诚实守信来判定这个人基本的道德水准。不讲诚信的人难以忍住冲动，总要依靠耍弄点小聪明来卖弄一下自己的过人之处；也很难控制住自己手脚，总要弄点投机取巧的小手段来获取一些额外的利益。然而守信必须清清白白，一尘不染，不管在行动上还是在心灵中，都应该同样纯净无瑕，不应该试图去表现出自己并不具备的品质。千万不要认为老实本分的人总是吃亏，图谋钻营的人获利巨丰，其实守信的人生是上升的台阶，人是累了一点，同时慢慢地会感觉到越走越快乐；失信的人生是下降的滑梯，的确很轻松，但是很快就会变得越来越危险。

守信贵在自律。爱惜信誉的人，不管贫富顺逆，都会守住自己信仰的底线，在漫长的岁月中，从不忽视自己的一举一动，时刻注意用行动来向别人解释自己的信誉度到底有多高。生命的意义在于有个信仰。只要秉持信仰，不懈努力，不放弃、不胡作非为，就一定会实现人生的目标。生命的精彩不在于庆功时绽放的礼花，而在于坚守信仰一路默默前行而来的足印。

做事情能始终如一的人，就是对合作同伴的一种守信；做事情失败的原因大多是半途而废，尤其多的是在最后关头的放弃。做人能够做到极致，做事能够做到尽头，这样的全始全终靠的就是自律。

有个学风严谨的大学，学生的自律已成习惯，学校的各类考试也就不设监考。曾经有个学生在期末考试那天向老师请假，准备飞回数千公里外的老家奔丧，老师当即准假，将考试卷子封好交给他，让他在原定的时间内答题再寄回来，那学生到时间打开考卷，在飞机上把题做完，盖上骑缝的姓名章，交给空乘代为快递回校。

与任何事物都具有两面性一样，守信也有着一定的局限性。对于一件事情的承诺没说出口的时候，想怎么说、怎么做，都可以随心所欲地来；可是承诺一旦说出了口，言行就失去了自由，就得按照承诺的要求去实施，再也不能去突破所划定的红线。

现实中，事情的进展往往难以准确预料，当自己的能力出现难以控制事情走向的那一刻，尴尬的一幕就出现了：要是信守诺言的话，不仅成本要超预期，而且成功已经不可能；但是失信的话，以后将怎么做人？真是左右为难，里外不是人。

正直而睿智的人不会轻易做出承诺，对于没有把握胜任的事更是绝不可能做出承诺；因为他们深知，对于前景莫测的事情去做出承诺，无异于将自己日后的岁月变成一出彻头彻尾的滑稽剧，而令人沮丧的是这出戏的编导并不是自己，自己只是那个负责引人发笑的小丑而已。轻率地做出承诺，无异于亲手毁了自己的生活。

一个人守护自己的信誉应该视作守护自己的生命。让所有人都相信的人，就拥有了精彩纷呈的人生；失信的人生则一事无成。

第四十四章　有余

　　诚实守信的人都是生活中遇事提前做好充分准备的人，只有首先养成了这个良好的习惯，才具备了信守承诺的可能性。一个人有了足够的信誉，才能在可预见的未来收益丰硕。

　　任何人都希望成功，而要想成功，事先就必须做好充分准备。即便世事难料，但自然的变化、事情的发展都是有迹可循的，都可以提前做出预判，设定对策，一旦意外发生，就可以直接启动预案，涉险过关。有经验的人做事之前总是做好各项准备工作，就像画家，落笔之前已经胸有成竹。

　　有余就是将做事情的资源准备得更加充足，比如做件衣服，准备的布料有余，裁剪时就宽裕，裁缝的手艺才能得以尽力展现；再比如做条板凳，准备的凳面木料不够长，又无法拼接，木匠能耐再强，也难为无米之炊。做事情准备充足，做起来就驾轻就熟，事半功倍。

　　有余也是一种做事情留有充分余地的心理期望值。期望高于自己的能力，做的过程一定是左支右绌，力不从心，目标无法到达，其结果肯定是以悲剧收场，被大家认为是眼高手低之流；能力强而期望低，能力就有富余，做起来得心应手，到达目标也轻松，其结果必定是尽如人意，大家也就认为这是个人才。

　　有余更是一种为人处世的广阔胸襟。人的心胸扩展开来，心田就多了容纳空间，就足以能够笑纳许多的小意外、小误会，心无旁骛，兴趣高雅，从容学习、埋头工作；人的心灵有了余地，情绪就有了缓冲地带，便不再会去纠缠于那些小损失、小诽谤，境界高远，自由自在，坦荡生活，磊落做人。

　　有余在人生中的作用无穷无尽。宽容有余的人，当别人说着不切实际的梦想时，不会去加以讥讽嘲笑；奉献有余的人，当黑夜降临的时刻，门廊外的灯盏总会亮着；厚道有余的人，在伸手相助的同时，总是超规格多送些许；自信有余的人，遭不怀好意的诘问时，笑问为何想知道这些；礼让有余的人，被贬损压抑的霉运中，仍风度翩翩谈笑风生；正直有余的人，哪怕对方是个无赖小混混，有了好主意照样欣赏；自强有余的人，即使已登上群山之巅，眼光还会朝向苍穹星河。

人生想要有余，首先要将该学的知识学到手，该掌握的技能练到娴熟，将该准备的东西准备齐全，当一个人的能力全方位提升到德才兼备的高度时，人的生存能力差不多就是有余了，这样的人生就是气定神闲的人生。

德行需要趁早积累并且多多益善，而美德本是人生自然的优势；才华需要天赋更需要勤勉与宁静，而忙里偷闲原是神仙的专享；做事情应当先从细小容易的开始，积累能力去干大事才没问题；做学问没必要每门都懂每样都通，能精通本行尊重百业便够用；事情没发生时应先想好怎样应对，变故来了才能像没事般轻松；怀揣希望尽力而为又准备着失败，前有空间后有余地方可腾挪；爱惜自己身体起居规律合理锻炼，增长潜力提高效率心情愉快；百战百胜和越挫越勇还不尽完美，能一骑绝尘则使人心悦诚服。一个人才气富足，且富有同情心，怀有羞耻心，具有谦让心，其人生所需的资源已储备充裕。

北宋的枢密使寇准和宰相王旦同朝共事，寇准爱好在真宗面前说王旦短处，而王旦只讲寇准好的地方。王旦送文件经过枢密院时，如果有错误的地方寇准装作看不见，直接交给真宗，王旦因此屡受责备。而寇准送的文件有差错，王旦却退回让他纠错。1015年寇准被免职外调出京，去求王旦让他出任节度使，王旦表示不受请托。结果寇准被任命为节度使，去感谢真宗，被告知是因王旦所推荐。王旦能力有余、谦让有余、低调有余，这样的人生灾祸不会牵手，幸福不会撒手。

生活中要做到有余很不容易，对于永不满足的人来说有余简直难如登天，而在谦虚知足的人看来有余是信手拈来的东西。低调的人做人做事总是留有余地，不把话讲尽，不把事情做绝，便可以留下纠错的余地，低调的人轻松自在，进退自如。谦让的人总能与人保留安全距离，相逢时主动礼让，就可以防止相撞，避免伤害；遇盛怒谦卑妥协，便可以浇灭烈焰，平息事态，谦让的人岁岁平安，日日无悔。

有余的好处是永远有希望，如果没有达到顶点，表明还有上升的空间，那就有希望；要是火车坐过了站，便只会距离目的地越来越远，却无法补救。人类比万物高贵是因为有知识有美德，一个人要是自认为无知和低劣，那么这个人倒是有希望的，因为他看到了差距，有了紧迫感，只要假以时日，便可提升知识接近美德。

凡是事物，都有繁茂的时期与枯萎的时候，要是在繁茂期内做足了预案，当枯萎来临之前就会及时收集好种子，一旦时机到来，就可望迎来下一轮的繁茂，因此心中有希望的人在生活中看到的全是花繁叶茂。时运难料，别人现在来求自己，也许自己转眼就会去求别人，每个人拒绝别人的要求，都是因为受限于自己的能力，心思缜密的人，在说出拒绝的缘由时，总会加上一句：以后有机会一定帮你实现愿望。如此，给别人留下了希望，也为自己日后留下向别人求助的余地。

在各方面都有余的人，才是一个真正自由自在的人。人只要前面有余，就有发展空间，就有希望、有信心往前奔，也知道幸福会等在不远的未来；人要是后面有余，就会宽容过去，无怨无悔，不会回头张望，更明白自己有后退周旋的余地；人若是左边有余，就能快步疾行，超越前人，不用侧身挤过，因为左边原本就是快速通道；人如果右边有余，就可闲庭信步，后人来赶，可以从容让行，道路的右边正适合保守者缓步；人倘若上方有余，就会享受阳光，得到关爱，内心感恩戴德，如此的岁月悠闲舒缓心宽体健；人假若下方有余，就会同情底层，洒下泪水，奉献贴心微笑，即便倒运落魄还是照样送阳光。前后左右上下都有余的人，才能活出人生的真正价值。

都说人生苦短，而有余的人生生命力特别旺盛，有足够的空间和时间来将苦难酿造成为蜜酒，因此有余的人生充满诗意地遨游于天地之间，没有痛楚唯有欢乐，没有遗憾唯有满足，没有时间的长短只有内心的充实。心灵有余会足够宽阔，理智方绕开痛楚寻找到欢乐；头脑有余就没有樊笼，思绪就能无忧无虑尽情地飞翔；记忆有余便不会忘却，在黑暗来临前记住所有的美艳。

有余的人生健康一生，有余的人生平安一生。

第四十五章　快乐

在生活中要想保有健康的身体，除了平和的心态和奉献的真心，还必须有乐观的心情。乐观与健康相辅相成缺一不可，有快乐的心情才会有健康，能够拥有健康的身体才会拥有快乐的心情。快乐是达到健康目标的第三条重要途径。

生命中的成就总是有限的，而生命的意义在于成就也在于过程的精彩，人生要是仅注重于自己的成就，那么感受到的将是焦虑和痛苦，这就是所谓的人生苦短；要是人生有信仰，同时又珍惜生命，着眼于过程中的细节，学会在适当的时候适度放松自己的身心，就会体验到生活中的快乐，活出生命的精彩。

着眼于生命中的细节，凡事应该聚焦于趣味，从所做的每一件事情中全力以赴地去寻找到快乐，这就是人生获得幸福的窍门；要是用灰色的目光盯着生命中的细节去看，那就高不成低不就，在扭曲的眼神下所见到的东西都是糟糕透顶的，这样心态失衡的人生与快乐绝缘，与健康无缘，实属生命的大不幸。

快乐是一种由内而外所感受到的非常舒服的感觉，这种感觉是人精神上愉悦的生存状态，也是人在心灵上满足的生活态度。一个人真正的快乐，源自对生活的乐观开朗，来自对自己工作成果的称心和满意，来自对自己生活品质的知足和认可，来自对他人对社会的奉献。快乐的表达方式通常就是发自内心的欢笑。

生命中最快乐的状态可能是：一个勤勉的艺术家正在入神地欣赏着自己刚刚完成的美妙作品；一个孩子正在沙滩上筑沙堡玩得不亦乐乎；一个母亲正在给自己的小婴儿宝宝洗澡……

快乐就像是人生的指南针，在其引导之下，人们可以从绝境中看到活路，能够奋力挣脱恐惧，追随着信仰大步而去。快乐是信心，可使人精神焕发、充满朝气，让生命得以延展；快乐是希望，能使人幸福当下、憧憬未来，让生命不断延续。要是生命中没有持续快乐的歌唱，那么，如此苍白无趣的生命还有什么意思；要是生活中不能做个乐观主义者，那么做任何事也就不见得会有什么积极意义。

　　快乐是心灵对生命的庆祝。快乐可以使人放下功利之心，尽享人生的乐趣；快乐能够让人珍惜眼前时光，天真烂漫地活着。快乐不需要理由，也不必等待时机，更不用刻意去躲藏，失去快乐的人，会变得不近人情，逐渐成为麻木不仁的人。快乐不接受命令，只能欣赏与鼓励，更倾心于无拘无束，懂得快乐的人，随遇而安不会变，心情愉快始终身心健康。

　　快乐来自满足，而现实中对于自己的生存状态与生活状态感到满足的人并不多，其中大部分还仅有暂时的满足。虽然对于自身现状不满足可以激发人的进取心，提升人的品质，然而不满足的结果往往造成这些人失去了快乐。德国哲学家尼采有句名言：自有人类以来，人就很少真正快乐过，这才是我们的原罪。

　　人们不快乐的原因正是因为欲望太高而能力又明显不足，同时总感到周围的人生活品质比自己高，一方面对自己丧失信心，另一方面又抱怨别人不来主动帮助自己，在自卑与妒忌这两种因素叠加钳制下，人的内心被所谓命运不公平的意识所笼罩，整天处在焦虑的蹂躏之下，而人的这种内心的痛苦与人在自然界的地位极其不相称，使本应该满足的心灵被逐渐掏空，从此不再与快乐结缘。

　　筹划使人受益，这种受益让人尝到甜头，然而，要不了多久就会受到新的诱惑，感觉不够甜了，于是就去追求新的目标，以满足更高的欲望，只要欲望没有尽头，快乐就追不到手，这就是生活在蜜糖中就不容易感觉到甜。真正的快乐发自内心，向身外去找快乐，那只能去寻别人的笑话，找到的快乐也是别人的，可是笑过之后，也没剩下什么快乐。真正的快乐是知足，内心满足的人看到自己拥有那么多就会感到幸福，享受这些就快乐，知足才能越来越快乐。

快乐是一种积极的生活态度。快乐需要主动去寻找，在追寻自己心爱之物的过程中内心无疑是快乐的，获得了自己心仪的东西在充分享用的过程中内心肯定也是更加快乐的。而消极的生活态度则是永远背对着快乐。有些人在想要东西而不得的时候，愁得不行；一旦得到了又怕被人夺去，满心担忧，这样的人，寻求时没有兴趣，拥有后没有乐趣，内心空虚，只有忧愁没有快乐。

　　积极主动的人生应该要有所追求，去做自己喜欢做的事，同时最好有益于别人，最起码不要损害别人，这样的人生才能收获快乐。因为损害别人自己内心不会舒坦，做损人利己的事情即使达到目的也不会有快乐。有所作为，有所喜爱，有所希望才是快乐的生活；努力追求信仰，成功实现理想，享受拥有的幸福，才是最快乐的人生。

　　善良是一种纯粹的美，善良的心灵才是快乐的根本。善良本来就是一种礼让，也是一种平衡，更是一种简单。善良的人从不与别人计较得失，为此内心才能平和如初，独处时无忧无虑，相处中总是一团和气，因此善良人快乐始终不离左右。

　　生命的实质是烦恼，人生的苦恼远比快乐要多得多，正因如此，人一生下来就有哭的本事。生活中人们总是先体验过痛苦，理解了悲哀，才能磨炼意志、增强抵抗打击的能力，最终战胜痛苦，理解到成功的含义，这时才得到快乐。在痛苦中，学会接受现实是人生乐趣的开始。

　　有一个古老而有趣的故事，说人的一辈子结束时，来到神的面前，会被问到两个问题：这辈子快乐吗？有没有让别人快乐？如果这两个问题的答案都是肯定的，那么这个人就可以入住天堂。这故事很有意思，人的一辈子要是自己不快乐，也不让别人快乐，这是可耻的人生；要是自己快乐，却让别人不快乐，那是卑鄙的人生；如果人的一生在自己痛苦的同时还能让别人快乐，那这个人必定是个如同神一样的伟人；而人的一生既能自己活得快乐，又能使周围的人同样也活得快乐，那么这就是一个健康、完美的人。

第四十六章　劳作

劳作是人获得快乐的首要途径。人生从劳动创造中获得的快乐最多，而且还历久弥新。一个人想要快乐地生活，最好的方法就是工作，只有工作才能使生活有快乐起来的希望；没有经过自己劳动而获得的快乐，都不能算真正的快乐，那只能是快乐的替代品，仅仅如昙花一现般的快乐影子。

一个年富力强的人，如果没有工作，要不了多久就会变成一件失去快乐的废品；一个人如果很长时间没有创造出些什么东西，只是依靠别人的喂养来苟延残喘的话，那么等待着他的命运一定是被人扫到路边的垃圾堆里去；整天在忙碌的劳动者，是无暇去搞恶作剧的，习惯于每天工作的人，所有闲暇的时间都会填满快乐。

劳作包括体力活动和脑力活动。劳作可以使人体力增强，动作协调，技艺纯熟精练；劳作可以让人智力开发，思维敏捷，心地温柔善良。劳作是一个人立身处世的根本。劳作是个人财富的主要来源，是一个人赖以谋生的首要保障；劳作具有用心灵去感受认知万事万物的能力，是一个人赢得尊严的唯一手段。

早在五千年前，我们的祖先就用自己的双手创造出了灿烂无比的中华文明，他们中的代表就是中华民族的人文始祖三皇五帝。三皇中的伏羲教会民众结网渔猎、蓄养放牧，女娲治理洪水，炎帝神农发明农耕和医药，五帝之首的轩辕黄帝发明舟车、弓箭、养蚕，所有这一切都是劳动的结晶，目的都是维持黎民百姓的生机，推进社会的稳定和发展。劳作是人类生存的基础、文明的条件、社会发展的动力。

劳作的意义非同寻常。劳作的本质意义就是使人收获劳作的成果。人生绝无可能不劳而获，人生要是不愿劳作，到老也只能两手空空。人来到这个世界时都一无所有，而离开这个世界时也都一无所取，一个人一生中所创造出来的东西都留在世间让他人取用，这些财富就是这个人的人生意义，而这一切都归结于这个人一生辛勤劳作的结果。

劳作的积极意义是使人成熟。一个人在体能、智能和做人等方面的成长都离不开劳作的磨炼。即便是天赋极高的人，也必须在劳作中通过学习与实践，才能让自己的天赋展现出其真实的价值。所谓聪明本意是指耳聪目明，是指一个人接受能力强，领悟速度快。世间本来就不存在不学而会的超级天才，也没听说过不做而自行成功的事情，一个人想要成才或想要成功，唯有一条路可行得通，那就是赶紧将劳作养成终身习惯。

劳作还有个有趣的辅助意义，可以当作一剂保健的良药。体面而愉快的劳作可以使人忘却忧愁，并且还能治愈心灵在以往所遭受的种种创伤，同时给人带来美好的希望和憧憬。辛勤劳作后的人，不管有多累，只要能吃饱，便能睡得踏实而又香甜。

生命的价值是由本人的劳作创造出来的。对于一个人来说，劳作是最崇高的事业。生活中的目的、幸福和欢乐的实现都必须依靠劳作，汗流浃背的劳作，夜以继日的劳作，除此之外别无他法，劳作才是人生的价值之所在。劳作能够改变一切，创造一切。如果没有人的劳作，那么世上的任何一块砖瓦都只是一小堆毫无价值的泥土，茶叶只是树叶，蔬果只是野草野果而已。

现实中仅有具备了维持人类社会生存发展作用的劳作，才能够创造出价值。这样的劳作可以改变一个人的人生，能够让弱小者变得强大，让无知者变成天才，使贫贱小户变为殷实之家。依靠双手谋生的劳动者，要比依靠别人来养活的玄学大师，明显崇高、伟大得多；相反，有些人靠着偶然的成功，便躺在功劳簿上，复制昨天的劳作，只能成为毫无价值的守株待兔般的笑话；那些胡搅蛮缠的做法，那些指鹿为马的恶行，对社会大众的利益不仅没有增加，反而还要造成损害，顽固坚持这样去做的人，最终将遭人厌弃。

如果劳作不能体现出人生应有的价值和尊严，那是十分不幸和悲哀的，这种劳作既没有什么意义，也损害了自己的健康。要是能够从劳作之中获得乐趣，生活便是天堂；劳作如果是不情愿的差使，则生活无异于煎熬。劳作应该是一种为了满足生存需求而自由做出的选择，是为了追求幸福生活而愉快地去从事的繁重艰苦工作。

劳作要有目的，这个目的应该符合自己的生活目标和人生理想。人生定要有梦想，梦想之于人生犹如一颗种子，没有梦想的人生，如何发芽？人生不管是身处顺境、逆境还是困境之中，都必须有梦想，还需要去追求，去行动，不然的话，时过境迁，等醒悟过来，这才发现梦想已经变成春梦一场。

公元1067年，北宋的神宗继位后立即支持王安石开始变法，以司马光为代表的保守派虽极力反对，却无法阻挡变法的进展，在政治上不得志的境遇之下，司马光萌生为时人提供一些古人治理国家的实例作参考的梦想，便开始组织人员编写一部关于历史上在治理国家策略方面的书籍，经过十多年的艰辛劳作，到1084年，由司马光主编的《资治通鉴》终于编成，全书二百九十四卷，从战国到五代后周，是一部跨度长达一千三百多年的编年体历史巨著，这部巨著为后人借鉴历史提供了极大的帮助。

劳作造就了自己，一个人的今天完全就是自己昨天劳作的结果。理想的实现一是靠尝试，第二是机遇，还有一个是信心。开始劳作即是尝试，至于机遇，自从梦想开始的时候起，机遇就已经等在那里了，而尝试就会拥抱到机遇；信心则是随着劳作的收获而不断增加的，劳作是先难后易，能够做下去，就定会有回报，至少本人的能力在提高，形象在丰满，信誉在增值。

就健康而言，人不能离开劳作，劳作充实了生活中空虚的时间，让人挣脱孤独的纠缠；劳作治愈百病，让人祛除懒惰的恶习；劳作使人安居乐业，脱离贫困家道殷实；劳作使人心情开朗，生活和谐，心满意足。劳作一天，酣睡一夜；劳作一生，快活一世。

劳作是造物主单传给人类的珍贵基因，人凭着辛勤劳作，终究可以过上幸福的生活。

第四十七章　勤勉

劳作创造了人类，劳作创造了世界，劳作构成人类生活的主旋律，劳作是人类幸福快乐的根源。

当一个人感到时间有点枯燥无聊，日子过得索然无味时，就应该及时检视一下自身，是不是最近一次的劳作已经过去了许久。生活中的无趣感往往来自懈怠，懈怠正是因无所事事而引发的，因此一个人想要过上正常人的生活就不能轻易停止劳作。

勤勉就是不懈努力的劳作，勤勉也是发奋努力、勤奋不息的同义词。成功的人生就是勤奋不息地劳作一生，失败的生命只是慵懒散漫地徘徊度日；人生的幸福不是画在墙上的那个饼，幸福只存在于对梦想执着不懈的追求之中，仅靠彷徨徘徊是摘不下墙上的那个饼的，只会因为懒散而耽误了自己的人生。

对于一个勤勉劳作的人来说，什么样的困难都能跨越，任何艰巨的事情皆可完成；勤勉之下没有什么山是挖不平的，也没有什么海是填不平的。

人生的意义尽在勤勉之中，勤勉谱写了人生的乐章，描绘了人生的色彩，失去勤勉的人生只剩下无奈的叹息和灰色的阴霾。世上任何东西的价值都出自人的勤勉劳作，勤勉可以消除个人的贫困，提供生存的必需品，创造出舒适的生活环境。勤勉的人知道劳作的艰辛，因此做事情总显得特别认真、谨慎，从不敢轻率马虎，以免因小失大。

勤勉是为人的基本品格，勤勉可以戒除掉懒惰的恶习，约束住放荡胡闹的行为，勤勉的品格可以让人总是以从容、坦诚的形象出现在众人的视野中，就如同天鹅那双在水下忙碌划动的脚可以让天鹅能够优雅地在湖面上舞动，那是一样的道理。

人生能不能平安健康，很大程度上取决于一个人的品格中有没有勤勉的成分。品格勤勉的人，时间总是比别人充裕，因为他们不会轻易让时间白白溜走，因此也就不会听到他们抱怨时间不够。他们的日程总是安排得严谨而又规范，工作起居总是打理得井井有条，生活也总显得那么合理而又健康。

人生会不会有所成就，靠的也是勤勉的品格。天下没有免费的午餐，也同样不会有不劳而获的奇迹出现，世上所有的成就都是靠勤勉的双手创造出来的。一个人兴趣广泛，学习永不满足，就会成为学识渊博的人；一个人精力充沛，工作不知疲倦，必能成就丰功伟业。勤勉是一切成就的根本，是生命的真实价值，是命运的主宰者。

生命的瑰丽斑斓凭借的就是勤勉品格的发光发热。不管丰年还是灾年，勤勉之家总是能够兴旺富足；不管聪慧还是无知，勤勉之人总是可以丰衣足食；不管远近还是难易，目标一旦确立，只要勤勉不息迟早总能到达。明代著名的医药学家李时珍，经过多年数次外出中原各地考察，收集药物标本和处方，拜各色人等为师，参考历代医药书籍近千种，历时近三十年，于1578年编写完成《本草纲目》。这部医药学巨著记载了药物近二千种，每种药物都详细说明性味、产地、形态、采集、炮制等特性，书中还收载方剂逾万则，如此汗牛充栋的信息量让人惊叹写作的辛苦程度，李时珍之所以被后世尊为"药圣"，原因正是来自他身上的勤勉品格。

勤勉是人生的一种紧迫感，勤勉的人知道，属于每个人的时间都是有限的，并且还是不确定的，有梦想就要抓紧时间，风雨兼程地去实现；需要做的人生大事也应赶紧制定规划，满怀热情地去实施。生活中，所有漫不经心的做派，都是对生命的不尊重；所有蹉跎岁月的言行，都是对时间的浪费，所有这些都是对自己的不负责任。

勤勉还是人生的一种使命感，一种做人应尽的义务，是对自己家人、对下属应负的责任。在现实生活中，不想长大的人，是不愿承担义务的人；懒惰懈怠的人，是不负责任的人；不想成熟的人，是漠视自己使命的人。成熟的人都知道，应该自己做的事，是不可推卸的分内之事，现在不去做，过了今天可能就会追悔莫及；自己应该做的事情，是情理之中的事，做得早，便受益多多皆大欢喜，做得迟，也许意兴阑珊怨声四起。因此，有责任心的人，肯定就是个勤勉的人。

勤勉的人是学习、工作极为认真的人，同时也是能力强、成就大的人。所谓天才就是指一个人所具有的发奋努力、勤奋不息的本领。生活中卓越的人，不一定是最聪明的人，却一定是那个最勤勉的人。

勤勉的人，犹如涓涓细流不停地流淌，哪怕再小，也总会汇进河流、大海。如果天资聪颖的人做事情都百无一成，而天资平平的人做事情总是成效显著，那么就一定是勤勉上的差距了。

生活中做任何事情，无论事先准备得如何充分，不动手去做，事情就不会有任何进展。在追求理想的路上会有许多沟壑或激流，看似难以逾越，而勤勉的人总能想法去找寻到舟桥；即便找不到，他们也会自己动手打造出舟桥；即使需要花费很长时间、很大精力，他们也仍然会不惜代价去完成。勤勉的人事事主动，从不将就，因此现实中机会多多，好运连连；勤勉的人时刻进取，永不放弃，做任何事情多能达标，总有成效。

勤勉劳作是推动人类社会生存发展的动力，没有勤勉劳作所有的文明将无以为继。无论富贵贫贱，一个人只要能够一生勤勉，便能终身健康快乐。

第四十八章　知足

　　生命中的健康离不开快乐，想要快乐，除了勤勉劳作之外，人还需要具备一项本领，这本领就是能够随时对自己的现状做出清醒而又理智的判断。

　　现实生活中，得到一些快乐并不难，但是要将快乐保持下去却很难，而要用快乐去抗衡接踵而来的痛苦更是难上加难。人不快乐，或者不能持续快乐，其原因出自心理的不平衡。这种不平衡首先是指那种患得患失的品性，见别人有的东西自己没有就嫉恨得要命，一旦自己得到了却不享用，锁在保险箱里，怕被人夺去；其次是指那种贪得无厌的品行，自己的生活需求早已满足，积攒下的钱财子孙几辈子也用不完，却还在不停地索取，哪怕旁人饥寒交迫，也是铁公鸡再世，一毛不拔。

　　如此人品，带来的只剩下煎熬般的痛苦，简单地用快乐去抵御痛苦是无法抗衡的，而医治这种病症的良药就是"知足"这两个字。对于自己的现状能够知足，人生便只有欢乐而没有痛苦。没有知足的快乐，即便十次，也抗衡不住一次痛苦，只有知足才能让痛苦销声匿迹。

　　知足就是对自己前期所做的努力感到自豪，对已经拥有的一切怀着感恩之情，对自己如今所处的现状感到满意，对自己今后的人生之路充满信心。知足是一种心满意足中的智慧，是享受成功与积极进取之间进退自如的潇洒；而不是达到目的后的自鸣得意、只求安于一隅不再思进取的昏庸愚昧。

　　所谓美好的生活，就是用自己的优势去战胜困难，追求自己的理想。知足的人一旦达到了既定的目标，便认为已经实现了自身的价值，因此而获得丰富的满足感。人获得了自知的满足感，便不会再产生非分之想。知足的本意就是：昨天已尽力，过得很快乐，感觉已满足，并未留遗憾，即使命运允许重来，也大可不必了。

一个人在日常的生活中能不能知足，对于其生活质量有着直接的关联，而生活质量高，活得就快乐。古希腊先哲亚里士多德有句名言："幸福在于自主自足之中。"一个人自立自强，能够自由自在地做自己生命的主宰，并且有幸学会了知足，这个人无疑是最幸福的。知足的人是真正享受到生活乐趣的人。知足的人对自己拥有的感到满意，就不会去羡慕别人的生活、觊觎他人的东西，踏踏实实地扮演好自己的人生角色；享受属于自己的灿烂阳光，就不会错过生命的花期，也就不会去后悔在纠结浑噩中从指缝中溜走的光阴。

　　知足的人懂得敬畏，知道与生命相比名利只能算是尘土，占有过多财富不仅是资源的浪费，更是生活动荡的主要原因，因此知足的人生活中不太把自己当回事，只要能过上平均水平的生活便已经满足，知足的生命中没有利益的计较，也没有名望的争夺，知足的人实际上是最富有的人，也是最幸福的人、最安全的人。

　　知足是一种人生的智慧。人有了智慧，其天地便宽，便能放飞自我，让心灵去自由翱翔，自由翱翔的心灵可以获得莫大的满足；同时，人有了智慧，就会心存敬畏，安安心心地走自己的路，不愿去企望得到别人的东西，更不会去偷窥属于他人的风景，敬畏之心归于健康安宁。

　　现代的人似乎变得越来越不快乐，其中一个重要的原因就是人变得越来越强大了，仿佛已经到了无所不能的地步，但是当一个人费尽心机，却又得不到梦寐以求的东西时，也会黯然神伤，也会大失所望，恰似大难临头一般。飞扬跋扈会生出事端，虚荣美誉可招引诽谤；真正的作者仅一桌、一椅、一纸、一笔就已经心满意足了。

　　有一种人，对自己拥有的东西哪怕再多也总是不愿意满足，即便已经多达九十九，仍然还在拼命攫取，为的只是能够再上一个台阶，凑足整数一百。这种人的生存围绕着捞取而奔忙旋转，乐此不疲，对其他值得高兴的事情一概不感兴趣。对于这种永不知足的人，人们冠以"九九一族"的雅号，用以劝告他们，人生为着一个数字而竭力奔波实属愚昧，对于生活的品质并无实质上的意义，而对于自身的健康快乐却有害无益。

　　知足的核心在于感恩。当一个人养成了感恩这种好习惯，凡遇事总是看向好的那一面，这个人便已经学会了知足。生活中的事，大多是鱼与熊掌不可兼得，总是有利又有弊，如同葡萄，大小酸甜各不相同，有的大而酸，有的小而甜，既然已经得到了一颗，就应该庆幸这葡萄大或甜的那一面，而不必去抱怨其小抑或酸的那一面。

凡感恩的人肯定知足。面对复杂的东西，发现其中美好的部位，就能触发心灵中善良部位的共鸣；想起过往的岁月，记着点滴的开心时刻，这样的人生幸福与欢乐无与伦比；虽未能富甲一方，却拥有无数清晨傍晚，世上的朝霞夕阳彩虹都一样不缺；赏馆藏奇珍异宝，惦记自家的仨瓜俩枣，心情好肚子饱幸福健康原本简单。知足的人也就一定平平安安、健健康康。

人能够约束住自己便能知足，知足的人也定有所敬畏；人如果放纵欲望将变得贪婪，贪婪成性的人为所欲为。知足的人勤俭度日，日子会越过越富裕；贪婪的人挥霍无度，将一年比一年贫困。贪婪不仅自毁前程，还是许多冲突的起因，贪婪定会打破人与人之间利益上的平衡，殃及无辜，累及旁人身处不幸之中。

知足的人感恩自己所拥有的一切，并且对这一切都心满意足，因此知足的人眼中所看到的一切都是美的，也正因如此，知足的人不可能嫉恨别人，也不可能招来嫉恨，可见知足的人一生平安。

有个发人深省的故事，说有个小区，新搬来一位退休工人。邻居们见他一天到晚总是一副开心的模样，大家相见，闲聊一些家长里短的事情，也从未见他抱怨过什么，开口闭口老是"蛮好"两字挂在嘴上。时间一长众人感到奇怪，问他怎么就能够没有烦恼。老人家便告诉众邻居，自己年轻时是码头上的搬运工，这工作特别费鞋，因此常为了脚上的鞋不耐穿又不够时尚而烦恼不堪。后来有个工友不幸在事故中失去了右脚，再后来有事去这位工友家，见到角落里摞着几只没有穿过的右脚鞋，瞬间泪眼迷离。从此以后，不管遇到什么不称心的事，只要想想曾经有人远比自己还要倒霉，就知足了，心情也随之云开日出，春暖花开。

知足便是人生境界的制高点，站在知足的高处，前面的人生之旅一览无余。处于崎岖陡峭的失意磨难中，见有人比自己走得更难便释然了，就重新抖擞精神；来到称心满意的一马平川时，看到别人不如自己同情便萌芽了，急忙送去些鼓励；当目测到距离目标路程尚远，就明白此刻还没有资格躺平满足，需加紧往前赶路；遥望朦胧处花团锦簇人拥挤，才知道那有美景还未见识其奥妙，惦记着绕弯赏个遍。从知足的制高点看人生，过日子要懂得知足，做人做事要知不足，探求学问要不知足。

有所学校，门口有两尊雕塑，左边是一头鹰，右边是一匹马。这两尊雕塑各含着一个寓言故事：那头鹰练就了高超的飞行本领，急着想飞遍全世界，却忘了去学会觅食的本领，结果才飞了几天就饿死了；那匹马埋怨在磨坊主家里干活太累就跳槽到农夫家，却又嫌农夫喂的饲料太少，再次跳槽到了皮匠家，这下很称心，不用干活饲料又多，结果惬意了没几天，就被皮匠做成了皮革制品。这个故事告诉人们：想要实现自己的梦想，先要学会自给；想要拥有幸福的生活，必须懂得知足。

知足的人能够秉持节俭、降低欲望。

第四十九章　欲望

　　知足的人不是没有什么需要的人，而是懂得怎样能够把控住一个合适的度，来实现自己的梦想，如此，既能享受到生命的欢愉，又能推开诱惑避免贪婪。

　　不知足的人，在什么都没有的时候，只想要有那么一点；当有了一些之后，还想要得更多些；当多到盆满钵溢时，却回过头来想要有那种无牵无挂的洒脱，然而，这样的华丽转身却是难如登天一般不可得。当一个穷人在逐渐变得富足的过程中，不去及时矫正往日养成的贪婪习性，便不用指望能够跻身那快乐之境。

　　需知，即便是冰雪聪明而又足智多谋的人，也很难抵挡住名利的诱惑。在日常生活中，一个人要是还能够守住道德的底线，往往只是因为受到外界的诱惑还不够大；也恰恰正是因为花花世界的种种诱惑，才会让一个人最终失去理智，耗尽所有精力去满足自己的欲望。人一旦落到这步田地，已经不再属意于得不得到什么东西，而只在乎自己的欲望，这就是所谓的贪婪成性。

　　欲望是一个人本能的需求，欲望本身并没有什么是非善恶的区别，对于欲望只要能够把握控制住即可。人基本的欲望就是维持生存，其次是获得他人的尊重，最大的欲望是实现自我价值。人要维持生存先要能够自立自强，人要获得别人尊重就必须遵守道德规范，人要实现自我的价值就需要奉献爱心。简单地说，一个人只要能够自立自强、遵守规则、奉献爱心，就一定能实现人生几乎所有的需求，从而满足自身的全部合理欲望。

　　一个人的合理欲望，就是这个人的理想，追求并实现理想，就会感到满足，人生便收获幸福。而不合理的欲望有两种，一种是与自己能力相距甚远的欲望，这种欲望得不到满足，人就感到痛苦；另一种是危害他人权益的欲望，这种欲望不管最终实现与否，都将受到旁人的鄙视和唾弃，由此让自己感到痛苦。不合理的欲望就是贪婪，贪婪永远不会得到满足，贪婪是人生痛苦的根源。

每个人生来都有欲望，如果欲望被随意击碎，生活也会随之被摧毁，生命便失去了全部的意义。一个人要是不能够理解欲望，其思想就永远无法从禁锢中挣脱出来，如果欲望被扭曲和压制，人就失去了创造美好东西的任何兴趣，生活从此就变得了无趣味，精神也就随即枯萎凋谢。

人不能没有欲望，同时也不能有过多的欲望，在已然高度发达的文明社会中，人的基本需求已经充分得到满足，此时的人们欲望越小，生活就越快乐；需求越过于旺盛，日子就越感觉痛苦；从今往后，衡量一个人是否真正富有，可以有这样一个标准，不应该去看其拥有钱财的多，而应该看其消耗东西的少。

人有欲望是件顺应自然而合情合理的事情。欲望既是一个人追求生活目标的起点，也是实现目标的终点，人有了欲望，才会有为满足欲望而设定的目标，有了欲望人才会日夜勤奋地努力工作，达到目标也就满足了欲望。

欲望就是人的需求。人对于生老病死多能看透，也容易接受，原因是无法改变，难以奢望；但对于名利却得陇望蜀，又难舍难弃，这是因为可以获取。能够被获取的东西会让人产生欲望，珍贵的东西容易遭人围追堵截，造成争抢者之间的相互伤害，正因如此，往往太美的东西最终会被众人指定为灾祸的根源。出于奉献的欲望使人心灵升华，只为索取的欲望让人形象猥琐；欲望滋生出所有的罪恶，欲望同时也培育出一切的善良。

金钱几乎可以满足人的任何欲望，现实中的世界真的很现实，一个人要是账户中没有钱，真的还就那么寸步难行。然而放眼望去，钱与快乐的关系着实有些微妙：账户中没有钱，心中也没有钱的人，并不痛苦，因为没有欲望；账户中没有钱，满心都是钱的人，非常痛苦，因为无法满足欲望；账户中有钱，心中也满是钱的人，活得太累，因为有太多的欲望需要去满足；账户中有钱，心中没有钱，从不计较钱的人，非常快乐，因为必要的欲望都能得到满足。

人若无底线地放纵自己的欲望，这就叫作贪心，贪心是一切罪恶的根源。贪心的人，总是想象别人的东西比自己的奇妙，不择手段夺来之后，感觉也不过如此，更不会尝试着去欣赏一下，欲望仍然还是原来那个欲望，永远也不会满足；贪心的人，总想着以小博大，最好是一本万利，如同拿着一粒纽扣，想让别人在这上面缝一件衣裳那样地愚昧。只要贪念出现，人就将海市蜃楼认作仙境，飞蛾扑火一般奋不顾身地去自投罗网。

贪心的人永远也不会明白，天下的东西是世人共同共有，绝不可能被一个人或一个集团所独占；天下的东西完全可以满足世人的全部生活需求，却根本不可能满足一个人或一个集团的贪念。

贪心的人总奢望把看到的、想到的一切都弄到自己手里，但在接下来的刀光剑影中却体验到自身的软弱无助，最后在无尽的痛苦中失掉了自己的一切。

贪心造成世上所有的争端。贪心人的字典里面没有谦让二字，只要贪念一起来，就像杀红眼的斗牛，抵死往前，绝无收手止步的可能。穷人想变身为富人，富人不愿沦落为穷人，这是人之常情，也是对自己、对社会负责的好事情，同时这需要自己用汗水、用勤勉的努力来加以实现。当一个人的生活目标是花费最少的力气去挣到最多的钱时，这个人的道德已无可救药，其心灵已被贪心降服，处于病入膏肓的危险境地。

贪心就意味着争端。贪心的人只管照顾好自己的利益，却无视别人的权益；只肯定自己的生存，却抹杀别人的存在。贪心在名利的诱惑下完全丧失理智，身不由己地卷入纷争，就如同口渴的人喝海水，越渴越喝，越喝越渴，无法停息，直到灾祸降临，这才终结一切。

一个人对自己当下的处境不满意，又苦于能力有限，无法通过合理途径加以改善，于是想入非非，然后，一颗企图之心陡然起身而去，栖息于那无法企及的目标之上，由于自身再怎么努力挣扎也无法达到目的，那颗心永远得不到满足，被痛苦和烦恼缠住无法挣脱。贪念的心一旦启动就很难停下来，如果无法有效控制，必将害人害己；健康的心灵能够自觉抵制各种诱惑，自如控制住自己的欲望，则身心自在，幸福快乐。

第五十章　节俭

　　知足的人能有效管理好自己的欲望，理智的人不会去干对身心无益的事，更不会做出那些日后无法补救的行为。

　　然而世界上有不计其数的东西，有哪一样不会诱惑人？市面上有浩如烟海的商品，又有哪一件会没有人想要？所有这些本来就是做人的乐趣，因为这一切给人们的生活带来了舒适和便利；同时这却也是做人的悲哀：这么多的东西如何去挑选，又如何才能都用得上？真是太难了。

　　节俭就是一种开销有节制、日用讲俭省的生活；节俭也是一种克勤克俭、精打细算过日子的传统美德；节俭更是一种维持人类生存、福祉延续子孙的文化传承。

　　对于个人来讲，所有的节俭，归根到底是道德的完善，是素养的提升；对于家庭来讲，所有的节俭，就是物质财富方面的积累，是社会的文明；对于人类来讲，所有的节俭，本质上就是时间的节俭，是生命的延展；没有了节俭，不可循环使用的资源将加快耗竭，人类也就在享乐中加速燃烧自己的时间。

　　活得简单，方能活得自由。当一个人拥有的东西越多，被羁绊的精力就越多，所剩下的自由度也就越少。就像将一块"瘦、皱、漏、透"的太湖石置于朴素无华的基座上，更能衬托出这块赏石灵秀奇特的妙处，让人百看不厌；一个内心乐善好施的人，外表端庄而俭朴，则更容易烘托出其身上的德行之美，使人肃然起敬。

　　节俭可以细水长流，使快乐延续，尤其在幸运的收获时节，所需要的美德就是节俭，节俭可以让享受的时间倍增。人学会了节俭，就会异常谨慎地珍视自己所拥有的东西，对资源的使用做出合理的安排；人学会了节俭，实质上也就延长了自己的生命，人类一旦学会了节俭，就等于延长了人类的时间。

没有一种经营手段可以与节俭媲美。任何经营都有风险，所有的收益仅在预期之中；节俭是省下来的财物，一开始就已经摆在那儿了。简朴使奇迹成为现实，奢侈让金矿化于无形。

节俭是种美德，更是中华文化的传承，注重节俭的人，道德素养会得到不断提升。人的理想越崇高，精神就越纯粹；人生信仰越坚定，生活就越节俭。一个人顺从道德理念来生活，生活就会越来越宽裕；要是盲从贪欲邪念过日子，日子只能越过越窘迫。节俭就是将自己拥有的东西视作珍宝，妥善地处置这些物品，可以使人避免成为贪婪的守财奴，成为一个自由自在的人；节俭还可以使人与人的交往远离慕虚荣的陷阱，而成为志趣相投的同行者。节俭有百利而无一害，是真正的美德。

人生中痛苦之一是贫困，每个深陷贫困泥淖的人都急于挣脱出来。想要摆脱贫困的方法就是自强与节制，俗称开源节流；一个人谋生的方法就是勤俭，勤勉增加收入，节俭省下支出，量入为出才能收支平衡，岁月平安绵绵。

节制是人生顺境中的美德。太过富裕也会造成痛苦。富裕可以让人沉湎于温柔乡，酿成精神世界的颓废糜烂，在富翁的生活中，蜜糖司空见惯，但是甜味却早已感觉不到了；富豪眼中看不到贫瘠，肚里不知饥饿滋味，心上长不出怜悯念头。人生处于顺境时应该节制。

公元前180年，执掌西汉的吕雉病死，朝臣协同将吕氏势力除净，迎文帝刘恒继位。文帝崇尚节省，在位二十多年，宫苑及车驾服饰没有增加，甚至不忍心花费百金建造一阶露台，建陵寝也只用瓦器做装饰，国家因此快速成为库房满溢、海内富足的盛世，史称"文景之治"，这些成就的取得，主要得益于文帝在各个方面的节制。

节俭最大的益处是让人过上健康的生活。饮食节俭使人的身手敏捷，头脑清醒；字数节俭使文章简明扼要，老少咸宜；思虑节俭可以淡忘生活中枝节处烦恼，铭记生命中关键点的喜悦；安步当车能益寿延年还省下珍贵能源。生命中只需把握住至关重要的一点东西，就能够过上如神仙般自由自在的生活。

一个人能够收支平衡，就能收放自如；能够顺境节俭的人，也能在险境中安然度日。生活中的许多东西本来就是可有可无的，没有也不会影响生活质量，有了反而搭进不少时间和精力，干扰正常的生活。顺境中生存压力小，学会了简单又能够节俭的人，就会有所积蓄，日子红火；险境中没有条件奢侈，习惯勤勉又能够节俭的人，就能拾遗补阙，岁月如旧。

节俭是种智慧，浪费时间就是浪费生命，而节俭的本质就是节省了时间；追求奢华是理智的蜕化，而节俭可以使幸福的岁月享用不尽。生活中的许多遗憾，始于忽视细枝末节，继而以偏概全，最终酿成浪费的悲剧，这便是缺少了节俭的智慧。

在有小气泡瑕疵的玻璃杯表面刻上一只小鸟，让气泡成为小鸟的眼睛，便将次品化为精品；在不慎被扎了破口的衣服上绣上一朵小花，让小花成为绝妙的点缀，弃物华丽转身成为宝物。如此这般，皆归功于节俭的智慧。

中华民族的祖先发明了纸、瓷器，而这些的制作原料只是垃圾、泥土，这些发明的精髓是变废为宝，提高人类的生活品质，最难能可贵的是可以循环往复绵延持续。现代的石化产业虽然使世人的生活大为改观，同时造成的污染却不容小觑，尤其是石油资源珍贵无比，这是远古的生物所储存的能量，用掉就没了。或许古人的智慧应该能帮助我们找到更好的新能源。

曾经有位游客顺路前去拜访一位智者，见这位智者的居室简陋至极，于是好奇地问智者这儿怎么没有家具。智者反问游客的家具在哪里，游客说自己是来旅游的，只是一个过客罢了，带着家具有多么累赘，智者超然地回答道，我也是。是啊，游客随身携带的东西过多，行动就没有自由，一路上会玩得很累；生命中人拥有的财富过多，心灵就没有自由，活得也会很累。

从第三十章到第五十章，共二十一章讲述的就是健康的全部内容，读完后，你也许可知道如何获得生命的健康。

第五十一章　自然

　　人生想要平安度过，第三个应该努力的方向就是自然。世间的万事万物都有一个成长消亡的过程，这个过程的进展遵循内在的规律，人们看到的只是外表现象。

　　人的一生所经历的轨迹大同小异：开头二十年，成长并玩乐；接着四十年就是成家和立业；之后的岁月便是衰弱与枯萎。生命中时光的挥洒远非自如：初期的一切，都在父母手里攥着；中间的一大段，交给社会统一筹划、安排使用；最后剩余的时间，总算归还到自己手中。生活的场景少有新意：已经存在的东西，会继续存在下去；已经发生过的事情，还会重复出现；兴旺的事物潜移默化、润物无声；消亡的东西衰退陈腐、摧枯拉朽。昼夜交替四季轮换，花开花落推陈出新，循环往复无穷无尽，这就是自然现象，喜欢的不能随意延续，厌恶也无法任意抹杀，一切事物的进程都严格遵循着自然的规律。

　　世界万象与天地万物可以分成两个大类，一类是在人类出现之前就早已存在的事物，另外一类是经由人类改造或创造出来的事物。前一类的事物浑然天成，共同组合成为自然界，后一类就是人类社会。不管是自然界还是人类社会，也都遵循着自然的规律，不会有丝毫的差错。

　　在地球以外的广袤宇宙中自然为极大，而人类的干扰因素极小；人类的所有作为主要在地球表面，随着人类文明的进步，对自然的影响必然会越来越大。人类本身也是自然的产物，人可以认识世界，进而改变世界的外貌，人类也可以认识自然的规律，同时人类却无法改变自然规律，只能顺应自然规律，与天地万物和谐相处。

　　自然界的运行周而复始，每时每刻都在更新与发展，然而人们看到的变化却相对而言显得微妙得多；万事万物是有形的，萌芽时相当精妙并有缘由，消亡之后踪影难觅却留下经验和教训。自然法则虽然严酷无比，没有丝毫商量的余地，永远也不要指望能有点滴的松动，同时倒也无比守信，无限慷慨。因此自然对于人类的作用，无非就是让人类认识自然，利用自然，而人也只有按照从自然那儿学来的那点知识才能去安静地生活。

十六世纪法国的思想家蒙田告诫世人：人生最艰难之学，莫过于懂得自自然然过好这一生。人们有了这门学问就会懂得，一切都会过去，自然会消化一切，不管是喜爱的事物或是讨厌的东西，都会结束，岁月悠然的人精神从不焦虑，为人毫无苛刻，心灵中阳光明媚。有了这门学问人们就会懂得，自由自在是人生主要的乐趣，自然会成就一切，成长是自然而然的事情，长成大树可以荫庇小草，长成小草可以装饰大地，不用过分忧虑，无需刻意矫饰，只要努力成长，人生都将会有意义。

自然的本质是极其合理的，自然的形象是无限美好的。自然给人带来多少好处，同样也会让人付出多少代价。自然最为公平，人出生时没带来什么，死亡时也不会带走什么，而人生所创造的一切都留在世上，大多随着时间的推移慢慢地回归尘土，只有极少数最善最美的东西才能有幸融入自然之中。顺应自然是生活的真谛，做人循规蹈矩，岁月自然会静好；做事通情达理，希望就成现实；顺应自然就能找到人生的出路，任何人都无法阻挡。

自然天成的事物往往是合理的，是纯美的神品，是人们认知的原点、生存的准则，也是艺术家灵感的源头，更是艺术创作的典范。悲剧中有放肆的恶行也有生命的赞歌，令人在厌恶中感受生命的气息；喜剧虽有幸运降临然而痛苦如影随形，使人在欢乐时不忘施惠可怜人。生活中，有时暗无天日，硬撑苦挨度日如年；有时如日中天，春风满面一日千里。田野里，风调雨顺则五谷丰登年成大好；若水旱交加天灾人祸便颗粒无收。自然世界丰富多彩总不谋而合，人生岁月千变万化却殊途同归。

自然的合理体现在有序：阳春，酷夏，金秋，寒冬，周而复始，有条不紊；生活同样也是：工作，学习，娱乐，休息，好运倒霉，轮番替换。时间悄无声息，飞逝而去，永不停顿；事物层出不穷，次第而行，纷至沓来。

自然的运行没有差错，没有一颗星星会出现在错误的时间或空间，没有人为干预的自然运行是合理有序的，胡乱干扰自然运行只会让轻率的人受到自然的惩罚，而对自然的发展却不会有本质的改变。

自然的做法简单明了，方法最直接，成效最显著，凡经人操心施为的东西，反而失去纯真美。正如自然的花色五彩缤纷，但却没有黑色，人为培育出的黑郁金香，千辛万苦，名贵确实名贵，但却并不美，而且无法做到纯黑，因为纯黑的花吸收了过多的阳光，根本无法生存。

世上的事看透了其实很简单，过去了这就是扇门，过不去就是道坎，原因无非是时机未到或是自己力有不逮，明白了就无需焦虑，只要等待或者努力即可，凡事物极必反，时机成熟自然化解。人能尊重自然，身心必然自由；人能尊重别人的自由，才能品尝自然生长的快乐。

世界五彩缤纷千姿百态，每个人都生活在世界的某个角落，要想幸福地生活，唯有融入所处的自然环境，服膺自然的法则，适应自然的变化。要是做不到这些，那么，只有在忍耐与离开中二选其一，一个保守，一个积极，别无选择。人生平安的座右铭就是顺应自然。

人类的文明是适应自然的成果，人类的成长得益于顺应自然的结果。人在欣赏自然的同时，通过思考逐渐认识自然，并学会了与万物和谐共处。成功的艺术品完美地与自然融为一体，看不到些许人为雕饰的痕迹；科学的结论完全符合自然的法则，可以经得起时间的检验和无数次的实验，绝不会出现任何差池。在与自然相处了千百万年之后，人类渐渐懂得了自己的理想必须顺应自然，而不能违拗自然，更不能超越自然。

人要自然地度过自己的一生，还要懂得事物应是相对的，人生应是道德的、自由的。

第五十二章　相对

一个人要想自自然然地度过自己的一生，首先要弄明白万事万物之间的道理。人的能力是有限的，只有放弃从事绝大多数事情，专注于极少的一两件事情，才会有所成就；同样人的精力也是有限的，只有抛开那些无用的知识，专学有益的知识，才能获得真才实学。时间花在相对重要的地方，人生将更有意义。

事物都有两面性，凡事都是相对的，要是用力过度，打破平衡，就会走向反面，如同人们在家庭教育中常见的那些现象：奢望带来失望，溺爱造成冷漠，袒护酿成低能，责难长成蠢材。当人在成长时，其他人也在不停成长；当事物在推进时，周围事物也在向前进展。距离会产生美，同时也产生错觉；雄鹰飞得越高，在麻雀的眼里反而显得越小；能者多劳，智者多忧，坦然面对万物的相对运动，悠然接受事物间的差距，人生便会更加平安快活。

万事万物都有自己的个性，相处在一起就会有矛盾，相互之间既有对立，又有依存，在一定的条件下还会相互转换。

事物都是相对的，不同角度，不同时空，不同的眼睛看同一件事物也会有差异。比如，按指南针的指示往北一路走到北极，此时所有的方向都是南，没有了东西北；再比如，人生中的苦难，对于强者是上升的阶梯，对于弱者是无边的苦海，能人将苦难看作成功机会，而庸人将其视为洪水猛兽。

事物都由相对的两面组成，相互对立又相互依存，无法相互否定，只能相互平衡和谐相处。天下没有一厢情愿的好事，也没有不可收拾的坏事。凡事总换个角度去看，人就淡定许多，有朋友定有对手，有收获也有灾祸，有赞誉就有诽谤，有开始必有结束。凡事适可而止，烦恼自然就少，思考问题越繁杂满脑子的事就越乱，限制条款越周详钻空子的人就越多。凡事泰然处之，就不会惹事也不用怕事，一个人的优点中必然包含着这个人的缺点，一件事有获益一方同时一定有受损那一方。

事物相对的两面，相互造就，相互对照，这面看不清，看看另一面就能明白。搞不清楚山路为何如此陡峭，登上山巅就会明白原来那正是雕琢迷人景色的巨擘；不知道某项规则有何得益之处，看看那些违规的人受到的惩处遭到的损失就全懂了；弄不懂富人怎么还会没有快乐，看他防备和算计别人时那种无所不能的架势便释然。

事物的好坏如同一张书页的正反两个面，并不独自存在，而是相互以对方做界定来区隔，对立地融合在同一件事物之中。对立就是这样，一旦确定了美的标准，同时丑的界限也就划定了；要是善良无法认定，那么邪恶也就无人知晓。有来无回的事，只能一去不回，无法存在。

正反相互对立是事物的基本特征。玩物丧志告诉人们，人在玩弄东西的同时，也在被这个东西所玩弄；鱼与熊掌展现常识，读书万卷的大学问家，柴米油盐容易欠缺经验；懂得相互对立特征的人总是竭力维持事物的平衡。令人着急的是，智者内心总是充满疑惑，不愿表态；让人可笑的是，愚者满脸都是狂热确信，自告奋勇。善于运用相互对立特征的人左右兼顾，表里相应。悲观的人机会来临了，看见的却只是困难；乐观的人重重困难中，发现还有种种机会。

朱子明是宋代画山水画的高手，同行画家对他嫉妒又愤恨，群起而攻之，将他贬低成是画驴的画师。正巧宋徽宗要找个会画驴的画师，将他召入宫。朱子明迅疾转变画风，创作出许多精美的作品，成为天下第一画驴大师。

事物的两面总是相反相成，这就需要双方相互尊重，相互包容。所谓黄金分割，实际上就是相对的双方相互约束自己以成就对方，使事物呈现均衡和谐而美丽的状态。比如没有攀缘那险峰也就无人知晓，而没有险峰根本就谈不上攀缘；也如同画家手中的笔和纸，要是能够互为依托，即能相得益彰，创作出优美的作品。

事物的两面要是不能相依相成，事物则会失衡，矛盾就会激化，美也将烟消云散。一个团队要是瓦釜雷鸣则黄钟毁弃，虚伪得以盛行而诚实惨遭摧残，工作成效不能正确评价，收入分配不能合理公开，最终公平公正必将荡然无存，这个团队的明天也将不堪设想。

事物对应的两面只有保持了大体上的平衡，才能顺利地发展下去，要是中途平衡不幸被打破，事物将面临夭折的危险境地。自然是公平的，要是按照自然的安排，事物相对的两面应该是平衡的。比如对于健康而言，勤勉劳作与享用美食原是均衡的，没有勤勉就没有好胃口，没有劳作就不应该有美食，勤勉劳作没有美食享用，人就会感觉饥饿变得面黄肌瘦、形销骨立，没有勤勉劳作却有享用不尽的美食，人就会感到乏味变得大腹便便、脑满肠肥，如此这般健康也就偃旗息鼓。

要是发现事物相对的两面已经开始失衡，想要做些调整，以求矛盾调和，恢复平衡，然而又不愿遵循自然规律，只是做些表面文章，拆东补西来凑合应付，这是解决不了问题的；要是公然违反规律，移花接木、瞒天过海，那么事情搞砸还在其次，不幸弄巧成拙，恐怕性命堪忧。

事物总是相对的，人的行为能够适应这种相对性，生命就心花怒放；如果对此毫无感觉，一意孤行，生命就将枯萎衰败。对于能够适应事物相对性的人来说，真正的美食就是饥饿时吃的东西，现实的幸福只在知足的那一时刻。这也符合适者生存的道理，因此，果树只有在自身能够适应的土壤气候环境中才能够结出硕果；人们要是不能适应陌生的地理环境就会出现水土不服的病症。

自然界中的东西平直是相对的，弯曲才是绝对的，就看人怎样去比较；人生的辛劳之苦与天伦之乐，就看怎样去领受；世界之大，沙粒之小，也是相对的，世界之大原是由无数不同的沙粒所组成；沙粒之小却亦是一个世界，因为沙粒是一个无法再去改变的整体。

想安度此生，首先应弄懂万事万物是相对的。

第五十三章　矛盾

万事万物都在不停地相对运动，不知道的事情懵懵懂懂，明白无误的事情也会看得眼花缭乱，譬如：昨天还在砍树建居住社区，今天城市见缝插针在种草；防范手段由简入繁与时俱进，隐衷私密不胫而走猝不及防；空身出门要发家求暴富争先恐后如入无人之境，满载而归思清静怕喧闹畏首畏尾又想面壁归隐……人间就是这样一个充满矛盾的万花筒，有的时候看不清出路在哪里，有时候一不留神跌倒磕伤，怎能不慎重？

矛盾是事物内部各方相互对立的一种自然状态。事物都是由大和小、长和短、前和后、对和错等各种相对应的因素有机组成的矛盾体；人生也是一种事物，也是由刚毅与懦弱、健康与缺陷、理智与冲动、自然与干涉等各种复杂因素和谐融合的矛盾体。

世上的道理都符合自然规律，自然的规律本身都包含着矛盾，正是这些矛盾的协调运动，让事物走到极端之后转向反面，使生命成熟之后便转向衰弱，正是这些矛盾的协调运动，推动着世界的自然发展，也正因如此，世上的道理总是包容万象，中庸祥和，润物而无声。

事物内部始终存在着矛盾，矛盾永远处于不停的变化之中，正是由于矛盾的运动导致了事物的演变进程，万一哪天矛盾停止变化，运动便停止，矛盾随之消除，事物也就完结，因此矛盾的作用主要就是推动事物的发展。人们对于矛盾本身不应该有所喜恶，不能因为喜欢看戏而挑唆矛盾激化，也不能因为怕麻烦而试图将矛盾掐灭，让矛盾保持动态平衡，这才是使事物自然发展的正道。

事物内部矛盾的主要特征是双方对立，如事物的正确与谬误、成功与失败、兴旺与衰退、行骗与受骗，这种对立界限分明，势同水火，无法调和。

此外矛盾的双方，既有对立，也有相互包容的地方，比如，男人的阳刚之美其魅力却在于内心的那点柔软之上，女人的娇柔之美其魅力正在于外表的那丝刚毅气质。

仲春时节，有位游客来到郊外踏青，在路边的茶摊上坐着歇脚。见到有售珍稀的明前茶叶，一问价，茶农出价三百元一小罐，游客试着尝了几口，顿感浑身清香无比，仿佛置身云端，但他买下一罐茶叶带回家喝的时候，却再也没有这种感觉了。为此，他向心理学家请教原因，被告知：当时在林间溪边，面对群山余晖，享受和风茶香，这种幸福不用花钱，回家喝花钱买的茶，心里总想着花掉的三百元钱，就感到这茶叶不值这价，心疼钱，幸福便无感了。这种对事物完全矛盾的看法，源自看事物的角度不同，茶叶还是那个茶叶，没有改变，改变的是心情，心情不同，对事物的理解便南辕北辙。

事物中的矛盾令人着迷，同样也使人困惑迷茫。人们在生活中往往对于自己的子女又爱又恨，喜欢的时候逢人便夸，仿佛即将成龙成凤；厌烦的时候嫌这嫌那，最好立刻从眼前消失，如此矛盾的心理活动，真让旁人费解。同样一个人面对凶悍时退缩，遇到孱弱时蛮横；名利当头显露猥琐，收养宠物又凸显崇高；有益之处洞察入微，危难临近却熟视无睹，凡此种种，让外人看得啼笑皆非。

生活中趋利避害的行为已经无以复加到了荒谬而病态的地步，要知道矛盾就是如此秉性，从占便宜开始到最终便是吃亏，遇事动怒事后一定追悔莫及。生活中充满智慧的人往往总是怯弱，心地善良的人也老是吃亏，这种尴尬的状况，使人们看到智慧的理性，确认善良的美好，同时也见证了恶行的丑陋与残暴，也正是这种矛盾自然协调的特性，使社会更加趋向于文明进步。

其实矛盾的双方是检验对方最恰当的测量器具。玫瑰的艳丽人人都喜爱，玫瑰的尖刺人人都害怕，那尖刺恰恰就是检验一个人对于玫瑰喜爱与否最精确而可靠的器具。左边和右边只有相互凭借着对方的位置才能证实自己的方位；成功与失败也是从对方的作用中方能见证自身的意义。敬畏与闯祸相互反证，知足与贪婪互相印证。对于矛盾的一方不甚了了，看看对方，就如同照了下镜子，便清楚是什么真实的模样了，不怕人知道的必然是做好事，怕人知道的一定是干坏事。

只有白天而没有黑夜这不自然，只有快乐而没有痛苦那不是人生，自然与人生随时随地都被矛盾所填满。没有矛盾的人生便不再成长，人只有身处在黑暗中才会企盼光明，人只有遭受悲伤煎熬方去奋力挣脱，人生在矛盾的两极摆动，永不停息，矛盾正是人生成长的原动力。

世上道路何止千万条，然而属于每个人的却只有自己的那一条。走自己的路不管远近、宽窄、难易，唯有自然而然方能平安顺遂，要是偶遇不幸便幻想着逃避矛盾腾挪而去，搞得不好会颠覆人生，摔成一地笑话。

人生之路有时看上去近在咫尺，真正走过去七拐八弯却是路途遥远；心灵之间的路程最是遥远，要是音律契合声声入耳自然就是知音知己。矛盾双方，相互理解，互相成就，彼此适应，彼此相惜，自然而然，天下太平。

人生能够平衡种种的矛盾，这便是完美人生。

第五十四章　完美

世上的万事万物总有矛盾，要是所有矛盾都自然达到动态平衡，那这个世界的完美无缺将难以言说。

大地的美丽景色并不是没有丝毫起伏的一马平川，而是由地壳矛盾运动所形成的自然皱褶，这种鬼斧神工留下的错落有致可以说是完美的杰作；美好的事物必须符合自然的规律，同时契合人们的良知，犹如在路上那道分隔人车的低矮栅栏，正常情况下将不同方向的人流、车流限制在各自的通道上，在紧急情况下可以让行人方便快捷地跨越这栅栏来避险，这种设置可谓完美。

元世祖年间，公元 1292 年，赵孟頫出仕济南府，他清简官事，把境内大户间因乱斗而分不清归属的田产用来办教育，此后三十年，山东杰出人才为天下之冠。赵孟頫是宋元时代的书画大师，其作品对后世影响深远。他做官不生事端，用地方余财兴办教育，造福一方，使饱经战乱的地方快速繁荣起来，堪称完美。

所谓完美就是指事情美满没有差错，物品完好没有瑕疵。古希腊哲学集大成者亚里士多德明确指出，美是由秩序、对称和明了这三种元素所构成。所谓秩序就是人类根据自然规律而制定的规则，所谓对称就是矛盾平衡的体现，至于明了就是简单直白。

每个生命的最高目标都是完美。过去总有遗憾，希望寄予未来，能够知足与感恩，尽情享受当下，就是生命的完美。对人而言，自然界中最完美的东西就是人的躯体，所有审美情趣都归结于这儿；世上最神圣的东西是人的良知，人具有了完备的良知，便拥有了完美的人生。

每个人都向往完美，希望自己能够从容貌到心灵，从言行到思维，一切都是完美的。人生追求完美，就会设法让生命活得精彩。一个人少年当自强，青年应自律，壮年可以知足，暮年方才完美。如果生命没有追求，也就不会有梦想，随便是怎样的明天全都无所谓，那还努力些什么呢？人生不想追求完美，不约束自己言行，一错再错发展到后来破罐破摔，如此人生凶多吉少。人生想不想要完美，结果不可同日而语。

完美是善良的最高境界，憧憬完美是生活中最崇高的乐趣。追求完美，使人改正错误，去掉瑕疵，品尝快乐，享受平安。完美是面镜子，可以教人辨识善恶，端正信念，纯洁心灵；完美是把斧凿，去掉身上多余东西，修饰精神，成就自己。

公元 1445 年，明朝英宗年间，由于朝政昏暗，百姓颠沛流离，二十万山西和陕西的流民逃荒到河南。正逢兵部侍郎于谦巡抚河南，他随即开仓发粮，分田地耕牛种子，安排流民生产。后来他进京汇报工作，旁人劝他送礼走门路，他举起袖子说带有清风，并作《入京诗》，以"清风两袖朝天去，免得闾阎话短长"来明志。他的《石灰吟》"千锤百炼出深山，烈火焚烧若等闲。粉骨碎身浑不怕，要留清白在人间"，则是他完美一生的真实写照。

人们对完美心驰神往，但理智却告诉人们，完美不存在于真实的世界里，只存在于理想的世界中，完美只是我们信仰中的生活目标。理智告诉人们，知识越广博的人越清楚自己的无知，力量越强大的人越明白自己的无能，接受自己并不完美的人，就不会忙不迭地为自己涂脂抹粉，知道完美的自己是什么样的人，就会常常审视规范自己的一言一行。

创造完美事物是自然界的本领，人力所及的仅仅是想要达到完美理想境界的这种希望。人不必沮丧自己的无知和无能，那是成长的缘由。有生命力的东西，自然就有缺陷，而恰是存在的这些不足之处，生命才有成长的空间，假如一朵鲜花绽放到了那完美的一刻，此后毫无疑问必然走向凋谢。人不必焦虑结局的圆满和完美，把握当下就无悔。生命的完美不只是其中的某个小节，生命中的每个细节都做得认真，每一步都走得端正，那就自然而然成就了生命的完美。

对称是构成完美的三元素之一。对称的物体稳定性最佳，具有纯净的舒适感，符合人们厌恶歪斜、惧怕倾覆、祈求平安的人生憧憬。对称也是事物内部的一种制衡，是事物成长发展的基本保障，没有内部制衡机制的平衡，矛盾必然激化，事物也就逐渐残废，甚至加速报废。完美的事物一定具有和谐稳定的特质。

完美的人或物，让人感到可爱的地方，恰是其不愿走极端，没有偏颇的原因所致；而一个毫不掩饰自己缺点的人，让人感到可信。美中稍有不足的事物让人亲近，密不透风滴水不漏的事物使人窒息。酸甜苦辣咸五味绝妙搭配组成完美生命，青黄赤白黑五色自然调和构成完美人间。生活中有学问少迷惑方为美事，有知识而不去了解，这样的人生多可惜；做事情遭非议能鉴别接受其事必成，受责难就睚眦必报前路莫测；为人通情达理有礼有节则一团和气，处事公正有余慈悲不足定同床异梦；为子女孝顺但不奉承，做父母慈爱而不纵容，当下级忠诚却不谄媚，中庸处世方称完美。

在古玩市场上，有些古董字画因为出现了细微的破损而价格骤降。这时精明的商人会将缺损部位选择性地切掉，保留原件的关键部分，经过重新装裱后，藏品已经焕然一新，看上去完好无损，由于买家不了解作品细枝末节处的原貌，古董反而比原来更值钱。作品的细微缺损打破了作品的整体平衡，将破损处整齐地切掉后，作品回归整体的平衡，画面恢复完美。平衡构成了美。

明了也是构成完美的三元素之一。一目了然的东西总是让人喜闻乐见，而繁文缛节反倒令人望而却步；一语中的肯定使人赞赏回味，完美的事物必定简单而纯粹。完美的东西看上去好像总有些不足，甚至还有些空虚，其实这正是完美的地方，譬如待放蓓蕾肯定美于盛开的花朵，花季少年肯定美于壮硕的汉子，这点毋庸置疑，完美应该是事物未到全盛时，还有更加完美的成长空间，诚如弘一法师李叔同的名言"物忌全胜，事忌全美，人忌全盛"那样。

一个人做事想面面俱到，做人求八面玲珑，这种想法其实是种贪婪。凭着一己之力，什么都想要的人，不仅会弄伤自己，结果什么也得不到，而且旁人见了定会掩鼻而过退避三舍，因为这种吃相实在太难看。可见简单为美，贪婪显丑。一个人真心喜爱的事物，就会陶醉其中，被其美所折服，一举一动借鉴其貌，一颦一笑传其神韵，永不厌倦，永不知足，其他异类均视同嚼蜡，这何尝不是一种由简单明了而构成的完美生活？

完美的人生，理应珍惜属于自己的时光，每一刻都做当下应该做的事，学习、劳作、娱乐、休息，坦荡从容，享受生命；完美的人生应该包容有缘相遇的一切事物，并与之和谐相处，遇上不喜欢自己的人应该礼让，遇丑恶的东西应当悄悄避开。

法国大文豪巴尔扎克习惯写作时不停喝咖啡来保持清醒，同时有个用缺口杯子的特别癖好，有时嫌缺口不够明显，还用金属汤匙将缺口砸到满意为止，实际上巴尔扎克是以此提醒自己，无论自己写了多少作品，都是有缺陷的，还应继续写下一部，补上缺口。他一生笔耕不辍，写下九十多部小说，塑造了2400多个栩栩如生的人物，他的小说合称《人间喜剧》，被时人公认为是社会的百科全书。这个故事告诉人们，生命都有缺陷，能够有自知之明，弥补不足，就是完美的人生。

第五十五章　中庸

理解了万物都是相对的道理后，便知道凡是矛盾平衡的事物就是完美的，然而怎样做事才能使矛盾平衡却是一门大学问，这也是人们自然度过一生的要点。

世上万物之所以存在，总有它存在的理由，原本没有绝对的好坏之分，只要适度就可以；人间万事也没有巧拙的区别，能解决问题就是好的决策，不能达到目标的对策，问题仍然是问题，超越目标的对策新的问题又会出现。

生活中陷入悖论的现象实在太多，少年时挥霍健康去赢得财富，年老时又耗费钱财来换回健康。当出现矛盾冲突时，保全一方而舍弃另一方的做法肯定是不理智的，每当这时，寻求二者之间的平衡点才是顺应自然的万全之策。

这种折中、调和、兼顾的处事方式就是中庸。所谓的"中"，就是做事情的原则，就是中立，没有偏颇；所谓的"庸"就是一颗平常心，凡事坚持原则不变，同时不搞极端。中庸就是恰到好处，既要做到点上，也绝不做过头。

中庸是一种人生的境界，完美的人本身就是善良品格与纯粹德行的和谐统一体。中庸包含理智，当一个人强大到不会怜悯，庄重到不肯欢笑，自信到不愿倾听，这时已经没有理智只剩下偏激，而中庸的基本特质就是克制自己的情绪，不让他人来扰乱自己的正常节奏，该做什么就做什么，该做多少就做多少。

以北方渔民冬季在冰封的河里捕鱼为例。高卧在家等待肯定不会有任何收获，而砸开冰面大网捕捞也得不偿失。普通渔民没人会以这两种极端方式来生活，通常的做法是敲开一个个井口般的窟窿，将鱼钩挂上诱饵垂入水中，等上半天再过来查看一下，有时一无所获，有时收获颇丰，这就是正常的渔民冬季生活。作为一个渔民努力做好水面上的事情，至于水下的那部分就顺其自然，这就是尽人事听天命的中庸之道。

中庸的实质是平衡事物内部的矛盾，只有矛盾相对平衡的事物，才能自然向前发展。对于饮食起居来说，半饱的滋味即是平衡，太饿了寡淡无味，太饱了反而腻味；对于生活开支来说，维持好生计就是平衡，太穷会无视信仰，太富会忘记信仰；对于品德修行来说，名实能相符即为平衡，名声远大于能力的人只会纸上谈兵，能力远大于名声的人多郁郁不得志；对于生命健康来说，劳逸相结合才是平衡，多静少动过度保养的人神气多枯竭，焦虑暴躁永无宁日的人多前景逼仄。漫漫人生路，不小心偏差原则毫厘，走过去才明白离开设定的目标已是万里之遥。

所有的平衡之中，最难的是平衡时间的艺术。生命中最宝贵的是时间，将时间用在最有价值的地方才是对自己生命的尊重。循规蹈矩和发明创造是一种生命价值的平衡；离群索居和互通有无是一种安贫乐道的平衡；读书学习和勤奋劳作是一种享受快乐的平衡；当仁不让和包容礼让是一种道德境界的平衡。游刃有余地将平衡控制于黄金分割线左右的高超艺术水平，这才是真正的中庸。

中庸做法的核心是牢牢掌握住一个度，做事情掌握最合适的度正是中庸的最高境界。任何事物都有自己的局限性，而且只能存在于自己的时空之内，一旦超出界限，这项事物便不复存在，或者转化为其他事物。人的知识具有局限性，人的能力同样具有局限性，当一个人明了自己知识与能力的极限，并且适度加以使用，那么去做应该做的事情，就能如探囊取物，手到擒来。

狂躁而失去理智的人，做人做事往往无法拿捏好分寸，外出没有地平线，归来没有天花板，总是从一个极端跳到另一个极端，结果把事情搞得一团糟。太过执着不懂得转圜的人，容易造成自己内伤；柔弱退让到没有底线的人，肯定被人欺负蹂躏；慷慨无度施与，一旦财力穷尽时，反而会招致怨恨；赞扬夸大善举，会引起众人反感，招来妒忌和不屑。凡是做人做事，无论动静分合，还是局内操盘抑或局外旁观，总而言之适度最好。

中庸的魅力是包容。知道自己学问有限，还知道自己能力有限的人，内心会多一分同情，外表会多一分温柔；内心的宁静不受外界喧闹滋扰的人，居家简朴，不易被别人醉生梦死的生活所诱惑，这样的人做人留有退路，做事留有余地，即使没有前呼后拥，平安也不会减少一分。

万事难以万全，万物鲜有完美。喜好与厌恶之心太明显的人，眼睛里容不下一粒沙子，这样的人做人精明严酷，做事密不透风，让旁人畏惧而不敢靠近，当有危险靠近时别人甚至都不敢提醒他一下。处世包容，则无论贤明还是愚钝的人，都能使其受益；处事包容，则不管是成功或者失败的结果，都可从容面对。

实现中庸靠的是自律。策划时壮志凌云，仿佛只要一口气就能将太阳吹灭，这仅仅是一种执念；等到真正做起来，连晒干谷子这么容易的事情，也要搬出搬进好几天才行，这就是生活的真谛。世上的事情说起来容易，做起来才知道艰难，想要做到中庸也是一样，必须从控制住自己的一言一行开始，慢慢去修行。

为人处世心灵纯洁，品格端正，言行合情合理，做事循规蹈矩，是实现中庸应有的品质。高傲蛮横的人无法做到中庸，居心叵测的人更无法做到中庸。当一个人见弱小便欺负，见霸道就埋首；人前献媚，背后诋毁，这种人不可能达到中庸。

中庸处世最能兼顾各方权益，均衡各种矛盾，这种方式最具正义性，其结果也最客观公正。

第五十六章　公正

　　中庸能够平衡事物内部的矛盾，然而要做到中庸却很难，进而平衡矛盾那就更是难上加难。考古发现：二千五百年前的春秋战国时，尺的长度是二十二厘米；一千八百年前的三国时，尺的长度是二十四厘米；一千四百年前的唐朝时，尺的长度是三十厘米；到了六百年前的明朝，尺的长度已是三十二厘米。尺作为长度计量单位，是体现公平的标志，为何从古至今逐渐延长了这么多？原因是古代所征收的税赋主要是丝麻布等织品，延伸尺的长度就可以用不增加数量的障眼法来巧取豪夺。

　　不要以为这只是人类历史上的个例，现实世界上大大小小的荒谬地方还真不少。比如，勤勉劳作的人经常得不到享乐，只会享乐的人却常常收获丰厚；还有，虽然同为人类却相互憎恶，共处一片天地仍倾轧相残；再有，芸芸众生两极分化的现象难解难消，地域种族两套标准的欺凌无止无休，如此令人迷惑的情景举不胜举。人们在生活中遇到的种种不平的对待，恰是人生痛苦的根源。

　　所谓公正就是公平正直，没有偏见和私心地去平衡各方利益。公正应当成为人生道德价值的取向，待人公正就是心平气和举止端正、通情达理善意厚道地对待所有人。判断公正与否的底线是规则，衡量公正的最高标准是平等。一颗公正的心灵就是顺应自然的天理良心，也就是人的良知。时至今日，公正仍是一种相对紧俏的稀缺品质。一个人的所作所为不可避免地要被旁人点评，任何是是非非最终都要接受历史的裁定，而一个人要想人生无悔，就应当选择尽早养成公正待人接物的这样一种品质。

　　道德负责看守自己的心灵，如果用道德去衡量别人，那就等同于对别人的冒犯；而施与别人的东西则需要高于道德的标准，这就必须用公正的标准来加以衡量才行，对别人公正这才符合为人的道德标准。公正是人类文明的标志，尊重人格就能使人释放潜能自由发展，公正方可保证人类文明的高速进展；众生平等才能让人享受阳光自然成长，公正才是人类文明进步的终极目标。

正常人受到平等对待就会心情舒畅，即使一个长得不那么美的人在照镜子时也会毫无怨言，因为镜子并没有扭曲形象，自己本来就是这模样，可见公正的环境对于一个人的生活质量是何等重要。生活中要想得到一样东西，就必须用自己生命的一部分作为代价来交换，这是为人处世的行为准则，如果前后两者对等，那就是公正的；要是一个地方没有公正，就没有理性和规则，贫穷和痛苦将会增加，幸福和快乐便会减少；要是为人不公正，就是对自己心灵的糟蹋，对自己生命的极度不负责任。

公元前一千多年的商朝末年，奢侈无度、残暴无比的纣王，任命姬昌为诸侯领袖，负责向西征伐。姬昌待人平等、做事公正，远近的人都前来投奔，渐渐地天下一大半地方都归顺了他，于是引起纣王嫉恨，将他囚禁七年，赎回后他在吕尚辅佐下势力迅速发展。姬昌死后，他的儿子姬发在公元前1046年，联合诸侯出兵，经过牧野之战，打败了纣王强大的军队，推翻商朝，建立周朝。公正能够推陈出新，改朝换代，可见其威力之大。

公正是道德的最高境界，公正就是美德。以平常的人性对待他人，才是公正；要求路人见义勇为、舍己救人，这是不公正的道德绑架。当一个人正尾随着社会上已泛滥的恶俗时，去指责其败坏社会风气这是不公正的；当一个人主动奉行社会已认可的新风尚时，去歌颂其拯救了社会公德这同样也是不公正的。美德不因人而异，因此没有私心；公正能一视同仁，所以肯定公平。通情达理的人内心公道、富有良知，赏罚分明的人待人公道、顺应自然。

诚实是公正的根本，虚伪只注重自己的名声，对公平却并不在意，只有良心才知道公正对于生命的重要意义。欺骗就是剥夺他人知道真相的权利，愚弄就是诱导别人吞下屈辱的苦果，傲慢就会拒绝善意忠告，固执而偏见，美德体现在抑强补弱，美丑与共，公平公正。

天下的事物只要具有对称性就能相互之间制衡，天下的事情只要能够做到公平就能稳定推进，天下的人只要为人处世相对公正就能安全无虞。公正的话语能够让人温暖信服，公正的举动能够使人心平气顺，渐渐融化坚冰，慢慢赢得人心，最终得到众人认同及相助。人生能够公正，生命便有力量。

无论冬天有多么漫长，春天终究有来临的那天，这就是公正的自然之力；无论现实有多少不平，人类文明脚步总不会停，这就是公正的良知力量。一个人岁月静好，主要来自其为人公正，邻里感觉舒心；要是极端私利偏袒，引起旁人侧目，只能终日不得安宁。当一个人因个人的喜恶使内心的天平失衡，对人对己就已经没有什么公正可言，所有的付出只会形成伤害，造成痛苦。

公正不是让人感觉受到谁的庇护很安全，而是让人感到整个世界都很安全，整个人生都很幸福。让生命成为生活中最昂贵的东西，让信仰成为生活中免费的东西，这才体现出公正的存在。人只有身处公正的环境之中，才能对生活抱有希望，对未来建立起信心。

真实的人生并不完全公正，要想公正先要自强，有了成就便容易得到公正，有了地位不要拖延或拒绝给别人以公正。凡想要成功的人都应该懂得，给予别人公正就是对自己心灵的施舍。

公正来自善良人身上那颗觉醒后变得异常柔软的良心，因而，公正的人外表看上去非常坚强而实际上内心却十分柔软。在公正的人学问里全是诚实绝没有一丝丝的狡诈，这种人智慧中仅有淳厚而已不会有一点点的阴险。公正的人，自己喜好的事物，能够熟知其不足之处，因此并不会前来偏袒；对于自己厌恶的东西，也不会无视其长处，更不会赶去加以抹杀。

良知恰是靠着公正才发挥出巨大的能量。倘若殷实之家紧挨着贫困潦倒的近邻，那么这户人家难以被乡里看作真正意义上的小康之家。有时候人们本身的素质相差无几，因环境不平的原因，而产生了贫富分化，这时需要唤醒先富者的良知，帮衬穷人脱贫，让他们感受到世道的公正；有时候杰出的人已经一骑绝尘，平庸的人却因为嫉妒和懒惰而裹足不前，这时显然需要唤醒平庸者的良知，一同起身前去追赶，还给前行者一个公平。

南宋淳熙年间，创立永康学派的陈亮与宣扬理学的朱熹之间展开了一场长达三年的"王霸义利之辩"。陈亮倡导"王霸并用，义利双行"，朱熹则希望惩忿窒欲、迁善改过，粹然以醇儒之道自律。朱熹当年在庐山白鹿洞书院讲理学，各地学子慕名而来，名扬天下。而陈亮提倡经世济民的"事功学说"，主张从效果层面评判一个人或一件事，反对理学家空谈。两人的思想都对后世产生了极大影响。

纵观历史，强者往往不在乎什么公正，一切以自己的意志为准，有朝一日当强者衰弱时，才想要别人给他公正，然而往日的所作所为都摆在那儿，无法抹去，于是只能祈求别人施舍给自己公正。

自然是公正的，请相信，大家也必将学会公正。

第五十七章　正义

为人保持中庸就能尽量做到公正，然而现实中要做到完全公正，几乎是一个不可能实现的遥远目标，而一般所能做到的仅仅是在走向公正的路上认准方向罢了。

现实中有些人做人做事前后并不一致。比如，有人做部下的时间久了便感觉经常受气，抱怨得不到公正对待，然而一旦升迁成了主管，则对手下加倍地狠毒；更有人寒窗苦读时历尽种种艰辛，痛心疾首于命运给的机会少之又少，可是有朝一日飞越了龙门，却随即下手封门，堵死后面人的来路，这样的荒诞行为着实令旁人不齿。

能够始终如一保持中庸的人，内心一定有个不变的原则，这个原则就是正义。这种人只要看见有人在水中挣扎，不管自己会不会水，都会立即施救，他认为这时不伸手救援是可耻的、见不得人的行为。

正义就是按照道德的标准在合适的地方、恰当的时候，去做应该做的事情。正义就是信仰真理，自然生活，公平公正，善待一切，与万事万物和谐相处。正义就是从自然出发最后又回归自然。正义地处事首先应当给强者以平等机会，去实现其自身的价值，推动社会向前发展；同时在利益分配时应当为弱者着想，使弱者利益极大化，使社会趋于平衡，人类走向大同，文明回归自然。

人世间最珍贵最不可缺少的事物就是正义，拥有了正义，人才能活得有滋有味；要是正义时有时无，生活就将变得凌乱焦躁，痛苦不堪；当正义消失得无影无踪时，生命便没有任何价值。在自然界，力量的强弱，瞬间即可分出高下；而人类社会，竞争的胜负，由历史来裁决，由代表正义的一方为最终优胜者。正义就是世间的一面宝镜，照出生命的优劣安危。

正义的作用不是惩治恶行，而是标识正道，使人能够在混沌迷茫中分清是非，坚定信念，产生力量，做出选择。当一个人觉悟到不与正义拥抱，就是对受辱者的残忍，并且稍有不慎自己也将沦为施暴方的帮凶，甚至极有可能自己就成为罪恶的下一个牺牲品，这个人明白了这些道理，就已经站在了人生道德境界的高处，站在了人生平安幸福的制高点。

　　十四世纪日本发生内战，南北互攻，战败的南方组织武士、商人和浪人到中国沿海地区进行武装走私和抢劫烧杀等海盗活动。这些倭寇虽然不是正规军，却战力强悍，加上人数众多，少则数千，多则上万，偷袭得手后就下海遁去，明朝的沿海官军防不胜防，战不能胜，居民深受其害。公元 1561 年，镇守宁波、绍兴、台州三个郡的戚继光，招募义乌农民和矿工，经过严格训练组成"戚家军"，在当地百姓的协助下，与倭寇连战九次，每次皆捷，随后戚继光率军追入福建与当地军民合击倭寇，直至将倭寇彻底剿灭。戚继光抗倭成功，显示出正义的巨大力量。

　　正义出自自然，最终又回归自然。自然产生的事物必然有其合理性与正当性，所以新生事物都包含着正义，同时事物的发展必须严格遵循其本身自然进程的规律，稍有偏差便需要及时纠正，否则将会害人害己，得不到善果。而这种纠偏的举措，就是正义回归自然。

　　生活是公平的，每当丑恶的东西不期而至时，命运总会及时送来正义，以便让人们掌握抵挡丑恶的利器。正义并不只是一种让人观赏的风景，而应当成为自己内心的一种热切向往，同时也可以是人们日常生活中对于真理的实际运用。乌云遮不住太阳，谬误蒙蔽不了真理；邪恶可以把花蕾掐断，却无法阻挡春天的到来；只要良知还在自然成长，正义便永远不会缺席。

　　正义的核心内容就是平等，有了平等才有正义，没有平等，正义从何说起？正义之美，美就美在那份平等待人的宽容之上。尽管世间的人能力有大小，志趣有高低，地位财富上也有着悬殊的差距，然而，从正义的视角看过去，所有的人都应该是相同的，所有的人格都必须是平等的，所有的人都应当得到同样的尊重。

　　正义绝不可能去伤害任何人，正义只会呵护每个人的权利，让人勤奋劳作得到收获，使人平安生活减少灾难。正义总是给人以希望，给人以信心，让弱者逐渐成长为强者，使贫困的人都能够尽快富强起来。具有正义感的人一定能够善待所有人，纵然遭人误会、受人贬损，甚至做的善举被人遗忘，总之不管别人如何看待自己，自己还是会坚持原则，一如既往地去做善事，依然再行义举。

正义绝不能被粗暴禁锢，如果正义不能自由舒展自己的筋骨，那么人就只能卑贱地苟且偷生。一个人勤奋劳作累到精疲力竭却一无所获，或者无所事事身心俱疲仍孤立无助，这种活在无望中的人生着实可怜，造成如此悲惨人生的原因，就是正义身不由己，无法挺身而出。

人的正义感是一种由良知所管控住的与生俱来的权利。当一个人想做件事之前，需要用良知衡量一下，只要是正当的事情，大可放心去做，并一定能够成功；如果目的不正当，或者手段不正当，那就千万别上手，伸手便后悔。有时候人的良知会被蒙蔽，此时，正义便失去自由，被牢牢地束缚住，于是这人只会歌颂太平，不愿谴责丑恶，只愿倚靠富贵，不肯扶助贫困，最终沦为卑贱。

正义的最高境界是羞耻感，只要羞耻心还在，人身上的正义之火就不会熄灭。一个人有没有羞耻心，有权的看他倡导什么，有钱的看他把玩什么，没势的看他什么事情不去做，没钱的看他什么东西不去拿，守不住红线的人便是无耻之徒。而学问与正义不是一回事，没羞耻的学者最多只是将正义挂在嘴上，写在纸上，而绝不付诸实施。

世间的损失来自大多数人选择袖手旁观，生命的悲哀在于正义仍旧是稀缺的奢侈品。人之所以犯错，除了无知便是无耻。没羞耻心的人，只要有利可图，便什么也不管不顾；没人指出错误，自己则永远是正确；即使错也不改，心眼里只剩下自己；这种人生从犯错到失败，与成功无缘。当一个人知道生命不能贱卖时，便不会轻易犯错；当一个人明白灵魂不能出售时，就不会冷漠旁观。

正义消失的地方，邪恶盛行，善良的人落魄；正义出现的地方，勤劳致富，自私的人潦倒。自然的变幻深不可测，然而，人类的文明绝不可能倒退回去。生命中无论经历怎样的苦难，只要能够做个心安理得的人，相信正义的天使总有一天会出现。

第五十八章　均衡

　　为人处世从中庸开始出发，达到公正与正义并不十分艰难，难的是一碗水端平，要让事物达到方方面面间都能处于均衡的状态，却是路途遥远，难如大海捞针。

　　比如按劳分配对于勤勉劳作的人来讲很公正，但在老弱病残看来却有些不公平；而平均分配对于每个自然人而言可说是正义的，但对于拥有超强能力、做出特殊贡献的人来说心里感觉并不平衡。光一个分配问题就这么难以均衡，要是再上个台阶，比如人生基本问题，怎样在物质生活和精神生活之间寻求均衡，那难度就要高得多。

　　所谓均衡，就是指事物对立的各方在数量上或质量上势均力敌，最终处于大致上平衡的状态。一个人体内各项脏器干湿平衡、冷热协调、心理状态积极稳定，这种身体状况就是均衡，就是健康；善良的心灵与温婉的外表和谐相融，就是众望所归的完美人物形象。万事万物均衡就是美好，均衡就是合理。万物均衡便接近对称，于是就可以稳定，万物均衡就是美好；万事均衡便趋于有序，所以就能够和谐，万事均衡就是合理。

　　镜子是平的，你对它展现笑容，它也对你笑脸相迎；你对它怒目圆睁，它也对你发指眦裂，自己展现给别人的和别人看见的本来就是均衡的。生活是公平的，勤勉劳作定会得到快乐幸福的报偿，好逸恶劳只能遭受窘困烦恼的惩罚，生命的意义就在于每一次的出手和放手之间的均衡。自然是均衡的，使用空调让室内的小环境温度舒适宜人，然而室外的气候却更恶化，加剧能源消耗，人类的生存发展就在于享乐与节俭之间的均衡。

　　均衡的意义就在于让事物自然成长。有财无志的人都是纨绔子弟，有智慧而缺少资源的人到头来只能叹息自己巧妇难为无米之炊。物质财富与精神财富就像生命中的两个翅膀，无论缺少哪一个都无法飞到理想中的目标。

公元前 273 年，秦国决定联合魏国和韩国共同出兵前去消灭楚国，正当大军准备出征时，楚国的春申君黄歇出使来到秦国，听到消息立刻去见秦君陈述利害。他告诉秦昭王，当今天下秦国与楚国最强，要是两强相争导致两败俱伤，容易使魏、韩等小国渔翁得利，最终说服秦国罢兵，和楚国结盟。可见均衡的局面能够维护和平。

均衡最直接的作用是保持事物的稳定性。稳如泰山的东西一定是最好的，然而不倒翁却也不失其美，因为晃动摇摆的物体两侧的重量极为均衡，使物体的重心可以在安全区域内自由移动，而不会倒塌。生命的稳定状态同样也不能失去重心。学问的重心在于书本和实践之间的均衡；处事的重心在于取得与放弃之间的均衡；健康的重心在于紧张和休闲之间的均衡；幸福的重心在于信仰与趣味之间的均衡；人生能够将生活的重心掌控在自由与失衡之间，其一生平安则易如反掌。

要保持事物的稳定，其内部的各个方面就必须均衡，不能随便偏废任何一方。比如灾难，没人喜好，大家都避之不及，也正因此，遭灾受损的人容易得到别人的同情及援助；同样可以看到，幸运的事情，大家都企盼能降临到自己身上，然而幸运一旦降临到某人身上，周围的人对待他的大多只有嫉恨。因此想要生活稳定就应该得与失均衡，无事时不要生事，有事时不用怕事，碰上倒霉的事情不要垂头丧气，救援的手可能马上就伸过来，幸运来敲门时更不必趾高气扬，也许那些揩花的手正跟在后面呢。

均衡的间接作用是促进事物的和谐发展。内部矛盾激烈冲突的事物，矛盾一旦得到调和，内部各方逐渐均衡，相互之间就会趋于和谐，事物便得到自然的发展。一个人各方面的均衡也极为重要，当一个人知识渊博、头脑睿智、品行端正、身体健康，就是均衡的人，就有资格自然成长，颐养天年。

人生必须均衡，学问事业和婚姻家庭是生活天平的两端，需要倾注同样的心血，切莫将过多时间精力用在一个点上；忧愁痛苦和欣喜快乐也是常伴生活左右的邻居，需要人们同样各自去面对。

想象不是人生，人生没有想象的那么好，也没有想象的那么坏。知道自己不是十全十美的人的是明白人，完全清楚自己拥有什么东西同时也了解自己还缺少些什么东西的人，其人生的智慧已经够用了。怨恨日子过得寡淡，可能缺少些自强；忍受不了排挤倾轧，也许缺失了礼让……凡事只要弄明白了，总可有所补救。

从自然的视角来看，命运总是均衡的。断长续短也是普通人追求均衡的一种心理状态，因此，老年人身上有点童心的举动，青年人身上存点稳重的做派，往往比较招人喜欢。

事物能否平稳运行，取决于事物是否处于均衡状态。事物只要存在一定的时间之后，其内部的各方都会相互制约牵制，人们如果要想缓和矛盾，达到事物均衡的状态，需要先消解这种牵制；而想要持续保持事物的均衡状态，同样需要建立能够有效牵制各方随意运动的制衡机制。制衡机制是维系事物稳定的黏合剂。

人占有了一样东西，这东西也就占有了这人的时间；人成功地控制住了一样东西，就不能随便松手，人也就被其控制住。可见，不让别人自由，自己也将失去自由；不尊重别人，自己也就没什么尊严可言。生活中不应该给别人下结论，否则别人给我们下的结论只能是难堪。

万事万物哪怕仅一息尚存，其中仍有非凡之美，如果这些不同的美能够相互欣赏和谐相处，并且宽容其他不太美的部分，与之和平共处，构成一个均衡相容的整体，那么这项事物就会恢复健康，安详度日，悠然成长。

均衡各方的权益，最为符合公平、最为体现正义，同样也是中庸处事的出发点和归宿。

第五十九章　本色

要懂得万事万物的道理都是相对的，光知道事物都是矛盾的，缓解矛盾的最好方法是中庸，这还不够全面，还应该知道，既然矛盾始终存在，无法消除，能保持均衡已是最佳状态，那么，各方如能够保持自己的本色，就不容易滋生事端，就不会使矛盾激化，也就不用浪费时间去矫正偏差，因此也就节省了许多的精力与财力。

世界上凡是自然生长的东西往往是最好的东西，人生在世想要做真正的自己，就要摒弃与他人的利益纠葛，也不要活在别人的策划之中。做回自己，就不用去和别人计较公平不公平，只要自己能够待人公平即可；也不必去与人争辩道德不道德，只要自己符合道德就成，这就是自己本来应有的样子，同时，也是最好的自己。

所谓本色就是事物的本来面目，也就是事物的本质状态。一个成熟的人，其人生的目标，理应就是找回本色的自己。一个人想要平安度过一生，不能活在幻想的迷津之中，也不能活在自欺欺人的谎言之中，更不能活在被诱惑的浑浑噩噩之中，只能在真实的生活中认真地做好本色的自己，容不得有半点差池。

张大千曾是位以临摹而闻名天下的画家。相传他初到国外办画展，观众反应平平，张大千私下问观展者：张大千画得怎样？不料对方却反问：张大千在哪里？他一下醒悟过来，不再一味临摹别人，而是注重找准自己的艺术风格，最终获得巨大国际声誉，被赞为"东方之笔"。

真诚相待最容易打动人心，万事万物中没有什么东西比本色的人更为珍贵。生活中职业的操守就是一个人立身处世的根本，也就是职业本色，就像遭遇天灾仍不放弃耕作，这是农民的本色；货物贬损依旧开门营业，这是商人的本色，都是相同的道理。一个人放弃了职业本色，就不再称职，也就无法再待在这一行业中谋生。抛弃了自己本色的人，便信誉扫地，难以再与旁人正常相处。

人内心的想法和选择，即使不说出来，也往往难以隐瞒住，那是因为人的表情会及时透露信息，人的身体会诚实地表达语言。一个人的本色是什么，熟人常常是一清二楚。因此，一个人只要本色不变，即使略有差错也容易得到别人的谅解，如同一个勤勉的人，因为专心劳作而忽视了安全隐患，或者因为过度用功而损坏了器械，同事大都会认为他本质不错，只是好心做了错事，不仅不怪罪，还会来宽慰，这就是本色做人的好处。

人的本色应当经得起追根溯源的探究。清晰是本色的显著特征，尤其在猝不及防时，本色总是毫不掩饰地使人一览无余。人各有自己的本色，盲目地模仿他人，只会东施效颦，成为一串笑话；神龙见首不见尾，让人捉摸不透，难免活得孤独；让人一眼就看清自己的本色，才能得到他人的尊重，活得自信潇洒。人的本色能够直白显现即可避免猜忌，彼此相安无事。

本色是艺术作品的基因，虽然艺术不排斥表面装饰，然而技巧不可夺本色之美，凡技巧过于烦琐就会遮掩本色的光芒，使人如身入闹市，只闻嘈杂，听不清到底在说些什么。只有技巧与本色均衡和谐的艺术品，才能让观众透过精美的色调，穿越美妙的雕琢，领略到那最富有意义的部分，这正是艺术家的本色所赋予其作品的灵魂。

真正的本色具有自然的特性，如此本色才会既合理又美好，不是自然形成的本色总让人感到有些别扭，不但畸形而且无法持久。林中鸟儿的鸣叫，为其生命中本色的自然流露，才显得那么清脆动听。有良知的人，再贫穷也不会去行窃，再急需也不会去打劫，这就是善良本色的自然流露。正常生活中的人，遭到冤屈就喊叫，遇见卑劣就愤怒，见人受苦便同情，得人襄助便感恩；这种自然而然的反应，就是本色的自然流露。

本色的作曲家，将自己心灵感受到的声音变成永恒的旋律，这就是自然通过心灵创造出的本色之美；木匠打造出无与伦比的精美家具，原因是将所有的心思都用在制作家具上，这就是自然通过心血凝聚而成的本色之美；科学家的研究发明，最终会打破地域、种族的界限，而归属于整个世界，使整个人类受益，这就是自然通过人性而形成的本色之美；嫩芽的萌发、枝叶的成长、花朵的绽放、果实的奉献，是每棵植物自然而然的本色，正是因其可信任，可预期，才给人以希望，给人以美的享受。

英国作家王尔德有句名言：人真正的完美不在于他拥有什么，而在于他是什么。可见一个人的本色才是其身上永恒的价值所在。一个人真正吸引别人的地方就是其本色，本色是金子到哪都闪光耀眼，本色是朽木到哪都不堪一用。本色的不同造成人生际遇上的差异，一只鹅不小心闯入丹顶鹤中，其结果只能是一场滑稽剧。

本色如同大树的根基，轻易无法撼动。善良者做的善举，即便被人丑化成动机不良，然而本色却会让他丝毫不为所动，照样还是善待别人；语言文字的意义是用来与人交流各自的想法，语言的风趣、文字的风采、交流的技巧都是为达到沟通目的而采用的手段，最要紧的是能够将意思明白无误地表达完整，表述恰当，这才是沟通的本色。为人做事，本色绝不能随意改变，否则将一事无成。

清朝乾隆年间的进士郑板桥，先后在山东范县和潍县任知县十二年，他同情民间疾苦，广有惠政。公元 1753 年，六十岁的郑板桥为救济灾民得罪上司，辞官回乡，潍县百姓堵在路上痛哭挽留，此后家家悬挂他的画像来怀念他。晚年的郑板桥因为家境贫寒，在扬州卖画为生，他的诗、书、画被世人尊称为"板桥三绝"。郑板桥是清代著名的书画家和文学家，受人尊崇的原因就在于他做官能够造福一方的清廉本色。

本色就是实实在在的东西。夏日莲花光彩夺目，秋日残荷枝叶枯萎；苍松翠柏不足为奇，四季常青本色不变。人不必夸耀自己，自己拥有什么东西，具有什么品行，用不着炫耀，也不用假装，别人都看得一清二楚。

找回自己本色，爱惜自己本色的人，日子会过得平安踏实，并且还不容易受到伤害。有时候人愚钝一点并无大碍，本色如此而已，大家依旧可以相安无事，令人担心的是想要假装聪明，去糊弄别人，将人际关系搞得一团糟，那是非常可笑的，甚至是极其危险的事情。

曾经有位得道高僧和弟子们一同出行，经过一处人迹罕至的山林，突然看见远处有只老虎，弟子们慌不择路回头就跑，那高僧也随着大家一路狂奔，等到了安全的地方，大家席地而坐，有个弟子笑着问高僧怎么也怕老虎。那高僧缓缓告诉弟子，怕老虎是人的本色，我如果不逃开，那就是为了虚荣，真要是那样的话，我即使侥幸不被老虎吃掉，恐怕一辈子也难逃离虚荣的掌控了，这样活着是不是太累。这个故事说明本色不能隐瞒，否则的话人的生活就会失去平安，生命变成无源之水、无本之木。

一个本色的人，一定是个真挚、诚实的人。

第六十章　诚实

　　生活中人们喜欢走捷径，然而走捷径往往会扰乱正常的秩序，这样做可能并不道德同时也极具危险性。成熟的人会发现，从持久重复的打磨中创造出来的物件，最为光彩夺目；从枯燥寻常的时间里成长起来的事物，最为合情合理；从平凡单调的岁月中悠然经过的生命，最为平安健康。成熟的人因此懂得，凡奇伟的东西多出自普通的时空中，本色的人生应该是平庸而诚实的，并且诚实不是件容易做到的小事情。

　　诚实就是内外一致，人的真实想法和言行保持一致，不掺虚假。诚实也是放下自己的好恶倾向，一视同仁，不分厚薄，同样地善待所有的人。诚实更是脚踏实地，客观公正地为人，自重自爱勇于承担责任，自知之明坦荡承认自己的无知和无能，敬畏自然，平视万物。

　　为人处世诚实比智慧更重要，一个人只有首先立足于诚实，才有机会获得智慧，要是为人虚伪狡猾，没人愿意与之交往，即便聪明过人，其智慧也必然没有用武之地。一个人不管身处何时何地，只要诚实为人，其言谈肯定会赢得别人信任，其处事也容易成功。

　　美好的事物首先必须是真实的东西。虚幻的东西，没人见识，便无从确定其美丑，而真实存在过的东西毫无疑问就是生活中的真谛，只有真实的世界才是美好的。没有规则社会将出现混乱，没有了诚实人类将无法辨识一切，可见诚实是多么重要。拥有诚实可以让生活舒心，让生命健康，让人生平安，诚实是人生最宝贵的财富。

　　诚实是一种做人的高贵品质，每个人都具有诚实的天然本色，这点需要从小就特别注意维护，一旦丢失再想修补完整，可能要用长达半辈子的时间才能做到。诚实的品质必须预设几道防线，首先，当然是说真话；其次，是不让说真话时，应当保持沉默；再次，当不允许保持沉默，非得亮明观点时，此人便处于最悲哀之处，这时千万不能说陷害别人的话，这是唯一必须守住的底线，也是唯一还能够使心灵安宁的庇护所。

诚实是一个人身上最高贵、最值钱的东西。对别人诚实同样也对自己诚实的人，就是品质高贵的人，而毫无诚信的人在旁人眼中半文不值。人生修身养性的出发点是诚实，最终的归宿仍然是诚实。没有诚实这个出发点，就不知道究竟是谁在那儿修养；同时，没有最终回归诚实的修养简直是缘木求鱼。试想一下，一个不诚实的人，哪里还有什么个人的品质可言，所谓的修身养性，修炼的原本就是一颗诚实的心灵。

公元 1060 年，欧阳修受命参加编撰唐史，此后历时七年完成《新唐书》，他在署名时，彻底改变过去都是由主编修官一人署名的惯例，将列传部分归于实际编撰的下属。欧阳修同时完稿的《新五代史》，为慎重起见决不轻易示人，仅供好友探讨。仁宗知道后要他将书稿上交，他推辞说还不够成熟，一直到五年后，欧阳修去世，家人才将书稿交给朝廷出版。欧阳修诚实的品质与杰出的才华，受后人尊崇，位居唐宋八大家前列。

诚实增进互信，创建和谐融洽的人际关系。真诚待人不会去占人便宜，还往往会略有自损，正是这种相处之道，让对方感到温暖，使友谊与日俱增。诚实得到的是人心，狡诈失去的正是人心，得人心者得平安。

诚实的简便之处在于，没有必要刻意去强记自己曾在什么时候，当着什么人的面，说过什么话。只有说谎话的人才需要用连篇的鬼话接着圆谎。说真话多好，依样画葫芦，平铺直叙，多么简单方便。对不同的人说不同的话，即使是奉承的话也不会得到真朋友，即便是无害的话也不能让人相信，只会让别人因疑虑和困惑而彼此疏远。

敢于以本色展示自己的人，是需要有勇气的，所以菜摊小贩的推荐要比理财专家的忠告更值得人信任，也更容易让人接受。勇气对于诚实的人是不可或缺的，人一旦缺少了勇气那就很难再拥有诚实的品质。一个本色诚实的人，对不懂的事坦率承认自己无知，就不会被轻视；对于已经掌握的学问敢于去运用，就会清楚自己的能力；一个有勇气坚持诚实本色的人，本应什么都不用害怕的。

身处一个是非颠倒的场所，却想着仍要洁身自好，那会被认为是一种冒险的行为，心地脆弱的人这时候是没有勇气去做到诚实的，因此诚实需要勇气。明明知道有些人的胡作非为是错误的，却没有勇气去诚实面对，这样的人对于受欺负的弱者来说更为可怕，因为这种默许可能让弱者沉冤莫白永无出头之日，因此品行诚实的人宁愿自己受伤害，也仍然会鼓足勇气坚持诚实做人。

美是人人向往的东西，然而美好和真实二选其一的话，大多数人最终会选择真实，因为人不能生活在虚幻或严重扭曲的世界里。世上有些美好的东西可能只是丑陋之物经过改装后的模样，因此真实远比表面的伪善重要得多，也正因如此，一个人品行之中最大的错误就是不肯诚实。而一个人最让别人不能接受的品行就是虚伪，生活中人们常见到虚伪的人总以自我标榜诚实的方式来进行吹嘘，可见连虚伪的人都知道不诚实是个见不得人的东西。

生活中人们总是有意无意地回避一些敏感的问题，以此来掩饰自己的短处或夸耀自己的本事，达到趋利避害的目的。比如，有钱的人怕暴露财富而被人勒索，没钱的人怕暴露贫穷而遭人嫌弃，于是常听见富人说钱并不是最重要的，又听穷人说钱太多人会累坏的，他们只是随口说说罢了，当不得真的。

唐顺宗时期，崔枢去京城赶考，在旅店和一位商人成为好朋友，后来商人病重，临死前托崔枢办理后事，并把一颗价值万贯的宝珠作为报酬送给他。商人死后，崔枢将宝珠随商人一同入葬。一年后商人妻子来找丈夫和宝珠，向官府举报说自己家的宝珠一定被崔枢私藏在身。官府找到崔枢，了解原委，并在墓中找到了宝珠。后来，品格高尚的崔枢考中了进士，为官后也留下清廉的好名声。"崔枢还珠"的故事充分说明，诚实做人有多么重要。

白天做事诚实，晚上睡觉连做梦都无愁；现在为人诚实，晚年安静时回忆也享受。

第六十一章　正直

　　本色的人生理应是诚实的，然而诚实多少总有些让人感到懦弱，一个人仅凭着诚实就想要保全自己的本色，显然还是不够的，人还需要有点勇气，才能在有阻碍的时候去冲破障碍找到自己的本色。本色的人生目标，应该是追求着去做个诚实而又正直的人。

　　在人的一生中，讲究卫生，居所就干净；想法单纯，言行就精练；做派随便，那日子就只能将就着过了。生活中有许多的关键时刻，勇气可以让人通向平安健康的彼岸，懦弱只能使人被困于日暮途穷之中。正直的人生是一条平缓笔直的直线，因此所有正直的人生都是同样幸福，同样可以被准确预测到；而扭曲的人生却是一条条歪歪斜斜的曲线，也正因为所有的曲线都不相同，因此所有扭曲的人生都无法预测将来。

　　所谓正直，顾名思义就是端正挺直，"正"就应该是堂堂正正做人，公正无私，不偏不倚；"直"也就是必须挺直脊梁做人，清廉高洁，不卑不亢；正直的人，追求信仰义无反顾，魑魅魍魉不能蛊惑，邪恶不能使之弯曲，失误勇于回归正途。正直的人就是规规矩矩做人，正经做事，正派生活，正气一身。

　　正直的人一定是个不会投机取巧的诚实人，正直的人一定是个意志坚定却并不固执的人，正直的人永远是个对自己负责任的人。正直的人待人公平公正，做事情合情合理，是好人善行就认同，见恶人丑事就谴责。正直的人最大的特点，就是是非分明，洁身自好，他们虽然不一定会主动热心去帮助别人，但同时也绝不会去与恶人为伍，甚至不会去与恶行沾边。因此，做个善良的人还比较容易，做个正直的人有时候却是难上加难。

　　北宋仁宗年间，包拯到广东肇庆做州官。肇庆古时称端州，出产进贡的端砚。包拯之前的官员都以进贡为由将诸多端砚占为己有，包拯一改此惯例，只要求制作上供交差的数目，任期结束返回汴京，自己一块端砚也不带，这件事在当地传为美谈。这个故事告诉人们，正直做人是怎么一回事。

生活中正直做人就只能有一条正路可走，其他的路多到数不清，可惜都与正直无关，因此人们才有作恶多端、防不胜防的说法。世上唯有做正直的人，才是可信任的人，因为除此之外的条条路上，都不会遇见正直人的身影。纵观历史，只有正直史学家书写的史书才有人愿意看，才有人相信，才会流传后世。也正是有了那些正直的史学家，才让后人能够遥望那栩栩如生的古老社会，让前人的生活经验变成后人的学问原理。

正直有很多好处，正直能让才智平庸的人奋勇向前，去追寻自己理想的生活，从而到达丰衣足食的境地；即使环境相对恶劣时，正直的人也要比邪恶的人更容易得以生存，因为，正直的人心眼不多，品格端正，在困难的时候大家更乐于向他施以援手。正直的人聚在一起，就能够让纷繁复杂的事项变得简单，合作也将变得一帆风顺，所有的具体工作都会有人去努力完成，所有的差错也都会有人去负责纠正。

正直待人就是平等待人。建房的标尺就是水平线和铅垂线，做人做事的标尺就是平等。一个人平等待万物就是为人的最高境界了，天下人都能平等待人，那就是天下为公，世界也因此就大同了。正直的人平视万物，又具有自知之明，不羡慕自己没有的东西，也不嫌弃自己所拥有的东西；正直的人宽厚待人的分寸是不至于让其有非分之念，缜密细致的尺度是不能让人无处立足；正直的人不会因为别人言辞动听就倾心于他，也不会因此人曾犯过错误就不再相信他说对的话；正直的人容易明了他人的差错，更容易从别人的失误中发现自己能力的局限。

正直的人能够平视权威，自己也就气质高贵，举止优雅；能够平视万物，自己也就活得心安理得，自由自在。正直的人正因为自己的正直，因此也确信别人一定会诚实，进而难以忍耐他人的不诚实。正直的人平视万物，衡量万物时手中仅拿着一把尺子，也正因如此，不能永远保证没有偏见，这是正直唯一难以消除的缺陷，如果不注意加以克服，发展下去便是固执，就会让人望而却步。

正直的人对待生活的态度必须十分严谨，需要在理智与感情之间把握住一个度，更需要在自由与规则之间保持平衡，这样才能顺应时势的自然变化，按照自己的本色，在相宜的时节、合适的地点去做自己认为合意的事情。正直的人做事情不看人眼色，不因人褒贬，只要良知认可就去做，只在意对与错，不在意眼前的成败功过。

对于正直的人来说，良知是自己生命中的至宝。人的行为正直与否，只能以自己的良知来校准，良知在心中，行为必然正直无误，如果人的良知不知去向，或是良知被蒙上一层厚厚的尘土而沉睡不醒，那么这个人的行为绝对不可能保持正直。人依靠良知可以忍受孤独、宽容误解以持续保持自己行为的正直；良知可以让人头脑清醒，理智在线，不被谬误利用作为工具，去反对美好的事物；人凭借良知的指引即便没能及时指出别人的缺点，也断然拒绝恭维别人的缺点，这也是坚持正直的底线。总而言之，人有了良知就能为人正直。

正直的人肯定也是个坦率的人，正直的人所讲的话不一定都是正确无误的话，却一定是自己的真实想法，而且想到什么就讲什么，并不会去刻意遮掩或绕弯，因此与正直的人交流沟通是一件让人轻松惬意的事情，尽管正直的人心口如一看上去很像是个稚嫩的处世新手，其实这正是其过人的强项。

正直的人因其坦率，看见有不平整的地方，就非得提醒一下；心里要是存了点疑问，就一定要先弄清楚；别人做了些善良的举动，赶紧就效仿；有人指出自己的差错，立刻就整改，生活中不能及时做出些反应，对于正直的人来说便如鲠在喉，难以忍受。有正直的人在场，就不容易形成僵局，往往一句坦率而正直的"大家都不容易"，就能及时消除纷争，化解僵持不下的局面。在熟悉的人眼中看来，坦荡磊落是正直的人身上最闪亮的地方。

正直不应被扭曲，一个正直的人宁愿站在自己良知那边，去直面所有的苦难，也绝不站在任何地方，躲在任何角落去痛殴自己的心灵。正直稍微扭曲，便不能再自诩正直。正直的人遇到不公不义，不可能仅无所作为地抱怨一下，而是一定会有所反应，有所坚持，一定会默默地挺起身来，攀缘前行，翻过苦恼，跨越困难，勇往直前。

美国有个叫瓦尔特·温契尔的专栏作家，以骂人为业，由于其骂人技艺相当了得，并且专挑名人开骂，貌似一副正直的嘴脸，让无数人听得解气，听得开怀，听得如痴如醉，在长达几十年的时间里，他成功吸引了五千万听众。然而 1975 年他去世时，葬礼上仅仅只有一位听众前来为他送行。可见真正让人尊敬的正直人，不是拿着根棒子整天羞辱别人这也不对、那也不是的那个高人，而是老老实实走正走直自己人生路的那些普普通通的人。

第六十二章　把握

要弄懂事物是相对的道理，除了知道矛盾、明白中庸、保持本色这三条途径之外，还需要学会把握住自己的人生这第四条途径。

人生百年貌似很长，身临其境才发现完全不是这么回事，原来时间是在以光速飞逝而去。生命中，在飞逝而来的瞬间，想要准确地抓住自己所喜欢的东西绝非易事，当机会出现时，如果没有快速把握住，稍纵即逝的际遇便再也追不到了。

人在幼年时期总感觉时间过得太慢，最好自己能够快点长大，快点成熟，快点独立自由，快点成年……殊不知这时候人最需要把握自己的时间来学习知识，学习做人，学习技艺，过了这段时间等到人已经老大不小想学习的时候，却先要花时间改掉坏习惯才行，这样一来学习的时间要翻倍计算。任何事情在一开始就能将契机牢牢地把握住，就是人生极大的智慧。

所谓把握就是及时抓住时机。人的生命只有一次，人生的路也只能走一次，走在人生之路上必须打起十二万分精神，随时观察远方飞驰而来的各种时机，当时机近在眼前时就要迅捷牢牢抓住。人无法创造时机，也不能改变时机的走向，人所能做的就是把握住时机。

相传有一天，苏格拉底与几个弟子路过一块成熟的麦地，让他们走进麦田，各自摘一株最大的麦穗，并要求只能往前不能后退。弟子们进入麦田，对着遍地的麦穗简直是看花了眼，开始摘个大的拿在手上，后来看见更大的便随手扔掉换大的，到最后看见大的都懒得去摘，总以为前面还有大的，就这样挑挑拣拣不知不觉走到麦田的尽头，这时两手空空的弟子才如梦初醒。这个故事传神地告诉人们什么是把握：麦田里肯定有一个最大的麦穗，就像世上一定有一个最大的机会；进麦田走一遭的人不一定能见到那株最大的麦穗，人的一生也不一定能遇见世上那个最大的机会；见到大的麦穗不失时机地摘下，与遇见机会及时抓住，这同样就是把握；没有摘到的麦穗都不是自己的，没有得到的机会也与自己无关，人生中仅有把握住的东西才实实在在归属于自己所拥有。

人生需要把握住安危，其次是把握住进退与得失。人无法左右自然的变化，只能顺应自然的变化；人也无法操控时机的来去，唯有在时机来临之前做些准备，因为好运总是降临在有准备的人身上。能够改变抑或决定着一个人命运的时机，往往只是一瞬间的事情。

人生没有预演，永远都是实况直播，所谓精通生活艺术的强者，就是当时机出现在眼前时，能够马上抓住并且及时为己所用的那个人；对于不能把握住机会的人，时机等于零。

人只能生活在当下，把握住当下就把握住了人生，把握当下就是人生的意义，生命给予人们的礼物就是今天。那种整日躺平，憧憬着未来，总以为生活还没有真正开始的人，殊不知从最初的那刻算起，生活就已经在渐渐销蚀而去。活在当下，当然是领略眼前的美景享受快乐的时光，然而更重要的是，趁今天还有时间，将要做的事情赶紧去做好，这才是把握当下。把握当下的人，明天就有希望，将来就有快乐，把握当下的人生没有任何遗憾。

人生真正值得珍惜的是生命，生命是人生唯一值得把握的财富。在时钟上显示的时间永远只是现在，把握住了现在就是把握住了整个人生，就是珍惜自己的生命，不能把握现在的人，将终身蹉跎，一事难成。

珍惜生命，把握时机，就是当已经没有任何选择余地的时候，必须不再有丝毫犹豫，应当机立断；当别人向自己紧急求救的时候，应及时全力施以援手，不计得失；当有人向自己提善意忠告的时候，应止步倾听虚心接受，不胜感激；当踊跃向前浑身风光无限的时候，应切记生命脆弱无常，预留余地；珍惜生命，就是不要为岁月的消失而叹息；把握时机，就是必须注视着时光在慢慢移动。

把握时机就是把握住了命运。万事万物只要没有消亡，就一定还在自然变化之中，当这种变化关乎自身安危时，绝不能等闲视之，必须全力以赴，务必登上幸运之舟，驶向成功的彼岸。

人生苦短，要做的事情千头万绪，然而最重要的机遇少之又少，况且转瞬即逝，难以把握。世上不知有多少原本可以平静生活的人，结果却因错失了难得的机遇，最终只能在漂泊动荡中苦度余生。通航的河流也偶尔会有险滩有漩涡，只要在那危急时刻把握住航向，船就会始终处于主航道之中；人生也一样，时机一到，争分夺秒，把握关键，幸运之神便一定会降临。

万事万物在自然的进程中，尤其在被人为因素左右之后，肯定会存在转圜腾挪的空间，当自己身处困境时，应当瞅准机会、把握时机，实现华丽转身，方能人生无悔。毕竟人生很长，机会不多，理当慎之又慎，如果机会来临，也已经看清，已经算准，只是因为最终没有出手，导致脚步踏空，将后悔莫及。

人生想要无悔，把握时机非常重要。有机缘可以做点好事的时候，千万不要犹豫；有机会允许改正错误的当口，切记争取主动。轻率而误事的岁月经过之后，务必认真对待剩余的时日；青春不会再来，时光也不会倒转，经历挫折后还能够把握当下，继续埋头苦干就有机会成功。把握生命中的重要关头就是善待自己的人生。

人生是很短，把握不住，一下就过去了；人生也很长，把握不住，真是难以熬过。人生百年，前面二十年需有好老师，接着二十年要有好工作、好家庭，此后二十年要有好事业，之后的二十年要有好心情，最后二十年要有好身体。所有这些都非凭空而来，需要及时把握。

曾经有位做室内装修工作的父亲，准备带孩子去看杂技表演，临出门时接到客户电话，想与他商谈改装卫生间的生意，却被他客气地回绝了。太太认为杂技团今后还会来巡演，责备他这么轻易地就损失了一笔收入，他说，杂技团还会来，但是童年不会再来了。

人生得来不易，请各自把握。

第六十三章　审时

万事万物时时刻刻都在相对变化之中，人生境遇并不固定，不是逆境就是顺境，生活在动荡中的人，渴求能够把握机遇，转危为安；生活处于安定之中的人，想要维持现状，居安思危，把握命运的航向不致有变。

然而准确把握时机是件难事。利益当前，是取是舍，有时还真不好说；一事降临，责任应尽，越权当止，常常难以决断；逆境时要有操守，顺境中要从容悠然，困境里需要忍耐坚持，这些都是常识，大家自然明白，难的是什么时候该出手，什么时候该收手，什么时候该放手，这些问题不弄清楚，人生怎么去把握？由此看来，遇事先要审时度势，将情况搞清楚，才能随机应变去把握机遇。

审时度势就是通过仔细观察研究，分析当下时局的优劣得失，估计形势变化的规律，推测接下来的发展趋势，判定时下的取舍与否。

审时度势就是在目前尚有希望获胜的局势中，寻找到最终实现成功的方法；如果虚应故事、敷衍塞责，那就像盲人骑瞎马，使原本已近在咫尺的目标，转瞬之间便会不知去向。审时度势是当一个人有机会飞翔时，就不能再采取爬行的姿势去前行；有机会向善，便要赶紧起身脱离苟且偷生的苦海。审时度势就是审视昨天的得失，确定当下的位置，调整明天的方向。对于人生而言，审时度势至关重要，绝非儿戏，需要时常着意，举轻若重。

人生之路曲折坎坷而又充满挑战，每当迈步之前，都应该审时度势研究一番，才能心明眼亮，阔步向前；反之，不顾一切只管乱闯，生命如临深渊、如履薄冰，一脚高一脚低，岌岌可危，或如盲人摸象，东摸一下，西抓一把，这样的人生如何能够把握得住？

审时度势的意义非同凡响。一个人的本事要怎么来运用，才能够为自己的幸福生活服务，这需要审时度势；带领一个团队，是应该严格管理还是应该宽容仁爱，这同样需要审时度势；逆境中怎样成功摆脱窘境，顺境中又如何避免跌入陷阱，这仍然需要审时度势；工作中是坚持还是放弃，成功后是谦让还是再战，失败了是团结还是散伙，这些更加需要审时度势。生活中遇到沟沟坎坎时，就是审时度势发挥作用的最好时机。

审时度势的核心就是研究与推断，通过分析研究可以提高对事物的认识，经过推断能够挑选出做事的正确方式，生活中正是这种研判的态度造就了幸运，使人生反败为胜，逢凶化吉。研究时局，重点在于分析事物处于何种时段，正如一朵花可以分为含苞、绽放、凋谢三个时段一样，事物也有兴起、鼎盛、消亡三个时段，这三个时段的意义截然不同，事物在刚兴起时如海上升明月，前途不可限量；事物在鼎盛时期如火如荼，无人能够匹敌；事物到了消亡时期如秋风扫落叶，众叛亲离而散。推断趋势，主要是分清这个势是来势还是去势，如同大海的涨潮抑或退潮，潮来势不可当，潮去顺势而为。审时度势若能举轻若重，人生便能举重若轻。

做事情有成效的人，会先行辨别清楚准备参与的事物处于哪个时段，还要判断局势顺逆如何，要是时机不合、形势不宜，那是万万不可恃才逞能的。凡事审时度势之后再开始行动，就有成功的把握；如果不做细致的研判就贸然采取行动，那事物的进程恰如断线的风筝，飘到哪里也没人能预测准，然而结局肯定是不妙的。

北宋文学家苏轼曾经说过，成事在理不在势。可见做事情审时度势需要有个原则，所有的形势判断都必须符合事理，要是不合事理，哪怕情势已成燎原，最终也不会有什么好的结局。不合理的事情不要去做，这就是敬畏真理，敬畏真理的人才会有所作为。

要是一个人完全不讲事理，自命不凡，一意孤行，偏见成性，毫无理性可言，常识和证据都无法撼动他，这样的人做事情就像抱着柴草去救火灾，引来河水去退洪灾，如此荒谬，不仅不会有所成就，反而还会错上加错。

审时度势的目的是为了应对生活中遇到的问题，应对正确问题便迎刃而解，人生前途一片光明；要是应对失策，问题就积重难返，人生陷入窘境。审时度势是解决问题的利器，要是没有用来解决实际问题，那么所谓的审时度势只是浪费时间的儿戏罢了。

人生处处需要留意，时时需要应对。审时度势的意义就像面对一个瓶子，如何去找到一个合适的盖子来拧上，最终使瓶与盖严丝合缝。再比如上坡慢行，对应负重前倾的姿态，较为耐久；下坡急行，应取傲慢后仰的形态，稍觉轻便；高速轻车，采取抬头目视前方的方式，舒适妥当；林间散步，选择垂首俯视脚下的方法，安全静心。用什么方式去做什么事，这正是审时度势的意义所在。

审时度势把握时机在紧要关头，往往就是整个的人生，如果一不小心疏漏了那要命的一瞬间，便相当于蹉跎了自己所有的一切。要知道审时度势之后判定应该做的事情，就不必担心做了之后会有什么危险，相反应该担心不去做才真有危险。人生的机会不会无缘无故地出现，一旦来临不应无关痛痒地丢弃在一边，成功的人生就是在每次关键的时刻，都做了本该做的事情。

平时得过且过的岁月，遇事优柔寡断的心态，这样的人生既可怜又可悲。今天该做的事情，拖延到明天做，即便开工再早也已经于事无补了；做事有成效的人，总是先完成最重要的事情，然后开始做次要的事；不让困难阻碍自己的人，总是先将准备工作做好才开工，这样效率就高；时机允许时不采取行动，毫无指望时又穷追不舍，这种人不会成功；总之，平安人生理应处处自主积极、时时踊跃主动，自然生命还需每时适时而为、每刻顺势而为。

平安的人生，审时度势。无事的时候，不去生事，宁静度日；来事的时候，不必怕事，沉着应对；了事的时候，不再多事，重归宁静。动荡的人生，往往只是在应该做的时候选择了放弃，在本想说不的时候却说成了是。

把握人生需要审时度势，如此方能在瞬息万变的人世间，始终规避险恶，身处安宁之境。

第六十四章　适度

　　生活中当时机来临，经过审时度势之后，采取凌厉手段，先手将机会把握在掌中，这时的人生已经占尽优势，前景一片看好；同时我们知道这件事物仍然在不停地相对变化之中，优势与劣势也在不停地转化之中，胜败还远未清晰明了，要取得最终的成功还要看我们用怎样的力度来把握住这个机会。

　　凡做事情，没有把控住，那肯定不会有成效；然而事情要是做过了头，成效已不能再被提起，结果肯定是灾难性的。君不见：把握先机，快乐无比，难免忘形，跟着引起轻蔑和嫉恨；占有优势，忘乎所以，侵害周遭，一事成功造成千夫指；操控小权，严酷无比，毫无余地，治下失去自由唯余骂；见人有错，横加指责，无休无止，善意换来了自取其辱。由此看来，把握一件事情，合适的力度是需要自行加以认真考究一番的。

　　所谓适度，就是适合做事情要求的程度，也就是适合推进事物进程的力度。适，就是软硬恰当，度，就是把住尺度。以艺术为例，艺术来自生活，又必须高于生活，要是艺术作品太像生活，甚至没落成生活的复制品，便成为讨好观众的俗物；同样，要是艺术品没有生活中的烟火气，则沦为幻境虚像，变成欺世盗名的骗局诈术。真正的艺术品其精妙之处就在于既像生活又不全像生活，其适度就在于真的好像生活。

　　任何东西都有个度，没到这程度，还不是这个事情，过了这个度就真不是这事情了。对于诚实而言，适度就是讲出来的话应当是事实，然而不应当将所有事实统统讲给所有人听；对于宽容而言，适度就是包容别人的说法和做法，然而不能确信说的都对更不能都跟着去做；对于勇气来讲，适度就是自负与胆怯的中间状态，勇气是遇事时从容应对，无事时敬畏自然不生事；对于生活来讲，适度就是简洁与优雅之间的调适，生活是享受岁月的光阴，又能展示文明的高贵。凡事都有个度，度就是事物的界限，越过了界限，便失去这个度，这事物也就不再存在了。

人生一切的美好都包含在适度之中。比如一把琴，在音乐家手里可以演奏出抑扬顿挫的醉人曲调，在门外汉的摆弄之下只会发出烦人的噪声；再比如爱情，适度燃烧可以使夫妻和睦、家庭幸福；如果任性而为，烧得太旺会将心灵烤焦熏黑，要是不慎熄灭，家庭也将分崩离析。所有的物品都摆放在合适的地方，用起来才顺手，看上去都舒心；所做的事情都拿捏分寸张弛有度，行动就会应景，听到就多顺耳。

适度的好处是显而易见的。比如有的能力特别强的人，常常过度去处理常人无法克服的难题，精力透支损伤身体，甚至造成无可挽回的损失。行走在人生路上，内心需要有根尺，在顺风顺水的时候，或在左右为难的时候，可以用来提醒自己是否已经跨越了极限，凡做人做事能够适可而止的人，鲜花掌声不一定多见，平平安安那是一点也不会缺少的。

做事情想要达到适度的境界，首要的任务是要控制住这件事情，要是事情的发展方向及速度都不受自己的掌控，那么所谓的适度做事只能是隔靴抓痒，于事无补。只有完全控制住了事情的自由度，才能逐渐根据事情的特点，探索出适当的控制力度，从而确保事情在适度的控制之下，按照既定的目标自然地发展壮大。

适度控制事物的着重点主要是在于避免过度控制。做事情要控制激情，不能冲动，避免陷入拔苗助长的窘境；美德本身也应控制，要是滥施恩惠，必将沦为暴力的慈善。能够适度控制自己的人，做事情失败能承受，成功能满足；做人能够承担责任，也有所敬畏；与人相处有所坚持，也能够妥协；处世内心能够自由，行为能遵纪。

适度为宜，过度为灾。一般情形之下，凡事加强控制，总能有所斩获；然而强中又强，毫无限制，严上再严，无所顾忌，一旦接近极限，仍不知收敛，还要多走一步，便会乾坤倒转，弹指之间，庄重已经变成滑稽，成功的辉煌瞬间蜕变成失败的暗淡，令人痛心疾首的是其间仅仅只是多走了一步而已。

做事情做到失控，所带来的教训肯定是极为惨痛的。公元 529 年，倾心佛教的南梁武帝再次进寺院，宣称彻底出家，群臣一片惶恐，拿着一亿钱要将其赎回，可他诚心皈依佛门，死活不肯出来，大臣们全体聚在寺门口，联名上表才把他求回朝廷理政。这样的出家，先后发生了四次，共耗费四亿钱。如此一来，上行下效，朝野上下人人向佛，仅京城就有极为富丽堂皇的佛寺五百多所，僧尼十多万，全国更是不可胜数，僧尼们养女蓄婢不用入籍，使国家的户籍人口减少一半，严重影响了经济的发展。梁武帝信佛没错，然而一旦到了失控的地步，就成为灾难了。

做事适度的最高境界是顺应自然。顺应自然并不是无所作为，而是适度地作为。比如驾车出行，遇到上坡的时候适当增加些动力，每逢下坡的时候适当减少些动力，这就是顺应自然，这样的做法，人舒服车也舒服；再比如在生活中，身处逆境，要自我鼓励，不进则退，到了顺境，让人搭便车，大快人心，这同样是顺应自然，如此一来，别人心平自己也气顺，岂不快哉。

自然的安排，最为妥帖，不应看到的就不让看到，不应听到的就不会听到。比如晚上应该上床睡觉就安排天黑什么也看不到，再比如人的血液在血管中流动时的声波频率被安排在我们的听觉范围之外。试想一下，要是我们能够听到自己的血液在血管里哗哗流淌的声音，还怎么能够酣睡？自然的安排最合理，也最为适度，因此做事的程度与自然进程相对一致时，一定是最为舒适的状态。

做事情达到适度掌控的境界后，需要注意维护事物内部各方面来之不易的平衡，只要平衡依旧，证明掌控仍是适度的，事情依旧正常地在轨运作，便可高枕无忧，此时切勿再去胡乱摆弄。外部看上去平庸无奇的事物，内部总是相对比较平衡，这样的事物自己运行平稳，也没有多余的能力去对别人构成损害，通常比较容易被旁人所接受，因此也能较为持久地存在着。而看上去已经登峰造极的事物，由于内力已用到极限，内部各方极易失衡，自身便处于岌岌可危的状态之中。

春秋时鲁国有条法规，将在国外的鲁国奴隶赎回来的人，可以到官府报销费用。孔子的学生子贡有次出国，赎回了一个做奴隶的鲁国人，为了向别人显示自己品格高尚，没去报销费用。孔子知道了这件事异常生气，指责子贡的做法严重失当，认为今后再也不会有鲁国奴隶被赎回来了。法律规定赎回奴隶报销费用，看似平淡无奇，却为百姓认可接受，做了没损失，这种适度把握各方利益的规定就能实行下去。子贡的做法看似高尚，却让做好事的人蒙受损失，如何能够持久？

做人做事掌握合适的程度，必能行稳致远。

第六十五章　道德

要想自然度过人生，除了第一个目标，懂得事理是相对的之外，第二个目标是要懂得人生必须是道德的，因为符合道德的人生是理想的、美好的，也是平安的。

人类的文明已经走过了几千年的漫漫岁月，数百年以来，人类在科学上突飞猛进一日千里，取得的成就使人类的能力空前强大，人类的生活日益富庶与舒适，同时有些人为了追求更舒服，目空一切，不留余地竭泽而渔，吃光抹净；为了追求更惬意，肆无忌惮，毫无廉耻不惜同类相残，毫无底线的现象比比皆是，显然两千年来人类在道德方面做出了很大的努力，也取得了长足的进步，然而这种进步与科学方面相比简直有天壤之别。

科学与道德是人类文明的双脚，很明显一只脚走得快而另一只脚走得慢，文明是走不远的，看上去似乎一直在走，其实只是原地转圈而已。对于世上的每一个人来讲，自己是否具备道德，似乎与别人关系不大，不讲道德也不一定犯法，别人也奈何不了自己，然而世人应当醒悟，无德之人是不可能自然度过此生的。

道德就是人与人之间相处的行为规范，这种规范遵循相互之间共同认可的准则。生活中每个人都有自己所追求的理想，现实中这种追求往往与别人的利益发生冲突，这时候只有良知才能判定是非对错，人的追求能够服从良知的约束这就是道德。道德就是与人为善和谐相处，道德的底线是不伤人，道德的最高境界是不麻烦人。

人的心灵一旦达到完美的境界时，这个人就是个有道德的人，这时其所有的言行都是正当的。道德是真理中最美丽的那朵花，不管是大事还是小事，从道德的角度看去都是同样的一个道理，道德就是为人诚实守信，就是持家节俭富足，就是邻里和睦互助，道德就是人类自由平等。诸子百家的思想达到完美的境界时，也都汇集于道德这一制高点，如老子的无为，孔子的仁，耶稣的奉献，释迦牟尼的平等，苏格拉底的无欲，等等。人的道德标准应该是仁爱、理智、礼让的完美结合。

道德作为人们的行为规范，有个极大的特点，就是对己不对人。道德只能作为自己修身养性的准绳，绝不可以用来作为衡量别人行为的尺度。每个人的行为都由各自去承担责任，别人无权随意地横加干涉。要求别人按照自己的意志来行事，这本身就是不道德的。道德如同一把刻刀，将自己雕成可心如意的模样，然而却不可以见人不顺眼，拿起道德这把刀上去就削，这不是挺滑稽吗？

道德如同华美的衣裳，无须自夸，只要穿着得体、优雅，出行就会受人礼遇；道德也像参天的大树，谦虚自重，只须枝繁叶茂、娴静，自然让人心驰神往。一个人用道德来约束自己，就能修身养性，提高自己的德行，减少失误和过错；同样这个人不拿道德来要求别人，就会祥云缭绕，四周一团和气，没有争执与计较。用道德要求自己的人，遇困难身旁边有人帮，到哪儿都有适合生存的地方，春夏秋冬都能得到幸福快乐；凡遇事跟人讲道理，要求人家讲道德，这无异于骂人，这就是烦恼的开端。

道德的作用就是使人能够幸福地生活。生活中一个人品行里面狡猾和聪明的区别不在智力上面，而是在道德上面，无德之人总是醉心于损人利己，然而事后必然会遭受反噬；道德就是治疗一个人身上自私、贪婪、鲁莽、冷漠等恶习的良药，在道德的呵护之下，人的品格端正、行为正直、受人尊重。各行各业都有各自的道德水准，无论哪种技艺，熟练到一定程度便不再能分出彼此，最终水平的高低只取决于本人的那份工作责任心，就是职业操守、职业道德；生活中成熟的人也难以区分各自快乐的程度，唯有道德水准的高低才能决定其人生的意义有几何。

有个古老的传说，讲到古时的医生有三种。第一种医生的医术最高明，当别人劳逸失调，还没感到不舒服时，他已经看到那人的气色出现了偏差，着手进行调理纠正，这种防患于未然的做法让人不伤元气，然而人们却以为他不会治病；第二种医生的医术要差一些，当别人感到不舒服，找上门来时，他用药将病治愈，防止酿成大病，这种医生治病让人元气略有损伤，然而可以药到病除，人们认为他只能治点小病；第三种医生的医术最差，当病人已病入膏肓，通常的医生都已无法医治，让人抬上门来，他敢下虎狼之药，让病人转危为安，这种医生治愈的病人已经元气大伤，不残也废，可是人们都称之为神医。

用道德矫正人的品行，与这三种医生的医道极为神似。一个人应当多观察别人品行中闪光的地方，多读书了解德高望重伟人的崇高德行，当自己出现非分之念时可以及时修正，这种修身养性方法对自己名誉没有影响，同时有效又不张扬，最为高明；如果一个人做错了事，经过别人提醒，自己反省，改正错误，回归正途，对名誉也没有太大的损害，依然是位正人君子；要是一个人恶贯满盈，又屡教不改，最终触犯刑律，锒铛入狱，接受法律制裁，即使刑满释放，也是名誉扫地了。

道德就是能够遏制住一个人自私自利的天性，为别人着想或给别人以充分的自由。无私是道德的核心，道德就是能够逾越一个人以自我为中心的本性，接受别人言行或品格中存在的美，同时也包容别人的不美。道德本身就是无利可图的，正因为如此，道德绝不会损害别人。

为人讲求谨慎对自己无害，为人追求道德对别人无害。当一个人将万物的生命看得与自己的生命同样重要的时候，这个人就是个有道德的人，因此有道德的人把自己的命运与万物的命运维系在一起，有道德的人既是为人类服务，最终同样也为万物服务。

理性是德行的基础，当一个人完全厘清了事情的来龙去脉，就能做出健全的判断，选择恰当的做法。智慧必须服从于道德，一个没有道德的人其智慧是件可怕的东西，有了道德的智慧便如虎添翼于人于己都受用无穷。

人的道德行为应当受良知制约，对别人有利的事，应该做的须快点去做；对别人有害的事，没做的千万不要去做，在做的赶紧停下来。有些人修身养性久而无功，原因是还未明白这个道理，没有以自己的良知来指挥自己的行为，而是以本人的好恶去驱使自己的言行，像这样将良知冷漠地抛在一边，久而久之便不知道德为何物。

公元714年，唐朝宰相姚崇推荐魏知古为自己的副手，派去洛阳选拔官吏。魏知古回来就向唐玄宗反映姚崇儿子所干的坏事。玄宗去问姚崇，见姚崇并不偏袒儿子，便认为这是魏知古辜负姚崇的提携之恩，要将他除官，姚崇却认为魏知古没有过错，最后玄宗只是将他降了一级。第二年，山东蝗虫成灾，姚崇提出灭蝗，却遭朝野激烈反对，大家认为蝗虫代表天意，不能扑杀，应当修德去灾。姚崇将自己的身家性命作为抵押，玄宗才同意抗灾，此后，蝗灾迅速消退。舍己为人是道德最美的地方。

学到理性道德后，还需要用于生活实践，这样才能使自己行为符合德性。道德是人生必备的生存技能，没有这项技能的人生，如同梦游一般既没有理智，更没有安全，岁月过得黯淡且莫测；人生拥有这种技能就能勤勉、守则、礼让、仁爱，岁月将充满阳光，生命意义非凡。

能够顺其自然就是道德的。修身养性的最终目的就是让自己的行为顺应自然；而违反自然的事，如强人所难、敷衍了事等，都是不道德的。人类的自然发展最终是均富，一个人的自然发展最终也是小富即安，因为财富每天在换主人，多亦无用，道德是非卖品，需终生积累。

第六十六章　无为

　　生活中很多时候平平淡淡地过日子，安安静静地什么也不多做，就是天下太平的时候。不用感到有什么奇怪的，这就是道德的本质，道德原本就是让天下太平。

　　一个人在动手做事之前，先要静静地看别人是怎么做事情的；有了做事的冲动时，还要确认一下是否具有正当性；当事情已经一团糟的时候，能够置身事外是种幸运；当事情进展到如花绽放般美丽的时刻，在旁欣赏是种享受。

　　生活中的痛苦大多是有了非分之想后却不幸真的去做了，有了不切实际的念头后鬼使神差地匆忙下场了……人生什么时候能够看清痛苦的本质，及时收手止步，便能立刻驱散痛苦的纠缠。自然的事情总有前因后果，对自然的进程看不顺眼，百般挑剔，千般涂抹，既受伤害，又遭失败。有学问的人知道事情原来的模样，有智慧的人知道事情最终的模样；有本事的人知道事情最好的模样；有道德的人心平气和地欣赏所有人的模样。尊重万物，就是无为。

　　无为就是顺应自然、理解旁人心意，不凭自己私欲和想象勉强去做事，只尽力做本分事却从不无事生非，其核心是不与人争利益，尤其不与弱者争利，事做成后，决不自我夸耀，就像什么也没做过一样。

　　无为是自立自强，增进见识，减少愚昧，安分守己，顺势而为，平安顺遂；无为是相信常识，依靠科学，秉持信仰，中规中矩，顺应自然，瓜熟蒂落。无为就是不受诱惑左右，不理霸道胁迫，坚持做下去来达到目的。

　　无为的好处是缓和矛盾，营造和谐，避免争端，实现互惠。生活中如果不争，就不会伤和气；不斗，则不会伤元气；不急，凡事留有余地；不怒，事后无怨无悔；无偏执，可包容美丑；无奢望，结果全满足。无为处事就如同饲养花鸟鱼虫，不去妨碍其天性特点，让其自然成长就是道德，其他任何多余施展的作为都只能是拔苗助长，都将引发混乱，造成损失，萌生后悔的心结。

无为有时候就是一种出世的精神。如果站在太空的高度看世界，看身边的一切，就会发现自己的渺小、无知和无能，就能明白无为的道理，知道自己根本改变不了这个世界；同时理解无为的正确，真正懂得自己根本拿不走这个世界上的什么东西，于是就会放下许多恩怨，放下许多执着，心平气和地看待万事万物。无为正是理性的使然，在无为的面前极端不可能会出现，争斗也一定会消失，从容不迫地对待一切，周围必然和谐融洽、相安无事。

无为依据的标准是自然。无为的出发点和目的都是自然，如果事物的进程本身就是自然的，那就不需要再添加任何的外力，就无须任何作为，这就是无为的出发点；要是事物的进程偏离了自然，那就要根据偏离的程度，认真细致地施以影响，使事物以后的进程回归自然的状态，此时千万不可轻率地随意而为，把本来尚可挽救的事情弄到不可收拾的地步，这就是无为的目的。

无为是顺应自然的工具，无为利用世间的材料，将自己的生存环境打造得更加贴近自然。当环境正常的时候，最接近于自然，一台设备在正常运转时，人们感觉不到有什么异样；健康工作的器官，身体感觉不到其存在，每当这种时刻，无为最适合出场主持局面。然而生活中人们往往对现状不满意，急于让身旁的一切变为天堂，这种过于用力追求的做法，让人错过了快乐，过早耗损了精力，最终将自己陷于凶险的境地。无为的人生，只需放慢脚步，跟随自然的节奏，一路前行，欣赏美景，便可知足。

无为的智慧在于把握做事的力度，无为的人一定知道凡事都是相对的，事物都有属于自身的自然进程，加快这一进程并非都是有益的。比如，一朵花开始绽放就意味这朵花将要面临枯萎，如果想加速花的开放也就加快了花的凋谢；再比如一个人大获全胜就意味着对手的惨败，过分炫耀成功显摆本事也就等于证明对手无能，埋下仇恨的种子。为此，无为的人做事往往从容，做人常常低调。

获取任何东西总要付出相应代价，推销自己特长，特长难免被人利用；发表高论显示聪明，同时也将自己的愚昧展现得淋漓尽致；大快朵颐地品尝青蛙的美味，意味着接下来需要忍受蚊子的叮咬；很多时候，能力越强大事情会越多，看得越清晰痛苦就越多，拥有的越多烦恼也越多，无为的智慧是知道什么时候应该适可而止。

无为也是一种敬畏，敬畏自然、敬畏道德。

敬畏自然的人知道，想做自然的裁决官，其结果就是一个笑话，真实的自然的美是难以用颜料调绘出的，硬要给鲜花镀金只能弄巧成拙。无为懂得，要想内心平静，就要善待万物，不要干扰万物的宁静；要想岁月平安，成功时不要夸口，困境中不要灰心，失败后不要发泄。

无为更是一种包容。真正懂得无为的人，看不到万物有什么过错。懂得无为的人，尽自己的本分，包容别人的过失。

人生中许多事情，看明白想清楚，就已经足够了，生活中许多问题，不去扰动涂抹，自己也会解决。想明白就知道自己要去哪儿，看清楚就知道怎么去哪儿，不干扰别人去哪儿，别人也就不会干扰自己去哪儿。

无为是人生的一项重要技能，这项技能既顺应自然又符合人性，掌握这项技能就能轻松避开生命中的暗礁漩涡，惬意地承担起生活中的责任义务，平安快乐地度过自己岁月中的每时每刻。

在道德的生涯中，经由无为的阶梯拾级而上，就能很容易地摘得美德的硕果。

第六十七章　美德

　　世上有些人做人做事稳重妥当，既顺应自然法则，又符合道德规范，你的、我的都计算精确，他们不占别人便宜，却也不愿奉献毫厘，显得人畜无害。这种人，有他的时候不感觉到多些什么，没他的时候也不感觉缺少点什么，他们并不缺德，只是在其品德中缺失了最美好亮丽的那一部分。

　　美德可以产生力量、汇聚力量，美德是对万物的热爱，是对生命的尊重，是对时间的珍惜，美德是智慧、公正、勤奋、感恩，美德的最高境界是奉献。

　　花朵比果实更美好，果实让人产生欲望，花朵给人带来希望；美德比道德更加美好，道德让人享有自由平等，美德给人带来平安快乐。人的心灵深处都应该具备美德，美德在身的人显得年轻而有活力，举止优雅而有魅力。美德是最吸引人的东西，因此美德会伴随着快乐随处传播开来，怀揣美德的生命必然呈现出迷人的光彩，美德是人生的无价之宝，具有美德的人生肯定幸福美满。

　　人应该自食其力、顺应自然、有益社会，这就是美德。美德是人身上最亮丽的服饰，是人体最强健的筋骨，美德也是周围的人最欢迎的东西。有美德存在的地方，人们自尊自爱互惠互利天下就太平，没有美德存在的地方，人们自私自利相互倾轧天下便大乱。

　　人需要美德，是因为唯有具备美德的人生才能平安顺遂；人没有美德虽然也能生存，却因此将存活于动荡之中。一个人的美德并不是用来拯救社会的道德水准，而是用来洗涤自己的身心，就如同跑步锻炼一样不是用来增强人类的体质，而是用来增强自己的体质。就这点看来，一个人修身养性的结果，今天的品德超越了昨天的自己，就是对社会的负责，就是今天的成功，要是自己的品行在倒退，那么这样的修身养性只是在浪费时间罢了。

美德的本质就是尊重，是对自然的尊重，对生命的尊重，对万事万物的尊重，可以说人的美德正是由对一切尊重的根本所滋长起来的。美德尊重所有人的个性，使自己永远处于低位，即使原本低于自己的事物，美德也心甘情愿承认其比自己高贵，总是站立在卑微的角落里，以略逊一筹的姿态欣赏着万物。美德施惠于万物，不与万物争利，因此美德受到任何人的欢迎。

尊重他人就是推人及己，凡事先谨慎地设身处地推想一下他人的感受：自己这样做人家会好受不？要求人家做到的事自己能轻松做到吗？认真想清楚，有了答案后，就知道自己应该怎么去做才是合适的。尊重他人的重心在嘴上，尊重他人与否重点看怎么说话。当人获成功时，说一句赞美的话；当人被为难时，说一句提醒的话；当人受攻击时，说一句解围的话；当人遭失败时，说一句鼓励的话；当人处无助时，说一句支持的话。凡这些场合说这番话，都会受人欢迎，控制自己的嘴是学会尊重他人的最重要美德，人生之中往往一句善解人意的话胜过一切虚伪的努力。

美德是一个人生命中最强大的力量。美德的全部意义在于有益于天下万物，更在于美德分担了别人的烦恼，却不去损害别人的权益；同时美德推动万物的自然发展，却不去干预万物的自由自在的生活。由于美德受到所有人的推崇与爱戴，美德出手事半功倍，美德行动心想事成，可见美德力量之大。此外，一个人具备了仁爱、公正和谦虚等美好的品德，生活中就不会有什么艰难险阻能够妨碍其度过平静的岁月。

美德不愿意攻击别人，也不可能与人起争端，因而常常被他人视作软弱，遭受欺负，自己也因为宽容而让其他人践踏蹂躏；美德不承诺放弃公正，更不可能去巴结人家，为此时常被人家认定为迂腐，遭受歧视，自己更因为正直而被周围人孤立挞伐。然而即便如此，美德依旧岿然不动。如果美德因为善良、仁爱受到欺凌而改弦更张，那就不再是美德了；如果美德因为宽容、正直遭到孤立就哭泣绝望，那世上早没美德了。任凭天塌地陷依旧岿然不动，这正是美德力量之所在。

美的东西都是简单的，美德也必须纯粹无华、恰如其分，如此，美德才能充分发挥作用。一个长途跋涉的旅行家没有随身物品，肯定是走不远的；

然而随身物品带得过多，那一定也是走不远的。同样，财富是美德的包袱，没有财富，美德似乎寸步难行；然而背负着沉重财富的美德也只能步履蹒跚。美德越是纯粹便价值越高。

纯粹的美德符合人的天性，那是人类对神圣事物的渴望，是一个人对崇高行为的向往，纯粹的美德不受陈规陋习所局限，也不被新潮时髦所驱赶，美德唯有听从于良知的指引；纯粹的美德就是用心去爱万物，尊重万物，理解万物，心怀善意，助益万物，美德可以随时唤醒人们内心深处的善良情感。正因如此，也仅有纯洁的心灵才能感受到美德的好处，美德由内而外都是纯粹的，美德的行为从头到尾都是纯洁的。

美德只有奉献的快乐，却无占有的贪念，所以总是联结着幸福，给人带来欢乐。善良的人都是通过美德来交流感情，消解阻碍，构建和谐生活。美德是人们共同生活的核心枢纽，人际关系有了美德就祥和默契，社会文明有了美德就自然发展，人们生活有了美德就安居乐业，有了美德所有人类的活动就流畅，每个明天肯定阳光灿烂。

最高的美德就是爱别人等同于爱自己，为自己着想时也为别人着想，当自己利益与旁人利益矛盾时，心甘情愿地放弃自己权利让旁人受益，即使自己受损失也要让旁人免受损失，当别人幸运时陪着一起快乐，当别人倒霉时陪着一起流泪，当别人正费力地做好事时在旁搭把手，美德从快乐出发又奔向快乐，美德本身充满了幸福快乐。

一个人的生活经历越充裕，性格就会越安静，他品格中道德的成分就越充足；同样人的美学经验越丰富，兴趣就会越专一，其生命中审美的选择就越准确。选择美德的人可能暂时被孤立，然而假以时日肯定是人气爆棚的那一位；美德就像阳光，受绝大多数人追捧，却也受心底阴暗的人所嫉恨，然而美德就像金子越磨越亮，至今没有，今后也不会有什么东西能够遮蔽住美德的光芒。

第六十八章　原则

要实现讲道德的人生，首先是不要胡作非为，第二条途径是要做个有原则的人。自然现象周而复始，时刻处于变化中；自然规律却永恒不变，正是这种不变的规律才主导着自然的均衡、有序、完美的变化，没有自然规律的主导，自然的变化就无法想象，更无法持续。

现实中大多数人的生活都是随大流，就像秋天那满地的落叶，随着风向飞舞而去，遇到事情人云亦云，没有自己的主见；还有一些智力超群的人，却承袭了传统文化中投机取巧的糟粕，哪里有空子就往哪里钻，即使没有空子可钻，也非要弄出点缝隙，看看能不能搞出些什么名堂来，然而其结果往往是致命的；能够像天上星星那样，自始至终走在自己天然轨道上的人生，实在是沧海一粟，这样的人生方才浑然天成，可遇而难求。

原则是行事做人所依据的基本准则，即做人做事的出发点。原则必须顺应自然，符合道德的规范，这样做事必然准确无误，做人定能坦然无悔。

原则的唯一性才是生活中最重要的事情。通常情况下一个人只能佩戴一块手表，要是戴得多了，便会混淆时间的概念；已靠近海岸的轮船见到前方有两个灯塔，那是无论如何也进不了港的；带着几把不同刻度的尺子去工地验收，叫人家工程如何竣工？生命中同时怀有几个信仰，这样的人生，归宿在哪？生活中，原则这个东西只能有一个，要是多了，岁月便无宁日。

万事万物都在变，唯有原则相对不变。这就如同圆规的两个脚，动的那个脚是万事万物，固定的那个脚是原则。生活中唯有原则不变，道德标准才不会变，美好的信念就不会模糊，才能使岁月按照理想的规划留下完美的曲线。从这点来看，原则具有预言的特性，只要原则坚持不变，岁月便风和日丽，花好月圆；任何时候原则发生移位，接下来的岁月将是一团糟，如此人生不废也残。

做任何事情都必须抓住根本的东西。比如做人，自食其力就是根本；做学问，品行就是根本；救灾，同情心就是根本；就像一个牧童，可以整天东游西荡，却永远不会忘记自己放的牛，这个根本的东西就是原则。原则还必须得到量化。原则是人们在生活中提炼出来的，用于做人做事的行为准则。做人，善恶需要有个道德标准；做事，成败也应有个是非标准；没有标准地做人做事，或者没有达到标准地做人做事，那最终是什么也做不成的。

人需要智慧，但更需要原则。一个人的理智所产生的效果不能仅以最终得失的大小来衡量，而应该用原则来衡量一下，看看究竟还有没有原则在智慧里面，有原则的智慧才能人生无悔，同时还能如锦上添花般效率倍增。同样，原则也离不开智慧的帮助。智慧知道，原则永远存在，只要自己内心有主见，便不会被纷繁的琐事牵绊住，智慧的眼睛不会被纷扰的万象迷惑，智慧能看清原则，如同沙漠一样，风可以随时改变沙丘的外貌，却永远无法改变沙子的形状。有了智慧的帮助，原则就不会轻易迷失。

原则其实并不玄妙，原则属于常识范畴，接近事物的规律。常识被大多数人所熟知和接受，人们大都生活在常识之中，当一个人按常识行事时，便被大家认为这是种稳重的做派；常识是最基本的知识，不会随周围的事物发展而轻易变动，按常识行事的人，不仅容易获得成功，而且还容易得到别人的信任；坚持原则其实并不难，通常只要按常识去做即可，难的是在心猿意马的时候有些人会将常识丢在一边，事后反而责怪原则难以坚持。

十八世纪德国著名的思想家歌德认为："常识是人类的守护神。"生活中的常识往往就是人们做人做事的原则，而所谓的讲原则通常指的就是尊重常识，因此，讲原则、尊重常识的人生自然而平安。不尊重常识的人生，前路常常无法去准确预料。比如在与人沟通时，温和的语言不能使人接受，那么粗暴的措辞更无法说服对方，这就是常识；再如老友相见，见面总是笑脸相迎，交谈总是一问一答，告别总是依依相惜，这也是常识；还有，当与人看法不一而起争执时，不能牵连旁人，对无辜者要表示友好，对旁人的解劝要虚心接纳，这同样是常识；生活中不按常识而行，让周围的人如何能够接受。

有原则的人是自信的人。自信的人认为，生活中根本的准则不能改变，顺应自然的做法不必修正，要是大家各司其职，各享其福，则肯定天下无事，花好月圆。自信的人还知道，人之所以必须坚持原则不动摇，是因为放弃原则便无路可走，因此不管脚下如何坎坷，日子过得如何不顺心，也要坚持原则，不改操守，自信只有这样，日子才会一天比一天过得舒坦。

讲原则的人是成熟、优雅的人。这样的人内心充满阳光，完全有信心、有能力与黑暗抗争；这样的人内心有定力，既不会曲意奉承别人，也不怕遭受别人冷落，完全有信心战胜孤独；这样的人内心宽容，既不会仗势欺人，也不会揪住小辫子不放手，完全有信心让万物自然生长；讲原则的人，对自己的明天充满信心，因为他不会被五色迷住眼睛，更不会被旋风推动脚跟。

原则可以约束人的行为。正如法律是外在的约束力，原则是内在的约束力，两者同样警示人们，不可为所欲为，凡蔑视法律或原则，必将受到惩罚。约束力需要用奖惩来加以维系，奖励的目的在于让人乐于向善，惩罚的目的在于使人畏惧犯罪，在法律和原则的约束之下，各色人等不论穷富贵贱都能安居乐业，都能过得心安理得。

原则也应该依靠道德的约束来达到人生目的。如果行为一味地任由个人感情去摆弄，就不会再有什么原则；要是行为按照道德的约束按部就班地展开，那就有了原则，就永远不会迷失方向。要是没有道德的约束，狡诈投机的行为就会慢慢成为习俗，诚实守信最终将成为无能的近义词，到了那个时候，原则早已不知去向，老实便只有躲在角落里哭泣的份。要是没有道德的约束，人们无论做什么事情，到头来都是失败，除了痛苦，最终内心仅剩一片空白；理想的生活是幸福，如果没有信仰，只是毫无原则地直奔幸福而去，那最终结局一定是躺在沟壑之中。

为人处世能够讲原则，不马虎，就是正人君子。

第六十九章　君子

在一个讲道德的人生中，为人处世定能时刻坚持原则，人需要随时有勇气服从自己内心良知的指引，无论何时何地，不要胡作非为，游手好闲的人生只能一事无成，懵懂愚昧的人生荆棘丛生，要是清楚地知道脚下的这一步究竟是迈向哪里，那么这样的人必将能成为自己满意的人，成为别人眼中的完人。

不讲原则的人只知如何向别人索取，然后满足自己享乐，却早已记不起从什么时候开始，自己就不再向别人奉献些什么，因此不讲原则的人是个让人畏惧的人，这种人终究只能与幸福绝缘，在前面等着他的唯有失败。

讲原则的人多能够获得幸福的原因是在于坚持道德，而不是在于财富的优厚；坚持原则的人，并不在乎能不能比别人强些，而只在意比以前的自己更强，讲原则就是一种人生价值的积累，也是一种生活幸福的积累。讲原则的人性格开朗，周身充满阳光，这种人相貌不一定靓丽，形体不一定伟岸，然而品德一定高尚，做人一定坦诚，举止一定谦和，人气永远高涨。

能够坚持原则的人，肯定品格高尚、行为端正，这样的人就是正人君子。所谓君子，做事能够以敬畏之心为根本，做人能够以道德规范为准则，待人能够以同情之心为基准，待物能够以谦虚礼貌为底线，君子就是甘愿让别人过得比自己好的那个人。

君子是人群中的排头兵，是善良和美好的代表性人物。君子注重操守，苦难中自强自立，途穷时坚守节操，危难临头勇往直前，安贫乐道矢志不渝；君子仁爱慈悲，胸襟宽阔容万物，忍辱负重担责任，推己及人广施援手，善解人意绝不强求；君子正义公正，公私分明守规矩，善恶分明辨是非，中庸处事恰如其分，坦荡从容均衡有序。凡君子必定具备了常人的一切美好品行。

君子的作用是让周围的人相处融洽生活和睦。君子做人有原则，有底线。君子约束自己的言行，做事符合道德的规范，却不会去指责别人不遵守规则；君子同情别人的遭遇，热心提供帮助，尽力解答疑惑，却不会将自己的意志强加于他人；君子勤奋不息，努力耕耘，却始终不会损害旁人利益；君子正直做人，明辨是非，却不会举止放肆言辞狂妄；君子如美玉般温润，却不会割伤人；君子如朝阳般明媚，却不让人感到刺眼。

世上有两样东西最不相容，一个是水，另一个是火，这两样东西要是相遇，就是你死我活不共戴天，然而它们中间如果有个铁锅隔开，则两个冤家就能和谐相容达到珠联璧合的境界。君子的作用如同铁锅，能够使团队中原本势不两立的双方刀枪入库马放南山，出现相辅相成和睦双赢的局面。一个地方出现争斗缠绕的乱局，要是有个君子现身，就会云开日出，恢复平静。

君子的作用就是改善现状，改善现状就是君子的价值所在。

做君子的根本就是为人处世讲求原则。要是一个人自诩为君子，但却从不把原则当一回事，时常朝秦暮楚，那么这个人充其量最多只能算是个伪君子；同样，一个人处处模仿君子的做派，却常常刻意漏过操守这个环节，做人做事前后矛盾，这种人通常是难以做成君子的。

区分君子与小人的分水岭就在于各自不同的品行。君子洁身自好，即便抱负不能得到施展，仍能固守自己的志向不变；小人趋炎附势，一旦觉得有利可图，便忘乎所以胡作非为。君子不会轻易做出承诺，只要有承诺就履行，诚实守信始终如一；小人常常随便向人许诺，转头即推诿加耍赖，原来只为虚张声势。君子不在乎美食华服，只追求道德学问；君子求道德是为提升自己的品行，寻知识是为周围的和睦。君子能自尊自爱，闲来不去惹是生非，事来尽力寻求解脱；君子有自知之明，富贵时无贪念，情愿扶危助困，贫贱中能守信，甘愿乐道安命。

君子的价值首先在于他有着一颗无比善良仁慈的心。这颗心能够尊重别人的自由，赞美别人的美德，同情别人的苦难，理解别人的遭遇，宽容别人的无知，原谅别人的过错。君子有了这样一颗善良的心，与人相见便微笑，相逢必握手，相处有教养，相左肯自省，君子正是凭借着这样一颗善良的心，才能和周围的人和睦相处。

凡君子总是态度积极，乐观自信，坦诚处世，光明磊落，即便是独处时也不会去干见不得人的勾当。君子总是乐于助人，看到别人成功，总是为他感到高兴；看到别人超越自己，总是由衷地表示祝贺。君子知道，只有帮助别人成功之后，自己才有提升的空间；只有周围的人生活都富裕了，自己的日子才能最终安定下来。因此君子发自内心地愿意帮助别人，见人遇困时，哪怕自己没有财力资助，也会帮忙出主意想办法。

　　二十世纪美国艺术界的安迪·沃霍尔，刚出道时到大城市谋生，与十七个不同行业的室友租住在一间满是蟑螂的地下室里。一天，他带着自己的作品集到《时尚芭莎》总编卡梅尔·斯诺的办公室自荐，谁知拉开文件袋，一只蟑螂爬出来沿着桌角溜下去，这让安迪·沃霍尔羞愧难当，卡梅尔·斯诺十分同情他，给了他人生第一份工作。正是这份同情心，让一颗艺术的嫩芽免遭摧残，使安迪·沃霍尔成长为流行艺术的倡导者，最终成为业界领袖人物。

　　君子的价值还在于他有着一颗明察秋毫的是非之心。这颗心以正义为准则，做事不问得利多少，只问应不应当做，这颗心中充满敬畏，以自己修养不足而羞愧，不以受人污蔑为耻辱；以自己行为不检而内疚，不以被人弃用为可耻。君子凭借这样的是非之心，观察别人身上的美德，用来效仿；探寻自己身上的陋习，加以克服，君子正是凭借这颗是非之心，保持兴趣高雅，举止端庄。

　　君子知道，自己一旦出错，即便自己浑然不知，旁人也会一目了然；即使自己以为是无足轻重的小事情，旁人也会因此将自己的人品做打折处理。因此君子洁身自好，把不和邪恶合作看作自己的天然义务，把和正义合作看作自己做人的首要责任。君子明白，做人应当表里如一，要是自己言不由衷，这分明就是恶意欺骗别人；要是自己阳奉阴违，这其实就是在要弄自己的人生，唯有言行一致的人生，才不会迷失人生的目标。因此君子讲话只以陈述事实为本，与人争辩的唯一利器就是沉默，在不允许保持沉默的场合守住不说害人之语的底线。

　　公元 1598 年，明朝神宗年间，浙江遂昌知县汤显祖为压制豪强，触怒权贵，遭上司责难。在进京接受考核之后，愤而弃官回乡闲居，潜心创作戏刷，写出《牡丹亭》等传世名著。君子的可贵之处就在于不与恶势力同流合污，在是非面前总是泾渭分明，因信仰归宿都不相同，所以，你走你的阳关道，我过我的独木桥，彼此分道扬镳。

君子的价值更在于他有着一颗随时准备谦让的心。这颗心以次序为核心，以和谐为最终目的。君子做人，遇辛劳之事一定奋勇当先，逢舒适享乐便礼让靠后。君子正因不与人计较，眼前就宽裕，周围无刀剑，生活便悠然。君子之所以为君子，正是因为有着凡事肯吃亏的特点。

谦让是最为稳妥的相处之道。自夸贤能的言行，被人鄙视不屑；蕴藏高尚的做法，让人油然起敬。谦虚是最为应景的生存之道。穷困使人不甘落后，方能奋发图强，富贵让人不思进取，只会花天酒地；虚心是最为长久的修养之道。被人从旁注视，言行受人督促，证明这是位君子；行动无人问津，高论没人搭理，只怕离小人不远。

每个人都可以成为君子，这主要取决于个人的志向，凡人不可能没有卑劣的想法，而最终能够摆脱卑劣想法，转而去模仿贤能高尚的行为，此人便有成为君子的可能。1893 年，辜鸿铭协助张之洞筹办铸币厂，有一天外国专家联合请辜鸿铭吃饭，大家很尊敬地推他坐首席。席间，有个外国专家问辜鸿铭中国的孔子之道有什么好处。他说，刚才大家推我坐首席，这就是孔子的教诲，要是按西方提倡的竞争来抢坐首席，优胜劣汰，那么这顿饭就吃不成了，这便是孔子学说的好处。

做个正人君子自身舒坦，四周祥和，歌舞升平。

第七十章　规则

　　想要有道德的人生，首先人生不能胡作非为，才有可能拥有美德；其次人生要有原则，才能做个正人君子；最后一条途径，生活中还应该遵守规则。遵守规则的人，会变得越来越受人欢迎，日子会过得越来越舒坦。

　　现代的社会变化越来越快，竞争也越来越激烈，尽管现代的人学问渐长、能力渐强、眼界渐宽，却总感觉生存环境越来越复杂，生活压力越来越严酷，不守秩序的状况屡见不鲜，不讲规则的事情层出不穷，使得人们的心理承受能力经常处于超负荷运作状态下，苦不堪言。

　　一个人不守规则，初期会有不当得利，此后却发现违规的成本越来越高，其中信誉的贬值所占比重最大，最终因为得不偿失而改弦更张，回归守则的正道。

　　规则也就是人们生活中必须遵守的各类规章制度，以及人们在生活中约定俗成并共同遵守的公序良俗。规则和原则同样都是为人处世的准则，两者区别在于原则是对自身的约束，规则是来自外界的约束。做人没有原则，不想管住自己，别人也拿他没辙，只能让其慢慢地去领受自酿的苦酒味；然而做事违反规则，恣意踩踏红线，适用了处罚条款，就要承受相应惩罚为之付出惨痛代价。

　　规则是使事物内部矛盾得到均衡状态的中庸之举，也是保持事物各方利益最大化的正义天平，更是一面用来修正自己行为偏差的明镜。规则就是为人处世中是非的分水岭，做人只在规则内行动便平安吉祥，要是超越规则的边界那就万分危险；做事遵守规则方能进展顺利，成功在望，一旦打破规则只能荆棘载途，注定失败。

　　规则的作用是让人们尽可能有序而幸福地生活。尽管没有规则大多数人也不会胡来，因为胡来会遭到旁人的反对，又因这种反对不受控制，胡来的成本也就不可预测。这个时候要是有了规则，大家就清楚地知道违规会招致怎样的惩罚，所以大家都愿意遵守规则，和谐共处。

愿意服从规则支配的人，是理智左右行动的人；以遵守规则为常态的人，是容易获得满足的人。忽视规则将失去名誉信任，藐视规则便无法立足与生存；敬畏规则是有教养的体现，是正人君子必须具备的品格。没有规则的地方呈现病态，废除或限制自由；而讲规则的社会健康成长，人们都自由自在。规则的作用可让无序而又混乱的地方，脱胎换骨成为生机勃勃的正常社会。

规则首先需要具有正当性。规则必须顺应自然，代表着公平与正义，方可赢得人心。如果某项规则本身是不道德的，那么这项规则实质上就没有什么意义，人们普遍也不会愿意去遵从，这样的规则就没有任何存在的必要。

人们勤勉地劳作，就是为了能够通过勤劳来致富，然后享受到幸福的生活。因此每个身心健康的人都怨恨不劳而获，讨厌投机取巧，抵制朝令夕改，敌视黑白通吃，盼望能够有个合理而稳定的规则来惩罚这些悖谬的恶行，使自己能够在公正纯洁的阳光照耀下，安心地勤勉劳作，尽情地收获成果。有了合理的规则，才能实现多劳多得，才能兑现优胜劣汰，胜者舒心，败者服气，这样的生活环境可以让尽可能多的人获得真正的快乐。

凡事都应该有规则，规则的本质就是维持事物内部秩序，让事物的发展像钟表那样平稳均衡。做事按规则合理推进，大家有条不紊，不越雷池，各司其职，就能够和谐共赢，这就是秩序，没有规则做事情就没有秩序，就无法理出头绪，事情也将无法收拾，最终变得一团糟。

秩序就是按部就班，在正确的地方堆放正确的物品，在正确的时间做完正确的事情；秩序就是安分守己，在职权范围之内尽自己所能，在权限之外绝不去插手或授意。规则并不制造出物品，规则仅产生出秩序，在喧闹的集市中，每个人都大声说话，想让别人听到自己说的话，虽然费了很大的劲，结果谁也听不清别人在说什么。因此，没有规则就没有秩序，没有秩序就没有自由。

规则的制定必须一目了然，制定的重点在于人性化，要点在可操作。规则要使人愿意去实行，就需要考虑到实行时的便捷和实行后的得益；规则要让人不敢去违反，就必须明确为什么会受惩罚和受怎样的惩罚。一项好的规则会使愿意遵守的人远远多于试图钻空子违禁的人。

规则的制定涉及所有相关的人，包括制定规则的人也必须严格遵守，只有以身作则，别人才会相信规则是严肃的，不是闹着玩的，大家才会尝试着去遵守规则。规则的宣传是一回事，规则的遵守是不完全相同的另一回事。宣传可以适当夸大，听得入耳可以听下去，听不进去可以走开；遵守却必须一丝不苟，只要游戏没有结束，大家都必须遵守规则。宣传可以慢慢讲道理，暂时不理解也不要紧；遵守却是刻不容缓，不接受规则就要受到处罚。

规则一旦被人们适应了之后，人们就只想舒舒服服地生活在规则之中，不再渴望自由，不再去关心规则之外的世界，因为在规则之外充满了危险，到处都是风雨雷电。然而，要是没有风，灰尘就会污染万物；要是没有雨，万物就不能生长。大地的春华秋实要靠规则，万物的更新换代却依赖规则的改进。

要是规则仅仅是自然中的幼苗，那就应该给它留有足够的成长空间。血液必须在血管中流动，同时血液中的各种物质必须足够纯净，血液一旦浑浊，心血管疾病就会影响健康；规则必须约束人的行为，同时规则要是拘泥于形式搞得连篇累牍，人就不知所措，动荡骚乱将把事情搞砸。规则没有成长的余地，终将成为奇形怪状的东西。

遵守规则就是有道德的人生，这样的人生终将获得成功，同时可以享有恒久快乐的生活。

相传东晋的王羲之打小就跟随著名书法家卫夫人学写字。卫夫人给他讲解写字规则：横，应该写得如同天边的云层一样平；竖，看着就像崖壁上垂下的万年枯藤这样直；点，必须有那种高峰上坠落下巨石那样的气势。规则来自自然，本是人们所喜闻乐见、习以为常的现象，王羲之按卫夫人传授的规则练习，最终成为"书圣"。

第七十一章　伦理

　　各种规则从外部约束着人的行为，在众多的规则中顺应自然、符合人性的那一部分最为人们所认可，同时也是所有规则的核心内容。这就是先来后到的伦理秩序，这个规则在人们心中根深蒂固，坚不可摧，是人们最在乎、最不容冒犯的东西。

　　所谓伦理，就是人们相处之间的道德准则。伦理关系有自然形成的，如母子关系，这是天然选择的，这就是天伦；伦理关系也有人为构成的，如同事关系，这是自由选择的，这就是人伦。通常情况下，合情合理又不对别人构成任何伤害的行为才符合伦理。伦理的核心就是秩序。

　　伦理应该合理并且有序。万物中合理的排序应当是这样的：首先是人类，其次是动物，再次是植物，最后才是生态系统。大凡合理的东西便是顺应自然规律的，同时也是符合道德标准的，并且一定是无害的。万事都有自己的条理，比如在人的一生中：首先是解决物质生活，这是生活的基础，目的是为了生存；其次是安排精神生活，这是生活的意义，目的是为了快乐；最后是思考心灵生活，这是身后的净好，目的是为了归宿。大凡做事情能够将条理逐次厘清，后悔便不知为何物，成功便可以预期了。

　　伦理的意义在于让人分清事物的主次和轻重，以便集中精力先解决主要的问题，将余下的精力再逐次应对次要的问题，如此可让一个人有限的精力发挥的效益极大化，让自己的人生价值极大化。要是没有先来后到的顺序，那么不管做什么事情，不管人多人少，现场肯定是一团糟；要是没上下级区别和互敬，此时不管是百年老店，还是新铺开张，团队只是一盘散沙；有了伦理经纬的力量，人再多也能够和睦相处，地再大也必定平安无事。

　　如果一个人突然撒手西去，其职位立刻会有人来替代，财产马上就有人去继承，然而其家庭却从此不再完整，失去亲人的伤口永远不会结痂，家庭和事业的伦理排序是否能够看得清晰，关系到一个人的生活重点落在何处，关系到这个人一生的安危顺逆。环境造就了人生，人生同样享受了环境。个人只是天地间一颗沙粒，不要小看自己，只要有用，就能使自己快乐；更不应高估自己，只要不去硌人，就能一生平安。善待拥有的一切，善待面对的一切，就是善待自己，就能够让自己获得真正的快乐。

伦理规则建立在合理基础上，不合理的伦理观念终将害人害己。善待自己应当从准确认识世界开始，人有了合理准确的伦理观，理智和感情就会在良知的协调统领之下保持均衡状态，人生能与投机取巧划清界限，与钻营耍赖保持距离，就能在生活中少犯错误，少走弯路。

伦理规则是文明的代表，也是人类千年百代所积累起来的财富，其中仅有合理的美德最终得以传承下来，那些不合理的东西总是先让人吃尽了苦头，最后才被认定为糟粕而扔掉，如群婚、殉葬等做法，都不被允许流传后世。今天的人们享受着伦理规则的好处，也应该为维护伦理规则的纯洁而尽力，身体力行地坚持纯粹的伦理规则，不让谬误的伦理观左右自己的言行。一个人要是以破坏伦理规则的手段去追逐梦想，梦想终将毁于一旦；能够用符合伦理的做法去追求理想，幸福再远也必将成为现实。

伦理规则的关键在于条理顺畅，条理顺畅做事情效率就高，条理错乱做事情便成功无望。伦理规则的条理性主要是：先义后利，先到先得，先人后物，先易后难等。先义后利就是耕耘在前收获在后，前因后果，合情合理；先到先得就是论资排辈，次第而行，通情达理；先人后物就是以人作为衡量万物的尺度，以人为本，入情入理；先易后难上手即可事半功倍，以理服人，知情达理。

理顺伦理规则的条理重点在于理，君子处世按照理去做，于是事情顺畅，心灵安宁；还没有成为君子的人，往往见物不见理，别人来求他办事，他只在乎对方出价多少，不在乎这事该不该去做；别人来拉他去入伙，他只介意是否有利可图，不介意是非对错，这样的人日子过得又忙又累，内心却愁多悲满。

伦理规则的核心意涵是人性，是肯定人在万物中享有最尊贵的地位。从伦理角度去观察，万物归根结底都为人所用，而不能反过来用万物去驱使人，这就是人性；人为了更好地利用万物为工具，提升自身的能力，以便追求更理想的生活，而珍惜万物，善待万物，这同样是人性。伦理规则就是从人性角度出发，为人所服务的规则。

生而为人，应该毫不含糊地始终站在人类这一边，生活在家庭中的人，应该毫不含糊地将家人摆在所有人际关系的首位，不按照伦理规则去生活，就是对人性的不尊重。人的一生都有个相对固定的小家庭，家庭是人生之舟的港湾，不管在外奔波多久，总要及时回家休整，不管去过多少地方，总是在家的时间最长；家人是人生的伴侣，需要相濡以沫，抱团取暖，人的一生不管认识多少人，不管交往过多少朋友，相处相伴最久的还是家人。因此，爱护家庭、善待家人是伦理规则中人性的底线。

伦理规则维护的是群体和睦，伦理规则的最终目的是天下太平。只有家庭和睦了，个人才有幸福可言，唯有天下太平了，人们才有享受温暖阳光的自由。遵守伦理规则本质上所依赖的是一颗仁爱的心。将所有人的幸福快乐放在至高无上的地位，这本身就是伦理规则的核心，天下没人可以独自生存下来，人必须生活在人间，当人间有了互敬、互爱的时候，才是生活的天堂。有仁爱之心的呵护，伦理规则就能发挥作用，实现目的。

自觉遵从伦理规则的人，会在仁爱中成长起来，并最终将对他人做奉献、对他人的微笑培养成为习惯。这样的人能够按照伦理规则的要求，管理好自己，照顾好家人，每当别人在困境中发出呼救时，便一定会及时伸手去设法搭救；这样的人会将周围环境按照伦理规则的要求，打造成先后之间有次序，上下之间有礼貌，亲友之间有恩情，同事之间有合作的舒适宜人的高贵场所。

以道德为目标的人，其人生能够从小事做起，坏事再小也不去碰，好事很小也愿去做，这样的人身上的美德会越积越多；以道德为尺度的人，为人处世有自己的原则，穷困不移志，富贵不奢侈，这样的人会离正人君子越来越近；以道德为标准的人，悠悠岁月处处敬重规则，令行禁止，循规蹈矩，这样的人常得人伦、长享天伦。

第七十二章　自由

　　人要想安度一生，除了懂得凡事都是相对的，以及做人应该讲道德之外，第三个目标是要让心灵获得自由。没有自由自在的心情，人难以飞越千山万壑到达自己的人生目的地。

　　如今的人们生活在高度发达的社会，个人财富逐年递增，生活物质啥也不缺，真正是衣食无忧。然而由于社会的进步实在太快，简直是瞬息万变，令人眼花缭乱，同时人在名利、信息的牵绊下，呈现出焦虑多快乐少、急躁多从容少、压力大安全少的窘境，使人的心灵难以再有自由自在的感觉。

　　据史书记载，埃及金字塔是由数十万奴隶所建造。十六世纪著名的法国钟表匠人布克在游历埃及时曾预言，金字塔应该是由快乐的自由人所造，要是换成失去自由的奴隶，那无论如何也不会有平和的心情来建造如此精准宏伟的建筑。直到二十一世纪，这预言才被考古学家证实。可见自由的心灵有多珍贵，人要自然度过一生，自由的心态是必要条件，被束缚住的心灵无法主宰自己命运。

　　人的心灵最终能够从外力的束缚中解脱出来，自己的人生由自己来做主，这就是自由。自由不是随心所欲、随意放任、想做什么就做什么；自由是不想做什么，就可以不做什么；自由是一种对自然的敬畏；自由是认识到自然规律的必然性之后，挣脱羁绊轻松自在地去做正确的事情；自由是一种对自然的归正。

　　自由是在自律意义下实现自我价值的一种心理状态。自由必须自律，没有自律的自由十分可怕，它会膨胀为一种对自己的放纵和对他人奴役的行为。自由既有允许做任何事情的权利，同时又有不得去损害他人的义务。允许做符合道德的事情和不得损害他人利益，如同硬币的两个面是同样的道理。自由相当于是枚硬币，缺少了任何一个面，自由就不复存在，污损了任何一个面，自由便名存实亡，形同假币一枚。

公元 492 年南北朝齐武帝时，为诸王陪读的陶弘景辞官，到江苏句容的茅山隐居，过上了他向往已久的隐逸生活。此后四十年中，他遍游名山，寻访仙药真经，研究天文历法、医学药物，是我国本草学发展史上早期贡献最大的人物之一。他开道教茅山宗，同时兼容佛教和儒教。梁朝替代齐朝后，梁武帝数次请他出来做官他都不肯，朝廷每有大事，派人前去咨询，有时一个月甚至去几次，当时人称陶弘景是"山中宰相"。陶弘景潇洒自由的人生是对自由最贴切的解释。

自由的智慧是：自始至终不去干扰他人的事情，也不让别人扰动自己的生活；自由的境界是：即便身体失去自由，心灵依然还要起飞，去追求人生的完美。自由是好奇的，总是以为山的那一边有奇异的花草，海的那边有着一个乐园；自由是进步的，总是自信没有自己到不了的地方，也没有自己看不到的美景。自由的心灵纯洁无害，自由的心灵不在乎成败，自由的心灵永远都有机会。

只要生命还值得去珍惜，那么自由就不能轻易放弃，人生不应只是供别人观赏的静物，生命必须千姿百态随兴起舞歌唱。在一个被严加管束的人身上，不用指望有什么奇迹会发生，人的潜能只有在身心愉悦、精气神俱佳时才能得到充分发挥。被禁锢的心灵不会飞翔，挣脱束缚的心灵才会翱翔在云端。心灵自由的人不为虚名所累，他们不仅能够满足欲望，重要的是还能驾驭欲望，由于他们的欲望仅限于生存，因此很容易得到满足，欲望一旦满足便可以充分地享受到拥有的快乐。拥有心灵自由的人，是自然界生存价值超高的人。

追求心灵的自由应当成为一个人生命中永不停息的向往。一个人精神上的富有要远胜物质上的富有。物质上过分富有的人会因患得患失，形成被钱财奴役的心态；精神上富有的人可以无视时髦，随兴所至，放飞心情于快乐中。不受诱惑的生命最是难能可贵。

有选择才有自由。然而由于自己的恶习或贪欲，扭曲了是非，蒙蔽了智慧，无法精准地做出判断，使心灵偏执于一隅，这样仍然没有身心的自由。这种人眼里满是贪婪，心灵被装在笼子里，手脚已经不属于自己，拎着那个笼子，不顾一切直奔名利而去，这真是莫大的悲哀。

自由就是摆脱贪婪、挣脱恐惧，独立自主地做好自己。大多数时候不是这个世界缺少了自由，而是因为自己长时间恐惧贫贱、沉浸在贪婪中无法自拔，被梦幻般的富丽堂皇美景所囚禁，从而忘记了自由，模糊了信仰，放弃了主宰自己的人生。恐惧贫贱，就会多拿多占，即使到了吃不完用不尽的光景，依然不愿收手，这种身心俱疲的模样，如同心灵按上了金子打造的翅膀，看着光鲜亮丽，却不能展翅高飞。人到了衣食无忧之境，不想再去占有更多，这份知足的境界，就可以使卸下重负的心灵身轻如燕，翩翩起舞。挣脱恐惧，追随信仰，才是真正的修行。

自由的人虽然看起来与旁人没什么异样，但他的内心是独立自主的。身心自由的人都是孤独而有主见的人，不会轻易向别人诉苦埋怨，更不会事事请人指教，处处看人脸色。

和任何事物一样，自由也有原则、有边界。自由的原则是不受人控制，也不控制别人；因此，自由对错误的宽容度较高；自由的底线就是不去伤害别人，不试图控制他人，因为一旦控制他人，自己也就无法抽身离开，同样失去自由。

公元353年东晋穆帝年间，大臣、书法家王羲之见朝政混乱，自请离京，到会稽治理地方。他喜欢当地优美的山水，写下名帖《兰亭序》，被行家公认为天下第一行书，他的书法被人视为珍宝。一天，王羲之见一个老妇人在桥上卖扇，由于做得简陋卖不出去而犯愁，就热心地在每把扇上写了几个字，让老人对人说是王右军写的，要价一百钱，结果扇子被人们抢购一空，过了几天这老人又拿着扇子来求王羲之写字，王羲之却一笑了之。

自由是一种做人的权利，这种权利的界限就是法律和规则，这条界线可以确保一个人在行使自由的同时不会侵犯他人的权益。没有自由这种权利，人就可悲了，当这种权利被自己放弃时无疑是个灾难，被别人剥夺时同样也是灾难，由此造成的损失无法弥补。

岁月是欲望和焦虑的交替过程，只要不被成败荣辱的虚荣牵绊，日子完全可以过得悠闲自在，真正束缚自己的不是别人，只能是自己。岁月过得自然就自由，不自然就没自由。很多时候，放过自己，就是海阔天空。

第七十三章　敬畏

人要自由，周围就必须要有活动空间，要是上下、前后、左右都没有伸缩的余地，并且都施展不开，形同身处樊笼之中的鸟兽，遑论什么自由。

人的自由活动主要是向前，要向前活动左右两边就应当留有一些空间，就像车辆行驶在车道上那样，车道必须要建造得比车辆宽一点，让车辆在行驶中可以灵活地校准道路的正前方，同时我们看到车道的左右两边各有一条白线，这就是车道的分界线，白线的外面已不再属于自己的车道，是其他车辆的车道、人行道或是围栏沟渠，越过白线那将造成极其严重的事故。这条白线的道理就是：当一个人在向前时，左右两边是不可以随便去的。

人生想要自由自在地前行，就必须对一路上经过自己身边的各种白线有所敬畏，不然一不小心误入其中，轻则耽误时间，重则失去自由，再也回不到从前那份自在的模样。敬畏就是懂得谦让，相处不敢怠慢，将尊重他人放在首位；敬畏也是懂得羞耻，遇事不敢放肆，始终管住自己的言行。所谓的敬畏之心就像一个犯错的小学生，站在自己老师面前时的那种心情，既敬重又害怕。

为人理应有所敬畏，无所畏惧的人，做人做事会没有底线，这种人什么事都能做出来，这样的人生是不是很危险？君子做人有原则，必有许多不可以去做的事情，却没有不愿意放弃的利益；小人做事无底线，自认为没有什么事情不可做，但却没有任何利益可不要。君子和小人有条重要的分界线，就是君子有所敬畏而小人无所顾忌，正因如此，君子多平安而小人多磨难。

按道理来讲，人不要去怕不应该害怕的东西，而必须害怕应该怕的东西，这就是敬畏，敬畏的好处在于可以避免许多不测的灾祸事件发生。比如，一个人的成功会带来旁人的嫉妒，嫉妒会造成诋毁，诋毁将使成功黯然失色；

要避免这些后续事情的发生，成功后就需要有所敬畏，这时的敬畏就是害怕骄傲、自大，要是成功后能够谦虚一些，低调一点，感恩大家的支持，分享成功的喜悦，如此一来嫉妒便会遁形，诋毁更无立足之地了。

生命中一旦遗失了敬畏之心，人生便真的失去了希望。一个人爱惜自己，就会阻止自己去做卑劣的事情，因为害怕会遭到羞辱。人生真的很脆弱，脆弱得像个玻璃杯，没有一颗敬畏的心小心谨慎地守护着，一不留神就会失手打碎，如此精美的人生，历尽艰辛打造起来，这样轻率地毁掉是不是太可惜？生活中的矛盾是靠着恐惧之心来加以平衡的，岁月中的平安是靠着理智之心来加以维系的。人生处世，应当时时揣着一颗敬畏之心，谨言而后慎行，方能厚德载物，岁月静好。

人应该敬畏的东西首先应当是那些自己不知道的东西。对于不了解的东西，承认自己不懂，这是明白人；知道自己能力有限，承认自己笨拙，才是聪明人。人生经过的实际上只是一条羊肠小道般宽窄的路，亲眼所见路旁的许多景物，并不是自己要去的地方，因此不可停留，不可去触碰；其他的大片区域根本没有机会去亲历见证，也是无从证实自己所想象的地方，对此不可随意妄加评论。这么多不知道的地方是人生首要敬畏的地方。

人的天性是好奇，向往曾经听说过却从未见识过的东西，更容易去相信那种神秘莫测的东西。然而根本的自然现象，如生物体内的基因，无法解释；直率的哲学问题，如人从哪儿来又回哪儿去，没有答案。这些就是人类认识之外的盲区，也是人类生存的时空之外的疆域，这些地方人类永远不可能到达，因此人类唯有怀着敬畏之心去面对那些遥远的未知，才能颐养天年，享受属于自己的平安快乐岁月。

照理说人没必要去害怕那些不应该害怕的东西，然而那些东西要是会伤人，能够选择远远地避开，不失为明智之举。生活中，有时候知道什么并不重要，重要的倒是不知道什么，就像河面上划船出行的人，最终都不知道漩涡里面究竟是什么滋味，这趟旅行才是快乐无比的。

阳光由七色光合成为无色的，这是生物眼睛进化的结果，红外线和紫外线都是看不见的，自然的、合理的东西都这样，学问并不都是有用的，其中有些是多余的、无用的甚至有害的，这就是糟粕。对于糟粕，敬而远之方为明智。养成好习惯很难，放弃却很容易；坏习惯上身很容易，想摆脱却很难。

敬畏从属于自然，凡符合自然的事物理应受人尊敬，一切违反自然的东西只能让人生畏。自然是永恒的力量，人不能骗自己，对那些违反自然的东西，应当感到可怕。当一个人自以为有能力驾驭自然，可以点石成金无本万利时，便会迷失本性无恶不作。敬畏自然，生命之舟将一路顺畅无阻，轻视自然，生活之舟随时会面临倾覆。

忘记自然的存在，导致失去敬畏之心，是人生中的一大不幸；无视自己的衰老，以为仍然血气方刚，是暮年时光中的隐患。出门和行人、汽车保持一定的距离，和恶人保持尽量远的距离，这是对自然的敬畏，对自己的珍重。大家都喜欢善良，那就捧着善良出行；大家都讨厌是非，见到是非便往回躲，这同样是敬畏自然，是自身平安的保证。

不懂敬畏的人，焚林而狩，做事不一定合本意，得到的东西不一定是想要的；这种人，心中没有禁忌，行为没有尊重，他不把别人当回事，别人也不把他当回事，其结果万物都有可能与他为敌。懂得敬畏的人全身心地投入自己感兴趣的事情之中，除此之外的一切都敬而远之，这样的人才是真正懂得生活、享受生活的人。

敬畏的反面是自大，自大的人很少存有敬畏之心。而自大的人肯定是有能力又有点小聪明，敢于见机冒险，常想放手一搏，一旦干出蠢事，那就准会惹出大麻烦。

战国时期，魏击继任国君，为魏武侯。一天他乘船游黄河时，一时兴起感叹山河的险固，旁边的人马上附和道，您一定能凭借这些崇山峻岭称霸天下。吴起听后告诉魏武侯，国家的宝贵之处在德政不在险要，如果不重视修德，连现在船上的人都有可能成为敌人。魏武侯听后极为认同。

揣着敬畏心出发，方能来去自由，平安快乐。

第七十四章　知止

一个人要想平平安安、自由自在地出行，首先就要对身旁经过的一切有所敬畏，有了敬畏的人，做人就有底线，脚下就有红线，决不会去越过雷池半步。

人都向往生活中遇见的心仪之物，有时瞻前顾后裹足不前，更多时候尽管左顾右盼，却还是心心念念被其牵着走过去。走去时也并非不避水火，看那熊熊烈焰，没人敢以自己的身体去尝试一下被灼烤的滋味；水却全然不同，看上去温柔娴静，人们都愿意亲近嬉戏，殊不知一旦没过头顶，便是无妄之灾。生活中被水伤害的人远多于被火伤害的人，且都是心甘情愿的。

知止也就是停下脚步，不再往前。人在两种情况下应当知止，一种是到达目标，心满意足时，停下脚步；另一种是被敬畏之心约束住，适可而止，停下脚步。

人幻想可到达任何一个自己想去的地方，然而自然通过敬畏来转告：有许多地方人是不可去的。如毒品、赌博这些东西一经染指，便跌落万劫不复的深渊，对生活有憧憬的人应对其保持尽量远的距离，这就是知止。再如说话无分寸，做人无准则，见利就上，见义开溜，这是传说中的小人，想平安生活的人需与其保持距离，这也是知止。又如涉足古玩，开始不知受骗，知道后自己骗自己，最后竟然去骗别人，这是彻头彻尾的不懂知止。

当一个人知道了什么东西不能看、什么声音不能听、什么话语不能说、什么地方不能去、什么事情不能做的时候，便知道自己在什么时候必须停下来，这种自律的本领就是知止。知止是极高的道德境界，达到这种境界的人，方能充分享受到真正的自由。

一个人要想避免生活中本来完全可以预见到的危险，就只能去走既正直而又狭窄的道路，因为每个人的行为都处于大庭广众之下，因此容不得有丝毫的闪失，这就是知止的诚实。生命中获得安全的保障，是减少各种各样不必要的欲望；岁月里保持清白的技巧，是放弃所有无用的虚荣和伪名。明白这些东西追逐的人太多，争夺太激烈，得到的实惠却太少，这就是知止的智慧。

知止对自己来说是为了平安，对于别人来说是为了示好，知止不可以混同于冷漠，这种行为在旁人眼里应该是心地善良的谦谦君子形象。生活中懂得知止的人，内心从容自在，外表庄重文雅，这样的人知道，要正确评价别人应该先要洞悉事情的来龙去脉，不知道前因后果的责难只会让事情变得更糟，而明白真相的人往往都会选择默然缄口，这是对人的尊重，也是知止所包含着的善良。

知止的目的是要阻止自己迈向邪恶的第一步，在没有踩到红线的时候要及时停下脚步，在已经不慎踩线时要果断地把脚收回，能够知错就改也算是善举一桩。知止的人知道攫取不义之财不仅没有意义，而且要承受报应的羞辱，因此安分守己，不存非分之想。同时知止的人也不与人争长论短，去计较蝇头小利的得失舍取，总是勤勉耕作属于自己的一亩三分地，除此之外天下的收获都与己无涉，这同样是知止所包含的善良。

人生路上难免会和别人发生各类矛盾，其中绝大部分都是无足轻重的小事情，然而过多的纠缠着实不明智，这种事情剪不断理还乱，费时费力，又没有成效，要是及时转身离去，那不啻于苦海无边回头是岸，这种妥协实质上就是知止。人生的许多不幸并不是太软弱造成的，而是太强大所致，以至于不知道想象一下妥协。缺能少德，却又喜欢揽事，还一味逞强，总以为一切尽在自己掌握中的人，必然会在众人的哄笑声中坍塌。

一个人丰衣足食之后，容易心生骄傲，发展下去就会变得偏执和蛮横，其间危险始终相随，结果必然失败。懂得知止的人，很多时候要让自己的好胜心妥协一下。残酷竞争的地方，能够往后撤一步就平安，投身其中将苦不堪言，懂得知止的人，也要让自己的好斗心妥协一下。别人出了差错，能够抑制住讥讽的冲动，上前相助一下，共同应对过去，这是懂得知止的人，在让自己的好强心妥协一下。人生不及时止住偏离正道的端倪，就会走下坡路，并且这下坡的路会越来越陡峭，越来越收不住脚。

知止的人之所以不去做许多事情，是因为知道做这些事情是可耻的。许多人总是把常见的东西不当回事，于是一不留神就成了习惯的奴隶，习惯成自然，这样就被习惯一路牵引着渐渐沦落下去，不知不觉就到了不知羞耻的地步。

知止的精妙处在于适可而止。事物发展中，矛盾的双方在相互转换，当到达临界点时，必须采取措施，以免大局失衡，采取措施就是知止。名利是各种争端的起因，然而，名利太少无法生存，名利过多引起嫉恨；智谋是相互争夺的手段，但是，没有智谋自己太累，智谋过滥别人太苦。名利智谋都需适可而止，这就是知止的好处。

人在顺风顺水的时刻尤其要注意转向，以便绕开漩涡和险滩；人在春风得意时特别应留意缓步，方可避免去碰撞南墙。人在遭受无可挽回的失败时须转身离开，追回断线的风筝绝无可能；人在阿谀奉承面前要知道自己几斤几两，迎上前去就被虚荣所奴役。

美国思想家爱默生有句名言："我们的地球给我们一个可爱的错觉，这就是每个人都站在世界之巅。"的确如此，世人都容易高看自己一头，以为自己什么都比别人强，这正是人生困惑的主要原因。人要是能够正视自己，平视所有人，就能享受到人生的自由。

有位中年业余登山爱好者，跟随一支专业运动队一起去攀登珠峰，一路上他兴致高昂，与登山队的运动员们打成一片。两天后队伍来到 6500 米高度的营地休整，当队伍再次出发时，那位登山爱好者却来向大家道别，感谢大家一路上的帮助。运动员都替他惋惜，可他说这个高度已经是自己登山生涯中的最高点了，如今五旬年纪，还有如此成绩，已经没有任何遗憾了，说完，就心满意足地独自下山去了。人生能够登上自己能力的顶峰是幸运的，而懂得知止，敬畏自己上不去的那洁白神圣巅峰的人，才配享受人生的自由快乐。

第七十五章　感恩

人生要想自由自在出行，首先要对左右两边的事物充满敬畏之心，其次要对上面的一切满怀感恩之心。

为人必须明白，自己只是世间一粒微不足道的尘埃，然而为了这粒尘埃的生存这世界付出了太多的心血。我们的家人、亲友、领导、同事，以及许许多多自己也不认识甚至从未谋面的人，都为自己的衣食住行、生老病死操心、安排、服务和奉献，所有这些人都是我们人生中的贵人，他们共同组成了我们赖以生存的"天"，没有他们，自己的生命将暗无天日，无以为继，因此人生要想自由自在就必须对上面的一切感恩戴德。

感恩就是以诚挚的情感去感谢他人对自己的帮助，感恩也是真心回报别人对自己的付出，感恩更是对天地万物有恩于自己的一种亏欠心理。

感恩是我们人生的一门学问，也是生活中的一种智慧。学会了感恩的人凡事容易知足，且能够有效控制私欲。这样的人，不应该拥有的东西，不会去作非分之想；大家都争着抢夺的东西，不会去参与竞争。这样的人总是感恩自己已经拥有的东西，快乐地享受着属于自己的宁静时光。学会了感恩，方能自由地主宰自己的悠然岁月。

生而为人，明白天地万物是自己恩人，是学会做人的重要一步。感恩的人非常清楚，如果没有别人的支持，仅凭自己一个人，本事再大也不可能做成任何一件事情；要是没有别人的奉献，自己单独一个人在这个世界上生活是根本无法想象的事情。学会感恩的人心平气顺，通情达理，通常总是铭记受到的恩惠，却擅长遗忘自己曾经给过别人什么东西，他们付出后也不等回报，受挫折并不感到失败，通常总是身心健康，十分快乐与满足。

人活着就应当感恩，感恩的神奇作用就是让人内心永远满足。懂得感恩的人，生活在安宁的岁月中则心怀感激，悠然从容度日，不知不觉老之将至；当处于难熬的时日里仍心存感激，欣然历练增慧，人生丰富不留遗憾。感恩的人从他人的成功中看到自己的受益之处，从他人的快乐中分享到的总是幸福。大地没有雨露滋润就会变成荒漠，人心缺少感恩的滋养，将变得冷漠无情寸草不生。

人生痛苦的是磨难，当磨难来临时，多数人都显得恐惧和沮丧，极少有人愿意接受磨难。但人生之路从来都不可能总是平坦的，厄运常常不请自来，想躲也躲不了。感恩的人却能理智地看到磨难的价值，能够明白没有经历过厄运的人，很难快速成熟起来，熬过厄运没有被击垮的人，必将比先前强壮许多，因此认为磨难是人生必定要经过的必修课，厄运才是锤炼人品行的良师，最终将磨难的痛苦在心中酿成蜜酒，心甘情愿地一饮而尽，在见证自我成长的过程中感激命运的安排。

人活着就是幸运，尤其是历经苦难自己依然健在，就更应当感恩天地万物的资助，感恩命运的安排。不幸的磨难最终都将被打造成生活中的快乐，不同的磨难造就不同的快乐，伤害使人强健，被骗使人聪明；落后让人敏捷，孤立让人独立；诬陷教会自律，偏见教会自尊；挫折唤醒自强，失败催人奋进。人不必担忧磨难来得又多又猛，只要自己还在就值得庆幸，只要太阳依旧升起就要记得感恩。睿智的人都知道，不管命运怎样安排，只要懂得感恩，结果都将无限美好。因为，什么都会过去，好事情会过去，坏事情也同样会过去，只要磨难消退，幸福就会接踵而来，而苦尽甘来本身就是值得感恩的一桩美事。

人生受到的恩惠主要是来自各方面的帮助，人生需要感恩的地方大多也在这儿。这种帮助常常源自一种叫作社会责任的付出，比如做衣帽让人穿戴，种粮食让人吃饭，建房子让人居住，造车子让人代步，这些付出帮助我们实现了基本需求的满足；而我们再进一步的需求也是依靠这种付出来得以实现的，比如警察维持公共秩序，老师传授科学知识，媒体传播文化信息，医生维护身体健康。所有这些付出，像一把无形的巨伞，撑开来为我们遮风挡雨，帮助我们度过幸福的人生。而这些付出的人，绝大多数还是我们这些受惠者根本不认识的陌生人，我们只能在心里默默地感恩他们的奉献。

如今的社会国泰民安，人们生活在太平盛世，衣食无忧，知识完备，这些都归功于前人开辟的道路，归功于前人艰苦创业积累的财富，归功于前人辛勤劳作打造的幸福家园，这些为争取美好明天而奉献自己一切的前人，每位都是后人心目中神圣的纯金雕像，都是值得后人用一生来感恩的人。因为没有他们，后人可能会一无所有。

　　感恩是种很高明的智慧，感恩的智慧就是气定神闲地用一颗柔软的心看待世间的万事万物。气定神闲的心情就是平静看待自身的得失，愉快地领受命运为自己安排的生活，感恩命运让自己拥有的东西，可以静静享受快乐；同样也感恩命运没有给自己的东西，可以不用劳心费力；还会珍惜自己得到的每一个水果，感恩命运的慷慨馈赠，而不会去抱怨为什么没有给自己一箱水果。

　　一颗柔软的心是人生真正的力量之所在，柔软的心可以包容整个世界，平等对待身边的每一个人，既不会高估自己，贬低别人，也不会过谦而去奉承别人。柔软的心，在向别人施恩时，会顾及别人的尊严，并且过后即忘；在受别人的恩惠时，会在情理的分内谦虚接受，然后时刻藏在心里。柔软的心接受包容世间万象，不管阴晴雨雪、花开花谢，这颗心总是云淡风轻，感恩常存。

　　世界上的万事万物绝大部分都是有利弊的，就连做慈善这样的好事一不留神也会伤及受惠者的自尊，然而唯有感恩这种心理活动却是有百利而无一害，感恩有利于自己身心的健康，有利于家庭的兴旺，有利于团队的合作，有利于社会的和谐，有利于天下的太平。感恩绝不会过多过滥，只会多多益善，事事感恩则事事兴，时时感恩则时时顺，一个人只要学会了感恩，哪怕仅会那么一点点，人生也将冰雪消融，春暖花开。

　　中老年夫妻间，丈夫因事业有成便嫌弃妻子年老色衰的现象相当普遍，然而要是丈夫懂得感恩的话，那境况便完全不同。每当丈夫想起结婚时自己没钱没本事只是空有理想，是人生中最落魄的时候；而当时那个愿意相信自己、跟自己一同去吃苦，去开辟两人天地的妻子，却是她人生中最漂亮最灿烂的时候。能如此去想，这样的家庭哪有不和睦不兴旺的道理？

　　曾有位著名医学专家同情穷人无钱治大病的苦恼，为上门求医的贫穷村妇免费治疗，村妇康复后回到山村，大年夜，村妇的丈夫将一小袋山核桃放在专家的门口，专家将这袋山核桃视作自己职业生涯中所获的最高荣誉。

感恩上面的所有恩惠，人生才有资格自由飞翔。

第七十六章　惜福

对上面感恩，就是对所有比自己强大，而且还曾经帮助过自己的人，心怀感激和亏欠的感情。人只要懂得感恩，便会对自己所拥有的一切都感到满足，如此就更应当去好好珍惜这来之不易的一切。

人所拥有的一切东西中，最为宝贵的就是时间，时间组成自己的生命，自己的生命有多宝贵，自己的时间也就有多宝贵。同时，自己所有的财富都是用自己的时间换来的，这些财富的价值就是自己过去时间的总价值。自己的时间就是自己的生命，失去了自己的时间就等于失去了一部分生命。

时间如此宝贵就应当加倍珍惜，不能虚掷蹉跎，更不能本末倒置把时间封藏起来不去享用，那实在是太可惜。有个人曾幸运地得到一个珍贵的足球，据说是国家队在国际比赛中获胜时的用球，上面还有现场主裁判和进球球员的签名，于是这球被视作镇宅之宝，放在客厅的玻璃橱窗内。他儿子长大后每次想玩，他总是以这球"非同一般"来回绝，后来儿子长大后离开他去远方生活，寂寞中他再看这球也就是一只普普通通的足球，便将上面的签名擦掉，送给小区的儿童。当他看到那群天真的儿童快乐地踢球时，才意识到该如何去珍惜属于自己的幸福时光。

珍惜属于自己的幸福时光这就是惜福。生命仅有一次机会，对世间的万事万物来说只有生命才是最宝贵的；每个人在世上都只活一次，需要各自加以百倍地珍惜呵护；世上的东西说到底都是别人的，唯有时间才是真正属于自己的财富，理应用来换取最有价值的生活。

每个人都珍惜自己的生命，希望自己能够长命百岁，最好是长生不老；然而对于自己的时间却很少有人去在乎，似乎取之不尽用之不竭，总有那种一眼望不到头的感觉。其实时间在不停流逝，并且一去不复返，要是真的身在福中不知福，到时后悔也将于事无补，因此惜福的人总能将时间聚焦在自己感兴趣的事情上，理智地屏蔽掉各种各样的奢望，让人生活出精彩，活出价值来。

公元前217年，少年张良因刺杀秦始皇失败，逃亡到下邳。一位老人故意把鞋子甩到桥下，让张良去捡上来再帮自己穿上，见张良一一照办，便认为他是个可造之材，让他五天后天亮来受教，五天后拂晓张良到那里，老人已在，让他五天后早点来。五天后鸡一叫，张良就到那儿，可还是晚了，老人让他再起得早些，那天张良半夜就赶去了，老人来后交给他一本《太公兵法》。十年后张良成为西汉开国功臣，与韩信、萧何并称为"汉初三杰"。

珍惜自己的时间，幸福就在身旁，随要可随得；无视自己的时间，幸福即随人去，仅留下羡慕和遗憾。每一朵花，只在自己的季节里开放一次，每当时日一到，漫山遍野的花几乎同时绽放，没有谁愿意错过自己的时机；每个理智人，都无视那多余的钱财，只重视属于自己的时间，聪明的人总是不愿浪费时间，周密细致地安排好自己的工作和休息，让每刻光阴发挥出其应有的作用，而不珍惜时间的人，无异于在同自己的生命开玩笑。

东西失去后才会感到其可贵，正如生重病的人最知道健康的可贵，失业的人更能感到工作的幸福，惜福就应当把握住当下的幸福，东西一经失去便不会再重现，时间的流逝快如闪电，珍惜时间就是珍惜生命，珍惜幸福就会享有幸福，惜福的人能够将自己的时间用足、用到透彻，最终在自己的时空里找到永恒的东西。

惜福的核心意涵是学会享受时光。享受时光就要学会欣赏美的东西，万物中最美的是阳光，有了阳光才会有大千世界。除了阳光，天下最美的是人的良知，当人的良心符合自然人性时，就是良知，在阳光照不到的角落，人只能依靠良知取暖生存。惜福的本质就是享受阳光所带来的一切，同时享受良知的温暖并用良知去温暖别人。

惜福就应当把握住今天的时光。昨天已经过去，再找不回来，明天还在路上，现在用不到，只有当下才是自己的时光。不要把应做的好事情留到特别的时候去做，现在、当下就是自己唯一的特殊时刻，一切从当下开始，人只有主宰自己当下这点可怜的权利。时间稍纵即逝，值得珍惜的是当下，最容易失去的也是当下。每个人都爱惜自己的身体，有了创伤，会时常忍不住去抚摸一下伤口，这是对健康的珍惜；惜福的人爱惜自己的时间，无论忙闲，都会时不时地去探望一下时钟，这是对幸福的珍惜。时时关注时间的人，生命中后悔的东西会少之又少。

惜福是种知足常乐的心态。要是不满现状开始抱怨，进而出现非分奢望，原本平静的生活会被打碎，幸福随之消失，心态也将变为自暴自弃。珍惜眼前的幸福，就不要去奢望自己没有的东西，要知道现在拥有的东西也曾经是自己梦寐以求、一路紧追才得到的，对自己需要的东西追到手后不知享用，这样不懂惜福，到底意欲何为？

懂得惜福就应当刻意去遗忘那些自己不需要的所谓贵重的东西。惜福不是去奢望那些自己所没有的贵重东西，而是去喜爱自己需要的并且已经拥有的东西。天地人间足够大，一个清醒的人，完全可以避开零和博弈的游戏场所；一个力量强大、身体健壮的人，根本不需要去羡慕别人的生活，完全可以靠自己的辛勤劳作搭建属于自己的幸福家园；一个懂得惜福的人，根本不需要靠那些损人利己的勾当来苟且度日。

太阳今天下山，明天还会升起，太阳还是这个太阳；月亮上下半月亏缺，月中还会丰盈，月亮仍是这个月亮；树上的花谢了，明年还会照样开，只可惜已不是今年的这一朵了；人生仅有一次，过了就没有下次。人生之路长达百年，把握住移山填海都足够；要是把握不住，随便鼓捣个来回，也许时间都不够，便与这个世界道别了。

把握自己的时间，就是把握自己的生命，当自己登上生命的舞台，随着灯光亮起，大幕拉开，接下来就是属于自己的演出时间，需要打起十二分的精神投入人生角色中。如果自己是云朵就要展示柔美，表现出朝霞的绚丽多姿、晚霞的斑斓舞动，白云的悠闲、乌云的厚重；如果角色是雨水就应展示力量，表现出滋润植被、渗入大地、汇聚江河、奔向大海、永不停息的勤奋本色。自己的人生要自己把握住，只求不要过后愧对自己的时间，至于演得好不好，自己说的不算，等谢幕以后自有别人去评说。

珍惜时间就是惜福。人生每天都是好日子，不应被彷徨来磨蚀，不该让胡闹去砍伐，如果不能珍惜眼前，一旦失去便追悔莫及。

欢乐总是姗姗来迟，却匆匆而去；路边景物总是一闪而过，再现希望渺茫。生活中能够自己把握住的时间才有价值，生命中能够享受到的幸福才是人生无悔。

第七十七章　责任

　　人生要想获得自由，首先要对左右两边怀有敬畏之心，其次要对上面怀有感恩之心，再次是要对下面怀有责任之心。这个下面是指比自己地位低、比自己能力差、在某些方面不如自己在行的人，对下面的人要换位思考才能理解他们，才会去同情、帮助他们，这份责任心是我们自己获得人生自由的保证。

　　当一个人长大成熟后就会明白，每个人都有自己生活中的义务。这些义务有大有小，并不相等，也不能规避，凡地位低、能力差的人义务要少些，地位高、能力强的人义务就多得多。一个品格高尚的人，对于自己在生活中所应承担的义务总是能认真对待，从不马虎，他们知道在旁人眼中这就是自己的价值。

　　责任就是担当、就是付出。责任是分内应该承担的事情，是做人必须奉献的义务。在家有家庭责任，出门有社会责任，干活有工作责任，总之，为人处世是处处要负责任的。如果分内的事情不去完成就要接受相应的惩罚，要是做人不尽自己的义务就会承受倒运的严重后果。

　　有没有责任也体现一个人的基本素养。品格高尚的人认定自己有很多的责任，会自觉担当许多的义务；素质低下的人认为自己有一点点责任，而且只做一手交钱一手交货的买卖；恶人是绝不承认自己有什么责任的，想怎么做就怎么做，并且特别喜好做损人利己的事情。

　　生命的意义在两方面，对内而言在于生命是否快乐，对外而言在于生命是否有用。对于自己来说，生命只要是快乐的，那就算值了；而对于别人来说，自己做出的奉献，才是自己生命的价值。责任是做出奉献的一种承诺，尽了自己的责任，就完成了自己的奉献，也就实现了自己人生的价值，因此，一个人所尽的责任越多，人生价值就越高，生命也就越有意义。责任付出奉献，收获快乐。

没有责任的生命毫无价值，没有责任便没有真正的生活，唯有承担责任才能自由自在地生活。负责任的人生绝不可能无所不为，只会仔细甄别后才有所作为。有些事情吃力不讨好，没人愿意去做，然而自己去做了，眼前就会豁然开朗，有没有责任的人生毕竟是不同的。别人对自己有看法，那是别人的事情，由别人来负责；自己的人生由良知负责，无须迎合别人的喜好。自己的人生自己爱惜，自己努力，自己欣赏，自己承担责任，而承担责任的人生肯定能够成功，肯定精彩，肯定幸福。

责任出自一个人的担当，通常这份担当都是自觉自愿的，要是心不甘情不愿就不会有什么担当了，即便硬下指令也靠不住，这份责任还是会从那个斜着的肩膀上滑下来。当一个人已经站在天地之间，就必须去尽自己的责任。人可以祈祷自己岁月平安，然而生死存亡关头一旦来临，即便赴汤蹈火，自己也断然不可退缩，因为此时已无路可退，无人替代，哪怕前面是炼狱，也只能昂然而入，这就是为人的责任担当，也是生门的唯一入口。

为人处世必须有所担当。任何事情，要做就认认真真好好地去做，否则就放手离开，不要耽误了事情，也耽误了自己。人生如果是一棵树，哪怕是遭雷劈裂，只要其他枝干保持完整，到时就会结出果子；人生如果是一把琴，即使是断了条弦，只要其余的弦仍然完好，琴声照样悠扬流畅。这就是生命的坚忍不拔，这就是责任的担当，只要生命还一息尚存，责任就应当担在肩上。

责任的核心是同情心，同情心是自主萌生的，是一种天职，也是一种使命。当一个人弱小的时候在别人的呵护关爱下成长，当这个人成熟强壮后，对于弱小者产生同情和反哺之情，这就是责任，这份责任由自发产生，经自行制造而成，是自身获得平安幸福的保障。

每个人都有一份自己的职业，然而并非每个人都称职；每个人都在工作，但并非每个人都从中获得幸福。比较而言，每个人在自己的职业范围内都具备一定的专业知识和专业技能，如果能用来为外行排忧解难，这既是自己的责任，能实现自身的价值，自己也将收获幸福。

责任担在肩上负重致远的人是无价之宝，极力推卸责任躲避观望的人却一文不值。一个人不管掌握了什么技能，只要这项技能有可以施展的地方，便足以立于天下，当这个人有了容身之处就有了责任，如果不愿意承担任何责任，不仅做不成任何事情还会遭受损失。一个人平时对隐患采取漠视的态度，好像也没有什么大碍，可是当灾难降临时，就不能再说自己是无辜的，而且到时候往往不可能置身事外，所有的苦果都只能是咎由自取。

人的责任将承诺兑换成担当，其中付出的奉献，都被受惠的人看在眼里，感恩在心里。每一个尽心尽责承担责任的人，都会得到别人由衷的尊敬。这份感恩和尊敬就是自己尽责任的快乐与回报。

公元前 271 年，战国时赵国的平原君家抗税不缴，被收租吏赵奢连杀了九个管事人员，平原君发怒要杀赵奢。赵奢说，你不守法，法令削弱，国家将会衰败，到时你的地位将不保；你率先垂范，社会公平国家将会强盛，到时天下没人轻视你。平原君认为赵奢很有才干，就推荐他掌管全国赋税，此后赵国税赋合理，民富国足。赵奢最终能成为战国名臣名将，这是命运对他勇于担当责任的回报。

太阳造就了天地，阳光孕育了万物，生命缺少阳光的照耀就会慢慢枯萎，然而阳光不能无处不在，在阳光稀缺的幽暗处，唯有人类高贵的责任心如同一支燃烧的蜡烛去温暖那些冻僵的躯体，给绝望的心灵送去希望。

相信自己是生活的强者，就会对弱者尽一份责任。有一份自己的工作，上班时间就会知道自己应该做点什么，有一个自己的家庭，坐在屋里就会发现自己还有事情得做。甘愿承担责任的人，做事情容易出成绩，做人容易受欢迎，岁月容易得安宁，心情容易自由自在。

责任就是奉献，责任的最高境界就是奉献一切，直至生命。凡是为了责任而奉献生命的人都是受惠者心中的一座丰碑，值得受惠者敬仰感恩终生。

第七十八章　认真

一个人要完成自己的责任，就应该努力去做，凡艰难之事，唯尽力去做，才有可能获得成功。要是看见别人有难，仅仅只是心里想着去帮衬一下，那是没有任何意义的；如果作了承诺后，也只是敷衍搪塞一下，这样别人也得不到真正的实惠；唯有尽心竭力才能救人出水火。

尽责任本身要比最终的结果更为重要，做事情是成功还是失败，其中总有一些小概率的偶然因素存在，事先难以预料，过程之中也难以进行把控，因此做任何事情都不可能百分之百成功；而竭尽全力去做，这是自己主观上可以把控的，凡事尽了力，成功总是值得庆幸的，即便是失败了，那也没有什么地方需要去后悔的。

公元 1504 年，明朝的礼部尚书李东阳被派往祭祀孔庙，回京汇报时反映沿途所看到的旱灾和百姓困苦的情况，还请求孝宗将大臣以往的奏章仔细查看一下，选择合理的意见加以实行，孝宗也都接受。孝宗能够成为整个明朝贤能的皇帝，正源自君臣尽责认真的行事风格。

认真是一种做人严谨的品格，是一种做事情一丝不苟的态度。做人做到纯粹，做到自己也认为无懈可击，达到完美无瑕的境界，这种境界唯有认真才能达到；做事做到极致，做到大家都承认无可挑剔，成为精美绝伦的典范，如此典范只有认真方可造就。

一个人能够把平凡无奇的工作做得有条有理，把清淡无华的生活过得有声有色，所依凭的就是认真对待人生的态度。能够认真工作、学习、娱乐的人，一定是个有用而快乐的人。古时候的戏台旁曾有一副著名的对联："是我非我，我看我，我也非我；装谁像谁，谁装谁，谁就像谁。"一个演员入戏后，已经幻化为戏中的角色，完全没有了原来的自己，演到什么人物就进入其神态之中，这种演技的取得与展现都依赖于日积月累的认真磨炼。

对一个人来说，人生犹如下棋，必须自始至终保持着极其认真负责的态度。生活中相遇的每件事物，都要仔细斟酌认真对待，关键时刻走错一步，对于棋局来说，一着不慎满盘皆输，对于人生可能就是致命的大麻烦了；岁月中的每一天，都要打起精神认真去过，不要虚度一天。对于棋局来说，下了一步废棋后悔连连，要是因此输了也不能悔棋，只能再下一局；对于人生，浪费自己的时间那真是作孽，因为此生仅有一次，没有下次。人生就是这样，认真一分，收获一分，全部认真，大获全胜，要是不慎而疏忽了一分，那就只能自求多福了。

人生像件艺术作品，只要有信心肯努力，从头到尾一直都能够认真地去塑造，就会逐渐趋向于完美。做事认真的人，最大的好处就是取得任何成绩时，都不会有人提出质疑，无论事大事小，只要认真去做，最终一定能够让别人认可。人生的舞台不管已经有多少角色正在上演，只要自己能够始终以演主角的态度来认真地演下去，慢慢地就真的会成为自己人生的主角。

在人的一生中，每走一步都要三思而后行。隐患大都藏于细微之处，千万要认真对待，绝不能鲁莽行事，必须永远对自己负责任。一个称职的裁缝每次都会将顾客的尺寸重新量一遍，再仔细核对确认，而不会按顾客自己提供的尺寸去裁剪；一个对自己负责的人，会让自己活得快乐，同时也让别人过得开心，因为一个人做的事情是对是错、是光彩还是羞耻，都要接受时间的检验和评判，最终鉴定的结论并非出自本人，而自己唯一能做的就是认认真真踏踏实实地走好人生的每一步。

一个人的所作所为都明明白白地摆在那儿，无论是妙笔抑或是败笔，这些记号一旦落笔就无法抹去。自己可以假装看不见，或者偷偷地去擦抹一下，然而别人早就看在眼里记在心里，是不可能轻易忘记的。总之，作者没有流着眼泪写下的文字，读者看着这些文字就不可能抽泣；雕塑家作品中没有自己的血肉，观众就感觉不到来自雕像的体温。因此为了博取一个好的名声，也为了自己以后有个值得去回忆的美妙时刻，务必仔细再仔细，谨慎再谨慎，认认真真地去描绘人生之作的每一笔每一画。

认真的精髓是专心致志，用一把枪同时瞄准两个正在移动的目标，结果肯定什么也打不中；一个人做事三心二意，到头来不会有什么结果；生活中处处在意还处处分心，最终也不知道到底要什么。选择该做什么事，这需要智慧；选择先做什么事，这需要勇气。因此专心既是一种智慧，也是一种勇气。只有当一个人全神贯注于不远处的目标，心无旁骛地直奔而去，才能得到想要的东西。

春秋战国时期的荀子的名言"锲而舍之，朽木不折；锲而不舍，金石可镂"讲得十分在理。三天打鱼两天晒网，追随时尚、性格浮夸的人，即使很容易的事情也做不成；起早贪黑耕耘田地，不辞辛劳、聚精会神的人，肯定会有满满的收获。凡性格专一的人，都能够凝聚心智，无论干什么都一定要干出个样儿，这样的人学琴必定入调，学棋务求入段，书法肯定工整，绘画赏心悦目。大凡做事专注的人，总显得能力超强，成就超群。

认真就彻底，认真做事就一定能够做得彻底，做到无懈可击。当事情做到了极致，别人自会心服口服，自己方能如释重负、轻松自在。人生的岁月想要过得轻松快乐，就必须打起精神将分内事情完成好，让别人满意，让别人放心，这才不会有人来打扰自己的清静，否则纵有浑身解数，在旁人埋怨数落下，也难以施展腾挪。人生快乐的程度与为人处世的认真程度息息相关，态度越认真的人，做事越出色，越能够获得大家满意，心情也就越快乐。

要把事情做到极致，首先要喜欢做这件事，兴趣不足就要尽快加以培养，实在无法建立兴趣就不要再去做这件事，因为没有兴趣却硬要去做，那是根本不可能认真的。

明天和意外哪个先到，谁也不知道；今天弄不明白的问题，或许就是明天遇到的问题；生活中常常应接不暇的人，不是没有准备的时间，而是有空时却不去做准备；认真生活的人，从不需要去找任何借口，从不浪费自己时间，总是满怀热情、充满信心，向着目标笔直前行。

第七十九章　宽容

　　人生要想拥有一颗自由自在的心灵，首先要对左右两边怀有敬畏心，其次要对上怀有感恩心，再次要对下怀有责任心，第四要对后边怀有宽容心。开弓没有回头箭，一旦踏上人生之路，就不可能再回到从前，既然不能回到过去，也就不可能去改变已经过去的一切，那么就请对过去的一切都放开手，让自己的心情释然了吧。

　　对于那些已经木已成舟的事情，需要学着去接受事实，这样做既明智也有利于自己的身心健康。世上有多少双眼睛，就会有多少种看法，要是能够强求一致，还要那么些眼睛何用？人生无常充满悬念，要是命中都已注定，生命成为视频回放，那生活还有什么乐趣？从不拿刀，就不会切到手指，工具也是件事物，有利必有弊，在代替我们的手脚去作业的同时也会伤了我们的手脚，如果不能原谅工具对手脚的坏处，就得不到工具对我们的好处。在一个尔虞我诈的场所，大家都不知宽容为何物，只能回避相互之间的评价，因为大家都配不上任何的褒贬。没有对别人的宽容，就没有自己的自由，宽容比自由更重要。

　　心胸宽阔的人容易接纳各种不同的事物，虚心谦卑的人容易效仿别人的良知善举。生活中最盛行的善举是宽容，最高贵的复仇也是宽容。宽容是种生活方式，选择宽容的人生终将得到一生的平安。宽容就是让自己过得好，同时也让别人能够活下去。宽容看人就是认真仔细地看，看人的底线是不去讨厌别人，看人的上限是不往死里看。宽容就是为人能够理解人，会同情别人的艰辛，不忍去指摘；并且能容纳人，肯包涵别人的不足，不愿去计较；还能够原谅人，见鲁莽之人已后悔，就不再去追究。

　　春秋时期，公元前 543 年，郑国的子产开始执掌政事，有人就来提醒他，百姓喜欢聚在乡校议论施政得失，这个惹是生非的场所要赶紧拆掉。子产却认为完全可以让大家来议论，大家喜欢的，我们就推行；大家讨厌的，我们就改正，这是老师在教我们怎么做事，这么好的学校不能拆掉。子产执政二十余年，在各方面的改革都获成功，使原来积弱的郑国不仅在大国环视下安然无恙，甚至城门不用关，国内没有盗贼和挨饿的人，被后人尊为"春秋第一人"。子产不毁乡校正是对宽容的最佳释义。

善良的心灵容得下误解，正直的作为不在乎曲解，宽容是人类中最高贵的品质，宽容是世界上最伟大的精神。大海不嫌弃涓滴溪流，才能成就自己的浩渺；山川不厌恶碎石细尘，方能造就自己的巍峨。宽容允许别人做出与自己不同的选择，尽管这种选择在大多数人看来是有多么离经叛道，然而往往正是这种不落俗套的想法，拓展了知识的疆域，推动人类文明不断向前迈进。人类无与伦比的文明正是靠着宽容的恩惠才得以茁壮成长。

宽容别人、宽容生活、宽容一切，就是宽容自己，不懂得宽容的人就没有自己的未来。能够真心宽容别人失误，这是生活中唯一值得去夸耀的地方；要想真正去爱这个世界，得首先学会去原谅这世界上的一切。做任何事情，成功只有一条路，失败却有千百条，因此失败容易而成功太难，这个道理对谁都一样，所以宽容别人就是宽容自己，这次给了别人改正的机会，等于下次给自己留了成功的机会。学会宽容别人的人，自己定能长久平安；善于宽容一切的人，自己会逐渐变得强大壮硕。

要想真心宽容一件事，就要了解这件事情的来龙去脉，知道了前因后果，心情便释然了；要想彻底宽容一个人，就应明了这个人成长的大致经历，明白过往的一切，看现在就顺眼。人们生活的所有希望都在前面未来的岁月中，然而要理解生活的真谛却在后面消失的光阴里。读过了人类的历史，就会懂得世界为什么会是现在这个样子，便会欣然领受前人留给我们的任何东西。

善于宽容的人，能够容纳尽量多的见识，以便充分理解别人在生活中遇到的各种难处，提供适当的方便。譬如：听到了蠢话，不用急着赶上去诘问或纠正，如果那是情势所迫，可随风而散；允诺做的事，情况发生变化无法再去兑现，源自真心没有恶意，避免去苛责；有才能的人，允许其各个方面有所不均衡，如此方能扬长避短，展现其才能；所谓的上策，只能是接近合理并伴有风险，执行难免付出代价，支持就完美。生活中大家都过得不容易，能够宽容待人，善莫大焉。

　　宽容是一种极大的智慧，只有当一个人看清楚了，想明白了，真醒悟了，才会释怀静心，逐渐宽容万象，成为一个自由自在的人。大凡自由自在的人，总是在经过每一扇门之后，随手把门关上，将所有看到的、听到的、遭遇到的不顺心的事留在身后，收拾好心情，重新开始。宽容的人心灵宽广无边，可以容纳世上的万事万物，宽容的人什么样的事情都想得通，什么样的人都能看得惯。

　　器皿中空方能收纳物品，人心虚怀就能容纳事物，心灵的空间越大所容纳事物越多，宽容的人遇任何糟心事，最后都会轻轻放回原处，将悲痛与怨恨留在身后，因此苦海不能困住他，美景总是在等他。生活中有时会遇到戾气十足的人，这种人蛮不讲理，我行我素，与他打交道是灾难，宽容的人会选择原谅、不与他纠缠，祝他平安快乐后侧身让行。世界万象精彩纷呈且变化多端，生活中每个人都有与众不同的审美观，这些看法藏在心底，不为人知，也难以交流，要想和睦相处，仅有宽容这一步妙棋。

　　选择宽容需勇气，明知没有任何人、任何力量能改变过去的一切，因此尽管有时候十分不情愿，也要鼓起勇气接受现实，用宽容之心接纳已经发生的所有变化。每个人都有难以启齿的隐私，要有勇气遏制住窥视的欲望，才能让自己的日子过下去，让别人自在自己才能自由；每个人都有可能被人踩到脚，要有勇气忍痛原谅无心之过，抢在别人道歉前先给微笑，用宽容交换鲁莽方得平安。

　　人都有弱点，凡是自己最薄弱的地方都希望能得到别人的宽容，在生活中人与人相互之间应当学会彼此宽容，才能融洽相处。不愿宽容别人，也难以得到别人的宽容；待人尖酸刻薄，自己的人生之路也将越走越狭窄。

　　尽管生活中有太多的不称心，但不应该把如此美好的生命随便去浪费在抱怨上面，这实在可惜。事情在发展，最后结果还不知道；认识也在发展，现在还不够全面，对一件不知好还是坏的事情去抱怨，是不是有点草率？而对一件已经过往的旧事，除了宽容还能做些什么呢？

　　在生活中仅有善良的人才能真心宽容一切。

第八十章　厚道

　　善良可以宽容一切，能够宽容一切的人就是个实在的人。世人凡选择了宽容便得到快乐，舍弃宽容只能徒增烦恼。世界本来就是这样，看得惯或是看不惯，世界还是这个世界，然而看法不同，结果也迥异。看不惯这个世界的人，除了自己焦躁，对外就是批评，而批评除了增添别人的反感，其实也很难改变什么，四顾全世界没有一个城市为批评家树碑立像，可见批评不太受人待见；与此不同，能够接受生活真相的人，都选择去善待生活中的一切，其中大多数人都能享受到生活的乐趣。

　　心胸狭窄的人，总说没有遇见过好人，可见其难有宽容之心。这种人都喜欢耍些不可告人的小聪明，其目的就是在不知不觉中折损别人利益，让自己尽可能多得些好处。比如有人来寻求帮助，先是婉拒，让其受折磨到几近绝望时，才突然出现，将其救出困局，这种欲扬先抑的做法，让对方感激涕零，让自己出力的价值翻倍。然而明眼人一望便知，这种把戏玩不得，如此伎俩一旦露出破绽，还如何收拾？因此每个心智健全、想自由自在平安度日的人，都会不约而同地选择实实在在地去做人。

　　所谓厚道就是做人实在，品格如春风般和煦，不夸张，不刻薄，让人感到踏实和安心；厚道也是待人诚恳，行为像冬日的暖阳，不欺瞒，不失信，使人感到信任和可靠。当一个人达到了宽容一切的境界，便具备了厚道的德行，厚道做人最能打动人心，厚道做事令人心服口服。

　　厚道的人，在别人面前从不夸夸其谈或讲些阿谀奉承的话语，在人背后也从无恶意揣测或任意贬损别人的行为，厚道的人都是令人尊敬使人信服的师长或领导；厚道的人，岁月中对家人关爱有加，工作中对同事友善有余，相处中对邻里热心分享，厚道的人总是生活中受亲人依赖的人，受队友信任的人，受众人欢迎的人。可以说，所有厚道的人都是心灵纯粹而高贵的人。

厚道的人主要的特点就是扬长避短。凡是受人尊敬的师长有什么缺点，厚道的人总是刻意帮其遮掩，不使其整体形象受到损害；凡是朋友同事日常有什么差错，厚道的人总是特意为其准备好台阶，让其尽快摆脱困境，重新亮相；凡是至亲家人生活中有什么短处，厚道的人总是绝口不提，并一问三不知，让其永远都从容自信。厚道的人心灵纯洁，总是让生活充满甜蜜与愉悦。

厚道的人主要的好处就是肯为别人着想。厚道的人知道，旁观议论长短很容易，自己亲手去做却难得多，要把事情办成更是难上加难，因此厚道的人总是尽量营造和谐、净化的工作环境；厚道的人知道，自己喜欢的东西别人也会喜欢，这东西最后已归别人所有，就不可能再属于自己了，因此厚道的人此时便放下竞争之心，由衷地为别人的美事而开心。厚道的人知道，凡人都有利己之心，因此绝不会试图去测试人的忠心或考验人的私心，永远不让别人处于难堪的境地。有厚道人在的地方，做事的进度不快，却能持久；事成后收效较晚，获益却大。

厚道的本质是善良。厚道的人都具备菩萨心肠。世上的事情有好事也有坏事，厚道的人只做善良的这一半事情，从不去涉及邪恶的那一半事情，厚道的人为人处世总是用自己的良知去遮掩别人的过错，用自己的仁慈来感化那些邪恶的东西。厚道的人，谈论别人总是张扬其优点，谅解其缺点；养育孩子总是激励其进步，包容其稚嫩；做事情总是先探查是非，再去计算损益；谋生机总是靠自立自强，从不断人财路。厚道使众人一同变强变美。

厚道的人，其善良主要体现在随和的心态。无论身处何时何地，厚道的人总是保持良好的修养，入乡问俗，入乡随俗，尊重别人的一切。保持随和的心态，做事情便不会过分，而会留有余地；做人也比较低调、谦虚，不会夸耀自己贬低别人。因为心态随和的人明白，谁都不可能永远平安顺遂，因此谁也不要轻易去嘲笑别人，免得一旦马失前蹄落得可悲下场。厚道的人保持心态随和的秘诀是，当遇到粗暴挑衅或无理冒犯时，用沉默的方式来拖延时间，让恼怒的火焰慢慢熄灭。

公元前五世纪，古希腊政治家伯利克里在担任雅典执政官时，进行了一系列重要改革，为此遭到既得利益集团的强烈反对。相传有天傍晚，一个陌生人闯进他的房间，对他骂个不停，伯利克里静静地坐着听，并不动怒，直到那人发泄完，气消尽了，转身打算回去，这时伯利克里对仆人说，天已经暗了外面看不清路，你去点盏灯，送这位先生走一程。正是伯利克里的厚道，使他执政的时期成为雅典最辉煌的时代，并产生了苏格拉底、柏拉图等著名思想家，这段岁月史称"伯利克里时代"。

厚道的作为就是实在，事实是什么就是什么，应该怎么做就怎么做，凡事自然而然，总是合情合理。然而，当别人的事出现偏差时，厚道的做法是在私底下善意提醒一下，助人走出困境，厚道的人明白事理而又心存善良，给人机会，却不声张，其高明之处在于不让人难堪。

厚道是人生不可多得的财富，有了厚道就不会孤单，有了厚道就能换来岁月平安。厚道的人如花朵般实在，静静地绽放，淡淡地飘香，不用炫耀自己的美，当硕果累累，便是桃李无言下自成蹊的时候，因此厚道的人永远不会孤单。厚道的人如鹅卵石般实在而光滑，毫不起眼也无棱角和锐边的鹅卵石，不会弄伤到别人，也就从没人会想要去砸碎一块与己无害的鹅卵石，所以鹅卵石能恒久存在，厚道的人也能长久平安。

厚道的人都是心肠软、情商高的人，在用善举体现自己内在品质美的同时，也让受惠的人折服和感动。厚道人与众不同的宽容做法，往往使受惠的人更容易改变自己原来的偏激想法，转而去接受善良美好的东西。

厚道的人，做人做事像水一样，始终保持低调，什么地方最低，厚道的人就驻足于此，正因厚道的人从不和人起争端，所以也就没人能和厚道的人争什么；正因厚道的人看待别人都比自己高，所以每每能够赢得别人的认同；正因厚道的人与人共处总是得到少而施与多，所以厚道的人总是能够得到别人的尊重和信任。

每个人最需要的东西无非就是尊重和帮助，厚道的人所能给予别人的东西恰恰正是尊重和帮助。厚道的人讲求实在，不善于锦上添花，而善于雪中送炭，因而多受人欢迎；厚道的人本分踏实，学不会慷慨激昂，只会去成人之美，总是那么靠得住。

做人不能太精明，太精于算计的人是很可怕的。厚道的人是聪明的，这种聪明在于不去算计，这种聪明在于明确知晓，只有共担苦难的人，才能共享幸福，不愿帮人脱困就没资格去分享其快乐，为此厚道的人不求回报，乐于助人，然后大家都会感觉到，人群中最快乐的那个人往往就是那个厚道的人。

第八十一章　放下

　　宽容为人处世就能学会厚道待人，然而即便能够宽厚待人，生活中还是会时常遇见一些剪不断理还乱的麻烦事，这时候就要以一种与其保持距离的做法使大家和平共处，两相无碍，全身而退，重获自由。

　　画家、诗人席慕蓉幼年时师从著名书画家傅心畬，因其天资聪颖且又勤奋好学，傅心畬对其另眼相待，有次在课堂上写了一个"璞"字送给她，哪知席慕蓉刚拿到手，就冷不防被一个调皮的男同学抢走了，傅心畬笑着让她自己去抢回来，哪知席慕蓉表示老师的奖赏自己已经收到，不必抢回。尴尬的事情已经发生，要是选择宽容对待，事情也就到此为止，不会再增加彼此的不愉快。

　　这种做法是将那些理不清的闹心事，轻轻搁置，不再去理会，这就是放下。放下是一门学问，清空无用的糟粕渣滓，大脑才有更宽敞的存储空间，放下让人醒悟；放下是一扇小门，离开前必须轻轻合上，里面的东西都应该留在原处，放下让人轻松；放下是一扇窗户，看到的任何美景奇物，属于自己的往往仅仅是眼缘，放下让人快乐；放下是一条窄路，在人来人往的险要处，让行是保证平安的仅剩首选，放下让人无悔；放下是一架梯子，在无可攀缘的深渊中，是人生摆脱困境不可或缺的凭靠，放下让人解脱；放下是一种境界，告别昨天的风风雨雨，才能迎来全新的阳光和心情，放下让人自由。

　　放下是解脱，不是放弃，放下的过程中始终没有争斗，也根本不会去决出胜负，放下是平等相待，只因相互之间缘分已尽，从此分别，各奔东西，再无瓜葛。比如出门散步，在林间小道边看见一丛怒放的花朵，艳丽可爱，芬芳馥郁，可以驻足赏玩，然而大可不必长时间逗留耽搁，更不需要摘下来拿在手上。可以预见，接下来的一路上，肯定有许多绽放的花朵在等着被观赏呢，将这丛花朵放下确是明智的选择，希望在前，但要没有羁绊才行。

一个人的学问中有没有放下这一章节，在生活中会不会运用放下来解除困境，对这个人的一生将产生深远的影响。生活中人与人之间发生矛盾很正常，然而矛盾一旦激化，双方都会很痛苦，如同一个绳结的两端分别攥紧在两个人手里一样，尽管都很累，但谁也不愿松手，这个结只会越拉越紧，如果其中一个人想松一点，以便打开这个结，然而对方只要不松手，绳结照样无法打开，当其中有个人把绳放下，挥手告辞，这个绳结便形在而神散了。

有些最终成为抱憾终身的苦事，起因可能仅仅只是有点固执或是一点不情愿而已。懂得运用放下的人知道，被狗咬伤后，即便打死了那条狗，也不能使伤口愈合；也知道哪怕自己再不喜欢当下的流行款式，再激烈的反对也无济于事，时装秀上模特的猫步照样在走。懂得适时放下的人，便没有什么克服不了的困难，没有什么走不出的困境，人生做事也容易成功；能够放下的人总能在紧要关头把握住自己的命运，不使自己处于穷途末路，也就不用去怨天尤人，不用去躲避什么，岁月便能平安快乐。

什么都放不下的人，只能事无巨细都挂在心上，东西不管大小都扛在自己肩上，这样的人心灵再宽广肩膀再厚实，也终将不堪重负，挪不开脚步那天总会来临。只要对什么东西放不下，这件东西就将一直压在自己身上，成为自己的累赘；把什么东西紧攥手掌中，自己的手掌也会被这东西钳制住，因为害怕会失去。功名富贵放不下的人，生命中焦灼多悠闲少；悲欢离合放不下的人，岁月里哀怨多欢乐少；善恶是非放不下的人，除了自己对别人都是错；得失成败放不下的人，每天除去算计还是算计。

人生失去心爱的东西总觉得悲伤，然而沉浸在悲伤中无法自拔，对已经失去的东西始终无法割舍，这种放不下的心态才是致命伤。对已经过去的事情想不开，对无法改变的现实不接受，这种持续的忧郁和沉重的焦躁足以重创免疫系统，为各种病痛敞开方便之门，进而损害自身健康。事实上，不愉快的事情大多不是自己造成的，拿别人的失误酿成自己的苦恼，是不是有些不值得？世上万事万物各有千秋，各有自身的命运轨迹，非要比较，强求一律，除了增添烦恼，不会有什么改变。总之，不能放下一切的生命，只能使本就已经沉重的岁月变得更加沉重。

生活中的负重，就是人生的痛苦，当痛苦达到极限时，光靠忍耐已经无法再坚持下去，这时每个人都渴望得到解脱，而放下往往就是解脱的唯一途径。每个生命都需要解脱，囚禁别人是因仇恨那人，遭囚禁是因被人仇恨，要是宽容代替了仇恨，双方都将就此解脱。仇恨犹如锁链，心灵一旦被其锁住，便无法飞翔，只能慢慢爬行，生而为人，为了一点偏见导致失去自由，确实太不值得。

曾经有个人问禅师，怎样做才能抵挡外界的迷惑？禅师告诉他，不用去理会它。又问，我可以不理会，可它会前来骚扰，怎么办？回答是，鼓起勇气仍不去理它。再问，虽有勇气，可它围困在身旁不肯离开，还有什么好办法？禅师淡然说，那你只好随它去了。随它去，就是两相无碍；随它去，就是放下；随它去，便彻底解脱。

随它去是放下的最高境界。随它去便可避免琐事来分散精力，消解纷争所带来的郁闷，克服内心的任何恐惧，让一切变得轻松而又惬意。

万事万物都有自己的道理，人很难左右其来去，要来的迟早都会来，要走也终究会走，所有的一切都将会成为过去，对此除了顺应其自然进程以外别无它法，而随它去恰是顺其自然中最自然妥当的做法，随它去，不管它，大家落得自在。

做什么都不易，如果累了，抱怨是无益的，昨天已经失去，明天还不知道，只有今天属于自己，还能抱怨什么；抱怨也是无知的，抱怨是用昨天的问题来浪费今天的时间，因此错过了明天的希望；抱怨不会让人变得轻松，只有放下工作，短暂休整才能消除疲劳，恢复精力。

放下就是推陈出新。放下让心灵清空了烦恼，这才使人有了重新振作精神的机会，去对今后的人生方向做出调整。放下就是旧的结束，新的开始。能够不再介意旧的创伤，把握住当下的机会，就是大有希望的人生。

愤世嫉俗的人当然可以卓然而立，然而老是盯着丑陋的东西看，境界并不会因此而提升，心情却反而会越来越糟糕，自由也会慢慢失去，更为可恼的是到了剧终谢幕的时刻还得默默放手离去；为了让人生掌握主动，让自己重获自由，让心情平和如初，让境界逐步跃升，让视野宽广绚丽，还是应当选择放下所有执念。

人的心灵空间是有限的，塞满了东西就成了万花筒；人的时间也有限，只看走马灯就可惜了。日子是往前过的，对于已往的岁月需要宽容，自己的经历无法改写，也必须放下企图去更改的念头，因为记忆是人生留给自己唯一永恒的东西，理应清晰准确。

第八十二章　希望

　　自由飞翔的心灵，会以不同的心态应对各个不同的方向：以敬畏之心对左右两边，以感恩之心对上面，以责任心对下面，以宽容心对后面，而对于前面则信心十足，对于未来一往情深，坚信幸福美满就在前面不远处。

　　人生若以当下来划分，可以分为过去和未来两个部分：过去就像一个清晰的梦，看得见但摸不着；未来是无数个模糊不清的梦，憧憬那个最美好的场景能够梦想成真。人生不论过去的部分是成功还是失败，是平安还是曲折，都期待明天是一个新的开始，都祈祷奇迹会降临。

　　据说自从莎士比亚的名作《罗密欧与朱丽叶》问世后，打动了无数人对忠贞爱情的向往，常有一些醉心于此却又得不到爱情的人写信向朱丽叶吐露心声，朱丽叶的家乡、意大利维罗纳每年都会收到许多从世界各地寄来的这类信件，为此市政府设立专门机构，以朱丽叶的名义给予回信，安抚那些受伤的心灵，给予追求真爱的希望。

　　所谓希望就是美好的愿望。希望也是一种欲望，只不过这是一种无害的欲望，希望就是企望既定的目标能够实现，希望就是困境中盼望奇迹的出现。美好的事物总是让人心驰神往，好在美好的事物常常能够让人盼得到，甚至可以让人摸得着，至少也总能让人看得见。希望是追求幸福的引擎，希望是文明进步的主宰。

　　生命中各个阶段，人的希望都不相同：少年时希望遇见一位好老师，学到真正有用的本领；谋生时希望加入一个好团队，实现自己的人生价值；成家时希望有位知心的佳偶，共筑爱巢同享天伦乐；暮年时希望有个安定的环境，被温暖的阳光所拥抱。生活中处于各种境遇时，人的希望也不尽相同，得到温饱后，就会希望能够得到华美；居有所安后，便会希望还能获得享乐。

所有人的所有希望都出奇地一致，都希望自己的生活是戏剧性的喜剧。

人生犹如下海航行，前途原本茫茫一片，然而，船上只要有罗盘就不至于会迷失方向。同样，人生只要心中有希望就能隔开苦恼。希望是落难者抬头仰望的星空，希望也是落水者心中装着的那块陆地，希望更是夜晚不幸迷路的人手中的火炬，要是不慎熄灭，即被黑暗所笼罩；希望就是生命放飞在外的那个灵魂，失去希望的生命必将枯萎，任何一个人失去希望就将变得一无所有。

生活中人有了希望，看世界便觉可爱，希望越饱满，世界就越美好，希望十足的人，看什么事物都顺眼，希望满满的人，信心也满满，做什么事情都觉容易。人生中希望很重要，不幸的人有了希望会感到痛苦不再那么难以忍受，就能靠着勇气活下去；勤奋的人有了希望便相信明天会更好，就能克服今天的艰辛继续干下去，因为他们知道，希望一旦实现便可享有幸福的巅峰。

希望代表人生的需求。人生的希望，就是满足人生的需求。希望是团队的总指挥，生活的总导演；心中有希望的人，不仅有勇气活下去，并且还有力量获得成功。希望常存于心的人，很容易就能够用丰富的想象，去填满岁月中的缝隙；希望常在手边的人，想象的移山填海未必能如愿，却不会弄脏自己的手。希望的意义不在于实现目标，在于奔向目标的过程中，那一路上所带来的快乐。

希望是人生宝贵的财富，有了希望可以抵消失败的苦恼，有了希望可以憧憬成功的美景；人生活在希望中，缺乏钱财的日子不一定算穷，失去希望的才等同于一贫如洗。没有希望的人生同时也失去了生命的意义。

唐太宗年间，高僧玄奘西行求法，前后历时十七年，往返行程五万里，历经中印度一百三十多个国家，公元645年，玄奘回到京城长安，百姓倾城而出，万人空巷，争先恐后沿路夹道欢迎他。佛教自汉朝传入中国后，对中华文明影响深远，由于佛教博大精深，而社会上对其缺乏完整的了解，玄奘学成归来为满足人们这方面的需求带来极大的希望，这才有了当时如此空前的盛况。

希望是一个人生活的动力，生命的价值一部分在于是否能够取得成功，更主要的部分在于是否有希望，生命有自由奋斗的权利，方能体现出生命的高价值。生命有了希望，学问才有用武之地，学以致用就能产生巨大能量，能量聚焦于信仰之上，生命便开始发光发热。生命中始终有希望就会永远发光发热，一直持续到生命的尽头。

世界上有黑暗也一定有光明，有了光明，就有万物兴旺，没有光明就没有世界；生活中有苦难同样也有希望，有了希望，就有勤奋努力，没有希望就没有生活。生命中所谓蓬勃的生机，则等同于无限的希望，年轻的人精力旺盛，生理在成长，生命之路还很漫长，这表示着年轻人大有希望；生活中所谓积极的谋划，无非就是希望在运用，年长的人阅历丰富，心理已成熟，生命之舟行驶平稳，年长的人更能把握住希望。

人对于希望最终的实现应当有一个清醒而理智的认识。有些希望已经努力了很久，积累了很久，当然也已经筋疲力尽，只要再坚持一下，这希望就实现了；有些希望刚刚才开始起步，八字没一撇，头绪不清精力没集中，前面还路途漫漫，希望还十分渺茫；有些希望根本不切实际，做幻想可以，真要实行起来却万难，希望落空算万幸，成真反而是灾难。希望不一定非要实现，人在困境中，能做些幻想也是种苦中作乐，用想象来遮蔽一些生活的苦味，这就是身陷泥淖之人通常喜欢仰望星空的做法。

幻想可以时常陪伴我们，作为增加快乐的调料。然而幻想究竟只是希望的一部分，不是希望的全部，没有理智的指引，仅以幻想为生，生命将会最终枯竭。因为理智告诉人们，幻想实现的可能微乎其微。幻想只是一种不满于现状的良好愿望，并不具备通往实现愿望所需的台阶，常常仅是春梦一场。

身在逆境中的人，只要前方有希望，那么有希望的地方就成为心中的天堂，逆境终将会过去，而希望如同花朵一般，这朵凋谢了，那朵照样会开放。忧虑和希望常结伴而行，很少会存在没有希望的忧虑，原因是所有人都想摆脱忧虑；更不存在没有忧虑的希望，如果有所谓不用担忧的希望存在，那就直接拿来用即可，根本不需要去祈求。现实生活中希望往往与失意的人同在。有昨天的苦难，才有今天的努力；有今天的努力，才有明天的希望。

人生悲哀的，不是没有过希望，而是希望已经出走。花朵还未绽放，可以等待、可以企盼；花朵已经凋谢，希望只能渐渐枯萎。

人要自由，就只能放下昨天的不舍，把握今天的机遇，才能脱身奔向明天。如果放不开昨天，被过去所牵绊，那就不可能希望会有明天，更不可能会拥有自由。

第八十三章　信心

　　生命中只要有了希望，人就会逐步建立起信心，人有了信心才可能去实现人生的愿望。人生难免遭受穷困，然而，抱怨着处境低下，不可能拾级而上；屈服待遇的不公，只能是内外交困；总是悲叹时运不济，命运也不会自行打开枷锁；唯有信心才具有能够让人从穷困的泥潭里飞身而出的力量。

　　人身处困境并不可怕，就算遭受失败也不可怕，真正可怕的是绝望。当一个人在希望和绝望之间选择了绝望，怀疑自己的能力、怀疑自己的做法、质疑自己的一切，同时错误地认定自己做任何事情都不会成功，这种精神已经崩塌的人，已经自己剥夺了自己希望的权利。

　　1947年瑞典著名导演英格玛·伯格曼出道不久便导演了电影《开往印度之船》，他自我感觉良好，但首映出意外导致失败，见报上影评后他痛不欲生，朋友幽默地劝慰："明天照样会有报纸。"正是这句话，让他重拾信心。

　　信心就是一个人确信自己的希望一定能够实现的一种心理状态。人的心态要是由信心在那里坐镇，消沉与颓废便没有容身之地。人的命运往往是由信心来主宰的，特别是当一个人处于困境中的时候，信心就是其生命里的唯一精神支柱，正如几位沉船事故中幸存的水手，挤坐在一叶救生艇上齐声引吭高歌，可想而知此时他们除了信心，已经一无所有，信心就是其命运的主宰。

　　人生所获并非命运无偿相赠，而是自己用一部分生命去换来的，即便命运有时给了机会，也需要自己去领受。岁月中难免有时会风雨交加，然而只要太阳还在，天空终究会晴朗的；生活中难免会遭遇困难挫折，然而只要信心还在，希望肯定会相逢的。信心是人生的重要资本，失去信心的人生只能屈从于别人，失去信心的人就是自卑的人，自卑造成失望，失望容易动摇，动摇便会放弃，失去信心的人最终注定失败。

当一个人认为自己能行的时候，这个人往往真的就行。人对于自己必须要有信心，信心是一个人取得成功的极其重要的内在条件。人对于自己的能力坚信不疑时，便容易取得成就，人一旦对自己失去信心后，原本所拥有的力量也会烟消云散，再也没有勇气去面对任何困难。

信心是力量的倍增器。建立起信心的人，能够变悲观为乐观，将看起来有些难度的事情，实行得举重若轻，让人放心；信心也是力量的稳定器，具备了信心的人，可以化平庸为奇迹，把那些难以想象的怪问题，拆解得举轻若重，使人服气。信心能够让人清醒，从而处事不急不躁，信心也能使人觉悟，由此得到幸福快乐。

人的信心建立在对自然规律认识的基础之上，自然的运行不差分毫，无比诚信，这才让人树立起生活的信心。人在黑夜中确信数小时后会天亮，才可能安然入睡；人已明白池塘里的鱼能自然繁衍，便不会竭泽而渔；人们有信心去做一件事，正是因为确信这件事情的自然进程，就是自己想要达到的目的。

自然的进程是往前的，日子也是往前过，因此人们总是认为黄金岁月还在前面，希望更在前面，不在后面，这就是对未来的信心；自然的发展是向上的，事物永远在进步，该来的终究要来，该去的终归会去，既无法阻挡，也不可随意改变，这是对自然的信心。从自然中学到了信心的人，能够顺应自然，从容面对一切，对现状不满意也不会灰心丧气，还会照样热爱生活，将每个清晨都作为辞旧迎新的起点；遭失败受挫折更不会轻言放弃，有开端就是有成就，相信气定神闲鼓足勇气即越挫越勇。

建立信心重要的是战胜自卑。生活中许多困难都是由自卑造成的，克服了自卑心理后，会惊奇地发现有些困难竟已凭空消失，还有些困难根本就没有原来想象得那么严重，仅是一点小障碍罢了。自信的人以良知为向导，不去随波逐流，不会玩忽职守；自信的人凭借自己的长处去处理事情，而不会拿着自己的短处去到处挥舞；自信的人致力于解决实际问题，而不会去将问题周围的障碍随意放大；自信的人身临绝境中，那远远的天际线就是心中的彼岸，自信的人在天塌下来时，自己就站在绝顶相迎。自信的人不知道绝望。

做事情自信的人，心里早就有了准备，开始做的时候，一切都已经准备就绪。做事情成败与否，自信应该是第一位的，智慧还在其次，一件事情该不该做，做得对不对，能不能做成，这些答案外人在事先是难以用智慧来找到的。自信不必由自己在事先做出承诺，更没必要事后得到别人的认可。别人以为这事情做得荒唐，极尽嘲笑之能事，这些都不重要，这是局外人的想法，只要做事的人有充分的自信，那么别人说什么都不算数，方向掌握在做事的这双手中，缩短与成功的距离就靠自信的这双脚。

撑竿跳高运动员布勃卡，在其职业生涯中称霸十五年，数十次创造世界纪录，有人问他成功的原因，他告诉对方，每当自己站在起跑线上，看着那高高的横杆，然后闭上眼睛，把自己的心从那横杆上摔过去，结果总是跃身而过，创造纪录。这个故事说明，自信的人可以发挥自己所有的潜能，创造出旁人看来是不可能做到的奇迹。

维系信心需要毅力，做任何事情只要持之以恒，切勿轻易动摇，信心便不会缺位。出类拔萃的人天然具备不屈不挠的特质，平庸的人正是后来具有了百折不挠的意志才会鹤立鸡群。任何一个行业，入门很容易，登堂入室也不太难，难就难在登峰造极，没有数十年如一日的坚持是难以企及的。生命的旅途中，果敢决断那是一瞬间的事情，铁杵成针却不只是一朝一夕的事，当劳作成为习惯，勤勉带来快乐时，便是揣着信心飞向希望的开始。

生活中处于艰难的时期，往往就离脱困不远了，正像英国诗人雪莱的名句"冬天来了，春天还会远吗"一样的道理，这种时刻最容易看到坚持的意义。为人处世，难能可贵的品质是意志坚定，不受流言蜚语的左右，不被非议责难所动摇，始终坚持自己认定的目标。矢志不渝的人，最终能够得到别人的认可和尊重；三心二意的人，总是那个最早被人轻视抛弃的人。卓越的人固然受人敬仰，然而平庸的人只要充满自信，屡败屡战，也一样会取得成功，照样能够让人认同自己的价值。

信心和勇气水涨船高、相辅相成，有信心的人是真正的勇敢，而勇敢的人同样也是信心十足的人。有信心的人比别人更有勇气，去承担别人不敢承担的责任；失去勇气的人就失去了信心，此后将会逐渐变得一无所有。

觉得自己行不行，仅在一念之间，这个念头就是信心，有信心的人做事往往如有神助，常常稳操胜券。

人生要有希望，就应该对前途充满信心；人生要实现希望，就要有充分的耐心等待。

第八十四章　等待

　　生活中每个人都有自己的希望，同时也为实现这个希望所困扰，实现希望的过程越长被销蚀掉的耐心就越多，其间经受到的痛苦折磨也越多。因此，在坚定信心奔向希望的同时，也同样需要有耐心等待幸运的降临，这样，即便前路茫茫，心中依然敞亮，身上照样劲头十足。

　　希望的挚友是时间。静静等待命运的安排，坚信期待的春天终会到来，盼望见到的花朵定会绽放，这是智者在困境中的自信。生命中有时只需要耐心等待，有希望的等待中享受到的乐趣，远比希望成真后所带来的乐趣要大得多。人在困境中除了受痛苦折磨外唯一选择是等待，而不知结果的等待中唯一的精神寄托就是还有希望。

　　所谓等待，就是什么也不做，直到期盼的幸运降临；而希望中的等待，是有作为的等待，这是一种积极主动的做法，如同播下种子等待发芽的过程，这种等待并非盲目地去幻想成功，而是经过努力使事情启动之后，让其自然成长，判断其走向，观察其需求的一个过程，当时机成熟时及时施加影响，使事情朝着原定的目标去发展。

　　时间对于每个人来说都同样地分为三天，昨天的时间已经过去，静止不动成为自己的记忆；今天的时间正在飞驶，能够抓住方为自己所拥有；明天的时间缓缓而来，唯有耐心等待准备好迎接。每个人都应当学会等待，追求幸福的过程是等待，忍受苦难的折磨也是等待，这两种等待是有区别的，前者希望拥抱幸福，后者希望逃离苦难，在一个懂得等待的人眼中只要是自然的进程，那么无论命运的加减乘除都值得自己去等待。

　　希望中的等待其主要作用是让万事万物自然地回归正途。不愿等待的人会稀里糊涂地去搅乱自然的进程，这样做的结果将不再会有属于自己的灿烂明天，想要有个自己希望的明天，那么在努力过后，就必须静静地等待，正如，春天播种之后，在酷暑时节必须等待秋收；秋天收获之后，逢寒冬来临唯有等待春风。成熟的人不急于求成，通过认识自然，尽力而为，然后让时间来成全一切。

时间会解开谜团，时间会展现精彩，时间会抚平一切，希望也总是和等待相伴。当花儿还没开放时，花卉仅仅是一棵小草，当花朵绽放的时候，小草便已经成了花卉；当百花似锦的季节，只见大树满身皆翠绿；当树叶落尽的时节，枝丫脉络才一览无余。姗姗来迟的结果总是让人猛然醒悟，让人心满意足。等待是一切智慧的基础，过去的时光如同镜子，慢慢清晰地照出自己本来的模样，让人最终能够完整地认识自己。

时间是个无比玄妙的过滤神器，最终会将所有隐匿着的糟粕悉数显露出来，也能将一切原本黯然无光的精华打磨得灿烂夺目。所有的这些改变都是时间的造化，我们只要有足够的耐心，就一定会见证那个完美的结局，如果看到的效果是令人遗憾的，那么这还不是结局，还需要继续等待，因为谎言和诽谤总是跑在真理前面，谎言竭力哄骗人们将虚假的东西信以为真，诽谤极力遮挡住真理的光芒，然而自然必将使一切真实的事物大白于天下。

等待是件顺其自然的美事。短时间内搞不懂的事，时间长了就会慢慢明白，时间积累起来的智慧可使人变得聪明，时间会让许多学问无师自通。事物的成长都需要有个过程，人们不可能在栽种果树的同时期望立刻就摘到果实，因为这中间还需要长达几年的等待，只有耐心等到果实成熟的时刻，才会搞清楚果树种植的那些本事。如果心情焦躁不愿等待，刚种下一棵树就想看到果子，急不可耐地时时去摆弄，那树便无法自然生长，注定会夭折。经年累月可以使人明白许多旬日之间来不及弄懂的道理。

等待也是一种威慑，提醒那些鲁莽的人，不要搅局，胡来会破坏自然规则，把正常进行的事情搞砸掉。为人处世能够举重若轻信手拈来的人，都是内心强大的人，这种人都有个无一例外的共同特点，就是善于沉默，且都是等待的高手。

等待更是一种智慧，提醒自己做事需要三思而后行，静静地坐下来把事情的来龙去脉看清楚了，将行事的步骤起手结尾都筹划圆满了，事情做起来才能有把握成功。等待还是一种谦虚，在商讨事项时，听到不明白的地方，不能强行打断别人的思路，要等话题告一段落，所有人都停下不说的时候，才可以将向别人请教的问题提出来，这样的对话方式方能营造出畅快的沟通效果。

生命唯有经历过在艰难困苦中的跋涉，渐渐转入柳暗花明的盛景，方能感到受益，享受舒适。黑暗中跋涉，唯有忍耐中等待，才能立于不败之地，忍耐可以积攒力量，等待必将消融坚冰，一旦云开日出，成功便在眼前。人生向来如此，心中有希望，自然甘愿等待，而等待则是实现希望的可靠助推器。

人生之旅负重远行，小步缓行，急躁不得，需要有恒心、有耐力。困难的时候也是接近成功的时刻，应该时刻提醒自己，挺住便意味着一切，等待就有希望，放弃便是舍弃，一旦泄气，之前所有的努力都将清零，之后所有的期盼都将归零。在荆棘密布之处，只有希望和等待才是披荆斩棘的利器。试想，没有希望自己怎么会来到这里？没有什么可以等待的人生哪还有什么趣味？生活中的挫折并不是末日来临，只要希望还在，遭受一点磨难未尝不是一件好事情，人生如果不能耐心等待成功的到来，那就只能无奈地面对失败的羞辱。

等待是为了人生能量的积累。成功离不开等待，等待的时间越久，成功的效果越佳。为人处世不耐烦去等待，那么就很难获得成功，即便侥幸有所斩获，所获也有限。做点事就索要酬劳的人，适合去做钟点工；愿意按月结算报酬的人，可以当个工薪族；能耐心按年薪结算的人，胜任职业经理人；甘愿去等待十多年的人，才算合格企业家。放眼世上，哪位技艺或学术流派的掌门人，不是经过了数十年的耐心等待？

生命在困境中的乐趣就是耐心等待转机的出现，因为等待懂得该来的早晚会来，等待也是无法腾挪施展的人所拥有的全部力量；人在逆境中需要的是沉默，而不是慷慨激昂的言辞，沉默是等待时机成熟的最佳选择。

成功的人生是信仰、勤勉和等待的完美融合。人生没有信仰便暗无天日，没有勤勉劳作天上不会掉馅饼，没有等待，那么一切还都是半生不熟的样子。

岁月善于等待风险小、机会多；生命善于等待快乐悠哉，希望常在；人生善于等待自然而然，自由自在。

第八十五章　运气

自然而然度过的人生，首先应该懂得事物都是相对的，其次是为人处世应当恪守道德，再次是要让心灵获得充分自由，最后还要适应命运的起伏波动，在其变化之前做好准备，在变化来临时及时做出抉择，从而避开厄运的骚扰，安上幸运的翅膀，安享属于自己的平静岁月。

人生的常态就是没有常态，谁也不知道明天和意外哪一个会先来。人生的际遇捉摸不定，往后的日子能否平安有时候还真是要靠运气，如同组建家庭，结婚之前谁也无法断定这两人的婚姻最终能否幸福，因为婚后的幸福只有一半在自己手上，另一半却在对方手里，因此自然度过的人生一半靠自己尽力，另一半要靠运气的襄助。

有些人不明事理，事情办成了就炫耀自己的本事大，事情搞砸了便归罪于命运的不济。事实上人生之路如此漫长，生命也总是在顺境与逆境中沉浮，纵观每个人的一生，很少有人碰上很多好运，也很少有人蒙受很多不幸，平常的人生都是顺逆较为均衡，人生开始的时候梦想多，不幸也多，后来，随着阅历的增加，走的路长了，困难便会逐渐减少，好运会越来越多，路途也顺畅多了。

运气是人生各个阶段中顺逆穷通的变化，这类变化是由自身或外部的各种原因所引发。人的一生中运气一直在不停地变化，人的命运也随之发生改变，运气来了，人生之路便畅通无阻，做事情十分顺当；运气走了，人生之路则险仄重重，做事情相当别扭。

人生之路变化无常，运气也一样，来了会走，走后不久还会来。运气虽然来来去去难以捉摸，却也有迹可循。劳作是人所命定的，勤勉因此与人的运气相伴相随，勤勉的人比懒惰的人运气要好得多，收获的东西也又多又好，从这个意义上来说，勤勉意味着好运，懒惰意味着背运。运气要靠机缘，更要靠自己的抉择，有时候看上去是坏事来了，然而再等一下仔细看看，也许其中暗藏着机会，这便是通向成功的出口。

有时候尽管自己很努力，也很谨慎，然而在意想不到的地方还是出了状况，导致事情不可收拾，这是倒运，只能无奈接受。

命运就是自己此生所扮演的角色，不是自己选择了命运，而是命运选择了自己，因此人们的命运各不相同，却无法相互调换，人生只有认真演好自己的角色，才能受幸运女神的青睐，有机会去实现自己价值的最大化。凡通情达理的人，必然好运；善良的人待人宽容，因为敦厚受人欢迎；正直的人行事明理，那是诚实避开了厄运。运气好的人，不是改变了自己的命运，而是敬畏真理，避开了厄运。人生不用花大力气去掩饰自己的短处，而是要尽量发挥自己的长处，良知不离身，运气就不会走远。

勤勉的人不会抱怨运气不好，品质优良的人不会被霉运击败。知足让人悠然娴静，需求使人鼓起勇气；变化催人随机而动，机会焕发勃勃生机。一个人要想天天快乐，就不应坐等好日子降临才有所行动，对于勤勉不息的人来说，生命中的每一天都是不同寻常的特别日子，同样需要努力，同样大有希望，同样可以大有作为，因而勤勉的人总是耕耘不止，收获绵绵；劳作不息，好运连连。

自然的安排是公平的，厄运后面往往跟着补偿，好运一定也带来损失，只要不求无主之财，岁月就安宁；要是不存非分之想，祸患便不来，对此应当看淡命运的起伏变化，顺应自然，本分做人，久而久之人生肯定平安吉祥。平安幸福就是风和日丽、花好月圆，不要去在意运气的好坏，幸运与霉运都需要那个认领的人去担当。生活中能够安贫乐道，那么对好运的到来不需要做什么准备；一旦养成了与世无争品格的时候，厄运也就从此结束了。

自然安排了人的命运，然而日子究竟过得怎样，还要看自己的努力，自强的人永远是自己命运的主宰，当一个人顺应了自然，运气就会顺心遂意；在命运面前做出了最后抉择，万物都会帮着自己过关。命运一开始是自然给的，然而人生会走到哪儿，最终能走多远，这些都要靠自己去努力，如同一个懒惰的工匠，即便得到一块上好的玉料，也无法成就一件精美的玉器，实在是为人之耻。

命运的改变在于选择，正确的选择在于智慧，智慧的运用在于思考。来到命运的十字路口时，能够勤于思考、启动智慧去看清运气本质的人，同那些懵懂无知、得过且过的人，肯定是不一样的命运。真正幸运的人，往往只是在命运变幻时多看了一眼，多思考了一下，比别人早走了一步。生活中观察入微的人，容易提前做好准备，具有积极主动人生态度的人，总能受到幸运女神的特别照料。真正的运气就是机会碰巧撞上了自己的努力，正如运球到对方门前的球员，被对手牢牢缠住时，果断射门可能有希望进球，要是不射门那么运气也帮不上忙。

有勇气担当命运的人，不管成功或失败，都将维护自己的尊严。略受打击精神便土崩瓦解的人，实在可怜得很，这种人生没有五彩缤纷的云霞，也没有绚丽多姿的季节，所拥有的只不过是些小水沟矮门槛罢了。

生活中的方向就是自己的爱好，兴趣就是动力，态度便是命运。没有方向的人生，兴趣再足也不会有运气；没有追求的人生，能力再强也不会有机会；主动追求的生命肯定运气连连，积极乐观的人生享受平安岁月。

幸运让人飞扬跋扈，暴露人品的短处；厄运使人重整旗鼓，彰显气节的长处。一个人面对命运需要自省检视自身，运气降临更要谦虚谨慎，圆润厚道，乐意分享；霉运来了需要找出缘由，自强不息，尽力回天。

命运就是周围的一切，看自己最终能不能去适应。遭遇厄运，只要信心犹存，精神依旧，勤勉照旧，一往无前，困难便会让路，厄运也就远遁而去。不在意命运的安排，仅苟且偷安，等于松开了人生的方向盘，人生之车便如脱缰的野马，随后的日子肯定凶多吉少。

顺应自然、诚实坦荡、自由自在的人，从不为自己的命运担忧或操心，如此为人，无愧无悔，不用去问鬼神，只管从容前行，便能平安抵达自己的归宿。

曾经有户村里的小康之家，请来风水先生给先人选择坟地，当时正值杏子成熟，走到主人家田地不远处，主人停下脚步说，还是先去别处转转吧。先生忙问缘故，主人解释道，自家地里种着几棵杏树，树上有窝斑鸠，你看那斑鸠正在乱飞，恐怕邻村小孩在树上偷摘杏子，我们贸然前去，必然会吓到他们，如果摔下来就不妥了。先生一听就此告别道，贵府不必再看地了，您的先人埋哪儿都是风水宝地，子孙必定贤达。这个故事告诉人们，怎样做人就是怎样的命运，一个人的德行就是这个人的运气。

第八十六章　因果

　　自然度过的人生应当顺应命运的安排，适应命运的变化，不骄不躁，本色为人，只做自己分内的事情。要是异想天开，放纵自己，任性妄为，必将自食其果。

　　世上万事，都有起因，不可能无缘无故蹦出个事物来；人间万象，总有结果，看似没完没了的现象只是时刻未到。就像种子播下后，不管田地有多么贫瘠，也不管农民有多么懒惰，植物都将发芽、成长。种子入土就是植物成长的缘由；同样道理，种下豆子收获的就一定是豆子，绝不会因为田地的肥沃，农民的勤快而结出个甜瓜。

　　所谓因果，就是原因和结果。自然法则主宰着世界的运行，任何现象都有其产生的那个原因；自然规律支配着矛盾的发展，所有事物到最终一定会有个结果。有因必有果。任何事情的发生，只要原因存在，就无法控制事情不去发生；那个结果也是会抵达的结局，从此原因出发，便会有这个结果。

　　为人处世，因果关联始终如影随形，既逃不掉也混不过。人生之路祸福难料，然而只需回头望望，便知道自己今天为何在这儿，再回想一下就会明白，没有其他可能，只能到这里，这就是因果。凡人，有理想又勤勉就能成功，能宽容肯礼让就会平安，这也是因果。人生时时处处都是因果。

　　因果的意义在于告诉世人，人不大可能无缘无故得到一件东西，人也不大可能无缘无故失去一件东西，得到东西一定要先付出相应的代价，失去东西也同样会得到相应的补偿，非分之想既是不道德的，也是十分危险的。追本溯源，看起来是偶然，其实就是因果。

　　世上万事万物都有因果，任何一棵参天大树，毫无疑问都是从一粒种子开始的；一棵长弯曲的树，很难指望会有笔直的影子。知道一件事情的前因后果，才能理解这件事情存在的意义。用因果关系的道理去看事情，就会知道幸福不一定是运气，而是勤勉的结果；更明白苦难不一定是倒霉，而是多种因素造成的结局。按照因果关系的原理来观察和思考，就能破除迷信，善待万物，远离抱怨，从容悠然。

春秋时，鲁国的庄公病死后，因其无嫡子，其爱妾生的儿子般被立为国君，庄公的弟弟庆父和庄公的夫人哀姜私通，杀死般，改立哀姜媵妹的儿子启为鲁闵公，到公元前 660 年，庆父杀死闵公想自立为君，终于激起国人不满，结果庆父逃亡国外，客死他乡。

事物的起因就是其必然存在的意义，知道事物的起因便容易明晰事物的全部，同时也容易把握住事物最有价值的那一部分。世上没有什么侥幸的事情，就连偶然的小意外，也大都是必然会发生的事情。譬如：正直的人易被狡猾的人所嫉恨，节俭的人易让奢靡的人怀疑，暮年穷困潦倒的人，少年时期并无雄心壮志；事业有成的普通人，其人生之路易荆棘密布。看到了事情起因的人，不会迷茫，通过起因洞悉事情的人，就是智者。

当一个人终于明白了事物起因对于该事物起着至关重要的决定作用时，就不会去埋怨命运不来看顾自己，而是从改变自己出发，以期达到改变自己人生的目的。人的境界改变，心情就会改变；心情改变，看世界就不一样；心境中阳光一片，看到的世界就灿烂无比；生活在这样的世界中，如何会不幸福。一个道貌岸然的人，自己不讲诚信，又怎么能让别人相信他的诚实；一个平庸的普通人，自珍自强自律，远近的人早晚会将其珍视。人生成功不必谢天谢地，受苦受难也不用怨天尤人，因果关系的答案都早已摆在那儿，自己的人生，缘由即在自身。

一个人在日常生活中公正对待别人，同时也会被人公正对待。神态自然，谈吐优雅，行为友善，笑容可掬，这样做人，走到哪儿都受欢迎。想要收获先要栽种，想要自立先要自强，想要平安先要宽容，想要快乐先要奉献。因果最为公平，人生没有捷径，想要得到什么东西，先要付出等价的辛劳，无功受禄，徒增宿债。

一个地方想要有船开过来，就先要将码头建造妥当，没有码头的地方是不用指望会有船来；一个人想要受人欢迎，就先要使自己成为一块温润无害的美玉，而这一切都需要学习与积累，不学习、没积累的人，别人与之交往不仅毫无益处，而且危险还不小，别人避之唯恐不及，哪里还敢前来相处。年轻人不愿自强，没有学问，没有一技之能，如何能够在世上立足，如何指望能安享晚年。

人生的初期，如初生牛犊，懵懂无知却精力旺盛，没有敬畏，无视走极端的危害，什么都敢去尝试，其后果是容易误入禁区，招来祸患，受到伤害；随着阅历增长，便逐渐觉悟，渐渐明白了因果关系的道理，于是性格变得稳重，多观察思考少做决断，生活也逐渐安定下来，从一个人懂得因果关系开始，便意味着这个人成熟了。

懂因果关系的人都是洞悉人生的明白人。能够钻研学问，便可以成为有智慧的人；愿意善待万物，就是高尚而有道德的人；人生有理想便是起因，通过努力不断地积累，最后达到目的就成硕果。懂因果关系的人也是享受幸福快乐的人。生命的乐趣在于本人的兴趣爱好，有了兴趣爱好，日子才有奔头，生存才有劲头，时间才有滋味，兴趣爱好就是快乐的起因，生活中随着兴趣爱好的逐渐浓厚，终将收获快乐之果。懂因果关系的人更是心平气和的厚道人。世间一切东西都有自身的价值，为人处世讲求的理应是公平交换，勤勉就是获得成功所必须去付出的代价，委屈也是超值获取时自愿来补足的差价。波澜不惊的岁月，总是自然而然，无须讨价还价，一切都浑然天成。

因果关系相互对应，彼此虽有先后，却是相互照应。如果微笑着面对生活，便悄无声息地沉浸在快乐之中；要是无奈而怨恨命运，就无休无止地沉没在煎熬里面。与人为善必定家庭和睦、远近相悦，以邻为壑只能高沟深垒、孤立无援。

生活是快乐还是悲伤，不必怨天尤人，祸福全在自己。恶言出口的人，必受拳脚相加；见不得人受益，幸福必然悄无声息溜走。傲慢冒犯别人在前，随后自己遭受羞辱。理智的选择才有合理的结局，良知的判断肯定能岁月安宁。选择了恨，接下来将仇视整个世界；判断成爱，四面八方都是鸟语花香。

事有偶然，然而有因有果，没有什么凑巧的事。没有老虎，兔子便跑不快，没有兔子，老虎也不会敏捷。不能接受一件事物坏的一面，就不配享受这事物好的一面。遭遇不公，无须介怀，避开即可；受到关爱，坦然接纳，传递善良。知道因果，顺应自然，方能平安快乐。

第八十七章　放债

人的命运与因果并不完全是一回事，然而命运顺逆起伏到底还是服从因果的支配，有些人看到善良诚实的人往往活得很累，而作恶多端的人却过得很是潇洒，因此怀疑因果关联是否真的存在。其实，种下善因，还需要时间才能结出善果；干出恶行，其结果就已经上路，迟早要来，一时间看似没有下文，然而事情远未了结，记在账上的那个债是不会凭空消失的。

毋庸置疑，"善有善报，恶有恶报；不是不报，时辰未到"这句俗话是正确的，试想，要是数千年来善良不被人们传播，邪恶不受世人唾弃，如今的世间还会有文明存在吗？可见因果关系确是存在的，并且随时在发挥着强大的作用，时刻清理着世界上的每个角落。

相传战国时魏国军事家吴起非常爱惜士兵，有个小兵伤口化脓，吴起亲自为他吸出脓水，这事传到小兵家乡，小兵的母亲听说后却异常悲痛。传话的人不理解这么感人的事情有什么好难受，可那位母亲说，就是因为吴起曾经为我丈夫吸脓，后来我丈夫作战时英勇无比直至战死，如今又是这样，看起来我儿子一定是回不来了。吴起是个了不起的军事家，他平时为士兵的付出，使士兵们甘愿在战斗中舍生忘死奋勇杀敌来回报他，因此吴起的军事生涯攻无不克战无不胜，享誉史册。吴起的这种做法，用一种民间俗语来说，就是"放债"。

所谓债，就是欠别人的钱物，以及尚未履行的义务，或是对他人对社会造成的损失。在这个世界上，人与人的关系如果牵扯到利益，不管是经济利益，还是情感利益，就会形成一种债权债务的关系。人活在世上，不是来"还债"，就是去"放债"。还债就是清偿积欠他人的钱款，归还别人的东西，尽到自己的责任；放债就是应他人请求借出钱物，施舍给别人权利，捐出自己的东西。

欠债是债务，放债就是债权。一个人的债权是这个人价值的加项，债务是这个人价值的减项，一个人此刻的债权和债务相加就是这个人现在的人生价值，而当下人生的价值是在昨天造就的，这个价值到底有多大，今天很难看清楚，只有在明天才能真正体现出来，因此一个人想明天能够过得幸福、平安，就必须抓紧现在的时间，多花些心思，减少欠债额；多做点奉献，增加放债额。

公元678年，唐高宗派裴行俭进军西域，征讨西突厥叛乱。平叛后唐军得到大量珍宝、骆驼、马匹，裴行俭宽厚待人，且不贪财，回朝廷之前，将所有战利品分给部下，自己不留一件。不久东突厥叛乱，裴行俭再次出征，连战连捷，大获全胜。

债是一种权利或义务，欠别人债就有义务还清，放债给别人就有权利追索。所谓无债一身轻，欠债总是要还的，债务在身的人总有些紧迫之感，债权在握的人多少有点从容之态。为人处世施出恩惠的人总会得到恩惠，作恶欺人的也会受人欺凌。世上之人，凡情愿放债的人多为善良，甘心还债的人多得平安。

人生得意时，能扶危济困解他人之忧，这是放债；当自己失意时，这些人就会赶来声援。与人交往中，欣赏别人的长处也是一种放债，宽容对方的短处更是一种放债，这样的人很容易和人建立起牢固的友谊。人的一生是很短的，放债越多越宽厚快乐，欠债越多则越浅薄痛苦。要是将世上的东西都看作是世人共同共有的，那么自己失掉的东西越多，放的债也越多，心灵便越富有、越充实；要是认为别人的东西都应该归自己个人所有，那么自己得到的东西越多，欠的债也越多，心灵就越卑劣、越空虚。

人活在世上，最重要的事，就是尽到自己的责任，而不是去规避责任。人应当多关注自己还有什么义务没有尽到，需要尽早还清债务；而不该整天去搜寻自己还遗漏点什么权利没有享受到，否则如此而为，不经意间又将增加自己的债务。做学问靠的是积累，做事同样需要积累，不能随随便便地将做事看作过眼云烟，任何事情成效与否，自己说了不算，评判的标准不在自己手中，在众人的心中，世上几乎所有人都认可债权比债务多得多的人。

承担做人的责任，尽到自己的义务，忍辱负重、用勤勉的劳作不断创造出新的价值来，使别人过得舒适、活得快乐，这也是在放债。这种债权正是人生快乐的根源。这种债权的积累应当从青年时期就已经开始，不要去期待别人是否感恩，自己只需放债，生活迟早会有回报，要是过于计较自己的付出，那么债权一定会悄悄丧失。一个人到了暮年，能不能有安宁的时光去享受，这取决于自己拥有债权的多寡，人生的平安完全应该由自己负责。

　　债权债务可以互为转换，不要以为自己债权很多，掉以轻心，或轻率行事，那么任何一些小的失误都有可能使之前的债权变成当下的债务。人的债权多多益善，债务则需要适可而止，不管之前拥有多少的债权，要是任由债务飙升到失衡的地步，那也是十分凶险。

　　偶然地成功会让债权远大于期望值，这时的债权中隐藏着一点债务，如果狂妄自大则债务就会显现出来；有人前来求助，自己只是点到为止，那人虽然受惠，但和心理预期有较大的落差，造成怨恨大于感激，自己所得的债权便远远不足以抵消业已形成的债务。

　　人的债权和债务相互平衡时，人生是完美的，没有债务的人，心情很轻松身体却太累；没有债权的人身体是轻松得很，只是一想到今后的岁月心情便沉重起来。付出与享乐对等、权利和义务相等，人生便能平安快乐。

　　生命的一半是出现问题，另一半用来解决问题。恰如镜子不能忍受擦拭的痛苦，就无法享受照镜的欢乐。还债先苦后甜，要是不还只会剩下痛苦；放债是喜忧参半的事情，然而不想放债，明天的生活还能指望什么。

　　公元765年，唐代宗将女儿升平公主嫁给郭子仪的儿子郭暧，小夫妻吵架时郭暧说，你爸是皇帝有什么了不起，我爸还不愿做皇帝呢。公主回去告状，代宗却说郭暧说得对，如果他爸想做皇帝，天下就不是咱家的了。郭子仪知道后去向代宗请罪，代宗安慰道，不痴不聋不作亲家翁，儿女间闺房中的话不必当真。结果郭子仪将儿子打了一顿，表示自己对皇室的尊重。原来两年前吐蕃大军进犯长安，代宗出逃，没有军队的副帅郭子仪收集散兵驱逐吐蕃将代宗迎回长安，代宗对郭子仪感激涕零，这种小过失便一笑了之，轻轻带过。

　　放债是提升人生价值的有效途径。春天的耕耘是秋天收获的保证，领导为员工着想是企业活力的源泉，夫妻间相濡以沫是家庭兴旺的前提。

事做得对就一定成功，事做错可能侥幸躲过惩罚，然而想成功却不用指望。今天落魄多是因为日前的懒怠，今天勤勉必定成就日后的硕果。

未来的幸福属于乐于奉献的人，因为乐于奉献的人，别人也会回报他；未来的平安属于勤勉劳作的人，因为勤勉劳作的人在不断清偿债务。

在中亚的里海边生活的库尔德人中流传着一个传说，当年上帝造人时对人说，你能支配天下万物，无忧无虑生活，可活三十年，人却抱怨寿命太短；接着上帝造了驴子，对驴子说，你要被人驱使为人工作，白天没休息，晚上吃点草，也活三十年，驴子嫌自己活得太累，自请减半，人在边上说，那十五年给我；上帝又造了狗，对狗说，你要看护主人的财产，晚上也不能睡觉，也活三十年，狗嫌自己活得太忙，也只要活一半，人一听忙说那一半也给我；最后上帝造了猿，对猿说，你活得自由自在，只是长得丑陋，头发没几根，牙齿没几颗，整天被人嬉笑，也活三十年，猿嫌自己活得窝囊，要求减半活，人高兴地说，不要的都给我。所以人寿命七十五岁，前面三十年最开心，一直到结婚生子，接着十五年像驴子一样辛劳攒钱养家，然后十五年像狗那样守着家产，最后十五年让别人笑笑。人的一生就是欠债与还债的过程，前半生欠债，后半生还债，人生中的欠债必须在人生中两清。

在因果关联的漫长等待中，一个善于放债的人，很容易有信心去等待，也更愿意耐心地去等待。

第八十八章　忍耐

天下万物，从开始到结束，总是要有个过程；人间万事，从起因到结果，都不可能一蹴而就。想看到整个的过程，需要合适的时间；想得到理想的结果，须有十分的耐心。自然的人生总是起伏波动，要想与幸运牵上手，就必须耐住性子静静等待；生活的滋味总是五味杂陈，若是期望苦尽甘来，只能控制情绪慢慢品下去。没有耐心去等待，即便播下种子，也无缘得到甜蜜的果实；只有忍受过煎熬，拿到及格门票，才可能跨入幸福的殿堂。

相传，曾经有位商人受不了林肯妻子的淫威，来向林肯诉苦，林肯告诉他，我已经被她折磨了十五年，你忍耐十五分钟不就完了吗？人在相处中偶然会因为发生误会，造成情绪失控，这时别人去与之争辩是非曲直无疑火上浇油，使场面更为尴尬，要是能够忍耐几分钟，等到雨过天晴，一切就会和好如初。

忍耐就是独自承受生活中的痛苦，不让别人察觉到自己的这种苦楚。忍耐是种勇气，暗示着自己不为苦难所压服的拼搏精神；忍耐也是道德，始终不让自己的问题去骚扰别人的安宁；忍耐更是为人处世中，身陷困境和应对逆境的首选良策；一个人要是到了实在无力去忍耐生活折磨的时候，这个人只能承认自己真的已经衰老了。

大凡做人，学会了忍耐便多了一分平安。能忍耐贪欲的折磨，就不会有追逐非分之想的危险；能忍耐偏见的摧残，才可能奋发图强快速成长壮大。大凡做事，学会了忍耐等于得到了一份成功的保险。立志做事是成功的开始，忍耐责难方能最终取得成功；做事情依靠才能的力量，忍耐孤独是维持力量的根本。凡做人做事，有忍耐力则能安心，有忍耐力就有信心，能忍耐便肯定能持久。

忍耐之于厄运犹如呼气和吸气之间的关系，人在呼气的时候必须忍住吸气，在吸气的时候又必须忍住呼气，试想一下，没有先吸足气就不会有气呼出，同样，要是没有把气呼尽也无法再吸进气。生命在成长过程中遭遇厄运在所难免，此时此刻必须忍耐，等待障碍自行移开，或积蓄力量将障碍冲开，也可以找到出路将障碍绕开，如此生命便可克服厄运继续健康成长，要是遭受厄运，不愿忍耐，一意孤行，其结果是没有不撞南墙的。

失去忍耐力的人，心灵便无法沉稳扎根，日子过得飘忽不定的人，是很难奢望岁月平安的。忍耐是为人处世必须掌握的一项本领。失败总是令人厌恶的，然而最终获胜的人，无一例外都是在失败中坚持下来的、忍耐力超常的人。学会忍耐很难得，凡事能够忍耐的人，平安无事是比较容易做到的；忍耐本身很苦涩，做事坚持到底的人，无论有多艰辛都能抵达目标。

忍耐的核心含义就是顺应自然，做事情出成效往往不是靠人的才能，而是靠人的忍耐力，靠忍住冲动，不去胡乱作为的品格。万事万物都有自己的自然发展过程，这个过程有时显得异常缓慢，甚至感觉不到事物在运动，令人看得不耐烦，心痒难耐，忍不住上去推了一把，结果却总是事与愿违，把原本好好的事情彻底搞砸掉。

要想跟着自然的脚步走，其中的秘诀就是必须忍耐。自然无处不在，忍耐也必须随时随地准备好。学习要想获取真实有用的学问，就要忍耐苦读寒窗；学艺想要掌握庖丁解牛的技术，必须忍耐千锤百炼；身体欲保健康长寿精气神协调，就应忍耐邪念贪欲；生命想有平安宁静的悠闲岁月，还需忍耐勤勉劳作。人生所有的忍耐都应该符合自然规律，任何的冲动都必须在自然面前得到忍耐。

逆境中的忍耐，不是消极地躺平、无所作为，也不是随波逐流或怨天尤人，而是卧薪尝胆，积蓄力量，枕戈待旦，如同人们在登山时，坚持着那枯燥又重复攀登台阶的动作，彼时只需具备足够的忍耐力，到达顶峰那是探囊取物般的事情。困境中的主动忍耐是为了蓄势待发，等到时机成熟，便可趁热打铁一锤定音；逆境中的积极忍耐是为了厚积薄发，只待情势逆转，就能一鼓作气反败为胜。成功往往只是在瞬间实现的，但是没有谁能够在瞬间实现成功的，这就是忍耐的魅力所在。

有些人做事情老是不成功，细究其中的原因往往是在遇到障碍时失去耐心，不能坚持下去，以致做事情不彻底，在离开成功不远的地方无奈选择放弃了。放弃确实很可惜，然而自己能力不够也是令人无奈的地方。一个人的忍耐力来自自己的实力，身体壮实的人，辛劳一点完全不在话下；智勇双全的人，事情棘手一些完全能够忍耐。忍耐力超强的人，情绪控制的能力也一定超强，因此这样的人，越挫越勇，越挫越强。

　　忍耐是智慧的基础，一个人没有心平气和的心理状态是不会有耐心去观察事物变化，分析内在事理，进行合理判断，做出恰当选择的。智慧中的忍耐就是不炫耀绝技招祸引灾，愚昧的无畏却以自己的一知半解去招摇撞骗；智慧中的忍耐对待流言蜚语就像对待嗡嗡骚扰的马蜂，静观时机，迅捷出手一击制胜；智慧中的忍耐就是在遭受不公对待时，能受点小气，肯吃点小亏，以免受大气吃大亏；智慧中的忍耐就是在春风得意时，平等待人，不去操控别人，不给别人订规划定规矩。忍耐产生出来的智慧，回过头来智慧还能成为忍耐下去的缘由。

　　成就非凡的事物需要忍耐，遭遇挫折和失败需要忍耐，这种忍耐必须要有意义，而正是智慧使忍耐具有意义。智慧使人在看来无法继续做下去时，认识到忍耐的意义，想象在忍耐中元气得到恢复，在忍耐中困难逐渐销蚀，在忍耐中救援已经开启，在忍耐中出路开始显现，于是在眼看着难以支撑的情形之下，渐渐树立起信心，终于知道当下并不是事情的终点，而是奔向目标的冲刺点。

　　人应该有理想去追求幸福的生活，还必须有信仰以免失去心灵的归宿，然而人生道路并非平坦的人行道，而是开垦过的田野，或是未开垦的荒野，其间有戈壁有沼泽，仅有不辞辛劳、耐住寂寞的人，能达到彼岸，对于没超强忍耐力，屈从于低俗的人，只能留在愁困中彷徨。

　　一个人在生活中所遭受的种种艰难困苦，这都是天使化了装后赶来给人上的必修课，这堂课旨在磨炼人的忍耐力，课程结业之后人便拥有了绳锯木断、滴水穿石的神力，可以跃入命运的波涛中尽情地畅游了。

　　人生路上难免遭遇突如其来的暴风骤雨，奔走避雨，心情郁闷，然而郁闷归郁闷，风雨却不理会，这时忍耐一下是唯一的对策，忍耐是顺应自然，忍耐是整理心情，忍耐是心灵修炼，面壁打坐，一会儿便会雨过天晴、彩霞绚丽，一切照旧，崭新如初。

生活中凡事有因就有果，欠下了债终究要被清偿，一切的一切，只需要忍耐再忍耐，便一定能见证到。

第八十九章　选择

　　自然度过的人生应当适应命运的起伏变化，在懂得因果影响命运变化的道理之后，生活中还必须在令人眼花缭乱的命运大转盘前随时随地认准自己的人生之路，以免走错路径，找不到最终归宿，追悔莫及。

　　人生之路错综复杂，随处都有岔路口，只是当我们远远观望别人的人生，都是滑稽有趣，看得人心情舒畅；然而低下头注目眼前的繁杂事务，总是盘根错节，却令人难以取舍。大家都明白在任何情况下，生活中除了苦难，必定还会有欢愉，但是怎样在孤独中找寻到沟通，如何让企望得以早日实现，到底是放弃还是坚持，面对这些选择，做人有时真的很难，要是选择出现差错，要想回头重来，只怕命运已不会再给一次机会了。

　　曾经有个家庭让一个处于叛逆期的男孩搅得家烦宅乱，直到有一天男孩父亲的老友来访，两人叙旧，隐约听到父亲说到持家育儿的艰辛，大有不堪承受之虞，连说回想当年因不耐烦父亲的约束和母亲的唠叨，以致一离开学校便背井离乡，出外寻找自由自在的生活，对于自己年少气盛时的鲁莽冲动，现在只剩后悔叹息，哪知这番不经意间听到的话让男孩从此性情大变，不再顶撞父母。

　　可见人生的选择该是一件多么慎重的事。人生的每个十字路口都是一道选择题，只有慎重选择才有可能确保前行方向的正确，若是犯了迷糊随意地来做选择就极易步入歧途，要是轻易放弃选择的机会，那肯定会迷失方向，要么闯进迷魂阵，要么偏离自己人生的正道。

　　人生正确的选择可以让自己避开危险，免受伤害；人生不可能逃避选择，因为时间不会停下不走；人生也不应该逃避选择，因为今后自己所走的路，都要由自己来负全责；人生会不断遇到选择，因此人必须不断思考，并及时做出抉择，要是优柔寡断，错过时机，那就只能怪自己又蠢又笨。人生最难的事情是做选择，尤其是处于两难境地时，更是难上加难，当两边同样重要，两边同样不可或缺时，将会体验到鱼与熊掌的取舍之难。选择之难还在于事先无法进行验证，选择之后短时间内看不出输赢，当结果出来后却无法重新再来选一次。

选择的意义在于人生不能回头重来，却可以拐弯；所谓改变命运大约也就是指选择走不同的路可以看到完全不一样风景的这种想法。生活中有时遇到深沟高垒，感觉插翅也难以逾越，然而往往只需要转个身，便可以轻松绕过，生活中真正的无路可走是不存在的，有时候粗粗一看，众多的门都已经被关上，可其中往往有一扇门是虚掩着的，就看自己能不能细细寻找，肯不肯做出选择。

选择的首要目的是为了拯救自己的心灵，人生之途不管是前路灰暗还是柳暗花明，只要始终坚持选择良知，良知就能够永远驻扎在自己心灵中；选择的次要目的是改善自己的生活，让自己能够自由自在、幸福快乐地度过一生，一个善良的人不管何时何地，只要最终选择了快乐，就一定能够随时随地得到快乐。

公元 1653 年，抗清失败后的思想家黄宗羲选择回到故乡余姚著书讲学，提出"天下之治乱，不在一姓之兴亡，而在万民之忧乐"的民主思想，四方学子纷至沓来，听其讲学论道，他多次婉言推辞朝廷官员的举荐，终身不做清朝官员，而朝廷修史有疑问来咨询，却总是认真解答。黄宗羲成为明末清初最杰出的启蒙思想家。

人生的选择是对自己生命的尊重和珍惜，遇到选择切勿操之过急，先要静下心来，仔细思考，当选项可能的结果考虑周到后，便可做出决定，一旦决定则必须赶快实行，要是拖延时日，情况变化那就必须重新盘算，如果时机错过，选题已经让命运收走，连反悔都已经晚了。

生活中现今的道路一经选择确定，就应当无怨无悔地走下去，因为抱怨无济于事，那样只会让自己走得更累；后悔也不能改变选择，因为无论如何时光不能倒转，因此既然已经踏上了这条路，那就屏蔽自己内心的一切杂念，排除来自周围的所有责难，全力以赴勇敢地走下去，一直走到底，走到人生的下一个路口。

在欧洲流行着一个中世纪古老传说：当时有两支军队摆好架势准备开打，突见有个全副武装的骑士赶到，双方都邀请骑士加入自己的队伍，于是骑士选择了一方，结果骑士加入的那一方被打败，自己也成为俘虏，这时骑士请求胜方让他再选一次，对方回答道：你曾经有过机会，现在的结果正是你自己选择的，有什么好抱怨。

就选择来说，眼光是必不可少的东西，眼光用智慧穿透邪念、诱惑的蒙蔽，搜寻着那眼睛看不到的地方，找到那条通往既定目标的路径。人们常常抱怨自己记性不好，责怪自己命运不好，却极少有人会埋怨自己眼光太差，真有眼光的人才知道自己的眼光总是不够。

一个人想要具备足够的眼光其实也不难，如果要看清自己未来五年的人生之途，只须静下心来想一想，确定自己希望五年后拥有什么样的生活，想清楚之后，再看一下从现在开始到五年后的那个目标，中间是条什么样的路，应该怎样走过去，整个过程中的所有环节都如同亲力亲为一样清楚了，那么自己看今后五年的眼光就够用了，五年中所有的选择都将变得十分轻松，信手拈来即成。

公元 1839 年，清朝思想家龚自珍，不满统治者的腐朽无能，选择辞职南下讲学。他主张革除弊政，支持禁除鸦片，抵制外国侵略，成为清代改良主义的先驱。龚自珍的选择显示出那种穿透万马齐喑暮气的犀利眼光。

没有良知的选择，过后即悔，无一幸免。世上有那么多种多样的书籍，却有许多人选择不去看书；我们有无比灿烂的中华文化，却有些人选择去攫取糟粕。世上有那么多东西，自己到底选择什么，着实让人拿不定主意，有些人便随大流，什么东西拿的人多，自己也蜂拥上前去拿，并不在意自己喜不喜欢，需不需要，如此追逐一生，辛苦真是辛苦，可惜快乐却少之又少。真正的选择，必须在自己的时空范围之内，在自己的能力范围之内，按照现行的规则去进行，这种选择的主宰就是自己的良知。

一个人用良知主宰整个选择过程，必将收获到成功和快乐。选择往往也是一个人心灵中善恶之间的角力场，只有当良知这个裁判将善与恶在理智的天平上称过之后，才能最终决定选择什么，因为每次选择之后的人生必须要走在有善良相伴的路上。没有良知的人，不仅选择会出错，而且选择后的实施阶段也不会舒心顺畅，这样的人选择结婚会后悔，选择离婚也会后悔，选择不结婚还是会后悔，原因在于选择结婚看重的不是人而是物，选择离婚是因为不善于经营婚姻而造成精神和财产的损失，选择不结婚又因为不能与人为善而无法忍受孤独。总之，没有良知的选择从头至尾既不会成功也不会快乐。

投资选择的意义在于保本增值，经营选择的意义在于繁荣持久，这其中无一不透露出安全的智慧。人生在世无论做人还是做事安全总是第一位的，选择错了固然会使财产名誉受到损害，然而要是选着选着，却把自己选残废了，甚至把自己都选没有了，那可真是亏损到家了。

选择做什么事，要有一定兴趣，也要有足够能力，更要考虑自身安全，一个人什么都可以选择，唯独歧途不可以去选择，因为这条路极其危险，走过去就是绝路。靠近恶人已经身处险境，种下荆棘早晚会被扎伤，当危险在迫近时，及时选择避让是唯一获得安全的好方法。

真正的学者不是已经读了很多书的人，而是选对书来读的人；真正快乐的人不是拥有很多东西的人，而是去对了地方的人。一个人对自己的昨天感到不满意，别人可以理解，要是今天还选择不努力，这却很难得到同情；担忧明天的不确定，大家都已经养成习惯，要是能够选择勤勉不息，担忧即可瞬间转化为快乐。

曾经有人到一家鞋店定制一款心仪的鞋子，那年流行的是圆头鞋，可他对方头鞋一直比较喜爱，看他犹豫不决的模样，店主人告诉他这双鞋需要做一个星期，他可以有五天的时间考虑，五天以内决定即可，这个人几天内数次经过鞋店都没有进去，一星期后，他拿到的鞋竟然是一只方一只圆，他见订单上注明，"亦圆亦方，五日内自定"，只得苦笑而出。时间飞驰而去，不会坐等你举棋不定，一路长考下去。

生命中选择正确的人，掌握命运肯定得心应手。

第九十章　差别

懂得选择的人生是智慧的，同时还应当看到，无论怎样选择，结果都会有所差异，每种结果都会有令人满意的部分和让人遗憾的部分，每种选择都会使人在得到一些东西的同时又失去了某些东西，人们必须学会理性看待这一切，因为这些利弊得失是在我们自己选择之前就已经通晓并且认可的现实，不然，只能怪自己还没学会选择。

世上的万事万物毫无例外都存在着差异。比如人的性格，有些人悲观失望整天郁郁寡欢度日如年，也有乐观开朗的人总显得有些童心未泯；比如工作效率，有人敷衍了事，得过且过，出工不出力；有人呕心沥血，精益求精，著作等身高；再如做事，有人喜欢老是重复做一件事，乐此不疲，有人喜欢不断创造出新东西，乐在其中；又如做人，一般人多看重得利，善良人则注重利人，世故的人八面玲珑，正直的人是非分明。总而言之，天下万物总是千姿百态，人间万事难免千差万别。

差别就是万事万物在形式、内容，以及相互之间地位上的差距，差别不仅反映出事物自身的特性，也表现出与其他事物不同的地方。世上每个人都有各自的特点，否则就不会有千差万别的人；即使两颗都是善良的心灵，也决不会善良得一模一样；太阳亘古不变只有那一个，然而旭日东升与夕阳西下却并不相同。生活告诉我们：有了差别才能看到不同的风景，享受不同的快乐；辨识差别才能区分善恶和智愚，选择自然的纯洁；承认差别才能停止争端与决斗，避免相互间撕扯；承受差别才能体验到云淡风轻，岁月的从容悠然。

没有差别的事物是不存在的，即便是遇见完美无缺的事物，走近了仔细看，一定也会发现瑕疵，为此应该正确面对差别。有德行的君子只关心自身的洁净，而绝不会去苛责别人身上的污垢，别人美不美应该由众人去做出评定。每当发现别人的缺点时，就会反省查找是不是自己身上也存在同样的缺点，如果确实发现有问题，就立即着手整改，这就是差别对君子修身养性的作用。

差别可以迅捷显现出事物的优劣。俗话说，不怕不识货，就怕货比货。不管是内行看门道，还是外行看热闹，只要发现了事物间的差别，便可高下立判，这就是差别的重要作用。差别可以让事物向着不同的方向发展，比如智慧产生快乐，愚昧蒙受羞辱，这是差别的主要作用，这种作用可以使人尽早对事物的最终成败做出合理推测。

凡事物的运动一定会造成相互之间的差别，而自然发展的同类事物之间的差别从旁观者看来却是微不足道的。正如阿拉伯人的饮茶习惯是一定要喝三道，所谓第一道苦涩似人生，第二道甜蜜若爱情，第三道寡淡如清风；这种苦甜淡的感觉，差别是极微弱的，不是茶道高手或是经人特别提醒，一般人压根儿不会有这种生活经验。平常人可能连一下子喝三杯的机会也不会多，即便渴极的时候连喝了几杯，也只是解渴而已，很少有人会在这种时刻有兴趣记住自己喝了几杯，进而去区分口感上的差别。

倘若人与人之间，彼此不允许德行有差别，那么请看看自己周围，芸芸众生参差不齐，绝无雷同，只是同文同源的人，彼此之间的认同度高，差别毕竟很小。人在自然发展中所形成的差别，体现出各自的特点，然而这种差别不会太大的原因在于，出众容易让别人因妒起恨，惨遭修理，人际关系趋于紧张；平庸却无此种骚扰，与世无争，始终如沐春风。久而久之，在一个团队的某一个层级之内，所有成员间的差别会越来越为外人所忽略不计。

英国文学家莎士比亚，结婚生子后便只身一人来到伦敦闯荡，他整个辉煌的职业生涯都是一个人在那儿度过的，他在戏剧艺术上的贡献无人望其项背。然而这二十多年间，他仅每年回乡探望一次家中的妻儿老小；英国科学家牛顿，对世界物理学做出了无与伦比的杰出贡献，然而在对未知世界不知疲倦的探索中，他也将一生中的大部分精力，花在了研究炼金术和对宗教教义的争议上面，留下五十多万字的炼金术手稿和百万字的神学手稿。

大千世界芸芸众生相似而不相同，即便是同一个人，在不同的时间地点也会表现出不同的特质。正如：善良的人爱惜自身同时善待别人，残忍的人侵害别人还要摧残自身；同样是跌落陷阱而失去自由的人，悲观的人低头看见泥土，乐观的人抬头看到星空；同样一个人，年少时认为读书可以取代经验，到老年后却又认定经历可以取代教育。如此差别，人间才显得五彩缤纷，美丽无比。

人间万象各有各的天赋异禀，参差不齐动态平衡正是自然的精妙神奇之处，这种差别始终存在，不能随便干预，无法人为消除。比如富贵的人不都有智慧，年长的人不一定活得明白；古代人没今天的人富裕，今天的人没有古代人质朴；老鹰可能会比麻雀飞得低些，然而麻雀永远不可能飞得像老鹰那样高；勤勉的人可能没有贪婪的人活得滋润，但是贪婪的人不会像勤勉的人那样活得舒坦。得失、安危、利弊都在天平的两端，差别一直都在平衡中，没了差别生命就失去活力，差别过大，秤杆将会倾覆。

差别反映人与人之间的不同之处，然而人在自然面前是平等的，自然给每个人每天都是二十四小时，人的差别是每个人将时间用在了不同的地方，以此得到了不同的东西，而君子总是顺应自然，向自然学习，以致其善待每个不同人的那份心始终不会有所差别。

清朝乾隆年间，宰相刘统勋每年都要出京查处各地的贪官污吏。公元1762年，乾隆因地方上的州县库存被查出亏空，一气之下想把那州的官吏全部罢免掉，并让京师的文书来取代，然而当乾隆向刘统勋征求意见时，刘统勋请乾隆为百姓考虑，于是乾隆放弃了原来的决定。这个故事告诉人们，应当用平等的眼光看待人与人之间的差别，不能因为一个人犯错便去迁怒其他所有人。

人生差别最能反映人生境界的高低。自然用宽严一致的形式给人以时间，平庸的人只想把时间打发走，杰出的人则想方设法让时间过得精彩，同样的时间，不同的境界，形成不同的活法。境界高的人更为珍惜时间，生活中成就越多的人看钟表的次数也越多。

人生境界不同，则生活的质量必有高下差别。西方人侧重精密计算，讲究社会效率，日子过得高效而迅捷；东方人注重道德修养，追求内心愉悦，岁月悠悠平静而从容。东西方文化有差别，然而没有好坏之分，有的只是看人生的角度不同，因此追求各异，兴趣迥然，感受便有差别。千差万别，只要自己认可，便是无悔人生。

懂得不管如何选择都会有差别的人，心灵是平静的，平静的心灵便可从细微的差别中找到最适合自己的那一种选择。比如做人，是做个善良的好人，还是做个善变的老好人？再比如做事，是赌上性命去追富贵，还是为了幸福而花费时间？当遭遇挫折时，是懊恼本来不会这么糟，还是庆幸没有更糟；明了事物之间的差别后，睿智的人就不再犹豫彷徨，而是专心致志于回归正途，洞悉差别的人善于选择，一生平安。

从第五十一章到第九十章，共计四十章就是自然的全部内容，翻阅后也许对自然度过一生会有点帮助。

第九十一章　相处

人生想要平安度过，第四个必须努力的方向就是与世界、与自然、与他人的和谐相处。人类天生就是社会性动物，无法脱离社会独自生存，要想健康自然地生活，就必须懂得如何与万事万物相处。一个人只有首先合群，具备了与人相处的能力，才能在社会中获得独立，享受到自由自在的生活。

人性天然就具有与同类温柔相处的优良品格，这种品格在人的成长经历中逐渐发展成为友谊，友谊是人们在共同的兴趣爱好中产生，经过理智的导引，由长期习惯所养成的一种爱，这种爱是人生快乐源泉之一，与这种爱相比，富贵简直如同尘土一般。

相处是人与人之间的相互交往。相处之道是平等相待，相互尊重，主动礼让，自我反省。没有相处能力的人，是不够成熟的人，也是有着致命缺陷的人。

人与人相处可以从共同的兴趣爱好开始，这个爱好应当以愉悦身心为主，利益相关为辅，这样相处便没有嫉妒和恐惧，唯有娴雅舒适的感觉。人与人相处应当高雅而礼让，贤能而理智，相处的最高境界是淡忘，在这种情景之下，相处双方两不相欠，相互对得住，若即若离，无怨无悔。

人间是个世人共同拥有的百果园，大家一起劳作，一同分享欢乐。人们可能想法不同，做法各异，但既然生活在一起，就必须和睦相处。细细去想就会明白，人生中自己所做的事，几乎没有一件是不靠着别人帮助完成的，因此世上没有比友爱更美好的东西了，友谊是生活中的阳光，无时无刻都不可或缺。

正常的相处是为了获得合作共赢的善果，不能与他人好好相处的人只能活得既痛苦又酸涩。岁月里能否与人和谐相处是衡量一个人生存质量的标准，不幸受挫时有人鼓励与帮助；幸运成功时有人分享着同乐，这样的生命无疑是快乐的。家庭中和家人自然相处的时间是衡量一个人生活幸福的标准，早晨精神抖擞出门，傍晚归心似箭回家，如此的家庭成员肯定让邻居倍感羡慕。不正常的相处使人身心俱疲，正如旅行中让人备受煎熬的往往仅是鞋里的一颗沙砾，团队中让人施展不开的常常也只是成员之间一点小小的龃龉，所以，包容是自然相处的最高境界。

相处的核心内涵就是确保自己能够活下去、活得好，同时尽可能让所有人也都能活下去、活得好。要想与周围的人和睦相处，就要站在自己的立场细心观察，站在对方的角度缜密思考。从自身的角度去观察周围，就不容易迷失自我，让生活按照自身的需求出发，去实现目标；从周围人的角度去思考，就能照顾到别人的感受，在自己的奋斗历程中尽最大可能减少对他人的不利影响。在与人相处中，见人来求助，愿意把对方当作自己来看待，那就是同情仁爱；悠悠岁月中，能够认真把自己看作是自己，这就是责任担当；争执不下时，敢于把自己当成对方来对待，这才是宽容礼让；碌碌生计中，坦然将别人真正当作是别人，才成就聪明智慧。

相处就是善待身边的每个人。平等相待最容易为他人所接受，微笑是人与人之间最短的距离，欢笑更是每个家庭兴旺所需的催化剂。善待他人是人世间最美好的情谊，如此情谊需要用真诚来传播，用仁爱来浇灌，用理智来培育，用宽容来修复，精心呵护才能长成守护平安的防护林。要是不肯善待对方，只想着从对方身上捞点好处，将相处视作发财致富的手段或者是作秀立威的工具，那么这种相处将成为毒蛇猛兽，让周围的人避之唯恐不及。

正如自然界中的一切必然符合自然规律一样，人类社会也必然需要符合道德规则，因此人与人之间的相处需要有一定的分寸，希望别人怎样对待自己，就应该先这样去对待别人；想得到别人的帮助，就要主动学会去帮助别人，别人成功了，便有能力同时也愿意来帮助自己。生而为人，能够帮助别人就不会让自己受到伤害。

相处是一个互相之间协调利益，彼此平衡矛盾的过程，这个过程有时很短暂，有时却也十分漫长，然而利益的平衡极为有限，矛盾也会始终存在，有点关注、有点耐心即可，不用过于投入精力，不可高标准严要求。

二十世纪末，在羽毛球赛场上，中国有对女子双打选手，两人在长达六年间的国际比赛中连胜百场，未尝败绩，成为孤独求败的王者，一时间被传为美谈。不明就里的人一定以为如此珠联璧合的一对选手平日里一定是胜过亲姐妹，实际上深谙相处之道的教练从不让她俩住在一起，除了训练时间，两人基本上不见面，就怕她们相处过密产生矛盾，影响临场水平的发挥。

每个人都是一个独立自主的个体，都有各自的兴趣和想法，都有不愿与人分享的利益，都有自己的私密空间，与人相处需要尊重别人的感受，保持一定的距离，过分的亲昵使人不自在，过分的庄重又会使人拘谨，正直的人相处亲近到双方感到快乐即可，庄重到合礼便是恰如其分，可合作也可竞赛，彼此之间心照不宣。

君子以低姿态与人相处，总是适当地迁就别人。君子认为万物同体，天下一家，认可所有人的思想，尊重任何人的主张，认为成熟的想法只要敢于说出口，就一定有它的道理。君子总是为对方着想，尽量不站在别人的对立面，不去斥责别人，甚至不会对别人提什么要求，即便听到实在难以入耳的话，也会让它随风飘散，绝不会因此与人过不去，所以君子之群总是相安无事，和谐相处。

相处应当有自己为人处世的原则。如果立足不稳，一味奉承对方，将会在不知不觉中迷失自我，同时，在相处中要学会发现对方身上的优点，反省自己的不足，相处中勤于思考，善于学习的人能够快速成长，自信优雅地做个善良的讲道德的人，与周围的人和谐共处，让自己的失误越来越少，意气相投的朋友越来越多。

相处中强大的一方应谦让相对弱小的一方，强者掌握的资源较多，谦让的余地较大，如此相处更容易实现平衡。相处中无论强弱都应当相互信任，彼此依赖，强者不应试图去控制弱者，弱者也不可勉强自己屈从强者，这样相处更容易持久。相处中一方有好的提议，另一方发现其中有缺陷，可以指出经双方一同修改后加以实施；同样，一方建议取消不好的做法，另一方发现其中有精妙之处，可以协商保留好的地方，一同停止不合时宜的做法。

人生天地间，成为天地万物中的一员，没经历过的事，应该有所了解；有缘相逢的人，理应十分珍惜。如果能够和万物共处，则万物都可为己所用；

要是不愿与万事共存，则万事皆成岁月累苦。生活中更多的相处绝不同于有目的的交易那样精于算计，真正的相处是心怀感恩，尊重对方，让相处变成一剂润滑液，使相互之间交流顺畅，摩擦消失，使相处成为优美的旋律使人陶醉其间。

相传，生活在北极地区的因纽特人从不灭蚊，他们靠蚊子将驯鹿驱赶到寒冷的北方，有了驯鹿他们才能生存。万物共存，放人一条活路自己便多了一线生机。

第九十二章　平等

在相处方面第一个要实现的目标是和万物平等相待，人唯有平视万物，对待万物天公地道，才能在世上谋得一席之地，享受做人乐趣。如不能公平对待万物，做人必定一败涂地。

所有的生命都是同样的无价，所有的生命都应该得到同样的尊重，世上的每个人都有生存的权利，每个人都有权利通过自己的勤勉劳作获得财富和地位，每个人都有权利过上体面的幸福生活。正因为所有的人生都是平等的，因此每个人都理应得到平等对待。

能否平等待人是衡量人品格高低的标准，也是一个人能否融入社会、自然成长、平安度过人生的原则。一个人的能力有限，不可能让周围所有的人都满意，然而只要能够平等对待所有人，就能让自己的能力发挥出最大的作用，使人感受到最大的善意。平等的等价物是仁爱，善待所有人就是平等；平等的仲裁官是良知，酌盈剂虚也算作平等。平等的度量尺是自然，润物细无声就是平等。无论种族肤色同样尊重，不管发达落后一样重视，贤愚智拙都善待，走兽飞禽可共存，如此才能说是真正的平等。

商朝时的武丁从小生活在乡间，知晓民间疾苦。后来武丁成为国君，他观察了三年，从筑墙的奴隶中发现傅说是个贤能的人，便任命他为相。在傅说的辅佐下，武丁改革政治，平定四方，使国家得到空前发展，成为商朝的鼎盛时期。武丁不计较傅说的奴隶身份，傅说也就帮助武丁成就了"武丁盛世"。

平等相待是人类文明的极高标志，是一个人品德中最完美的那一部分。平等让所有人都获得尊重，是连接心与心之间的一条纽带，是人与人之间最简单的共同语言，平等可使人心趋近，看法趋同，利益与共。贫富贵贱，倒霉与幸运，所有的差异不可能自行消除，然而只要平等相待，彼此尊重，那么一切就有可能和平共处。

要是居高临下看待别人，最终看到的无非是些谄媚的笑容与无奈的冷漠表情，真诚是永远也不会出现的。如果不能平等相待，再高的沟通技巧也不会消除误解，再多的交流也是白费口舌。世界上有多少人，就有多少不同的人生道路，认真细看，世界上没有完全相同的人生，然而只要大家愿意坚持平等相待，就能消解隔阂，凝聚力量，集中智慧去创造共同的幸福家园。

有用的器物没有上下等级之分，自然成长的生物没有美丑优劣之别，以自己的好恶之心给万物贴标签的行为既愚蠢也不道德，这种欺世盗名的做法必将被文明所丢弃。万物都有自己的权利，狗叫是天然的权利，大狗有权叫唤，小狗也有权叫唤，要是区别对待，便不人道。正如青翠欲滴的秧苗需要甘露的滋润，濒临枯竭的大树更需要雨水的浇灌；心灵正直的人应当获得众人的帮助，心理扭曲的人更应该得到大家的救助一样，人性应当如同阳光普照每一块大地每一片海那样，平等看待天下万物，这是人性的至善至美，也是人类文明的最高境界。

不能以仁爱来平等对待万物的人生，是孤独和不安的。当一个人以自己为尺度去衡量别人的时候，发现的都是别人与自己不同的地方，便认定这是别人的错误，这样的人生要么活在别扭中，要么活在撕扯之中。当一个人能够以仁爱来看顾万物的时候，就会惊奇地发现万象皆美好，竟然没有什么自然的东西是丑陋的。尽自己的可能，主动地平等待人，要远远好于被动地企盼别人来给自己平等。

平等待人是种智慧，更是做人的良知。智慧让人懂得，不愿把别人当人看待的人，最终必然里外都做不成人；良知告诉自己，无论人与人之间的差异是大是小，做人的权利始终都是一模一样的。包含睿智的良知认为，平等就是人与人之间互相不伤害，互相不占对方便宜；平等更是互相尊重，彼此心与心相通，既不去俯视对方，也不去仰视对方，认可别人的努力和成就，却不会盲目崇拜权威的信口开河。平等是尊重与原则的合体。

缺少智慧的人仅凭自己的喜好和厌恶去看待事情，没有良知的人粗暴地认为万物都应该被自己奴役，这样的人根本不可能平等对待万事万物。智慧的人明白，自己不是万物的主宰，只是自然的维护者，要是硬要去做自然的主，万物都将会与自己过不去；有良知的人知道，自己比万物强大，因此更有能力、有责任去呵护万物，虐待万物是没有人道的可耻行径，平等相待才是正义之举。

平等也是普遍的自然现象。天地日月一视同仁让万物自然生长，绝不可能对万物感情用事，自然造就的生活平等而自在，不可能出现贫富两极分化，也不会将智慧和愚蠢之间的差异强行抹平。自然的人生从平等开始，最后又回到平等，来者没有带来什么，归者也未带走什么。这个世界苍天大地才是永久的主人，人只是匆匆过客，人唯有用文明的火种去照亮后人追求自然平等的道路。

每个人都有些美好耐看的地方，任何人多少会有点过人之处，没人会认定自己弱小到百无一用，事实上也根本没人会残缺到一无是处，距离产生美，时间抹平一切，自然终将使一切归于平静、平衡、平等。为人处世可以卑微但不要下贱，可以贫穷却不必献媚，盛气凌人不受欢迎，知情达理时时顺畅。一个人如能有自知之明，平等看待万物，则家园即是天堂乐园，彼岸风光就是此岸景观。

天下的人如果都能够平等相待，并将万物视同为是自己身体的一部分那样地去小心呵护，不忍心、不愿意去加以伤害，当世界进化到如下盛景：强大的不去逼迫弱小的，势众的不去欺凌势单的，富贵的不去侮辱卑贱的，聪颖的不去耍弄愚昧的，到那时应该就是大同世界的模样了。平等就不会有歧视，平等就不会有困苦的人，平等就不会有杀戮及战争，平等的世界处处有贵人相助，平等的世界自己也是别人的贵人。

自然光由七色组成，虽然在光谱上所占位置宽窄不一，然而缺一不可，都是同样重要，在自然界中经过各种搭配组合成为万象美景。世上三百六十行，行行各异，即便同行之间上下优劣也有差异，然而从服务社会和安身立命的角度看来，其功能完全是相同的，没有三六九等之分，没有高低贵贱之别，都应该得到尊重。人类千万年来的文明进程中，出现了无数的思想和学派，每种都是一条不同的道路，最终为世人所认可接受的其实都是同一个真理。所谓条条大道通罗马，善于学习的人只要致力于研究一门学问，沿着路走下去，定会触类旁通，掌握所有知识的精髓，学术无界，思想平等，最终追求的也是平等。

李叔同是我国近代的一位艺术集大成者，他中年遁入空门，成为弘一法师，被佛门弟子奉为律宗第十一代世祖。他有个特殊的习惯，在坐藤椅之前，一定要将藤椅摇上几下，让藤椅缝隙中的小虫子避开之后才坐上去，这种习惯在普通人看来有些做作，实质是万物平等的大爱。艺术通才李叔同到了一览众山小的境界，就容易理解和实行"众生平等"的佛学真谛。

平等是相处的要义，平等待人则安居乐业，天下太平，一旦万物平等便是天下大同。

第九十三章 缘分

要想实现和万物平等相待的目标，首先应该懂得珍惜缘分。平等显然是很重要，然而更关键的是首先需要能够相逢相遇，要是彼此间从未谋面，而且因为时空错位，永远也不可能见面，那么何来彼此平等相待一说，因此平等相待必须在有缘人或事物之间才能营造而成。

所谓缘分，就是不同人生之间的交集，一个人的缘分就是这个人与万物间的幸会，一个人生命中遇到的万事万物都是这个人的缘分，因此生命中的缘分就是这个人的人生经历。缘分组合成为人生，这就意味着生活中没有旁观者，只有参与者，有缘相见便不可能置之度外，有缘相聚便已身处其中，做人应当好好把握自己的缘分，自然地去度过自己的岁月，其他无缘的事物都是无关紧要的，与自己的命运本不相关，无须画蛇添足，去作无端撩拨。

缘分就是我们生命中的一切，是我们生活中曾经相伴相处过的一切，这些缘分虽然最终都会过去，然而却都是我们生命中曾经存在过的缘分，没有什么其他的东西可以取代或者用来弥补这些已经失去的缘分，时间也无法冲淡曾经有过的这一切，这些永远留存在我们记忆中的缘分，才是我们人生真正唯一永远属于我们自己的东西。

一个人当下的缘分就是这个人眼前的生活，如果不懂珍惜，等缘分消失后，有可能永远也不会再有相遇的机会了。正如错过了三月的桃花，到六月还能再找到欣赏桃花的地方吗？从这个意义上来说，人生的每一天都是最后一天，每一天都是无与伦比的珍贵。要是对眼前的幸福毫无感觉的话，只能说明这个人还太年轻、太幼稚了，只有当一个人体验过失去幸福的切肤之痛后，才会明白自己每次缘分的短暂，才懂得要珍惜缘分。

有些缘分纯属巧合，不请自来又不告而辞；有些缘分实属偶然，好像不经意间被大奖砸中；有些缘分必然会来，索债报恩终究要相见。不管善缘或孽缘，都是自己人生的一部分，都需要好好爱惜，认真对待，从中学到点什么，借此契机奉献点什么。缘分是命运安排的，强扭不得。勤勉劳作要靠自己来作为，应当积极主动，眼前的缘分最终结果是什么并不重要，甚至有没有结果都不重要，只要缘分过后能有个甜美的回忆，人生便是值得的。

缘分是自己人生的舞台。愚钝而又慵懒的人把自己当作观众，将缘分看成是别人的故事，缘尽落幕才醒悟，后悔自己把主角演成了跑龙套，最终成为自己人生中的过客，寡淡无味地走过自己的人生，行囊空空一无所有；聪明而又勤勉的人总是认真对待自己的缘分，一旦登上缘分的舞台，便会打起精神，拿出自己的看家本事，庄严地展现自身存在的分量，在周密谋划波澜壮阔的剧情后，努力演绎出精彩的人生篇章，缘尽谢幕后，带着装满硕果的行李箱，心满意足地离去。自己的缘分，需要自己来把控，用智慧和努力作代价去兑换成自己想要的幸福生活。

缘分的价值如同生命一般，一旦消失，便不再重现，同样的日子，过去之后绝不会再来一回。生命中不管发生什么事、遇见什么人，都是缘分，都要尽情地去享受这份命运赠与的礼物。比如，听到自己感兴趣的事物，赶去找到这件事物，欣赏过这件事物满意而归。整个过程中，听到、找到、欣赏到，这些同样都是缘分，每一项都能够认真去领受，才算没有辜负这段缘分，才是享受到了整个缘分。享受缘分，首先，要为清楚的今天而勤勉劳作，不要去为模糊的未来胡思乱想，享受缘分需要务实；其次，是要敢于尝试命运安排的课题，坦然接受可能失败的经历，享受缘分需要品尝；最后，在结缘中一路前行时，要随手在路边插上些花柳，享受缘分需要分享快乐。

缘分即是一个人在人生旅途中邂逅了另一个人，如果相互愿意平等相待，便可以结伴而行，双方年龄不同，不妨碍成为忘年之交；彼此地位不同，不妨碍成为知音；两人贫富不同，不妨碍公平交易。世上有那么多人，无缘相识的人太多，因此也就不必太在意，而真正有缘人就那么几个，能够珍惜好、相处好就可以让自己过得快活。世界上没有了花，还像什么世界；人身没有美德，那还成什么人样，只要互相结缘的人能够从对方身上发现美，学到美，如此相处的缘分一定令人活得愉快、幸福。

在缘分中得到快乐，是人生成功的标志。人们常说的随缘并不是随意而为，那是指随遇而安，是用自然而然的心态去看待自己的缘分。聪明的人懂得，自己真正想要的东西其实就是幸福平安的生活，因而聪明人在缘分中总是能够在细微之处发现美，在不经意间找到快乐。要想在缘分中找到快乐的滋味，首先，不要去在意已经结缘了多久，担忧还能结缘多久，而应当庆幸缘分还在，聚焦于眼前所拥有的缘分；其次是希望对方站在自己的立场，不如自己主动去理解对方的立场，认真地为对方的利益考虑；最后一点最重要，走入缘分的一刹那必须展现出会心的笑容，只有以欢快的心情投入缘分才能在其中得到快乐。

快乐并不完全是为有缘人而准备的，却完全是为了有心人所准备下的，不仅是快乐，甚至人们所有想要的东西，只要用心，都能够在自己缘分的帮助之下去获得，在缘分中用心去浇灌一定会收获友谊的果实，有了友谊的帮助便有能力去完成许多原来自己无能为力的事情。

缘分有偶然也有必然，有时候，有了希望和努力的原因，便会结出缘分的果实；同样，假如厌恶这段缘分，那么即使是善缘也会与自己失之交臂；更为可喜的是，生活中有些不经意错失的善缘，如能真心忏悔，努力加以救赎，往往会再次降临自己身上。总而言之，无缘是寂寞的，结缘应该主动，有缘应当珍惜，随缘应尽其自然。

缘分是人生之路上相遇的路人，当路上人多的时候，有时候难免会有碰擦。请尊重有缘之人，但凡能够礼让，就尽量礼让。想要有怎样的人生，那就怎样对待自己的缘分。缘分是生命中的精华，人们在缘分中提升品格，展现才华；缘分是生命中的韧劲，人们在缘分中抱团取暖，显示力量；缘分是生命中的记忆，人们在缘分中回望人生，甘之如饴。人们在缘分中成长，成熟，成功。

曾经有个非常有趣的寓言：大地的东边面临沧海，渡过大海抵达彼岸的人，便会修成正果，成为正果佛；要是经过千辛万苦的努力，仍然无法达到彼岸，选择回来安居乐业的人，最终也能成为幡然醒悟佛；而那些常年在近海打鱼为生，对穿梭往来于海上热心于追求的舟船，从不为之所动的人，最后竟然还能修成为宁静佛。这个故事告诉人们，一个人不管遇上什么缘分，只要能够随缘而行，随遇而安，便能与世无争，成就美满一生。

凡能够珍惜缘分、善待缘分的人，必定懂得怎样去与有缘之人进行有效的沟通。

第九十四章　沟通

一个人要想平等地与人相处，就应当学会与人进行有效而恰当的沟通。不会沟通的人是无法与人相处的。

亚里士多德曾经说过：喜欢孤独的人不是野兽便是神灵。野兽智力水平低下，无法理解人类的语言，不能和人类沟通；神灵智力太高，不屑与人类沟通。普通人生活在社会之中，必须用语言做工具，与他人交流自己的意愿、解释自己的想法，不与别人沟通的人生无法想象。

现实中顺畅的沟通是有一定难度的，譬如：外行人听不懂行话，想法各异的人容易误解对方，年龄差距过大时也难理解别人所说的话，贫富贵贱差异过大的人更难觅共同语言，所以说沟通亦是一门用于相处的学问。

所谓沟通就是为了一个特定的目标，用语言向他人传递信息，同时接受对方反馈的信息，以期最终达成一致想法的一种过程。沟通就是人与人之间的想法，能够彼此相连相通的过程。一段成功的沟通需要有明确的目标、语言的交流、想法的一致这三个要素组成，缺少任何一个要素，这段沟通便面临失败。

人们在相处中难免会对别人的想法产生误会，这个时候沟通是消除误会的有效方法。沟通是一座连接彼此心灵的无形桥梁，一个人只要能够保持与有缘人的沟通顺畅，就能增进相互间的理解，让美好的想法呈现出相应的价值，共同徜徉于友好相处的境地。善于沟通的人也一定是生活中优雅的、有魅力、有力量的人。

学会沟通、善于沟通的人是浑身充满阳光的人，自己岁月平安，也带给别人快乐。善于说出真实感受的人，其心地一定坦荡，有机会吐露心声的人，心情会轻松，不安的心灵也会因得到安慰而归于平静。沟通能促进自己初始的想法，在相互交流中，不断修整、磨练，最终趋于完美；沟通有助于提升自己的品行，在交换想法中，逐渐提升品德。遭遇挫折、情绪低落时，与良友沟通，实为医治忧郁的一剂良药；不会沟通的人，孤独与恐惧等无助的痛苦感觉会一直如影随形，挥之不去。

与人沟通的目的就是让别人明白自己将要做些什么，打算怎样去做，同时也了解到别人对此的一些看法。每一次沟通是否算是有效，都需要以达到既定目标为衡量标准。聪明人知道，现在的沟通所要找的目标也正在那儿找着自己，要是不能尽快地主动找到那个既定目标，这次沟通就没有任何成效。可见聪明而又善于沟通的人，是不愿与人周旋于八卦见闻之中的，他们总是能够尽量巧妙地避开闲聊与空谈，抓紧时间围绕主题，直奔目标而去。

许多人常常沟通失败，探其原因在于寒暄太多，老友见面急于表达思念之谊，嘘寒问暖不吐不快，话说得越多离题越远，以致约定的时间将尽，正题尚未开启，最终见剩余的时间无法摆明来意，只得作罢，扫兴而归，这样的沟通等于是没有沟通。可见沟通失败的首要原因正是在于沟通的目标不明确，或者是沟通中迷失了目标。

人们在相处中之所以需要沟通，无非是想找个人倾述自己的想法与感受，以解孤寂之苦。然而一个人独坐寂寞，其内心那种没有着落的苦闷，外人是看不出来的，自己不说出来，别人不会知道，即便心灵已经坠落至痛苦的深渊，也难以得到别人的同情与救助。

开启与人沟通的大门钥匙始终都存在于自己的手边，有心沟通的人应该率先打开此门，迎接有缘之人入内一叙。不愿走入沟通大门的人，往往自诩为高智商的天才，认为自己的想法远在别人的理解能力之上，事实上正是因为不沟通，别人才不知道他在想些什么，这也因此证明不愿沟通的人并不是最聪明的人。沟通中掌握主动，在于主动进入对方的世界，理解对方的想法，使用对方的语言，运用对方的逻辑，将对方引导入自己的世界。沟通并不是征服对方，或是让对方折服，沟通是尝试理解彼此间的关切点。沟通的全过程必须自始至终掌握主动。

任何沟通两岸的桥梁必须架设于两边同等高度的桥墩之上，只有水平的桥梁才能使两边往来自由顺畅；两颗心灵的沟通同样需要建立在双方平等的基础之上，平等沟通的双方，眼内没有蔑视、肢体间没有威慑、表情中没有冷漠，彼此欣赏永远没有否定，要是一方居高临下地训斥，另一方摧眉折腰地奉承，还哪来什么心灵的沟通。

平等沟通的两颗心灵应该自始至终处在同一个频道。平等沟通唯一需要的是有两颗相互体谅的心，只要能够相互体谅，就能笑脸相迎，就能穿透万象听清楚对方内心深处的话语，就能从沟通中获得欢愉。相互理解、分享快乐，是沟通成功的标志，而责备、抱怨、冒犯是永远达不到这种境界的，只能驱使这两颗心最终形同陌路。

沟通是人们在相处中最为美妙的那一部分，要想充分享受到沟通的乐趣，表述应当与体验相符合，思路应伴随逻辑而前行，交流用词需恰当并妥帖，共处表情要自然又娴雅，如此沟通方为人生快意美事。

平等相处需要建立在共同的语言基础之上，既然大家有缘相处在一块，又不能脱离，那就必须寻觅共同语言，富有成效的沟通就是将不同的主张经过磨合，求同存异取长补短，用彼此认同的设想打造共同生活的家园。

身处人群之中，只要自己愿意沟通，就一定能够穿透迷茫的障碍，最终找到人生安全通道的入口。

第九十五章　妥协

有缘相见的人若能在沟通中彼此了解、相互宽容，那真是人生中一段难忘的快乐时光，然而生活中人与人的看法不尽相同，想法也各有千秋，相处之中有相容的时刻，也有难以相容的时候，而且不相容的时候要远远多于相容的时刻，这就是知音难觅的缘由，大家无须介怀。

既然不相容是常态，那就需要常备应对之策，这时候往前硬闯肯定不行，那么只有停下脚步向左右绕行，实在不行就只能后撤免祸。人生中遇阻绕行也是一种智慧。生活中能通行的路，不一定是大路，也许是条小路；便捷的路，不一定是笔直的路，很有可能就是条弯路。

生活中要想与人相处愉快，就应该具有退让的智慧。与人短暂相遇，需要用礼让来使人舒坦；与人长期共事，就应用谦让来平衡利益；与人共度岁月，就要懂得忍让对方无礼；既然大家有缘相遇，既然共处时磕磕碰碰在所难免，那么妥协退让便能确保将日子过得和和美美。

妥协就是用让步的方法避免争执消解冲突，这种让步是在不违反道德原则的前提之下所做出的努力，以谋求调和与改善彼此关系，使相处变得融洽为最终目的。

大洋中，人们常常感觉冰山出奇地雄伟壮观，这是因为水面以下它还有八倍的身躯，同样，善于谦让的人，别人会感觉其异常强健伟岸。生活中，人们有时一次迅捷而彻底的退让，可以将伪善瞬间变得荒唐而又可笑，使虚假谎言昭然若揭变得毫无意义。在生命运行的键盘中，九个手指可以挥洒自如地舞动，还有一个手指却必须始终虚按着那个"退出"键，随时做好退让的准备，妥协就是生命平安的真正秘诀之所在。

德国汉诺威市几条主要街道旁每晚都会睡着一些流浪汉，因安全隐患，附近居民与流浪汉们矛盾不断，警察劝他们去救助站，可他们认为那儿不自由，有好心市民询问需要什么帮助，流浪汉说，除了安静睡觉什么都不需要。信息传开后这几条街发生了明显的变化，晚上商店歇业后橱窗的灯光不再彻夜通亮，经过的车辆也大为减少，即便经过的车辆也是静悄悄地缓慢通过，这儿居然成了整座城市最安静的地方。这个故事就是对妥协的最佳注释。

现实生活中，个人委屈，可以成全大局的美满；性格保守，往往积攒到更多人气；弱小方，总是更容易获得同情和帮助；强大的那位，将承担较多的责任和付出。妥协容易展现仁慈善良的宽厚，退让方便抵御偏见误会的冒犯，妥协退让是保持事物稳定的坚实基础。沟通既然以平衡矛盾为目的，那么彼此的妥协便成为沟通中的实用技巧，任何时候，任何情况下，唯有妥协才能最终消解争端，如果双方都丝毫不肯退让，争端也就永远不会停息。

生活中为人处世都需循序渐进，为人弱小时，妥协退让易于生存和成长，处事遇天堑阻隔，妥协转身就是出路，只有睿智的人，才能理解妥协的理智，从而在绝望中运用妥协的钥匙去打开求生之门。相处的根本美德就是谦虚礼让，凡是善于在争执初起时就保持缄默的人，最终都能轻松摆脱烦恼的纠缠，挣脱痛苦的束缚，获得独善其身的契机，在自然中成长，享受那些令人羡慕的宁静岁月。

妥协的核心在于让步，身处平等的人际关系中，适当的让步也是一种做人的智慧。要是去往目标的途中有障碍物，那么到达目标的最短路线一定是一条曲线，因此对障碍做出让步就是成熟的表现；争抢永远无法使人得到满足，然而采用让步的方式，不仅得到的不会少，重要的是最终还会得到内心的满足；利益当前，心中想着让步的人，就能成功抑制住非分之想，才有可能在利益的角斗场中洁身自好，最终成为连自己都心仪的人。

太多的生命，满眼都是权益，满心皆是争夺，身体紧绷丝毫不敢松懈，心灵憔悴整天忧郁焦虑，这样的生命活得实在太累，太可怜，缺失了生命中最为珍贵的享受阳光的快乐。真正懂得让步的人，是勇于面对现实的人，是用智慧战胜了冲动的人，主动让步的人从不会介意眼前的荣辱得失，心平气和地用今天忍让，轻松避开那明天飞来的横祸，深谙妥协之道的人都是真正无怨无悔的人。

妥协最大的好处就是让天下太平。岁月中若要平等相处，就必须使相互之间的利益得到平衡，要是每个人都各自为主，将自己置于优先考虑的位置，那么人们是根本无法平等相处的；如果大家都能够放下眼前的私利，认真考虑别人关切的东西，看懂了相互需要而又无法散伙的现状之后，互相的妥协退让、彼此在意，就会变得轻松自在，于是相互间的真诚合作便牵手了，原本紧张的人际关系方便调和了，相处也就很容易变得越来越和睦了。

相处中利弊得失理应均衡处置，绝不能将所有的利益都集中于自己一个人身上，而把全部损害都归咎于他人，由别人来扛在肩上，这样的状况连想象一下也觉得十分可怕，现实中硬要这么干，只怕时间一长就要垮台。人的心灵容量也有一个极限，烦恼越多快乐就越少，焦躁盛满了内心冷静便再也进不去了。当人际关系紧张，矛盾行将激化时，若想避免鱼死网破就必须学会妥协，否则一旦负面情绪满溢，局面必然失控。因此在没有万全的方案出现之前，接受一个不太厚道的做法，来协调目前的窘迫情形，理智地主动退让，亦不失为一种妥协中的智慧。

事物都有底线，一旦突破底线，事物性质就将发生根本性的改变；妥协也是有原则的，一旦越界就会酿成颠覆性的结果。妥协的原则就是让事情顺应自然进程，向着美好的结局去发展，为了这个目的，自己才甘愿吃亏让步。要是无论何时何地都可以妥协退让，那就意味着所有无耻的事都能得到原谅，所有卑鄙的事皆可畅通无阻。

妥协是柔软的，而原则是刚强的，有原则的妥协是柔中带刚，可以低头却不能泄气。可低头是愿意谦让，不泄气就是不折气节，妥协的原则是我可以退让，但你不能因此而胡来，非要胡来，触碰到了底线，那么合作破裂即是最后的妥协。为人处世的原则是良知，良知是不能动摇的根本，妥协让步到良知，就必须打住，这便是最后的底线。无原则的妥协是一柔到底，本质上就是和稀泥，出发点是想讨好所有人，结果却并不讨巧，蹉跎岁月还算幸运，若撞上宵小可就要鸡飞蛋打，惨不忍睹了。

相处质量应当不断提高，同时也需要了解各自的能力和承受的极限，不要去轻易挑战这两个极限，尤其是在春风得意的时候，明智地收手，及时做出让步，是一种对伙伴的尊重，更是一种做人的境界。

高明的妥协是预先划下红线，当自己退到悬崖边缘时，让对方看到，若再相逼，必将陷入绝境，最终让对方也能做出妥协，以保持斗而不破、相互共存的局面。

　　相处中懂不懂妥协是做人贤愚的分水岭，愿不愿妥协是做事情成败的三岔路口。人越贤明，越会主动退让，因为打人者自己也会伤手。懂得用脏水也可洗手的人，一切都会自然过去；生活中绝不妥协的人，只会给自己处处设限。

第九十六章　欣赏

与人平等相处，首先需要有缘相会，其次是要学会相互欣赏。生活像舞台，有缘相会的人，犹如同台的演员，每个人都扮演着各自的角色，刚开始上场时对自己信心不足，抽空就要窥视一下别人对自己演技的反应，同时也想从别人身上学点新技巧，以便更快融入剧情之中。

悲剧将宝贵的东西捣烂，使人惋惜惆怅；喜剧把不起眼的事搅浑，令人捧腹莞尔。生活中同样的剧情，反复多次便了无生趣，时间越久越觉乏味，到后来便只剩下厌倦，只有当人们在喧嚣的沉寂中看到美好的东西，生活才又重新添加了乐趣。而生活就像一幅精美的画作，没有兴趣去欣赏，便不可能轻易发现其中蕴含着的美。

欣赏就是认定自己所喜爱的美好事物，用心去享受，领略其中的趣味。人生处世，如果能够用超然物外的心态，以欣赏的眼光去看待世上的万象，就会领悟万事万物各自独特而又出众的美。当一个人在以欣赏的眼光看待身外一切的那一刻，这个人才是真正属于自己的。

欣赏是一种个人修为的品德，随各人兴趣爱好因人而异，无须言传，更不必强求一致，只用心独自观赏，不烦扰别人，也不去修改别人的形象。欣赏是一种鉴赏能力，不能独立思考的人，没有鉴赏力，没有是非标准，懵懂无知。欣赏是一种生活态度，心不在焉的人，眼前之物视而不见，耳边之语听而不闻，嘴里吃饭食不甘味；懂得欣赏的人生，无论成败顺逆，不管身在何处，都会仔细欣赏一路走来的风景，发现美，品味美，享受人生乐趣。

生命中最纯净的欢愉就是在欣赏美的时候，生活中最轻盈的步履是在欣赏风景的时候，因此，真正懂得欣赏的生命是幸运的，栖息于美景中的生命是幸福的。一个少年朝气蓬勃欢蹦乱跳，大家都知道那是恰到好处的展示；

要是有个耄耋老人整日神采奕奕，那一定是因其精于欣赏的缘故。用一颗欣赏的心，看待自己人生，所有的荣辱得失，都将回味无穷；用一颗欣赏的心，看待大千世界，一切的善恶美丑，全是旖旎风景。

与人平等相处，态度很重要，能够以欣赏的心态看待别人，相互间的关系就会变得纯粹而又简单。高明的人看人总看其最美的那一部分，美的东西经久耐看，看得赏心悦目，相处也就欢乐融洽；睿智的人看到别人有天然缺陷的地方，总是视而不见，绝口不提，维护其自尊，避免彼此难堪失措。人们相识相知贵在彼此欣赏，依靠的也是彼此欣赏。欣赏虽然不能改变对方的品行，却能了解和理解对方，彼此欣赏是成为知己的良好开端，每个人身上都不缺美的东西，只是发现这些美的眼睛较为贫乏。

兴趣所致，便由衷地喜欢，喜欢的东西就会去关注、去寻觅、去欣赏。欣赏一件事物的起因就是喜欢，这不需要其他理由，仅仅就是为了对它感兴趣，才会目不转睛去欣赏。欣赏一个人同样是因为喜欢这个人，与之相处异常轻松，历久弥新，其乐无穷，才会用心去欣赏。

喜欢一件事物，不一定非要拥有，能够用心去欣赏，便足以领悟其所含之美，就像欣赏博物馆的馆藏珍品，无须拥有照样可以领略其惊艳华美，品味其风骨神韵，是不是自己拥有的东西并不重要，重要的是要学会欣赏，凡是能够用心去欣赏就能得到快乐。

人与人之间交往是建立在相互接受、彼此认同的基础之上，要是没有双方之间的彼此欣赏是很难达成共识的。如果相互猜疑，互不信任，看一眼都显得多余，如此便难以共处，接下来关系恶化是必然的结果。

世间许多事物其外表与内里常常并不相符，人们很容易被其表面的装饰所蒙骗，唯有通过真心地欣赏才能逐渐认清其实质，由衷地加以认可接受。距离产生美，同时也造成了模糊；凑近了看，是会看到更多的缺陷，同时却也会发现许多美好的东西。世上的很多事物，远看只是件冰冷无趣的厌物，走近才感觉其温度，细看才知奇妙处。生活的道路曲折多变，耐心欣赏，不仅能饱览沿途美景，还能领悟其方向的精准性；人与人相比较都突显出良莠不齐，真心欣赏，总能见识其身上的过人之处，更能认同其所有的品行。一个人即使身处困境，哪怕已成了井底之蛙，只要愿意，照样有蔚蓝的天空和璀璨的星空可以轮流欣赏。人生能够静下心来细细欣赏有缘相处的一切，就能祛除浮躁，享受岁月中所有的美好时刻。

欣赏是与人平等相处的一种技巧，这种技巧的运用有个重要特性，就是需要与沟通相结合。欣赏一个人是出于对其的喜爱和认同，然而喜爱和认同都是自己的内心活动，对方却无从察觉，因此也就无法互动，由此看来纯粹的欣赏并不能提升与人相处的质量。既然是平等相处，就应当通过沟通，将自己的赞赏之情及时向对方传达，如此才能将欣赏的好处发挥得淋漓尽致。欣赏是一缕温暖的阳光，需要通过沟通这个媒介，才能使相处这朵鲜花开得艳丽异常，欣赏没有沟通的传递相处可能会快速枯萎。

有位在业内小有名气的品酒师到好友家做客，好友拿出收藏多年的十余瓶好酒请他鉴赏。这位品酒师对几瓶极品好酒拿起来略微轻闻一下随手就放下了，却对几瓶不常见的普通酒拿在手上反复欣赏，大加肯定。好友感到不解，品酒师告诉他，对于上好的东西，大家都早已知道其好处，不需要再多说什么；而对于普通的东西，一般人都熟视无睹，不去细看，因此反而了解得不多，需要多赞扬来做推广。这个故事说明一个道理：当一个人在没人欣赏、没人赞赏的时候，就会有种挫败感。

没有赞美的相处毫无趣味。和美的相处需要真心的赞赏来浇灌，相处建立在相互认同的基石之上，需要靠彼此欣赏时那种忘情地赞美来维系持久。不懂得欣赏的人很难与人相处，正如两人约会，其中一人严守时刻等在那儿，迟到的那人并没看到，还不相信他真是准时到的，这种情况一再重复，两人的约会很快就不会有下一次了，这就是欣赏缺失的结果。不懂得用赞美来表达欣赏之情的人，同样很难让共处的人有卓越的表现，因为对方的努力从未得到我方的认可和鼓励，便认定我方根本不在乎他，也从没把他当回事，可想而知这种相处是不可能长久的。

欣赏是一种人生的境界，站在这个高度，可以看到平时看不到的地方，听到日常听不见的心声。真正的欣赏，能够在平庸之中看到超然的美，在没有声音的场所听到心灵的召唤，穿透事物的外表读懂其内在的语言。

万事万物的基本特性无法更改，鸟的扇翅，鱼的摆尾，没人能够改变，自己能做的就是通过欣赏，发现其中的美使身心愉悦，看懂其中的事理让岁月平安。看日出时的太阳与中午的太阳大小是不同的，那是观看习惯所造成的差异，躺着想问题和坐着想问题答案也不一样，这是梦想与思考的区别。晶莹剔透的心灵欣赏暴雨如注时的心情与欣赏七色彩虹时的心情是同样的阳光明媚，因为只有在明媚的阳光下才能懂得：没有暴雨是等不到彩虹的。

第九十七章　平静

欣赏一件事物可以让匆忙的脚步慢下来，让电闪雷鸣的心绪云开日出，让心灵靠泊于平静的港湾。欣赏一个人就像在照镜子，用对方的一举一动来对照自己的言行，从对方的善良理智中看到自己的幼稚，从对方的大意失措中找回自信。相处就是这样，从彼此的欣赏中慢慢建立起互信，渐渐恢复内心的平静。

激情可以调动气氛，也容易引起误会，因此理智的激情适宜于平静地燃烧在内心深处，而外表看起来似乎有些冷漠。人生阅历逐渐丰满之后，渐渐偏好孤独，不喜欢被人随便打扰，就想一个人独处，让内心从喧闹中回归平静，让思绪沉淀过滤，使心灵净化纯粹。世上总有些人永远不安于现状，期待远超常人的想象，似乎总有超常的能量，总有着使不完的劲，然而其内心焦虑常人却也难以承受，其人生的危难程度也难以预料。

平静是一种没有动荡，没有骚扰的宜居环境；平静是一种平和而又宁静的心情；平静让一切繁杂喧嚣的东西都回归自然，平静是为人处世的极高境界。

河流有雨季的丰沛流量，也有旱季的枯竭细流，只要水没有漫过河堤，只要水还静静流淌着，这就是一条正常的河流，要是河水断流，淤塞成湖，水就会慢慢变质；生活也是一样，有时幸运顺遂，有时却倒霉穷困，然而只要心灵还在岁月中平静地流淌，那么，幸运时便不去张扬，倒霉中也不致颓废，人生照样平安度日，要是心灵变为死水一潭，人生便坠入绝境。平静的心就是一颗在良知约束的范围内自由流淌的心，因此内心平静的人喜欢散步，喜欢星空，喜欢独处，喜欢欣赏一切。

万物产生于平静之中，最终仍将回归于平静之中。平静是万事万物最均衡自然的状态。生活中不管遇到什么问题，那颗平静的心灵所栖息的场所，总是距离答案最近的地方；岁月中无论晴天还是雨天，自己的情绪能够徜徉于平静中，那么所有光阴都将幸福美满。生命是苦难的，每个人都活得不容易，然而当一个人面对生活的种种压力不能平静对待，那么时过境迁后悔将难免，因为平静的心田适合萌生理智，绽放觉悟的花朵，收获平安的果实。

一个不知道如何平静地去享受自己权利的人，便没有什么幸福快乐可言。人在面壁静坐的时候，才能让思绪完美地运行；在安静欣赏的时候，才能领略艺术品的神韵；在静谧的时空里，才能领悟那动人的优美旋律；在身心轻松的时候，才能完整接受那细腻的情感信息；平静的心灵才配享受到幸福的甜蜜。生命陷入苦难中，最有力量的是沉默，人生处于喧闹中，最佳应对之策便是平静。一个人的岁月是否平静，关键在于其心情是否平静。

内心平静的人知道，热闹永远是别人的，安静应该是自己的，唯有内心平静才是自己真正所需所求的。生活本身并不是是非祸福，而是是非祸福的搅拌器，人生的价值就在于辨清是非后达到趋福避祸的目的。世上所有学问都从平静下来的心开始积累，而所有学问最终所追求的也正是心灵的宁静。生活平静的学问就在于懂得怎样让心灵恢复平静。心灵的平静需要安分守己，勤勉低调。

有时间让自己的内心逐渐恢复平静，才是修行的境界，才是生命价值的所在，不能做到这一点，恰是人生所有烦恼的根源，因为一颗心一旦躁动起来，心情就已经开始烦恼了。片刻的平静，可以让理智做出正确的选择；晨间的散步，足以开创一整天平静的生活。平静的心灵，不求任意改变周遭的环境，只求端坐于自己的内心世界；不求活在别人的心里，只求活在自己的良知里。

当年欧洲工业革命兴起时，生产能力激增，需要寻找大量市场来吸收过量生产的商品。据说有个商人来到大洋中一个土著人生活的小岛上推销锁具，尽管这些锁具做得小巧精致却无人问津，原来当地实行原始公有制，食物均分，没有余财。了解情况后商人对症下药，向当地人随意送了些腌制羊肉，不久家里有多余羊肉的人来向商人购买锁具了，于是商人趁机将小镜子、小梳子等小商品卖给有锁的人家，这样一来喜爱日用品的人都赶来采购，随着家中东西逐渐增多，锁具也越来越畅销，岛上的市场终于被打开了，而原本平静的生活也随即被打破。

享受平静是一种人生的境界。平静的沉默并不是心灵沉睡于虚无中，而是站在一个便于欣赏的高地。由于这个高地既平又静，且排除了偏见，可全神贯注欣赏美好的事物，这是一种可以自由自在地，顺应自然的境界。平静的境界，无事的时候不惹是生非，事情来了也不惊慌，兵来将挡水来土掩，分寸不乱。平静的境界，经苦难的洗礼，折而不挠，扰而不乱，撼而不动，始终平和如初。

平静也是一种做人的境界。平静地生活，平静地走过；欢乐时平静，悲哀时也平静；收获时平静，奉献时也平静；平静地打理自己的一切，绝不去随便打扰别人的宁静生活。平静的境界是自己给自己以平静，内心平静的人在自己心灵居住的周围修筑篱笆，栽树种菊，以阻隔骚扰，屏蔽喧闹。内心平静的人不认为世上会有恶魔般的人，只是认为做蠢事的人是出自无知或贪心的原因，因此会以足够的胸襟去宽容其过失，以十足的耐心来等待其觉悟，绝不会去横加指责。

天空黑暗下来，才能看清明月星光；水面静止不动，方可照出面容身形；人心也同样如此，当一个人心如止水时，便能看清这个世界真实的模样。人的心灵平静了，心智便完整了，想做什么事情也就容易成功了。人生在世，真正需要的东西很简单，满足这些需求则更简单。生活中让人心难以平静的原因，是对其他的需要想得太多、太复杂。要是身心平静了，理智回归了，就能看清自己到底需要什么东西，就能知道究竟怎样得到这些东西，于是暴怒、愚蠢、狂妄都会相继远去，岁月也就平静了。

平静的理智是做事音量越小越好，动作越轻柔越好。用力过猛，身体容易受伤害；能力过强，容易被人利用去做蠢事。平静处事，绵绵不绝平安妥帖。平静接近平庸，隐去了个性，掩盖了锋芒，做个平静的智者委实太难，然而当人们看到世上万物除了人类，哪个不是一种平静的存在时，对于平静中的理智可能会去重新审视一番。

无缘由的焦虑最终有害无益，无目标的忙碌定会失去方向。平静地思考一下就会发现，谁都有做错的时候，抱怨别人只会徒伤感情，苛责自己只能摧折勇气。

喧哗的是浅溪，沉静的是深潭；真正有价值的人生，始终平静地待在那儿，从不需要证明什么。从自己岁月中平静走过的人，会在平静中找到自己的信仰，从而接受这个世界，真心热爱这个世界。

普通人的墓碑上，有关逝者的记载，仅短短两行字，一行是生命开始，另一行是生命结束，仅此而已。逝者生前的成败得失、喜怒哀乐、酸甜苦辣，生平一切的一切路人无从知晓。明白于此的人都知道，生命是自己的，只有让自己的岁月平静度过，才是对生命的极端尊重。

佛教里有维摩居士"一默一声雷"的公案，这就是平静的力量。与人相处，不是不要说话，而是不要说废话，说蠢话。在难堪中保持沉默，最终可以等到破涕为笑的时刻；在云开日出的瞬间，一声怪叫，也许就此惊退了幸运女神。

第九十八章　分享

与人平等相处需要三个条件，首先必须有缘相会，其次需要相互欣赏，最后还要懂得彼此分享。与人相处，见人涉险，应当提醒；逢人有难，需要鼓励；自己力有不逮，呼吁援助；幸运丰收获彩，相邀庆贺；所有交往中的情感信息都需要沟通交流，这种交流是双向的，并且总是信息较多的这一方向信息较少的那一方流动。

普通人经过劳作都会获得一定的财富，这些财富能够满足自己生存的需要，便可平安度日；如有剩余，可储存以备不时之需；如果已经盆满钵溢，就应当学会分享。一个人有了新感受，往往急于寻人表述，不让倾诉则如鲠在喉，会浑身难受；一个人已富得流油，却还是要藏着掖着，宁可朽烂也不愿分享，将会无比凶险。

分享就是将自己所拥有的权利或私人的东西，拿出来和别人共同行使或享受，这种权利或东西可以是物质上的，也可以是精神上的，比如通过向别人述说自己的感受，将愉快的心情传递开来，以利大家共同享受快乐；或者使旁人知道自己的烦恼，以便热心人协同排解忧愁。

所有真善美的东西应当拿来分享，只有这样好的东西才能让人接受，让人效仿，让大家受益。然而分享是一种自愿做出的奉献，其美就美在锦上添花，其贵就贵在雪中送炭，因此分享必须是自己主动的行为，而绝不能要求别人献出东西来给自己分享，这是违背良知的做法，这种行为已经没有分享之味，只有受辱的酸涩。

生活中与人相处时，只有当自己的幸福和对方分享时，自身才会体验到那种踏实的幸福感。生活中悲伤在无人问津的情形下，也能够自行慢慢疗愈；而要品尝到极其快乐的滋味，那就必须找到人分享才行。分享的意义在于，从彼此活在对方的快乐中开始，逐渐使双方的心灵靠近，在抱团取暖中让生命之花绽放出绚烂的异彩。

快乐不被分享，别人就不知道快乐的存在；当一个人享受到别人给分享到的快乐之后，还应当将这份快乐继续分享出去，那么一个人的快乐就能很快传播成为一片快乐的海洋。分享的种种好处不胜枚举：读书可以将别人分享在书中的知识变成自己的学问；贤人把失败的教训分享给了世人，从而避免了无数的人去重蹈覆辙；一个懂得分享的领导，不一定有能力最强的部下，但一定能将部下的潜力发挥到极致；分享让大家同乐，分享让人平安。

分享是种超然的智慧。譬如，两个人各有一个不同的水果，都分一半给对方做交换，结果两人都有了一个两种风味的水果，两人的快乐因这次分享而都翻了一倍。快乐的情绪，没有分享，很快便消退，只剩下一片寂寥，如同一只手独自拍，再用力也没有声音；一个人独自乐，再兴奋也不见呼应。具有分享智慧的人，自己懂得多就教会别人，自己懂得少就向别人请教，每天都在积累人气和知识。缺乏分享智慧的人，不懂的事喜欢信口开河，生怕暴露自己的无知；对掌握的信息却守口如瓶，担心自己身价打折，如此下去，不久便成孤家寡人。

分享的智慧告诉世人，给予永远要比索取快乐。人生的价值在于奉献，并且这种价值仅仅存在于被别人得到的那一份奉献之中，然而从分享的角度去看，只要是做出了奉献，内心便一定是无比的快乐，同时还可以看到，索取得到的快乐与之相比，感觉上却狭隘得多。另外分享还是一种放债的智慧，幸运时的分享使人念情，苦难中才会有人慷慨地赶来救援。此外分享中的智慧还有种特殊功效，总能顺利解决那些一个人孤独中无法解开的难题。

没有共享，人类无法生存；没有共享，社会不能发展；共享是文明中最光辉的部分，货真价实的文明就在于将自己的权利与需要的人一同分享。分享是爱的体现，人性的价值在于奉献。

历史上曾经有过许许多多重要的知识和技艺、智慧和想法，由于种种原因没有能够得到及时的分享，最终湮灭于岁月的长河之中，这种损失其价值无从估量，这种事情着实让人痛心疾首。一个懵懂而又孤独的人，一旦得到周围人向其分享的理念和鼓励，就会变无知为睿智，用快乐驱除掉烦恼，逐渐演化成为生活中的强者。当有那么一天，所有人各自的想法，都愿意分享给周围其他的人，同时所有人都能接受别人想法中合理的部分，并且愉快地去试行，到了这天，世界应该大同了吧。

　　一个人有了新颖奇特的想法，或者遇上千载难逢的机会，却苦于自己力所不逮，在无论怎样竭尽全力也无法去实现目标的情形之下，就需要用分享来应对，向别人分享自己的想法，分享自己的机会，共同的利益将大家的心灵结合在一起，同心协力，此时就会惊喜地发现，自己一点也不孤单，再艰难的目标也能轻松达到。

　　分享是一台力量倍增器，可以使人轻松享受到成功的快乐，让人灵巧地躲避失败的苦恼。分享让彼此之间有个共同追求的目标，让彼此都能成为对方所需要的人；分享能够净化彼此之间的关系，让陌生人变为知己，让对手转换成合伙人；分享能够让人生想走多远，就有可能走多远。要是一个不懂得分享的人，有了绝妙的想法自己却无力去实现，有了难得的机遇自己又无力把控住，最终只能眼睁睁地看着想法落空、机遇远去，这是多么孤独无助，多么可惜可叹。不懂得分享着实让人感到可悲。

　　富贵是每个人都喜爱的好东西，由于被大家所追逐，所以经常在换主人，因此，富贵不能被永久保留。凡懂得此道的人，对于所拥有的富贵，除自己生存所必需的那些以外，其他多余的部分都会主动让给别人去分享。

　　一个人不管过去有多么艰辛，也不管当下有多么不容易，但凡想要自己在接下来的岁月里过得平安，就需要时刻准备把自己尚余的喜悦传递给别人，具备把自己权利分享给他人的那一颗心。有了分享之心的人，即便不富有也能分享自己的善良，比如，少年的纯洁，壮年的德行，老年的睿智，都可以使一路结伴同行的人欢声笑语。

　　普通人都希望自己能够成为生活中的强者，然而究竟怎样的人才算强者，有些人始终没有整明白。尽管不明白怎样才算强者，但如今大家都在储藏钱财，生怕被别人说自己穷，又怕哪天遭受不测，自己生活质量会直线下降，然而到底应该存多少钱才够，只怕是永无止境。其实人生没有带来什么，也不会带走什么。怕自己过得不如别人，又不想发奋的人，不是生活的强者；见不得别人过得比自己好，由嫉妒产生仇恨的人更不是强者；真正的强者处于社会平均线已经知足，多余的部分都在分享之列，强者认为富裕而不愿分享是一种耻辱。

曾经有位出自名门望族的年轻母亲，每次让自己八九岁大的儿子去买水果的时候，总是叮嘱他，不要把好的全都挑走，要留下一些好的给后面来买的人。这位懂得分享的母亲和她的儿子，这一生肯定是平安、快乐的。

分享让自己平安，也让更多的人成功、快乐。

第九十九章　双赢

在平等的相处中，懂得分享自己权利的人，会让对方也获得成功享受到快乐，平等相处的好处就是双赢。所谓相处，其根本的意义就是让有缘相遇的人都能够快乐，要是相逢就想着占人便宜，那么相见必然生厌，只有彼此仰慕的人，相处在一起才不会厌倦。

与人打交道这是一项做人不可或缺的本事。为人处世理应低调谦虚，然而这不等于就要躲着不见人，见人不开口，有能力也不做事情；人生也不应该被看成一场连续不间断的利益撕扯，用复仇加害于自己仇人的痛苦，来减轻自己所受到的痛苦，既荒谬也不能疗愈自身的痛苦。不懂得双赢的人生，便时常生活在噩梦中。

所谓双赢，就是双方在相处中都获取了利益，要是相处中让对方遭受损失，那是占了对方的便宜，要是双方在相处中相互缠斗，彼此伤害，那是两败俱伤，双输结局。人与人之间的相处，没有一成不变的敌人，也没有坚如磐石的朋友，利益增加就融洽，利益受损定离散。双赢就是相处的王道。强者礼让弱者，富者谦让穷者，智者不算计愚者，长者不控制晚幼，这样的相处模式谁能无动于衷？相处的双方如果内心都常驻着双赢的理念，两颗心灵就会跳到一起，想到一块，就会长相厮守，彼此看护。

为了收获双赢的结果，谨慎选择合适的相处方式与选择合适的相处对象同样重要。相处时轻易让别人在其利益与其他因素中做选择，是一种不明智的做法，要想双赢，就必须将对方的利益和尊严放在首位，若去随便考验别人的道德、人性，就肯定让其蒙受羞辱，难逃最终割袍断义、两败俱伤的后果。低调求助，有时候不失为一种化对手为盟友的好方法，使自己强大到足以与困难抗衡，在困境中与竞争对手联手，一起应对新出现的共同的难题，这也是一种创造双赢结局的相处方式。总之，想方设法呵护别人的权益是达到双赢目的的唯一途径。

为了双赢而相处，相处必然得到双赢。懂得双赢的意义在于，自己先学会了去做个不想损害别人的人，才能在有缘人中轻松找到那位无损于他人的人来一起共处，如此相处其结果肯定双赢。以维护别人权益的心态去和别人相处，别人也会以有利于自己的做法来回应自己；与人相处时保持诚信、忍耐、宽容、和睦的品格，收获双赢便是件易如反掌的事。诚信为人，不会后悔；忍耐处事，不受羞辱；宽容待人，不闻抱怨；和睦共处，不生仇隙。

双赢的相处犹如一棵能够庇荫的大树，让别人活得高兴，使自己过得体面；双赢的相处还像带着沉重的物件上路，一人拿非得累垮，两人挑行走自如。懂得双赢的人，相处中看那利益，就如同看那天上白云，千姿百态异常美丽，尽管内心也喜爱，却不想独自来占用，会邀人观赏；懂得双赢的人，相处中自己失误，总是主动向对方认错，道歉不会伤害自尊，却赢得对方尊敬，是相处中的调味品，也是止痛药。想要达到双赢的目的，看似自己先行吃亏，实则最终还是雨露均沾，并附带收获一份珍贵的友谊，这同时也证明了"送人玫瑰，手有余香"的道理。

没有风的吹动，船帆只是块没用的大布；没双赢的激励，相处不过就是一场儿戏。双赢的相处局面，能够将原来彼此陌生的两个人，连结成为一个同甘苦、共进退的坚固整体。如同田里的麦苗，成片的叶儿依偎在一块，相互护持，齐头并进，一同成熟，要是有一株麦苗追求独自成长，那么最终被风折断几乎是必然的结果。

双赢的相处就是使两段原本遭受平庸困扰的人生，珠联璧合而成就一段精彩的岁月，成为各自生命中最值得彼此珍惜的一段记忆。而两个同样都身怀绝迹的奇才，狭路相逢，各不退让，非要缠斗一番，结果注定两败俱伤，这只能说明恃才傲物的人，不懂合作，不容易相处，如若撞见，往往是"一加一小于二"的结局。

矛盾的双方总是在平衡的时刻最稳定，相处的双方总是在双赢的时候为和美。任何事物只有兼顾了各方的正当权益，才会健康自然地成长。在采购之前先筹款，进入商场选购方能随心所欲，这叫作收支平衡；在说话之前先倾听，然后说出的话别人才能入耳，这就是兼听则明；在谋物前先确定自己到底想要得到的是什么东西，然后弄清楚这样取物对别人产生什么影响，最后决定的做法就叫统筹兼顾。相处中能兼顾对方权益，结果肯定是双赢。

成功就是想法和做法美妙的融合。成功既印证了想法的合理，也检验了做法的正确。想法不能兼顾做法那是虚无缥缈的幻想，做法不能兼顾想法那是彻头彻尾的胡闹。成功也可以说是想法和做法的双赢。在人与人之间的相处中，付出等同于收获，同情便换来理解，宽容别人的同时也得到了别人原谅。兼顾彼此始得双赢。损害别人的骄傲换来自己的窃喜，已经埋下了遭报复的地雷，而满足别人骄傲让自己同喜共乐，营造的是彼此双赢的局面。

每个人内心都有一个自己可以随心所欲独立的王国；也理应允许别人拥有一个能够百无禁忌涂鸦的场所。自己的家有扇门，可以方便自己出去走走；别人的家有扇窗，应当任凭别人往外看看。自己自由自在时，切记不能因此妨碍别人自由，这是相处中获得双赢的一个诀窍。

对任何一个人来说，可以减轻自己苦难的建议就是福音，能够维护自己权益的人就是知音，身边有这样的人，提这样的建议，除了与之合作，便不会再需要别的什么了。相处唯有在知情达理的界限之内，才能盼到双赢的出现，因为只有合情合理的言行才容易征服别人的心，逾越了情理的界限去寻求双赢，无异于刻舟求剑一场空。

双赢的智慧是将两个性格特长各不相同的人进行互补，使每个人的潜力得到发挥，每个人的弱点都得到加固，双方都可以扬长避短，最终实现双赢。由此看来双赢不失为是一种创造，那种互通有无的做法，使一加一大于二，那大于二的部分就是双赢创造的价值。

只有真正快乐的人，才能给周围人带来快乐，才有可能在相处中营造双赢。心情乐观开朗的人，看人喜欢看其身上美好的部分，而对有瑕疵的地方，总是有种想帮其修复的冲动，正是这种冲动，一旦有缘相处，便会着手实施，因此与快乐的人相处更加容易达成双赢的目标。

树根和果实同处一棵树，树根吸收养料，帮助果实成熟，自己却躲在地下，既不夸耀也不索酬，一切都那么自然而然。善于相处的人明白，相处是个利益整体，对方就是自己，自己也是对方，伤对方等于伤自己，帮对方如同帮自己。因此，首先是把自己当作对方来审视，找出自己身上让人讨厌的东西，进行修补；然后再把对方当成自己来看待，互换位置看清楚对方要的东西，避免误伤。最后还是把别人当别人，尊重其个性，给予其需要的东西；把自己当自己，坚守良知，善待别人，善待自己。

双赢最高境界是变敌为友，化仇为亲。人生无须追逐算计，能与有缘人相处共赢，随便住哪里都是天堂。

第一百章　尊重

　　人在与万物相处的方面，第一个是要懂得平等相待，第二个是要懂得尊重一切。平等是与万物平起平坐，不分贵贱；尊重是将万物视作比自己地位珍贵，以这样自动处于低调位置的方法来做人，那么在与万物的相处中，一旦遭遇矛盾失衡，便能主动谦让，防止冲突加剧，避免给对方造成不必要的伤害，促使相处回归融洽的状态。

　　人在与万物相处之中，比较容易犯的毛病就是自视甚高，自认为比别人都要高明，自己永远都对，而别人则浑身上下皆错。有这种毛病的人，平时往往好为人师，一旦有事总想趁乱控制所有的东西，这种傲慢的劣根性，恨不得将所有撞见的人都踩在脚下，这种不懂尊重别人的人，难道还有人愿意与之相处吗？

　　有个高尔夫冠军，在聚会中巧遇盲人高尔夫运动员，便盛气凌人地问道，你竟然也能打高尔夫？那位盲人自信地说，是啊，要不我们比一场？那冠军不屑地同意了，并大度地让盲人定时间，盲人豪爽地说，今夜十点。冠军闻言当场傻眼。可见轻视别人，难堪的是自己。

　　所谓尊重就是尊敬重视的意思，是一种将对方看作比自己地位高贵，必须恭谨对待的心态和言行，而一般情况下尊重的底线相当于平等相待。

　　尊重，说一说很是容易，然而真正做到却很难。尊重不仅仅使对方感受到相互平等的暖意，更重要的是要让对方感受到被抬举的魅力，因此尊重是一种真心实意的付出，若是渗进了一丝一毫的虚假，那个味道便已经变了，就像失态时弄脏了别人的衣服，旋即道歉表示要负责清洗，这样的"尊重"便很难让人接受。

　　尊重可将相处变得纯粹，可使争端化解于无形。

尊重他人的一切，实质上是尊重自己的人生。对上级的尊重是感恩，对同事的尊重是友善，对下属的尊重是美德；尊重亲朋好友是常识，尊重对手敌人是风度，尊重陌生的人是教养。尊重是做人的本分，尊重是高贵的自律，尊重是谦虚的品格，尊重是人生平安的巨额保险。

　　给人以尊重，能够让人感受到自身的珍贵和伟岸，使嫌隙弥合，生疏的人也会变为亲密无间。自负且高傲，藐视一切，遭轻视的人如坐针毡无法容忍，即使手足，也能逐渐成为陌路人。

　　为人首先应当尊重自己，让自己的德行配得上高尚的标准，如此品行才有资格受到别人的尊重。一个连自己都不尊重的人，怎能指望其会去尊重别人的尊严；而一个不知道尊重别人的人，别人也肯定不会去顾及其尊严；不将自己当人，作践自己，别人还如何能够将其当作一回事。尊重自己，就是自强自立，用自己努力收获的价值去换取自己人生所需的一切，用自己的余力去帮助有需要的穷人，这样的人才会成为受人尊重的人。

　　清白为人，诚实处事，是相处中受人尊重的主要原因。人们有理由相信，所有人为人处世的出发点都是正确的也是善良的。要是听到别人说话不入耳，看到别人做事不称心，这很正常，这仅仅是因为各人的看法不同，做法不一，仅此而已，要明白没人会为了遭受指责而说话，或为了受到谴责而做事。尊重别人就是不做教师爷，不苛责别人，别人的事，由别人做，结果是好的或坏的都与自己无涉，尊重就是别人成功时的鼓掌，失利时的鼓励。

　　允许别人与自己不同，这是最起码的尊重，这种尊重使大家个性鲜明，也让自己能够生活在一个色彩斑斓的所在。各人自扫门前雪，莫管他人瓦上霜，这也是对他人的尊重，这种尊重可以使大家各司其职，各施所长。不去想着抬高自己，也不去贬低其他各行各业，同样是对别人的尊重，这种尊重能够使大家各得其所，平等相待。请相信世上的每个人都走在自己应该走的正确的道路上。

　　尊重人的个性，也包括尊重自己的天性，在人上面时要把别人当作人来看待，在人下面时也要把自己当作人来看待；当别人为自己服务时要把别人当人看待，当自己为别人服务时也要把自己当人看待。对自己不熟悉甚至连懂也不懂的事物不去作评论，是对自己的尊重；对卑微的工作保持足够的尊重，是一种善意的自律。最卑微的职业往往是最不能缺少的职业。马戏团的小丑卑微得连节目单上都找不到，充其量只是插科打诨热热场罢了，然而纵观整场演出，给观众带来笑声最多的角色，还是非小丑莫属。可见任何一位自食其力的人都是值得大家尊重的，尊重所有人的个性，恰恰正是相处中的王道。

自然界的万物都有其生存的理由，缺少其中任何一样，自然风光便会逊色不少；人间所有万事定有其存在的道理，任意结束了哪一件，人间已不是原来那人间。人不可以藐视任何人，冒犯顶撞的脸，是狰狞狠毒的；不懂礼貌的人，是不受欢迎的。要想依靠严厉粗暴来立威，结果常常滋生了别人的恨意；若想利用羞辱嘲讽来育人，最终往往自身也得不到安宁。世界是一个整体，每个人都是这世界的一部分，不尊重其中的一个人，就是不尊重这个世界；尊重了所有的人，就等于尊重了整个世界。

对万事万物怀有虔诚敬意的人，不会傲视万物，更不可能鄙视万事，按照良知的指引与自然融合，与人相处不存探索私密的念想，不起征服别人的念头，自始至终尊重自己、尊重他人、尊重自然，无论与什么样的生命相处，都竭尽自己的全力，让其能够从容地活在属于各自的时间中，如此相处不仅有趣，缘尽之后还会令人怀念。

在三国末年，公元270年，西晋武帝派羊祜镇守襄阳主持与吴国的战争。羊祜调军队开垦种粮，军粮实现自足，他安抚远近，赢得江汉百姓爱戴，他对吴国边境的百姓开诚布公，以德服人，厚殓战死的吴将，礼待其子弟前来迎丧，归还被掳获的吴人孩子，军队入吴境割庄稼也要留下抵偿物，吴人尊称他为羊公。吴国派陆抗统率军队与羊祜对峙。羊祜和陆抗互相敬重，亦敌亦友，开战都事先约定，从不偷袭，陆抗给羊祜送酒，羊祜毫不怀疑拿来就喝，陆抗生病向羊祜求药，羊祜将药配好送去，陆抗照喝不误。陆抗病死后，吴国再没人能抗衡羊祜。278年羊祜病死，襄阳百姓在岘山建庙立碑纪念他，见此碑的人无不流泪，人称"堕泪碑"。尊重一切，实在是相处的真谛。

尊崇与轻蔑，只是比邻而居，相处中原本居于尊崇中，一旦遭到轻视，感到被对方瞧不起，便起身串门到轻蔑处去找凉快了。相处中重要的是尊重别人的感受，要是不能得到别人的认同，即使自己再努力，相处也难以正常进行。想要赢得别人的认同，必须认真呼应其想法，让对方感觉受到了重视。礼貌在相处中容不得一丝闪失。

不按照时节耕种，不会有任何收成；不注意收藏方法，果实很快会腐烂。与人相处，相识很容易，相敬则很难，整个过程从头至尾都应谨小慎微。对人不尊重，往往从随便处事开始，要是主人衣冠不整，会客场所凌乱不堪，让客人感觉到被冷落，接下来的相处肯定会脱轨。

公元280年，晋朝终结了三国的分裂局面，统一全国，此后史学家陈寿历经十年艰辛完成《三国志》。297年陈寿病故，朝廷派专人到他家中抄录后，保存在官府。陈寿身处乱世，一生坎坷，不肯屈从权贵，屡遭贬黜非议，然而他尊重自己，尊重别人，一丝不苟的品格最终得到认可。《三国志》完整记述从汉末到晋初百年的历史全貌，史学家将其与《史记》《汉书》《后汉书》并称为"前四史"。

相处中的尊重，就是体谅加上支持，也就是自己在自由自在地生活的同时，不去妨碍对方的自然成长，认同其想法，欣赏其做法，即便其想法不够全面，也绝不轻易否认；哪怕其做法有缺陷，也始终鼓励支持，归根结底，发自内心的赞叹，"与之相处真愉快"。

尊重卑贱而自食其力的人，就能与万物和平相处，人生即便多灾多难，也总能找到容身的一席之地。

第一百零一章　教养

　　要做到在相处中能够尊重所有一切，这就需要有良好的教养。有人认为高傲才显得高雅，奉承才算是谦虚，还以为刻薄就是精明，苟且等于宽容，其实这些都是由无知造成的认识偏差，要是不幸还养成了习惯，那么在相处中要求其尊重别人，几乎是水中捞月，无法实现的任务。因此外表靓丽而缺少教养的人没有什么可值得夸耀的地方，这种人连自尊尚且不会，更不用指望能尊重他人。

　　一个没有教养的人甚至连平庸也算不上，这种人心里总潜伏着一些邪念，只是苦于平白无故无从施展，若逮着机会，那什么事情都能干得出来，这种人只要一出现，旁人便避之唯恐不及。平等是强者的操守，也是人类文明追求的目标。在与人相处中举止优雅、尊重一切的人，总是显得可爱，总受人追捧。这种人靠着风度、见识来征服旁人，成为相处中的强者，这种人就是有教养的人。

　　教养就是一个人的文化积累和品德修养，在自己行为上所表现出来的状况。教养原是一种人性天然的善良习惯，更是一种从小养成的生活方式，也是一种做人的道德品质水准，又是一种做事的恭敬慎重态度。教养就是一个人自身修养的集成，没有教养则是做人的彻底失败。

　　教养是一种哪怕身处苦难与迷茫之中，仍然要坚持学习不止自强不息的习惯，依然要保持居处窗明几净的生活方式；教养是那种即便身处逆境正遭受磨难，依旧是仪态优雅礼貌周全地待人接物，仍旧是勤勉踏实循规蹈矩地辛勤劳作，当教养融化为性格，人就能安然屹立于命运的波涛之上，与万物和谐相处，安享静谧岁月。没有教养的人，心中的道德规则是杂乱无章的。这种人往往将残暴当作勇敢，将迂腐当成学问；常常把戏弄看作机敏，把莽撞看作朴实；甚至拿着阿谀等同于敦厚。没有教养的人行为错乱，举止乖戾，无从相处，无人能近，以为别人都必须顺从自己。这样的人能力再强，言行也是苍白无力的，举止再粉饰，形象也是黯然失色的，内心再渴望交友，身体却总是孤独的。教养能够提高自己与人相处时的吸引力，若教养不足，与人相处便会出现障碍，无法持久。若从相处的角度来观察，就不难发现，有教养的人才能成为一个合格的人，才能被别人认可，欣然接受到共同的相处之中。

教养是维持一个人心灵健康的重要养料。人的心灵可以借助于教养的力量来理解美，发现美，学会美，使自己的内心减少黑暗的存量，扩展光明和温暖的空间，因此教养能够使人外表优雅，内心纯洁、善良。教养同样是一种顾及别人感受，关怀别人痛痒的美德，并且在与人相处时教养总是起着关键的作用，有教养的人有礼貌，懂规矩，能节制，会宽容，任何时候都不会做出出格的事情，因此在与人相处时能够轻易获取别人的尊重与好感。

文明的举止，道德的约束，养成了习惯，并且已经上升到了无意识的层面，这才是教养，教养就是待人接物丝毫不随便的良好习惯。一个人若要真正地爱自己，就要随时随地约束自己傲慢无礼的举动，不让自己随心所欲地横冲直撞冒犯他人。良好的教养是一个人在与人相处时所怀揣的主要财富，常常会产生超乎想象的债权；而没有教养的坏习惯，往往会在相处中形成无法清偿的债务。

教养是种相处的语言，可以从观察别人的言谈举止中获得启示，以提升自己的教养水准。有教养的人具备知识渊博、习惯思维、情操高尚等优良品质。知识渊博就能分辨美丑善恶，运用智慧，娴熟掌握相处的艺术；习惯思维就能约束言行举止，不发脾气，优雅礼貌又中规中矩；情操高尚就能关爱他人权益，温润如玉使人如沐春风滋润身心；得意忘形和颓废失态同样没教养。仪态多少展现出内心的教养。良好的习惯是与人相见时所能穿戴的最美服饰，有教养的人用儒雅的态度决定了相处中的一切。

教养中名誉和良知必不可少，名誉一旦受到损伤，将难以再交上新的朋友；良知一旦缺位离去，修养的路上便再也找不到北。相处的规则就是自己怎样对别人，别人也将同样对待自己，当众被揭短犹如被人出卖一样会感到无地自容，因此良知会告诉教养，千万不能做此种傻事，真正的教养是从学做人、修养一颗美好善良的心灵开始，逐渐将身上刺人的锐角磨平，将脸上刺眼的凶色褪尽，成长为一位体贴周到、知善知美的正人君子。

教养的本质是不折不扣地为别人着想，尊重别人，善解人意，让别人自由自在，给别人温暖快乐。有教养的人在相处中不会奢望去期待别人的关怀，却会主动积极地给予别人关怀。教养建造在主动奉献和甘愿做出牺牲的基础之上，教养的核心就是在相处中永远不对别人表示出任何的轻视或冒犯，在别人遭受伤害而悲哀哭泣时，会收起笑脸，陪着一块儿难受，而绝不可能去幸灾乐祸。

有教养的人外表优雅，内心始终关爱别人，同时做人也是有原则、有道德底线的。有教养的人在相处中处处展现着善意，能够使对方安心舒适，却毫无半点谄媚猥琐的做派，不会为了让对方称心满意而去损坏道义，更不会花言巧语哄骗他人去干不当得利的勾当；有教养的人做事有分寸，言行守规则，心地坦荡，举止自然而得体。

有教养的人举止自然而得体，这主要得益于其长期养成的性情平和的好习惯。平和的性情做事不容易过激、犯错，也更容易留有余地，便于找准方向转圜纠错。有教养的人平时善于静养，遇事通常沉着，既不会忸怩作态，更不会对人放肆轻慢；有教养的人不会私下议论别人长短，不会紧盯别人的缺陷看，不会讥笑别人的过失。有教养的人明白相处是为了生存，故不愿莽撞，稍有闪失，生存空间将遭挤压；有教养的人懂得相处中受阻滞，不是别人看不起自己，而是自己的修养还远远不够；有教养的人知道，心灵的问题只能自己在心里解决，心事只能独想，不能随便分享；有教养的人明了，显著而有效地消除争端的方法，就是以彬彬有礼的风度保持沉默。

有修养的人生活中总是充满阳光，容易满足，永远开心，处事通情达理，即使遭受挫折，还是会感恩命运没有让事情变得更糟糕。没教养的人浑身上下都充斥戾气，永不知足，容易泄愤，遇事即走极端，哪怕善意劝告，也还会不顾一切随心所欲地把事情搞砸。

教养依靠自身修养的积累，修养是自己对自己的修炼，要是按照良知的要求，不息地努力，就能逐渐将自己打造成一个符合道德标准的、有教养的人。有教养的人举止优雅，受人欢迎，内心坦然，与世无争，并且不断追求道德修养的更高境界。有了良好的教养，为人处世就能心平气和通情达理，凡事也总能为别人着想，就不会将自己的利益置于别人之上，不管遇到什么样的人，不管是敌人还是朋友，待人接物永远是那样地彬彬有礼，永远是一个谦谦君子。因此有教养的人，肯定会受人尊重，最终总能与人和睦相处，总能平安度过属于自己的悠悠岁月。

相传东汉桓帝年间，会稽太守刘宠离任时，有几位山阴县老人特意从山里赶来给他送行，为了感谢他的许多惠民举措，每人带了百文钱相赠，他实在推辞不掉，最后只接受了一文钱，当他出了山阴县界后，便把钱投入江中，后人把这条江改为"钱清江"。当时的朝廷外戚与宦官轮番专权肆虐，朝政昏暗，反观"一钱太守"刘宠，洁身自好，能做个贤臣一生平安，都源于刘宠的教养。

相处中能够做到相互尊重的人，都是有教养的人。

第一百零二章　善良

　　在与人相处中懂得尊重别人的人是有教养的人，而一个有教养的人也肯定是个善良的人。教养是一种约束自己，让自己的言行举止能符合道德规则的好习惯，善良是一副以道德良知的要求去善待别人的好心肠，有教养就会善待别人，善良的心地也必然能与良好习惯相匹配。

　　生活中人们总是一边期盼着得到朝思暮想的荣华富贵，一边享受着已经拥有的称心如意的财宝，以致一般人都在到处打听财宝的去向，关注聚宝生财的妙招；很少会有人去打听善良的所在，关心自己是否心地善良。生活中，左右人们相处愉快的正是互相之间的关爱。相处中，规则是显露在外的良知，良知则是隐藏在内的规则；名誉是良知的外在展示，名誉也是由良知在内心的积攒；正直的界线在慈悲之中，出了慈悲的界限正直相等于残忍；一段持久而融洽的相处，无时无刻少不了善良的主持。

　　善良的人都是一个心地美好，真诚和善，没有恶意的人。对自然而又美好的东西怀着浓厚的兴趣，本是人的天性；每当心灵中充满阳光时，内心最动听的主旋律便是善良；善良是道德中最美好那一部分，是与人相处的通用语言；一个人为人处世平安与否，成功与否，最根本的标准，便取决于这个人心地是否善良。

　　纯粹的善良是极简单的，真诚善意一览无余，实实在在地摆在那儿，每个人都能感受得到其身上散发出的丝丝暖意。善良是由内而外的主动施与，不能由外而内地去要求别人展现善意，要求别人付出善意这本身就不是友善的举动。

　　南北朝时期，南齐的京城建康突发特大洪水，周围田舍被淹，百姓流离失所。南齐武帝的次子、丹阳尹萧子良，打开自家的粮仓赈济，又建救济院

"六疾馆"，收纳了数千老弱病残和无家可归的流浪难民，此举深受百姓拥护。这个故事告诉人们什么是善良。

善良是做人最高的道德标准。在所有的道德品质中，心地善良毫无疑问是需求量最大那一种。在普通民众的眼中，相处中所遇到一位心地善良的人，就等同于相识了一位伟大的人物，其原因是纯粹善良的人在人群中如满盈的明月，实在是太稀少了。纯粹的善良除了善意还是善意，其中绝不掺杂一丝恶意，因此，纯粹的善良具有征服人心的巨大威力。善良的心地，是相处中的珍宝，所有的人都如众星拱月般追随其后，希望与之沟通获其惠赐。

心地善良的人总想着，怎样去做才能让世界因为有了自己的存在，而能够变得更加美好一点点。心地善良的人，不可能在相处中送给每人一座天堂，而只是用自己的善举让与之相处的每一个人都能看见那座天堂，感受到那来自天堂的气息。善良就是让别人与自己的梦想能够连通的那条通道。善良在人们相处中如此珍贵，如此令人向往，以至于见识了善良魅力的人，都会学着尝试着去做个善良的人，于是，善良也就像滚雪球一样越来越大，越来越多，最终行善的人也常常受到来自别人的善意相助。

善良的底线在于为人敦厚，不求私利。不求美名就是敦厚，敦厚的人还能想着帮助别人脱离困厄这才算是个善良的人。对于追名逐利的人，不管怎样装扮，手段多么高明，别人始终都看不到其身上有什么善良敦厚的地方。别人遭灾，自己无力相救时，不去幸灾乐祸，不去打劫图利就是敦厚；别人贫弱，自己富足有余时，不去高调张扬，不去炫富摆阔也是敦厚。敦厚的人享受自然的美景，适应自然的进程，做人感恩，做事从容，自得其乐。

善良的人不会花言巧语，更不需要依靠花言巧语抬高自己，善良原本就是靠着一副美好的热心肠，实实在在地为别人着想来行善的。善良的人不需要鼓励，因为善良不会衰竭；善良的人也不需要感谢，因为善良不求回报；善良的人甚至不需要理解，因为善良已是做人最高的道德标准。善良是一种温馨而无字的语言，善良的人真正的价值就在于悄无声息地给人以温暖，让看不见的人可以感受到善良的温度，让听不到的人可以闻到善良的馨香。

善良的全部意义就在于有利于他人。一颗善良的心灵，就像一桌异常丰盛的满汉全席，可以让别人受用不尽；一个善良的好人，如同一棵枝繁叶茂的参天大树，能够为他人庇荫挡雨。人们从未听说过，与心地善良的人相处，没得到过好处的；大家都已经看到，让别人最终得利的人，没有不是善良的；善良的人与人相处，不分高低贵贱，无论远近亲疏，都一视同仁地施以关爱，由此可见，与善良人有缘相处，是一个人天大的福分。

善良有利于他人的最高境界是成就别人的长处，同时消减别人的短处。善良的人犹如一块磨刀石，刀斧一旦与之相处，便会越来越锋利，而磨刀石除了被磨损，其他并没有得到什么好处。善良时常给别人于赞美，别人因此得到激励；善良处处宽恕包容别人，设身处地为人着想；善良经常勇敢伸出援手，帮助别人克服困难；善良时时留意倾听诉求，同情别人抚慰伤痛。相处中，善良在利人的同时给别人带来了快乐，善良的人在别人快乐的同时自己也享受到了成功的快乐。

善良的人总是付出多而回报少，并且还极易遭受误解和贬低，遇到恶意或不公正的对待，然而善良的人即便因帮助别人而受到损伤，却经过深思熟虑后仍然痴心不改，继续选择善良，善良的人总想以自己的热心肠，竭尽所能去融化被遗忘在角落里的寒冰，因此，善良的人总是谦让，总是吃亏，总是甘愿承受比其他人更多的磨难。

真正善良的人都是生活中的强者，不强大的人是很难承受善良的艰难，顶多也就停留在软弱的层面。善良人的善举常常会被人误解成争强好胜，或被指责为不怀好意，这些磨难都是软弱的人所无法承受的。善良的价值在人的心地，善良的人有着强大的定力，再大的误会和责难，也丝毫不能改变其善良的心地，一如既往照旧行善。

人的一生过得是否平安和幸福，很大程度上取决于本人是否心地善良。心地善良的人生，无怨无愁，生命因健康而延长；善意的举动，永远不会失败，只会恒久享有双倍的快乐。善良是人生不可缺少的标准配置。

善良是人类永远不会衰减的品质。人性最好的部分都包含在善良之中，文明中最美的那部分恰巧也是善良。做善良的人最快乐，其内心世界不求人知道，不图人感谢，更不怕人知道，一颗心灵晶莹剔透，纤毫毕现。

唯有善良人乐意与人平等相处，并尊重所有人。

第一百零三章　不争

　　要想在相处中尊重他人，首先需要具有良好的教养，其次是必须完全摒弃与人争斗的想法，与人共处中只要争端一旦开启，相互之间便没有了最基本的尊重，相处肯定会出现大问题，最终将演化成梦魇般的痛苦感受。

　　世上有不少人，往往把自己的生活当作了一场关于争斗的连续剧，对昨天被人抢走的东西始终无法释怀，心心念念想要去夺回来；对今天已到手的东西又戒备森严，生怕再次失去；而对别人的东西总有一种莫名其妙的倾慕感，总想着明天怎样设法弄到手。这样的人，生命不止，争斗不息，一日不斗，闷闷不乐；这样的人生，理智不断消减，健康持续销蚀，快乐更是百日难觅其踪影。

　　人们相互尊重，相互谦让，其外在体现就是不争。所谓不争，主要是不争夺，次要是不争辩。双方利益分配不平衡时，协商来解决是最佳途径，争夺只会使矛盾激化；双方想法不同时，解释与倾听是最优解法，争辩驱使两颗心离散。不争是与人相处时必须具备的敬畏之心。

　　有能力没权力的人，手段再高强，也奈何不了宵小作乱；相互争权夺利的人，彼此有输赢，总合为零，徒增怨恨。争斗就是人生路上的那一丛荆棘，越迅速绕过去越好，生活中不与人争斗的人，如同一个人摆摆棋谱，不用和别人争输赢，照样也能自得其乐。心地善良的人，遇人执拗时，是不需要争辩什么的；自然成长的事物，不管祸福顺逆，总是柔软应对，从不争辩的；做事前先要谋划好方法和途径，才能不在乎误会，避免争论，而争论往往把事情搞得一团糟。人生处事不争应当是正常的状态。

　　不争的力量是无穷的，这种力量依靠忍耐来积蓄，弱者要是害怕吃亏，不愿退让，就会走向不争的反面，最终导致事情无法收拾；然而强者要是不假思索，失去控制，一样也会卷入争斗中，照样是丢盔弃甲铩羽而归。当一个人在生活中本着与谁都不斗，也不屑和谁争的精神来过日子，那么就没有什么人能够与之争夺；要是一个人连自己的对头都能够原谅，连自己老师的过错都能恭敬地无视，那么就没人能够与之争辩。这种不争的力量，无形之中左右着这个人的命运，让人自始至终与人和睦相处。

相处中靠争斗是无法解决任何分歧的，要是在冲动之前能心平气和地权衡一下的话，那么接下来一定是通情达理地保持缄默。靠蛮横的武力解决分歧，是一种明知自己没理，却硬要夺利的心虚表现。对于相持不下的分歧，越争越拧巴，要是退出不争，时过境迁，自然拆解，无须劳神费力，彼此受益，双赢结局。相处中从来就不存在有益的争斗，更不存在无益的不争，凡争斗总是伤害彼此之间的感情，而不争的相处则历久弥新，绵延不绝。

人与人一旦有缘共处，便如同生活在同一个家园之内，要是不幸发生相互争夺打斗，不管胜败如何，共同的家园肯定都会遭受损坏，结果覆巢无完卵，无人能够侥幸保全。在自然的相处状态中，一方不慎遗漏的物件，只要还在共同的家园内，那么最终受益的还是共处的人。懂得相处之道的人，只想依靠勤勉劳作过上丰衣足食的生活，同时尽量打消去和别人争强斗胜的念头，彼此之间即便意见不合，也会相互让步，快速回心转意，重归于好。

现实的相处中，维持不争的状态，要比相争的状态艰难得多，不争需要妥协忍耐和明理，争斗却不需要理由，只要随心所欲即可。相处中共识越多，越容易不争，共同的利益越多，合作越愉快；相处中的争斗，总是始于双方缺点的碰撞，合作都是由各自优点牵手而成。因此想要成为相处中的强者，享受到相处的快乐，就必须提升自己的品行，扩展相互的共识，维护共同的家园。

马有个奇特的习性，喜欢站在水中喝水。原来，马到水塘喝水时，一低头看见水中自己的倒影，便以为有另一匹马来和自己争水喝，于是它会边喝边站到水中，以方便赶走那个所谓的竞争者，其实它不懂，水塘中的水几匹马是根本喝不完的。相处中的争斗无异于同室操戈，如同马站在水中喝自己弄脏的水一样，既愚蠢又可笑。

自然成长的事物好处最多，不争长短的相处最为自然，同时好处最多。

内心阳光而善良的人，会在相处中尊重所有人，偶遇别人不理智行为也不会轻易失去自己的理智。自然地相处是为了抱团取暖，去战胜一个人无法战胜的苦难，而不是去战胜生活在共同家园中的其他人。

相处中难免有人会做些违反自然的傻事，对自己造成伤害，这时不争是一种自然归正的上上策。首先应该看到伤害已经造成，如果反击，必然破坏相处的大局，得不偿失，要是无法破局，接下来的相处是一件极其可怕的事情，选择不争就是最好的止损；其次还应该看到，现在只是对方的错，如果自己反击那便是错上加错，别人的错是别人欠自己的债，到了醒悟的那天，别人自会来还债，自己不争便始终处于主动地位，旁人大多也会支持自己的做法。自己坦然，相处也就自然，岁月也就过得超然。

武则天时期，狄仁杰升为宰相，武则天对他说，你在汝南做官时很有成绩，但却有人在背后诋毁你，想知道他们是谁吗？狄仁杰表示，陛下认为我有错，我就应当改过；如果陛下确信我没错，我感到很荣幸，我不想知道谁在背后诋毁我，我还会把所有和自己相处的人当成好朋友。武则天听后被深深打动。

争吵从来没有赢家，如果不及时喊停，争吵升级为争斗，那将面临两败俱伤的后果。相互撕咬是野兽的特性，人们在相互争斗中便会不知不觉地失去了部分的人性，别人向你瞪眼睛，你也会瞪回去；你盯着狗的眼睛看，狗会认为你在挑衅它。以眼还眼、以牙还牙，到最后还是分辨不清是非曲直。把一小匙美酒倒入一桶污水中，与一小匙污水倒入一桶美酒中，结果同样成为一桶污水；人也是一样，谩骂、扭打的结果，让旁人赞赏到崇高品行肯定是不可能的，让人感到那是同流合污却是极有可能的。

相处中偏好争斗的人，总认为自己准确无误，而别人却差错不断，有这种偏激想法的人，爱好挑剔别人差错，总是自编一出以嫉妒泄愤为脚本的蹩脚戏，然后找对方陪演，其结果便导致争端的产生。争执必定生出怨恨，人一旦怒火攻心，就会恶语相向，智商便会下降，进退不免失据，届时把持不住，说出蠢话，干出蠢事，便在所难免。其实，在相处中，错误仅是单方面的话，争端瞬间就会消解，因为凡事不争的人，能够容忍别人与自己有所不同，一旦明确了对方的真实想法后就会立即停下争执。

相处中经常会遇到不顺心、不开心的事，选择不争只是自己一个人不开心，要是选择了争斗，结果一定是两个人都不开心，可见一个人不开心要好于去和另一个人不开心，不争是理智战胜冲动，心灵战胜肉体的结果。

不争是一种人生的境界。善于相处的人，不会去跟商贩争利益，图利是商贩性命攸关的事，争不得；也不会去和学者争学问，学者是自己学问的统领，不敢争；更不会去与庸俗无知的人争斗气，争赢了就比庸俗的人更加庸俗，输了还不如无知的人，要是恰巧争得不相上下，争得悠哉乐哉，那么和庸俗无知的人便没有什么区别了。

相处中恶意伤人，逼得人无路可走，难道真是自己想要的结果？明眼人是早就已经看见别人眼中那难以遏制的怒火了；遭人误伤，出手报复，结果痛苦是减消了还是增加了，当事人自然是心知肚明的，然而却常常要等到最终吞咽苦酒时，才会想起不争的好处。

善良人永远斗不过邪恶的人，因为善良的人不可能痛下重手，而邪恶的人，心中没有慈悲，眼中没有规则，怎么狠毒就怎么来，你说让善良如何与邪恶相敌？

在山东曲阜流传着一个寓言故事：孔子的学生和人争辩，那人坚称一年只有三季，两人争执不下来找孔子裁定，孔子也说是三季，那人以为获胜，得意地离去。孔子对学生说，那人是蚂蚱，只活了三季，没有见过冬天，和他争不明白。这个故事告诉人们，和不懂的人争答案，无异于竹篮子打水一场空。

相处中懂得不争的人是睿智的，相处中能够不争的人是善良的，生活中不争的人才能享受人生的平安。

第一百零四章　低调

　　凡不争的人总显得那么低调。自认为是善良的人都知道，自己斗不过别人，因为自己有做人的底线，而别人有没有这种底线，自己并不能确定，试想有底线的人如何争得过不一定有底线的人，既然最终选择不争，那么就悄无声息地退出角力场，动静一大怕人误以为玩的是回马枪套路，再开争端。此外，不争的人都懂得决定事物成败的主要因素是自然规律，不符合自然规律的事物最终都将被自然所淘汰，不属于自己责任范围内的蠢事，无须高歌猛进，大加挞伐，低调观望其盛衰是最稳妥的对策。

　　生命色彩斑斓，有时也会黯然失色；生活丰富多彩，却也岌岌可危。对于自命不凡的人来说，却只见五色绚丽，不懂基调为何物；只知道高谈阔论，不知埋头苦干。这种人喜欢被奉迎，外表高调而狂妄，内心却极度空虚，往往一戳就破，最终默然离场；正如同尖锐的山峰不会太高，太高容易断裂；狭窄的河流不会太深，太深容易坍塌。能力强的人不会很张扬，张扬容易遭受攻击；内涵深的人不会用高调，高调容易招惹嫉恨。

　　低调就是做人谦虚，待人礼貌，该说什么就说什么，自始至终轻声细语不炫耀；低调也是做事谨慎，从不张扬，该做什么就做什么，从头到尾尽量不弄出动静。低调是一种为人处世的境界，低调保障人生的相对安全。

　　人生之河，能够畅通无阻，且久旱不干涸，暴雨不满溢，凭借的就是低调两字。相处顺畅，靠善于观察对方神色，并考虑应该怎样谦恭以待；相处顺畅，彼此之间不需要作任何解释也能心领神会，如果需要通过解释才能释怀，那肯定是自己有做得不到位的地方。相处低调正如鱼离不开水一样，鱼离开了水便无法生存，相处离开了低调也难以持久。相处顺畅的诀窍就是把自己看得很轻。

一个人能力的发挥与做事的风格息息相关。高调行事，往往受旁人排斥，其能力得不到正常的发挥；行事低调，常常得众人相助，能力却可超水平地发挥。比如，演出的音量过大，不仅听众受不了，就连场外的居民也会不堪其扰，这就是欲速则不达的道理。可见一个人得意忘形时，灾难必然会找上门来；谦虚而勤劳，幸福必定紧随其后。许多原本会成功的人，要是不那么大张旗鼓发誓成功，就不会以失败收场。

　　知道自己无知的人，才知道宽容别人无知；只有不想张扬的人，才能接受别人的成功；能够主动自嘲的人，可免自我解嘲的尴尬；处世平淡低调的人，方才活得最像个人样。相处中以居高临下的姿态对待别人，即便态度友善，对方仍感觉遭受了轻蔑，这就是傲慢的害处；而相处中谦和的姿态，不用开口请求，别人也会主动伸手过来帮扶一把，这就是低调的好处。

　　低调的核心意涵是谦虚，没有了谦虚的低调便只剩下软弱的自卑。谦虚来自人的能力，人的能力越强则知识越广博，处理事情效率更高；同时，知识广博的人最清楚自己多么欠缺智力，办事效率高的人更容易理解别人笨拙的苦恼，这就是有真本事的人都比较谦虚的原因。一个有真才实学的人，是不会也没有必要，用炫耀技能来证实自己实力的；当一个人明白，不管自己多么努力，终究还是个普通人的时候，这个人才是个真正非凡的人。

　　人的无知，在于不知道自己无知；人的张狂，也在于不感到自己有什么张狂。人在春风得意，专横跋扈，占尽便宜时便是自己人生中最糊涂、嚣张的时刻；处在大难临头，退休赋闲，屡遭重挫时才是自己生命里最清醒、谦卑的时候。原来正是无知滋生出了狂妄，正所谓无知才能无畏。一个懂得低调的人是不会把信仰悬挂于墙上的，因为懂得信仰是自己心灵的栖息地，是个宁静的神圣所在，不合适于声张和喧嚣。总之，智慧的钻石镶嵌在谦虚的底座之上，就会更加地光彩照人；才能非凡的人，穿上低调的衣裳，就是人群中那个最美好的形象。

　　东汉光武帝刘秀出京东巡，大臣们提议封禅泰山，祭祀天地，刘秀说自己当皇帝已经三十年了，至今百姓还是满肚子怨气，明确拒绝了封禅提议。刘秀从收拾王莽新朝乱局中重新统一了天下，建立东汉，被后人认定是历史上最称职的皇帝之一，可他本人还说自己做得不够好，没什么功劳可夸耀的，这应该就是低调的典范了。

与人相处中不幸遇到非原则的争议，主动示弱是一种美德，有让步的余地说明自己足够强大，能够避免冲突，那便是对弱者的怜惜和维护；发生误会时能够不那么敏感，反应迟钝一些，那也是一种美德。误会引起的争执，如狂风骤雨般来势凶猛，然而消退得也快捷，略等片刻便可将伤害约束在微不足道的范围之内。低调就是这样，让人从自己的渺小出发，然后去成就高尚的飞越。

相处中低头是一种超凡的能力，相互关系越融洽，越要把自己看得轻一点；相互关系越紧张，越要把对方看得重一些；绝望能够让人颓废消沉，高傲自大会让友谊褪色。锋利的刀刃应当藏在鞘中，同样刻薄和偏见也应该深深地躲藏在低调和谦虚里面，免得露头刺伤别人。低头可以凝聚力量，发挥出聚石为山、纳川成海的作用。

低调是相处中的智慧。低调的人知道自己没有什么与众不同，只是芸芸众生里面的一粒尘埃，本来就适合于低调做人，更何况古人在造这个"人"字的时候，最初就是个正在鞠着躬的谦谦君子形态，就为提醒人们，每当看到这个"人"字时，就要记得随时随地去准备着低调做人。低调不是软弱是尊重，低调也不是虚伪而是敦厚。低调的人其智慧就在于去做一个聪明的笨人，低调的人明白不去争利也不去争强好胜友谊方能天长地久，所以低调的人在相处中遇到争端总是优柔寡断，笨拙得让旁观者都着急。

如果一个人是聪明的话，就应该知道在相处中低调做人，要是不知道这点，就是个无知的人，要是知道了还是不愿意去这么做，那么便是个愚昧的人。低调的人，相处中以谦卑自居，因其无害于人，别人也就没必要与其相争，故长此以往，岁月静好想必是没有什么疑问的。

出行时最危险的地方不是陡坡弯道，而常常是路边的陷坑；相处中最便捷的沟通不是献媚吹嘘，却往往是谦卑的低调。只知道争强斗狠，不知道退让藏拙的人，说明其经历尚浅，还需要再尝试几次失败的痛苦；懂得低调的生命，就像自然生长的植物，默默地开花，默默地结果，从不喧嚣夸耀。逞强的人，容易遭受否定；自夸的人，功劳会被无视；好学的人，更会感到无知；谦卑的人，不易招来呵斥。主动妥协的是强者，低调接物的才平安。

适度隐藏自己真实的才华，就可避免体力和精力的透支，保持身体的丰盈；谨慎做好事情不追求荣誉，方能打消嫉恨与诬陷的来袭，享受岁月的安宁。将自己的利益让渡一点，争执就有可能消减一分；把自己看得低矮一些，身心便轻松些，相处便顺利些，合作便愉快些。一个人处于低位，就没有什么可失去；行事低调，就不会招什么怨恨；一个团队中常常喜笑颜开，来去洒脱的人，往往就是职级最下层的人，因不用担心会有人看上其职位。

在秦始皇陵已出土的五千多件武士陶俑中，或多或少都有不同程度的损坏，其中仅有一件跪射俑完好无损，成为秦俑博物馆的镇馆之宝。究其原因就是跪射俑姿态低，当年俑坑棚顶塌陷时，立姿俑承受了几乎所有的冲击，相对矮了两个头的跪射俑则躲过了所有的劫难。从跪射俑身上人们明白了：低姿态，绝不是懦弱，是人生平安的境界；低调做人，不是畏缩，是保障相处和睦的智慧。

人生的境界越高越好，站得高视野深、视角广；站得高，周围人少，方便静心享受俯视的愉悦。生活的姿态越低越好，姿态低些风刮不跑，雨浇不到，人迹罕至，安居乐业，还不用担心别人会不让自己住在这儿。

当年有人问苏格拉底，天地之间有多少距离。苏格拉底毫不犹豫地回答：三尺。那人大吃一惊，强烈质疑道，天地间才有三尺高，这么说所有的人都不能正常站立啦。苏格拉底告诉他，所以每个人都应该学会低头。

低调的最高境界，是不跟任何人去讲道理，仅仅只跟自己讲道理，允许别人犯错误，不许自己做傻事。

第一百零五章　礼让

人在与万物相处的过程中，第一是学会平等相待，第二是学会尊重一切，第三还要懂得礼让的道理。平等是平视万物，尊重是仰视万物，礼让是遇到具体的矛盾时，按照秩序、规则的要求，主动退后半步，宁愿吃点亏，将方便让给别人，以达到缓解矛盾，维持平衡的目的。

人们相处在一块儿是为了生存的需要，同时人们又因为不同的个性而彼此产生厌恶，当彼此都无法逃离这种共处状态的情形之下，一旦出现凭空猜疑、妄自揣测等险情时，用语言是无法抵御的，靠沉默可以暂时缓一缓，相处中的种种冲突，最终靠礼让才能彻底瓦解。礼让是冲突最好的防火墙，礼让的宽度就是相处最合适的距离。

在沙漠里漫长的旅途中，平时性格温顺的骆驼偶然会跟主人大发脾气，这时有经验的主人会及时将自己的上衣脱下来，扔过去，让它践踏、撕咬，等到衣服撕烂后，骆驼的气也就出完了，便与主人和好如初，重新变回温顺的模样。万物同理，人也一样，相处中遇到对方情绪失控，除了礼让，其他所有的努力，都无异于火上浇油。

礼让是人的良知。生活在共同家园中的人应该明白，家园中的东西从本质上来说，都是大家共同共有的，没有人带来什么，也没人能带走什么，自己眼下拥有的东西也只是暂时由自己保管使用而已，以后终究仍要还给大家的，要是有人出于某种原因前来占用，能让的话，就行个方便，那东西原本就是身外之物，更何况相处本就是为了抱团取暖，共享快乐。

学会礼让自然就能使一个人脱胎换骨变得高贵无比。做人懂得了礼让，始能天长地久；做事懂得了礼让，方可事半功倍；相处懂得了礼让，足以幸福安宁。凡是美丽的事物总是柔软的，如花朵、彩虹和良心，真正具有力量的事物也是柔软的，如海洋、天空和礼让。礼让可以温暖他人的心灵，融化暴戾，消除偏见，启迪蒙昧。

相处中遇尴尬事情，如果主动礼让，自己便不会尴尬，别人也因此而不再尴尬，尴尬也就遁于无形。礼让不费一文钱，却可以赢得一切，可见礼让的价值几乎是无限大。相处发生冲突碰撞时，礼让就像气垫，好像空空的什么也没有做，却神奇地将冲撞力化为乌有；相处出现冲突摩擦时，礼让就像润滑剂，只要那么一滴下去，痛苦的脸上立刻就会绽放出笑容。礼让能够不费周折地息事宁人，因此在相处中随时随地都受人欢迎，招人喜爱。

礼让虽然不用花钱，却需要放低身段，还要能够掌控局面。对于目空一切的强人，凡事喜欢蛮干，那是学不会礼让的，太硬的东西容易折断，不能用，自以为强大，结果往往是众叛亲离；对于妄自菲薄的懦夫，早已迷失自我，也学不到真的礼让，太软的东西上不了墙，也没用，自认为猥琐，人云亦云便失去方向；礼让是刚柔相济，讲原则，有目标，以相处大局为重的一种妥协。

懂得礼让的人，都是内心与能力都十分强大的人，要是内心不够强大的人是害怕退让的，而能力不强大的人根本没有退让的余地。内心与能力足够强大的人做人永远是顺应自然第一，别人第二，自己第三，这样的人，无论做什么事情，不管从什么地方出发，到达目的地的距离总是要比别人近一些。强大到不愿退让的人，一心就想使别人怕他，然而却没有料到，实际上没有人会尊重他；真正强大的人，用礼让将自己的锋芒裹起来，如同刀入鞘那样，以免相处时伤到对方；强大而不争的人，常将无理取闹的人晾在一边，不去搭理，然后，就没有什么然后了。凡礼让总是从失去和吃亏开始，最终收获得益和尊重。

相处中的礼让是一种很高的人生境界，懂得礼让的人具有一种深远的眼光，能够在繁杂的人际关系中，在得失取舍的纠结中，看清自己人生的归宿，保留住一颗自由自在的心。礼让的境界在于，越是强大的人，与人打交道时，看上去越没有脾气，越好说话；礼让的眼光意味着，越有智慧的人，与人合作时，越能够为对方着想，越肯吃亏。礼让的精髓在于，自己甘愿多做点奉献，先将共处的家园打理好了，自己就有可能过上幸福美满的日子。

一个不肯礼让别人的人，在相处中一定会迷失自己，从而把自己的人际关系搞得一团糟，就像一个不认得路的人，怎么可能去给别人指路，一个老是要跟别人过不去的人，怎么可能有心思去构筑和别人一起共同生活的家园？相处中唯有强者才能同情弱者，也只有强者才可能礼让弱者，展现出谦虚的姿态，只有这样的相处才能和谐融洽，才能显示公平。如果反其道而行之，由弱者去礼让强者，相互之间的强弱差距便进一步扩大，彼此之间的相处将变得困难重重。由此可见相处中强者礼让弱者，看上去强者是在示弱，实际上却是其最强大的时候。

礼让从内到外都属于美德。谦虚是礼让的装饰，智慧是礼让的基石，顾全大局是礼让的作用，歌舞升平是礼让的目的。美德因其从不自夸，人们很难感觉到美德的存在，然而从礼让身上人们可以轻易一睹美德的风采。

主动礼让别人，比期盼别人来礼让自己要更加地难能可贵。一个人无论内心想法有多么合理，言谈举止都应当低调谨慎，凡是内有良知，外又能够礼让在先的人，如此通情达理，那么与人相处肯定会合得来。要是言论深刻却言辞犀利，态度粗暴，不愿尊重别人，如此往往不会被人认同，不会受人欢迎，最终还难免遭人抛弃。

很多年以前，有一对小夫妻坐绿皮火车回上海。上车后发现有个腿部残障的人士坐在他俩靠窗的那个位子上，小夫妻同情那人，便毫不声张地一同挤坐在靠走道的那一个座位上，然而走道上常有人经过，那位丈夫每次都要起身让行，很是不方便。时间一久妻子忍不住就偷偷对丈夫说，我们已经让他占座这么久了，现在可以将座位要回来了。丈夫低声说，我们只是不方便两个钟头，人家可是要一辈子不方便的。妻子慢慢低下头，再不吱声。在不知不觉中礼让别人，才是真正的美德。

凡事能够礼让三分的人，与人纠葛便会减少三重，人生之路也会宽阔三尺；做人养成礼让在先的习惯，自己坦然，别人欣然，相处自然。学会了礼让这项本领的人，安居之处一片祥和，出门在外幸福也会相依相随。

生活中大家几乎认定，凡事必争先绝不可落后，然而走近暮年时才大悟，落在别人后面居然是福气。吵架，一个人是吵不起来的，就算两人吵起来时，只要一人停下来，对方也就吵不下去了。这些就是礼让中的智慧。

清朝康熙年间，在安徽桐城，有张吴两个大官的家人毗邻而居，中间有小巷隔开，供两家出入使用。后来吴家占路翻建新房，张家不乐意，双方因此争执不下，张家写信给在京城当尚书的张英告急求援。张英回信：千里修书只为墙，让他三尺又何妨？万里长城今犹在，不见当年秦始皇。家人看后主动让出三尺空地，吴家受到感化，也让出三尺房基地，成为今天桐城有名的"六尺巷"。

　　善于礼让的人心灵善良，形象美好，自己内心和煦，与人相处相合，顺应自然谐和，岁月绵绵祥和。

第一百零六章　同情

　　想要在相处中自然而体面地礼让别人，首先需要具备一颗同情心。人生之路有平坦也有险阻，尽管平坦之地远多于险阻之处，然而遭遇险阻之处，若非强者，普通人是很难单独一跃而过的，这时弱者往往需要依靠旁人的援助来回归坦途。人生之所以需要与人相处，其中一个重要的原因，就是在自己过不去的时候，能够有人同情。

　　生命有时就像夏日清晨躺在荷叶上的一颗晶莹露珠，美丽而鲜艳，只是维持的时间极为有限，使旁观者唏嘘感慨；世间万象犹如游乐场里马戏团的表演，一场连着一场，让观众既紧张又兴奋，然而散场后的回味却温存有限，惆怅无限。人们对于曾有缘相识的一切，总感觉有许多地方似曾相识，如同曾在自己身上发生过那样，以致最终沉淀在心中最多的便是同情，可见人与人之间相处最纯粹的感情就是同情，彼此最需要的就是相互间的理解。

　　做人都不容易，尤其是见到别人四处碰壁时，就容易联想到自己也有过这样的时候，当感情上出现了共鸣，同情之心油然而生，就会产生出走过去帮一把的冲动。关注是种力量，关注可以让人对那些身处困境而不幸的人萌生出怜悯之情，在逐渐丰满起来的同情之心鼓动下，伸手救人出水火，使人免遭灭顶之灾。

　　同情的本质意味着自己心甘情愿与别人一同去承受压在其身上的苦难。生活中所有的人都希望能够得到别人的理解，大多数人都盼望能够得到别人的关怀，羸弱而卑微的人都渴望能够得到别人的一点同情，为此，凡能够给予别人理解、关怀和同情的人，在与人相处时肯定大受欢迎。有些心肠特硬的人，庄重得不会哭泣，高傲得不愿旁顾，这样的人也许情商不够，不懂得相处中的常识：一同笑过的人很容易便忘却，一同哭过的人却没齿难忘。

同情心具有强大的力量，也使施与的人处于优越地位。同情是代表人性的一种情怀，这种情怀最在乎事物的自然属性，反感所有违反自然规律的行为，关怀遭受侵害的万事万物，尽可能协助其回归正途。同情的力量源自自然和人性，代表着公平和正义，因此具有强大的人道力量。同情若能够在人与人之间的关系中发挥主导作用，那么，相处中大多的不和谐、不愉快的情景都将随之改善。

　　同情心的根源是出自对自己同类的仁爱，这种仁爱可以深不见底，宽广无边。孤独是普通人内心深处的通病，很少有人能够完全避开孤独的袭扰，也正是因为自己经常遭受无助的孤独之苦，一个人才能对别人的遭遇感同身受，进而萌生出同情并施以关爱。同情的仁爱不分亲疏，只要见人落难，便会萌生关爱之心；同情的仁爱倾向弱者，将扶危济困看作自己义不容辞的责任。

　　每个人哭泣的模样各不相同，可是想要哭泣的心情都是一样的难受；每个人的同情心所表现出来的形式各有千秋，然而仁爱的念头都是同样的纯粹。同情别人的苦难，是件很容易就能做到的事情；同情伙伴的成功，却需要没有掺杂着自私的仁爱之心。遭受各种不同轻蔑而受到伤害的心，都急需柔和的态度来安慰，这时唯有一颗仁爱的心方能将伤口抚平。仁爱之心之所以高贵，就在于见人有难，不等其开口求助，便已经开始主动施以援手了。

　　东汉献帝年间，社会动荡，战乱频仍，百姓相继逃亡，疫病肆虐，死亡无数，焦土千里，十室九空。长沙太守张仲景，同情百姓深受疫病所苦，辞官行医，多年之后写成传世巨著《伤寒杂病论》，确立"辨证论治"原则，成为中医的灵魂。张仲景被后世尊为"医圣"，正是源自他对病患的那一片同情之心。

　　人类相亲、相爱既是一种自然现象，更是人类文明的一大重要标志。同类的事物只有相互照应，相互依靠，才能自然生存，自然成长。要是看着一件事物不顺眼，不称心，由着自己性子胡来，做出拆东补西、割肉补疮等违反自然规律的事情，或是厌恶其他事物的陈腐、不开窍，冷漠地不看不顾，丝毫没有怜悯之心，放任其自生自灭，这些没有同情心的做法与人类文明的进程背道而驰。

文明的主要表达方式是艺术，艺术是人类从生活中提炼出来的精华，然而文明最重要的表达方式却是同情心，同情心才是人们在生活中切实感受到的温暖和体贴，是做人的尊严和勇气。由此看来，同情心代表了人类的价值。对待弱者有没有同情心，是判断一个人文明与野蛮的标尺。相处中给自己带来不痛快的人，往往更需要同情，而问题却出在此时自己还有没有平静的心情，愿意去理解对方的感受；喧闹中的欢乐，冲不走平静时的忧愁；欢笑时想不到去同情别人，悲哀中容易理解别人的痛苦；嬉笑中不需要别人的同情，悲伤时只盼望别人的同情。慰问的语言比不上同情心高贵，同情心才是受难者的救星。

　　人与人相处时最大的障碍来自冷漠，冷漠使相处失去了所有积极的意义。在人们正常相处中，当有人冒险成功时，旁边一定会响起喝彩声；每当遇见受挫而归，惋惜声中一定伴有鼓励。人们若相遇在冷漠中，不管别人成功失败，也不管危险已经临近，甚至连隐患爆燃，直到人群散尽，始终都无人出声，即便偶然有人呼救，也不会有人理睬。冷漠对人的伤害如此之大，因此要想回归正常的相处状态，就必须依靠同情来驱散掉冷漠。

　　人的文明程度应该随着生活水平的提高而不断提高，而同情心的缺失，意味着心灵的瘫痪，仅靠物质上的丰盈是无法让瘫痪的心灵恢复健康的。不完整的知识，会让人愤世嫉俗，变得与眼前的世界格格不入；浩如烟海的网络负面信息，让人的心智蒙上灰尘，面对弱者变得铁石心肠；电脑的功能越来越强大，人的思维能力便逐渐萎缩，造成想法越来越多，同情心反而越来越少。同情心的减少意味着相处中的危险在增加。想要在相处中获得一份岁月平安的保险，应当设法将自己的心灵注满同情。

　　人遭受到厄运打击之后，便会留下恐惧的阴影，当以后见到别人的悲惨遭遇时，害怕这些不幸的事情也会同样落在自己身上，由此所产生出来的同情心，与其说是同情别人，还不如说是为了方便别人来同情自己。

　　野兽不会去同情同类，天使不需要别人同情，而一个人若是高贵到没有了同情心的时候，就没有了为人的价值。所有历经过苦难的人，理应相互照应，相互同情，一起面对霉运，共同战胜忧患，一同迎接欢乐的到来。

　　懂得相处之道的人，都是遍尝过人间甘苦的人，这种人气质高雅，见识深远，深谙同情之妙处。对身边熟悉的人慷慨而又大方，对于陌生的人亲切而有礼貌，对弟子和同伴们关怀而又体谅，对曾经的对手尽力去理解和包容。富有同情心的人生活中永远不会孤独，不会穷困。

世间万事万物所表达的情境，能打动人心的是那种无尽的忧伤，能唤起人同情的也是那种无限的悲哀。虽然有些人对那些不幸的人装作没看见，转过身就走了；而对于具有同情心的人来说，无论如何都要去过问一下。

东汉献帝年间，丞相曹操同情文学家蔡邕死后没继承人，便派使者到塞外，用大量财宝将蔡邕的女儿蔡文姬赎回。蔡文姬在战乱中被掳到南匈奴，在那儿生活了十二年之久。蔡文姬回来后嫁给了董祀，后来董祀犯法将被处死，蔡文姬蓬头垢面赤着脚去求曹操。曹操同情蔡文姬的不幸，宽恕了董祀。随后曹操问起蔡邕家藏的古籍，蔡文姬说曾有四千卷，现都已在战乱中遗失了，自己还能记起的只有四百多篇。蔡文姬眼见曹操很想看到这些古籍，就凭着记忆将这四百多篇文章誊写清楚，送给曹操。曹操后来发现其中竟然没有遗漏或写错一个字。

阿根廷高尔夫球手温森多赢得一场锦标赛，领到支票穿过记者重围，走向停车场时，一个女子走来向他祝贺，并说自己孩子得了重病无钱医治，温森多二话没说，拿出刚得到的支票签上自己名字后塞给那女子。一周后，温森多外出午餐时被人告知，那女人是骗子，她还未婚，没生过孩子。温森多反而长舒了一口气说，原来没有一个小孩病得快死了，这是自己一个星期来听到的最好消息。

与人交往，若能捧着一颗同情心，那么不仅别人受益，相处情境也将大为改观，还可能收获额外礼物。

第一百零七章　仁慈

在与人相处中学会了礼让别人的人也就容易具备同情心，而一个有同情心的人也一定是个仁慈的人。同情心是对别人不幸遭遇所产生的共鸣，仁慈是同情心的最高境界，仁慈将同情范围扩展到所有活得不如自己的人。

在生活中多数人阅人无数之后，似乎什么都看透了，那颗心已经变得十分坚硬，就算见到别人遭受弥天大祸，最多也就叹息一声，然后，该干啥还干啥；还有极少部分的人，在经历过同样的阅历之后，那颗心依然晶莹柔软，不管见到的是一张什么样的脸，立刻就将其视为自己的兄弟姐妹一般，就像彼此间流着相似基因的血，那种至亲般的感觉油然而生，这种感觉就是仁慈。

仁慈的仁是由左边一个"人"和右边一个"二"所组成，仁也就是两个人，代表着两个人相处的关系；慈就是慈爱，就是在乎对方，为对方着想；相处中的仁慈就是彼此间互爱互助，这样的相处关系想必能够和谐持久。

尖锐的痛楚必定在生命中留下伤痕，同时有病就一定会有药，仁慈就是疗伤止痛的良药。当人们的伤口逐渐平复之后，就能深切回味到仁慈那如同天使般抚平伤痛的再造能力。相处中人们对于被欺凌时所感受到的恐怖，让人想念仁慈，靠近仁慈，尽力去拥抱仁慈，于是仁慈也就自然而然地成为相处中善良美丽的引力中心。

仁慈的心灵宽广无比，仁慈不针对特殊的人群，仁慈面向所有的人，关爱所有有缘与自己相处的人，怜悯别人所有不如自己的地方。相处中有幸福快乐的人，也有困顿不安的人，要使相处天长地久，就要淡化自我中心的意识，要在乎对方冷暖，通晓对方关切。相处的智慧恰恰在于相处不需要机智，只需要多一点仁慈就已足够了。

一个人的内心容不下自己，便是个无比狂妄的人；一个人的内心容不下别人，则是个没有仁慈的人；一个人知道自己的卑微，就已经是一个强大的人；一个人怜悯别人的卑微，就是个仁慈而非凡的人。相处中人们固然需要忠告，然而内心深处真正缺少的则是那种温暖的感觉。仁慈可以唤起彼此继续相处下去的希望，使对方继续生活下去的勇气得到苏醒。仁慈在人与人的相处中，不仅给人以温暖和光明，还能起到一种示范的作用，让彼此心灵中的光明照亮所有阴暗的角落，让彼此都成为非凡的人。

仁慈的核心就是爱，仁慈的含义中除了爱还是爱，仁慈就是用爱去善待万事万物，给予其比应该得到的爱还要略多一点。仁慈的爱是责任与人性的完美合体。施与对方关爱，首先需要设身处地了解其内心的感受，知晓其真实的需求；其次是要让对方感觉到受平等对待的温暖，最后还要尊重对方的选择，切勿强迫对方必须接受。

仁慈犹如冬日阳光，使原本平庸的人们在相处中显现出夺目的光彩，使善良的心地与暖人的举止相得益彰，美丽动人。仁慈的心地在相处中遭遇急难灾变时，便如同菩萨在世；当争端逐渐趋于激烈时，只要仁慈及时归位，就能看到自己给对方造成的伤口，感觉到对方心灵的痛楚，于是便不忍心再继续往伤口上撒盐了。仁慈的美丽就在于不管对方是怎样庸俗，怎样无知，怎样自私，只要与自己有缘相处，便始终不渝地给予包容和关爱。

仁慈的人在相处中时刻展现出一种慈悲胸襟，只要待人接物总是谨小慎微，唯恐一不小心伤到对方，尤其还怕伤及了无辜者。因此，仁慈的强者凡事会轻拿轻放，做事总是尽量低调，以免惊扰他人；而仁慈的弱者在维权时也能控制自己情绪，诉求都是点到为止，只求信息能被听到就成，结果如何顺其自然，时势需要自己吃亏，也欣然接受，绝不会撒泼打滚，搅得家翻宅乱，四邻不安。

仁慈是一种人生智慧。每个人都能闻到彼此心灵中散发出来的香味，欢笑就不会停息；所有人都沉浸在心灵相互交会的慈悲旋律中，幸福就没有尽头；相处在仁慈的大爱中，共处的家园便能结出和睦甜蜜的硕果。仁慈的智慧在于：施以援手，却让人感到是依靠奋起自救才成功脱离困厄的；尊重别人，让人感受平等相处的轻松，享受到被抬举的惬意。仁慈的智慧还在于：有条件可以奢侈的时候，却憨厚地选择了节俭；当不义之财唾手可得时，却视而不见扭头走开；当富贵荣华门庭若市时，却布衣粗食旁门出入；当一贫如洗家徒四壁时，慈悲心依旧热心肠不变，见人受困照样出手相助，出言相劝。仁慈的人都具有完备智慧，具备足够智慧的人，都能仁慈地与人相处。

仁慈地善待万事万物，就是带着欣赏的眼光超然地注视其成长，对于偏离自然进程的事物，心中怀有一片怜悯之情。仁慈地注视着共处的有缘人，并非紧盯不放，这种注视更多的是一种近乎自然的心灵感觉，不会使对方产生任何的不适；仁慈而自然的相处是不需要随意出难题，也没必要任意给个忠告，更不能稍微不合心意便横加指责，能够顺其自然的相处就是领悟了相处艺术的真谛。

仁慈而自然地与人相处，旁人看不到刻意去帮扶他人的痕迹，一切都显得那么的自然亲和。仁慈的心就是换位思考，推己及人地理解对方的真实需求。同样是见人陷入困境难以自拔，当其还不想示弱的时候，不去过问其隐私，不去打扰其自救，便是仁慈；当其心力交瘁的时候，不用多说，赶紧出手，不动声色，度其脱离困境，这更是仁慈。仁慈不会让人轻易伤筋动骨，也不会让事情随意改弦易辙，仁慈总是让人安居乐业，让事情奔向完美。

贫穷和贫富差距过大都是妨碍人们和谐相处的障碍，消除这种障碍需要一颗仁慈的心灵，凭借仁慈的温暖，人们相互之间才能实现以丰补歉，彼此和谐共处。

一颗仁慈的心可使起冲突的地方恢复安宁，在充满谬误之处宣扬真理，在颓废萎靡中送上信念，在挫折绝望时唤起希望。仁慈能够帮助在一起共处的人自由生活。

心灵的力量来自仁慈，仁慈可以战胜苦难，抚平创伤，融化仇恨，驱散阴霾，使人们相互友善，相处和谐。只要人们有缘共处，无论是片刻还是经久，最珍贵是仁慈。

1970 年，西德总理勃兰特访问波兰，前往华沙犹太人死难者纪念碑献上花圈，肃穆垂首后双膝跪地，口中祈祷：上帝饶恕我们吧，愿苦难的灵魂得到安宁。德国纳粹在二战期间屠杀了六百万无辜的犹太人，而勃兰特本人也曾遭纳粹迫害，对这一惨绝人寰的暴行没有任何责任。此时尽管纳粹已被消灭，但犹太民族的仇恨却始终凝固不散，作为西德总理的勃兰特放下阵营对抗、冷战思维，代替纳粹德国对犹太民族遭受的深重苦难做出真诚忏悔，令人动容。仁慈让所有相处中有怨恨的人们重归于好。

第一百零八章　信任

　　相处中想礼让对方，先要有颗同情对方的心，其次还需要充分地信任对方。要是不能够信任对方，就会害怕向对方做出让步后，对方并不领情，不愿互动，自己要吃暗亏，更怕对方得寸进尺，以此为例狮子大开口，自己要吃明亏，如此猜疑重重，那么礼让对方便难以实现。

　　与万物相处，基本的信任极为重要。如果对拿在手中的工具不信任，那样就无法去面对需要处理的事情；要是对外出旅行的安排不信任，即便出了门也不知道究竟该往何处。生活中猜忌一多，动荡便随之增多。不敢相信自己的生存能力，勇气就会受挫，只能整天躲在失败悔恨的阴影之中；若怀疑别人对自己的看法，安全感便缺失，只能坐立不安活在想象的危险之中。信任有缘相处的万事万物，即可希望倍增，就能坦然面对各类复杂的关系。

　　相处中的信任就是相信对方是诚实可信的，信任让彼此在相处中相互依赖。一个人对于世界上的一切东西都不认可，生命还有什么意义？一个人对于自己拥有的一切都表示怀疑，这生活还怎么继续？一个人对于共处之人的一切完全不信任，这还如何相处下去？信任是一种美德，当你给了对方一分真心，对方就一定能还你一个放心，彼此的信任，其结果总是互利互惠的。信任就像手中拿着的一朵鲜花，那种可感受到的美丽和馨香要胜过天下所有的鲜花，因为只有信任的东西才能真正为自己所拥有。

　　聪明人容易理解别人，正直的人容易得到别人认同，聪明而正直的人更容易信任别人。共处在一起的人们，无论何种关系，也不管亲疏如何，都潜伏着一定的危机，只有相互信任的人际关系才是稳定而又安全的。与人相处中有个简单的方法可以检测一下彼此是否已经建立起互信，那就是看能不能放心地背着人一起去做件开心的小蠢事，如果可以，那就说明相互之间已经充分信任对方。

与人相处，首要之事，就是赢得对方信任，这件事情完成得好，余下的就没有什么可担心的事了，所有沟通的问题都将迎刃而解。与万物相处，怀着足够的信任去关注一件事物时，就赋予了这事物新的生命，就能重塑其精神面貌，再沐春风茁壮成长。任何东西只有对理解它的人才有意义，任何事物也只有对其信任的人才有价值。

经过姿态调整，最终赢得对方的信任，不失为相处中收获的一份厚礼；对方在遇险时，首先想到向自己呼救，这种信任更是相处中的一种甜蜜。在相处中，拿名利富贵这些东西去和信任相比较，那简直就如同浮云尘土一般，无足轻重；在生活中，所有的努力都必须在获得了信任之后，才能显现出价值，使欢快倍增、痛苦减半。

公元前 165 年，汉文帝问起近臣冯唐家乡赵国名将的情况。冯唐认为当属廉颇、李牧最强。文帝感叹自己得不到这样的名将来抗击匈奴，冯唐却说，陛下得到了也不会用。文帝听后生气地问原因，冯唐说，古时大将出征，国君亲手推动车轮，嘱咐将军自行处置在境外的一切事务，使其成为名将，如今云中郡守魏尚爱兵善战，匈奴入侵，魏尚一战而胜，只因部下都是农家子弟不懂账务，战报被朝廷官吏核对出多杀了六个敌人，而被入狱判刑，所以说陛下有了良将也不会用。文帝听了很高兴，当天就派冯唐拿着皇帝的凭证赶去将魏尚赦免出狱，继续担任云中郡守。后来苏轼在《江城子·密州出猎》中借这个典故，表达自己期待重新获得朝廷信任的渴望。信任可让生命光彩夺目。

信任这活儿应当首先从自身开始做起。对自己都没信心的人，对这个世界毫无用处；连自己都不信任的人，还会去信任什么东西？还有谁会去信任他？人只有首先相信自己，将自己的事情打理完善，别人才有可能相信他；人最终还要信任自己，才能去信任别人的美好，在相处中真正得到别人的美好。

信任的源头在于真诚，真诚换来信任。与人相处久了，互相倾慕，相互影响，想法趋近，品行趋同，彼此知根知底更容易相互依赖，相互信任。人应当信任自然，信服科学，相信理性，认同真实的世界，真诚地面对万事万物，这样的人别人无法欺骗他，也不忍心欺骗他，这样的人也最容易得到别人的信任。要是说一套做一套，虚伪的言行必然导致猜疑，时间一长便会失去信任，与别人的友谊将日渐式微，愿与之相处的人最终也将销声匿迹。

曾经有位销售人员，在行内推销安全玻璃业绩出众。同行来取经，他总是不厌其烦地告诉大家，每次外出洽谈业务，都要记得随身带把铁锤，客户亲眼看见玻璃真的砸不碎，就会爽快地签下合同。此后大家都如法炮制，果然收获颇丰。然而统计结果出来，业绩仍然是他遥遥领先。其实此人还留着一个绝招，原来他那把铁锤是交给客户自己去砸的。如此真诚，别人除了信任外就不会有其他任何想法了。可见信任出自真诚。

相互信任可以使彼此有所依靠。与人相处中，凡是那个认同自己的人，便是可以信赖的知音，也是自己甘愿为之付出的贴心人。与这类人相处，心中总会有一份踏实的欢愉之情油然而生。而那种趋炎附势、首鼠两端的人，别人不知道他真的想要什么，也搞不明白他到底要去哪里，这样的人让别人怎么信任他？又如何能与之相处？

愿望产生信念，有了信念就会去追求，要实现一个大目标，就必须先寻求合作伙伴。于是利益诉求相同的人，就会相聚在一起，大家相互信任，互相配合，组团追求共同的目标。合作共进中，信任的价值在于坚信对方是靠得住的，因此聪明的合作伙伴所看重的是对方对自己的需要，而并不在乎对方对自己是否感激，所以在相处中的信任是极为珍贵的。当一个人获得对方的信任之后就会加倍谨慎做事，小心维护这一份来之不易的信赖。

相处中矛盾激化，犹如绳子打成了死结，双方都不退让，这个结是打不开的；如果没有互信，即使单方略松手，对方肯定再攥紧一下，死结还是无法打开；只有双方建立了互信，同时松手，死结才能解开。信赖自己就是有力量的人。

信任是人们相处时的能源，赞美可以引人向善，信赖可以传播力量，相信某个人能够创造出奇迹，而受到此暗示鼓动的那个人，极有可能真的会创造出奇迹。对着灰心丧气的人说出真心赞赏的话，就能使疲惫的身躯瞬间迸发出激情，鼓足勇气去承担苦难，拥抱快乐。

一个人要是猜疑成性，与人相处就会刻意戴上面具，隐藏真实的自己，同时以己度人，认定别人也在掩饰着真面貌。如此猜疑开了头，便再也收不住手，只能层层加码，面具越来越厚，防范重重叠叠。相处也渐渐地四处碰壁，活动范围越来越小，直到最后动弹不得。

弄虚作假，时间一长，纸包不住火，露馅之后便失信于人。失信之人，便没人再去信任他。这样的人，不管说什么，都没人相信；不管做什么，都不受人待见；别人就算心中苦闷，也不会去找他倾诉。失去所有人信任的人，就是做人最失败的那种人，成为真正的孤家寡人。

不愿信任别人，就不能发挥别人长处，这样的相处实质上没什么意义；信任别人，也能得到别人的信任，有互信的相处就可实现双方利益最大化的双赢。相处时，没有互信，就无法进入对方的世界，相处成为虚伪的摆拍，结果除得到点自我安慰，其余的恐怕只剩失望；生活中，得不到别人信任的人，犹如四处漂泊的孤独流浪者。

相处中双方建立了相互的信任，就能打造出钟爱的共同家园，享受美好、安宁的岁月。

第一百零九章　理解

在与人相处中双方一旦建立起了互信之后，就应当彼此关注，逐渐增进了解，尽可能地走进对方的心灵世界。当理解了对方之后的这种信任，方为相处中实现双赢的好事情；而完全不理解对方时的那种信任，在相处中也是危机四伏；因为根本不理解对方却完全信任对方，由此引发出危机时必定束手无策，局面失控。

任何事物都具有两面性，与人相处时也有着彼此两个方面。对于我方来讲，需要给对方自由，让对方受到尊重，礼让对方维护其利益，然而这只是相处中的一个方面；而对方到底在想什么，要什么，这属于相处中的另一个方面最关切的问题，只有完全了解对方的需求，两颗心灵才可能契合，使相处成为彼此间愉快有益的互动。

曾有种说法：假设突发了一件极为有趣的事情，有个在现场目睹了整个过程的人把这事写成了一本书，然而出版后的书却有一半没卖出去，而买回书的有一半没翻过，翻过的人有一半没看懂，认为自己看懂的人有一半还理解错了。这就很委婉地说明理解是件很难办成的事。

所谓理解，就是按照事物的来龙去脉，将该事物的前因后果认识清楚。理解必须要以事实为依据，要是离开了该事物本身，哪怕是仅仅离开了一小会儿，就无法看清该事物的全貌；脱离了事物本身，即便勉强谈出一些高论，也难免成为非驴非马的笑话，毫无价值。

人生旅途不在于经历了多少美丽时光，而在于那每个难忘时刻中所领悟到的世间真谛，这就是理解之于人生的意义。人生最初的那一小部分用来学习教科书上的知识，此后大部分的人生都用积累的知识去认识这个世界，理解使人生成熟。人生取得的每一点成果，只要得到别人的认同，人生便有了价值，理解就是人生的最终福报。

理解是成功与失败的分水岭，理解也是欢乐和痛苦的转换器，相处中，凡能够相互理解，沟通就能顺畅，交流就可快乐。遇到事情，理解了它的始末原委，就不会有什么抱怨了；与人相处，了解了他的心路历程，就能包容其言行举止。理解一件事情之后再去做这事情，就容易成功；机会摆在眼前，不知道有什么用，与没机会完全一样。事物没有好坏之分，就看怎么来理解，理解之后应当往哪个方向去引导；一张白纸空无一物，心中有了些感悟，便可以兴之所至着意地描绘出来。

万事万物都按照自然规定的那样去发展，人不可能用暴力手段改变自然的进程，只能通过理解来适应自然，进而服从自然。人的精力总是有限的，过于关注自己感兴趣的那一部分，就会无视自己厌恶的那些东西。理解天才的人都知道，在其不擅长的那些地方，会无知得近乎病态。相处中存在的问题，不管有多严重，只要理解了，就一定有解法；相处中追求的目标，哪怕轻而易举，要是不理解，仅是镜花水月。有些东西经过了才理解，更多的东西理解的时候已经经过；经过时使自己痛苦的东西，理解之后反而感激这东西。可见理解与自己有缘的事物，对于相处来说是多么重要，理解使相处的价值永不褪色。

唐朝诗人陈子昂少年时曾两次到京城长安参加科考都未被录取，他的诗文才华始终不为人知。公元684年陈子昂来到东都洛阳，在街上见有人在卖一把胡琴，要价千金，因为不知道这琴的价值，没人敢买，陈子昂却当场买下，围观的众人让他弹奏，他表示这琴值不值千金，大家不知道，所以没有什么用处。说着他随手就把琴砸碎了，正在大家惊异的时候，陈子昂拿出自己的诗文，分送给大家。于是大家争相传看，陈子昂一下子就名满京城，当年再参加科考就进士及第。无人理解真孤独，被人理解太幸福。

理解的核心含义是明白事理。知道事物本来面目的人是聪明的，知道事物在当下时空里真实模样的人是有经验的，知道怎样使事物变得更加完美的人是有本事的。有本事的人是真正理解事物的人。聪明人知道问题的答案，有经验的人知道问题在哪里，只有具有本事的人能够将问题解决好。真正理解了事物，问题就已解决了大半。只管干活，不求甚解的人，只能做个合格的工人，无法成为卓越的匠人；只管交往，不求了解对方的人，相处便不得要领，只能见面打个招呼，不能走进对方的内心世界。

作为生活中的强者，没有什么可怕的东西，只有需要敬畏的东西，也没有什么过不去的沟坎，只有需要去理解的事物。生活无比复杂，人心也善恶莫测，言辞又是真假难辨，要理解一个人的所作所为，必须耐心了解其过去的经历以及如今的需求。有心人，碰上不可理喻的事情，就会静静思考，以求领悟其中的真相，就不会对眼前的假象做出错误的解读，从而避免稀里糊涂地干出蠢事。

理解最主要的价值在于体谅。当别人的努力正在遭受无可挽回的溃败时，旁观的人唯一需要做的就是理解；当他人的生命正在承受无边无际的苦难时，隔岸的人可能去做到的仅有体谅。理解一个人今天所有的一切，都是由过往的点滴历练积累而成；了解这个人过往经历的全部，便能体谅其当下任何的一言一行。

理解和体谅就是关爱。所谓贴心人，就是容易沟通，会站在对方角度，为对方着想的人。而在相处中不愿去深入了解对方、理解对方的人，是不会在意对方的冷暖饥饱的。唯有一颗体谅对方的心，才是使彼此间的相处走上持续和谐健康坦途的实用秘诀。相处中被别人理解是幸运的，不被人理解，不为人体谅，有时候真的很痛苦。

相处都有一个从陌生到熟悉的过程，一开始相互之间大多不相信对方，交往久了，日久见人心，才逐渐了解对方，建立起互信，形成了共识，进入相互体谅的和谐状态，此时相见怕迟，心照不宣，所见都顺眼。要是两人初识，兴趣相左，话不投机，即使重逢也懒得去搭理，更不用说去了解对方了。这种相识的人与陌生人没什么区别。与人相处，只有相互理解才能彼此欣赏，互相喜爱；所谓的理解了也不会喜欢，这种说法其实有所偏颇，不喜欢一个人，只能说明自己并没有真正理解他的内心世界。

对别人好，也许是别人先对自己好；然而真心对别人好，大多是因为懂得了别人的好。对于自己喜爱的人，会去尽力理解他；同样，已经理解人，会更加喜爱他；所以，自己完全理解的那个人，正是自己喜爱的那个人。相处中的偏见，往往是因为看到了别人身上不顺眼的地方，却不了解别人与自己不同的经历，而发生的认识偏差。正如人们在市场上看到一件商品，在鄙夷那个标出的价格太高时，往往并不了解其真正的价值是多少。在理解了那个东西的价值后，再去看那个价格，怎么看怎么舒服。

相处中，被对方理解是人之常情，同样，理解对方也是人之常情。当彼此之间都能够相互理解后，交往中的一切就将变得顺理成章，所有的沟通也将一通百通。

汉代人工造在关中平原的白渠，是条重要的灌溉渠道，到唐朝时权贵们沿水渠造了许多磨房，严重影响农田灌溉。公元778年，唐代宗下令取消白渠磨房八十多座，其中有升平公主家的两座，公主去请求代宗保存。代宗表示自己想做件对百姓有利的事情，如果你能理解就应带头取消。公主回去当天就把自家的两座磨房给拆了，于是权贵们一起效仿，问题便迎刃而解。这就是理解的力量。

对别人理解越多，越能控制自己不良情绪，即便到处乱象丛生，照样彼此信赖；被别人理解越多，自己心灵创痛平复越快，即使仅有一息尚存，勇气希望依旧。

公元1841年，鸦片战争败局已定，道光皇帝为推卸责任，将钦差大臣林则徐放逐到伊犁。林则徐在途经江苏镇江时，启蒙思想家魏源赶去迎送，林则徐将自己主持编译的《四洲志》交给魏源。鸦片战争结束后，魏源在林则徐资料的基础上编印《海国图志》，发出"师夷之长技以制夷"的时代呼声，顺应当时的人们迫切了解世界的需要。林则徐了解西方世界，也期盼国人能够了解世界，在自己力尽之后将希望托付给魏源。魏源也理解林则徐，继续其事业，开启了了解世界、向西方学习的潮流。

能够被别人理解，就是人生中最幸运的时刻；理解别人，就是自己能够奉献出的最好礼物；能够相互理解，是生命中最弥足珍贵的恩赐；彼此理解是相处中渴望永恒的一切，理解万岁。

第一百一十章　止暴

与人相处礼让对方，需要有颗同情心和充分的信任感，此外还要具备制止暴力的能力。同情能提升弱者地位，以便实现平等相待；信任能消除双方心理障碍，方便彼此交往通畅；当相处中出现互不相让导致情绪失控，争执上升为人身攻击或肢体冲突的极端情况时，就急需启用停止暴力的能力，才能阻止局面完全失控，这种能力为礼让所不可或缺的组成部分，没这能力，就没真正的礼让。

自然界中万物都弱肉强食，人类至今也不能消除战争，人们在相处中亦难以完全避开暴力。然而暴力过后，相互之间的信任消失了，剩下的只有猜忌；彼此之间的同情不见了，余下的全都是仇恨。相处至此，话不投机半句多，绝交肯定是必然的结果。由此可见，相处中轻易冒犯对方是种不当行为，任意地开启暴力模式更是无耻的行径。相处中希望使用暴力来达到目的，最终由此带来的麻烦却会成倍增加。

所谓止暴，就是终止动粗平息暴力。

有缘相处的人们，既然共处在一个家园，就必须相互适应，尽量使用共同的语言，交流更多的兴趣爱好，两颗心灵因此渐渐靠在一起就会产生共鸣，就会减少纠纷，增加和解，远离暴力。有了不同的想法，应当坦诚沟通，直抒己见，相互理解，相互接受，和谐相容；要是不能容忍别人的看法，一定要用粗暴的手段强迫别人接受自己的想法，其结果无非是自取其辱或割袍断义。

明理的人都知道，买卖是双方的事，相处是两人的事情，同样都需要兼顾双方的权益。想要自己安宁，就不能限制对方的自由；想要皆大欢喜，就必须使双方得利。如果相处中的一方总是喜欢控制别人、欺负别人，贪图别人的便宜，那么，这种显性或者隐形的暴力，终究会引发矛盾甚至争端。即便对方是个无比懦弱的人，随着不满情绪的积累，也会有怒火彻底爆发的那一天，到时习惯于欺负别人的那位只有傻眼的份了。相处应当从消除偏见、抑制贪婪开始，自然而然地将暴力相忘于九霄云外。

弄些小手段，将别人握在手掌中，或耍些小聪明，占别人点小便宜……将这些相处中常见的恶劣行径消弭于无形的手段，就是止暴。但前提是，止暴是消除敌对而不是树敌。如果有人从一开始就不注意自己品行，相处过程中弄到怨愤满溢、四面楚歌时，再有通天的止暴本领，只怕也已经无力回天啦。止暴的作用主要是预防暴力的发生，相处时一方面要尊重别人，一方面也必须做好面对对方无理挑事给予回击的准备，这就需要平时注意提高对抗能力，具备了超强手腕才能阻止暴力露头的企图。止暴从和平的目的出发，不是逞强，而是被迫用武力来阻止暴力，也决不夸耀，只为达到目的回归平静生活。

止暴的核心是良知。在平静岁月中，不随意冒出来显示自己的强大，这就是止暴的良知。世界上的东西，能分清是自己的还是别人的，便可远离痛苦危险，这也是止暴中的良知；共处一块的人，不自做好坏之分，贤愚之别，则可免于争端暴力，这更是止暴中的良知；无缘相处的人，即使品行不端，看着不顺眼，自己却知道不能越俎代庖，不负有纠错责任，这同样是止暴中的良知。

暴力太野蛮，捣毁一切，留给人们的只有噩梦般的回忆，因此，出现纠纷就要尽早厘清是非曲直，有了偏见就要及时消除误会，争执一开始就应当做出礼让。善于止暴的人不需要智谋或技巧，靠智谋技巧隐去暴力仍有无穷后患，止暴唯有依靠良知，良知止消暴力才不留后遗症。相处中的竞争应是良性竞争，不是去砸坏别人的场所，而是尽力将自己的居所描绘得更精彩，这是良知在主导止暴；不去敌视连自己都搞不明白的东西，这也是良知主导止暴而起的作用，这样就可以避免无谓的争论，这种争论结果莫测，然而肯定十分危险。

暴力是野蛮的特征，野蛮是文明所抛弃的东西，在暴力与止暴的矛盾中，止暴所代表的正是文明。当人们苦于被暴力伤害时，及时出现了一股止暴而维持秩序的力量，就能成为温暖人心，打动人心的美好形象，这就是文明的力量，随着文明的不断进步，止暴的作用将越来越大，暴力倾向会越来越少，只到小到忽略不计为止。

一个人要是能够跟随文明发展的步伐，预见到使用暴力的危害，控制住自己的情绪，以真诚的语言进行沟通，就比较容易化解误会，解开心结；要是用谦虚的姿态礼让别人，对方即使暴戾成性，也无从施暴。人们在相处中难免会有矛盾交织的时候，要是双方处置不当，则很容易会有人认为受到不公平对待，当不满情绪累积到忍无可忍的程度，就想用非常规的手段来泄愤，此时暴力便不可避免地登场，于是悲剧也就正式上演了。

相处中没人喜欢暴力。实际上，一些不得已使用暴力的人，往往是被逼无奈丧失理智的人。因此共处的人更需要着意体谅那些在生活中失意的人。凡生活不如意的人，怨愤总是在日积月累中，如同干柴堆积成垛，不慎溅到火星，便会燃起冲天大火那样，怨愤无处宣泄最后总要爆发。

中华传统的艺术作品大多由众多优美的弧线所构成，很少采用棱角分明而显得有些生硬的形状，这种现象说明古人对于舒展流畅形象的喜爱，认为这就是美的真谛，渴望自己的岁月也能过得舒缓，能够享受命运微微地起伏，但不要剧烈地震荡，更害怕生命中遇到那种断崖式的下降时刻。据此，古人尚武的实质就是止暴，就是希望自己生命长卷中的明暗变化不要太大，生活中的矛盾转换可以在无声无息中完成。如此文明的传统文化，理应得到继承，让所有有缘相处的人都能够遏止住暴力的冲动。

相处中明知受到别人的误会，又无从解释，为维护共同的利益，理智地选择沉默到底的人，才是真正有力量的强者。善于相处的人绝不会让情绪左右局面。相处中的最大力量有两种，一种是暴力，极具破坏性；另一种是止暴，极具建设性。所有的相处，都应该是终结暴力的局面，否则，当结果出来的时候，相处已经不复存在了。

公元 1567 年，明朝穆宗当上皇帝后，任命成功抗击倭寇的戚继光为蓟州、昌平和保定三镇总兵官。戚继光操练军队，修建城墙设置墩台，使边防两千里声势相连十分巩固，为此后抵御北方强敌的入侵做好了充分的准备。

人在相处中要摆脱暴力威胁的困境，就要抓紧时机充实自己的学识、仁慈和勇气。止暴的力量在于仁慈的体谅，辅助的力量是勇气。相处中止暴却不需要武器，不管情况多么危急，千万不要去拿起武器，靠武器可以抵挡住暴力，却无法消除暴力。平时应当学会使用武器，那是为了熟悉武器的性能，在必要的时候快速解除其威胁。

相处中的礼让是对待对方必须心怀敬意，即便对方失礼，讲了过分话，做了过头事，也不需要计较，只需要安静一下，对方马上就会后悔的；要是忍不住而反唇相讥，或看不惯而怒发冲冠，接下来后悔的就是自己了。

与人相处矛盾总难免，要是能够礼让在先，暴力也就烟消云散，由此看来，止暴亦是礼让结出的成果。

第一百一十一章　人性

在与人相处中学会了礼让之后，就能成功主导相互之间矛盾的平衡。在相对平和的交往中，就有机会熟悉彼此的习惯与性格，当相互间的友谊达到了这种程度，相处便可以发挥出最大的作用。与万物相处需要了解万物的习性，与人相处更需要知晓人性，人性是个复杂的事物，要是对其懵懂无知，与人相处便是件十分痛苦的事情。

人性就是人之所以能够成为人的特性，这种特性以自然天成为主，也就是人的天性，这是一种不假思索的本能反应。比如饿了吃、困了睡，这就是人的天性，没有这种天性，人就无法存活；再比如趋利避害，喜欢得利，讨厌灾难，这也是人的天性，这种天性能够让人活得平安幸福；人的天性中还有着一个最特别的部分，那就是争强好胜，这种天性能够让人活得与众不同，从而获得更多的资源。人的天性一要生存，二要舒适，三要成功。

人性以天性为主，另一部分是后天形成的人性，这一部分人性是在社会生活中，在人与人的相处中，通过交流、理解将人的天性发展、延伸而来。比如人要生存的天性，使人性中有了顺从和自私等特性；再比如人要舒适的天性，使人性中有了贪婪和竞争等特性；人要成功的天性，使人性中有了善良和同情等特性。人性是所有人为人处世的自然选择，这一点古今中外都没有变化。

人类所有的道德都源自人的天性。一个人为人处世的良知本来就在人性之中，只要回归自己的天性，就知道应该怎么去做人做事了。一个人天性的觉悟要远胜过跋山涉水地去寻求人生的真谛。每一位自悟的凡人，不管其想法有多么平庸，身躯有多么脆弱，然而在生活中都具有不可动摇的意志和不可战胜的力量。

一个人的良知永远不会沉睡，一直都在检视本人的言行举止，看其是否偏离出自己天性所照耀的心田。良知会告诉本人，要是行为不端，就算赢得再多，哪怕是赢得了全世界，也照样无益。当一个人完全迷失了自己的天性时，便失去了自己，这时不管怎么看都已看不到人样了。当良知在与心灵对话时，其他所有的奇思妙想都不必插嘴，各种各样睿智而高明的建议都是不恰当的，任何反对的声音都应该噤声。因为仅有良知能够维护人的天性。

　　人性建立在顺从的基础之上。人类知道，在天地之间人是万物中最强大的生物，可以轻易地左右其他生物的生存；同时人类更明白，在宇宙天地中人是非常渺小而且脆弱的，即使人类越来越强大也永远无法改变斗转星移四季更替的自然现象；人类既然不能左右自然界的运行，便只能选择顺应自然的生活方式，服从自然的规律，以确保人类能够生存下去。顺从自然，这便是纯粹的人性。

　　人性因顺从而导向了软弱。人类在掌握了强大的科学知识的同时，珍惜与万物共存的理念也与日俱增，这就是人性的柔软；相处中越是强大的一方，越容易让利给相对弱小的那一方，面临冲突时，总是更容易选择礼让，这就是人性的柔顺。同时，软弱的人性也有许多短处，比如自己做错事情，喜欢怪罪别人，推卸责任，这是人性的自私；很多时候，为求自保，将良心藏起来，不敢站出来，不敢发出声响，这是人性的怯懦。天性犹如一棵嫩芽，可以开出鲜花，也可以结成毒果子；顺从的天性让人类得以生存延续，也为人类带来悲惨的命运和心灵的苦恼。

　　人性的实质是趋利避害。当一个人成家立业，衣食无忧，解决了生存问题之后，面对利弊祸福便有了能够做出选择的实力，这种实力使人们普遍形成了争强好胜的习性，由此好胜心成为人性的主体。人们便在好胜心的主导下过日子，对于自己没有而别人却早已经在享用的东西，总是羡慕不已；对于新生的事物，首发的新款商品尤其感兴趣，煞费苦心地想要尽快拥有；平日里有事没事，总在心里默默祈祷着，让一个意想不到的奇迹能够降临到自己身上，由此追捧得博彩业长盛不衰，财源滚滚。

　　人性中的好胜心使人们养成了好勇斗狠的弱点，这个弱点会让人永远沉浸在自以为是的幻境中，只要暴脾气一旦上来，便常常六亲也不认，有时为了争夺支配地位甚至到了不顾死活的地步，当这种人性的弱点发展到无以复加的地步时，为了显示自己硕大无朋的力量，心里只留下自己的付出，不记得别人的奉献，嘴里只说自己的好，讲出口的都是别人的坏，以致时常滑到不顾事实、黑白颠倒的泥坑中。人性的好胜具有十分鲜明的两面性，一面是自强不息，发展壮大；另一面是灰头土脸，文明倒退。

1633 年，年逾七旬的伽利略，因其科学理论与神学相悖，被罗马教廷勒令前去受审。伽利略在罗马私下向老朋友抱怨，对如今同行好友们都随风倒地来反对自己，感到十分不理解。那位老友对伽利略说，你对人性的了解远不如对天体的了解，你的名声盖过了同行所有人，这就是原因。自己小时候看见一群小鸡狠命围啄一只浑身是伤的小鸡，感到非常惊异，我妈说，鸡和人一样，只要发现一只比较出色又恰遇麻烦，就群起而攻将它整死。这个故事说明，人性原本好胜，因而见不得别人胜过自己。

人性好胜渴望成功，然而实践结果表明，缺失了善良的努力是不可能成功的，即便侥幸取得，也会因为有名无实而朝不保夕，或因德不配位而度日如年。人要成功只有自己努力这一条路来得牢靠，然而人的能力又实在太有限，真正的成功还是需要有贵人相助的。当自己弱小的时候，先要去帮助别人成功，从中自己也摸清了成功的门道，拿到了成功的入场券；当自己能够自立的时候，要让周围的人先行一步获得成功，当邻居都富起来的时候，自己就算不想成功也不行了，由此可见人性中必有善良。

善良在人性中的地位坚不可摧，善良也是人所特有的高贵品质。没有人性的善良，便没有文明的世界。善良就是万事万物的道理，万物自然的成长，事物天然的道理，没有不是善良的。人要捍卫自己在万物中的地位，就要善待万物，没有了万物的世界，孤独的人类是无法自保的；人要有价值地生活着，就要善待有缘人，如果不会和别人相处，就算自己与众不同，也没有人会来看一眼。善待自己生命里的一切事物，就是善待了自己，这就是理由，这就是人性。人生遇任何问题，请教一下善良，便一切释然。生命中，只要还记得善良，那就不会迷失本性。

曾有个歹徒抢劫未遂，便劫持一名五岁女孩做人质和警察对峙。谈判专家赶来交涉无效，危急关头发出暗号，当狙击手枪响的同时，谈判专家猛然起身，兴高采烈地高喊道，演习结束了，同时上前几步抱起女孩，一面连连夸奖她勇敢，做得真棒，一面快速跑离现场。在场媒体见状心领神会，为了不让这恐怖的场景在那幼小心灵中留下阴影，集体选择失声，好像真的什么事情也没有发生一样。这就是人性中的善良，不需要沟通，更不用表决。

人类凭借着人性中的善良，用自己心灵的温度去感知外部世界的冷暖，用双手打造出了由人共处的社会，以及由万物共生的家园。然而人性由好胜为主，造成贫富差距始终存在，于是人性在善良之外又多了一分同情。

人的心理活动是容易忘却快乐的体验，对痛苦的经历却印象深刻，相处中见别人蒙受灾难，害怕今天不出手相救，哪天自己遭灾时，旁人也会袖手旁观。人性中的同情就是对苦难的感同身受，这就是人性的暖意热度。

人性是自然天成的，同时也是一个运动的多面体，失掉一部分，人的性情将会大变样，也难以适应当下的时空世界，人性若停留在某一个面，同样也不能长久。

人之所以能够成为人，就是因为有了人性。要是人没有了顺从的智慧，没有了好胜的自强，没有了善良与同情，人和野兽就没有任何的区别了；同时，人性中的卑劣和贪婪以及无耻和虚伪，也使人永远无法成为神。没有人性等同于野兽，只有人性还当不了神。

第一百一十二章　反省

与万物相处，首先需要平等相待，其次应当尊重对方，再随时做好礼让的准备，最后还必须学会反省。不识庐山真面目，只缘身在此山中。人在与人相处的时刻，有没有失礼、失态或者失策，这些差错临场不一定能发觉，事后察觉到不小心伤了人，就要及时加以弥补。要是明知自己有错在先，也不愿主动向对方道歉补偿，抑或压根儿就不知自己错，那就不用再指望能与人正常交往了。

人的天性决定了人不是神。人既然不是神，在与人相处中犯点错，也是符合人性的，然而要是始终不改，那也是不符合人性的。人性以好胜的心理状态为主，总想一切都能胜人一筹，总是坚信自己正确，别人都错，功劳都归属自己，责任都由别人承担，然而伴随如此行径的后果往往是罪恶和失败，只有悲哀相随，永无解脱之日。

曾经有人向同事抱怨，说新来的邻居喜欢半夜来按自家的门铃。同事建议报警，这人却说，才没时间去理睬他，权当新搬来个神经病，只管自己赶时间练钢琴，过些天可要考级了。生活中如此唯我独尊心中装不下别人，眼里看不见别人的人，需要抓紧时间学会反省自己了。

反省就是回想自己的言行，检视其中差错。相处中的反省特征鲜明：只审视自己的过失，绝不去议论别人的错误。反省只涉及自己的缺失，不针对别人的短处。

美国作家马克·吐温有句名言："人类是唯一会脸红的动物，或是唯一该脸红的动物。"脸红就是知道惭愧，只有先认识到自己的失误才会有愧疚的感觉，这就是反省。野兽没有智慧，不懂得是非对错，不会反省，也就不会羞愧；人有智慧，有贪婪和爱耍小聪明的毛病，就会犯错，就应当自我反省，让自己的心灵回归宁静。

照过镜子，人就能够以自己最完美的模样，出门去见人了；经过反省，人就可纠正错误，让自己为人处世都做到极致。人在相处中，能够克服自己的短处，就能赢得周围所有人的尊重；生命中，能够问心无愧地安然入睡，清晨醒来便一定是神清气爽。不管旁人对自己怎样褒贬不一，每次经过内心严格的反省，在确认自己言行无误之后，就会更有信心去做个向往的自己；无论岁月顺逆，还是命运沉浮，只要愿意自检，时常反省，人生就不用再去折腾什么，也不会再有什么事情可以后悔的。

对自己的美丑漠不关心的人，从来不愿意照镜子。生活上不加检点的人，只顾争夺，才不去管是否在造孽；这种人过日子只管享乐，从不计算盈亏平衡。不懂反省的人，不清楚自己在什么地方，只知道一味地往前闯；不知道敬畏，也就不感觉到危险；从不反省的人生，越是顺利就越掉价，越是成功则越凶险。当一个人发现自身问题，惊觉出轨，才有回归正途的可能。反省自己的错，是对生命的尊重，对可耻行为进行救赎，是对生命的拯救。知道反省的人，总是坚信自己做得还不够好，还会不断地找问题，因此经常反省的人都是为人处世最成功的人。

人没有十全十美的，只要是人就难免会犯错，这一点无法回避。人时常会在坏习惯的牵引下，在不知不觉中犯下错误。人的身体不舒服了，会去找医生解决；人身上的缺点自己不容易察觉，由此对别人造成了不舒服，自己还浑然不觉，殊不知危险已经在悄悄临近。当自己在调侃别人的破绽时，自己身上的破绽却也正在偷偷地戏弄着本尊。还有些人明知自己有错，却不愿担责，推说什么此一时彼一时，等等，总之就是不准备改的意思。

人都会有错，区别在于是否愿意反省。不愿意反省的人，总想躲避或绕过自身的过错，然而其后果却总是错上加错。一个人想要通过提高噪声分贝的做法，让人听不到优美的旋律，这本身就是荒唐的举动，无论效果怎样，结果肯定被仲裁官打个叉。愿意反省的人，总会不断校正人生的方向，争取多纠错，少犯错，尽量回归正途，随着时间的推移，便会收获更多的认可、更多的信任。

错误绝大部分都是在过往的时间里所犯下的，想要现在纠错，或不想再重犯，就必须通过反省。反省最有效的做法就是以别人的举止来对照自己的言行，这就如同照镜子，从别人的身上将自己过往的错误显现出来，这才会知道怎样去纠错，怎样去避免再错。要是长时间不去照镜子，就不会知道自己究竟脏成了什么模样，同样，老是不反省，就不会知道自己现在已经有多么惹人讨厌。

反省是与人相处的一种境界，能反省的人方能有自知之明。对照别人反省自己，见别人身上有美好的地方就向其看齐，看到别人身上有不顺眼的地方就检视自身，这就是反省的境界；听到别人赞扬自己，感谢与谦虚是懂礼貌，同时不应忘记反省一下这些赞扬话，每个字自己是否都能相配，要是不配的话还要努力，要是配得上更需要继续努力，不能让人失望，这更是反省的境界。

反省的重心在于纠错，要是认错时很主动，纠错却延宕，反省便会因为失去重心而跌得粉碎。聪明有余的人，在相处中容易发现别人的短处，总是为此着急，老想着怎样去改变对方；足够睿智的人，都有自知之明，总以自己的不足为耻，急盼提升自我能与别人平等相处。自己有缺点看不见，别人却看得清清楚楚；去认识自身的不足，是做任何学问的诀窍；承认所犯下的错误，是实现自救的第一步。不愿意纠正错误，那么反省不反省都一样。

与人相处时，相互之间最大的快乐在于自己的缺点能够及时得到纠正，自己的错误可以侥幸得到补救。一个人不必抱怨自身的形象遭到别人扭曲，形象之所以扭曲恰恰在于自己不懂得反省。睿智的人从善如流便可少犯错误，善于反省的人有自知之明逐渐自我完善。懂得自我反省的人，与人相处从不计较别人为自己做得太少，只在乎自己为对方做得是否足够的多。懂得自我反省的人，正是相处中的行家里手。

与人相处成功与否，责任在自己，不在别人。如果不小心弄伤了对方，自己还浑然不知，彼此间的相处就会陷入窘境。因此，在与人相处之前先要学会反省，这样就能在相处中不间断地进行自我反省，及时校准相处的方向，因为相处中一旦错失了方向，便很难再找补回来。

相处中回归正途非常重要。善于运用反省来完善自己的人，能够不断改变别人对自己的看法，使抱怨的声音越来越小，认同的感觉越来越深。善于运用反省来看待错误的人，看到别人犯错不管大小都能原谅，明白自己犯错则会毫不犹豫向对方道歉，懂得反省才能回归正途。

晚清统治集团在鸦片战争失败后，逐渐认识到与西方的巨大差距，从1861年起开始了一场学习西方的自救运动，史称"洋务运动"。二十年后拥有了自己的海军和军工业，近代工业和民办企业也已初具规模，缩小了与西方的差距。反省可以让人从迷失中重新找准方位。

人难免经常犯错，而犯同样的错，别人将很难忍受。不懂反省的相处很难得以持久维系，不会反省的心灵最终将面临崩溃的危险。没有价值的生命，在于良知的泯灭；没有价值的相处，在于反省的缺失。良知的反省最为艰难。

曾经有家电视台，推出过一档名为"只要真相"的娱乐节目，承诺只要面对观众和测谎仪如实回答关于自身的 21 个简单问题，便可以获得一笔丰厚的奖金。节目推出后风靡一时，应试者很多，然而该节目自始至终却从未有人获奖，到后来敢于上台的越来越少。原来每个人的往事都有"不堪回首"之处，对于自己曾经做过的那些见不得人的蠢事，真的实在难以启齿。由此看来反省也是一种隐私，需要静悄悄地自检，自纠。

反省正是这样悄无声息地在相处中做好自己，以保证双方利益的最大化，使彼此共处的家园其乐融融。

第一百一十三章　慎言

懂得反省的人，与人相处必然会逐渐得到别人的认可。然而反省毕竟是犯错之后的补救，错误总会使所有相关的人留下不愉快的记忆。因此一次再成功的反省也不如先前本来就没有犯错来得完美无缺。在相处中主动争取不犯错误，要比懂得反省被动纠错更为重要。

少犯错误或不犯错误需要从谨慎做事开始，先慢慢适应，然后才会一帆风顺；要是随性而为，感觉爽快，随之而来便是差错频出，越发难以收拾。与人相处，重点在于沟通交流，怎样使用语言便成为相处的基本功。俗话说，一句话能把人说得笑，一句话也能把人说得跳。可见语言对人的影响有多大，掌握说话的技巧有多重要。

任何时候只要与人相处，说话务必十分小心，这就是慎言。每一个人了解的事物的确是不少，然而不了解的事物更要多得多，对于不了解的事物随便置喙，任意描述都一定会闹出笑话来，因而在相处中讲话略少而沉默偏多应该成为一种常态，这就是日常生活中的慎言。

语言是人们相处中沟通交流的主要工具，语言的精准产生出力量，言辞的简练呈现着美丽，为人处世理当熟练掌握慎言的本领。慎言首先应当和颜悦色地陈述。仁慈的面容，温柔的谈吐，使人感到温暖，容易使人接受；慎言的重点是注重内容。该说真实的话、舒心的话、认同的话、鼓励的话；绝不要讲虚伪的话、轻浮的话、斥责的话、泄气的话。慎言还要切记，必要的时候一定要闭紧嘴巴。当自己已经无话可说的时候，切忌再开口；彼此忌讳而说不得的事情，哪怕已经如鲠在喉，也要免开尊口。

一个人为人处世是否始终能够慎言，对其人生的成功与否起着举足轻重的作用。生活恰逢沉默时，往往有品学上的进益之喜；生命每到嚣张时，常常是应者寥寥诸事不顺。与人相处，对隐私能够守口如瓶，就是在为相互信任投保；笨嘴拙舌，被认为愚钝得到原谅，被视为平庸而收获同情。岁月中最终选择了慎言的方式与人相处，也就等于选中了平静的生活，选中了有价值的人生。

与人相处中，说话既是沟通交流，也是人品的展示，更是德行的修炼。要是不懂慎言，必将随时引发误会，相见就会变得很难堪；要是不能慎言，由着性子信口开河，就得不到信任和友谊；要是不顾慎言，口无遮拦一路狂奔，最终将被怨恨所吞没。慎言是成人的责任，也是为人的理智，更是做人的快乐。慎言是心灵的敬畏，杜绝一切管控别人的念头，不用天理良心去要求别人。经过慎言处理之后，说出来的话都是体贴而又体谅的真实描述。

俗话说一语折尽平生福。说的正是慎言的重要性。

慎言的核心内涵就是考虑周详之后才可以开口。讲话如实表述并不难做到，然而要做到用词恰当、条理清晰、逻辑通顺、议论完整，难度就比较大，这需要把讲话和思考有机地结合起来。首先是有空的时候要慢慢地想清楚，需要的时候才可以侃侃而谈；其次是对于那些还没有来得及想清楚的问题，不要轻易开口表态；最后一点，讲的时候放慢语速，以便快速回想腹稿，尽量讲完整；说话不假思索，脱口而出，就像射箭没有靶子，管它会射中什么东西，这绝不是慎言，而是彻头彻尾的胡言乱语。

一个人学会说话很容易，而要学会沉默却很难，要想学会慎言更是难上加难，有些人只怕需要用一生的时间来学习慎言。要想说得好，就要多思考，每次多思考一遍，说话的质量就会翻倍；提升语言的质量，降低说话的音量，语言的效果在于高质量和相对的低音量，声嘶力竭让人烦躁，喃喃细语容易引人入胜。思路缜密的讲话方式：可讲的真事如实说，道听途说的事不说，在做的事情做了说，没做的事情以后说，损人的话绝不能说，鼓励的话随时都说。急事大事慢慢地说，隐私丑事在心里说。总之该说的说，不该说的不说，不然的话，生活必定乱套。

公元 1079 年北宋神宗年间，湖州太守苏轼因不满意王安石的新政，常在诗文中写进很多牢骚话，为此触犯忌讳遭到弹劾，监察机构的差役赶到湖州衙门，就像赶鸡狗一样把苏轼拉上船，押到京城关进大牢。后来在王安石出面讲情，太皇太后干预之下，神宗才将苏轼作降职处分。这就是轰动一时的"乌台诗案"。此后苏轼诗文的风格大变，不再有先前的豪放超逸，而转向从大自然中去感悟人生。生活总是教人考虑周详之后再去表达自己的想法。

慎言的关键在于管控住自己的嘴巴。明白人，生怕招人误会，总是把嘴放置在心里；糊涂人，喜好喋喋不休，却将心丢弃在嘴巴里。管控嘴巴在于陌生场所尽量少说，轻声说；管控的要点是学会在需要噤声的场合保持沉默。在大庭广众中保持沉默可见识很多新的东西，学会许多独处时学不到的知识。公众场合不会管控嘴巴，喜欢插嘴，习惯于夸夸其谈，不仅使人反感，还会成为笑料。

慎言就是讲有想法的话，讲有意义的话，也就是应当管控住所讲的内容。话必须经过核实准确无误后才能讲出口，如果是没有把握的话，就尽量不要说。需知一旦说出口的话，是无法再收回来的，到时就算承认口误也无济于事，只因好事不出门，坏事行千里，哪里还追得回来呢？此外，相处中弱势的一方必定话语权比较小，理应管控自己说话的时长。还有，不管是谁，都应当管控自己说话的态度，无论何时何地，歇斯底里发脾气都有害无益。

语言应简明扼要，意思表达清楚后就赶紧停下。人无论贤愚贵贱，都挺喜欢说话，只可惜大多数属于空洞无物没意义的话，说了跟没说差不多。能让人留下深刻印象的华丽言辞，则像浅海中闪闪发光的珍珠，寥若晨星，生活中睿智而深刻的言辞大多简短。戒除废话，应当先从想清楚讲话内容开始；然后请记住，尽量少讲话，无的放矢的话，讲多了就容易出错；最后要明白，即便说漏了嘴，要是说到一半能够及时打住，便留下了转圜的余地。

相处中的语言，除了关心问候外，其余都是为了今后的行动，而精练的语言更适合用来行动。动听的言辞像花朵，行动的成效像果实，花开得过于繁盛，果实就结得稀疏；华美承诺如烟，埋头苦干似火，烟太浓烈火就烧不旺，火熊熊燃烧起来时烟便散去了。行动是要看最终的效果，如果事先话语太过于惊艳，就会掩盖了行动成果的光彩，因此，谨慎的言辞比鲁莽的承诺要有力量得多。

慎言既是理性支配语言，同时也是语言在支配理性。慎言可让人认真想慢慢说，心情平复重归理智，事后还能平和审视自己，这种反省可说是慎言的额外收获。

与人相处时喋喋不休的忠告令人生厌，无礼的非议、讥讽更没人愿承受，这就是失言，造成严重后果便割袍断义，这就是失人。平静岁月中的沉默是常态选择。

不小心说错一句话，接下来为圆谎需要编造出更多谎话；谎话重复多遍，自己也会深信不疑；相处中错上加错，铸下大错，大多由祸从口出，言语不慎所造成。

动物经过自然的最终选择后，都可以闭上嘴巴却不能自行合拢耳朵，不遵从这项自然法则的生物，都在进化过程中已经被挡在了动物界的门外。作为万物之灵的人，更应当熟练运用慎言的技能和掌握耐心倾听的本领。

第一百一十四章　倾听

　　学会反省的人方能与人和谐相处，懂得慎言的人在说话前会静下心来倾听对方的想法，倾听过后肯定会有所进益，当内心充实了，才会有勇气去说出自己的想法。心灵之于慎言与倾听就如同钱币的两个面，虽然界线分明却谁也离不了谁。与人相处中，没有倾听就不确定应当说些什么，不懂慎言的人根本就不愿去听别人在说什么。

　　世间所有的事物都有其自身美妙的那一部分，然而这些美妙的东西并非每个人都能有缘见识到，唯有善于倾听的人，方有可能使自己变为一部百科全书。当下互联网发展神速，海量的信息席卷而来，令人目不暇接，让人根本无法静下心来倾听。人们说得越多，听得就少；交流得再多，沟通反而越少；插话滥多，相互理解的却越来越少。得到的多而享用的少是一种贪婪；抢着说而不愿听也是一种贪心。不愿倾听的心灵将会渐渐变得麻木不仁。

　　倾听和聆听大致相仿，都是认真听的意思，唯一的区别仅在于肢体的语言。聆听那是全神贯注纹丝不动，倾听则是侧着头凑近了听。倾听可以使讲话的人感受到一种受尊重被认同的感觉，更适合于相处中的心灵沟通。

　　倾听隐含着鲜明的肢体语言。倾听不仅用耳朵聆听对方的言语，还要用心去表露出非语言的信息，倾听因此具有了便于相互沟通的艺术特性。倾听所隐含的肢体语言，明确告知对方就是这次对话的主导方，自己正愉快地享受着那种与君一席话胜读十年书般的奇妙体验。于是倾听不会插嘴不会反感，更不可能去向对方提出质询。倾听就是一种相处中让对方充分表达自己想法的极佳方式。

　　人类文明的一切精华尽在书籍中，只要愿意研习，都可以成为自己的知识；万物的声音是其暴露在外的特性，能够有缘倾听，便是自己生活的一部分。相处中能够倾听对方的谈吐，就可以慢慢知晓其兴趣爱好、性格特点；共处论事耐心倾听别人意见，有理就照办，理亏就搁置，不用争明白。倾听可使人快熟，倾听能够让人丰收。

最深厚的友谊是那种双方都不用多说话，仅靠默默相对，便能够心心相印的好朋友；最佳的交流和沟通模式是彼此都愿倾听，润物细无声般，使两种心声畅通交会相融。别人的鞋子，只有别人自己的脚才知道舒服不舒服，一旁的人是看不出来的，鞋匠要想为其做些调整，唯有倾听述说才能了解鞋子究竟紧在了哪儿。为人，各人有各人的活法；处事，各人有各人的做法。要想活得更精彩，做得更完美，就要借鉴别人的生活经验，于是倾听便成了相处中最好的反省和学习机会。倾听的巨大作用就是能够让自己不断得到反省，不断得到学习，不断得到完善。

倾听的前提是尊重对方。要是轻视别人，就不可能静下心来听其说话，即便对方在说，也是充耳不闻，听不进去的。人性都好胜，每个人都喜欢抢着说话，争着说自己的事情，炫耀自己的能耐；心平气静，侧耳倾听别人述说其事，耐心听不分心不插话，这才是有教养。善于慎言的人，肯定受别人的尊重，同时赢得更多的朋友；善于倾听的人，无论顺境还是逆境，都能得心声，获真传。

善于倾听是表示尊重正在讲话的人，而且很在乎。再完美的人也会有以往的伤心之处，只是不愿提起罢了；再不堪的人也会有曾经发光的瞬间，并且时时挂在嘴边。耳朵是沟通心灵的通道，如果能够有足够的耐心，去尊重相处的对方，倾听就会就带着我们亲临每一处我们未曾到过的地方，浏览那迷人的风光，体验那醉人的时光。随意打断别人讲话，那不是倾听，也不是尊重，而是冒犯；无休止的强辩，会让人不知所措而无法继续陈述，那潜台词表示对方的话已经听腻了。打断别人讲话和无休止的强辩，都不合相处礼仪，是倾听的大敌，理应予以戒除。

倾听的重点在于认真，没有一颗静下来认真听的心，便不成其为倾听。注意力高度集中，是进入讲述者内心世界的唯一秘诀，万物发出的绕梁之音，仅有凝神静气才能领受到。在这朦胧的天地间，在这喧嚣的尘世间，在这静谧的星空下，在这有缘相处的每时每刻，都需要静静地耐心地倾听，才能领悟到生活的真谛。看看四周就会发现，凡生活中的强者，无一例外都是善于倾听的高手。

别人对自己讲的话必须认真倾听，正确的要接纳，善意的要致谢，其余的一笑而过，这样生活就能平静，岁月便可无悔。如果不愿倾听，甚至根本就不想听，机会将和自己擦肩而过，灾难就有可能与自己迎头相撞。

一个人的心在哪里，他的宝藏就在哪里；一个人正在倾听着什么人在说话，他接下来的收获就在这句话里面。善于倾听的人，总是引导鼓动别人谈论他们自己，这也正是对方对此类谈话的兴趣之所在，因而描述总会比较完整和准确，倾听这样的话就像水流向低处一样，非常自然，也相对比较容易，对倾听一方的借鉴作用也最大。

沟通交流的成效，不在于双方一同说了多少话，讨论多热烈，其关键在于倾听，在于接听的那一方能够理解多少，最终接受了多少。每个人的智慧都有限，常常都会显得有些顾此失彼，穷于应付。所谓的智者，往往都是集思广益，善于倾听，善于选择其中妥善的想法，用于处理自己事务，因此在外人看起来，其智慧好像是川流不息，永远也没有穷尽的时候。其实这些都是倾听的功劳。

倾听是一种神奇的力量，善于运用倾听这项利器的人，似乎可以变得无所不能。再挑剔的指责声，也会在静静的倾听下，无以为继，沉寂下来；再荒谬的雄辩者，也将在耐心倾听面前，招架不住，败下阵去。注视就是对其他的东西视而不见，倾听就能对无关的杂音充耳不闻。在各种喧哗的声音中，保持着自己内心深处的沉静，就有可能从多重杂音中甄别出那不同寻常的天籁。人能够弄明白自己原来不懂的事物，就是因为反复倾听了从多个不同角度观察这事物之后的不同描述。

与人相处时，如果对方特地赶来相劝，一定要非常认真地倾听。这种时候往往是自己人生得意的时候，已经被眼前的美景所迷惑，而实际上恰恰是自己正处在失控的边缘，在这种时刻能够倾听善意规劝，便有可能重新把握住自己的人生方向。善意的言辞有着不可思议的强大力量，要是善于倾听，必能牢牢把控住自己的幸福岁月。

共处于共同家园却不愿意倾听的人，是不可救药的人；与人交往中被阿谀谄媚所包围，根本无法倾听的人，其生活便不可收拾。相处中愿意广泛倾听，善于择优的人，肯定要活得比别人轻松些。

倾听可以使友谊加深，倾听能够使相处纯净，倾听可能让生命出彩，倾听必然让岁月安宁。

第一百一十五章　知耻

懂得了反省，一定也懂得了慎言。经过反省，人们还会发现相处中有许多不恰当的言行，会或多或少地影响彼此的友谊。对于这些言行，只要自己能够独自一个人静下心来，稍作一些回想就会让人感到羞愧，细细想来甚至还会陷入无地自容的地步。

这些不当言行，都有个显著特点，即见利忘义，也就是见利起意。正如人见到有好处，便不管可不可拿，也不顾规则约束，心心念念就想快点到手，结果被人喝止，受到一番羞辱后收场。比如见人遗落东西，故意不声张，等人走远，占为己用；或者那人惊觉丢了东西，回头来寻找时，将失物藏起，不肯归还，如此行径当属可耻。

所谓知耻，就是指一个人尚能分辨善恶，还能及时在是非的分界线上止步，从而避免滑向罪恶的深渊。

一个人的善恶之心，是与人正常交往的基础。但凡正常的人，是绝无可能去和一个不知羞耻的人有所瓜葛的。其原因不仅仅是彼此之间找不到任何共同语言，更要命的是一旦与这种人扯上关系，那么自己也肯定连带着一块儿名誉扫地，难免被所有正直的人排斥。人知道羞耻，说明其做人的信心尚在，做事的勇气尚存；要是一个人连自己的脸面都不要了，那么这人便真的无药可救了。

一个人在日常的为人处世中，有时候做着、做着，突然感到周围投来异样的目光，发现相处中沟通的声音越来越少，便会不知不觉地反省自己的所作所为。当察觉自己已经做了不该做的事，说了不该说的话，就会感到难为情，见人就会脸红心跳，然后默默地快速纠正，将自己在别人眼中的形象重新修补一新，这就是知耻的作用。

知耻还有许多用处。首先，人们知道一诺千金是很难做到的，常常因为外部条件瞬息万变，使人心态失衡，不愿兑现承诺，这种时候与其奢谈什么契约精神那些全都没用，唯有知耻才能起作用，凡知道还有羞愧在前面等着自己去忍受的人，是无论如何也要信守诺言的。其次，在贪婪的障眼法影响之下，人很难约束住自己的欲望，这时同样也只有依靠知耻来抑制蠢蠢欲动的贪婪，当一个人知道去损害国家利益、团体利益、他人利益是种十分可耻的行为时，不需要规则来约束，自己打心眼里就不愿去做这种令人蒙羞的丑事。知耻就是人生品德修养的底线。

明辨是非分清善恶，是知耻的先决条件。相处中最大的危险来自黑白不分是非颠倒。要是不注意反省，不尽快解决这个问题，那么当自己做了过分事情时，就会不以为耻反以为荣，一路错下去；当别人做了出格事情时，不仅不去规劝，还会有意纵容献媚，甚至参与其间，以期也能分到一杯羹。与人相处，分不清善恶对错，其危害程度要远大于一个人独处时，因为同流合污威力更大。

是非不分的人，时间一长就会失去理智，逐渐变得恬不知耻。是非不分的人只是稀里糊涂做了错事，而恬不知耻的人做坏事是有意而为之，做了坏事不愿承担责任，一股脑儿推到别人身上，或者试图寻找歪理加以搪塞，妄想蒙混过关。恬不知耻的人更有个可怕的地方，就是这种人为所欲为，自认为没有什么事不可以做，以致共处的其他人对他防不胜防，视其为另类，避之唯恐不够远。

知耻就是一个人自始至终不迷失自我的过程，人在相处中最容易迷失的就是自己。人性好胜，在相处中一旦自认为吃亏，好像不把这口气争回来，就会被对方认定自己好欺负，于是怨恨便会慢慢积累，结果失去理智，与对方撕破脸对干起来，到此时这人便迷失了自己，忘了自己是来这儿干什么的，也忘了为什么与人相处，更加忘记了羞愧。因此，知耻就是在即将失去理智的时候赶紧停下，换个话题，换种想法，以避免开启争端，因为只要争端一开，最终输方必然要离去，彼此相处也就缘尽而止。

迷失自己的人，进入名利场中，便不管不顾地由着性子胡来，像一个醉心于追逐自己影子的顽童，无论过程长短，心情怎样，最后肯定以跌倒收场。

迷失自己的人，把流言当真实，将谎言越传越离奇，以致到头来自己都对谣言信以为真。迷失自己的人，盲目迷信一件事物，顺着情理而入，逐渐偏离情理，最终沉寂于不见情理的海底。迷失自己的人，见别人做坏事，选择袖手旁观，从默许到习以为常，最后自己也染指于不义之中。不知羞耻的人迷失在是非的漩涡中，身不由己地被吸入不堪的深渊。

知耻本是为人处世的底线，知耻理应成为一个人自身品德修养的围栏，如果没有知耻的看护，人就无法在特殊的时期保持住操守。鸟类的羽毛承担起了它们全部的美丽，人心中的知耻聚拢起自身所有的崇高品德。人缺少了知耻，就会被狠毒、卑劣等丑陋的品质快速将自己堆砌成令人厌恶的模样，就像鸟儿缺失了羽毛那样的丑陋。

人知耻便很容易坚持操守，这样的人言行举止优雅得体，看着哪儿都感到舒服；与之交往，说出的话都是用别人听得懂的语言；与其交流，所提出的观点别人很容易就能接受；知耻的人总是人群中最温暖贴心的那一位。人要是不知道羞耻，内心世界将变得一片漆黑，丑陋的东西便渐渐滋生出来，当残暴最终把仁慈逼走后，这个人便成为共同家园中真正的麻烦制造者。这种人即便高贵富有，相处中遇别人有急难，也绝不肯出钱出力，认定别人的急难都与己无关；然而当有利可图时，则不管亲情，不顾友情，只要能获利，便放下手中的一切，急忙迎上前去。

相处中有种常见的不知羞耻的行为：某人当众提议定立一项规则，要求大家遵守，同时自己却左躲右闪，穿后门翻围墙使自己成为此规则的例外，最终大家才弄明白，原来此人的规则只为束缚住大家，好让其为所欲为。这种双重标准的勾当，是始作俑者被孤立的重要原因。

双重标准是相处中常见的一种不知羞耻的行径。犯双重标准病的人，对别人颐指气使，随意斥责，还不容辩解；而别人说他不是，就暴跳如雷，听不进一星半点儿。生双重标准病的人，遇强横遭人欺负时，一副可怜相；逢弱小凌辱他人时，变身凶神恶煞。患双重标准重病的人，明里为穷人说话，骂富人不是，收获好名声；暗地里却只为富人办事，从不过问穷人困厄，得实惠好处。对于这种病人，不论病史长短，只须一味知耻药，药到病除。

人生在世，做人做事理应实实在在，顺境中勤勉劳作自强不息，不要幸负了盛世年华美妙光阴，不要忘了还有需要帮助的人；逆境中越没人爱越要自爱，即便家徒四壁也不存非分之念，无论怎样借口堕落不可原谅。总而言之经常反省，可让人免于重复犯错，免受羞辱难堪。

公元 1752 年，清朝乾隆年间，名士秦涧泉考中了状元之后，与诗友们一同游览杭州西湖。在岳飞墓前大家见到秦桧夫妇的跪像，众人便和他开起了玩笑，说你也姓秦，一定是秦桧的后裔，在这儿你作何感想。于是秦涧泉当场写下名句："人自宋后羞名桧，我到坟前愧姓秦。"

做人做事，理当清醒，令人蒙羞后悔的事千万碰不得，一朝染指后患无穷，往近了说会声誉扫地，无脸见人；往远了说还要贻害子孙，让自己后人抬不起头来。

第一百一十六章　自控

　　人的一生，就像是在走钢丝，一不留神就会掉下来。轻者被人耻笑一番，重者受伤留下心理创伤。要想走得轻松自在，就要平心静气、保持平衡。然而真走在上面时才知道，事情远没有这么简单，周围的一切是千变万化的，心情怎能静得下来；更何况身体虽然是自己的身体，但是在这摇摇晃晃的钢丝绳上，要随时随地控制身体，使两边重量保持相等，真是谈何容易。

　　人生的目标如同远处的山峰挺立不动，到达目标的路径则像弯弯曲曲的小溪。路径的弯曲是因为需要绕过障碍才能迈向目标，而绕行的方向必须始终指向目标，这就需要行者同时具备辨识方向的能力和选择采用何种方式避开障碍的智慧。人生本来就是一场追求幸福、享受快乐的行动。行动中遇到困难，就要想办法克服；出现问题，就要动脑筋解决。克服困难和解决问题，这本身就是整场行动中的一个重要部分，如果有困难不去克服，有问题不想解决，行动将会面临夭折。

　　自控是人生决定自身安危的一种能力。人在受到挫折的时候，不能控制自己的愤怒情绪是危险的；人在名利堆满眼前时，不能控制自己的贪欲会失去平常心；人在功成名就富贵时，不能控制独享的私念会相忘于江湖。一个人具备了自控能力，便拥有了当下的平安时刻，一个人若失去自控能力，就不用再去指望幸运会降临。

　　自控是一个人对自己心灵的自我掌控和对自身言行的自主把控。人必须提升自己的品德修养，具备是非对错的辨识能力，才能逐步建立起自控机制，提高自控水平。自控应当从自己的内心开始，只有先行掌控住了自己内心，才能进而把控住自己言行。没有及时掌控住自己的内心，就会从假装开始，结果弄假成真；或者从恶作剧开始，不由自主把一切弄得一团糟。一个人在众人心目中究竟留下怎样的形象，完全取决于这个人自控水准的高低。

生活中，习惯比智商的作用更大，即便天资不高的人，只要养成好习惯，一样能够衣食无忧；人生中，自控力比学识意义更大，就算没有满腹经纶，仅凭借自知之明，照样到处受人敬重。量入为出才会拥有财富，节制饮食才能得到健康，抑制情感才可通情达理，管控心境方能幸福快乐。岁月中，不具有自控能力的人，始终无法享受到生命中的自由，永远只能是一个被命运嘲弄的奴隶。

自控是生活中一个强者的根本技能，掌握这项技能的人就能过上自己理想中的生活。人的心情随着身外世界的变化而改变，人的心情决定了自己的表情。没自控能力的人，前后面对相同的一件事情，会说出不一样的话，做出不一样反应，这种人成功是一桩偶然碰巧的喜事，挫折才是一种常态。自控也有两面性，人能够自主控制心灵的自由，便能使自己的身体自由自在；同样，能够有效控制住自己的身心，就能实现心灵的自由自在。生命中，自己的路自己修，自己的归宿自己找，塑造依靠自己，损毁责怪自己，具备自控的人，才是真正地潇洒走一回。

自控的核心是理智。自控是一种取舍，是在当下想要的东西与最终需要的东西之间做个选择。这种选择题不必请别人来指教，只需静下心来，倾听自己内心深处那理智轻柔而不停息的召唤，就会醒悟。自己到底要什么，这个问题想明白了，人生便能够回归理性，重新实现自主控制。人在相处中能够用理智适当地控制住自己的情绪，必定能增加收益而减少损失；如果放任自己的情绪随处泛滥，则将后患无穷，后悔不尽。

善于自控的人，通常在理智归位后才开始行动。理智是自控的尺度，没了理智，做了会错，不做也错；缺失了理智，往左会败，往右也败，具备了理智才能收放自如，左右逢源。与人相处最应该控制的是自己，最难控制的也是自己。如果能有效控制住自己的身心，约束住非分之念，束缚住不良情绪，那么相处时就没有什么会失控。

人生保值主要依靠自控，善于自控的人生才有价值，善于自控的生命才会不断增值。人生每次成功都来之不易，然而所有的成功都无法与战胜自己相比肩。人不能自控，哪怕仅仅只有一小会儿，也会使自己的东西得而复失；

人能自控，日积月累地对自己负责，就能不断战胜自己，提升自己，就能攻坚克难，心想事成，失而复得。

战胜自己就是有自知之明，知道自己几斤几两，知道自己所需所求，就能约束虚荣心，按自己的认识去理解自己，照自己的方式去塑造自己。战胜了自己的人，就能抑制贪婪的私欲，培育出高尚的情操，在没人的地方就像在闹市一样，闹市有警察维持秩序，自身就由良知来随时监管。战胜自己的人，不论与什么人相处都无往不利。

生活中，不能控制自己情绪的人，只能让情绪去左右自己的生活。与人相处，受到些冒犯是常有的事，情绪宣泄一下也是本能的反应，只是于事无补；能够将冲动情绪挡回去的人，才算是具备了自控的本领。善于自控的人，一定是战胜相处疲劳，保持微笑到最后的那一位。

自控也是困境中实现自救的一件逃生利器。精于自控的人喝酒不会烂醉，花钱不会浪费，做人会有底线，做事会有敬畏。善于自控的人，遇到逆境或困境，首先会控制住自己的心情，绝不让自己的精神崩溃；其次，会尽量心平气和地看待周围的一切，避免自己的不满情绪发泄到别人身上；最终，在自己身上找问题，如果是坏习惯的原因就改习惯，如果是自己失误就承认错误尽快改正。

自控必须从约束小贪心，纠正坏习惯做起。要是以为不修边幅无伤大雅，就会放任自己渐渐不务正业，最后滑向灭顶之灾。一个人放弃自控，必定四处碰壁，到处失衡，由闹剧开场，尽显丑剧本色，最终以悲剧收场。

每个人都有各自的兴趣爱好，学会自重才可免受羞辱，有所敬畏才能躲过陷阱。如果不懂自控，很容易堕落成玩物丧志，失去人生目标；要是不能自控，轻易就会沦为玩人丧德，闯下滔天大祸。懂得自知之明的人，在名利面前，知道自己常常力有所不逮，提醒自己没有福分去消受，很多时候，许多场合一个人无所作为的收效反而要比冲动来得更好。人若能够自控，生活就不容易失控。

出门在外，随时随地都设置有摄像监控，与人相处，无时无刻都在众目睽睽之下。为人必须时刻容光焕发地面对一切，处事需要处处谨小慎微地理顺一切。懂得自控的人，劳逸有度，交往有信，相处和睦。善于自控的人，通常只会要求自己能够循规蹈矩，无事不会奢望想要登临海市蜃楼。自控的人不一定富贵，却一定幸福美满。

　　1738 年，瑞典政府耗费巨资建造了当时世界上最大的木帆船哥德堡号。1745 年 9 月 12 日该船经过两年多航行，从广州满载瓷器和丝绸等贵重物品回到瑞典，在距离哥德堡港九百米处，船员们看到码头上万头攒动，听到欢迎人群震天动地的欢呼声，抑制不住内心激动，提前开始庆祝胜利，再也没人去观察瞭望，更没人去指挥舵手驾驶，结果那船径直撞上礁石后沉没，至今该船仍静静躺在海底。

　　人的一生，着实就是走在钢丝上，一步不易。善于自控的人，行走自如，潇洒而过；懂得自控的人，战战兢兢，如履薄冰；忘却自控的人，手忙脚乱，寸步难移。人生要想避免出现悲剧，请切记时时刻刻管住自己。

第一百一十七章　干净

　　以上是有关如何平安度过此生的看法和想法。平安是生命中永远追求的主题，岁月失去平安生活再难寻觅幸福，心灵失去平安人生必将黯然失色。然而自身平安并不能算是人生的全部意义，若是为了自身幸福，将周围弄得一团糟，还给旁人带来损害，这样的幸福，不要也罢；人生安全走过的每一步，都能在身后留下三尺干净的走道，这才是平安的最高价值。平安的根本在于过后干净。

　　所谓干净，就是一个人做人光明正大，做事圆满周全。现实生活中，一个人有没有意识到，活得干净是自己的使命，这最终将指向两种完全不同的人生轨迹。有使命意识的人，清白做人诚实做事，万绿丛中过，片叶不沾身，坦荡而行，一无纠葛，越活越自在；无使命意识的人，浑噩度日得过且过，今朝有酒今朝醉，做一天和尚撞一天钟，到老也不知身在何处。人与人原本没有多大差别，活得干净，难度是大了点，然而其人生价值不可限量。

　　活得干净应该是绝大多数人一开始的梦想，然而现实中实现这个梦想的路途实在太艰难。凡苦难压不垮的人都明白，众人在悲伤中，自己一人不可能雀跃起来，因此再苦再难也要先把自己身边整理干净了，才能给旁人提供一席和谐共处之地。所以唯此心不变的人才能梦想成真，要是吃不得辛苦，受不了嘲讽，到心灰意冷时，则如败军溃兵般，一路狂奔而去，根本不顾身后的乱象。

　　人的一生，每时每刻，都在享受着前人留下的恩惠；人生一世，多多少少，要给人间留下点有用的东西。人生在世，能力强的理所应当创造建设，能力弱的完全可以整理清扫；为人处世，终局时比开局时价值来得高，做人做事才显得有一些意义。生命之中，留下东西一定强于捣毁东西，留下念想肯定胜过留下东西。如若不然，此生之后，子孙凭什么想到自己？后辈靠什么来记得自己？

战国时期，公元前334年，齐宣王的弟弟田婴担任齐相。田婴有许多儿子，其中有个小妾生的儿子叫田文，从小被田婴所歧视。有一天年幼的田文问田婴，孙子的孙子叫什么，田婴说叫玄孙，田文又问玄孙的孙子叫什么，田婴说不知道了。田文说，您做齐相已经历了三代君王了，国土没有增加，政事败坏，百姓积贫，自己门下没有一个贤能的人士，家中积了万金，想留给不知道怎么去称呼的后代，我内心感到很奇怪。田婴听后深受触动，死后将相位传给了田文。田文就是战国四公子中的孟尝君。这故事告诉人们，身后干净对于生命的特殊意义。

人生要做到身后干净，就应当顺应机缘，顺其自然，欣然接受不期而至的一切事物，坦然面对命运安排的所有万象。人的一切经历都是从机缘开始的，要是从头至尾都能把归宿认准了，那么从哪儿出发都是一样的。人生于净土之上还是荆棘丛里，那是自己也做不了主的，但求走过之后能够干干净净，那么跋涉与面壁也没有区别。

把握机遇，顺应自然，有所作为，这是人生的最高境界。正如法国作家、《红与黑》的作者司汤达为自己撰写的墓志铭那样，"活过、爱过、写过"。一个人既然有幸能来人世间走一趟，在享受到了自然赋予的恩泽，领受了前人赐予的恩惠之后，也能尽自己所能做出点有益的奉献，这样的人生便是一种十分完美而理想的人生。

善待万事万物，原本即是人性使然。人性之光可以照亮方圆数丈远的地方，足以温暖有缘共处的亲友与伙伴。但凡一个人在为人处世时，能够俯就活得还不如自己的人，体谅活得有些不如意的人，迁就不那么聪明伶俐的人，谅解始终不喜欢自己的人，那么，这个人就能为周围的人送去吉祥、带来欢乐，共同将此岸建成为彼岸。

人的心灵有光和热，活得就会有价值，人的内心真爱生活，就一定善待万物。真正有价值的人生，除了善待万事万物，其余的都不重要。真正意义上的善待，应该是不加区别地善待一切，要是有一处被亏待，便会感到不公正，同时受善待之处也会感到受到了威胁，害怕也会遭受同样的下场。由此看来，区别对待就会产生矛盾，制造事端，再不得清静，身后的干净也就不用再去指望了。

三国时期，蜀汉后主刘禅年间，南中少数民族首领孟获起兵反叛，主政的丞相诸葛亮率大军南征。孟获兵败被俘，却不服气，于是诸葛亮把他放回。孟获重新整理队伍来战又被抓住，还不服气又被放走。如此反复，直到孟获第七次被抓住时才心服口服，再放也不走了。这个故事告诉人们什么才是善待别人的最高境界。平时善待亲友、善待同事都是稀松平常的事，就连善待陌生人也不是件难事，真正难以做到的是善待那讨厌自己的人，善待那些老是跟自己作对的人，尤其最难做到的就是这种愿意一而再再而三地给对手机会，一如既往地施与善意。

活得干净的人生，如同鸟儿已在天空飞过，几乎没有留下任何的痕迹；身后干净的生命，就像画作中的大块留白，一览无余能给人无尽遐想。人的一生，好比河中水，可以丰沛，却不可满溢，一朝漫堤就成灾难；也可枯竭，然不能浑浊，一旦污染则无法饮用。为人处世，无为即留白，清白的地方，时间从未被浪费过；胡乱的涂抹，才是糟蹋自己生命。生命就是一支织梭，将每丝每缕的时间，织成精美洁净的绸缎，除自己享用，还分享给后人。

能够活得干净，才能身后干净；活得干净，想法、做法、学问都应该是干净的。想法可以没有规章约束，然而不能没有境界高度；做法可以没有经验指导，却不能没有良知的监督；学问可以没有五车经纶，但是不能缺敬畏少羞耻；人生可以没有绚丽辉煌，然而不可有污垢不擦净。能够把自己锻造成有益于社会的器物，周围大多干净，并且一路走过之后，脚后面想必也都是干干净净的。

路旁长出荆棘，并不少见，能够披荆斩棘，才是贵人；岁月中有幻想，稀松平常，度日全靠幻想，却难做人。做人难，做干净更难。苦难不可怕，可怕的是把苦难堆积在身后；享乐不重要，重要的是要将快乐传递下去。

干净的生命不后悔。人的一生都在不断上下陡坡进退迁回。当自己往上攀爬时，记得要将梯子放置安稳、整理干净，这样才能在需要时安全返回。不拿非分之财，手干净；不信口雌黄，嘴干净；不愿昧着良知，心干净；不恃强凌弱，身干净。明白了事理，照着去做，一生才干净。生命开始一无所有，岁月中积攒的所有珍稀物件，最终一件也带不走，留在世间是唯一选择，凡能主动移交，提前处置，人生便无怨无悔，身后干净，内心才安宁。

咸阳郊外的乾陵景区，是唐高宗和武则天一对夫妇、两朝皇帝合葬的陵墓，前来的游客几乎都要在那座武则天给自己树立的无字碑前驻足留念，凝视遐想。武则天在公元 655 年成为皇后，与高宗合称二圣，三十年后高宗去世，武则天相继把两个继位的儿子废掉，建立武周朝，成为中国历史上唯一的女皇帝，为此她残害了无数无辜的生命，然而她也维持了太平盛世，临终前结束武周朝让唐朝复辟。武则天的一生毁誉参半，功过两说，留下一座无字碑，让后人去作评判，也不失为一种人生最后的干净。

什么都可到来，
什么都会过去。
什么都应善待，
什么都不后悔。

图书在版编目（CIP）数据

安净树 / 王匀著. -- 上海：文汇出版社，2025.

3. -- ISBN 978-7-5496-4439-1

　　I. I267.1

中国国家版本馆 CIP 数据核字第 20250RC936 号

安净树

著　　者　王　匀

责任编辑　徐曙蕾

装帧设计　高静芳

出版发行　**文匯**出版社

　　　　　上海市威海路 755 号

　　　　　（邮政编码 200041）

照　　排　南京理工出版信息技术有限公司

印刷装订　上海颛辉印刷厂有限公司

版　　次　2025 年 3 月第 1 版

印　　次　2025 年 3 月第 1 次印刷

开　　本　710×1000　1/16

字　　数　420 千

印　　张　27.5

ISBN 978-7-5496-4439-1

定　　价　88.00 元